KB187467

중세 미학과 시가예술사 연구

저자 약력

김태환

1964 전라도 선운산 출유
2000 한국학대학원 문학박사
2005 시가미학원리 초판
2011 갑골문자휘편 초판
2013 시가미학원리 증보

중세 미학과 시가예술사 연구

초판인쇄 2021년 1월 4일
초판발행 2021년 1월 15일

저자 김태환
발행인 윤석현
발행처 박문사
책임편집 최인노
등록번호 제2009-11호

우편주소 서울시 도봉구 우이천로 353
대표전화 02) 992 / 3253
전송 02) 991 / 1285
홈페이지 http://jncbms.co.kr
전자우편 bakmunsa@hanmail.net

ISBN 979-11-89292-74-4 93810 정가 49,000원

중세 미학과 시가예술사 연구

김태환

박문사

자서

본서는 여러 학술지에 이미 발표한 논문을 거두어 들인 것이다. 대개는 시가예술사 관련 연구가 주류를 이루는 가운데 미학 연구에 치중한 부류도 있어서 편목을 상하로 나누게 되었다. 상편은 자연미를 대상으로 하는 중세기 지성의 심미 인식과 정감 활동의 기본 규율에 관한 논제를 엮었고, 하편은 신라 하대로부터 조선 중기에 이르는 시기를 통틀어 시가의 예술적 향유와 그 문화 배경에 관한 논제를 엮었다.

논문은 문제의 해답을 마련하는 글쓰기의 결과다. 문제는 흔히 밀실에서 나에게 홀로 주어진다. 문제가 주어지면 그것이 어떠한 것이든 회피하지 않고 오로지 나의 소명으로 받아서 풀었다. 분야를 가리지 않았다. 성패를 예단하지 않았다. 조금도 서두르지 않았고, 게을리한 적도 없었다. 해답이 나오면 언제나 곧 광장에 내어 놓았다. 세간의 유행 경향과 대중의 관심 여하는 전혀 나의 알 바가 아니다. 논문이 밝히는 시비와 진위와 선악의 진정한 의미는 세상사의 파란을 넘어서 자연사의 풍상을 버티는 나의 정신력에 달렸다.

본서를 임하 최진원 선생의 영전에 바친다. 도산육곡 언지 제6장의 "四時佳興"을 해석하는 문제는 선생과 나누던 대화를 미처 다 마치지 못하고 서둘러 풀었다. 안압지 주사위 14면의 명문을 해석하는 문제는 선생의 혼백이 멀찍이 서서 기다리는 동안에 답안을 내려고 혼신의 힘을 다했다. 송강의 단가 "새원 원쥐 되여" 연작의 배경을 파헤친 족적은 혼자 있어도 맞아야 할 매를 안 맞은 적이 없음을 보인 것이다. 이제나 저제나 선생의 무덤에 그리 많이 다녀도, 그러나 그는 한 번도 말을 건네지 않는다. 남전, 호프 한잔 하지? 십오년 전에 듣던 그 목소리가 아직도 귓가에 또렷할 뿐이다.

근래에 나도 병을 제대로 앓느라 아팠다. 새벽에 문득 움직일 수 없게 되는 몸을 기어코 움직여 목욕을 겨우 마치고, 정오에 가까이 이를 즈음 안사람 무던한 도움을 받아 억지로 응급실에 밀어 넣었다. 사람이 그냥 버젓이 누운 채로 숨을 거두어 들일 수는 없는 것이다. 아무튼 가장 유쾌하게 여기고 가장 감격하는 곳을 찾아서 가장 느긋하게 걸어 나가야 하겠다.

2020년 11월 5일, 운중동에서

차례

상편

심미 인식과 정감 활동의 기본 규율

01

퇴계의 體用 제1의와 理의 寂感

― 물격설 "理到"의 재조명 ―

본문개요

퇴계는 체용(體用)의 개념이 적용될 수 있는 경우를 법칙(法則)의 영역에 대한 제1의와 사물(事物)의 영역에 대한 제2의로 구분하는 가운데 그 제1의를 특히 리(理)의 구비상(具備相)과 리(理)의 기능상(機能相)의 관계로 보았다. 아울러 리(理)의 동정(動靜)의 실제를 곧 리(理)의 체용(體用)의 실제로 보는 관점에서 체용(體用)의 개념이 법칙(法則)의 영역에 있어서도 성립하는 근거를 리(理)의 동정(動靜)에 두었다.

그런데 퇴계의 이러한 견해는 리(理)의 동정(動靜)을 주장할 수밖에 없는 그 필연성에 말미암아 마치 그가 리(理)의 능동(能動)을 주장한 양으로 오해를 받았다. 그러나 퇴계가 주장한 리(理)의 동정(動靜)은 회암의 경우와 마찬가지로 오로지 법칙(法則)의 영역에 대해서만 선언된 것이다. 따라서 퇴계의 이른바 리동(理動)은 결코 리(理)의 능동(能動)을 뜻하는 것이 아니다.

퇴계가 말하는 리(理)의 용(用)은 동(動)하게 하는 리(理)일 뿐이다. 일찍이 렴계는 이것을 신(神)에 비유하고 능통(能通)과 묘응(妙應)의 개념으로 정의했다. 퇴계의 이른바 리도(理到)는 바로 여기에 근거를 두고 있었다. 리도(理到)는 능통(能通)의 결과다. 능통(能通)은 미동(未動)과 능동(能動)이 통일된 경지다. 퇴계의 최후 물격설(物格說)에 대한 공격과 비판은 이것을 미처 성찰하지 않았다.

핵심용어

체용(體用), 적감(寂感), 동정(動靜), 리동(理動), 리도(理到), 능통(能通)

Ⅰ. 서론

적감(寂感)은 적연(寂然)과 감통(感通)을 한데 줄인 용어다. 정적의 상태로서 아무런 동요가 없지만, 그처럼 적연한 가운데 감응(感應)과 통달(通達)의 작용이 있음을 뜻한다. 이것은 기(氣)의 영역을 넘어서 미동(未動)과 능동(能動)이 통일된 경지다.[1] 적감은 흔히 리(理)의 동정(動靜)과 체용(體用)을 가리키는 용어로 쓰였다. 적연은 곧 정(靜)의 상태로서 리의 체(體)를 형용한 것이고, 감통은 곧 동(動)의 상태로서 리의 용(用)을 형용한 것이다.[2] 따라서 적감은 리의 동정을 체와 용의 관계로 이해하던 옛 성리학자들의 인식을 잘 보여 주는 바라고 하겠다.

그러나 여기서 매우 중대한 의문이 생긴다. 어떻게 리에 동정이 있을 수 있는가? 만약에 있다고 한다면, 어째서 옛 성리학자들은 리의 동정을 말하는 데 그치지 않고 다시 리의 체와 용의 관계를 또한 말해야 했던 것인가? 이것은 리의 정체를 동정이라는 명사를 써서 설명하는 데 적잖은 난점이 있었기 때문일 것이다. 요컨대 리의 체와 용의 관계에 관한 옛 성리학자들의 규정은 리의 동정을 설명하는 논리의 관건이 되었다. 퇴계(退溪)의 경우도 예외가 아니다.

퇴계는 1564년 논문 「심무체용변」(心無體用辯)을 통하여 이른바 체용의 개념이 적용될 수 있는 경우를 제1의와 제2의로 구분하는 가운데 그 제1의를 들어서 연방(蓮坊)의 '심(心)은 체용이 없다.'는 주장을 강력히 부정하여 격퇴하는 논리를 펼쳤다. 여기서 그 제1의는 체용의 개념을 특히 리의 동정에 적용한 경우다. 따라서 이것은 리발(理發)과

---

1 朱熹, 『朱子語類』(四庫全書) 5-23a. 「性理二 · 性情心意等名義」: "未動而能動者, 理也. 未動而欲動者, 意也."

2 朱熹, 『朱子語類』(四庫全書) 75-18b. 「易十一 · 上繫下」: "陳厚之問, 寂然不動, 感而遂通. 曰, 寂然是體, 感是用. 當其寂然時, 理固在此, 必感而後發."

리동(理動) 및 리도(理到) 등과 같은 퇴계 성리학의 핵심 개념을 이해하는 데 있어서 매우 중요한 위치에 놓인다. 퇴계의 체용 제1의와 제2의는 다음과 같았다.

> 體用은 두 가지가 있으니, 하나는 道理에 있어서 말하는 것으로, 沖漠하고 無朕하되 萬象이 森然하게 이미 갖추어져 있다는 것이 이것이요, 하나는 事物에 있어서 말하는 것으로, 배가 물에 다닐 수 있으며 수레가 뭍에 다닐 수 있어서 배와 수레가 물에 다니고 뭍에 다니는 것이 이것이다.[3]

그런데 기존의 연구에 따르면, 퇴계의 체용 제1의는 도저히 납득할 수 없을 정도로 심각한 문제를 안고 있는 것처럼 보인다. 예컨대 그것은 일찍이 회암(晦庵)이 제시했던 견해와 부합하는 사례로 보기 어렵다는 비판도 있었고, 더욱이 그것은 아무래도 체와 용의 관계를 예시한 것으로 보기 어렵다는 비판도 있었다. 이것은 문득 놀라지 않을 수 없는 일이다. 퇴계는 어째서 이러한 비판이 따르게 될 줄을 미처 알지 못했던 것인가? 퇴계는 진실로 회암의 견해를 그릇되게 수용하고 있었던 것인가?

> 事物上의 體用이란 事物의 一定한 可能性으로서의 原理를 體라 하고, 그 原理의 實現을 用이라고 하는 것이었다. 이와 같은 體用의 基準(尺度)이 道理上으로도 적용되려면 沖漠無朕은 萬象森然已具의 (可能性으로서의) 原理이어야 하며 반대로 萬象森然已具는 沖漠無朕이라는 原理 (만일 原理라면)의 實現이어야 한다. 그런데 위의 고찰에 의하면 沖漠無朕과 萬象森然已具는 다만 「虛寂한 狀態 또는 無의 狀態」와 「實在하는 理」와의 관계라고 理解될 수 있는 것일 뿐이었다.[4]

---

3 李滉, 『退溪先生文集』 41-17b. 「心無體用辯」: "滉謂體用有二, 有就道理而言者, 如沖漠無朕而萬象森然已具, 是也, 有就事物而言者, 如舟可行水, 車可行陸, 而舟車之行水行陸, 是也."

4 尹絲淳, 「退溪의 太極生兩儀觀」, 『亞細亞研究』 제35호(高麗大學校 亞細亞問題研究所, 1969), 240면.

퇴계는 〈沖漠〉을 〈沖漠無朕〉으로 보고 〈其發於事物之間者〉를 〈萬象森然已具〉에 대응시킬 수 있다고 생각한 듯하다. 하지만 前述하였듯이 〈萬象森然已具〉는 「無形無兆한 理가 現象界에서 發現되는 상태」를 의미하는 것이 아니라, 그 可能的 根據를 明示하고 있는 것이므로 伊川과 朱子의 說을 同一한 體用關係로 파악하기는 곤란하다.[5]

비판의 핵심을 간추려 보건대, 체용의 체와 용은 마땅히 형이상(形而上)의 원리와 그것이 형이하(形而下)의 현상계에서 구현된 실제 상태의 관계라야 하는데, 퇴계의 체용 제1의는 단순히 형이상의 원리와 그것이 형이하의 현상계에서 구현될 만한 형이상의 가능성을 체와 용의 관계로 지목하고 있을 뿐이라는 것이다. 전자는 "一定한 可能性으로서의 原理"와 그것의 "實現"을, 후자는 "無形無兆한 理"와 그것의 "發現"을 체와 용의 관계로 규정하는 견해에 비판의 거점을 두었다.

그러나 "一定한 可能性으로서의 原理"와 그것의 "實現"을 체와 용의 관계로 규정하는 견해에 따르면, 이것은 체와 용을 문득 두 가지 존재로 분리하게 되는 결과를 부른다. 가능한 것과 실현된 것이 동시에 하나의 존재로 성립할 수는 없기 때문이다. 그리고 "無形無兆한 理"와 그것의 "發現"을 체와 용의 관계로 규정하는 견해에 따르면, 이것은 체의 존립 근거를 문득 현상계의 저 밖에 설정하게 되는 결과를 부른다. 현상계에 발현한 것이 모두 이미 용에 해당하는 한에는, 이에 앞서 이른바 "可能的 根據"로 주어진 체의 존립 근거를 다시 현상계에 설정할 수는 없기 때문이다.

퇴계의 체용 제1의에 대한 종래의 비판은 이상과 같이 체와 용을 특히 원리의 구현 여부에 따라 구별하고 있는 데서 적잖은 난점을 보인

---

5 崔英辰, 「退溪 體用論의 妥當性問題」, 『首善論集』 제5집(成均館大學校 大學院學生會, 1980), 11면.

다. 이렇게 구별하는 방법이 언제나 부당한 결과를 낳지는 않을 것이나, 마침내 체와 용을 동일한 차원을 통하여 동시에 존재하는 일체로 파악할 수 없게 되는 한계를 벗어나기 어렵다. 따라서 우선은 체와 용을 동일한 차원을 통하여 동시에 존재하는 일체로 파악할 만한 관점을 마련하는 것이 시급해 보인다. 그래야 퇴계의 체용 제1의를 정확히 해석할 수 있을 것이다.

퇴계의 「심무체용변」은 나중에 연재(淵齋)가 그 결론을 적취하여 『근사속록』(近思續錄)에 수록했을 정도로 중시되어 오던 바였다.[6] 그러니 적어도 옛 성리학자들은 「심무체용변」에 제시된 퇴계의 결론을 하나의 고전적 견해로 승인하고 있었던 셈이다. 그러나 당시에 그 전제가 되었던 체용 제1의가 오늘날 이상과 같은 비판을 받는 가운데 추격을 거듭 더하니,[7] 만약에 퇴계의 학문상 고뇌가 저기에 아직 머물고 있다면, 좀처럼 해명을 들을 수 없는 강호 제현의 심사를 반드시 아쉽게 여길 듯싶다.

본고는 퇴계의 체용 제1의를 퇴계의 견해에 입각하고 그 전거에 의거해서 정확히 구명하는 것으로써 작성의 목표를 삼는다. 퇴계의 체용 제1의와 필연적 관련을 보이는 몇 가지 개념도 아울러 검토할 필요가 있을 것이나, 능력이 미치지 못한다. 범위를 줄여서 리동과 적감의 문제만 고찰해 보기로 하겠다. 이러한 고찰을 토대로 또한 퇴계의 물격설(物格說)에 보이는 리도의 개념을 새롭게 해석할 수 있기를 기대하는 바이다.

---

6 宋秉璿, 『近思續錄』 1-1b. 「道體」: "沖漠無朕者, 在乾坤則爲無極太極之體, 而萬象已具, 在人心則爲至虛至靜之體, 而萬用畢備, 其在事物也, 則卻爲發見流行之用, 而隨時隨處無不在."
7 김기현, 「퇴계의 이발설이 갖는 의의에 대한 검토」, 『哲學』 제60집(韓國哲學會, 1999), 21면 참조; 文錫胤, 「퇴계에서 리발(理發)과 리동(理動) · 리도(理到)의 의미에 대하여 - 리(理)의 능동성 문제」, 『退溪學報』 제110집(退溪學研究院, 2001), 199면 참조.

Ⅱ. 體用 제1의의 전거와 그 본의

1. 晦庵의 견해

퇴계의 체용 제1의와 제2의는 본디 회암의 견해를 그 선례로 두고 있었다.[8] 따라서 체용의 개념에 관한 퇴계의 견해를 가리켜 회암의 견해와 부합하는 사례로 보기 어렵다고 한 비판은 성립되지 않는다. 그런가 하면, 퇴계의 체용 제1의는 다음과 같은 회암의 발언을 통하여 매우 통해서 뚜렷한 설명을 얻는다. 따라서 이것을 가리켜 체와 용의 관계를 예시한 것으로 보기 어렵다고 한 비판도 수긍이 가지 않는다.

> '體用一源'은 '體가 비록 形跡이 없더라도 속에 이미 用이 있다.'는 것이다. '顯微無間'은 '顯 속에 곧 微를 갖추고 있다.'는 것이다. 天地가 아직 있지 않아도 萬物이 이미 갖추어져 있으니, 이것이 '體 속에 用이 있다.'는 것이다. 天地가 이미 있고 나서도 이 理가 또한 있으니, 이것이 '顯 속에 微가 있다.'는 것이다.[9]

퇴계의 체용 제1의에 보이는 '충막(沖漠)하고 무짐(無朕)하되 만상(萬象)이 삼연(森然)하게 이미 갖추어져 있다.'는 진술과 회암의 '천지(天地)가 아직 있지 않아도 만물(萬物)이 이미 갖추어져 있다.'는 진술은 서로 무엇이 다른가? 양자는 말할 것도 없이 동일한 대상과 동일한

---

8 朱熹, 『晦庵集』(四庫全書) 48-27a~27b. 「答呂子約」: "若以形而上者言之, 則沖漠者固爲體, 而其發於事物之間者爲之用, 若以形而下者言之, 則事物又爲體, 而其理之發見者爲之用, 不可槩謂形而上者爲道之體, 天下達道五爲道之用也."

9 朱熹, 『朱子語類』(四庫全書) 67-16a. 「易三 · 程子易傳」: "體用一源, 體雖無跡, 中已有用. 顯微無間者, 顯中便具微. 天地未有, 萬物已具, 此是體中有用. 天地旣立, 此理亦存, 此是顯中有微."

사태를 기술하고 있는 바였다.

천지가 아직 있지 않아서 시공(時空)이 모두 아득한 가운데 아무 낌새도 없는 이 경계는 리의 체를 형용한 것이고, 천지가 아직 있지 않아도 만상이 이미 빼곡하게 갖추어져 있는 이 경계는 리의 용을 형용한 것이다. 그리고 이것은 모두 형이상의 차원에서 하나의 원리가 그 자체에 지니는 두 가지 양상을 말하는 것일 뿐이지, 형이상의 원리와 그것이 형이하의 현상계에서 구현된 실제 상태의 관계를 말하는 것이 아니다. 그러니 퇴계의 체용 제1의에 대한 종래의 비판은 그 거점이 되었던 견해가 우선은 회암의 견해를 충분히 검토하지 못했던 데서 비롯된 것임을 지적할 만하다.

회암이 말하는 체와 용의 관계에 있어서 그 한 가지 경우는 어떠한 하나의 법칙 · 사물 등이 그 자체에 지니는 구비상(具備相)과 기능상(機能相)의 관계다. 회암의 비유를 들어서 말하면,[10] 그것은 잣대가 반드시 눈금을 갖추고 있는 것과 바로 그 잣대가 뚜렷이 길이를 가늠해 주는 것의 관계다. 쓰이지 않고 놓여져 있을 때는 예외가 없이 일정한 눈금을 뚜렷이 지니며, 쓰이는 때는 그 눈금에 따라 가늠하지 못할 길이가 없을 만큼 뚜렷한 마디를 보인다. 만약에 눈금이 없다면, 그것은 한낱 막대기일 뿐이지 결코 잣대가 아니다.

회암이 말하는 체와 용의 관계에 있어서 또 한 가지 경우는 어떠한 하나의 법칙 · 사물 등이 그 자체에 지니는 정지상(靜止相)과 동작상(動作相)의 관계다. 회암의 비유를 들어서 말하면,[11] 그것은 가만히 앉

10 朱熹, 『朱子語類』(四庫全書) 6-5b. 「性理三 · 仁義禮智等名義」: "人只是合當做底便是體, 人做處便是用. 譬如此扇子, 有骨, 有柄, 用紙糊, 此則體也, 人搖之, 則用也. 如尺與秤相似, 上有分寸星銖, 則體也, 將去秤量物事, 則用也."

11 朱熹, 『朱子語類』(四庫全書) 16-18a. 「大學三 · 傳五章釋格物致知」: "安卿問全體大用. 曰, 體用元不相離. 如人行坐. 坐則此身全坐, 便是體. 行則此體全行, 便是用."

아 있는 사람과 일어나 걷고 있는 사람의 관계다. 신체는 하나다. 앉으면 신체의 전부가 앉으며, 걸으면 신체의 전부가 걷는다. 그래서 반드시 '체(體) 속에 용(用)이 있다.'는 것이다. 만약에 그렇지 않다면, 가만히 앉아 있는 사람의 신체와 일어나 걷고 있는 사람의 신체는 서로 다른 신체다. 이것은 당연히 논리가 성립되지 않는다.

체용의 체와 용은 본디 서로 분리되어 있는 것이 아니다. 놓여져 있는 잣대의 눈금과 쓰이고 있는 잣대의 마디가 반드시 하나인 것처럼 그렇다. 가만히 앉아 있는 사람의 신체와 일어나 걷고 있는 사람의 신체가 반드시 하나인 것처럼 그렇다. 따라서 체용의 체와 용을 특히 원리의 구현 여부에 따라 구별하는 가운데 양자를 서로 분리해서 보는 견해는 체용의 개념을 온당하게 파악한 견해가 아니다. 체용의 체와 용은 반드시 동일한 차원의 동일한 대상에 한해서 거론할 때만 유효한 개념을 이룬다. 회암은 이것을 다음과 같이 강조하고 있었다.

> '當行의 理가 達道이고, 沖漠하고 無朕한 것이 道의 本原이다.'라고 하면, 이것은 참으로 말이 되지 않는다. … 마땅히 當然의 理가 沖漠하고 無朕한 것인 줄을 알아야 할 것이니, 이러한 理의 밖에 沖漠하고 無朕한 것이 一件의 事物로 따로 있는 것이 아니다.[12]

만약에 리의 체와 리의 용이 서로 분리되어 있다면, 현상계에 놓이는 것은 오로지 달도(達道)일 뿐이다. 달도의 본원은 언제까지나 현상계의 저 밖에 별개로 놓인다. 따라서 궁리(窮理)의 대상이 될 수 있는 것은 오로지 달도일 뿐이다. 그러니 여기서 다시 리의 체와 리의 용을

12 朱熹, 『晦庵集』(四庫全書) 48-28b. 「答呂子約」: "當行之理爲達道, 而沖漠無朕爲道之本原, 此直是不成說話. 須看得只此當然之理沖漠無朕, 非此理之外別有一物沖漠無朕也."

묻기로 한다면, 만상(萬象)의 용을 달도에 대응시키는 바로 그 순간에 충막하고 무짐한 체는 문득 허무(虛無)의 차원에 가서 놓인다. 현상계의 저 밖은 허무일 수밖에 없는 것이다. 회암의 '마땅히 당연(當然)의 리(理)가 충막(沖漠)하고 무짐(無朕)한 것인 줄을 알아야 할 것이다.'는 이러한 종류의 가설(架設)을 신칙하고 있는 말이다. 다음과 같은 발언도 요점은 이것을 벗어나지 않는다.

> 太極은 形而上의 道이고, 陰陽은 形而下의 器이다. 이러한 까닭에, 顯著한 것으로 보건댄, 動靜은 때가 다르고 陰陽은 곳이 다르되 太極은 있지 아니함이 없으며, 隱微한 것으로 보건댄, 沖漠하고 無朕하되 動靜・陰陽의 理가 그 속에 이미 다 具備되어 있는 것이다.[13]

동정의 동과 정은 서로 때를 바꾸어 가면서 양립하는 것이고, 음양(陰陽)의 음(陰)과 양(陽)은 서로 곳을 바꾸어 가면서 양립하는 것이다. 그러나 태극(太極)은 동과 정의 어느 때에나 음과 양의 어느 곳에나 있다고 하였다. 그러니 본원과 달도가 실상은 하나다. 이것은 현상의 차원에서 말하는 경우다. 그런가 하면, 태극은 충막하고 무짐하여 아무런 형상이 없지만, 동하여 양이 되고 정하여 음이 되는 이치가 그 속에 이미 다 갖추어져 있다고 하였다. 그러니 체와 용이 실상은 하나다. 이것은 법칙의 차원에서 말하는 경우다.

만약에 체용의 체와 용이 서로 분리되어 있는 것이라고 한다면, 태극은 반드시 체에 해당하는 정과 음의 시공에만 있어야 마땅할 것이고 용에 해당하는 동과 양의 시공에는 없어야 마땅할 것이다. 만약에 체용의 체와 용이 동일한 차원의 동일한 대상에 한해서 거론할 때만

---

13 朱熹, 『近思錄』(四庫全書) 1-2a~2b. 「道體」: "太極形而上之道也. 陰陽形而下之器也. 是以自其著者而觀之, 則動靜不同時, 陰陽不同位, 而太極無不在焉. 自其微者而觀之, 則沖漠無朕, 而動靜陰陽之理已悉具於其中矣."

유효한 개념이 아니라고 한다면, 태극은 마땅히 동하여 양이 되고 정하여 음이 되는 이치가 아니라야 할 것이다. 그러나 일찍이 어느 누구도 이렇게 말했던 사람은 있지 않았다.

체용의 체와 용의 관계를 형이상의 원리와 그것이 형이하의 현상계에서 구현된 실제 상태의 관계로 보는 견해는 이른바 원리를 한갓된 가능성으로만 보는 점에서 특히 중대한 문제가 따른다. 이러한 견해에 있어서 현상계에 놓이는 것은 오로지 리의 용일 뿐이고, 그것은 곧 사물에 실재하는 리일 뿐이다. 따라서 리의 체를 자칫 허무에 부치는 가설을 저절로 승인하게 되는 결과를 부른다. 퇴계의 체용 제1의에 대한 종래의 비판은 바로 이것을 망각하고 있었다.

형이상의 원리와 그것이 형이하의 현상계에서 구현된 실제 상태의 관계는, 여기서 말하는 이 원리가 반드시 사물에 실재하는 리를 벗어나지 않는다는 조건에 한해서, 그것은 체와 용의 관계가 아니라 은(隱)과 비(費)의 관계다. 비는 형이상의 원리가 형이하의 현상계에서 가없이 넓게 실행되고 있음을 가리키는 바로서 리의 용을 서술하는 용어다. 은은 바로 그 형이상의 원리가 아무튼 감각할 수 없는 영역에 존재하고 있음을 가리키는 바로서 리의 체를 서술하는 용어다.

> [질문] 누구는 '形而下者가 費이고, 形而上者가 隱이다.'라고 하는데, 어떤가? [대답] 形而下者가 매우 廣泛하되, 形而上者가 그 속에 實行하여 갖추지 아니한 物이 없고 있지 아니한 곳이 없는 까닭에 費라고 한다. 費는 그 用의 廣泛을 말한 것이다. 그 속의 形而上者는 視聽이 미치는 바가 아닌 까닭에 隱이라고 한다. 隱은 그 體의 微妙를 말한 것이다.[14]

14 朱熹, 『朱子語類』(四庫全書) 63-18a. 「中庸二 · 第十二章」: "問, 或說形而下者爲費, 形而上者爲隱, 如何. 曰, 形而下者甚廣, 其形而上者實行乎其間, 而無物不具, 無處不有, 故曰費. 費, 言其用之廣也. 就其中其形而上者有非視聽所及, 故曰隱. 隱, 言其體微妙也."

회암이 제시한 설명에 따르면, 은과 비는 모두 사물에 실재하는 형이상자를 뜻하되, 은은 특히 '체(體)의 미묘(微妙)'를 말한 것이고, 비는 특히 '용(用)의 광범(廣泛)'을 말한 것이다. 여기서 더욱 분명히 알 수 있듯이, 체와 용의 관계는 은과 비의 관계의 주어에 속하고, 은과 비의 관계는 체와 용의 관계의 술어에 속한다. 은과 비는 다만 형이하의 현상계에서 사물에 실재하는 형이상의 존재를 지적하는 가운데 리의 체가 형이상자로서 미묘한 것과 리의 용이 형이하자를 통하여 광범한 것을 대조하여 서술하는 관계일 뿐이다. 그리고 이것은 어디까지나 체와 용의 관계를 확실하게 구별하고 나서야 의의를 띠게 되는 관계다.

회암의 견해를 종합해 보건대, 체용은 온갖 법칙 · 사물 등의 존재 양상을 체와 용의 관계로 파악하는 개념이다. 체와 용의 관계는 경우에 따라 크게 두 가지 의미를 지닌다. 첫째, 구비상과 기능상의 관계로 표기되는 의미가 있으니, 이것은 존재의 완비(完備)에 표기의 중점을 두는 경우다. 둘째, 정지상과 동작상의 관계로 표기되는 의미가 있으니, 이것은 존재의 실행(實行)에 중점을 두는 경우다. 체와 용의 관계를 옛 성리학자들은 또한 소이연(所以然)과 소당연(所當然)의 관계로 보기도 하였다.[15] 그러나 소이연과 소당연의 관계를 통하여 완비와 실행의 개념을 이끌어 내기는 어렵다.

2. 退溪의 견해

퇴계의 체용 제1의는 체용의 개념이 사물의 영역에 있어서만 성립하는 것이 아니라 법칙의 영역에 있어서도 성립함을 주장하는 맥락에

---

15 李珥, 『栗谷先生全書』 20-60a~60b. 「聖學輯要 · 修己」: "理之散在事物, 其所當然者, 在父爲慈, 在子爲孝, 在君爲義, 在臣爲忠之類, 所謂費也, 用也. 其所以然者, 則至隱存焉, 是其體也."

서 나왔다. 동일한 맥락에서 퇴계는 미리 선진(先秦) 시대의 몇 가지 문헌을 기초적 전거로 제시해 두었다.[16] 그러나 결정적 전거는 당연히 회암의 견해에 있었다. 앞에서 우리는 이미 회암의 여러 언설을 분석해 보았고, 체용의 체와 용은 반드시 동일한 차원의 동일한 대상에 한해서 거론할 때만 유효한 개념을 이루게 된다는 점에서, 퇴계의 체용 제1의가 충분한 이유와 타당한 견해에 의거한 것임을 확인할 수 있었다. 퇴계가 체용 제1의를 들어서 주장했던 바는 다음과 같았다.

> 여기서 배와 수레의 形象을 體로 하고 물에 다니고 뭍에 다니는 것을 用으로 하면 비록 '象에 앞서 體가 없고 動에 앞서 用이 없다.'라고 해도 좋을 것이다. 그러나 또한 沖漠한 것을 體로 하면 이 體는, 象의 앞에 있지 않은가? 여기에 萬象이 갖추어져 있음을 用으로 하면 이 用은, 動의 앞에 있지 않은가? 이로써 보건대, 蓮老의 이른바 '體는 象에서 비롯하고 用은 動에서 비롯한다.'는 것은 다만 形而下의 事物의 體用을 말할 수 있을 뿐으로 下一邊에 떨어져 있으니, 마침내 形而上의 沖漠하고 無眹한 것과 體用이 一源한 것의 妙를 저버린 것이다.[17]

여기서 퇴계의 이른바 '이 체(體)는, 상(象)의 앞에 있지 않은가?'와 '이 용(用)은, 동(動)의 앞에 있지 않은가?'에 보이는 '앞에'는 연방의 '앞서'를 받아서 쓴 말이자 또한 '위에'의 뜻으로 넓혀서 쓴 말이다. 연방의 주장을 '형이상(形而上)의 충막(沖漠)하고 무짐(無眹)한 것과 체용(體用)이 일원(一源)한 것의 묘(妙)를 버렸다.'고 비판한 데서 더욱

16 李滉, 『退溪先生文集』 41-16b. 「心無體用辯」: "其以寂感爲體用本於大易, 以動靜爲體用本於戴記, 以未發已發爲體用本於子思, 以性情爲體用本於孟子, 皆心之體用也."

17 李滉, 『退溪先生文集』 41-18a. 「心無體用辯」: "今以舟車之形象爲體, 而以行水行陸爲用, 則雖謂之象前無體, 動前無用, 可也. 若以沖漠爲體, 則斯體也, 不在象之前乎. 以萬象之具於是爲用, 則斯用也, 不在動之前乎. 以此觀之, 蓮老所謂體起於象, 用起於動, 只說得形而下事物之體用, 落在下一邊了, 實遺卻形而上沖漠無眹體用一源之妙矣."

분명히 알 수 있듯이, 퇴계가 말하는 '앞에'는 형이전(形以前)을 뜻하는 뿐만 아니라 또한 형이상을 뜻한다. 그러면 퇴계는 어떠한 이유로 체용의 개념이 사물의 영역에 있어서만 아니라 법칙의 영역에 있어서도 성립함을 이와 같이 주장하는 것인가?

> 體用이란 두 글자로써, [理의 沖漠한 것은] 活潑하여 死法이 아니며, 元來부터 具備하지 않음이 없으며, 妙用이 窮盡하지 않음이 이렇다. 이로써 헤아려 보건대, 어찌 한갓되이 體字가 象上에서 비롯한다고 하여 象의 앞에 일찍이 體가 있지 않다고 할 수 있으며, 어찌 문득 用字가 動上에서 비롯한다고 하여 動의 앞에 用이 없다고 할 수 있는가?[18]

퇴계는 스스로 세 가지 이유를 들었다. 요컨대 체용의 개념에 의거할 때라야 비로소 리의 유행(流行)과 보편(普遍) 및 무궁(無窮)을 여실히 파악할 수 있다는 것이다. 첫째, '활발(活潑)하여 사법(死法)이 아니다.'로 언급된 리의 유행은 리가 정지상과 동작상의 체계인 데서 비롯하는 바였다. 둘째, '원래(元來)부터 구비(具備)하지 않음이 없다.'로 언급된 리의 보편은 리가 구비상과 기능상의 체계를 지니는 데서 비롯하는 바였다. 셋째, '묘용(妙用)이 궁진(窮盡)하지 않는다.'로 언급된 리의 무궁은 리가 본질상과 변화상의 체계를 지니는 데서 비롯하는 바였다. 본질상은 정지상과 구비상의 총화다. 변화상은 동작상과 기능상의 총화다.

만물의 현상에 이르지 않음이 없도록 광범하게 동작하는 것은 리의 용이다. 만물의 이치를 남김이 없도록 완전하게 구비하는 것은 리의 체이다. 변화에 다함과 막힘이 없는 것은 리의 용이다. 본질에 덜거나 더

---

18 李滉, 『退溪先生文集』 41-18b~19a. 「心無體用辯」: "夫以體用二字, 活非死法, 元無不該, 妙不可窮如此. 以此揆之, 豈可徒以體字起於象上, 而象之前未嘗有體乎. 豈可便謂用字起於動上, 而動之前無用乎."

함이 없는 것은 리의 체이다. 체는 초월적이고, 용은 실존적이다. 체용의 개념은 이와 같이 리의 존재 양상을 실행과 완비 및 초월의 체계로 파악하는 데 있어서 결코 없을 수 없는 이해의 방법과 형식을 제공해 주었다. 퇴계가, 체용의 개념이 사물의 영역에 있어서만 아니라 법칙의 영역에 있어서도 성립함을 주장했던 이유는 바로 여기에 있었다.

그런데 체용의 개념은 본디 사물의 존재 양상을 체와 용의 체계로 분석한 데서 성립된 것이기 때문에 이것을 법칙의 영역에 적용하는 데는 적잖은 문제가 따랐다. 체용의 개념을 법칙의 영역에 있어서도 성립하는 것으로 보는 경우에, 여기서 말하는 체용은 한낱 비유가 될 뿐이지 개념과 그 대상을 직결시켜 줄 만한 일차적 지시를 얻지 못한다. 그래서 문제다. 연방의 '체(體)는 상(象)에서 비롯하고 용(用)은 동(動)에서 비롯한다.'는 지적과 '상(象)에 앞서 체(體)가 없고 동(動)에 앞서 용(用)이 없다.'는 주장이 모두 여기서 나왔다.

> 道理에 動이 있고 靜이 있는 까닭에 그 靜한 것을 가리켜 體로 여기고 動한 것을 가리켜 用으로 여긴다. 그러니 道理의 動靜의 實際가 곧 道理의 體用의 實際인 것이다. 또 어찌 體用이 없는 한 道理라는 것이 따로 있을 수 있어서 根本을 이루고 動靜의 앞에 있을 수 있는가?[19]

퇴계는 '도리(道理)의 동정(動靜)의 실제(實際)가 곧 도리(道理)의 체용(體用)의 실제(實際)다.'를 주장하는 가운데 리의 체용을 리의 동정과 동일시하는 데서 그 해법을 찾았다. 이것은 연방의 '상(象)에 앞서 체(體)가 없고 동(動)에 앞서 용(用)이 없다.'는 주장은 부정하고 있지

19 李滉, 『退溪先生文集』 41-17a~17b. 「心無體用辯」: "道理有動有靜, 故指其靜者爲體, 動者爲用. 然則道理動靜之實, 卽道理體用之實. 又安得別有一道理無體用者爲之本, 而在動靜之先乎."

만, 연방의 '체(體)는 상(象)에서 비롯하고 용(用)은 동(動)에서 비롯한다.'는 지적은 타당한 것으로 인정함을 뜻한다. 그런데 퇴계의 이러한 해법은 이로써 문제의 해답을 곧장 얻지는 못한다. 왜냐면 먼저 리의 동정을 조리에 닿도록 입증하고 설명해야 하기 때문이다. 따라서 체용의 개념이 법칙의 영역에 있어서도 성립함을 가리는 문제는 저절로 리의 동정을 묻는 문제로 넘겨지게 되었다.

Ⅲ. 動靜의 문제와 理의 寂感

1. 理動의 의미

동정의 원리는 반드시 리에 귀속될 것이나, 동정은 그 자체가 반드시 기에 귀속될 수밖에 없는 형이하의 현상이다. 이것은 이론의 여지가 없으니, 퇴계는 어느 한번도 리의 능동을 언급한 사례가 없었다. 그런데 퇴계가 마치 리의 능동을 주장한 사례가 있었던 것처럼 판독한 견해가 끊이지 않았다.[20] 이러한 판독을 부당한 것으로 돌리는 비판이 이미 제기되어 있기는 하지만,[21] 전자의 견해는 또한 그 나름의 근거가 있었던 듯하다. 근거의 핵심은 퇴계의 논변과 그 언설에 있으니, 우선은 이것을 검토할 필요가 있겠다.

---

20 尹絲淳, 앞의 논문, 237~238면 참조; 裵宗鎬, 「退溪의 宇宙觀 - 理氣論을 中心으로」, 『退溪學研究』 제1집(檀國大學校 退溪學研究院, 1987), 24~26면 참조; 張立文, 「李退溪理動論探析」, 『退溪學報』 제54집(退溪學研究院, 1987), 50~55면 참조; 崔英辰, 「退 · 栗의 理氣論과 世界認識」, 『大東文化研究』 제28집(成均館大學校 大東文化研究院, 1993), 272~274면 참조.

21 宋兢燮, 「退溪哲學에서의 理動與否의 考察」, 『退溪學報』 제10집(退溪學研究院, 1976), 102~105면 참조; 劉明鍾, 「退溪學의 基本體系」, 『退溪學研究』 제3집(檀國大學校 退溪學研究院, 1989), 43~46면 참조; 文錫胤, 앞의 논문, 180~186면 참조.

[濂溪는] '太極이 動하여 陽을 낳고 靜하여 陰을 낳는다.'라고 했는데, 朱子는 '理는 情意가 없고 造作이 없다.'라고 하였다. 情意와 造作이 없다면, 陰陽을 낳을 수 없을 듯싶다. 낳을 수 있다고 하면, 이것은 當初에 본디 氣가 없다가 이 太極이 陰陽을 낳은 뒤에 그 氣가 바야흐로 있게 되는 것인가? 勉齋는 '陽을 낳고 陰을 낳는다는 것은 다만 陽이 생기고 陰이 생긴다는 것과 같다.'라고 하였다. 아마도 造作의 뜻이 너무 지나친 것을 또한 꺼렸던 것인가?[22]

朱子가 일찍이 말하기를 '理가 動하고 靜함이 있는 까닭에 氣가 動하고 靜함이 있다. 理가 動하고 靜함이 없으면 氣가 무엇에 말미암아 動하고 靜함이 있을 것인가?'라고 하였다. 이것을 알면 이러한 疑問이 없을 것이다. '情意가 없다.'고 한 것은 本然의 體이고, 能發하고 能生하는 것은 至妙한 用이다. 勉齋의 말은 또한 반드시 이와 같아야 할 것은 아니다. 왜냐? 理는 스스로 用을 지니고 있다. 그래서 저절로 陽을 낳고 陰을 낳는다.[23]

이것은 퇴계의 1570년 서간 「답이공호」(答李公浩)에 보이는 한 가지 문답을 가져온 것이다. 일찍이 렴계(濂溪)가 태극을 가리켜 '동(動)하여 양(陽)을 낳고 정(靜)하여 음(陰)을 낳는다.'고 말했던 대목을 들어서, 이러한 명제는 리의 능동과 작위(作爲)를 전제로 하는 듯하여 심각한 문제가 따름을 질문에 부쳤다. 퇴계의 대답은, 태극의 체는 정의(情意)나 조작(造作)이 없지만, 태극의 용은 능발(能發) · 능생(能生)이 있기 때문에, 렴계의 명제는 아무런 문제가 없으며, 따라서 굳이 면제(勉齋)와 같이 '낳는다.'를 '생긴다.'로 해석할 필요가 없다는 것이다. 그

---

22 李滉, 『退溪先生文集』 39-28b~29a. 「答李公浩」: "太極動而生陽, 靜而生陰. 朱子曰, 理無情意無造作. 既無情意造作, 則恐不能生陰陽. 若曰能生, 則是當初本無氣, 到那太極生出陰陽, 然後其氣方有否. 勉齋曰, 生陽生陰, 亦猶陽生陰生. 亦莫是惡其造作太甚否."

23 李滉, 『退溪先生文集』 39-28b~29a. 「答李公浩」: "朱子嘗曰, 理有動靜, 故氣有動靜. 若理無動靜, 氣何自而有動靜乎. 知此則無此疑矣. 蓋無情意云云, 本然之體, 能發能生, 至妙之用也. 勉齋說, 亦不必如此也. 何者. 理自有用. 故自然而生陽生陰也."

러면 이것은 리의 능동을 주장한 것인가?

퇴계가 회암의 견해를 통하여 의거하고 있는 바를 전혀 무시한 채로 오로지 퇴계의 대답만 보기로 한다면, 퇴계는 여기서 문득 리의 능동을 주장한 것처럼 보인다. 그러나 무릇 법칙은 사물이 아니다. 법칙은 의지나 작용이 아니다. 따라서 법칙이 어떠한 것이든 그 자체가 스스로 동정을 일으킬 수 없음은 너무나 자명한 일이다. 이렇게 보건대, 퇴계의 대답은 단순히 진술된 문장과 그 문자를 그대로 좇아서 해석할 바가 아니다. 퇴계가 특히 능발·능생을 들어서 태극의 용을 강조한 데는 중요한 이유가 따로 있었다. 그것은 다음과 같은 문답을 거쳐서 수립된 것이다.

> 太極은 理다. 理가 어떻게 動하고 靜하는가? 形이 있으면 動하고 靜함이 있다고 할 것이나, 太極은 形이 없으니, 아마도 動하고 靜하지 못할 듯싶다. 南軒과 말하던 데서도 이르기를 '太極은 動하고 靜함이 없을 수 없다.'고 했는데, 아무래도 그 뜻을 깨닫지 못하겠다.[24]

> 理가 動하고 靜함이 있는 까닭에 氣가 動하고 靜함이 있다. 理가 動하고 靜함이 없으면 氣가 무엇에 말미암아 動하고 靜함이 있을 것인가? 이러한 까닭에 흔히 말하기를 '仁은 곧 動이고, 義는 곧 靜이다.'라고 하는 것이니, 이것이 또 어찌 氣에 매여 있는가?[25]

퇴계의 대답은 회암의 '리(理)가 동(動)하고 정(靜)함이 있는 까닭에 기(氣)가 동(動)하고 정(靜)함이 있다.'는 대답을 통하여 리의 동정과 기의 동정이 서로 다른 것임을 확실히 깨달은 뒤라야 비로소 이해될 수 있는 바였다. 회암이 말하는 리의 동정은 '인(仁)은 곧 동(動)이고,

---

24 朱熹, 『晦庵集』(四庫全書) 56-56b~57a. 「答鄭子上」: "太極理也. 理如何動靜. 有形則有動靜, 太極無形, 恐不可以動靜. 言南軒云, 太極不能無動靜, 未達其意."

25 朱熹, 『晦庵集』(四庫全書) 56-57a. 「答鄭子上」: "理有動靜, 故氣有動靜. 若理無動靜, 則氣何自而有動靜乎. 此以目前論之, 仁便是動, 義便是靜, 此又何關於氣乎."

의(義)는 곧 정(靜)이다.'라고 할 때의 동정일 뿐이다. 이것은 오로지 법칙의 영역에 대해서만 선언된 동정일 뿐이다. 이렇게 선언된 조건에 한해서, 회암의 이른바 정하는 리가 곧 퇴계의 이른바 '본연(本然)의 체(體)'이고, 회암의 이른바 동하는 리가 곧 퇴계의 이른바 '지묘(至妙)한 용(用)'이다. 그리고 이러한 개념은 모두 아직 기의 동정을 선언한 적이 없는 논리를 따른다.

그러나 사물의 영역에 나아가 바야흐로 기의 동정을 선언한 뒤에는, 렴계의 '동(動)하여 양(陽)을 낳고 정(靜)하여 음(陰)을 낳는다.'에 있어서, 동하는 리는 곧 기로 하여금 동하게 하는 리에 그치고, 정하는 리는 곧 기로 하여금 정하게 하는 리에 그친다. 따라서 회암이 말하는 리의 동정과 퇴계가 말하는 리의 능발 · 능생은 결코 리의 능동을 뜻하는 것이 아니다. 그래서 퇴계는 굳이 면재와 같이 '낳는다.'를 '생긴다.'로 해석할 필요가 없다고 했었다. 법칙의 영역에 있어서 '낳는다.'를 말하는 미발(未發)의 논리와 사물의 영역에 있어서 '낳는다.'를 말하는 이발(已發)의 논리가 확고히 구분되어 있었던 것이다.

> 陽이 動하고 陰이 靜하지, 太極이 動하고 靜하는 것이 아니니, 다만 理가 動하고 靜함이 있을 뿐이다. 理는 볼 수 없고, 陰陽을 말미암은 뒤에야 안다. 理는 陰陽 위에 타고 있으니, 마치 사람이 말을 탄 것과 비슷하다.[26]

회암이 다시 '태극(太極)이 동(動)하고 정(靜)하는 것이 아니다.'를 말하는 데서 더욱 분명히 알 수 있듯이, 회암이 말하는 리의 동정은 오로지 법칙의 영역에 대해서만 선언된 것이다. 퇴계는 바로 여기에 의거하여 리의 능발 · 능생을 말했다. 회암의 '리(理)가 동(動)하고 정(靜)

26 朱熹, 『朱子語類』(四庫全書) 94-17a. 「周子之書 · 太極圖」: "陽動陰靜, 非太極動靜, 只是理有動靜. 理不可見, 因陰陽而後知. 理搭在陰陽上, 如人跨馬相似."

함이 있다.'는 주장은, 실상은 다만 기의 동정을 주재(主宰)하는 리가 있음을 뜻하는 것일 뿐이다. 그래서 퇴계는 이것을 알면 렴계의 '태극(太極)이 동(動)하여 양(陽)을 낳고 정(靜)하여 음(陰)을 낳는다.'는 명제에 아무런 의문도 품지 않을 것이라고 했었다. 그러나 이러한 이해가 이제나 저제나 그리 쉽지는 않았던 듯하다. 렴계의 명제를 통하여 리의 능동을 연상하게 되는 오류는 젊은 회암도 겪었던 적이 있었다. 다음은 회암과 연평(延平)의 문답을 가져온 것이다.

> [濂溪의] '動하여 陽을 낳는다.'는 것이 곧 復卦의 陽이 하나 생겨서 '天地의 心을 드러낸다.'는 것과 무엇이 다른가? '動하여 陽을 낳는다.'는 것은 곧 天地의 喜怒哀樂이 드러난 곳이니, 여기서 곧 天地의 心을 보는 것이다. [濂溪의] '二氣가 交感하여 萬物을 化生한다.'는 것은 곧 人類 · 萬物의 喜怒哀樂이 드러난 곳이니, 여기서 곧 人類 · 萬物의 心을 보는 것이다. 이렇게 두 가지 節目으로 보는 것이 맞는지 모르겠다.[27]

> 天地의 本源을 두고 推究하는 것과 人類 · 萬物을 두고 推究하는 것은 다르지 않을 수 없다. 이것이 '動하여 陽을 낳는다.'를 喜怒哀樂의 已發로 말하기 어려운 까닭이다. 天地에 있어서는 다만 理일 뿐이다. 두 가지 節目으로 여기면 어긋날 듯싶다. 復卦의 '天地의 心을 드러낸다.'를 先儒는 靜에서 天地의 心을 드러내는 것으로 여기되, 伊川先生은 動에서 드러내는 것으로 여겼다. 이것이 곧 動하여 陽을 낳는 理일 듯싶다.[28]

회암은 1161년 당시만 해도 렴계의 명제와 복괘(復卦)의 명제를 모

27 朱熹, 『延平答問』(四庫全書) 1-30a~30b. "熹疑旣言動而生陽, 卽與復卦一陽生而見天地之心何異. 竊恐動而生陽, 卽天地之喜怒哀樂發處, 於此卽見天地之心. 二氣交感, 化生萬物, 卽人物之喜怒哀樂發處, 於此卽見人物之心. 如此做兩節看, 不知得否."

28 朱熹, 『延平答問』(四庫全書) 1-31a. "蓋就天地之本源與人物上推來, 不得不異. 此所以於動而生陽難以爲喜怒哀樂已發言之. 在天地只是理也. 今欲作兩節看, 切恐差了. 『復卦』見天地之心, 先儒以爲靜見天地之心, 伊川先生以爲動乃見. 此恐便是動而生陽之理."

두 이발의 관점에서 해석하는 견해를 보였다. 이러한 견해에 따르면, '인류(人類) · 만물(萬物)의 희노애락(喜怒哀樂)이 드러남'을 기의 능동에 따른 결과로 보는 것처럼, '천지(天地)의 희노애락(喜怒哀樂)이 드러남'을 리의 능동에 따른 결과로 보게 되는 폐단을 부른다. 연평은 '다만 리(理)일 뿐이다.'를 들어서 회암의 견해에 심각한 난점이 있음을 지적해 주었다. 연평의 견해에 따르면, 렴계의 명제는 '천지(天地)의 본원(本源)'을 말하는 맥락에서 오로지 법칙의 영역에 대해서만 선언된 것이니, 이것을 이발로 말하기 어렵고, 복괘의 명제도 실상은 '동(動)하여 양(陽)을 낳는 리(理)'를 말하는 것이니, 이것도 이발로 말하기 어렵다. 그러니 이로써 리의 능동을 주장할 만한 여지는 없는 것이다.

복괘의, 비로소 양기(陽氣)가 하나 생기는 이 동처(動處)는 동하는 리가 있을 뿐이지 아직 사물이 생기지 않은 단계다.[29] 복괘는 다만 동하는 리의 단서를 볼 수 있을 뿐이다.[30] 동하는 리의 단서가 곧 '천지(天地)의 심(心)'이다. 렴계의 명제를 이발로 말하기 어려운 것도 이와 같은 사유에서 그렇다. 렴계의 이른바 '동(動)하여 양(陽)을 낳는 리(理)'와 복괘의 이른바 '천지(天地)의 심(心)'은 서로 다른 것이 아니다. 그러니 사물의 영역을 두고서 말하는 이발의 논리를 여기에 적용할 수 없는 것이다. 퇴계도 바로 이 점을 중시하고 있었다.

> 理가 動하면 氣가 따라서 생기고, 氣가 動하면 理가 따라서 드러난다. 濂溪가 '太極이 動하여 陽을 낳는다.'라고 한 이것은 理가 動하여 氣가 생

29 朱熹, 『朱子語類』(四庫全書) 71-23b. 「易七 · 復」: "雖動而物未生, 未到大段動處. 凡發生萬物, 都從這裏起, 豈不是天地之心."

30 程頤, 『伊川易傳』(四庫全書) 2-69a. 「周易上經」: "一陽復於下, 乃天地生物之心也. 先儒皆以靜爲見天地之心, 蓋不知動之端乃天地之心也."

> 김을 말한 것이다. 易에서 '復은 곧 天地의 心을 드러낸 것이다.'라고 한 이것은 氣가 動하여 理가 드러나는 까닭에 볼 수 있음을 말한 것이다. 이러한 두 가지는 모두 造化에 딸린 것으로 二致가 아니다. 그래서 延平은 '復은 곧 天地의 心을 드러낸 것이다.'를 '動하여 陽을 낳는 理'로 여겼던 것이니, 말씀은 짧지만 뜻을 다했다.[31]

이것은 퇴계의 1561년 서간 「답정자중별지」(答鄭子中別紙)에 보이는 한 가지 설명을 가져온 것이다. 여기서 퇴계는 또한 '리(理)가 동(動)하여 기(氣)가' 생겨나는 경우와 '기(氣)가 동(動)하여 리(理)가' 드러나는 경우를 구분해서 말했다. 전자는 렴계의 명제를 설명한 것이고, 후자는 복괘의 명제를 설명한 것이다. 그러나 우리가 반드시 유의해야 할 점이 있으니, 퇴계는 분명히 렴계의 명제와 복괘의 명제를 한데 아울러 '이치(二致)가 아니다.'로 판정하는 데서 설명을 마쳤다. 따라서 '리(理)가 동(動)하여 기(氣)가' 생겨나는 경우와 '기(氣)가 동(動)하여 리(理)가' 드러나는 경우를 구분해서 말하고 있기는 하지만, 이것은 결코 이발의 논리에 따른 발언이 아니다.

여기서 퇴계가 '리(理)가 동(動)하여 기(氣)가' 생겨나는 경우와 '기(氣)가 동(動)하여 리(理)가' 드러나는 경우를 구분해서 말했던 것은 렴계의 명제에 따른 논리적 선후 관계와 복괘의 명제에 따른 논리적 선후 관계를 정확히 밝히기 위한 것에 지나지 않는다. 더욱이 퇴계는 여기에 반드시 '따라서 생긴다.'와 '따라서 드러난다.'를 덧붙여 말했다. 논리적 선후 관계를 그처럼 구분해서 말하는 동안에도 리와 기의 동정을 이발로 말하게 되는 경우의 동시(同時) · 병존(竝存)을 염두에

31 李滉, 『退溪先生文集』 25-35a. 「答鄭子中別紙」: "蓋理動則氣隨而生, 氣動則理隨而顯. 濂溪云太極動而生陽, 是言理動而氣生也. 易言復其見天地之心, 是言氣動而理顯, 故可見也. 二者皆屬造化, 而非二致. 故延平以復見天地之心爲動而生陽之理, 其言約而盡矣."

두고 있었던 것이다.

동정의 실제는 리와 기의 선후 관계가 존재하지 않는다. 동정의 계기는 리나 기의 어느 한쪽에 귀속되지 않는다. 왜냐면 리와 기는 서로 분리될 없는 상수(相須) · 상대(相待)의 관계에 있기 때문이다.[32] 동하는 기는 동하게 하는 리를 떠나서 존재하는 것이 아니며, 동하게 하는 리도 동하는 기를 떠나서 존재하는 것이 아니다. 만약에 이와 같은 이발의 논리에 따라 말했을 양이면, 퇴계는 결코 선후를 인정하지 않았을 것이다.[33] 그러니 이상과 같은 퇴계의 발언을 들어서 퇴계가 마치 리의 능동을 주장한 것처럼 판독할 만한 가능성은 전혀 없다고 해야 하겠다.

동정의 실제와 그 계기에 있어서, 동하는 기의 그 소능(所能)은 동하게 하는 리의 그 소이(所以)와 더불어 하나다. 회암은 동하게 하는 리의 그 소이를 달리는 말과 그 말을 탄 사람에 견주어 소승(所乘)이라고 하였다.[34] 소승인 까닭에, 동하게 하는 리는 동하되 동하지 않는다. 움직여 이르지 않는 곳이 없지만, 그것은 아무튼 스스로 움직인 결과는 아니다. 리동의 문제를 이렇게 이해하게 된다면, 다음과 같은 회암의 발언을 가지고 우리는 적어도 리의 능동을 연상하게 되지는 않을 것이다.

> 太極은 저절로 動하고 靜하는 理를 지니고 있으니, 動하고 靜하는 것으로써 어찌 體와 用을 나누지 못하랴? 靜함이 곧 太極의 體이고, 動함이

32 李滉, 『退溪先生文集』 16-8b. 「答奇明彦-論四端七情第一書」: "蓋理之與氣, 本相須以爲體, 相待以爲用, 固未有無理之氣, 亦未有無氣之理."
33 李滉, 『退溪先生文集』 29-5a. 「答金而精」: "心非性, 無因而爲動, 故不可謂心先動也. 性非心, 不能以自動, 故不可謂性先動也."
34 朱熹, 『晦庵集』(四庫全書) 45-19b. 「答楊子直」: "熹向以太極爲體, 動靜爲用, 其言固有病. 後已改之曰, 太極者本然之妙也, 動靜者所乘之機也, 此則庶幾近之."

> 곧 太極의 用이다. 譬喩해 보건대, 부채는 다만 하나의 부채일 것이나, 흔들어 부치는 것이 곧 用이고, 멈추어 내려놓은 것이 곧 體다. 멈추어 내려놓은 때도 다만 이 하나의 道理이고, 흔들어 부치는 때도 또한 다만 이 하나의 道理다.[35]

회암은 여기서 리의 동정과 체용을 부채에 견주어 말했다. 그런데 이 비유는 동하고 정하는 리의 체와 용이 반드시 동본일 수밖에 없다는 사실을 명확히 지시하는 장점이 있기는 하지만, 정작에 흔들고 멈추는 동작을 부채가 주재하지 못하는 데서 난점을 보인다. 사물의 소능을 제약하는 소이의 리는 결코 기의 부림을 받지 않는다는 의미를 도출하지 못하는 것이다. 반면에 리의 동정을 달리는 말과 그 말을 탄 사람에 견주어 말했던 저 비유는 사물의 동정을 주재하는 원리의 리를 명확히 지시하는 뿐만 아니라 동하되 동하지 않는다는 의미를 아울러 도출하는 장점을 지닌다. 가만히 앉아서 천리에 이르는 사람의 의지가 곧 달리는 말을 부리는 원리다.

이상의 논의를 종합해 보건대, 리동의 문제는 그 의미를 크게 세 가지 요점에 따라 해석할 수 있겠다. 첫째, 회암의 '리(理)가 동(動)하고 정(靜)함이 있다.'는 주장은 미발의 논리에 따른 것이다. 이발로 말하면, 이것은 다만 기로 하여금 동하게 하고 정하게 하는 리가 있음을 뜻한다. 둘째, 퇴계의 '능발(能發)하고 능생(能生)한다.'는 주장도 미발의 논리에 따른 것이다. 이발로 말하면, 이것은 결코 능동의 의미를 지니지 않는다. 그러나 능동의 의미는 없어도 주재의 의미는 중시하지 않을 수 없었다. 퇴계가 '지묘(至妙)한 용(用)'을 강조한 이유는 여기에

---

35 朱熹, 『朱子語類』(四庫全書) 94-13a. 「周子之書 · 太極圖」: "太極自是涵動靜之理, 卻不可以動靜分體用. 蓋靜卽太極之體也, 動卽太極之用也. 譬如扇子只是一箇扇子, 動搖便是用, 放下便是體. 才放下時, 便只是這一箇道理, 及搖動時, 亦只是這一箇道理."

있었다. 셋째, 기로 하여금 정하게 하는 리가 체이고, 기로 하여금 동하게 하는 리가 용이다. 따라서 체용의 개념은 법칙의 영역에 있어서도 당연히 성립하는 것이다.

2. 寂感의 의미

리동의 개념과 완전히 부합하는 비유를 얻기는 어렵다. 앞에서 논급한 소승의 비유는 동하되 동하지 않는다는 모순을 돌파할 수 있는 점에서 매우 유력한 장점이 있기는 하지만, 이것도 정의와 조작의 의미가 덧붙게 되는 데서 일정한 한계가 따른다. 사람의 의지가 저절로 달리는 말에게 전달될 수 없으니, 원리와 실행의 사이에 반드시 계교하고 제어하는 바의 의식과 행위가 들어가게 마련인 것이다. 문제의 리는 언제나 어디에서나 기와 함께 있으면서 기와 한데 섞이지 않으며, 기와 함께 동하되 그 자신은 동하지 않는다. 그것은 모든 동정을 통틀어 주재하되 정의나 조작이 없는 바의 것이다. 그러면 이러한 개념을 어떻게 설명할 것인가?

> 動하여 靜함이 없고 靜하여 動함이 없는 것은 物이다. 動하되 動함이 없고 靜하되 靜함이 없는 것은 神이다. 動하되 動함이 없고 靜하되 靜함이 없는 것은 [그렇다고 해서] 動하지 않고 靜하지 않는 것이 아니다. 動하는 가운데 靜함이 있고, 靜하는 가운데 動함이 있다. 物은 通하지 못하나, 神은 萬物에 妙應한다.[36]

렴계는 동하되 동하지 않는 리의 용을 신(神)에 비유하고, 그것을

36 周敦頤, 『周元公集』(四庫全書) 1-24a~24b. 「通書 · 動靜」: "動而無靜, 靜而無動, 物也. 動而無動, 靜而無靜, 神也. 動而無動, 靜而無靜, 非不動不靜也. 動中有靜, 靜中有動. 物則不通, 神妙萬物."

특히 능통(能通)과 묘응(妙應)의 개념으로 정의했다. 형체를 가지는 기는 동과 정의 어느 하나에 위치하게 되지만, 형체가 없는 리는 동과 정에 두루 관통하여 존재하는 것이다. 따라서 렴계의 '동(動)하되 동(動)함이 없고 정(靜)하되 정(靜)함이 없다.'는 모순된 진술이 아니다. 만물의 동정에 두루 능통하는 뿐만 아니라 만물의 생성과 변화에 막힘이 없이 묘응하는 것이 신이다. 리가 곧 신은 아니나, 묘응하는 리의 용은 신에 비유될 만하다. 이러한 비유는 그 유래가 『주역』(周易) 「계사전」(繫辭傳)에 있었다.

> 易은 思慮가 없고, 作爲가 없고, 寂然하여 動함이 없되, 感하여 天下의 事故에 通한다. 天下의 至極히 神妙한 것이 아니면, 무엇이 여기에 參與할 수 있는가? 易은 聖人이 이로써 [萬物의] 幽深을 窮極하고 [萬化의] 幾微를 硏究하는 것이다. 幽深인 까닭에 天下의 情志에 通할 수 있다. 幾微인 까닭에 天下의 事務를 이룰 수 있다. 神妙인 까닭에 서둘지 않아도 빠르고, 다니지 않아도 이른다.[37]

이것은 리의 적감과 그에 따른 리의 동정을 설명한 것이다. 적연하여 아무런 움직임이 없는 것은 리의 체이다. 감응하여 만사 · 만물에 남김이 없도록 이르는 것은 리의 용이다. 이러한 리의 용을 특히 신묘(神妙)한 것이라고 하면서, '서둘지 않아도 빠르고, 다니지 않아도 이른다.'라고 하였다. 운행하는 바가 없어도 도달하는 바가 있다는 것이다. 신묘한 리의 용은 기미(幾微)를 발동(發動)하되 보이지 않으며, 만물에 두루 퍼져서 다함이 없이 이른다.[38] 퇴계는 이것을 다음과 같이

---

37 朱熹, 『周易本義』(四庫全書) 3-11b~12a. 「繫辭上傳」: "易無思也, 無爲也, 寂然不動, 感而遂通天下之故. 非天下之至神, 其孰能與於此. 夫易聖人之所以極深而硏幾也. 唯深也, 故能通天下之志. 唯幾也, 故能成天下之務. 唯神也, 故不疾而速, 不行而至."

38 周敦頤, 『周元公集』(四庫全書) 1-14a. 「通書 · 誠幾德」: "發微不可見, 充周不可窮之謂神."

말했다.

> 여기서 아노니, 情意 · 造作이 없는 것은 이 理의 本然한 體이고, 發現을 좇아서 이르지 아니함이 없는 것은 이 理의 至神한 用이다. 접때는 다만 本體의 無爲를 보았지 妙用의 顯行은 알지 못하여, 거의 理를 死物로 알 뻔했으니, 道를 떠남이 또한 멀지 않은가![39]

이것은 퇴계의 1570년 서간 「답기명언」(答奇明彦)의 별지 일단을 가져온 것이다. 고봉(高峰)의 처소로 보내는 이 마지막 서간을 대개는 퇴계 물격설의 극적 반전이 표현된 것으로 읽는다. 퇴계는 이 서간 속에서 분명히 그가 이전에 견지해 오던 물격설의 핵심 내용을 수정하고 있었다. 그러나 이상과 같은 우리의 고찰에 따르면, 적어도 리의 동정과 체용에 관한 퇴계의 견해는 극적 반전에 속하는 것으로 해석할 만한 내용이 전혀 없었다. 여기에 보이는 '발현(發現)을 좇아서 이르지 아니함이 없다.'는 이 주장은 퇴계의 본체론에 있어서 결코 새로운 것이 아니다.

일찍이 퇴계가 1561년 서간 「답정자중별지」를 통하여 문봉(文峰)의 질문에 대답한 '동(動)하여 양(陽)을 낳는 리(理)'와 여기서 언급한 '리(理)의 지신(至神)한 용(用)'은 무엇이 서로 다른가? 양자는 서로 다른 개념이 아니다. 여기에 보이는 '묘용(妙用)의 현행(顯行)은 알지 못했다.'는 이 발언은 단순한 겸사(謙辭)의 하나다. 이른바 '물격'(物格)에 관하여 곧장 '이른다.'를 선언하지 못했던 저간의 신중한 입장이 오히려 리의 용에 대한 인식을 적잖이 저해한 셈이 되었던, 이것을 과실로

---

39 李滉, 『退溪先生文集』 18-31b. 「答奇明彦」: "是知無情意造作者, 此理本然之體也, 其隨寓發見而無不到者, 此理至神之用也. 向也但有見於本體之無爲, 而不知妙用之能顯行, 殆若認理爲死物, 其去道不亦遠甚矣乎."

돌리는 태도의 표현일 뿐이다. 실상은 리동의 문제에 대한 퇴계의 이해가 충분했던 만큼 리도의 문제는 이미 문제의 범위에 있지 않았다.

리도는 리동의 함의다. 리동은 능동을 뜻하는 개념이 아니다. 능통을 뜻하는 개념일 뿐이다. 리도는 능통의 결과다. 리도는 퇴계 성리학의 한 가지 결론에 속한다. 그러나 리도의 개념을 퇴계가 처음 정립했던 것은 아니다. 리도의 개념은『주역』「계사전」에 이미 정립되어 있었다. 송대(宋代) 이전의 주소(注疏)에 이미 그와 비슷한 용어가 보인다.[40] 퇴계의 발언은 또한 회암의 발언을 가장 가까운 근거로 삼고 있었다.[41] 그러니 퇴계의 최후 물격설에 대한 종래의 반론은 다만 퇴계 성리학에 대한 이해의 부족에 그치는 것이 아니다.

Ⅳ. 결론

기존의 연구에 따르면, 체용(體用)의 체(體)와 용(用)은 형이상의 원리와 그것이 형이하의 현상계에서 구현된 실제 상태의 관계라야 하는데, 퇴계(退溪)의 체용 제1의는 단순히 형이상의 원리와 그것이 형이하의 현상계에서 구현될 만한 형이상의 가능성을 체와 용의 관계로 지목했던 것이기 때문에 문제가 있다고 하였다. 일찍이 회암(晦庵)이 제시했던 견해와 부합하는 사례로 보기 어렵다는 비판도 있었고, 더욱이 체와 용의 관계를 예시한 것으로 보기 어렵다는 비판도 있었다.

---

40 孔穎達,『周易注疏』(四庫全書) 11-38a.「繫辭上疏」: "唯神也, 故不疾而速, 不行而至者, 此覆說上經下節易之神功也. 以無思無爲, 寂然不動, 感而遂通, 故不須急疾, 而事速成, 不須行動, 而理自至也."

41 朱熹,『朱子語類』(四庫全書) 94-52b~53a.「周子之書 · 誠幾德」: "發微不可見, 充周不可窮之謂神. … 發, 動也. 微, 幽也. 言其不疾而速. 一念方萌, 而至理已具, 所以微而不可見也. 充, 廣也. 周, 遍也. 言其不行而至. 蓋隨其所寓, 而理無不到, 所以周而不可窮也."

그러나 종래의 이러한 비판은 그 거점이 되었던 견해가 우선은 회암의 견해를 충분히 검토하지 못했던 데서 비롯된 것이기 때문에 수긍하기 어렵다. 실제로 회암이 제시했던 체용의 체와 용의 관계는 크게 두 가지 의미를 지닌다. 첫째, 존재의 완비(完備)에 표기의 중점을 두는 경우로, 어떠한 하나의 법칙 · 사물 등이 그 자체에 지니는 구비상(具備相)과 기능상(機能相)의 관계다. 둘째, 존재의 실행(實行)에 중점을 두는 경우로, 어떠한 하나의 법칙 · 사물 등이 그 자체에 지니는 정지상(靜止相)과 동작상(動作相)의 관계다.

체용은 온갖 법칙 · 사물 등의 존재 양상을 체와 용의 관계로 파악하는 개념이다. 체용의 체와 용은 결코 서로 분리되어 있는 것이 아니다. 체용의 체와 용은 있으면 반드시 함께 있고 없으면 반드시 함께 없는 관계다. 체용의 체와 용은 반드시 동일한 차원의 동일한 대상에 한해서 거론할 때만 유효한 개념을 이룬다. 따라서 체용의 체와 용을 특히 원리의 구현 여부에 따라 구별하는 가운데 양자를 서로 분리해서 보는 견해는 체용의 개념을 온당하게 파악한 견해가 아니다.

퇴계는 체용의 개념이 적용될 수 있는 경우를 법칙의 영역에 대한 제1의와 사물의 영역에 대한 제2의로 구분하는 가운데 그 제1의를 특히 리(理)의 구비상과 리의 기능상의 관계로 보았다. 아울러 리의 동정(動靜)의 실제를 곧 리의 체용의 실제로 보는 관점에서 체용의 개념이 법칙의 영역에 있어서도 성립하는 근거를 리의 동정에 두었다. 퇴계의 견해에 따르면, 리의 정지상은 곧 체로서 구비상에 해당하는 것이고, 리의 동작상은 곧 용으로서 기능상에 해당하는 것이다.

체용의 개념은 리의 존재 양상을 실행과 완비 및 초월의 체계로 파악하는 데 있어서 결코 없을 수 없는 이해의 방법과 형식을 제공해 주었다. 만물의 현상에 이르지 않음이 없도록 광범하게 동작하는 것은 리의 용이다. 만물의 이치를 남김이 없도록 완전하게 구비하는 것은 리의 체이다. 변화에 다함과 막힘이 없는 것은 리의 용이다. 본질에 덜거나 더함이 없는 것은 리의 체이다. 체용의 개념에 의거할 때라야 비로소 이러한 유행과 보편 및 무궁을 여실히 파악할 수 있었다. 퇴계가, 체용의 개념이 사물의 영역에 있어서만 아니라 법칙의 영역에 있어서도 성립함을 주장했던 이유는 바로 여기에 있었다.

그런데 리의 동정의 실제를 곧 리의 체용의 실제로 보는 퇴계의 견해는 리의 동정을 주장할 수밖에 없는 그 필연성에 말미암아 마치 그가 리의 능동(能動)을 주장한 양으로 오해를 받기도 하였다. 그러나 리의 능발(能發) · 능생(能生) 및 리동(理動) 등을 언급한 모든 사례에 있어서 퇴계가 주장한 리의 동정은 일찍이 회암이 리에 동정이 있음을 주장한 모든 사례와 마찬가지로 미발(未發)의 논리와 이발(已發)의 논리를 확고히 구분하는 조건에 한해서 오로지 법칙의 영역에 대해서만 선언된 동정일 뿐이다. 요컨대 퇴계가 주장한 리의 동정은 당연히 아직 기(氣)의 동정을 선언한 적이 없는 미발의 논리에 따라 이해되어야 할 바였다.

이발의 논리에 따르면, 동(動)하는 리는 곧 기로 하여금 동하게 하는 리에 그치고, 정(靜)하는 리는 곧 기로 하여금 정하게 하는 리에 그친다. 동하고 정하는 리의 실상은 다만 기의 동정을 주재(主宰)하는 원리다. 따라서 회암이 말하는 리의 동정과 퇴계가 말하는 리의 능발 · 능생 및 리동은 결코 리의 능동을 뜻하는 것이 아니다. 퇴계가 말하는 리의 체용도 그 뜻하는 바가 결코 여기서 벗어나지 않는다. 정하게 하는 리가 체이고, 동하게 하는 리가 용이다. 이것을 미발로 말하면, 정하는 리가 체이고, 동하는 리가 용이다.

회암은 동하게 하는 리의 그 소이(所以)를 달리는 말과 그 말을 탄 사람에 견주어 소승(所乘)이라고 하였다. 동하게 하는 리는 동하되 동하지 않는다. 렴계(濂溪)는 그처럼 동하되 동하지 않는 리의 용을 신(神)에 비유하고, 그것을 능통(能通)과 묘응(妙應)의 개념으로 정의했다. 적연(寂然)하여 아무런 움직임이 없는 것은 리의 체이고, 감응(感應)하여 만사·만물에 남김이 없도록 이르는 것은 리의 용이다. 퇴계의 이른바 리도(理到)는 바로 여기에 근거를 두고 있었다. 리도는 능통의 결과다. 능통은 미동(未動)과 능동이 통일된 경지다.

퇴계의 최후 물격설(物格說)은 사계(沙溪)·포저(浦渚) 및 우암(尤庵)의 공격과 비판을 거치는 동안에 거의 배격될 지경에 이른 적도 있었다. 그들의 공격과 비판이 물격설 연구사에 있어서 전혀 무익했던 것은 아니나, 퇴계에 이르러 비로소 충분히 이해될 수 있었던 리의 동정과 체용의 문제가 거기서 다시 원점으로 돌아갈 만한 위기를 맞았던 점은 아쉽게 여길 만한 일이다. 리도의 개념은 선진 시대의 문헌에 이미 정립되어 있었다. 퇴계의 최후 물격설에 대한 공격과 비판은 이것을 미처 성찰하지 않았다.

철학논집 제18집(서강대학교 철학연구소, 2009): 185-221면

02

퇴계의 지각 이론과 자연미 인식의 감성적 계기

본문개요

퇴계가 말하는 사람의 지각은 이른바 허령(虛靈)을 체(體)로 하는 마음의 용(用)으로서 단순한 감각(感覺)을 넘어서 의리(義理)의 당연(當然)과 소연(所然)을 파악할 수 있는 기능에 속한다. 허령은 공허(空虛)와 영활(靈活)을 한데 아우른 말이다. 공허는 순전히 맑은 기(氣)를 지니는 마음의 정지상(靜止相)이다. 영활은 완전히 갖춘 리(理)를 지니는 마음의 구비상(具備相)이다. 전자는 지각하는 바탕을 이루고, 후자는 지각하는 까닭을 이룬다.

지각은 사물의 왕래를 맨 처음 응접하고 이로써 모든 감정(感情)과 사려를 촉발하는 데서 고유한 영역을 가진다. 지각이 파악하는 바의 사물은 마음의 욕구를 좇아서 저절로 우리의 눈앞에 놓이고, 사물이 촉발하는 바의 감정은 사물의 선악(善惡)과 미추(美醜) 및 마음의 호오(好惡)를 좇아서 저절로 우리의 가슴에 맺힌다. 퇴계는 마음의 이러한 감응(感應)을 사람이 삼재(三才)의 하나로서 중정(中正)의 준칙(準則)을 수립하는 이유로 들었다.

우리의 미적 만족은 지각을 통해서 느끼는 경계와 의향(意向)을 좇아서 바라는 경계가 완전한 일치를 이루는 곳에서 생긴다. 그러나 사의(私意)가 지각을 가리면, 사물의 선악과 미추가 사물의 형식과 실질에 구비된 자연의 이치에서 나오는 것이 아니라 자아의 사적 이해나 사적 호오의 적부에서 나온다. 사의가 없어야 사물과 자아가 하나로 모이는 심미 지각을 얻는다. 이것은 자연미를 그 자체로 즐기는 심미 활동의 가장 중요한 전제다.

핵심용어

허령(虛靈), 감응(感應), 지각(知覺), 직관(直觀), 자연미(自然美)

Ⅰ. 서론

우리의 마음은 형상이 따로 없이 텅 빈 기(氣)로 이루어져 있지만, 이로써 느끼는 뿐만 아니라 움직이고 생각하는 온갖 리(理)를 갖추어 지닌다. 본질과 양상이 이처럼 텅 비어 있는 듯하되 오히려 가득 찬 이것은 곧 마음의 본체이고, 여기서 비롯하는 모든 지각(知覺)과 감정(感情)과 사려(思慮)는 곧 마음의 기능이다. 이러한 마음은 사람만 아니라 짐승도 가지며, 만물이 또한 저마다 그 나름의 마음을 가진다.[1] 사람의 마음에 비길 만한 지각이 없을 뿐이다.

일찍이 회암(晦庵)은 사람의 마음이 인심(人心)과 도심(道心)의 다름을 보이는 까닭을 특히 지각이 다른 데서 찾았다.[2] 이것은 지각을 사람의 마음에 대한 이해의 관건으로 삼아 중시하는 견해다. 격암(格菴)은 이러한 지각을 가리켜 '지(知)는 소당연(所當然)을 알아차리는 것이고, 각(覺)은 소이연(所以然)을 깨닫는 것이다.'[3]라고 하였다. 여기에 따르면, 사람의 지각은 그 기능이 의리(義理)의 당연(當然)과 소연(所然)을 파악하는 데까지 이른다.

그런데 율곡(栗谷)은 격암의 주석을 몹시 부당한 것으로 여기던 적이 있었다. 격암의 주석은 지각의 범위를 그 상한에 있어서 매우 높게 규정하는 바였다. 율곡은 바로 여기에 불만을 품었고, 마침내 퇴계(退溪)의 처소로 보내는 문목에 적기를 '평범한 사람과 짐승에 이르기까지 모두 지각을 가지고 있거늘, 이것이 어찌 소당연을 알아차리고 소

---

1 朱熹, 『朱子語類』(四庫全書) 4-8b. 「性理一」: "天下之物, 至微至細者, 亦皆有心, 只是有無知覺處爾. 且如一草一木, 向陽處便生, 向陰處便憔悴, 他有箇好惡在裏."

2 朱熹, 『中庸章句大全』(四庫全書) 上-2a. 「中庸章句序」: "心之虛靈知覺一而已矣, 而以爲有人心道心之異者, 則以其或生於形氣之私, 或原於性命之正, 而所以爲知覺者不同."

3 朱熹, 『中庸章句大全』(四庫全書) 上-2a. 「中庸章句序」 附註: "知是識其所當然, 覺是悟其所以然."

이연을 깨닫는 것이랴?'[4]라고 하였다. 반면에 퇴계는 이것을 단호히 배격하는 답안을 보냈다.

> 血氣를 지니는 것들은 모두 知覺을 지닌다. 그러나 짐승의 치우치고 막힌 지각이 어찌 사람의 가장 영민한 지각과 같으랴? 하물며 여기서 지각을 말함은, [예로부터] 마음[心]을 잘 간수하고 부려서 쓰는 법도를 전함에 있어서 '[人心은] 危殆하고, [道心은] 微妙하니, [中道를 얻고자 할진댄] 精一하라.'라고 했었던 데 말미암아 이 두 글자를 虛靈과 아울러 말하고, 이로써 사람의 마음이 갖춘 體- 본체 -와 用- 기능 -의 오묘함을 밝히는 바였다.[5]

율곡의 견해로 말하면, 지각은 모든 사람이 품격의 고하를 막론하고 다들 가지는 뿐만 아니라 하물며 짐승도 다들 가지는 바로서 다만 의식(意識)이 깨어 있어 춥고 더운 줄을 알아차리고 배고픔을 깨닫는 정도의 기능에 속한다. 이것은 지각을 감각(感覺)의 범위로 제한하는 견해다. 율곡은 당시에 사람의 지각과 짐승의 지각을 거의 구별하지 않는 관점에 있었다. 사계(沙溪)도 이것을 옹호하는 입장을 보였다.[6] 이러한 견해에 따르면, 의리의 당연과 소연에 대한 인식은 사려의 영역에 가서야 비로소 가능한 것이다.

퇴계의 견해로 말하면, 지각은 이른바 허령(虛靈)을 체(體)로 하는 마음의 용(用)으로서 단순히 감각에 그치는 수준의 것이 아니라 반드시 의리의 당연과 소연을 파악할 수 있는 기능에 속한다. 기질(氣質)에

---

4 李滉, 『退溪先生文集』 14-28b. 「答李叔獻問目」 原註: "今衆人至於鳥獸, 皆有知覺, 此豈識其所當然, 悟其所以然者耶."

5 李滉, 『退溪先生文集』 14-28a~28b. 「答李叔獻問目」: "凡有血氣者, 固皆有知覺. 然鳥獸偏塞之知覺, 豈同於吾人最靈之知覺乎. 況此說知覺, 實因傳心之法, 危微精一之義, 而以此二字, 并虛靈言之, 發明人心體用之妙."

6 金榦, 『厚齋先生集』 31-3a~3b. 「箚記 · 中庸」: "沙溪曰, 知其所當然, 覺其所以然, 本出孟子註. … 若此謂知覺則只是不昏塞之意, 故朱子嘗以知寒覺煖爲訓. 趙說恐非序文本意."

막히고 욕구(欲求)에 가리는 경우는 있어도, 사람의 지각은 그처럼 의리의 당연과 소연을 파악할 수 있는 인식 능력을 지니는 데서 짐승의 지각과 다르다. 사람의 지각이 비록 어질고 모자란 따위의 차이를 빚기는 하지만, 이것은 마침내 사람의 지각이 지니는 본질적 능력을 의심할 만한 근거가 되지 못한다.

> 평범한 사람의 지각이 聖賢과 다른 까닭은 곧 氣가 가리고 欲이 어둡게 하여 스스로 잃은 데 있는 것이다. 또 어찌 이것을 들어 사람의 마음[心]의 알아차릴 수 없음과 깨달을 수 없음을 의심해야 하는가?[7]

의리의 당연과 소연을 파악할 수 있는 능력은 당연히 이지(理智)의 추리력과 판단력을 두루 주재하는 사려의 소관일 듯한데, 퇴계의 견해는 특히 이지의 판단력을 오히려 지각에 배당하고 있는 점에서 우리의 관심을 부른다. 퇴계가 말하는 사람의 지각은 감각이 파악하는 대상의 범위만 아니라 그것을 훨씬 넘어서 사물의 법칙을 파악하는 데까지 이르는 판단력의 하나다. 이것을 흔히 직관(直觀) - 직각(直覺) -이라고 이른다. 그러면 이러한 지각은 특히 어떠한 원리와 근거를 통하여 성립되는 것인가?

직관은 무릇 사물의 형상을 접촉하는 순간에 곧장 그 사물의 본질을 파악하는 능력을 말한다. 직관은 우리의 모든 심미 판단의 근본을 이룬다. 따라서 이러한 직관이 실제로 우리의 지각에 배속되어 있을 양이면, 우리는 현실미의 주요 범주를 이루는 온갖 사물의 미적 규율을 사려에 앞서 이미 지각의 단계에서 이내 인식할 수 있을 것이다. 그러면 자연미(自然美)와 같은 미적 존재는 특히 어떠한 원리와 계기를

---

7 李滉,『退溪先生文集』14-28a~28b.「答李叔獻問目」: "若夫衆人知覺, 所以異於聖賢者, 乃氣拘欲昏而自失之, 又豈當緣此而疑人心之不能識與悟耶."

통하여 파악되는 것인가?

퇴계의 지각 이론에 대한 종래의 연구는 사례가 매우 적었다. 그러나 모두 다 중요한 성과를 보였다. 예컨대 퇴계가 매사에 대하여 직관과 감정 체험을 궁리(窮理)의 방법으로 강조한 이유와 그 의의를 고찰한 연구가 있었고,[8] 마음의 본질에 관한 퇴계의 여러 논변을 좇아서 지각과 의식의 성립 과정에 따른 공부(工夫)의 문제를 고찰한 연구가 있었다.[9] 이밖에 퇴계의 지각 이론이 특히 사칠(四七) 논쟁을 통하여 확립된 사실과 그것이 율곡의 견해에 대하여 가지는 차이를 조명한 연구도 있었다.[10] 그런데 이러한 연구는 대체로 지각이 관여하는 바의 도덕적 감정과 의리의 실천에 고찰의 중점을 두었고, 지각에 의거한 심미 판단의 문제나 자연미에 대한 감성적 인식의 문제는 거의 다루지 않았다.

본고는 퇴계의 지각 이론과 문학 작품을 통하여 지각의 본질과 대상의 문제를 고찰하고 아울러 지각과 미적 인식의 문제를 고찰하는 것으로써 작성의 목표를 삼는다. 지각의 성립을 가능하게 하는 원리와 근거, 지각에 말미암아 생기는 감정과 사려 및 사물의 의의 등은 지각의 본질과 대상에 따른 고찰에서 다룬다. 심미 지각의 원리와 방법, 자연미의 본질과 근원 등은 지각과 미적 인식에 따른 고찰에서 다룬다.

---

8 蒙培元, 「論李退溪的情感哲學」, 『退溪學報』 제58집(1988), 83~92면; 徐遠和, 「略論李退溪的直覺觀」, 『退溪學報』 제62집(1989), 115~123면; 李愛熙, 「退溪哲學에 있어서 知의 問題」, 『退溪學報』 제74집(1992), 7~19면.

9 문석윤, 「退溪의 '未發'論」, 『退溪學報』 제114집(2003), 1~44면; 李承煥, 「退溪 未發說 釐淸」, 『退溪學報』 제116집(2004), 67~106면.

10 김우형, 「이황의 마음 이론에서 '지각(知覺)'과 '의(意)'」, 『정신문화연구』 제28권 제2호(2005), 187~208면; 문석윤, 「退溪集 所載 栗谷 李珥 問目 자료에 관하여」, 『退溪學報』 제122집(2007), 127~131면.

Ⅱ. 지각의 본질과 대상

1. 지각의 원리와 근거

지각의 개념에 관한 격암의 주석은 회암의 정의를 반복하는 바였고, 회암의 정의는 또한 명도(明道)의 견해에 의거하는 바였다.[11] 이들은 모두 의리의 당연과 소연을 파악하는 능력이 사려에 앞서 이미 지각에 주어져 있는 것으로 보았다. 그러니 '지각하면 의리(義理)가 곧 여기에 있다.'라고 하였던 회암의 발언은 결코 우연한 것이 아니다.[12] 퇴계가 율곡의 견해를 단호히 배격하던 배경에는 종래의 이러한 합의가 중요한 전거로 있었다. 요컨대 지각은 성리학 연구에 있어서 사람의 마음에 대한 이해의 관건으로 삼아 중시하던 바였다.

> 理와 氣가 한데 모여서 마음[心]을 이루고 虛靈과 知覺의 오묘함을 저절로 지닌다. 靜하여 衆理를 具備하는 것은 性이나, 이러한 성을 한껏 담아서 모두 싣는 것은 마음이다. 動하여 萬事를 應對하는 것은 情이나, 이러한 정을 베풀어 쓰는 것은 또한 마음이다. 그래서 '마음이 성과 정을 거느린다.'라고 하였다.[13]

퇴계는 사람의 마음을 가리켜 '마음은 리(理)와 기(氣)의 합체로서 허령과 지각의 오묘함을 저절로 지닌다.'라고 하였다. 허령은 곧 마음

---

11 朱熹, 『孟子集註大全』(四庫全書) 9-25b. 「萬章章句上」 註: "知謂識其事之所當然, 覺謂悟其理之所以然."; 楊時, 『二程粹言』(四庫全書) 上-17b. 「論道篇」: "知者知此事也, 覺者覺此理也."

12 朱熹, 『朱子語類』(四庫全書) 16-55b. 「大學三」: "才知覺, 義理便在此. 才昏, 便不見了."

13 李滉, 『退溪先生文集』 18-12b~13a. 「答奇明彦」: "理氣合而爲心, 自然有虛靈知覺之妙. 靜而具衆理, 性也, 而盛貯該載此性者, 心也. 動而應萬事, 情也, 而敷施發用此情者, 亦心也. 故曰心統性情."

의 본체를 형용한 것이다. 지각은 곧 마음의 기능을 대표한 것이다. 마음의 본체는 성(性)을 한껏 담아서 실은 정(靜)의 상태다. 마음의 기능은 정(情)을 베풀어 쓰는 동(動)의 상태다. 여기서 동의 상태는 우리의 모든 감정과 사려가 그 내용을 이룬다. 그리고 그 계기는 바야흐로 다가오는 사물을 맨 처음 응접하는 바의 지각에 말미암아 생긴다.[14] 지각을 중시할 만한 이유가 여기에 있었다. 그러면 이러한 우리의 지각은 어떻게 해서 가능한 것인가?

바람이 오면 대가 우니 둘 사이가 빈 것이 아니나,
바람이 자면 소리도 잦아져 고요 속에 잠긴다.
마침내 어느 것에 말미암아 소리가 나는가?
바람이 다시 대를 울리고 대가 또 바람을 울린다.

風來竹嘯兩非空, 風定聲歸沉寥中.
畢竟有聲緣底物, 風還鳴竹竹鳴風.[15]

지각은 우리의 마음이 사물과 접촉하는 가운데 그것을 비추어 내는 작용과 그 결과를 말한다. 사물의 다가옴과 마음의 맞이함이 한데 모여서 지각을 이루고, 이러한 지각에 말미암아 모든 감정과 사려가 생기니, 이것을 바람과 대가 한데 스쳐서 문득 소리를 빚는 현상에 비유할 만하다. 그런데, 대바람 소리와 솔바람 소리가 서로 다른 데서 알 수 있듯이, 어떠한 경우든 소리가 마지막 돌아갈 자리는 자못 뚜렷해 보여도, 소리가 처음 울리는 자리는 수월히 말하기 어렵다. 그래서 퇴계는 바로 그 소리가 말미암는 바에 의문을 던졌다.

---

14 柳成龍, 『退溪先生年譜』 2-19a. 「先生六十九歲」 三月 附註: "上又問, 圖內虛靈二字在上, 而知覺在下, 何也. 對日, 虛靈, 心之本體, 知覺, 乃所以應接事物者也. 故如此矣."
15 李滉, 『退溪先生文集 · 別集』 1-55b. 「次韻仲擧詠竹 · 風竹」 全文.

퇴계의 대답은 '바람이 다시 대를 울리고 대가 또 바람을 울린다.'라는 구절에 담겼다. 지각은 마음이 홀로 일으키는 것이 아니며, 사물이 홀로 일으키는 것도 아니다. 지각은 다가오는 사물과 맞이하는 마음이 선후(先後)와 인과(因果)를 가릴 수 없이 서로 열어 젖혀서 하나로 통하는 자연적 집중을 이룬다. 따라서 적어도 지각을 일으키는 찰나에 놓였던 우리의 마음은 도저히 이른바 자아(自我)나 사유(私有)를 세우지 못한다. 그것은 다만 하나의 허령한 공기(公器)일 뿐이다. 퇴계가 허령과 지각을 필연적 관계로 함께 말하는 이유는 여기에 있었다.

> 등불은 기름을 얻어서 매우 많은 불꽃을 지니게 되는 까닭에 어둠을 밝힐 수 있고, 거울은 수은을 얻어서 이와 같은 맑음을 지니는 까닭에 곱고 미운 것을 비출 수 있고, [사람은] 理와 氣가 한데 모여서 마음[心]을 이루고 이와 같은 虛靈과 不測을 지니는 까닭에 事物이 바야흐로 다가오면 곧 知覺할 수 있다.[16]

퇴계는 지각이 가능한 이유를 사람의 마음이 본디 허령한 데서 찾았다. 허령은 공허(空虛)와 영활(靈活)을 한데 아우른 말이다. 공허는 그 도량이 더없이 막대함을 뜻한다. 이것은 천지의 온갖 사물을 모두 다 비추어 낼 만큼 순전히 맑은 기를 지니는 마음의 정지상(靜止相)이다. 도량의 더없이 막대한 것이 여기서 나온다. 영활은 그 기능이 더없이 활발함을 뜻한다. 이것은 천지의 온갖 사물을 모두 다 이루어 낼 만큼 완전히 갖춘 리를 지니는 마음의 구비상(具備相)이다.[17] 기능의 더

---

16 李滉, 『退溪先生文集』 25-25b. 「答鄭子中別紙」: "火得脂膏 而有許多光焰 故能燭破幽闇 鑑得水銀 而有如許精明 故能照見姸媸 理氣合而爲心 有如許虛靈不測 故事物纔來 便能知覺."

17 김태환, 「퇴계의 체용(體用) 제1의와 리(理)의 적감(寂感)」, 『철학논집』 제18집(2009), 190~197면 참조.

없이 활발한 것이 여기서 나온다. 허령한 마음은 그 정체를 이루 다 헤아리기 어렵다.

사람의 마음은 그처럼 순전히 맑은 기와 완전히 갖춘 리의 총화이기 때문에 허령하고, 허령하기 때문에 천지의 온갖 사물을 다가오는 대로 낱낱 남김이 없이 모두 지각하는 기능을 가진다. 순전히 맑은 기는 지각하는 바탕을 이루고, 완전히 갖춘 리는 지각하는 까닭을 이룬다. 예컨대 거울은 조금도 일그러진 자리가 없도록 완전한 수평을 이루는 원리와 조금도 흐리거나 거친 자리가 없도록 순전한 판면을 이루는 재질의 총화이기 때문에 명백한 평면이고, 명백한 평면이기 때문에 다가오는 사물의 진상을 고스란히 다 비추는 것이다. 순전한 판면은 비추는 바탕이고, 완전한 수평은 비추는 까닭이다.

허령한 우리의 마음에 있어서, 지각하는 바탕은 순전히 맑은 기이고, 지각하는 까닭은 완전히 갖춘 리이다. 퇴계의 견해는 이렇게 요약할 수 있겠다. 회암은 이것을 말하여 '지각할 수 있게 하는 것은 마음의 리이고, 지각할 수 있는 것은 마음의 기이다.'라고 하였고, 문봉(文峰)은 또한 '지각하는 것은 기의 영활이고, 영활하게 하는 것은 리이다.'라고 하였다.[18] 퇴계의 견해는 소략한 이것을 자세하고 정밀하게 설명하는 바였다. 그러면 마음의 이러한 지각은 실제로 무엇을 파악하는 것인가?

> 마음[心]은 다만 하나이지만, 知覺이 耳目의 欲求를 좇아서 나오면 곧 人心이고, 지각이 義理를 좇아서 나오면 곧 道心이다. 인심은 危殆하여 陷溺하기 쉬우며, 도심은 微妙하여 顯著하기 어렵다.[19]

18 朱熹, 『朱子語類』(四庫全書) 5-6a. 「性理二」: "所覺者, 心之理也, 能覺者, 氣之靈也."; 鄭惟一, 『文峯先生文集』 3-21a. 「上退溪先生問目」: "知覺者, 氣之靈也, 所以靈者, 理也."
19 朱熹, 『朱子語類』(四庫全書) 78-52b. 「尙書一」: "只是這一箇心, 知覺從耳目之欲上去, 便

지각은 의리의 당연과 소연을 파악하는 바라고 하였다. 그러나 이것은 지각의 정수를 가리킨 것일 뿐이지, 이로써 지각의 실상과 그 다양한 내용을 모두 아울러 가리킨 것은 아니다. 회암의 논변에 따르면, 지각은 크게 형기(形氣)의 욕구를 좇아서 나오는 것과 성명(性命)의 욕구를 좇아서 나오는 것이 있으니, 전자는 신상의 이해를 파악하는 바로서 인심을 이루고, 후자는 사물의 의리를 파악하는 바로서 도심을 이룬다. 그러니 무릇 욕구의 대상이 되는 모든 사물이 곧 지각의 내용인 셈이다.

지각은 욕구의 대상을 파악하는 기제다. 욕구는 보충과 배제의 방식을 통하여 생리(生理)의 적부(適否)를 요구하는 마음의 작용과 그 상태다. 우리의 모든 지각은 이러한 욕구를 근거로 삼는다. 형기의 욕구는 자신과 타자를 서로 다른 개체로 세운다. 이것은 목숨을 간직하는 욕구다. 성명의 욕구는 사람과 짐승을 서로 다른 사물로 세운다. 이것은 사람을 간직하는 욕구다. 그러나 반드시 목숨이면서 반드시 사람이라야 비로소 사람으로서 개체인 하나의 사물을 이룬다. 그러니 전자와 후자가 본디 따로 분리되어 있는 것은 아니다.

> 나누어 말하면, 人心은 확실히 形氣에서 생기고, 道心은 확실히 性命에서 생기되, 합해서 말하면, 도심은 인심의 사이에 섞여서 나오니, 실상은 서로 의지하고 서로 드러내는 까닭에 뚜렷이 '두 가지 것이다.'라고 말할 수 없다.[20]

성명이 반드시 형기에 있듯이, 성명의 욕구도 언제나 형기의 욕구

是人心, 知覺從義理上去, 便是道心. 人心則危而易陷, 道心則微而難著."

20 李滉, 『退溪先生文集』 39-24a. 「答洪胖」: "分而言之, 人心固生於形氣, 道心固原於性命, 合而言之, 道心雜出於人心之間, 實相資相發, 而不可謂判然爲二物也."

를 타고 나온다. 이것은 곧 사물의 의리를 파악하는 지각과 신상의 이해를 파악하는 지각이 서로 분리되어 있지 않음을 뜻한다. 따라서 회암의 논변은 마땅히 '도심은 인심의 사이에 섞여서 나온다.'는 퇴계의 명제를 통해서 해석되어야 할 것이다. 도심은 결코 인심의 밖에 있는 것이 아니다. 다음과 같은 한 가지 사례를 제시할 만하다. 지각과 감정과 사려를 선후 · 인과의 관계로 분별한 회암의 예시다. 퇴계는 이것을 평하여 '화두를 달리 세울 것이 없을 만큼 명백하고 적당하다.'라고 하였다.[21]

> 우물에 빠지는 철부지 어린아이를 문득 보는 이것은 마음[心]의 느낌[感]이다. 반드시 놀라고 불쌍히 여기는 마음을 갖는 이것은 情의 생김[動]이다. 교분을 맺고자 건지고, 명예를 얻고자 건지고, [인정이 없다는] 소문이 듣기 싫어서 건지고 하는 따위는 마음이 主宰하지 못하여 정이 그 바름을 잃은 것이다.[22]

여기서 이른바 '마음[心]의 느낌'은 곧 지각을 가리킨 것이고, '정(情)의 생김'은 곧 감정을 가리킨 것이다. 그리고 '교분을 맺고자'와 그 이하는 곧 의(意)가 나뉘어 실천이 달라진 것이니, 마음의 여러 경향에 속하는 이것은 당연히 사려를 가리킨 것이다.[23] 우리가 주목할 바는 감정과 사려에 앞서 맨 처음 비롯된 지각이 실제로 무엇을 파악하고 있는가 하는 점이다. 당시의 지각은 단순히 사태를 감각하는 데서 그

21 李滉, 『退溪先生文集』 36-3a. 「答李宏仲問目」: "此說明白的當, 學者深味而熟察之, 則久乃見之, 不須別立話頭也."

22 朱熹, 『晦庵集』(四庫全書) 32-11a. 「問張敬夫」: "今夫乍見孺子入井, 此心之感也. 必有怵惕惻隱之心, 此情之動也. 內交要譽惡其聲者, 心不宰而情之失其正也."

23 李滉, 『退溪先生文集』 25-19b. 「答鄭子中講目」: "惻隱之發, 而有納交要譽之失者, 意爲之."; 李滉, 『退溪先生文集』 29-14b. 「答金而精」: "陳安卿曰, 思慮念慮之類, 皆意之屬, 此說通矣."

치지 않았다. 그것은 문득 경악(驚愕) · 측은(惻隱)의 감정과 상량(商量) · 계교(計較)의 사려를 잇달아 일으킨 모든 원인이 되었다.

우물에 바깥 구렁이가 빠지면, 경악은 하더라도 마침내 대상의 처지를 측은히 여기지는 않는다. 추물의 난동에 대한 이 경악은 자가의 편익이 부당한 데서 생긴다. 반면에 저 경악은 대상의 처지가 마땅할 것을 욕구한 데서 생겼다. 측은의 원인도 여기에 있었다. 우물에 옆집 송아지가 빠지면, 상량은 하더라도 마침내 자가의 편익을 계교하지는 않는다. 재물의 손실에 대한 이 상량은 대상의 처지가 부당한 데서 생긴다. 반면에 저 상량은 자가의 편익이 무던할 것을 욕구한 데서 생겼다. 계교의 원인도 여기에 있었다.

당시의 지각은 대상의 처지가 마땅할 것과 자가의 편익이 무던할 것을 감정과 사려에 앞서 이미 파악하고 있었다. 지각의 양상이 둘이니, 하나는 사물의 의리를 파악하는 바였고, 하나는 신상의 이해를 파악하는 바였다. 전자는 '아이를 살려야 마땅하다.'의 당연과 '아직은 죽을 목숨이 아니기 때문이다.'의 소연을 내용으로 가진다. 그런데 이것이 마침내 아이를 건지는 동기가 되지는 못했다. 후자가 일으킨 상량 · 계교의 사려에 전자가 일으킨 경악 · 측은의 감정이 문득 가렸던 것이다.

우물에 빠지는 송아지를 만나는 상량이 재물을 아끼는 형기의 욕구를 좇아서 나오듯, 우물에 빠지는 아이를 보았던 경악 · 측은도 실상은 목숨을 아끼는 형기의 욕구를 바탕에 가진다. 그러나 전자는 다만 형기의 욕구에 그치는 인욕(人欲)에서 나왔다. 반면에 후자는 본디 성명으로 주어진 천리(天理)에서 나왔다.[24] 그것이 재물을 아끼듯 목숨

24 李滉, 『退溪先生文集』 23-24b. 「答趙士敬」: "生於耳目口鼻等之心, 不失正理, 則皆天則也. 故人心不可謂之人欲."

을 아끼는 형기의 욕구를 타고 나왔을 뿐이다. 그러니 경악 · 측은과 상량 · 계교가 모두 인심이 아닌 것이 없지만, 도심을 이루고 인심에 그치는 차이가 뚜렷하게 나뉜다. 신상의 이해를 파악하는 지각과 사물의 의리를 파악하는 지각은 이와 같이 서로 분리되지 않는 가운데 또한 뚜렷이 구별되는 양상과 속성을 지닌다.

우리의 마음은 반드시 목숨이면서 반드시 사람이라야 하는 까닭에 성명의 욕구만 아니라 형기의 욕구를 언제나 아울러 가진다. 욕구는 의욕(意欲)과 다르다. 의욕은 사려를 통하여 일부러 지각을 부리는 바지만, 욕구는 모르는 사이에 저절로 지각을 낳는다. 성명의 욕구를 좇아서 나오는 지각이 형기의 욕구를 좇아서 나오는 지각에 가리는 현상도 모르는 사이에 저절로 그렇게 되는 것이다. 그러면 이러한 현상에 있어서 지각이 비롯하는 바의 위치와 그 영역은 어떻게 규정할 수 있는가?

> 마음이 아직 발현하지 않은 때는 氣가 아직 用事하지 않아 오직 理일 뿐이니, 어찌 惡이 있으랴? 다만 발현하는 때에 리가 기에 가리어 바야흐로 악으로 가니, 이것이 이른바 '幾微가 善惡을 가른다.'는 것이고, 두 가지 것이 서로 마주 섬이 있어서 생기는 것이 아님을 先儒가 힘써 구별한 것이다.[25]

퇴계는 성명의 욕구를 좇아서 나오는 지각이 형기의 욕구를 좇아서 나오는 지각에 가리는 현상을 마음이 다만 발현하는 때의 기미(幾微)에 이르러 그렇게 되는 것으로 보았다. 기미는 곧 감정과 사려의 미동(微動)을 뜻한다.[26] 그러니 성명의 욕구를 좇아서 나오는 지각이 형기

---

25 李滉, 『退溪先生文集』 13-7a~7b. 「與洪應吉」: "心之未發, 氣未用事, 唯理而已, 安有惡乎. 惟於發處, 理蔽於氣, 方趨於惡, 此所謂幾分善惡, 而先儒力辨其非有兩物相對而生者也."

26 朱熹, 『朱子語類』(四庫全書) 94-47b. 「周子之書」: "幾者, 動之微. 微, 動之初, 是非善惡於此可見. 一念之生, 不是善, 便是惡. 孟子曰, 道二, 仁與不仁而已矣, 是也."

의 욕구를 좇아서 나오는 지각에 가리는 현상은 특히 감정과 사려가 처음 비롯하는 때의 기점에 놓인다. 감정과 사려는 곧 기미의 현저(顯著)를 뜻한다. 그러니 지각이 비롯하는 바의 위치는 기미의 앞에 놓인다.

감정과 사려가 이미 비롯하여 드러난 상태를 이발(已發)이라 이르고, 감정과 사려가 아직 비롯하지 않은 상태를 미발(未發)이라 이른다. 이발의 기점이 되는 것은 기미다. 따라서 무릇 욕구의 대상을 파악하는 지각은 당연히 미발의 상태에 놓인다.[27] 그러나 비록 미발의 상태에 놓여도, 이것은 어디까지나 동적(動的)인 상태다.[28] 우리의 마음은 바로 이러한 지각을 지니는 까닭에 이발과 미발을 통틀어 언제나 밝게 깨어 있는 가운데 사리(事理)에 어둡지 않게 되는 것이다.

의욕의 대상을 파악하는 지각은 사려의 주재를 받는다. 따라서 영역을 따로 설정할 필요가 없을 것이다. 반면에 욕구의 대상을 파악하는 지각은 사물의 왕래를 맨 처음 응접하고 이로써 모든 감정과 사려를 촉발하는 데서 고유한 영역을 가진다. 그러나 지각만 가지고는 생리를 실현할 수 없으니, 감정의 기력(氣力)과 사려의 결단(決斷)이 있어야 실천이 따른다. 욕구의 부름을 받아서 처물(處物)과 처신(處身)에 이르게 하는 것은 감정과 사려다.

---

27 朱熹, 『晦庵集』(四庫全書) 48-25a. 「答呂子約」: "蓋心之有知, 與耳之有聞, 目之有見, 爲一等時節, 雖未發而未嘗無."; 李滉, 『退溪先生續集』 24-10a. 「答鄭子中別紙」: "未發之前知覺有無之說, 朱子答呂子約書, 論之詳矣."; 李珥, 『栗谷先生全書』 21-21b~22a. 「聖學輯要三·修己第二中」: "若物之過乎目者, 見之而已, 不起見之之心, 過乎耳者, 聞之而已, 不起聞之之心, 雖有見聞, 不作思惟, 則不害其爲未發也."

28 朱熹, 『朱子語類』(四庫全書) 96-16b. 「程子之書二」: "曰, 知覺便是動否. 曰, 固是動. 曰, 何以謂之未發. 曰, 未發之前, 不是瞑然不省, 怎生說做靜得. 然知覺雖是動, 不害其爲未動."

2. 감정과 사려 및 사물의 의의

지각은 사물을 느껴서 알아차리고 깨닫는 바로서 마음이 비록 미발의 상태에 있을 때라도 언제나 그 작용을 멈추지 않는다. 예컨대 귀가 들음이 있고 눈이 바라봄이 있는 것은 감정과 사려가 있든 없든 언제나 없을 수 없는 것이다. 그러나 지각이 있어도 여기에 마침내 감정과 사려가 따르지 않으면 마음의 본체가 거의 쓰이지 못하게 될 것이다. 지각은 수용(受容)하는 기능일 뿐이지 운용(運用)하는 기능이 아니다. 마음을 운용하는 기능은 감정과 사려가 맡는다.

달빛 밝고 별빛 맑아 가을 하늘 가득하고,
아련한 먼 물소리 바람 속에 잠긴다.
빈 서재에 홀로 앉아 다만 깨어 듣는 사이,
결을 따라 이 마음도 있다 없다 하누나.

月明星槩滿霜空, 遠水微聲沈漻風.
獨坐虛齋惟警惕, 心存心逸片時中.[29]

한밤에 보고 듣는 바의 사물과 자신의 몸에서 일어나고 있는 마음의 움직임을 읊었다. 여울에 울리는 물소리가 바람소리에 휩쓸려 가끔씩 한동안을 들리지 않는다. 바람은 가깝고, 물소리는 아련히 멀다. 아련한 그것이 들리면 내 마음도 여기에 있고, 들리지 않으면 내 마음도 여기에 없다. 이것은 상심(賞心)의 하나다. 물소리를 향하는 심미감정인 것이다. 이러한 정경(情境)을 느껴서 알아차리고 깨달은 것은 지각이다. 말로써 옮겨온 것은 사려다.

29 李滉, 『退溪先生全書遺集 · 內篇』(陶山全書) 1-5a. 「無題」 全文.

감정은 곧 정(情)을 말하니, 이것은 지각을 일으킨 마음이 이로 말미암아 동정(動靜)을 나누어 가지는 가운데 맨 처음 생긴다. 사려는 곧 지(志)와 의(意)를 말하니, 이것은 감정을 일으킨 마음이 이로 말미암아 정처(定處)와 향방(向方)을 찾아서 이르는 가운데 생긴다. 정처를 얻은 것은 지에 속하고, 향방을 찾는 것은 의에 속한다. 사려는 또한 사(思) · 념(念)과 려(慮) 등의 여러 갈래를 지닌다. 다음과 같은 퇴계의 예시를 주목할 만하다.

> 그대가 곤란과 위험을 무릅쓰고 이렇게 원지로 유학을 떠나온 것은 志이다. 이러한 마음[心]이 사무에 따라 이것을 어떻게 하겠다는 한 가지 생각을 내는 것은 意이다. 시시와 각각의 현재에 있는 마음은 念이다. 이래서 꾀하고 헤아리는 바가 있는 것은 慮이다. 문자에 담긴 의리를 아득히 찾아서 풀어내고 사물을 맞이하는 데서 이제의 것과 저제의 것을 떠올리는 것은 思이다.[30]

마음이 사물을 느껴서 알아차리고 깨달은 나머지 이전의 적연한 상태를 바꾸어 새롭게 일정한 상태를 이루면 곧 정이니, 마음이 비로소 움직인 것이다. 이렇게 움직인 나머지 바르든 그르든 어떠한 한 가지 뜻을 한결로 바라고 가서 머물면 곧 지이고, 머무는 이것과 떠나는 저것을 그렇게 할 수 있도록 헤아리고 하도록 부추기면 곧 의이다.[31] 사 · 념과 려는 의를 갈래에 따라 달리 일컫는 말이다. 평상(平常)에 놓이면 곧 사이고, 경각(頃刻)에 놓이면 곧 념이고, 미연(未然)을 꾀하면 곧 려

30 李滉, 『退溪先生文集』 29-15a. 「答金而精」: "如公之不計艱險, 作此遠遊, 志也. 此心隨事發一念要如何爲之, 意也. 時時刻刻今頃所在之心, 念也. 因而有所圖虞, 慮也. 文字義理, 眇綿尋繹, 事物酬應, 新舊省記, 思也."

31 朱熹, 『朱子語類』(四庫全書) 5-23b. 「性理二」: "心之所之謂之志, 日之所之謂之時. 志字從之從心, 旹字從之從日. 如日在午時在寅時, 制字之義由此. 志是心之所之, 一直去底. 意又是志之經營往來底, 是那志底脚. 凡營爲謀度往來, 皆意也."

이다.[32]

사려는 의가 그 핵심을 이룬다. 의는 본디 정을 좇아서 그 정을 부리는 것이다. 예컨대 어떠한 사물을 느껴서 좋고 느껴서 싫은 것은 정이고, 느껴서 좋은 것을 좋아하고 느껴서 싫은 것을 싫어하는 것은 의이다. 이러한 의가 갈래를 쳐서 계도(計圖) · 우탁(虞度)과 기억(記憶) · 추리(推理)의 사려를 이루니, 사려는 다만 정을 부리는 데서 그치지 않는다. 사려가 아니면 지각을 통하여 감득한 사물의 이치를 해석과 실천의 영역에 부여할 수 없으니, 사려의 본질적 의의가 여기에 있다고 하겠다.

> 생각[思]하면 [사물의 이치를] 얻을 수 있고, 생각하지 않으면 얻을 수 없다. 그래서 箕子는 '思는 睿- 通曉 -를 말하는 것이다.' · '睿가 聖人을 이룬다.'라고 하였고, 孔子는 '군자는 아홉 가지 생각[九思]을 가진다.' · '생각하지 않을 뿐이지, 어찌 멀리에 있으랴?'라고 하였다.[33]

마음을 영역에 따라 나누면 크게 둘이다. 하나는 지각의 지각하는 곳이고, 하나는 사려의 사려하는 곳이다.[34] 그런데 지각은 이로써 사물을 느껴서 바야흐로 감정과 사려가 비롯될 만한 계기를 이루되, 사물의 왕래가 끊이지 않는 가운데 후자가 거듭 전자를 가리는 현상을 마침내 스스로 막지 못한다. 이러한 지각을 망각의 늪에서 구출하는 것은 사려다.[35] 지각은 여기에 반드시 사려가 따라야 비로소 완전한

---

32 李滉, 『退溪先生文集』 29-14b~15a. 「答金而精」: "逐頃逐刻, 此心所在, 謂之念."; "思有所圖曰慮."; "思, 韻會念也, 然念不足以盡思義. 念淺而思深, 念疎而思密."

33 李滉, 『退溪先生文集』 29-15b. 「答金而精」: "思則得之, 不思則不得. 故箕子曰, 思曰睿, 睿作聖, 孔子曰, 君子有九思, 未之思也, 夫何遠之有."

34 朱熹, 『朱子語類』(四庫全書) 15-30a. 「大學二」: "知與意皆出於心. 知是知覺處, 意是發念處."; 朱熹, 『朱子語類』(四庫全書) 5-26b. 「性理二」: "知與手相似, 思是交這手去做事也. 思所以用夫知也."

35 朱熹, 『孟子集註大全』(四庫全書) 6-49a. 「告子章句上」: "耳目之官, 不思而蔽於物, 物交

의식을 이룬다. 그러면 우리의 의식에 있어서 사물과 감정은 어떠한 의의를 지니는 것인가?

내 생각은 어디에 있나?
바위틈 샘물이 울리던 데서 울린다.
옛 숲이 매우 좋았지.
찬 여울은 저절로 슬픈 소리다.

我思在何許, 巖泉鳴處鳴.
故林非不好, 寒瀨自愁聲.[36]

사물과 감정은 본디 지각하는 곳에서 생긴다. 그러나 이제의 것과 저제의 것이 서로 다르다. 그래서 '울리던 데서 울린다.'라고 하였다. 저제의 것은 사려하는 곳에서 기억하고 연상하는 가운데 이끌려 나온다. 그래서 '옛 숲이 매우 좋았지.'라고 하였다. 언젠가 문경을 거쳐 서울로 가던 길에 듣고서 좋았던 저 여울의 물소리를 오늘은 다시 관복을 입은 채로 공무에 바쁜 몸이 되어 듣는다.[37] 그래서 '저절로 슬픈 소리다.'라고 하였다.

여울의 물소리는 본디 쾌적한 것이다. 쾌적한 그것이 문득 향수를 불렀고, 향수가 마침내 한탄을 낳았다. 한탄은 신세를 지각한 데서 나왔고, 향수는 고향의 옛 숲을 추억한 데서 나왔다. 고향의 옛 숲은 언제나 가지는 의지(意志)의 향방이다. 여기서 이렇게 슬픔을 일으킨 이것이 아니면 계상의 초옥과 도산의 축대에 마지막 머물던 퇴계는 아

物則引之而已矣. 心之官則思, 思則得之, 不思則不得也."

36 李滉, 『退溪先生續集』 1-11b. 「又和擬古」 全文.

37 李滉, 『退溪先生續集』 1-11a~11b. 「聞慶慶雲樓西閣, 對山臨池極淸絕. 金貳相李貳相皆題詠. 主人趙良弼導余以登眺」: "春深花映竹, 風細雨斜池. 靜裏泉聲咽, 渾疑說我詩." ※이것에 잇달아 「又和擬古」를 지었다. 시기는 42세 늦은 봄이다.

마도 없었을 것이다. 감정은 의지에 앞서 생기는 실천의 동기다. 사물은 바로 그 감정을 촉발하는 매개다.

일상의 체험에 있어서 지각과 감정과 사려는 서로 분리하기 어려울 정도로 복잡하게 섞인다. 그러나 차별과 경계가 없는 것은 아니다. 지각은 반드시 눈앞의 사물과 접촉하고 있는 동안에 생기는 것이나, 감정은 공연히 기억에 잠재하는 사물의 형상을 떠올려 생기는 경우도 흔하다. 지각은 언제나 현재의 객관적 사물을 대상으로 삼지만, 사려는 언제나 지각을 반성한 결과나 그에 따른 기억을 대상으로 삼는다. 감정은 지각을 추월하지 못한다. 사려는 또한 지각을 대체하지 못한다.

Ⅲ. 지각과 미적 인식

1. 심미 지각의 원리와 방법

지각은 마음의 발현과 운용을 가능하게 하는 전제다. 지각이 파악하는 바의 사물은 생리의 적부를 요구하는 마음의 욕구를 좇아서 저절로 우리의 눈앞에 놓이고, 이로써 마음이 구비하는 바의 이치를 빠짐이 없이 다 비춘다. 사물이 촉발하는 바의 감정은 사물의 선악(善惡)과 미추(美醜) 및 마음의 호오(好惡)를 좇아서 저절로 우리의 가슴에 맺히고, 이로써 마음이 실행하는 바의 명분을 남김이 없이 다 보인다. 사물과 감정은 감수(感受)와 응수(應酬)의 관계다. 마음은 이러한 감응(感應)을 통틀어 주재하는 본체다.

사람의 마음[心]은 體容을 갖추어 寂感을 아우르고 動靜을 거듭한다. 그렇기 때문에 物을 아직 느끼지 않았을 때는 적연히 움직이지 않는 가운데 온갖 理를 모두 갖추어 마음의 全體가 보존되지 않음이 없고, 事物이 다가오면 느껴서 드디어 막힘이 없이 두루 깨닫는 가운데 品行의 節操가 어긋나지 않아 마음의 大用이 실행되지 않음이 없다. 靜은 寂然하여 未發한 것을 말하고, 動은 感應하여 已發한 것을 말하니, 사람이 三才의 하나에 들어가 中正의 準則을 수립하는 까닭은 이러한 두 가지 端倪를 벗어나지 않는다.[38]

퇴계는 지각에 따른 마음의 감응을 사람이 삼재(三才)의 하나에 들어가 중정(中正)의 준칙(準則)을 수립하는 이유로 들었다. 감응은 만물을 낳는 천지의 마음이 하나의 음양(陰陽)을 거듭하는 것과 마찬가지로 천지의 일부인 사람의 마음이 또한 하나의 음양을 거듭하는 데서 유래하는 현상이다. 감응이 없으면 만물이 없으며, 이것은 곧 천지와 사람이 만사로 더불어 모두 없음을 뜻한다.[39] 하물며 세속의 이해를 떠나서 오로지 미적 만족을 위하는 우리의 심미 활동은 더욱 예외가 아니다. 그러면 어떠한 감응일 때에 우리는 특히 미적 만족을 얻게 되는가?

농가는 이제야 단비를 얻어서, 기쁨이 들판에 가득 넘친다. 산을 마주하고 샘물 소리를 듣고 있자니, 境과 意가 하나로 모인다. 뜰에 난 풀들은 나의 마음과 한가지로 같고,[40] 온갖 것들은 저마다 스스로 흡족해 한

---

38 李滉, 『退溪先生文集』 19-39b. 「答黃仲擧」: "人心備體用, 該寂感, 貫動靜. 故其未感於物也, 寂然不動, 萬理咸具, 而心之全體無不存, 事物之來, 感而遂通, 品節不差, 而心之大用無不行. 靜則寂而未發之謂也, 動則感而已發之謂也, 人之所以參三而立極者, 不出此兩端而已."

39 楊時, 『二程粹言』(四庫全書) 下-4a. 「天地篇」: "天地之間, 感應而已, 尙復何事."; 朱熹, 『朱子語類』(四庫全書) 65-21a. 「易一」 "心只是箇動靜感應而已. 所謂寂然不動, 感而遂通者是也."

40 朱熹, 『伊洛淵源錄』(四庫全書) 1-5a. 「濂溪先生 · 遺事」: "周茂叔, 窓前草不除去, 問之云, 與自家意思一般. 子厚, 觀驢鳴, 亦謂如此."

다. 집안에 앉아 꼬박 하루를 보내되, 즐거움이 또한 가없다. 생각해 보건대, 이러한 뜻이 나와 같을 듯싶다.[41]

퇴계가 그의 65세 첫여름에 월천(月川)의 처소로 보낸 서간의 한 단락이다. 단비에 세차게 자라 오르는 풀들과 더불어 한가지로 같은 생의(生意)를 품는 뿐만 아니라 온갖 것들의 자득(自得)한 모양을 함께 기뻐하고 흐뭇하게 여기던 당시의 일상을 적었다. 아울러 이만한 일로써 꼬박 하루를 보내도 '즐거움이 가없다.'라고 할 만큼 지극한 만족에 이르던 원인을 가리켜 '경(境)과 의(意)가 하나로 모인다.'라고 적었다. 여기서 '경'(境)은 곧 지각의 대상이 되었던 모든 사물의 경계를 말한다. 그러면 '의'(意)는 또 무엇을 말하는 것인가?

앞에서 이미 논급한 바지만, 어떠한 사물을 느껴서 좋은 것을 좋아하고 싫은 것을 싫어하는 마음의 움직임이 곧 의(意)이다.[42] 이것을 흔히 의향(意向)이라고 이른다. 의향은 느껴서 좋은 것에 대하여 우리의 지각과 사려를 거듭 고정시키는 의식의 집중을 낳는다. 이것을 흔히 관심(關心)이라고 이른다. 관심은 중시(重視)와 애호(愛好)의 과정을 위주로 하는 주의(注意)의 하나다. 이러한 관심이 더할 나위 없이 충족된 상태에 이르면, 이것을 흔히 만족이라고 이른다. 그러나 이것과 미적 만족을 동일한 것으로 보기는 어렵다.

관심의 충족은 단순히 의향을 좇아서 바라는 경계를 일방으로 만끽한 결과일 뿐이지, 실제로 지각을 통해서 느끼는 경계를 전적으로 주의한 결과가 아니다. 이러한 종류의 만족은 정작에 신체의 쾌적한 감각과 신상의 편익을 누리는 데서 그친다. 이것은 일상적 만족의 한계

---

41 李滉, 『退溪先生文集』 23-22a. 「答趙士敬」: "田家得雨, 喜騰郊野. 對山聽泉, 境與意會. 庭草一般, 萬物自得. 小堂終日, 樂亦無窮. 想此意同之也."

42 朱熹, 『朱子語類』(四庫全書) 5-23a. 「性理二」: "問, 情意如何體認. 日, 性情則一. 性是不動, 情是動處, 意則有主向. 如好惡是情, 好好色, 惡惡臭, 便是意."

다. 반면에 미적 만족은 지각을 통해서 느끼는 경계와 의향을 좇아서 바라는 경계가 완전한 일치를 이루는 곳에서 생긴다. 퇴계는 바로 이것을 가리켜 '경(境)과 의(意)가 하나로 모인다.'라고 적었다. 여기서 누리는 만족은 신체의 쾌적한 감각과 신상의 편익을 넘어서 사물의 형식과 실질을 그 자체로 즐기는 성질의 것이다.

지각을 통해서 느끼는 경계와 의향을 좇아서 바라는 경계가 완전한 일치를 이루는 경지는 의식에 수반된 지각과 감정과 의향이 일정한 사물의 경계를 기초로 통일된 자연적 집중의 결과다. 예컨대 연명(淵明)의 '동편 울타리 밑에서 국화 꽃잎을 따고, 느긋하게 남산을 바라본다.'로 말하면, 당시의 '남산을 바라본다.'와 같은 정경은 미리 어떠한 의향을 가지고 있었던 까닭에 그처럼 흐뭇한 감정을 머금은 것이 아니다.[43] 이러한 종류의 만족은 또한 관심의 대상과 그 범위가 본디 의향을 좇아서 선택된 것이 아니다. 그러나 의향의 전체를 저절로 아울러 가진다.

우리가 특히 미적 만족을 얻는 감응은 이상과 같이 밖으로 마주한 사물과 안으로 가지는 의향이 조금도 어긋남이 없이 들어맞아 흐뭇한 즐거움을 더하는 경우다. 여기에 이르는 관건은 사물을 응접하는 방법에 있으니, 우선은 관심을 부르는 의향이 우리의 지각을 제약하지 않아야 비로소 지각과 감정과 의향이 일정한 사물의 경계를 기초로 통일된 자연적 집중을 이룬다. 이러한 감응을 가능하게 하는 바로서, 다음은 사물을 응접하는 방법의 요점을 간추린 것이다.

> 마음[心]이 事物을 맞이함에 있어서, 아직 다가오지 않아서는 [바라고 기다려] 맞이하지 않고, 바야흐로 다가오면 [막히고 가리는 바가 없도록] 모두 다 비추고, 이미 맞이하고 나서는 [깨끗이 비워서] 남기지 않아,

43 蘇軾, 『東坡志林』(四庫全書) 5-5a. "陶潛詩, 採菊東籬下, 悠然見南山, 採菊之次, 偶然見山, 初不用意, 而境與意會, 故可喜也."

> [마음의] 本體가 밝은 거울과 그친 물처럼 맑으면, 나날이 비록 萬事를 겪을지언정 마음에 일찍이 한 가지 사물도 있지 않을 것이니, 아직도 어찌 마음에 해를 끼침이 있을 것인가?[44]

퇴계의 견해에 따르면, 의향이 우리의 지각을 제약하는 양상은 기대(期待)에 속하는 것과 유의(留意)에 속하는 것으로 크게 나뉜다. 기대는 미래의 어떠한 사물을 미리 기다리고 바라는 마음을 말한다. 이것은 일부러 무엇을 하고자 애쓰는 작위(作爲)를 부르고, 마침내 조장(助長)의 폐단을 낳는다. 유의는 기왕의 어떠한 사물에 아직 사무쳐 잊지 못하는 마음을 말한다. 이것은 반드시 무엇을 얻고자 애쓰는 기필(期必)을 부르고, 마침내 인색(吝嗇)의 폐단을 낳는다.

그런데 이러한 견해는 장자(莊子)의 논변에 그 유래가 있기는 하지만,[45] 우리의 마음에 본디 안팎이 따로 없음을 강조한 점에서 새롭다. 우리의 마음은 그 본체가 밝은 거울과 그친 물처럼 맑으니, 언제나 눈앞에 주어진 현재의 사물이 곧 마음의 안이자 또한 밖이다. 이것은 만물에 두루 미쳐서 만물로 그 본체를 삼는 무심(無心)의 경지에 가깝다.[46] 그러나 마음에 어떠한 기대나 유의가 놓이면, 기대와 유의는 안이 되고 사물은 밖이 되어 안팎이 서로 나뉜다. 미래나 기왕의 어떠한 사물이 눈앞에 주어진 현재의 사물을 가리는 만큼 마음도 반드시 함께 가리게 되는 얽매임이 바로 여기서 생긴다.

---

44 李滉, 『退溪先生文集』 28-4b~5a. 「答金惇敍」: "心之於事物, 未來而不迎, 方來而畢照, 既應而不留, 本體湛然, 如明鏡止水, 雖日接萬事, 而心中未嘗有一物, 尙安有爲心害哉."

45 申益愰, 『克齋先生文集』 9-30b~31a. 「雜著 · 性理彙言」: "莊子日, 至人之用心若鏡, 不將不迎, 應而不藏, 故能勝物而不傷. 語亦甚正."; "聖人之心, 事物未至, 而無期待者, 猶姸媸未至, 鏡無期待也. 事物既至, 而無偏繫者, 猶姸媸既至, 鏡無私照也. 事物既去, 而無留滯者, 猶姸媸既去, 鏡依舊虛明也." ※『장자』(莊子) 「응제왕」(應帝王) "無爲名尸" 단락을 인용했다.

46 程顥, 『二程文集 · 明道文集』(四庫全書) 3-1b. 「答橫渠先生定性書」: "天地之常, 以其心普萬物而無心. 聖人之常, 以其情順萬事而無情. 故君子之學, 莫若擴然而大公, 物來而順應."

기대와 유의는 의향이 사적 이해나 사적 호오에 이끌려 한낱 사의(私意)에 떨어진 결과다. 사의가 지각을 가리면, 사물의 선악과 미추가 사물의 형식과 실질에 구비된 자연의 이치에서 나오는 것이 아니라 다만 자아의 사적 이해나 사적 호오의 적부에서 나온다. 따라서 사의가 없어야 바야흐로 다가오는 사물을 남김이 없이 다 비추어 사물과 자아가 하나로 모이는 바의 심미 지각을 얻는다. 이것은 사물의 형식과 실질을 그 자체로 즐기는 심미 활동의 가장 중요한 전제다. 그러면 이러한 심미 지각은 무엇에 근거하는 것인가?

> 요즈음 溪上의 서실에서 지내는 터인데, 밤을 이어 달빛이 너무 맑아서 사람으로 하여금 잠이 없게 만든다. 오늘은 우연히 霞山에 갔더니, 士敬이 찾아와 '月川의 夜景이 마침 意와 더불어 하나로 모여 매우 흐뭇하다.'라고 말한다. 그러나 옛 사람들의 이른바 '맑은 바람과 밝은 달'[光霽]은 본디 이것을 말하는 것이 아니다. 달빛과 바람을 깊도록 느껴 마지않다가, 돌아와 絕句 하나를 지어 사경에게 보낸다.[47]

> 溪堂에 밝은 달이 川堂도 밝고,
> 어젯밤에 맑던 바람이 오늘밤도 맑다.
> 이밖에 또 한 가지 맑고 밝은 곳이 따로 있으니,
> 우리가 어쩌면 明誠을 몸소 밝힐꼬?

> 溪堂月白川堂白, 今夜風淸昨夜淸.
> 別有一般光霽處, 吾儕安得驗明誠.[48]

47 李滉, 『退溪先生文集』 3-55b. 「七月旣望」 序: "溪上齋居, 連夜月色淸甚, 令人無寐. 今日偶出霞山, 士敬尋到, 言其月川夜景, 適與意會, 欣然也. 然古人所謂光霽者, 殆不謂此. 爲之感歎, 旣歸得一絕, 擬寄士敬云."
48 李滉, 『退溪先生文集』 3-55b. 「七月旣望」 全文.

퇴계가 그의 64세 첫가을에 월천의 처소로 보낸 시와 그 사연이다. 보름을 지나던 당시의 달빛은 퇴계가 보아도 밝았고, 월천이 보아도 밝았다. 바람도 맑았다. 어제도 그랬고, 오늘도 그랬다. 월천은 이것을 몹시 아름답게 여기고 더할 나위 없이 기뻐한 나머지 부용봉에서 자하봉까지 십리가 훨씬 넘는 길을 훌쩍 날아와 앉았다. 월천의 이러한 감흥(感興)은 당연히 미적 만족의 지극한 것에 속한다. 퇴계도 그에 못잖은 감흥에 밤을 이어 잠을 이루지 못했다. 그러면 퇴계는 어째서 다시 '맑은 바람과 밝은 달'의 또 다른 의미를 일컫는 것인가?

당시의 달빛과 바람은 누구에게나 어디에서나 한가지로 밝고 맑았다. 퇴계와 월천은 또한 그것을 한가지로 흐뭇하게 맞이하고 있었다. 그러나 이러한 정황(情況)은 어디까지나 우리의 지각에 한해서 선언하는 때만 사물의 객관성과 더불어 필연적 관련을 지닌다. 달빛과 바람이 아무리 밝고 맑아도 이것을 느껴서 깨닫는 우리의 지각이 아니면 저들은 마침내 밝고 맑도록 지니는 자체의 형식과 실질을 드러내지 못한다. 여기서 알 수 있듯이, 사물의 드러남은 그것이 뚜렷할수록 우리의 지각도 그만큼 뚜렷한 깨달음이 있음을 뜻한다. 요컨대 모든 물성(物性)의 드러남은 또한 인성(人性)의 깨달음을 뜻하는 것이다.

퇴계가 따로 일컫던 '맑은 바람과 밝은 달'은 인품(人品)의 밝고 맑은 것에 대한 하나의 비유다.[49] 따라서 그것은 단순히 사물의 객관성을 표시하는 것만이 아니라 인성의 본질을 표시하는 바였다. 인성은 반드시 만물을 화육할 만한 본체의 명덕(明德)을 지니며, 명덕은 반드시 인정(人情)과 물리(物理)에 통달할 만한 명지(明知)를 지닌다. 명지는 곧 마음의 지각하는 곳이다. 명지를 밝히면 반드시 명덕에 이른

49 朱熹,『晦庵集』(四庫全書) 98-28b.「濂溪先生事實記」: "黃太史庭堅, 詩而序之日, 茂叔人品甚高, 胷中灑落, 光風霽月."

다.[50] 명덕은 곧 우리의 성명이다. 퇴계는 이것을 들어서 '맑고 밝은 곳이 따로 있다.'라고 하였다.

사물의 선악과 미추는 모름지기 만물에 두루 미쳐서 만물로 그 본체를 삼는 우리의 명지에 말미암아 드러나는 것이다. 우리의 심미 지각은 이러한 명지의 가장 정예로운 기능의 하나다. 사람의 마음은 명지를 지니는 까닭에 사물의 선악과 미추를 철저히 비추어 깨달을 수 있으니, 선(善)과 미(美)의 지극한 것을 누리는 즐거움은 오직 사람이 가진다. 사람은 그처럼 심미 지각을 가지는 점에서 여타의 짐승과 다르다. 그러니 사물의 아름다운 것을 찾아 즐기는 일과 명지를 가꾸는 일은 서로 다른 사업이 아니다.

2. 자연미의 본질과 근원

퇴계가 어느 날 무단히 임소를 버리고 돌아와 고향집 근처의 조붓한 냇가에 초옥을 하나 지어서 종신할 자리로 삼았던 것은 그의 50세 이른 봄의 일이다.[51] 이후로 그가 가장 흐뭇하게 여기던 일상은 '깊도록 마음을 쏟는 것은 물가의 돌이고, 몹시 즐기는 것은 다만 솔과 대이다.'라던 것이나, 아니면 '산에 살아 손익(損益)을 따지는 것은, 냇가에 나가 물소리를 더 듣고 덜 듣고 하는 일이다.'라던 것이다.[52] 그러니 돌아온 까닭은 학문에 있었을 테지만, 학문을 위하는 자취의 태반은 산

50 朱熹, 『中庸章句大全』(四庫全書) 下-24b~25a. 「第二十一章」: "自誠明, 謂之性, 自明誠, 謂之教. 誠則明矣, 明則誠矣."; "誠則無不明矣, 明則可以至於誠矣."

51 柳成龍, 『退溪先生年譜』 1-10b. 「先生五十歲」: "正月, 以擅棄任所, 奪告身二等. 二月, 始卜居于退溪之西, 構寒栖菴."; 權五鳳, 『退溪의 燕居와 思想形成』(포항공과대학, 1989), 42~72면 참조.

52 李滉, 『退溪先生文集』 1-48a. 「溪居雜興二首」 第1首 頷聯: "深耽惟水石, 大賞只松篁."; 「溪居雜興二首」 第2首 頸聯: "山居思損益, 溪座聽韶咸."

수(山水)와 천석(泉石)에 나아가 홀로 자연미를 찾아 즐기는 자리에 있었다. 그러면 퇴계가 이토록 지극한 애호의 감정을 보내던 자연미는 정작에 무엇을 말하는 것인가?

밝은 달은 하늘에 있고,
그윽이 묻혀 사는 사람은 창 아래에 있다.
금빛 물결이 맑은 못에 굽이쳐 흐르되,
워낙 둘이 아니라.

明月在天上, 幽人在窓下.
金波湛玉淵, 本來非二者.[53]

못물에 마치 쏟아져 내리듯 금빛 속살을 드러낸 달빛을 읊었다. 퇴계는 못물이 하늘의 달빛을 바람에 스쳐서 받아낸 물결의 금빛에 나아가 문득 달빛의 아름다움을 보았다. 이른바 자연미는 이와 같이 자연 사물에 드러난 자연 사물의 아름다움을 일컫는 말이다. 자연미는 자연 사물의 형식과 실질이 가지는 객관적 속성의 하나다. 예컨대 물결의 금빛은 못물에 비치는 달빛의 한 형식을 이루고, 금빛인 이 형식은 하늘의 달빛을 실질로 가진다. 물결의 금빛은 달빛의 아름다움을 못물에 드러낸 바탕이 되었고, 하늘의 달빛은 그렇게 드러난 까닭이 되었다.[54] 퇴계는 이것을 가리켜 '워낙 둘이 아니다.'라고 하였다.

그런데 퇴계의 이 시는 저절로 하나의 비유를 이룬다. 마음의 본체를 밝은 거울과 그친 물에 비유한 사례가 있음을 보건대, 여기서 말하는 맑은 못은 곧 마음의 지각하는 곳을 뜻하는 것으로 해석할 만하다.

---

53 李滉, 『退溪先生文集』 2-14b. 「八月十五夜西軒對月」 全文.
54 朱熹, 『朱子語類』(四庫全書) 25-53a. 「論語七 · 八佾篇」: "問, 善者美之實. 日, 實是美之所以然處. 且如織出絹與布, 雖皆好, 然布終不若絹好."

물결의 금빛과 하늘의 달빛의 관계는 곧 어떠한 자연 사물에 대하여 우리의 지각이 그 대상으로 가지는 것과 자연 사물의 실제의 관계다. 그러니 비록 상당한 왜곡과 착오를 보이는 한에도, 어떠한 자연 사물에 대하여 우리의 지각이 그 대상으로 가지는 것과 자연 사물의 실제는 본디 하나다. 그러면 저 달빛의 아름다움을 일컫는 때의 자연미는 마침내 대상과 실제의 어디에 있는 것인가?

> [마음이 오직 몸 안에 있을 양이면] 몸 밖은 무엇인가? 또한 이 물건-마음-일 뿐이다. 이 물건은 무엇인가? 곧 몸을 가득 채운 물건이다. 그러면 惻隱의 마음도 몸 밖에 있는가? [그렇지 않으니] 이 한 몸으로부터 天地와 萬物에 이르는 모든 것이 다만 이 하나의 理-仁-일 뿐이다. 리가 하나니, 氣가 또한 둘이 아니다. 그래서 [程子는] '한 사람의 마음이 곧 천지의 마음이다.'라고 하였다.[55] 몸 밖에 다시 무엇이 따로 있는가? 말할 만한 方體가 없고 나눌 만한 內外가 없는 이것-마음-이 있을 뿐이다.[56]

대상과 실제의 관계를 이해하기 위하여 우리가 가장 먼저 주목할 바는 지각을 일으키는 마음의 본질일 것이다. 우리의 마음은 방체(方體)가 없으니, 이것은 면적(面積) · 체적(體積) 등의 분량(分量)을 가지고 말할 수 없음을 뜻한다. 우리의 마음은 내외(內外)가 없으니, 이것은 주객(主客) · 자타(自他) 등의 상대(相對)를 가지고 나눌 수 없음을 뜻한다. 우리의 마음은 천지와 만물이 그것을 함께 가진다. 그것의 크기와 넓이는 곧 절대(絕對)에 속하는 우주(宇宙)의 크기와 넓이다. 그

---

55 朱熹, 『二程遺書』(四庫全書) 2上-1a~1b. 「元豊己未呂與叔東見二先生語」: "一人之心, 卽天地之心, 一物之理, 卽萬物之理, 一日之運, 卽一歲之運."

56 李滉, 『退溪先生文集』 19-37b. 「答黃仲擧」: "腔子外是甚底. 亦只是這箇物事. 這箇物事是甚底. 卽滿腔子底物事. 曰, 然則惻隱之心, 亦在外耶. 曰, 自這一箇腔子, 通天地萬物, 只此一理. 理一, 氣亦非二. 故曰, 一人之心, 卽天地之心. 腔子外更別有甚. 只是這箇無方體可言, 無內外可分."

래서 안팎을 또한 나눌 수 없는 것이다. 그러면 이것은 중심이 따로 없다는 말인가?

> 이것- 마음 -은 또한 허공에 걸린 물건이 아니다. 사람이 몸을 가지면 이내 그것이 樞紐가 되고 總腦處가 되는 까닭에 이 물건- 마음 -이 이 속에 가득 차서 천하의 大本이 되고, 方體가 없고 內外가 없는 까닭에 이 속을 가득 채운 마음이 곧 萬物을 낳아 이루고 四海에 두루 이르는 마음이 되니, 몸을 떠나서 만물을 낳아 이루고 사해에 두루 이르는 마음이 따로 있는 것이 아니다.[57]

우리의 마음은 우리의 몸에서 그 중심을 이룬다. 우리의 몸은 우리의 마음이 그 본체를 움직여 모든 지각을 일으키고 이로써 만물을 느껴서 알아차리고 깨닫는 곳이다. 따라서 우리의 지각은 어떠한 경우든 당연히 몸으로 느끼는 감각과 더불어 분리되지 않는다. 그러나 우리의 지각이 마침내 감각에 그치는 것은 아니다. 우리의 마음은 비록 우리의 몸에서 그 중심을 얻지만, 그것은 결코 한 사람의 몸에 갇혀 있는 물건이 아니다. 우리의 마음은 우주를 가득 채우는 바로서 없는 곳이 없고 이르지 않는 곳이 없이 이른다. 따라서 우리의 지각은 어떠한 경우든 단순히 몸으로 느끼는 감각의 범위로 제한되지 않는다.

> [마음의] 이 理는 物我가 없고, 內外가 없고, 分段이 없고, 方體가 없다. 바야흐로 靜하는 때는 완전한 全體를 갖추어, 이것이 [천지와 만물로 더불어 다 함께 가지는] 一本을 이루니, 참으로 마음[心]에 있고 物에 있는 따위의 나뉨이 없다. 動하여 事物을 맞이하는 때는 사물이 저마다 가지는 리는 곧 나의 마음이 본디 갖추고 있던 리이다. 다만 마음이 主宰가

57 李滉, 『退溪先生文集』 19-37b~38a. 「答黃仲擧」: "然這也不是懸空底物事. 人有腔子, 乃其爲樞紐總腦處, 故這箇物事, 充塞在這裏, 爲天下之大本, 由其無方體無內外, 故充塞在這裏底心, 卽是體萬物普四海底心, 非外腔子而別有箇體萬物普四海底心也."

> 되어 저마다 그 法則을 따라 맞이하게 되니, 어찌 반드시 나의 마음으로부터 미루어 나아간 뒤라야 사물의 리를 이루랴?[58]

우리의 마음은 그 리와 그 기가 천지와 만물로 더불어 하나다. 미발의 상태와 이발의 상태를 통틀어 언제나 그렇다. 그것은 물아(物我)가 없고 분단(分段)이 없는 그 리와 그 기이다. 따라서 마음이 무엇을 느끼면, 그것은 반드시 우주의 전체가 느끼는 그 무엇을 뜻한다. 우리의 지각은 이러한 마음에서 비롯하는 까닭에 어떠한 사물이 되었든 그것을 접촉하는 순간에 곧장 그 본질을 느껴서 알아차리고 깨닫는 바의 직관을 판단력의 핵심으로 가진다. 그러니 우리의 지각을 어찌 감각과 동일한 것으로 볼 수 있는가?

감각은 다만 한 사람의 몸으로 느끼는 것이다. 감각은 사물의 피상을 반영하는 수준의 감각적 현현(顯現)에 그친다. 그러나 지각은 몸으로 느끼는 뿐만 아니라 천지와 만물로 더불어 언제나 하나인 마음으로 느끼는 것이다. 지각은 우리가 바야흐로 감각적 현현을 얻는 찰나와 동시에 곧장 사물의 법칙을 파악하는 데까지 이른다. 지각의 이러한 직관은 사물의 법칙과 마음의 법칙이 본디 하나인 까닭에 가능한 것이다. 퇴계의 '사물이 저마다 가지는 리는 곧 나의 마음이 본디 갖추고 있던 리이다.'라는 정언은 직관이 가능한 이유를 밝혔다. 아울러 '마음이 주재(主宰)가 되어 저마다 그 법칙(法則)을 따라 맞이하게 된다.'라는 규정은 직관에 이르는 방식을 밝혔다.

우리의 지각이 그 대상으로 가지는 것은 우리의 몸이 특정한 하나의 위치에서 특정한 하나의 사물을 접촉하는 가운데 우리의 마음이

---

58 李滉, 『退溪先生文集』 24-2b~3a. 「答鄭子中」: "此理無物我, 無內外, 無分段, 無方體. 方其靜也, 渾然全具, 是爲一本, 固無在心在物之分. 及其動而應事接物, 事事物物之理, 卽吾心本具之理. 但心爲主宰, 各隨其則而應之, 豈待自吾心推出而後爲事物之理."

바야흐로 그것을 맞이하는 데서 생긴다. 그리고 그것은 언제나 접촉하는 바의 사물을 저마다 그 법칙에 따라 파악하는 직관의 결과로서 마음에 놓인다. 이렇게 마음에 놓이는 대상이 사람에 따라 기질에 막히고 욕구에 가려서 어질고 모자란 따위의 차이를 빚기는 하지만, 이것은 우리의 지각이 지니는 본질적 능력을 의심할 만한 사유가 되지 못한다. 차이는 다만 한 사람의 몸에서 비롯하는 것이다. 품질의 여하를 떠나서, 직관은 사물과 자아가 합일(合一)된 마음의 한 지점인 것이지 결코 자아의 외사(外射)가 아니다.

우리는 모름지기 우리의 지각이 그 대상으로 가지는 것을 통해서 사물의 실제를 깨닫게 마련이다. 그러나 그 대상은 곧 직관의 결과이니 만큼 반드시 사물의 실제에 근거하는 바의 법칙을 실질로 가진다. 우리의 마음이 대상의 실제에 이르는 방법은 이것을 벗어나지 않는다. 우리의 지각이 지니는 본질적 능력도 이것을 벗어나지 않는다. 만약에 우리의 지각이 대상의 실제에 이르는 능력을 지니고 있지 않다면, 우리의 지각이 대상으로 가지는 것과 자연 사물의 실제가 하나로 모이는 계기는 결코 있을 수 없을 것이다. 요컨대 이러한 계기를 전제로 한 사람의 몸이 완전히 극복된 경우에 한해서, 자연미는 그제야 비로소 자연 사물의 실제에 근거하는 바의 객관적 형식을 얻는다.

Ⅳ. 결론

퇴계는 회암과 마찬가지로 이지(理智)의 판단력을 사려(思慮)에 앞서 지각(知覺)에 배당하는 입장에 있었다. 퇴계가 말하는 사람의 지각은 이른바 허령(虛靈)을 체(體)로 하는 마음의 용(用)으로서 단순히 감각(感覺)에 그치는 수준의 것이 아니라 반드시 의리(義理)의 당연(當然)과 소연(所然)을 파악할 수 있는 기능에 속한다. 따라서 그것은 감각만 아니라 직관(直觀)을 아울러 가지는 판단력의 하나다.

지각은 마음이 홀로 일으키는 것이 아니며, 사물이 홀로 일으키는 것도 아니다. 지각은 다가오는 사물과 맞이하는 마음이 선후(先後)와 인과(因果)를 가릴 수 없이 서로 열어 젖혀서 하나로 통하는 자연적 집중을 이룬다. 따라서 적어도 지각을 일으키는 찰나에 놓였던 우리의 마음은 도저히 이른바 자아(自我)나 사유(私有)를 세우지 못한다. 그것은 다만 하나의 허령한 공기(公器)일 뿐이다.

퇴계는 지각이 가능한 이유를 사람의 마음이 본디 허령한 데서 찾았다. 허령은 공허(空虛)와 영활(靈活)을 한데 아우른 말이다. 공허는 천지의 온갖 사물을 모두 다 비추어 낼 만큼 순전히 맑은 기(氣)를 지니는 마음의 정지상(靜止相)이다. 영활은 천지의 온갖 사물을 모두 다 이루어 낼 만큼 완전히 갖춘 리(理)를 지니는 마음의 구비상(具備相)이다. 사람의 마음은 이처럼 순전히 맑은 기와 완전히 갖춘 리의 총화이기 때문에 허령하고, 허령하기 때문에 천지의 온갖 사물을 다가오는 대로 낱낱 남김이 없이 모두 지각하는 기능을 가진다. 순전히 맑은 기는 지각하는 바탕을 이루고, 완전히 갖춘 리는 지각하는 까닭을 이룬다.

지각은 크게 형기(形氣)의 욕구를 좇아서 나오는 것과 성명(性命)의 욕구를 좇아서 나오는 것이 있으니, 전자는 신상의 이해를 파악하는 바로서 인심(人心)을 이루고, 후자는 사물의 의리를 파악하는 바로서 도심(道心)을 이룬다. 그러나 우리의 성명이 반드시 형기에 있듯이, 성명의 욕구도 언제나 형기의 욕구를 타고 나온다. 따라서 사물의 의리를 파악하는 지각과 신상의 이해를 파악하는 지각이 서로 분리되어 있는 것은 아니다.

지각은 사물의 왕래를 맨 처음 응접하고 이로써 모든 감정(感情)과 사려를 촉발하는 데서 고유한 영역을 가진다. 그러나 지각만 가지고는 생리(生理)를 실현할 수 없으니, 감정의 기력(氣力)과 사려의 결단(決斷)이 있어야 실천이 따른다. 감정은 지각을 일으킨 마음이 이로 말미암아 동정(動靜)을 나누어 가지는 가운데 맨 처음 생긴다. 사려는 감정을 일으킨 마음이 이로 말미암아 정처(定處)와 향방(向方)을 찾아서 이르는 가운데 생긴다.

지각은 마음의 발현과 운용을 가능하게 하는 전제다. 지각이 파악하는 바의 사물은 생리의 적부를 요구하는 마음의 욕구를 좇아서 저절로 우리의 눈앞에 놓이고, 사물이 촉발하는 바의 감정은 사물의 선악(善惡)과 미추(美醜) 및 마음의 호오(好惡)를 좇아서 저절로 우리의 가슴에 맺힌다. 사물과 감정은 감수(感受)와 응수(應酬)의 관계다. 마음은 이러한 감응(感應)을 통틀어 주재하는 본체다.

퇴계는 지각에 따른 마음의 감응을 사람이 삼재(三才)의 하나에 들어가 중정(中正)의 준칙(準則)을 수립하는 이유로 들었다. 감응은 만물을 낳는 천지의 마음이 하나의 음양(陰陽)을 거듭하는 것과 마찬가지로 천지의 일부인 사람의 마음이 또한 하나의 음양을 거듭하는 데서 유래하는 현상이다. 감응이 없으면 만물이 없으며, 이것은 곧 천지와 사람이 만사로 더불어 모두 없음을 뜻한다. 하물며 세속의 이해를 떠나서 오로지 미적 만족을 위하는 우리의 심미 활동은 더욱 예외가 아니다.

우리의 미적 만족은 지각을 통해서 느끼는 경계와 의향(意向)을 좇아서 바라는 경계가 완전한 일치를 이루는 곳에서 생긴다. 이러한 경지는 의식에 수반된 지각과 감정과 의향이 일정한 사물의 경계를 기초로 통일된 자연적 집중의 결과다. 우리가 특히 미적 만족을 얻는 감응은 이처럼 밖으로 마주한 사물과 안으로 가지는 의향이 조금도 어긋남이 없이 들어맞아 흐뭇한 즐거움을 더하는 경우다. 여기에 이르는 관건은 의향이 우리의 지각을 제약하는 바가 있느냐 없느냐 하는 것이다.

의향이 우리의 지각을 제약하는 양상은 기대(期待)와 유의(留意)로 크게 나뉜다. 기대와 유의는 의향이 사적 이해나 사적 호오에 이끌려 한낱 사의(私意)에 떨어진 결과다. 사의가 지각을 가리면, 사물의 선악과 미추가 사물의 형식과 실질에 구비된 자연의 이치에서 나오는 것이 아니라 다만 자아의 사적 이해나 사적 호오의 적부에서 나온다. 따라서 사의가 없어야 사물과 자아가 하나로 모이는 바의 심미 지각을 얻는다. 이것은 사물의 형식과 실질을 그 자체로 즐기는 심미 활동의 가장 중요한 전제다.

우리의 지각이 아니면 어떠한 사물도 자체의 형식과 실질을 드러내지 못한다. 요컨대 모든 물성(物性)의 드러남은 또한 인성(人性)의 깨달음을 뜻한다. 인성은 반드시 만물을 화육할 만한 본체의 명덕(明德)을 지니며, 명덕은 반드시 인정(人情)과 물리(物理)에 통달할 만한 명지(明知)를 지닌다. 명지는 곧 마음의 지각하는 곳이다. 우리의 심미 지각은 이러한 명지의 가장 정예로운 기능의 하나다. 사람의 마음은 명지를 지니는 까닭에 사물의 선악과 미추를 철저히 비추어 깨달을 수 있으니, 선(善)과 미(美)의 지극한 것을 누리는 즐거움은 오직 사람이 가진다.

우리의 마음은 비록 우리의 몸에서 그 중심을 얻지만, 그것은 결코 한 사람의 몸에 갇혀 있는 물건이 아니다. 우리의 마음은 그 리와 그

기가 천지와 만물로 더불어 하나다. 그것은 물아(物我)가 없고 분단(分段)이 없는 그 리와 그 기이다. 우리의 지각은 이러한 마음에서 비롯하는 까닭에 어떠한 사물이 되었든 그것을 접촉하는 순간에 곧장 그 본질을 느껴서 알아차리고 깨닫는 바의 직관을 판단력의 핵심으로 가진다. 그리고 이것은, 퇴계가 거듭 역설한 바지만, 사물의 법칙과 마음의 법칙이 본디 하나인 까닭에 가능한 것이다.

퇴계가 그의 만년에 가장 흐뭇하게 여기던 일상은 산수(山水)와 천석(泉石)에 나아가 홀로 자연미(自然美)를 찾아 즐기는 자리에 있었다. 이른바 자연미는 자연 사물에 드러난 자연 사물의 아름다움을 일컫는 말이다. 자연미는 자연 사물의 형식과 실질이 가지는 객관적 속성의 하나다. 그러나 중대한 조건이 따른다. 우리의 지각이 대상으로 가지는 것과 자연 사물의 실제가 하나로 모이는 계기를 전제로 한 사람의 몸이 완전히 극복된 경우에 한해서, 자연미는 그제야 비로소 자연 사물의 실제에 근거하는 바의 객관적 형식을 얻는다.

한국학 제33권 1호(한국학중앙연구원, 2010): 105-133면

03

퇴계 觀物堂詩 "觀我生"의 이론 배경

본문개요

관아(觀我)는 자기의 소행을 살피는 행위인 까닭에 어떠한 경우든 반드시 관물(觀物)을 그 수단으로 삼는다. 관물은 확장된 관아다. 그것은 사물에 비치는 자아를 보자는 행위요, 남에게 비치는 자아를 보자는 행위다. 관물은 객관적 현실을 매개로 하는 자아의 반조(反照)를 확장된 관아에 이르는 기축으로 삼는다. 관물은 모름지기 관아를 위한 것부터 추구해야 한다고 주장한 퇴계의 논리는 관물이 지니는 확장된 관아로서의 의의를 강조하는 맥락에서 나왔다.

관물의 문제는 곧 격물(格物)의 문제다. 관물의 목적은 치지(致知)에 있으니, 치지의 요점은 천리(天理)의 본체와 그 작용 양상을 철저히 구명하는 것이다. 그러나 '자기가 本原이자 主宰다.'라고 하는 주체의 자각을 버리고 오로지 사물의 이치를 살피는 데 치중하는 태도는 '出遊한 騎兵이 돌아갈 곳이 없게 된다.'라고 하는 정신적 혼란과 피로를 부른다. 이것은 관아와 무관한 관물을 엄격히 배제했던 사유다.

만물의 이치와 자아의 본성은 본디 하나의 천리일 뿐이다. 밖으로 저쪽을 밝히면 곧 안으로 이쪽도 환하게 되는 밝음이 여기서 나온다. 그러나 심중에 조금이라도 안배나 기대를 동반한 사욕(私欲)의 개입이 생기면, 이러한 때에 응접하게 되는 온갖 사물은 다만 가없이 시달림을 부르는 굴레가 될 뿐이다. 퇴계가 합자연(合自然)과 무위(無爲)를 자아의 존심(存心)을 위한 필연적 요구로서 중시한 이유는 여기에 있었다.

핵심용어

관아(觀我), 관물(觀物), 반관(反觀), 격물(格物), 치지(致知)

Ⅰ. 서론

송암(松巖)이 그의 38세 무렵에 지어 한평생 머물던 관물당(觀物堂)은 그 당호를 애초에 '觀我'라고 했었다. 퇴계(退溪)가 이것을 '觀物'로 고쳤다.[1] 오늘날 우리가 보기에 관물(觀物)과 관아(觀我)는 대상을 내외로 상반되게 가지는 용어인 듯하니, 양자는 행위의 본질이 판이할 듯싶다. 사리가 참으로 그렇다고 한다면, 퇴계의 저러한 참견은 주인의 의사를 함부로 거스르는 처사다. 따라서 그 이유를 묻지 않을 수 없겠다.

觀物은 모름지기 觀我生으로부터 시작해야 할지니,
易經의 微妙한 旨意를 邵康節이 넉넉히 밝혔지.
自己를 버리고 오로지 觀物일 양이면,
鳶魚를 바라보는 것조차 마음을 어지럽게 하리라.

觀物須從觀我生, 易中微旨邵能明.
若敎舍己惟觀物, 俯仰鳶魚亦累情.[2]

당시에 퇴계가 제시한 그 이유는 '觀我生으로부터 시작해야 할지라.'라고 한 말에서 잘 드러나고 있듯이 관아를 관물의 전제가 되어야

---

1 權好文, 『松巖先生文集』 5-13b~14a. 「觀物堂記」: "去己巳, 姪子道可幹家事, 財力稍優, 乃欲成余之志, 秋七月, 乘農之歇, 命匠聚材, 起小堂于松巖之西偏, 閱四蓂而功訖. … 越明年春, 貿瓦而蓋, 買版而粧, … 余乃名其齋曰觀我, 堂曰執競, 而退陶先生以觀物改之, 仍名焉."

2 李滉, 『退溪先生續集』 2-24b. 「寄題權章仲觀物堂」. ※원문에 나오는 "累情"의 '累'는 흔히 사물에 관하여 '얽매이다'[系累]라는 뜻으로 쓰이나, 심리에 관하여 적용할 경우는 '괴롭히다'[勞累] · '번거롭다'[累煩] 등의 뜻으로 쓰인다. 본고는 다음과 같은 『抱朴子』의 용례에 비추어 '어지럽다'[累煩]라는 뜻으로 새겼다. 葛洪, 『抱朴子外篇』(四庫全書) 3-41a頁. 「博喩第三十八」: "狥(*徇)名者不以授命爲難, 重身者不以近欲累情. 是以紀信甘灰糜而不恨, 楊朱同一毛於連城."

할 것으로 규정한 데 핵심이 놓였다. 관물은 모름지기 관아를 위한 것부터 추구해야 마땅할 것이니, 관물을 제대로 실천하기만 한다면 관아는 당연히 그에 전제될 바로서 관물의 과정에 우선적으로 내재하게 된다는 것이다. 퇴계는 이러한 의견을 들어서 관아를 관물로 고쳤다.

그러나 퇴계의 의견은 관물의 의의를 단호히 관아에 종속시켜 말하고 있는 점에서 한 가지 심각한 의문을 부른다. 관물은 어째서 마땅히 관아를 전제로 삼아야 하는가? 퇴계는 하물며 이러한 조건이 충족되지 않으면 관물의 가장 비근한 것조차 '마음을 어지럽게 하리라.'라고 하였다. 관아와 무관한 관물을 엄격히 제한하여 배척하는 태도가 엿보이는 말이다. 여기서 의문이 겹친다. 관아를 저버린 관물은 어째서 마침내 허다한 정신적 혼란과 피로를 부르게 되는 것인가?

관아를 관물의 전제가 되어야 할 것으로 규정할 양이면, 이것은 관물의 의의를 관아의 연장선에 부치는 바로서 관물은 모름지기 관아를 위한 것부터 추구해야 한다고 주장하는 논리다. 이러한 논리에 따르면, 관물은 단순히 사물에 대한 관찰을 뜻하는 경우의 한갓된 인식론 명제가 아니다. 앞으로 상론할 바지만, 관물은 이른바 '格物致知'라고 할 때의 '格物'과 거의 동일한 의미를 지니는 용어다. 따라서 도덕적 함양(涵養)을 화두로 삼는다. 그것은 인식의 문제를 넘어서 일신의 수양과 처신 · 처세 등의 문제를 더욱 중시하는 윤리학 명제다.

관물은 강절(康節)의 『황극경세서』(皇極經世書) 「관물편」(觀物篇)을 통하여 가장 집중적으로 조명된 논제다. 퇴계의 '邵康節이 넉넉히 밝혔지.'라는 언급은 그러한 조명의 밀도를 가리킨 것이다. 그런데 이 관물이라는 용어는 오늘날 이것을 오로지 관찰과 인식의 뜻으로 등한히 새기는 사례가 흔하다. 강절의 본편을 연구한 이창일과 최형록의 견해만 그러한 것이 아니라 해동에 끼친 그 영향을 분석한 조창규 · 변종현과 손정희의 견해가 모두 그렇다.

> 관물은 以理觀物의 계열과 以物觀物의 두 계열이 있다. 첫 계열은 '오관-마음-이치'의 순서로 관물하는 단계를 나타냈었다. 두 번째 계열은 我와 物의 관점에서 관물을 하는 것을 말했다. 특히 '以物觀物'을 '反觀'이라고 불렀다. … 오관과 마음으로 사물을 보는 것 즉 '나로써 사물을 보는 것'은 情으로써, 사물을 보는 "치우쳐서 어두운" 부분적이고 편파적인 인식이다. … 그에 반해 '사물로써 사물을 보는 것' 즉 無我와 無心으로 관물을 하는 것을 性과 연관시키고 있다. 이런 인식은 전체적이며 어둡지 않고 밝다.[3]

> 관물의 인식론은 '이목관물(以目觀物)', '이심관물(以心觀物)', '이리관물(以理觀物)'의 세 가지 방식으로 나뉘게 되며, 눈[目]→마음[心]→이치[理]의 질적인 상승 구도를 지니고 있다. … 소옹은 사물을 인식함에 있어서 인간의 감각기관인 눈과 마음을 뛰어넘어 '리'로써 보아야 한다고 말하고 있는데, '이리관물'이야말로 사물의 본성[性]을 볼 수 있게 해주는 것으로 제시되었다.[4]

강절이 일컫던 관물은 이른바 반관(反觀)에 의거하여 주관과 객관의 도덕적 합일을 추구하는 행위를 가리키는 용어다. 반관은 온 세상의 눈으로 나의 눈을 삼고 온 세상의 마음으로 나의 마음을 삼아 온갖 사물의 법칙이나 나의 당연한 실천의 원리를 철저히 '無私'의 경지에서 모색하는 행위다. 따라서 진정한 관물은 '오관-마음-이치'의 순서로 구분할 만한 단계가 따로 있을 수 없으며, 더욱이 그것은 '사물로써 사물을 보는 것'으로 새기는 축자역에 가두어질 용어가 아니다.

---

3 이창일, 「觀物과 反觀 - 자연주의적 사유의 인문주의적 기획」, 『東洋哲學』 제26집(韓國東洋哲學會, 2006), 112면.

4 손정희, 「17세기 조선의 관물론(觀物論)에 나타난 완물(玩物)과 천기(天機) 개념의 연구」, 서울대학교 대학원 석사학위논문(2012), 12~13면.

강절이 일컫던 관물은 만인의 눈으로 살피고 만인의 마음으로 살피는 인식 활동을 뜻하는 뿐만 아니라 만인의 좋아함으로 좋아하고 만인의 싫어함으로 싫어하는 도덕적 실천을 뜻한다. 이러한 용어를 등한히 '無我와 無心으로 관물을 하는 것'으로 새기면, 이렇게 새기는 '無我와 無心'은 한낱 신체적 정황에 속하는 한 종류의 심리 상태를 가리키는 용어로 그 의미가 국한되고 말 것이다. 반관을 가능하게 하는 '無我와 無心'은 결코 그렇게 정의될 수 없으니, 그것은 '無私'의 경지에 이르는 도덕적 실천의 방법과 그 태도를 뜻한다.

유가(儒家)의 전통적 담론에 있어서 관물은 흔히 '致知'의 문제와 관련하여 거론된 명사다. 도가(道家)의 이른바 '心齋'와 관물을 유사한 것으로 보거나 관물에 '질적인 상승 구도'가 있는 것으로 보았던 이창일과 손정희의 견해는 관물의 의미에 관한 기초적 해석을 재고해 보아야 할 듯싶다. 관물을 '천리를 발견하는 과정'과 '이치로 사물을 관찰하는 경지' 및 '우주와 자연 그리고 인간과 역사에 대한 인식 방법' 등으로 소개한 조창규와 변종현 및 최형록의 견해는 관점을 더욱 폭넓게 가질 필요가 있어 보인다.[5]

본고는 이상과 같은 배경에서 송암의 관물당 건립에 부쳐서 매우 소략하게 드러낸 퇴계의 주장을 세밀히 분석하여 그의 관물설이 기초하고 있었던 이론적 배경을 고찰하고, 이로써 일상의 여러 사물을 응접하고 관찰하고 이해하는 데 적용했던 관물의 규범에 관하여 퇴계의 평소 관념을 구명하는 것으로써 작성의 목표를 삼는다. 관물은 행위의 본질이 인식론 영역에 있기는 하지만, 관물의 목적과 그 규범은 오

5 조창규, 「星湖 李瀷 觀物詩의 特徵과 倫理意識」, 『東洋漢文學研究』 제16집(東洋漢文學會, 2002), 266면; 卞鍾鉉, 「圃隱 漢詩에 나타난 修養과 省察」, 『圃隱學研究』 제2집(圃隱學會, 2008), 249면; 최형록, 「邵雍의 觀物사상과 자연과의 소통 詩學 연구」, 『中國學』 제33집(大韓中國學會, 2009), 50면.

히려 일신의 도덕적 함양이라고 하는 윤리학 문제에 의거한 해부를 요구하는 주제다. 본고의 주안점을 여기에 두기로 하겠다.

Ⅱ. 觀我 · 觀物의 의의와 목적

1. 관아와 관물의 관계

관아와 관물은 무엇을 뜻하는 행위이기에 관물의 의의를 단호히 관아에 종속시켜 말했던 것인지, 우선은 이 문제를 검토해 보아야 하겠다. 관물은 어째서 마땅히 관아를 전제로 삼아야 하는가? 퇴계는 읊기를 '觀物은 모름지기 觀我生으로부터 시작해야 할지니, 易經의 微妙한 旨意를 邵康節이 넉넉히 밝혔지.'라고 하였다. 여기서 '觀我生'은 본디 『주역』(周易) 관괘(觀卦) 육삼(六三)과 구오(九五)의 효사(爻辭)에서 유래한 말이다. 그러니 관아와 관물의 관계를 파악하려면 관괘의 '觀我生'에 주목할 필요가 있겠다. 다음은 관괘 육삼의 '觀我生'에 대한 이천(伊川)과 회암(晦庵)의 해석을 가져온 것이다.

> 六三: 我生을 봄이니, 나아갈 수도 있고 물러날 수도 있다. -[傳]… '觀我生'은 나의 所生이니, 動作 · 施爲가 자기에게서 나온 것을 말한다. 그 所生을 살펴서 마땅함에 따라 나아가기도 하고 물러나기도 하니, 처지가 비록 정당하지는 않아도 길을 잃는 데까지 이르지는 않는다. …[本義] 我生은 나의 所行이다. 六三은 下卦의 上位에 자리하여 나아갈 수도 있고 물러날 수도 있으니, 九五를 보지 않고도 다만 자기의 소행의 트이고 막힘을 살펴서 나아가기도 하고 물러나기도 한다.[6]

6 胡廣 等, 『周易傳義大全』(四庫全書) 8-23a~23b. 「觀」: "六三: 觀我生, 進退. - [傳] … 觀我

관아는 자기의 소행에 대한 반성적 관찰을 뜻하는 말이다. 그러나 이것만 가지고서는 퇴계의 주장을 이해하기 어렵다. 퇴계가 논거로 삼았던 관괘의 '觀我生'에 따르면, 관아는 자기의 소행을 단순히 그 자체로 살피는 데 그치는 행위가 아니다. 이천이 '그 所生을 살펴서 마땅함에 따라 나아가기도 하고 물러나기도 한다.'라고 했듯이, 관아는 미진하거나 충분하거나 가운데 어느 쪽이든 자기의 소행에 따라 저마다 응분의 것으로 주어질 처신의 방도와 그 조건을 아울러 살피는 행위다. 회암은 이것을 가리켜 '소행의 트이고 막힘을 살핀다.'라고 하였다.

회암의 해석에서 자기의 소행에 따라 트이고 막히는 그것은 나아갈 수도 있고 물러날 수도 있는 처신의 방도와 그 조건을 뜻하는 동시에 객관적 현실로 결정된 사물의 형세다. 따라서 관아는 미진하거나 충분하거나 가운데 어느 쪽이든 자기의 소행에 대한 반성적 관찰을 위하여 밖으로 사물의 형세를 좇아서 자기의 소행의 필연적 반영과 파급을 살피는 동작을 불가피하게 요구하는 행위다. 다음은 관괘 구오의 '觀我生'에 대한 이천의 해석을 가져온 것이다.

> 九五: 我生을 봄이니, 君子라야 過失이 없을 것이다. -[傳]九五는 人君의 지위에 있으니, 時代의 治亂과 風俗의 美醜가 自己에게 달려 있을 따름이다. 자기의 所生을 살피되, 만약에 천하의 풍속이 君子의 그것이면 자기가 벌인 政化가 어질어 과실이 없는 것이다. 만약에 천하의 풍속이 군자의 道義에 맞지 않으면 자기가 벌인 政治가 어질지 못한 것이니 과실을 벗어나지 못한다.[7]

生, 我之所生, 謂動作施爲出於己者. 觀其所生而隨宜進退, 所以處雖非正, 而未至失道也. …[本義] 我生, 我之所行也. 六三, 居下之上, 可進可退, 故不觀九五, 而獨觀己所行之通塞以爲進退."

7 胡廣 等, 『周易傳義大全』(四庫全書) 8-25b~26a. 「觀」: "九五: 觀我生, 君子无咎. -[傳] 九五居人君之位, 時之治亂, 俗之美惡, 係乎己而已. 觀己之生, 若天下之俗皆君子矣, 則是己之所爲政化善也, 乃无咎矣. 若天下之俗未合君子之道, 則是己之所爲政治未善, 不能免於咎也."

여기서 말하는 '時代의 治亂과 風俗의 美醜'는 당연히 사물의 영역에 놓이는 객관적 현실일 것이나, 객관적 현실을 오히려 자기의 소행의 필연적 반영과 파급의 범위에 넣어서 관아의 대상으로 삼아야 한다면, 이러한 종류의 윤리적 실천은 밖으로 사물의 형세를 살피는 관물을 반드시 관아의 내부로 포괄하게 마련이다. 관물이 관아의 수단으로 쓰여서 관아에 종속될 만한 계기가 여기에 있으니, 이것은 관물의 의의를 관아의 연장선에 부쳐서 관아와 관물을 필연적 관계로 직결시켜 말했던 사유이기도 하다.

그런데 관괘 구오의 '觀我生'에 대한 이천의 해석은 관찰의 주체가 인군(人君)의 지위에 있음을 전제로 하지만, 객관적 현실을 오히려 자기의 소행의 필연적 반영과 파급의 범위에 넣어서 관아의 대상으로 삼아야 한다는 윤리적 실천의 규범은 반드시 인군의 지위에 있어야 타당하게 적용되는 것이 아니다. 왜냐면 관물이 관아의 수단으로 쓰여서 관아에 종속될 만한 계기는 주체의 지위와는 워낙 무관하기 때문이다. 다음은 관괘 상구(上九)의 '觀其生'에 대한 왕필(王弼)의 해석을 가져온 것이다.

> 上九: 그 所生을 봄이니, 君子라야 허물이 없을 것이다. -[注]'觀我生'은 自我가 그 道義를 살피는 것이다. '觀其生'은 人民의 우러러보는 바가 되는 것이다. 마땅한 地位에 있지 못하면서 上極에 높이 있어 그 心志를 高尙하게 지니고 天下의 우러러보는 바가 되는 것이다. 천하가 우러러보는 지위에 있으니 삼가지 않을 수 있는가? 따라서 군자의 德業이 드러나야 허물이 없을 수 있을 것이다.[8]

8 王弼, 『周易注疏』(四庫全書) 4-28a~28b. 「觀」: "上九: 觀其生, 君子无咎. - [注] 觀我生, 自觀其道者也. 觀其生, 爲民所觀者也. 不在於位, 最處上極, 高尙其志, 爲天下所觀者也. 處天下所觀之地, 可不愼乎. 故君子德見, 乃得无咎."

여기서 자기가 살피고 인민이 우러러보는 그 대상은 자기가 군자(君子)의 도의(道義)를 실천하는 데서 드러나게 되는 덕업(德業)의 실질일 뿐이지 지위의 소산이 아니다. 요컨대 천하의 풍속이 군자의 그것이면 과실이 없다는 '觀我生'과 군자의 덕업이 드러나야 허물이 없다는 '觀其生'은 주체가 어떠한 지위에 있든지 그 대상을 동일하게 가진다. 그것은 오로지 자기의 소행일 뿐이다. 전자의 관아는 다만 내가 관물의 주체가 되어 몸소 보는 경우다. 후자의 관아는 내가 관물의 객체가 되어 인민이 보는 것을 거쳐서 보는 경우다.[9]

관아는 자기의 소행을 살피는 행위인 까닭에 어떠한 경우든 반드시 관물을 그 수단으로 삼는다. 거울이 그 거울을 스스로는 비출 수 없는 것과 같은 이치다. 관물의 발단은 '觀我生'의 방식과 '觀其生'의 방식이 있으니, 어떠한 경우든 그것이 아무튼 자기의 소행을 살피는 바에는 모두 관아의 수단으로 쓰인다. 이렇게 관아의 수단으로 쓰여서 관아에 종속된 관물은 언제나 확장된 관아로서의 의의를 지닌다. 관물은 모름지기 관아를 위한 것부터 추구해야 한다고 주장한 퇴계의 논리는 관물이 지니는 확장된 관아로서의 의의를 강조하는 맥락에서 나왔다.

관물이 확장된 관아로서의 의의를 지니는 데 있어서 자기의 소행에 대한 반성적 관찰의 객관성이 우세한 형태는 당연히 '觀其生'의 관물일 것이다. 예컨대 천하의 인민은 내가 보인 나의 도덕적 실천과 그 공효를 보고, 나는 나의 도덕적 실천과 그 공효를 보고 따르는 천하의 인민을 보니, 천하의 인민이 보는 것과 내가 보는 것은 그 표적이 모두 나에게 있다. 천하의 인민이 바야흐로 나를 보는 그 동작은 남의 관물인 동시에 나의 관아다.

9 胡廣 等, 『周易傳義大全』(四庫全書) 8-27b~28a. 「觀」: "上九: 觀其生, 君子无咎. … [本義] 上九, 陽剛居尊位之上, 雖不當事任, 而亦爲下所觀, 故其戒辭略與五同. 但以我爲其, 小有主賓之異耳."

2. 관아의 확장과 本性 反觀

관물은 확장된 관아다. 따라서 관물은 언제나 객관적 현실에 주목하는 바라도 그것은 도리어 사물 자체의 물질적 형상을 보자는 행위가 아니다. 그것은 사물에 비치는 자아를 보자는 행위요, 남에게 비치는 자아를 보자는 행위다. 관물은 객관적 현실을 매개로 하는 자아의 반조(反照)를 확장된 관아에 이르는 기축으로 삼는다. 관물의 본질이 자아의 반조에 있음을 『주역』 관괘의 단사(彖辭)는 다음과 같이 밝혔다.

> 彖辭에 이른다. 어른으로서 남들의 우러름을 받으면서 윗자리에 있으니, 柔順하고 謙遜하며 어디에도 치우침이 없이 올바른 道德을 天下에 베풀어 보이는 까닭이다. 觀卦는 '盥手하여 敬重을 나타내되 進獻하지 아니한 때로서, 至誠으로 우러른다.'라고 했으니, 이것은 아랫사람이 우러러 보고 教化를 입음을 말하는 것이다. 上天의 神道를 베풀어 보이니 四時가 어긋남이 없으며, 聖人이 神道로 가르침을 베푸니 天下가 따른다. -[注]觀卦의 事理는 萬物을 刑制로 부리지 아니하고 觀感으로 萬物을 教化시키는 데 있음을 통틀어 말했다. 神道는 無形의 것이다. 上天이 四時를 부림을 볼 수 없지만 四時는 어긋남이 없으며, 聖人이 百姓을 부림을 볼 수 없지만 百姓은 저절로 따른다.[10]

관괘의 '보다'[觀]라는 용어는 남에게 '보인 것'[所示]이 있어 남들의 '보는 바'[所仰]가 됨을 뜻한다.[11] 남들의 '보는 바'[所仰]가 곧 사물

---

10 王弼, 『周易注疏』(四庫全書) 4-25a~25b. 「觀」: "彖曰, 大觀在上, 順而巽, 中正以觀天下. 觀, 盥而不薦, 有孚顒若, 下觀而化也. 觀天之神道, 而四時不忒, 聖人以神道設教, 而天下服矣. -[注]統說觀之爲道, 不以刑制使物, 而以觀感化物者也. 神則无形者也. 不見天之使四時, 而四時不忒. 不見聖人使百姓, 而百姓自服也."

11 胡廣 等, 『周易傳義大全』(四庫全書) 8-16b. 「觀」: "觀, 盥而不薦, 有孚顒若. -…[本義]觀者, 有以示人而爲人所仰也. 九五居上, 四陰仰之, 又內順外巽, 而九五以中正示天下, 所以爲觀."

에 비치고 남에게 비쳐서 되돌아오는 자아의 반조다. 사물에 비치고 남에게 비치는 자아는 미진하거나 충분하거나 가운데 반드시 어느 하나에 속하는 자기의 소행의 필연적 반영과 파급을 벗어나지 않는다. 예컨대 인군이 인군의 소행을 다하여 보인 뒤라야 백성이 인군을 인군으로 보고 따르는 동작도 비롯하게 되는 것이다.

백성은 인군이 자신의 자아를 살피는 반조의 매개다. 이것과 마찬가지로 언제나 어긋남이 없이 이루어지는 사시의 운행과 만물의 왕래는 상천(上天)의 자아를 살피는 반조의 매개요, 다그쳐 부리지 않아도 스스로 가르침을 따르는 백성의 감화와 복종은 성인(聖人)의 자아를 살피는 반조의 매개다.[12] 상천의 자아는 '神道'로 일컫는 천리(天理)다. 상천의 '神道'로 가르침을 베푸는 성인의 자아도 천리다. 그러니 성인의 관물은 사시에 빼곡하게 들어찬 만물과 만인을 매개로 삼아 이루어지는 천리의 반조다.

성인은 지극한 인류이고, 인류는 또한 지극한 사물이다. 성인의 관물이 천리의 반조일 양이면 모든 인류의 관물도 반드시 천리의 반조일 것이다. 그러나 본성으로 타고난 그 천리를 전능하게 발휘하고 편중되게 발휘하는 차이가 없을 수 없으니, 범인의 관물은 이것을 모두 다 천리의 반조를 뜻하는 행위로 보기 어렵다. 범인은 그 기질과 수양의 정도가 저마다 다르다. 이러한 이유에서, 일찍이 강절은 관물의 진정한 목적과 그 의의를 다음과 같이 밝혔다.

> 이른바 '觀物'이라고 하는 것은 눈으로 살피는 일을 가지고 말하는 것이 아니다.[13] 눈으로 살피지 않고 마음으로 살피는 일을 일컫는 말이요,

---

12 胡廣 等, 『周易傳義大全』(四庫全書) 8-19b. 「觀」: "彖曰, 大觀在上, 順而巽, 中正以觀天下. … [本義]極言觀之道也. 四時不忒, 天之所以爲觀也. 神道設教, 聖人之所以爲觀也."

13 熊節 · 熊剛大, 『性理群書句解』(四庫全書) 15-15a. 「觀物篇」: "是書以觀物名篇者, 非實

마음으로 살피지 않고 理智로 살피는 일을 일컫는 말이다. 天下의 만물은 어느 것이나 天理를 지니지 아니한 것이 없고, 天性을 지니지 아니한 것이 없고, 天命을 지니지 아니한 것이 없다. 천리는 徹底하게 究明해야 알 수 있다. 천성은 極盡하게 發揮해야 알 수 있다. 천명은 至極하게 到達해야 알 수 있다. 이 세 가지 앎을 아는 것이야말로 천하의 眞知이니, 聖人이라도 이보다 더한 앎을 아는 것이 없으며, 이보다 더한 앎을 아는 것은 성인이라고 일컫는 까닭이 아니다.[14]

강절은 먼저 자신의 담론에 부여한 편명을 들어서 범인의 관물과 성인의 관물을 구별했다. 눈으로 살피고 마음으로 살피는 행위도 관물은 관물일 테지만, 이것은 어디까지나 범인의 관물일 뿐이다. 자신이 일컫는 진정한 관물은 그것이 아니라 이지(理智)로 살펴서 진지(眞知)를 추구하는 행위라고 하였다. 진지는 천리를 완전히 구명하여 천성(天性)을 완전히 발휘하고 이로써 천명(天命)에 완전히 도달해야 비로소 이루어지는 궁극의 인식을 말한다. 진지는 모든 인생의 목표다. 성인이라도 이러한 진지의 경계를 벗어나지 않는다.

그런데 눈으로 살피고 마음으로 살피는 범인의 관물은 특별한 설명이 없어도 이해할 수 있지만, 이지로 살펴서 진지를 추구하는 행위라고 일컫는 성인의 관물은 사정이 그와 다르다. 전자가 사람의 눈이나 마음을 관찰의 도구로 활용하는 것처럼 후자는 이지를 관찰의 도구로 활용하는 것인가? 관물은 한낱 추리와 같은 것이 아니다. 이지로 살피

有假於目以觀之"; 王植, 『皇極經世書解』(四庫全書) 8-25a~25b. 「觀物內篇之十一 · 五節」: "愚按, 此節以上所以言物者, 分類遞推無所不詳矣, 此乃正發觀字之義, 突提觀物二字, 乃自指其觀物篇言之, 如大傳易與天地準, 夫易廣矣大矣, 易其至矣乎, 正指易之書言之也."

14 邵雍, 『皇極經世書』(四庫全書) 12-17b. 「觀物篇六十二」: "天(*夫)所以謂之觀物者, 非以目觀之也, 非觀之以目而觀之以心也, 非觀之以心而觀之以理也. 天下之物莫不有理焉, 莫不有性焉, 莫不有命焉. 所以謂之理者, 窮之而後可知也. 所以謂之性者, 盡之而後可知也. 所以謂之命者, 至之而後可知也. 此三知者, 天下之眞知也, 雖聖人, 無以過之也, 而過之者, 非所以謂之聖人也."

는 그 방법이 문제다. 강절은 진정한 관물을 실천하는 방법에 관하여 다음과 같이 밝혔다.

> 거울이 밝게 비출 수 있음은 萬物의 形象을 감추지 않을 수 있음을 말한다. 그러나 거울이 만물의 형상을 감추지 않을 수 있음은 물낯이 만물의 형상을 하나로 모을 수 있음만 같지 못하다. 그런데 물낯이 만물의 형상을 하나로 모을 수 있음은 또 聖人이 만물의 情性을 하나로 모을 수 있음만 같지 못하다. 성인이 만물의 정성을 하나로 모을 수 있음은 성인이 反觀할 수 있음을 말한다. 반관은 자아에 비추어 만물을 살피는 것이 아니다. 자아에 비추어 만물을 살피는 것이 아님은 만물에 비추어 만물을 살피는 것을 말한다. 만물에 비추어 만물을 살피는 바에는 또 어찌 그 사이에 자아가 있으랴?[15]

여기서 '하나로 모을 수 있음만 같지 못하다.'라고 할 때의 '하나로 모으다.'[一]라는 용어는 주객 · 내외의 합일로 이루어지는 '비춘 것'[所照]과 '비친 바'[被照]의 동일성을 뜻하며, 이것은 또한 반조의 명료성을 뜻한다. 반조의 명료성에 관하여, 강절은 두 가지 층위에 걸쳐서 세 가지 부류를 들었다. 거울의 관물과 물낯의 관물은 반조의 명료성을 얻은 부류와 얻지 못한 부류를 구별한 것이다. 물낯의 관물과 성인의 관물은 단순히 형상의 동일성을 파악하는 데 그치는 층위와 본성의 동일성을 파악하는 데 이르는 층위를 구별한 것이다.

거울은 그 겉이 고르고 말끔하기만 하다면 온갖 사물을 다가오는 대로 다 비춘다. 그러나 조금이라도 일그러지고 더러워지면 제대로

15 邵雍, 『皇極經世書』(四庫全書) 12-17b~18a. 「觀物篇六十二」: "夫鑑之所以能爲明者, 謂其能不隱萬物之形也. 雖然鑑之能不隱萬物之形, 未若水之能一萬物之形也. 雖然水之能一萬物之形, 又未若聖人之能一萬物之情也. 聖人之所以能一萬物之情者, 謂其聖人之能反觀也. 所以謂之反觀者, 不以我觀物也. 不以我觀物者, 以物觀物之謂也. 既能以物觀物, 又安有我于其間哉."

비추지 못하니, 거울은 사물의 형상을 유사하게 포착하기는 하지만 그 명료성에 치명적 제약이 따른다. 물낯은 그 물이 잔잔하기만 하다면 온갖 사물을 다가오는 대로 다 비춘다. 그러나 조금이라도 흔들리거나 출렁이면 제대로 비추지 못하니, 물낯은 사물의 형상을 동일하게 포착하기는 하지만 그 항상성에 치명적 제약이 따른다.

거울과 물낯은 기질(氣質)의 청탁(淸濁)이 다르다. 거울과 물낯의 차이는 범인의 관물에 내재하는 자연적 등차에 대한 비유다. 그러나 등차가 어떠하든 범인의 관물은 단순히 형상의 동일성을 파악하는 데 그치는 까닭에 언제나 피상적 관찰의 한계를 지니는 뿐만 아니라 주관적 관찰의 한계를 지닌다. 이것은 한 사람의 눈으로 살피고 한 사람의 마음으로 살피는 개인적 욕구 능력의 범위를 벗어나지 못하는 데서 생기는 한계다. 강절은 이것을 가리켜 ‘자아에 비추어 만물을 살피는 것’[以我觀物]이라고 하였다. 이러한 관찰은 진지를 추구하는 방법이 아니다.

범인과 성인은 이지의 편정(偏正)이 다르다. 이지의 편정은 다만 ‘有我’의 이지에 머물러 닫히느냐 아니면 ‘無我’의 이지로 트여서 열리느냐 하는 편중(偏重)과 공정(公正)의 차이다. 성인은 이른바 반관에 의거하여 이지를 공정하게 발휘하는 까닭에 형상의 동일성을 넘어서 본성의 동일성을 파악하는 데 이른다고 하였다. 반관은 ‘無我’의 반조다. 강절은 이것을 가리켜 ‘만물에 비추어 만물을 살피는 것’[以物觀物]이라고 하였다. 진정한 관물을 실천하는 방법은 곧 반관을 말하는 것이다.

이에서 알 수 있으니, 나는 또한 남이고, 남은 또한 나이고, 나와 남은 모두 사물이다. 이러한 까닭에, 천하의 모든 눈을 자기의 눈으로 삼을 수 있으니 그 눈이 보지 못하는 바가 없으며, 천하의 모든 귀를 자기의 귀로 삼을 수 있으니 그 귀가 듣지 못하는 바가 없으며, 천하의 모든 입을 자기의 입으로 삼을 수 있으니 그 입이 말하지 못하는 바가 없으며, 천하의 모든 마음을 자기의 마음으로 삼을 수 있으니 그 마음이 꾀하지 못하는 바가 없다는 것이다.[16]

만물에 비추어 만물을 살피는 것이란 만인의 눈으로 살피고 만인의 마음으로 살피는 것이다. 만인의 눈으로 살피고 만인의 마음으로 살피니, 이러한 관물은 만인의 감각(感覺) · 지각(知覺)과 이지를 자아의 전부로 통틀어 수용하는 까닭에 반관이라고 이른다. 반관은 타인과 분리된 자아를 세우지 않으며, 아울러 대상과 분리된 자아를 세우지 않는다. 만물을 이지로 살펴서 진지에 이르는 관물은 오로지 반관이 있을 뿐이다.

남들이 좋아하는 바를 좋아하고 남들이 싫어하는 바를 싫어하면, 이것이 '만물에 비추어 만물을 살핀다.'[以物觀物]는 뜻이다. 자신이 좋아하고 싫어하는 바를 가지고 남들을 저울질하게 되면, 이것은 '자신에 비추어 사물을 살핀다.'[以身觀物]는 것이다.[17]

반관의 요점은 '無私'를 위주로 하여 '私情' · '私意'에 사로잡히지 않는 것이다. 따라서 만인의 눈으로 살피고 만인의 마음으로 살피는 것만이 반관의 능사가 아니다. 회암이 지적하고 있듯이, 반관은 '만인의 좋아함으로 좋아하고 만인의 싫어함으로 싫어한다.'라고 하는 도덕적 실천을 중요한 문제로 삼는다. 강절은 '만물의 기뻐함으로 기뻐하고 만물의 슬퍼함으로 슬퍼한다.'라고 하는 이것을 『중용』(中庸)의 이른

16 邵雍, 『皇極經世書』(四庫全書) 12-18a~18b. 「觀物篇六十二」: "是知我亦人也, 人亦我也, 我與人皆物也. 此所以能用天下之目爲己之目, 其目無所不觀矣, 用天下之耳爲己之耳, 其耳無所不聽矣, 用天下之口爲己之口, 其口無所不言矣, 用天下之心爲己之心, 其心無所不謀矣."

17 黎靖德 編, 『朱子語類』(四庫全書) 100-6a. 「邵子之書」: "若好人之所好, 惡人之所惡, 是以物觀物之意. 若以己之好惡律人, 則是以身觀物者也."

바 '中節'의 경계로 보았다.[18] 반관을 일신의 수양과 처신 · 처세 등의 맥락에서 그만큼 중시했던 것이다.

관물은 자아의 반조를 기축으로 하는 확장된 관아다. 관물의 이러한 본질을 가장 포괄적으로 규정하는 바로서, 『주역』 관괘는 바람이 땅 위를 두루 스쳐 지나는 형세를 들어서 관물의 대의를 나타낸 도상이다. 바람은 보이지 않게 움직여 사시의 만물을 불러일으키는 상천의 가르침을 뜻한다. 만물은 상천의 자아를 살피는 반조의 매개다. 상천의 가르침을 본받아 만백성을 다스리는 성인의 자아는 이른바 천리라고 일컫는 곧 자연의 법칙이다. 관물은 바로 이 법칙을 인류의 본성이자 모든 개인의 생명의 원리로 파악하여 극진하게 발휘하고자 하는 궁리 방법의 하나다.

강절은 『주역』 관괘의 대의에 입각하여 성인의 경지에서 이루어지는 반관을 진지에 이르는 궁극의 방법으로 제시하고, 관물의 목적은 천리를 완전히 구명하여 천성을 완전히 발휘하고 이로써 천명에 완전히 도달하는 데 있음을 극명하게 주장했다. 반관은 만물에 비추어 만물을 살피되, 이것은 어디까지나 자아의 본성을 보자는 행위다. 만물의 이치와 자아의 본성이 본디 하나의 천리인 까닭이다. 강절의 「관물편」은 담론의 중점을 여기에 두었다. 퇴계의 '易經의 微妙한 旨意를 邵康節이 넉넉히 밝혔다.'라는 언급은 이것을 지적하는 바였다.

> 易經에 이르기를 '理를 窮究하고 性을 通曉하여 命에 到達한다.'라고 하였다. '理'라고 하는 것은 萬物의 物理다. '性'이라고 하는 것은 人類의 天性이다. '命'이라고 하는 것은 '理'와 '性'을 處理하여 付與한 것이다. '理'와 '性'을 處理하여 付與할 수 있는 것은 '道'가 아니고 무엇이랴?[19]

18 邵雍, 『皇極經世書』(四庫全書) 14-24b. 「觀物外篇下」: "以物喜物, 以物悲物, 此發而中節也."
19 邵雍, 『皇極經世書』(四庫全書) 11-6a. 「觀物篇五十三」: "易日, 窮理盡性, 以至于命. 所以

강절의 관물설은 우연한 독창(獨創)이 아니다. 관물의 본질을 자아의 반조로 규정하는 견해는 그 원류가 『주역』 관괘에 있으며, 관물의 목적이 자아의 진지를 추구하는 데 있음을 주장하는 근거도 『주역』 「설괘전」(說卦傳)에 있었다. 그런가 하면 '만물에 비추어 만물을 살핀다.' [以物觀物]와 같은 반관의 개념은 『관자』(管子)의 '輻湊' 및 『노자』(老子)의 '無常心' 등과 더불어 매우 유사한 성격을 지닌다.[20] 궁리와 수양의 일치라고 하는 윤리학 주제의 전승은 이처럼 오래도록 끊이지 않았고 연원도 깊었다. 강절의 관물설은 이것을 배경에 두었다.

Ⅲ. 觀物 · 致知의 전제적 제약

1. 관물의 제약과 치지

관물이 곧 확장된 관아일 수 있는 전제는 만물의 이치와 자아의 본성이 본디 하나의 천리라는 것이다. 천리는 만물과 자아의 내외에 간격이 없이 유통하는 법칙의 총체다. 그러니 관아와 무관한 관물을 엄격히 제한하여 배척하는 태도와 그 이유가 문제다. 관아를 저버린 관물은 어째서 마침내 허다한 정신적 혼란과 피로를 부르게 되는 것인가? 퇴계는 읊기를 '自己를 버리고 오로지 觀物일 양이면, 鳶魚를 바라

謂之理者, 物之理也. 所以謂之性者, 天之性也. 所以謂之命者, 處理性者也. 所以能處理性者, 非道而何."

20 管仲, 『管子』(四庫全書) 18-3a~3b. 「九守第五十五 · 主明」: "目貴明, 耳貴聰, 心貴智. 以天下之目視, 則無不見也. 以天下之耳聽, 則無不聞也. 以天下之心慮, 則無不知也. 輻湊竝進, 則明不塞矣"; 朴世堂, 『新註道德經』 下-8a~8b. "聖人無常心, 以百姓心爲心. 善者, 吾亦善之, 不善者, 吾亦善之, 得善矣. 信者, 吾亦信之, 不信者, 吾亦信之, 得信矣. 聖人在天下慄慄, 爲天下渾其心, 百姓皆注其耳目, 聖人皆孩之."

보는 것조차 마음을 어지럽게 하리라.'라고 하였다. 여기서 '자기를 버린다.'라고 한 것은 오로지 밖으로 사물의 이치를 살피는 데 치중한 나머지 자기에게 절실한 일상의 실천 체험을 도리어 소홀히 여기는 것을 말한다.

> 질문하기를 '〈사물을 살펴서[觀物] 사물의 이치를 깨닫게 되거든 아울러 자기를 살펴서[察己] 나의 마음의 이치를 밝혀야 한다.〉라고 하는데, 어째서 사물을 볼진댄 돌이켜 나의 마음의 이치를 찾아야 하는가?'라고 했더니, 대답하기를 '반드시 이렇게 말할 것은 아니다. 만물과 자아는 이치가 하나인 까닭에[物我一理] 밖으로 저쪽을 밝히면 곧 안으로 이쪽도 환하게 마련이니, (中庸의 이른바) 內外가 合一된 道德이란 이것을 말하는 것이다. 크게는 天地의 높으며 두터운 까닭과 작게는 한 가지 사물의 비롯된 까닭에 이르기까지, 學者는 이 모든 것을 마땅히 깨우쳐 알아야 한다.'라고 하였다. 또 질문하기를 '致知를 위하여 먼저 四端에서 이치를 찾으면 어떤가?'라고 했더니, 대답하기를 '性情에서 찾으면 자신에게 切實하다고 하겠다. 그러나 풀 한 포기와 나무 한 그루에 지나지 않는 것이라도 모두 이치를 지니고 있으니, 모름지기 살펴야 할 것이다.'라고 하였다.[21]

이것은 관물과 찰기의 관계를 논의한 이천과 그의 제자의 문답을 채록한 것이다. 관물을 이른바 격물치지(格物致知)라고 할 때의 격물(格物)과 거의 동일한 의미를 지니는 용어로 사용한 당시의 일반적 관습을 엿볼 수 있는 자료다. 이천은 여기서 만물과 자아의 이치가 하나라는 원리를 내세워 '밖으로 저쪽을 밝히면 곧 안으로 이쪽도 환하게

---

21 程顥 · 程頤, 『二程遺書』(四庫全書) 18-18b~19a. 「劉元承手編」: "問, 觀物察己, 還因見物反求諸身否. 曰, 不必如此說. 物我一理, 纔明彼即曉此, 此合內外之道也. 語其大, 至天地之高厚, 語其小, 至一物之所以然, 學者皆當理會. 又問, 致知先求之四端如何. 曰, 求之性情, 固是切於身. 然一草一木皆有理, 須察."

마련이다.'라고 주장했다. 그리고 바로 이러한 이유에서 이천은 밖으로 풀 한 포기와 나무 한 그루에 이르기까지 모두 소홀히 관찰할 바가 아님을 강조했다. 그러나 '性情에서 찾으면 자신에게 切實하다고 하겠다.'라는 말에서 잘 드러나고 있듯이, 이천의 진정한 취지는 만물과 자아의 이치가 하나라는 원리를 고수할 때라도 내외간 선후와 경중을 마땅히 구별해야 한다는 데 있었다.

> 致知는 다만 至善을 깨달아 거기에 그쳐서 머무를 줄 아는 것일 뿐이다. 예컨대 子息이 되어서는 孝에 그치고 父母가 되어서는 慈에 그치는 일과 같은 것을 말하니, 이 밖의 것은 반드시 알아야 할 바가 아니다. 오로지 밖으로 物理를 살피는 데만 힘을 들이는 것은 마치 出遊한 騎兵이 돌아갈 곳이 없게 되는 것과 같다.[22]

이천의 '밖으로 저쪽을 밝히면 곧 안으로 이쪽도 환하게 마련이다.'라고 하는 주장은 『대학』(大學) 경문의 '치지는 격물에 달렸다.'라는 명제와 상통하는 맥락에 놓인다.[23] 안으로 지각을 깨우치는 일은 밖으로 사물의 이치를 찾아 살펴서 알아차리는 데 있다는 것이다. 격물이 곧 치지의 과정과 방법을 이루듯, 관물은 곧 찰기의 과정과 방법을 이룬다. 격물과 치지의 관계는 관물과 찰기의 관계다. 따라서 밖으로 저쪽을 밝히면 곧 안으로 이쪽도 환하게 깨닫는 것이 당연하다고 하겠다.

그러나 그럼에도 불구하고 이천은 선후와 경중을 또한 중시했다.

---

22 程顥 · 程頤, 『二程遺書』(四庫全書) 7-5b. 「游定夫所錄」: "致知, 但知止於至善. 爲人子止於孝, 爲人父止於慈之類, 不須外面. 只務觀物理, 汎然正如遊騎無所歸也."

23 黎靖德 編, 『朱子語類』(四庫全書) 18-17a~17b. 「大學五 · 或問下」: "格物致知, 彼我相對而言耳. 格物所以致知. … 其實只是一理, 才明彼, 即曉此. 所以大學說致知在格物, 又不說欲致其知者在格其物. 蓋致知便在格物中, 非格之外別有致處也."

저쪽을 밝히는 그것은 막연히 밖으로 사물을 좇아서 이치를 찾아 살피는 동작일 수 없고 반드시 안으로 나에게 절실한 일로부터 출발해야 마땅하다는 것이다. 이러한 이천의 견해는 '치지는 격물에 있으니, 사물의 이치를 궁구하는 것은 자기를 살펴서 나에게 더욱 절실한 이치를 찾아 깨닫는 것보다 나은 것이 없다.'라는 주장을 통하여 거듭 확인된다.[24] 회암은 이것을 다음과 같이 부연했다.

> 格物에 관한 논의에 있어서 伊川의 견해로 말하면, 비록 눈앞에 보이는 모든 것이 窮究해야 할 바의 사물이 아닌 것이 없다고 해도, 그것을 궁구하는 데는 또한 반드시 緩急·先後의 次序가 있으니, 어찌 초목과 세간 하나하나 따위에 마음을 쓰면서 문득 깨달을 수 있으랴? 하물며 이 학업을 한다고 하면서 天理를 궁구하고 人倫을 밝히고 聖賢의 말씀을 몸에 익히고 세상의 온갖 變故에 능통하게 대처하는 데 힘쓰지 아니하고 도리어 초목과 세간 하나하나 따위에 하찮게 마음을 쓴다면 이것을 어찌 학문이라고 할 수 있는가? 이렇게 하고도 얻는 바가 있기를 바란다면 이것은 모래로 밥을 짓는 짓이다.[25]

세상은 온갖 사물로 가득하고 이것들은 모두 남김이 없이 탐구되어야 마땅하다. 그러나 그렇다고 해서 오로지 밖으로 사물을 좇아서 가없이 이치를 찾기로 한다면, 이러한 편향은 반드시 이천의 이른바 '오로지 밖으로 物理를 살피는 데만 힘을 들이는 것은 마치 出遊한 騎兵이 돌아갈 곳이 없게 되는 것과 같다.'라고 하는 정신적 혼란과 피로를 부

24 程顥·程頤, 『二程遺書』(四庫全書) 17-3a. 「己巳冬所聞」: "致知在格物, 格物之理, 不若察之於身, 其得之尤切."

25 朱熹, 『晦庵集』(四庫全書) 39-39a. 「答陳齊仲」: "格物之論, 伊川意雖謂眼前無非是物, 然其格之也, 亦須有緩急先後之序, 豈遽以爲存心於一草木器用之間, 而忽然懸悟也哉. 且如今爲此學而不窮天理, 明人倫, 講聖言, 通世故, 乃兀然存心於一草木一器用之間, 此是何學問. 如此而望有所得, 是炊沙而欲其成飯也."

른다. 그러니 우선은 자기를 살펴서 나에게 절실한 이치를 찾아 깨닫는 일부터 힘써야 한다는 것이다. 퇴계의 '自己를 버리고 오로지 觀物일 양이면, 鳶魚를 바라보는 것조차 마음을 어지럽게 하리라.'라는 주장은 여기서 나왔다. 그러면 나에게 절실한 이치를 찾아 깨닫는 일이란 특히 무엇을 말하는 것인가?

옛적에 孔子가 子貢의 '恩惠를 널리 베풀고 백성을 患難에서 救濟하면 仁者라고 할 수 있는가?'라고 하던 질문에 대답하여 말하기를 '인자는 나를 세우고 싶은 자리에 남을 세우고 나를 이르게 하고 싶은 자리에 남을 이르게 한다.'라고 했었다. 자공이 내 자신에게 친근한 곳에서 仁愛를 찾으려 하지 아니하고 너무 광범할 뿐더러 관계가 없는 곳에서 찾으니, 그래서 공자가 이렇게 말하여 그로 하여금 자신에게 돌이켜 인애의 本體를 가장 절실한 곳에서 깨닫도록 타일러 주었던 것이다. 橫渠도 또한 인애라고 하는 것이 비록 천지간 만물과 더불어 一體를 이루고 있기는 하지만 반드시 먼저 자기가 本原이자 主宰이고 나서 모름지기 '만물과 자아는 이치가 하나인 까닭에 서로 관계가 매우 친근하게 맺어져 있다.'는 것과 '가슴에 가득한 惻隱의 마음이 어디든 꿰뚫고 흘러서 막힘이 없고 두루 미치지 않는 곳이 없다.'는 것이 곧 인애의 실체인 줄을 알아야 한다고 여겼다. 이러한 이치를 모르고 그저 그냥 천지간 만물이 일체라고 하는 것만을 가지고 여기서 인애를 찾으면 이른바 인애의 본체라는 것이 가없이 넓고도 먼 곳에 있게 되니 나의 몸과 마음으로 더불어 무슨 간여하는 바가 있겠는가?[26]

---

26 李滉, 『退溪先生文集』 7-50a~50b. 「西銘考證講義」: "昔夫子答子貢博施濟衆之問而日, 仁者, 己欲立而立人, 己欲達而達人, 意與此同. 蓋子貢不知就吾身親切處求仁, 而求之太闊遠無關涉, 故夫子言此, 使其反之於身, 而認得仁體最切實處. 今橫渠亦以爲仁者, 雖與天地萬物爲一體, 然必先要從自己爲原本, 爲主宰, 仍須見得物我一理, 相關親切意味, 與夫滿腔子惻隱之心, 貫徹流行, 無有壅閼, 無不周徧處, 方是仁之實體. 若不知此理, 而泛以天地萬物一體爲仁, 則所謂仁體者, 莽莽蕩蕩, 與吾身心, 有何干預哉."

이것은 「서명」(西銘)의 '하늘은 아버지이시고 땅은 어머니이시니, 나는 바야흐로 아스라이 작은 몸으로 흔적도 없이 그 속에 섞이어 있다.'[27]라는 구절에 보이는 '나'[予]라는 호칭을 독자가 저마다 마땅히 자기 자신으로 받아서 읽어야 하는 이유를 설명한 퇴계의 견해다. 요점은 저 '나'[予]라는 호칭을 단순히 '횡거가 몸소 자신을 가리키는 말'로만 읽거나 또는 '타인의 자칭'으로 돌려서 읽거나 하지 말아야 비로소 인애(仁愛)의 본체(本體)에 관하여 진술한 「서명」의 본의를 파악할 수 있게 된다는 것이다.[28]

천지간 만물이 일체라고 하는 것만을 가지고 여기서 인애를 찾으면, 이러한 인애는 자신의 본성과 무관한 한낱 관념에 지나지 않는다. 퇴계는 일상의 가장 평범한 현실에 나아가 인애의 실체를 자신의 본성에 대한 자각의 내용으로 절실히 깨달아 얻어야 한다고 강조했다. 궁리는 모름지기 '자기가 本原이자 主宰다.'라고 하는 주체의 자각을 근거로 삼아야 비로소 도덕적 함양을 기대할 있다는 것이다. 관아와 무관한 관물을 엄격히 제한하여 배척하는 태도의 결정적 배경은 여기에 있었다.

2. 관물과 치지의 요점

관물의 목적은 치지에 있으니, 치지의 요점은 만물과 자아의 내외에 간격이 없이 유통하는 천리의 본체와 그 작용 양상을 자아의 주체적 입장에서 철저히 구명하는 것이다. 만물의 이치와 자아의 본성은 본디 하나의 천리일 뿐이다. 밖으로 저쪽을 밝히면 곧 안으로 이쪽도

---

27 張載, 『張子全書』(四庫全書) 1-1b. 「西銘」: "乾稱父, 坤稱母, 予茲藐焉, 乃混然中處."

28 李滉, 『退溪先生文集』 7-50a~50b. 「西銘考證講義」: "予茲藐焉 - 予字及銘中九吾字, 固擬人人稱自己之辭. 然凡讀是書者, 於此十字, 勿徒認作橫渠之自我, 亦勿讓與別人之謂我, 皆當自任以爲己事看, 方得夫西銘本以狀仁之體, 而必主自己爲言者, 何也."

환하게 되는 밝음이 여기서 나온다. 그런데 이러한 낙관적 기대의 이면에는 흔히 밖으로 밝히는 이치와 안으로 깨닫는 이치를 별개의 것으로 여기는 내외간 분단의 오류가 따른다.

> 누군가 질문하기를 '〈사물을 살펴서[觀物] 사물의 이치를 깨닫게 되거든 아울러 자기를 살펴서[察己] 나의 마음의 이치를 밝힌다.〉라는 데 따른 주석에서 葉氏가 이르기를 〈이치는 만물에 흩어져 있지만 실상은 나의 마음에 모인다.〉라고 했는데 어째서 그런가?'라고 하기에, 振綱이 대답하기를 '나에게 있는 지각으로 만물에 있는 이치를 밝히니, 나의 마음은 만물의 벼리다.'라고 하였다. 선생이 말하기를 '만물의 이치가 곧 나의 마음의 이치인 까닭에 나의 마음에 모인다고 한 것이다.'라고 하였다.[29]

이것은 관물과 찰기의 대상에 따른 문제를 논의한 율곡(栗谷)과 그의 제자의 문답을 채록한 것이다. 율곡은 '나에게 있는 지각으로 만물에 있는 이치를 밝힌다.'라는 견해의 폐단을 지적하여 '만물의 이치가 곧 나의 마음의 이치다.'라고 하였다. 후대에 남당(南塘)이 또한 논파하고 있듯이,[30] 자장(子張)의 견해는 지각을 이루는 심중의 법칙과 대상을 이루는 만물의 법칙을 별개의 것으로 여기는 내외간 분단의 오류를 내포하고 있었다. 회암은 일찍이 이러한 오류를 다음과 같이 경계했다.

> '솔개가 날고 물고기가 뛴다.'[鳶飛魚躍]라고 함은 道體가 없는 곳이 없음을 말한 것이다. '잊지도 아니하고 부추기지도 아니한다.'[勿忘勿助]라고 하는 때에 이루어지는 天理의 運行도 바로 이와 같은 것이다. 만약

---

29 李珥, 『栗谷先生全書』 31-31a. 「語錄上-金振綱所錄」: "或問觀物察己註, 葉氏云, 理散於萬物, 而實會於吾心, 何也. 振綱答曰, 以在我之知, 明在物之理, 故吾心爲萬物之統體也. 先生曰, 萬物之理, 卽一心之理, 故謂之會於吾心."

30 韓元震, 『南塘先生文集拾遺』 5-13a. 「栗谷別集付籤」: "或問觀物察己云云: 按以在我之知, 明在物之理, 猶有內外之辨矣, 亦非所以言物理具於吾心者也. 子張答說刪之, 只存先生說如何."

> 에 '萬物의 이치가 나의 本性 속에 있음은 마치 거울에 비치는 그림자와 같다.'라고 한다면, 본성이 제 딴의 한 가지 사물이고 만물의 이치가 또 제 딴의 한 가지 사물이게 되어 이것을 가지고 저것을 비추고 저것을 가지고 이것에 들어가는 셈이다. 橫渠 선생의 이른바 '만약에 萬象이 太虛 속에 비친다고 한다면, 만물과 태허는 서로가 서로를 갖추지 아니하는 바이게 되어, 형체는 제 홀로 형체인 것이 되고 본성은 제 홀로 본성인 것이 된다.'라고 함은 바로 이것을 말한 것이다.[31]

만물이 그 이치와 더불어 서로 분리될 수 없는 일체인 것처럼 자아의 형체와 그 본성도 그렇다. 더욱이 자아는 만물의 하나인 만큼 만물의 법칙은 곧 심중의 법칙일 뿐이다. 이것은 특히 '천지의 氣를 나는 형체로 삼았고, 천지의 理를 나는 본성으로 삼았으니, 인민은 나의 同胞요, 만물은 나의 同類다.'[32]라는 관점에서 일컫는 말이다. 따라서 궁리는 무릇 심중의 법칙을 가지고 밖으로 만물의 법칙을 밝히는 것이 아니며, 만물의 법칙을 가지고 안으로 심중의 법칙을 비추는 것도 아니다.

내외간 분단의 오류는 이른바 도체(道體)의 존재론적 성격에 대한 이해의 부족에서 생기는 문제다. 도체는 곧 천지간 만물의 근원을 이루는 천리의 본체로서 퇴계의 이른바 '가슴에 가득한 惻隱의 마음이 어디든 꿰뚫고 흘러서 막힘이 없고 두루 미치지 않는 곳이 없다.'라고 할 때의 인애의 실체다. 천리의 본체는 만물과 자아의 내외에 간격이

---

31 朱熹,『晦庵集』(四庫全書) 45-28b~29a.「答廖子晦」: "鳶飛魚躍, 道體無乎不在. 當勿忘勿助之間, 天理流行, 正如是爾. 若謂, 萬物在吾性分中, 如鑑之影, 則性是一物, 物是一物, 以此照彼, 以彼入此也. 橫渠先生所謂, 若謂萬象爲太虛中所見, 則物與虛不相資, 形自形, 性自性者, 正談此爾." ※張載,『張子全書』(四庫全書) 2-4a.「正蒙」: "若謂萬象爲太虛中所見之物, … 形性天人不相待而有, 陷於浮屠以山河大地爲見病之說."

32 張載,『張子全書』(四庫全書) 1-3a~5a.「西銘」: "天地之塞, 吾其體, 天地之帥, 吾其性, 民吾同胞, 物吾與也."

없이 유통하여 없는 곳이 없지만, 그것은 형이상자(形而上者)로서 흔적이 전혀 보이지 않는다. 내외간 분단의 오류는 여기서 생긴다.

'〈솔개는 날아서 하늘에 이르고, 물고기는 못에서 뛴다.〉라는 시구는 道體가 천지간에 두루 드러남을 말한 것이다.'라는 문단은 子思가 우리에게 매우 긴절히 깨우쳐 주는 바로서, '반드시 集義로 일삼은 바가 있되 마음속으로 그 보람을 미리 기대하지 말아야 한다.'라는 문단과 더불어 의미가 같으니, 도체가 천지간에 두루 드러남은 그처럼 생동하는 사물을 눈앞에 마주하듯 活潑潑한 것이다. 깨달을 수 있으면 활발발한 것이나, 깨닫지 못하면 다만 정신을 허비할 뿐이다.[33]

솔개가 날고 물고기가 뛰는 동작과 그 광경은 나날이 마주하게 되는 일상 사물의 가장 비근한 예시다. 자사(子思)는 일찍이 솔개가 날고 물고기가 뛰는 동작과 그 광경을 들어서 어디든 막힘이 없이 저절로 이르는 천리의 유행을 비유했다. 명도(明道)는 또한 '鳶飛魚躍'과 '勿忘勿助'의 뜻하는 바가 서로 같음을 들어서 천리의 유행이 일상 사물만 아니라 일상 생활을 누리는 자아의 심중에 있어서도 예외가 없음을 주장했다. 그러면 '鳶飛魚躍'과 '勿忘勿助'는 어째서 뜻하는 바가 서로 같은가?

도체가 우리의 늘 應接하고 往來하는 일상 생활의 한가운데에 유행하고 있음은 경각에도 그침이 없는 까닭에 '반드시 集義로 일삼은 바가 있되 잊지 말아야 한다.'라고 요구하는 것이며, 마음을 쓰고 힘을 들이는 따위를 머리카락만큼도 용납하지 아니하는 까닭에 '기대하지도 부추기지도 말아야 한다.'라고 요구하는 것이다. 그렇게 하고 난 뒤라야 人心과

33 程顥 · 程頤,『二程遺書』(四庫全書) 3-1a.「謝顯道記憶平日語」: "鳶飛戾天, 魚躍于淵, 言其上下察也. 此一段子思吃緊爲人處, 與必有事焉而勿正心之意同, 活潑潑地. 會得時, 活潑潑地, 不會得時, 只是弄精神."

天理가 하나로 모이게 되어 자아에 있는 도체에 흠집이 없고 막힘도 없게 되는 것이다.[34]

퇴계는 그것을 경각에도 그침이 없는 합자연(合自然)과 무위(無爲)의 뜻으로 설명했다. 합자연과 무위는 특히 자아의 존심(存心)을 위한 요구다. 솔개가 날고 물고기가 뛰는 동작과 그 광경은 저절로 하고 억지로 하는 것이 없이 자신의 자연적 본성을 드러내는 양태와 그 기세를 인용한 것이다. 회암이 이미 천명한 바지만, 나에게 있어서 '잊지도 아니하고 부추기지도 아니한다.'라고 하는 때에 이루어지는 천리의 유행도 바로 그처럼 자연하고 생동하여 조금도 안배(安排)나 기대(期待)를 허용하지 않는다. 이러한 마음이 보존될 때라야 천인합일(天人合一)의 경지에 나아가 흠집이 없고 막힘도 없는 본성의 완전한 발현이 가능하게 되는 것이다.

천리의 본체는 어디든 막힘이 없이 저절로 이르되 경각에도 그침이 없어 끊이지 않으니 나뉨이 또한 있을 수 없다. 만물의 법칙과 심중의 법칙은 결코 내외간 분단이 있을 수 없는 일체다. 따라서 '잊지도 아니하고 부추기지도 아니한다.'라고 하면 심중에 있는 천리의 본체를 여기서 여실히 엿볼 수 있으며, '솔개가 날고 물고기가 뛴다.'라고 하면 만물에 있는 천리의 본체를 여기서 여실히 엿볼 수 있으니,[35] 천리의 유행은 막힘이 없고 그침이 없는 까닭이다.

만물의 법칙이 곧 심중의 법칙일 뿐이라는 것은 천리의 운행이 내포하는 동일성과 동시성과 전체성을 아울러 일컫는 말이다. 어디를 가도

34 李滉, 『退溪先生文集』 25-37a. 「答鄭子中別紙」: "道體流行於日用應酬之間, 無有頃刻停息, 故必有事而勿忘, 不容毫髮安排, 故須勿正與助長. 然後心與理一, 而道體之在我, 無虧欠無壅遏矣."

35 李滉, 『退溪先生文集』 25-31b~32a. 「答鄭子中別紙」: "如勿忘勿助, 則道之在我, 而自然發見流行之實可見, 鳶飛魚躍, 則道之在物, 而自然發見流行之實可見."

사물이 아닌 것이 없고, 무엇을 보아도 심성(心性)을 벗어난 것이 없다. 깨달을 수 있을 때는 눈앞에 생동하는 사물을 마주하듯 절실할 것이나, 깨닫지 못할 때는 다만 정신을 허비할 뿐이다. 퇴계는 이것을 알아야 비로소 관물의 본질도 깨달을 수 있다고 하였다.[36] 관물의 목적은 치지에 있으니, 만물의 본체를 구비하고 있는 주재자(主宰者)로서의 자각이 없으면 온갖 사물은 다만 가없이 시달림을 부르는 굴레가 될 뿐이다.

Ⅳ. 결론

관물은 모름지기 관아를 위한 것부터 추구해야 마땅할 것이니, 관물을 제대로 실천하기만 한다면 관아는 당연히 그에 전제될 바로서 관물의 과정에 우선적으로 내재하게 된다고 주장한 퇴계의 견해는 관물의 의의를 단호히 관아에 종속시켜 말하고 있는 점에서 심각한 의문을 부른다. 관물은 어째서 마땅히 관아를 전제로 삼아야 하는가? 퇴계는 하물며 관아와 무관한 관물을 엄격히 제한하여 배척하는 태도를 보였다. 여기서 의문이 겹친다. 관아를 저버린 관물은 어째서 마침내 허다한 정신적 혼란과 피로를 부르게 되는 것인가?

觀物은 모름지기 觀我生으로부터 시작해야 할지니,
易經의 微妙한 旨意를 邵康節이 넉넉히 밝혔지.

관아의 문제에 관한 유가의 전통적 사유는 유래가 매우 깊었다. 『주역』 관괘 육삼과 구오의 효사 '觀我生'에 따르면, 관아는 자기의 소행

---

36 李滉, 『退溪先生文集』 5-32b. 「奉次金子昂和余天淵臺韻-自註」: "子思鳶飛魚躍之旨, 明道以爲與必有事焉而勿正之意同. 知此然後知天淵之妙."

에 대한 반성적 관찰을 위하여 밖으로 사물의 형세를 좇아서 자기의 소행의 필연적 반영과 파급을 살피는 동작을 불가피하게 요구하는 행위다. 객관적 현실을 오히려 자기의 소행의 필연적 반영과 파급의 범위에 넣어서 관아의 대상으로 삼아야 한다면, 이러한 종류의 윤리적 실천은 밖으로 사물의 형세를 살피는 관물을 반드시 관아의 내부로 포괄하게 마련이다. 이것은 관물의 의의를 관아의 연장선에 부쳐서 관아와 관물을 필연적 관계로 직결시킬 만한 사유다.

관아는 자기의 소행을 살피는 행위인 까닭에 어떠한 경우든 반드시 관물을 그 수단으로 삼는다. 거울이 그 거울을 스스로는 비출 수 없듯이 그렇다. 관물은 확장된 관아다. 그것은 사물에 비치는 자아를 보자는 행위요, 남에게 비치는 자아를 보자는 행위다. 관물은 객관적 현실을 매개로 하는 자아의 반조를 확장된 관아에 이르는 기축으로 삼는다. 관물은 모름지기 관아를 위한 것부터 추구해야 한다고 주장한 퇴계의 논리는 관물이 지니는 확장된 관아로서의 의의를 강조하는 맥락에서 나왔다.

관물의 본질을 자아의 반조로 규정하는 견해는 그 원류가 『주역』 관괘에 있었다. 관괘의 '보다'[觀]라는 용어는 남에게 '보인 것'[所示]이 있어 남들의 '보는 바'[所仰]가 됨을 뜻한다. 여기서 남들의 '보는 바'[所仰]가 곧 사물에 비치고 남에게 비쳐서 되돌아오는 자아의 반조다. 예컨대 언제나 어긋남이 없이 이루어지는 사시의 운행과 만물의 왕래는 상천의 자아를 살피는 반조의 매개요, 다그쳐 부리지 않아도 스스로 가르침을 따르는 백성의 감화와 복종은 성인의 자아를 살피는 반조의 매개다.

상천의 가르침을 본받아 만백성을 다스리는 성인의 자아는 이른바 천리라고 일컫는 곧 자연의 법칙이다. 관물은 바로 이 법칙을 인류의 본성이자 모든 개인의 생명의 원리로 파악하여 극진하게 발휘하고자 하는 궁리 방법의 하나다. 일찍이 강절은 『주역』 관괘의 대의에 입각하여 성인의 경지에서 이루어지는 반관을 진지에 이르는 궁극의 방법으로 제시하고, 관물의 목적은 천리를 완전히 구명하여 천성을 완전히 발휘하고 이로써 천명에 완전히 도달하는 데 있음을 극명하게 주장했다.

성인은 지극한 인류이고, 인류는 또한 지극한 사물이다. 그러나 본성으로 타고난 그 천리를 전능하게 발휘하고 편중되게 발휘하는 차이가 없을 수 없다. 범인의 관물은 단순히 형상의 동일성을 파악하는 데 그치니, 이것은 한 사람의 눈으로 살피고 한 사람의 마음으로 살피는 개인적 욕구 능력의 범위를 벗어나지 못하는 데서 생기는 한계다. 강절은 이것을 가리켜 '자아에 비추어 만물을 살피는 것'[以我觀物]이라고 하였다. 성인은 반관에 의거하여 이지를 공정하게 발휘하는 까닭에 형상의 동일성을 넘어서 본성의 동일성을 파악하는 데 이른다. 반관은 무아의 반조다. 강절은 이것을 가리켜 '만물에 비추어 만물을 살피는 것'[以物觀物]이라고 하였다.

만물에 비추어 만물을 살피는 것이란 만인의 눈으로 살피고 만인의 마음으로 살피는 것이다. 만인의 눈으로 살피고 만인의 마음으로 살피니, 이러한 관물은 만인의 감각 · 지각과 이지를 자아의 전부로 통틀어 수용하는 까닭에 반관이라고 이른다. 반관은 타인과 분리된 자아를 세우지 않으며, 아울러 대상과 분리된 자아를 세우지 않는다. 만물을 이지로 살펴서 진지에 이르는 관물은 오로지 반관이 있을 뿐이다.

自己를 버리고 오로지 觀物일 양이면,
鳶魚를 바라보는 것조차 마음을 어지럽게 하리라.

관물은 격물과 거의 동일한 의미를 지니는 용어다. 관물과 찰기의 관계를 논의한 이천과 그의 제자의 문답에 주목해 보건대, 이천은 여기서 만물과 자아의 이치가 하나라는 원리를 내세워 '밖으로 저쪽을 밝히면 곧 안으로 이쪽도 환하게 마련이다.'라고 주장했다. 이천의 주장은 『대학』 경문의 '致知는 격물에 달렸다.'라는 명제와 상통하는 맥락에 놓인다. 안으로 지각을 깨우치는 일은 밖으로 사물의 이치를 찾아 살펴서 알아차리는 데 있다는 것이다. 격물과 치지의 관계는 관물과 찰기의 관계다.

그런데 이천의 '밖으로 저쪽을 밝히면 곧 안으로 이쪽도 환하게 마련이다.'라고 하는 주장은 일정한 전제적 제약이 따르는 바였다. 이천의 '性情에서 찾으면 자신에게 切實하다고 하겠다.'라는 말에서 잘 드러나고 있듯이, 그의 진정한 취지는 만물과 자아의 이치가 하나라는 원리를 고수할 때라도 내외간 선후와 경중을 마땅히 구별해야 한다는 데 있었다. 이천의 견해는 '치지는 격물에 있으니, 사물의 이치를 궁구하는 것은 자기를 살펴서 나에게 더욱 절실한 이치를 찾아 깨닫는 것보다 나은 것이 없다.'라는 주장을 통하여 거듭 확인된다.

세상은 온갖 사물로 가득하고 이것들은 모두 남김이 없이 탐구되어야 마땅하다. 그러나 그렇다고 해서 오로지 밖으로 사물을 좇아서 가없이 이치를 찾기로 한다면, 이러한 편향은 이천의 이른바 '오로지 밖으로 物理를 살피는 데만 힘을 들이는 것은 마치 出遊한 騎兵이 돌아갈 곳이 없게 되는 것과 같다.'라고 하는 정신적 혼란과 피로를 부른다. 이것은 관아와 무관한 관물을 엄격히 배제했던 사유라고 할 것이다.

관물의 문제는 곧 격물의 문제다. 관물의 목적은 치지에 있으니, 치지의 요점은 만물과 자아의 내외에 간격이 없이 유통하는 천리의 본체와 그 작용 양상을 자아의 주체적 입장에서 철저히 구명하는 것이다. 만물의 이치와 자아의 본성은 본디 하나의 천리일 뿐이다. 밖으로 저쪽을 밝히면 곧 안으로 이쪽도 환하게 되는 밝음이 여기서 나온다. 그런데 이러한 낙관적 기대의 이면에는 흔히 밖으로 밝히는 이치와 안으로 깨닫는 이치를 별개의 것으로 여기는 내외간 분단의 오류가 따른다.

내외간 분단의 오류는 이른바 도체의 존재론적 성격에 대한 이해의 부족에서 생기는 문제다. 도체는 곧 천지간 만물의 근원을 이루는 바로서 만물과 자아의 내외에 간격이 없이 유통하는 천리의 본체다. 일찍이 자사는 솔개가 날고 물고기가 뛰는 동작과 그 광경을 들어서 그처럼 어디든 막힘이 없이 저절로 이르는 천리의 유행을 비유했다. 명도는 또한 '鳶飛魚躍'과 '勿忘勿助'의 뜻하는 바가 서로 같음을 들어서 천리의 유행이 일상 사물만 아니라 일상 생활을 누리는 자아의 심중에 있어서도 예외가 없음을 주장했다. 그러면 '鳶飛魚躍'과 '勿忘勿助'는 어째서 뜻하는 바가 서로 같은가?

퇴계는 그것을 경각에도 그침이 없는 합자연과 무위의 뜻으로 설명했다. 합자연과 무위는 특히 자아의 존심을 위한 필연적 요구다. 솔개가 날고 물고기가 뛰는 동작과 그 광경은 저절로 하고 억지로 하는 것이 없이 자신의 자연적 본성을 드러내는 양태와 그 기세를 인용한 것이다. 회암이 천명하는 바로서, 나에게 있어서 '잊지도 아니하고 부추기지도 아니한다.'라고 하는 때에 이루어지는 천리의 유행도 바로 그와 같이 자연하고 생동하여 조금도 안배나 기대를 허용하지 않는다. 이러한 마음이 보존될 때라야 천인합일의 경지를 이루어 흠집이 없고 막힘도 없는 본성의 완전한 발현이 가능하게 되는 것이다.

천리의 본체는 어디든 막힘이 없이 저절로 이르되 경각에도 그침이 없어 끊이지 않으니 나뉨이 또한 있을 수 없다. 만물의 법칙과 심중의 법칙은 결코 내외간 분단이 있을 수 없는 일체다. 그러나 심중에 조금이라도 안배나 기대를 동반한 사욕의 개입이 생기면 만물의 본체를 구비하고 있는 주재자로서의 지위가 위태로워지고, 이러한 때에 응접하게 되는 온갖 사물은 다만 가없이 시달림을 부르는 굴레가 될 뿐이다. 자아의 존심을 위한 요구로서 합자연과 무위를 중시한 이유는 여기에 있었다.

유교사상문화연구 제66집(한국유교학회, 2016): 33-61면

04

퇴계의 「陶山六曲」 言志 제6장 "四時 佳興"의 해석

본문개요

퇴계는 만물의 본체가 그 이치로부터 스스로 발현하는 작용을 지니고 있을 뿐만 아니라 우리의 지각하고 감응하는 마음의 작용에 스스로 조응하는 작용을 지니고 있는 것으로 보았다. 본체의 이러한 유행은 넓게는 만물로 하여금 저절로 감응하게 하는 작용이며, 좁게는 그것이 사람의 마음에까지 스스로 조응하여 오는 작용이다. 퇴계의 「도산육곡」 언지 제6장의 흥구는 바로 이러한 감응·조응의 현상을 읊었다.

일찍이 정호가 보았고 다시금 퇴계가 말하는 저 자연 사물의 사시

가흥이 반드시 사람과 더불어 한가지로 같은 까닭은 저 자연 사물의 스스로 이르고 저절로 느끼는 감응 · 조응의 작용에 사람인 내가 또한 아무 사심도 없이 청명한 마음으로 감응하는 데 있었다. 우주의 만물은 오직 하나의 마음을 벗어나지 않는다. 만약에 사람인 내가 마땅히 느껴야 할 바를 한번 느끼지 않으면 전우주가 또한 거기서 한번 그친다.

퇴계는 사시 가흥이 사람과 한가지라는 이것을 그의 날로 새롭던 흥취와 오랜 궁리의 끝에서 얻은 하나의 결론이자 탄성으로써 외쳤을 것이다. 따라서 그 흥구로 말하면, 봄바람에 가득 피어난 꽃이며 가을밤의 밝도록 빛나는 달빛은 이것을 배불리 먹을 수도 없고 팔아서 돈이 되는 것도 아닌데, 스스로 만물의 마음이 되어서 그 가흥을 맞이하는 퇴계의 사업은 이미 미학의 한 방법이 되었던 것으로 보인다.

핵심용어

도산육곡, 퇴계, 사시가흥(四時佳興), 자연 사물, 인성(人性), 물성(物性), 감정

Ⅰ. 서론

사시(四時) 가흥(佳興)이 사람과 한가지라. 퇴계(退溪)의 「도산육곡」 언지 제6장에 나오는 이 말은 해석을 따로 베풀 것도 없이 그 의미가 자못 분명해 보인다. 사시는 봄 · 여름 · 가을 · 겨울을 말하고, 가흥은 사시에 따른 온갖 자연 사물의 즐거운 발흥(發興)과 그 정황(情況) - 흥황(興況) - 을 말하니, 여기에 어떤 의외의 함축이 있는 양으로 생각할 여지는 없는 듯하다. 그러나 되새겨 보건댄 분명해 보이는 그 의미를 좀처럼 이해하기가 어렵다.

春風에 花滿山ᄒᆞ고,
秋夜애 月滿臺라.
四時 佳興ㅣ 사ᄅᆞᆷ과 ᄒᆞᆫ가지라.
ᄒᆞ믈며
魚躍 鳶飛 雲影 天光이ᅀᅡ 어늬 그지 이슬고?[1]

자연 사물이 어떻게 가흥을 지닐 수 있는가? 가흥은 곧 하나의 감정(感情)을 가리키는 말이니, 퇴계의 말은 '사시에 따른 자연 사물의 감정이 사람과 더불어 한가지로 같다.'고 규정한 데서 심각한 의문을 부른다. 이러한 일이 실제로 있을 수 있는가? 여기에 대답하기가 누구든 쉽지 않을 것이다. 그런데 이 문제는 이제까지 거의 주목을 받지 못했다. 퇴계의 「도산육곡」을 단일한 논제로 삼은 연구만 해도 20편이 넘지만, 언지 제6장에 관하여 이 문제를 논급한 연구는 오직 성기옥의 1편이 있을 뿐이다. 그의 해석을 제시하면 아래와 같다.

1 李滉, 『陶山六曲』(木板印出本) 單-2a. 「陶山六曲」 言志 6章 全文.

> 자연은 有情物이 아니므로 계절의 변화에 따른 도산의 경관이 스스로 흥취를 느낄 수 있는 것이 아님에도 마치 자연이 아름다운 흥취에 젖어 있는 듯 표현한 것은 왜일까. 쉽게 보면 인간(사롬)의 감흥을 자연에 투사한 감정이입의 투식적 표현으로 생각할 수 있겠지만 그리 단순하지만은 않다. 도산의 자연이 느끼는 – 엄밀히 말하면 '불러일으키는' – '사시가흥'과 인간이 느끼는 '사시가흥'이 동일하다는 문맥 속의 '가흥'이기 때문이다. 말하자면 이 문맥 속의 '가흥'은 자연도 '가흥'에 젖고 인간도 '가흥'에 젖는, 자연과 인간 사이를 하나로 묶는 매개자로서의 공유 감정인 것이다. 그야말로 물아일체의 경지, 나와 자연이 합일된 경지가 정서적 감격의 형태로 '가흥'에 집약되어 있는 것이다.[2]

여기서 성기옥은 언지 제6장의 사시 가흥을 자연과 인간의 공유 감정으로 해석하는 가운데 그러한 공유의 결과를 물아일체(物我一體)의 경지로 보았다. 사시 가흥은 자연도 가흥에 젖고 인간도 가흥에 젖는 방식의 공유 감정으로서 물아일체를 매개하는 바라는 것이다. 그러나 이러한 해석은 비록 원전의 문맥을 정확히 파악하고 있는 것이기는 하지만, 그래도 여전히 앞서 제기한 우리의 문제를 미결인 채로 남긴다. 사시 가흥이 물아일체를 매개하는 바라면, 자연 사물은 그 이전에 이미 그것을 지니고 있어야 할 것이니, 성기옥의 해석은 이러한 사태의 이유가 미처 설명되지 않은 데서 아쉽다.

우리의 문제는 특히 자연 사물에 관하여 정언된 이른바 사시 가흥이 하나의 개념으로서 성립할 수 있는가 하는 것이다. 사시 가흥이 그 문맥으로 보건댄 성기옥의 해석과 같이 물아일체의 공유 감정일 수밖에 없다면, 우리의 문제는 마땅히 물아일체의 방법과 그 차원을 퇴계

---

2 성기옥, 「도산십이곡의 재해석」, 『震檀學報』 제91집(震檀學會, 2001), 262면. ※성기옥은 이 논문의 속편으로 「도산십이곡의 구조와 의미」(2002)를 또한 발표했다. 이밖에 퇴계의 「도산육곡」을 단일한 논제로 삼은 제가의 연구는 본고의 끝에 붙이는 '참고문헌'으로 소개를 대신한다.

의 견해와 당대의 상식에 의거해서 논구해 보아야 비로소 해결될 것으로 보인다. 이것은 작품 자체에 대한 이해와 감상의 바탕을 마련하기 위한 과정으로서도 필요한 일이다. 본고의 목표를 여기에 두기로 하겠다.

Ⅱ. 자연 사물의 興況

하늘이 정(情)이 있다면 하늘도 늙을 것이다.[3] 이하(李賀)의 말이다. 이하의 취지는, 국가의 종말을 겪는 아픔을 '하늘도 느끼고 이로 말미암아 늙겠다.'는 데 있었다. 그런가 하면, 우리의 읍취헌(挹翠軒)도 그와 비슷한 경계를 읊었다. 늙은 나무는 정이 없어 바람만 저절로 운다.[4] 이것은 또한 '나무는 본디 정이 있다.'는 말이다. 그런데 이러한 시구는 어디까지나 직감을 읊은 것이고, 논변을 떠나서 하는 말이다. 그러나 우리는 이로써 퇴계의 말에 전혀 내력이 없지는 않다는 것을 충분히 짐작할 만하다.

이른바 사시 가흥이 만약에 인류 공통의 인식을 벗어나 오로지 신비의 영역에 있거나 또는 오로지 개인의 의식의 영역에 있거나 한다면, 퇴계의 정언은 마치 토끼의 뿔이라는 말과 같이 공허한 명사가 될

3 李賀, 『昌谷集』(四庫全書) 2-1b. 「金銅仙人辭漢歌」 第10句: "天若有情天亦老." ※「金銅仙人辭漢歌」 并序: "魏明帝青龍元年八月, 詔宮官牽車西取漢孝武捧露盤仙人, 欲立置前殿. 宮官旣拆盤, 仙人臨載, 乃潸然淚下. 唐諸王孫李長吉遂作金銅仙人辭漢歌. 茂陵劉郎秋風客, 夜聞馬嘶曉無跡. 畫欄桂樹懸秋香, 三十六宮土花碧. 魏官牽車指千里, 東關酸風射眸子. 空將漢月出宮門, 憶君淸淚如鉛水. 衰蘭送客咸陽道, 天若有情天亦老. 攜盤獨出月荒涼, 渭城已遠波聲小."

4 朴誾, 『挹翠軒遺稿』 3-13b. 「福靈寺」 第6句: "老樹無情風自哀." ※「福靈寺」: "伽藍却是新羅舊, 千佛皆從西竺來. 終古神人迷大隗, 至今福地似天台. 春陰欲雨鳥相語, 老樹無情風自哀. 萬事不堪供一笑, 青山閱世只浮埃."

것이다. 그러나 퇴계는 그것을 확고한 어조로 매우 단호하게 규정해 두었고, 그렇게 하는 배경에는 또한 확실한 선례가 주어져 있었다. 사시 가흥은 본디 정호(程顥)의 율시에서 비롯된 말이다.

閑暇히 지내니 느긋하지 않은 일 없어,
잠이 깨면 東窓에 해가 이미 붉어라.
萬物을 靜觀하건댄 모두 自得하여 있거니,
四時 佳興이 사람과 더불어 같구나.
道理는 天地間 有形의 밖까지 꿰뚫고,
思索은 風雲 造化의 變態 속으로 든다.
富貴에 淫亂하지 않고 貧賤에 自樂하거든,
男兒가 여기에 이르면 이 곧 豪傑이라.

閒來無事不從容, 睡覺東牕日已紅.
萬物靜觀皆自得, 四時佳興與人同.[5]
道通天地有形外, 思入風雲變態中.
富貴不淫貧賤樂, 男兒到此是豪雄.[6]

정호는 이른바 정관(靜觀)의 차원에서 만물이 저마다 그 자체로 자득(自得)하여 있음을 보았고, 이러한 견지에서 만물의 사시 가흥이 사람과 더불어 한가지로 같음을 말했다. 정관은 아무 사심(私心)이 없이 눈앞의 대상을 관조(觀照)하는 것이다. 정관은 여기서 만물의 자득을 알아차리는 조건이 되었다. 자득은 자재(自在) · 자유(自由)와 자족(自足)의 상태를 말한다. 자득은 여기서 만물이 사시 가흥을 지니게 되는

5 熊剛大, 『性理羣書句解』(四庫全書) 4-16b. "萬物散在天地間, 靜而觀之, 無非自得. 四時佳興, 春暖秋涼, 與自家意思一般." ※원문의 "四時佳興與人同"을 해석하는 데 있어서, "四時佳興"을 '자가'(自家)의 일로 보고 "與人同"의 "人"을 '타인'(他人)으로 보기 쉬우나, 마땅히 당대인의 해석을 따라야 퇴계의 인용을 바르게 이해할 수 있을 것이다.
6 程顥, 『二程文集』(四庫全書) 1-14b. 「秋日偶成」 第2首 全文.

이유가 되었다. 그러면 우선은 사시 가흥의 주체인 만물의 자득에 주목할 필요가 있겠다.

만물은 사시를 통하여 성쇠(盛衰)를 거듭하되, 그러한 모든 과정을 자연의 섭리(攝理)에 맡긴다. 그러나 맡기는 바의 그 방식은 모름지기 물고기가 물을 잊고 물속을 누비는 것과 같은 자약(自若)일 뿐이지 결코 의존이 아니다. 자득은 이와 같이 자연의 섭리가 내외(內外)에 두루 관통할 때에야 가능한 것이다. 따라서 이러한 속에는 사사(私事)가 있을 수 없으니, 성쇠에 따른 애락(哀樂)이 또한 언제나 떳떳할 뿐이다. 이것을 일찍이 이백(李白)은 다음과 같이 읊었다.

> 풀은 자라나 우거짐을 봄바람에 고마워하지 않으며,
> 나무는 시들어 떨어짐을 가을날에 탓하지 않느니,
> 뉘라서 채찍을 휘둘러 네 철의 갈마듦을 다그치랴?
> 온갖 것이 일어나고 스러짐은 다 저절로 그러한 것을!
>
> 草不謝榮于春風, 木不怨落于秋天,
> 誰揮鞭策驅四運, 萬物興歇皆自然.[7]

사시는 일찍이 초목의 성쇠에 일부러 관여한 적이 없지만, 초목은 사시를 좇아서 저절로 성쇠를 거듭해 나간다. 그러니 초목의 성쇠는 사시에 의하여 좌우되는 것이 아니다.[8] 만물은 이와 같이 자체의 성쇠에 관하여 따로 의존하는 바의 타율(他律)을 세우지 않는다. 이것을 만물의 자득이라고 한다면, 정호의 이른바 사시 가흥은 곧 만물이 저마다 사시를 누리되 아무튼 제때 · 제철을 만나 저절로 기꺼이 발흥하여

7 李白, 『李太白文集』(四庫全書) 2-13b. 「日出入行」 第2解.
8 李滉, 『退溪先生文集』 35-22a. 「答李宏仲」: "天地非無動, 動而不見其迹耳. 然而四時自行, 萬物自生, 是不動而變也. 聖人之不動而變, 亦猶是."

자체의 성황(盛況)을 이루는 자족 · 자약의 동작을 가리키는 바라고 할 수 있을 것이다. 그러면 이것을 하나의 감정으로 규정할 수 있는가?

> 物은 情을 지니고 있는가? 마땅히 지닌다고 말해야 할 것이다. [예컨대] 山川 · 草木과 日月 · 星辰 따위는 形態 · 色調의 差異에 있어서 사람으로 하여금 [저마다] 어떤 共同의 印象을 낳게 하는데, 마치 그 自體가 문득 [나름의] 性格과 感情을 지니고 있는 것처럼 보인다. 이것은 말할 것도 없이 사람의 想像으로부터 나온 것이지만, 또한 오랜 기간을 거쳐서 公認된 것으로서 一定한 客觀性을 띠고 있으며, 詩人이 臨時로 注入한 感情과는 다르다. 우리는 이것을 物境 自體가 본디 지니고 있는 性格과 感情으로 보아도 좋을 것이다.[9]

대답을 서둘러 하자면, 원행패(袁行霈)의 위와 같은 견해도 하나의 대답이 되기는 할 것이다. 그러나 자세히 따져 보건댄 정확한 대답이 아니다. 아무리 오랜 기간을 거쳐서 공인된 것이라도 무릇 사람의 상상(想像)으로부터 나온 것은 결코 사물 자체의 감정이 아니다. 그것은 사람의 감정이 거기에 주입된 이정(移情) - 감정 이입 - 의 결과이거나 또는 사람의 인상(印象)이 거기에 각인된 지각(知覺)의 외사(外射)일 뿐이다. 따라서 그것이 보여 주는 객관성은 다만 사람이 가지는 인상과 감정의 객관성일 뿐이다.

여기서 원행패는 어떤 사물로 말미암아 비롯된 바로서 '오랜 기간을 거쳐서 공인된 감정'과 어떤 사물에 대하여 '시인이 임시로 주입한 감정'을 구별하고 있으나, 이것은 오직 개인적이냐 집단적이냐 하는

9 袁行霈, 「中國古典詩歌的意境」, 『中國詩歌藝術研究』(增訂本), 北京大學出版社, 1996, 29頁. "物有沒有情呢? 應當說也是有的. 山川草木, 日月星辰, 它們在形態色調上的差異, 使人産生某種共同的印象, 倣佛它們本身便具有性格和感情一樣. 這固然出自人的想像, 但又是長期以來公認的, 帶有一定的客觀性, 與詩人臨時注入的感情不同. 我們不妨把它們當成物境本身固有的性格和感情來看待."

차이를 지적하는 데 그친다. 왜냐면 전자의 경우라고 해서 이정이나 지각의 외사를 벗어나 있는 것은 아니기 때문이다. 따라서 전자를 사물 자체에 귀속시키는 것은 온당한 견해가 아니다. 우리의 문제는 사물 자체의 감정에 있으니, 우리는 이것을 마땅히 이정이나 지각의 외사를 거치지 않은 경우에서 찾아야 할 것이다.

明珠 四萬 斛을
蓮닙픠다 바다셔,
담는 듯, 되는 듯, 어드러 보내는다?
헌ᄉᆞᄒᆞᆫ
믈방올른 어위계워ᄒᆞ는다?[10]

만물이 실제로 가흥을 지니는지 마는지를 묻기로 한다면, 이것은 사시만이 아니라 여름 한 나절의 소나기 속에서도 가능한 일이다. 송강(松江)은 위와 같이 연잎과 연잎에 날뛰는 물방울을 두고 물었다. 연잎에 닿으면서 문득 구슬로 바뀌는 소나기, 이것을 담고, 되고, 받아서 자꾸만 어디로 보내지? 어디로 가기에 물방울은 저리도 야단스레 날뛰지? 저들은 흥겨워하는가? 송강은 다만 이렇게 말을 그쳤다.

나에게 흥겨워 보이는 이것과 저에게 흥겨운 저것은 서로 다른 일이다. 송강은 저것을 그저 하나의 의문에 부쳤다. 그러나 연잎에 날뛰는 물방울과 그것이 조금 찰까 싶으면 그만 좌르륵 자꾸 부어 보내는 연잎의 동작을 떠올릴 양이면, 대답도 규정도 없는 여기서 어느덧 상쾌한 흥취(興趣)가 물씬 풍겨 나온다. 송강은 바로 이 흥취를 읊었다. 송강의 이 흥취는 아래의 작품이 전하는 소옹(邵雍)의 흥취와 더불어 거의 비슷한 성질의 것이다.

---

10 鄭澈, 『松江歌辭』(星州本) 下-14a. 「短歌」 第62號 全文.

달은 하늘 한가운데로 돋고,
바람은 물낯을 스쳐 오는 제,
뜻이 한가지로 맑은 줄,
아는 사람이 자못 적으리.

月到天心處, 風來水面時,
一般淸意味, 料得少人知.[11]

여기서 소옹이 말하는 '뜻' - 의미(意味) - 은 때마침 하늘 한가운데로 돋는 달과 물낯을 스쳐 오는 바람이라고 하는 특히 '자연 사물과 그 현상의 의미'를 가리키고 있는 바이니, 이것은 당연히 특정 정황에 말미암아 생겨난 모종의 정의(情意)와 그 취미(趣味)를 뜻한다. 따라서 곧 흥취와 같은 말이다. 그런데 소옹은 이 흥취를 송강의 경우와 같이 나에게 있는 이것으로만 말하는 데서 그치지 않고 저쪽에 있는 저것으로도 말했다. 요컨대 '뜻이 한가지로 맑다.'고 했으니, 이것은 이른바 '뜻이 맑다.'는 말을 통해서 자신의 흥취와 그 대상 - 달과 바람의 맑고 밝음 - 의 속성이 한가지로 같음을 밝힌 것이다.

우리가 주목할 바는 앞에 제시한 정호의 함련과 위에 예거한 소옹의 작품이 그 취지에 있어서 거의 차이가 없는 점이다. 정호는 사시를 두고 덤덤히 말한 데 대하여 소옹은 사시의 한 순간을 촘촘히 읊은 것이 서로 다르기는 하지만, 자연 사물의 흥황과 자기 자신의 흥취를 아예 구별하지 않고 동일시한 것은 서로 같은 점이다. 그러면 이러한 동일시는 한낱 이정에 지나지 않거나 또는 지각의 외사가 아닌가? 오늘날 우리의 상식은 거의 그렇게 여긴다. 그러나 퇴계의 견해는 이와 달랐던 듯하다. 소옹의 작품을 일찍이 퇴계는 다음과 같이 평석한 적이

11 邵雍, 『擊壤集』(四庫全書) 12-2a. 「淸夜吟」 全文.

있었다.

> 無欲 · 自得의 [人品을 지닌] 사람이 淸明 · 高遠한 마음으로 光風 · 霽月의 때를 한가로이 맞이하매, 저절로 景物과 情意가 한데 모이고 天理와 人心이 하나가 되어 興趣가 더할 나위 없이 뛰어나니, 淨潔 · 精微 · 從容 · 灑落한 氣象은 말로 나타내기 어려울 바이나, 즐거움은 또한 끝이 없을 것이니, 康節이 말한 것은 다만 이러한 뜻일 뿐이다.[12]

경물(景物) – 자연 사물 – 과 정의가 저절로 한데 모이고 천리(天理)와 인심(人心)이 저절로 하나가 되는 경지라면, 이것은 내외가 따로 없는 물아일체의 경지이니, 이러한 경지에서 생기는 흥취는 실제로 그것이 자기 자신의 것인지 사물 자체의 것인지 분간할 수 없을 것이다. 이것은 마치 바람이 솔잎에 스치는 동안 내내 솔바람소리가 울려 나오되 그것이 도무지 솔잎에서 나는지 바람에서 나는지 분간할 수 없는 것처럼 그렇다. 그러니 퇴계는 이로써 자연 사물의 흥황과 자기 자신의 흥취를 아예 구별하지 않고 동일시할 만한 이유를 충분히 밝힌 셈이다.

경물과 정의가 저절로 한데 모이는 이것은 이정이 아니며, 천리와 인심이 저절로 하나가 되는 이것은 또한 지각의 외사가 아니다. 이것은 그야말로 자연 사물의 현현(顯現)을 그 이치(理致)와 함께 맞이하되 상호간에 조금도 어긋남이 없는 물아일체의 회심(會心)일 뿐이다. 이러한 경지에 이르면, 자연 사물의 흥황과 자기 자신의 흥취가 서로 완벽한 일치를 이루어, 자연 사물의 흥황은 눈앞의 광경인 동시에 마음의 감정을 이루고, 자기 자신의 흥취는 마음의 감정인 동시에 눈앞의 광경을 이루게 될 것이다. 이른바 사시 가흥이 사람과 한가지라는 말

12 李滉, 『退溪先生文集』 36-19a. 「答李宏仲」: "無欲自得之人, 淸明高遠之懷, 閒遇著光風霽月之時, 自然景與意會, 天人合一, 興趣超妙, 潔淨精微, 從容灑落底氣象, 言所難狀, 樂亦無涯, 康節云云, 只此意耳."

은 바로 이러한 경지를 체험한 데서 나왔다.

그런데 퇴계는 위와 같은 물아일체의 가능성을 특히 아무 사심이 없이 자득한 사람의 경우에 두었다. 이것은 곧 무욕 · 자득의 인품을 지닌 사람이라야 물아일체의 경지에 이를 수 있다는 뜻이다. 퇴계가 그 청명(淸明) · 고원(高遠)을 일컫고 있듯이, 마음의 무욕 · 자득은 눈앞의 대상이 어떤 것이든 여기에 관하여 모든 공리적 관심을 일으키지 않는 것을 말하니, 이러한 마음이 아니면 결코 회심에 이를 수 없을 것이다. 왜냐면 모든 공리적 관심은 눈앞의 대상을 있는 그대로 맞이할 수 없는 까닭이다.

> 半 이랑 네모진 둑에 거울 하나가 열려,
> 天光 · 雲影이 그 속에 다 머문다.
> 어쩌면 이와 같이 맑을 수 있는지, 제게 물으니,
> 샘에서 솟는 물이 흘러드는 때문이란다.
>
> 半畝方塘一鏡開, 天光雲影共徘徊.
> 問渠那得淸如許, 爲有源頭活水來.[13]

무욕 · 자득의 경계를 주희(朱熹)는 위와 같이 읊었다. 사람의 마음은 본디 저 못물과 같이 맑아서 만물을 모두 여기에 비추어 낼 수 있으니,[14] 못물이 맑을수록 천광(天光) · 운영(雲影)은 더욱 뚜렷해진다. 뚜렷해지는 그 궁극은 실제의 천광 · 운영과 못물의 천광 · 운영이 서로 구별되지 않을 만큼 일치하는 지점에 있을 것이다. 이른바 회심은 이

13 朱熹, 『晦庵集』(四庫全書) 2-17a. 「觀書有感」 第1首 全文.

14 朱熹, 『大學或問』(四庫全書) 單-61a. "心雖主乎一身, 而其體之虛靈, 足以管乎天下之理, 理雖散在萬物, 而其用之微妙, 實不外一人之心, 初不可以內外精粗而論也." ※『朱子語類』 大學五 · 或問下 18-45.

러한 지점이 우리의 마음에 생기는 경우를 가리키는 말이다. 그러니 물아일체의 가능성을 특히 사람의 무욕 · 자득에 둘 만하다.

퇴계와 정호의 작품도 경우는 마찬가지일 것이나, 송강과 소옹의 작품이 보여 주는 물아일체의 흥취는 특히 무정물로부터 그 유정함을 느끼는 경계에서 나온 것이다. 따라서 그 흥취라는 것은 지극히 담박할 뿐만 아니라 미묘한 것일 수밖에 없으니, 이러한 흥취가 자연 사물의 흥취와 더불어 한가지로 같음을 말하는 데서는 더구나 그 의미를 좀처럼 이해하기가 어렵게 마련이다. 그러나 다음과 같이 유정물로부터 그 유정함을 느끼는 경계에서 말하는 바라면 누구든 그 의미를 수월히 납득할 것이다.

> 내가 집을 옮겨 가면서 집에 수탉이 있어 먼저 홰부터 옮겼더니, 녀석이 쫓으면 쫓는 대로 자꾸 되돌아왔다. 그러매 쫓던 아이도 성이 나서 마음을 바꾸어 먹고 보자마자 죽였다. 또 누렁이가 있어 그냥 두고 데려오지 않았더니, 이놈은 문득 뒤따라 와서는 밤에 쫓아 보내면 아침에 다시 그리하였다. 그러자 아이가 이것도 꺼리어 죽였다. 아아, 닭과 개는 하찮은 짐승이로되, 하나는 옛 터전을 그리고 하나는 제 主人을 그렸던 탓에 모두 죽음을 맞았으니, 참으로 슬퍼할 만하다.[15]

> 비좁아서 집이 있대야 숲새에게 부끄럽고,
> 옛집을 떠나 새집에 가는 꼴이 마치 驛馬만 같구나.
> 애초에 여기는 엷고 저기는 두텁게 하려던 게 아닌데,
> 바삐 짐을 꾸리다 보니 한 놈은 두고 한 놈은 데려 왔었다.
> 어찌 알았으랴, 物性이 저마다 치우쳐 있는 줄을?
> 가고 머물며 둘 다 主人의 뜻을 어긴다.

---

15 李堣, 『松齋詩集』 2-8a~8b. 「哀二畜」 序: "予徙宅, 宅有鳴鷄, 先塒以移, 隨驅而隨返. 驅兒怒而換他, 卽見殺. 又有黃耳, 置不牽, 俄追以來, 夜則驅逐之, 朝而復然. 兒亦憚而殺焉. 噫, 鷄 · 犬微畜也, 一則思舊, 一則戀主, 俱見殺, 誠可哀也."

한 놈은 主人을 잊고 옛 터전을 그리되,
한 놈은 主人을 그려 옛 터전을 잊더라.
저희는 한번 죽어 모두 有情한 것이 되었건만,
뉘우치는 나는 끝내 無情한 主人이 되었다.
子山은 늙마에 「江南賦」을 지었고,
豫讓은 몸에 옻칠하는 괴로움을 달갑게 여겼다.
옛 터전을 그리고 主人을 그리기는 사람도 그렇거니,
天地間에 아득히 너희의 죽음을 슬퍼한다.

拙而有巢慚林鳩, 去故就新如遞郵.
初非薄此而厚彼, 匆匆藏具偶携置.
那知物性各有偏, 去住兩違主人意.
或忘其主而思土, 或能戀主而忘故.
一死俱爲有情物, 悔我竟作無情主.
子山晩有江南賦, 豫讓甘爲漆身苦.
懷鄕愛主人亦爾, 天地漫漫哀汝死.[16]

퇴계의 숙부 송재(松齋)의 작품이다. 여기서 닭과 개가 보여 주는 감정은 사람이라면 누구나 가지는 향수 · 연모와 더불어 동일한 성질의 것이다. 송재는 이로 말미암아 크게 감격하고 깊이 슬퍼하기까지 하였다. 송재의 이러한 감격은 마치 메아리가 메아리를 부르는 때와 같은 공명의 하나로서 닭의 향수와 개의 연모가 사람의 향수 · 연모를 불러일으켜 마침내 한데 겹치는 일체감에서 생겨난 것이다. 따라서 물아일체의 소산이라는 점에서는 송강과 소옹의 흥취로 더불어 그 경우가 같은 셈이다.

그런데 우리는 흔히 송재가 말하는 바와 같은 닭의 향수와 개의 연

16 李堣, 『松齋詩集』 2-8b. 「哀二畜」 全文.

모는 이내 곧 하나의 감정으로 여기게 되지만, 송강과 소옹이 일컫는 바와 같은 자연 사물의 흥황은 그렇게 여기지 않는다. 우리가 보기에, 닭과 개는 가축으로서 자연 사물이기보다는 오히려 사회 사물이니 만큼, 이러한 사물이 나날이 사람을 닮아 때로 사람과 같은 감정을 보여 주는 것이야 당연히 문화(文化)의 일부에 속한다. 반면에 여타의 자연 사물은 경우가 다르다. 그러나 정작에 송재는 자연 사물의 유정함과 무정함의 문제를 우리와 다르게 이해하고 있었다.

송재의 '어찌 알았으랴, 물성(物性)이 저마다 치우쳐 있는 줄을?'이라는 말에 주목해 보건대, 이것은 자연 사물이 본디 모두 유정함을 전제하는 가운데 다만 개체에 따른 편색(偏塞)이 있음을 말한 것이다. 송재가 보기에, 향수 · 연모는 사람이라면 누구든 모두 느껴서 고루 가지는 것이나, 닭은 옛 터전에 대한 향수만 가졌고, 개는 옛 주인에 대한 연모만 가졌다. 그러나 사람과 짐승이 서로 같고 다른 여기에는 편색된 일부를 지니고 전체를 아울러 지니는 차이가 있을 뿐이지 결코 유무(有無)의 차이가 있는 것은 아니다. 여타의 자연 사물도 이와 마찬가지로 그렇다.

생각건대 이 天道가 善德을 베푸니,
萬物의 理致가 하나의 根源을 함께 지닌다.
人性과 物性에 어찌 間隔이 있으랴?
트이고 막힘은 밝고 어두움에 말미암을 뿐이다.
막힌 것을 열리게 할 수는 없지만,
치우친 곳이라도 天理는 오히려 지닌다.
트이되 어쩌다 가리는 수도 있으니,
오직 物欲에 얽매여 흐려진 탓이다.

顧玆天降衷, 萬理同一源.

人物性豈間, 通塞由明昏.
塞者不可開, 偏處天猶存.
通而或有蔽, 只爲物累渾.[17]

인성(人性)과 물성이 그 본체(本體)에 있어서 서로 간격(間隔)을 두지 않음을 주장하는 견해는 오직 송재가 홀로 지니고 있었던 것만은 아니다. 적어도 성리학이 학문의 주류를 담당하던 시대로 말하면, 학자는 대개가 다 그러한 견해를 지니고 있었다. 예컨대 위와 같은 하서(河西)의 개략은 당시에 있어서 하나의 상식에 속하던 것이다. 여기에 따르면, 인류인 우리와 마찬가지로 자연 사물은 본디 모두 유정한 것이다. 자연 사물의 흥황을 하나의 감정으로 규정할 만한 이유가 여기에 있었다. 그러면 이 문제를 특히 퇴계의 견해에 의거해서 좀더 세밀히 논의해 보기로 하겠다.

Ⅲ. 자연 사물의 感應

인성과 물성은 결코 서로 같은 것일 수 없으니, 인성의 칠정(七情)과 같은 것이 또한 자연 사물에 있을 수 없음은 너무나 당연한 일이다. 그러나 비록 인성의 칠정과 같은 것이 거기에 없다고 해서 그러한 자연 사물을 단순히 무정물로 규정할 수 없으니, 칠정이 모든 감정의 전부라는 전제를 세울 수 없는 까닭이다. 더욱이 이러한 전제를 세울 수 있다고 해도 칠정의 모든 구체 현상과 그 기미(機微)를 이루다 헤아려 알 수 없으니, 칠정의 유무를 자연 사물에 대하여 전칭할 근거는 거의 없

17 金麟厚, 『河西先生全集』 2-16b. 「送子膺」 第9~16句.

는 셈이다.

우리가 만물의 유정함과 무정함을 구분하는 기준은 말할 것도 없이 인성의 칠정과 같은 것이 거기에 있느냐 없느냐 하는 것이다. 이러한 기준은 옛 사람들도 우리와 마찬가지로 지녔던 듯하다. 그러나 적어도 퇴계와 같은 부류의 성리학자는 만물과 그 모든 현상의 본체에 대한 이해가 우리와 크게 달랐다. 이것은 위에서 이미 언급한 송재와 하서의 경우를 보더라도 그렇고, 더욱이 퇴계 이후의 율곡(栗谷)도 이들과 비슷한 견해를 지니고 있었다. 율곡은 만물의 본체에 대한 선학들의 견해를 아래와 같이 종합해 두었다.

> 理는 [萬物에 모두] 트여 있으나 氣는 [萬物에 낱낱] 막혀 있음은 요컨대 本體를 두고 하는 말이되, 또한 本體를 떠나 따로 流行을 따질 수는 없다. 사람의 性이 物의 性이 아닌 것은 氣의 막힘이고, 사람의 理가 곧 物의 理인 것은 理의 트임이다. 둥글고 네모진 그릇은 같지 않아도 그릇 속에 담기는 물은 하나이고, 크고 작은 병은 같지 않아도 병 속을 채우는 빈 것은 하나이다. 氣가 一本인 것은 理의 트여 있는 까닭이고, 理가 萬殊인 것은 氣의 막혀 있는 까닭이다. 本體 속에는 流行이 갖추어져 있고, 流行 속에는 本體가 담겨져 있다.[18]

본체는 무릇 만물과 그 모든 현상의 근원으로 존재하는 최초 · 최후의 실체를 뜻하는 말이다. 유행(流行)은 곧 본체의 유행으로서 바로 이 본체를 담아내는 만물과 그 모든 현상의 낱낱을 말한다. 본체와 유행은 서로 품어 지닌다. 율곡은 이것을 가리켜 '본체 속에는 유행이 갖추어져 있고, 유행 속에는 본체가 담겨져 있다.'고 말했다. 여기에 따르

18 李珥, 『栗谷先生全書』 10-40a. 「與成浩原」: "理通氣局, 要自本體上說出, 亦不可離了本體, 別求流行也. 人之性非物之性者, 氣之局也, 人之理卽物之理者, 理之通也. 方圓之器不同, 而器中之水一也, 大小之甁不同, 而甁中之空一也. 氣之一本者, 理之通故也, 理之萬殊者, 氣之局故也. 本體之中, 流行具焉, 流行之中, 本體存焉."

면, 만물과 그 모든 현상은 본체가 그 유행에 담겨져서 비로소 국한되는 바의 모든 생멸 현상에 지나지 않는다. 따라서 그처럼 국한되는 바의 생명(生命)은 저마다 달라도 그 본체는 오직 하나일 뿐이다. 그러니 인성과 물성이 서로 다르다는 것은 결코 그 본체로부터 다르다는 것이 아니다. 요컨대 인성과 물성의 근원은 본디 하나인 것이다.

그런데 유행이 그 본체를 담아내는 데는 반드시 편색된 일부를 지니고 전체를 아울러 지니는 차이가 있으니, 기품(氣禀)이 다르면 부여된 바의 성리(性理)도 다르다.[19] 왜냐면 만물과 그 모든 현상의 본체는 모두 리(理)와 기(氣)의 합일로 이루어지는 것인데, 리는 무형(無形) · 무위(無爲)의 것으로서 영원하고 불변하되, 기는 유형(有形) · 유위(有爲)의 것으로서 덧없이 변화하고 유전하는 까닭이다.[20] 그러나 부여된 바의 성리는 비록 저마다 다를지라도 모든 기품의 국한된 것은 그 체질(體質)을 이루는 기일 뿐이지 법칙(法則)을 이루는 리가 아니다.

예컨대 남이 먹는 밥으로 나의 배를 부르게 할 수는 없어도 먹어서 배가 부르는 이치는 먹는 사람이나 아니 먹는 사람이나 다 함께 가지는 것이며, 유자와 탱자는 본디 종자가 서로 달라도 강북의 유자가 마침내 탱자를 닮아가면서까지 기후에 적응하는 이치는 탱자와 더불어 다 같이 가지는 것이다. 이렇게 보건댄 인성이 그 법칙에 따라 여타의 사물에 감응(感應)하는 데 말미암아 비롯되는 것을 감정이라고 한다면,[21] 물성이 그 법칙에 따라 여타의 사물에 감응하는 데 말미암아 비

---

19 朱熹, 『晦庵集』(四庫全書) 61-48a~48b. 「答嚴時亨」: "生之謂性一章, 論人與物性之異, 固由氣禀之不同, 但究其所以然者. 却是因其氣禀之不同, 而所賦之理固亦有異, 所以孟子分別犬之性牛之性人之性有不同者, 而未嘗言犬之氣牛之氣人之氣不同也."

20 李珥, 『栗谷先生全書』 10-25b~26a. 「答成浩原」: "理氣元不相離, 似是一物, 而其所以異者, 理無形也, 氣有形也, 理無爲也, 氣有爲也. 無形無爲, 而爲有形有爲之主者, 理也. 有形有爲, 而爲無形無爲之器者, 氣也. 理無形而氣有形, 故理通而氣局. 理無爲而氣有爲, 故氣發而理乘."

21 荀子, 『荀子』(四庫全書) 16-1b. 「正名」: "生之所以然者謂之性. 性之和所生, 精合感應, 不

롯되는 것을 또한 감정이라고 하지 않을 도리가 없다.

우리의 모든 감정은 우리가 애초부터 지니는 바가 아니라 우리의 감관이 만물에 부딪쳐 이로 말미암아 비로소 생기는 것이다. 이른바 칠정은 그와 같이 촉발된 감정을 간단히 분류해 놓은 한낱 도식에 지나지 않는다. 이러한 도식은 개념의 한도에서만 사용되어야 마땅할 것이나, 우리는 도리어 감각(感覺)과 지각의 영역에서도 늘 이러한 도식에 이끌려 날이면 날마다 스치는 만물을 눈앞에 두고도 오직 칠정이 적용되는 경우에만 일체감을 가진다. 물성이 촉발된 것을 감정이라고 전칭하지 않는 까닭은 여기에 있다.

그러나 사물의 기품이 다르면 부여된 바의 성리도 다르듯, 성리가 다르면 촉발되어 나오는 감정도 희미하고 뚜렷하고 한 정도가 저마다 다르게 마련이다. 따라서 우리가 어떤 사물을 가리켜 감정이 없다고 한다면, 이러한 경우의 없다는 것은 지극히 희미하여 알아차릴 수 없다는 것일 뿐이지 아예 없다는 것일 수 없다. 그러면 지극히 희미하여 알아차릴 수 없다는 그 지경을 우리는 어떻게 알아차릴 수 있는가? 이것은 마땅히 퇴계의 견해에 의거해서 해결해야 할 문제일 것이다.

北溪 陳淳이 이르기를, "마음이 太極을 이룬다는 것은 오직 온갖 理가 나의 마음에 모두 모이는 것일 뿐이다. 이러한 마음은 어떤 것도 서로 나뉜 바가 없이 한데 뒤섞여 있는 바로서 하나의 理일 뿐이다. 오직 이 道理가 流行을 하는 가운데 나아가 事를 맞이하고 物에 닿으매 온갖 가지 것이 저마다 그 理의 當然을 얻어 또한 저마다 하나의 太極이 된다."라고 하였다. 이러할 양이면, 이것은 '마음에 있는 理를 뽑아 내어 事를 맞이하고 物에 닿는다.'는 것으로, '事物은 본디 이러한 理가 없다.'는 것이니,

---

事而自然謂之性. 性之好惡喜怒哀樂謂之情."

아마도 옳지 못하지 않은가?[22]

이것은 문봉(文峯)이 퇴계에게 보내는 질문의 한 단락으로서 만물의 본체에 관한 진순(陳淳)의 논변에 중대한 어폐가 있음을 지적한 것이다. 진순은, 만물의 본체는 한데 뒤섞여 있는 오직 하나의 태극(太極)일 뿐인데, 사람이 태극의 도리를 얻어서 나의 마음에 갖추어 지니면 곧 마음이 태극을 이룬다고 하면서,[23] 사람의 마음에 있는 태극의 도리가 나아가 사물을 맞이하게 되면서 사물이 저마다 그 도리를 얻어 또한 저마다 하나의 태극을 이룬다고 하였다. 그런데 이러한 주장은 만물의 본체와 그 이치가 오직 사람의 마음에 있다는 함축을 부른다. 문봉은 바로 여기에 문제를 걸었다. 요점은 사람이 만물을 인식하는 행위를 한낱 지각의 외사에 지나지 않는 것으로 규정할 수 있는가 하는 것이다. 퇴계는 아래와 같은 대답을 주었다.

마음이 太極을 이루면 곧 이른바 人極이라는 것이다. 이러한 理는 物我가 없고, 內外가 없고, 分段이 없고, 方體가 없다. 바야흐로 그것이 寧靜할 때는 어떤 것도 서로 나뉜 바가 없이 한데 섞이어 있고 모든 것을 다 갖추어 지니고 있어, 이것이야말로 一本을 이루니, 참으로 마음에 있고 物에 있는 따위의 區分이 없다. 그것이 發動하여 事를 맞이하고 物에 닿으매, 온갖 가지 事物의 理라는 것은 곧 나의 마음이 본디 갖추어 지니고 있던 理이다. 다만 마음이 主宰가 되어 저마다 그 法則을 따라 맞이하게 되는 것이니, 어

22 鄭惟一, 『文峯先生文集』 3-3b~4a. 「上退溪先生問目」: "陳北溪謂, 心爲太極者, 只是萬理總會於吾心. 此心渾淪, 是一箇理爾. 只這道理流行, 出而應事接物, 千條萬緖, 各得其理之當然, 則是又各一太極. 若如此說, 則是推出在心之理, 應事接物, 而事物則本無是理也, 無乃不可乎."

23 陳淳, 『北溪字義』(四庫全書) 下-12a. "萬物統體渾淪, 又只是一箇太極. 人得此理, 具於吾心, 則心爲太極. 所以邵子曰, 道爲太極, 又曰, 心爲太極. 謂道爲太極者, 言道即太極, 無二理也. 謂心爲太極者, 只是萬理總會於吾心, 此心渾淪, 是一箇理耳. 只這道理流行, 出而應接事物, 千條萬緖, 各得其理之當然, 則是又各一太極."

찌 반드시 나의 마음으로부터 미루어 나아간 뒤라야 事物의 理를 이루랴?[24]

여기서 이른바 인극(人極)은 사람이 만물의 본체인 태극의 도리를 온전히 다 갖추어 지니고 있는 경지를 말한다.[25] 사람은 본디 모두 태극의 도리를 갖추고 태어나지만, 타고난 바의 기질(氣質)을 부림에 있어서 무욕을 위주로 영정(寧靜)하게 하느냐 또는 사욕을 좇아서 동탕(動蕩)하게 하느냐 하는 차이에 따라 크게는 성인(聖人)과 우부(愚夫)가 갈린다.[26] 그러니 인극은 아무나 도달할 수 없는 특수 경지가 아니라, 누구든 나면서부터 이미 거기에 도달해 있되 다만 벗어나기 쉬운 경지일 뿐이다.

퇴계의 대답은, 첫째, 인극의 차원에서 보건댄 만물의 이치는 우리의 마음이 본디 갖추어 지니고 있는 이치라는 것이고, 둘째, 판단의 주체는 사람의 마음일 것이나, 만물의 이치에 대한 인식 자체는 우리가 바야흐로 부딪쳐 만나는 사물의 법칙에 따라 이루어진다는 것이다. 지각의 영역에서 말하면, 전자는 모든 감물(感物)의 근저를 이루고, 후자는 모든 물감(物感)의 근저를 이룬다. 그러나 이 두 근저는 서로 분단되어 있는 것이 아니다.

---

24 李滉, 『退溪先生文集』 24-2b~3a. 「答鄭子中」: "心爲太極, 卽所謂人極者也. 此理無物我, 無內外, 無分段, 無方體. 方其靜也, 渾然全具, 是爲一本, 固無在心在物之分. 及其動而應事接物, 事事物物之理, 卽吾心本具之理. 但心爲主宰, 各隨其則而應之, 豈待自吾心推出而後爲事物之理."

25 朱熹, 『近思錄』(四庫全書) 1-4a. "衆人具動靜之理, 而常失之於動也. 蓋人物之生, 莫不有太極之道焉. 然陰陽五行, 氣質交運, 而人之所稟, 獨得其秀, 故其心爲最靈, 而有以不失其性之全, 所謂天地之心, 而人之極也." ※朱熹, 『大學章句大全』(四庫全書) 單-1b~2a. "明德者, 人之所得乎天而虛靈不昧, 以具衆理而應萬事者也. 但爲氣稟所拘, 人欲所蔽, 則有時而昏. 然其本體之明則有未嘗息者, 故學者當因其所發而遂明之, 以復其初也."

26 李滉, 『退溪先生文集』 42-21a. 「靜齋記」: "夫太極之在人心, 初非有間於聖愚. 然而衆人之所以常汨於動者, 何也. 動靜者, 氣也, 所以動靜者, 理也. 聖人純於理, 故靜以御動, 而氣命於理, 衆人徇乎氣, 故動以鑿靜, 而理奪於氣. 是以, 聖人與天地合德, 而人極以立, 衆人違天自肆, 固不能立天下之本, 何以應天下之事哉. 是故, 古昔聖賢, 莫不於是而拳拳焉."

만약에 만물의 이치라는 것이 오직 우리의 마음이 본디 갖추어 지니고 있는 이치일 뿐이라고 한다면, 우리의 모든 인식은 그야말로 한낱 지각의 외사에 지나지 않을 것이다. 그러나 퇴계는 이것을 부정하여 '어찌 반드시 나의 마음으로부터 미루어 나아간 뒤라야 사물의 이치를 이루랴?'라고 하였다. 이것은 곧 감물과 물감의 어느 한쪽 근저가 완전히 배제된 채로 이루어지는 지각은 있을 수 없다는 말이다. 퇴계는 이로써 사람이 만물을 인식하는 행위는 결코 지각의 외사가 아님을 분명히 밝혔다.

> 惟一의 생각에는, 마음에 있고 事에 있는 것이 오직 하나의 理일 듯싶다. 가까스로 한 가지 事가 있으면 곧 한 가지 事의 理가 있으니, 그것을 알아차리는 자리가 다만 이 마음에 있을 뿐이다. [마음에 있던 道理가] "나아가 事를 맞이하고 物에 닿는다."고 한다면, 이것은 마치 '마음에 있는 것은 一本이 되고 事에 있는 것은 萬殊가 된다.'를 뜻하는 듯하다. 이른바 一本이라는 것은 다만 理의 總體가 있는 자리를 가리켜 말한 것이지, 마음에 있는 것을 가리켜 말한 것이 아니다. 事物의 理가 어찌 모두 마음에 있는 것으로부터 낱낱 나뉘어 나오랴? 이러할 양이면, 理는 有形의 物事가 되어 萬化의 根源이 되지 못할 것이다.[27]

> 그대의 '마음에 있고 事에 있는 것이 다만 하나의 理이다.'는 말은 마땅하다. 그러나 또 말하기를 '이른바 一本이라는 것은 다만 理의 總體가 있는 자리를 가리킨 것이지, 마음에 있는 것을 가리킨 것이 아니다.'라고 하였다. 그대는 이미 '다만 하나의 理이다.'라고 말했거니와, 理의 總體가 마음에 있지 않다면 다시 어디에 있어야 마땅할 것인가? 반드시 마음에 있고 物에 있는 바가 본디 둘로 나뉨이 없음을 뚜렷하고 환하게 안 뒤

27 鄭惟一, 『文峯先生文集』 3-4a. 「上退溪先生問目」: "惟一之[疑, 在心在](四字缺)事, 只是一理也. 纔有一事, 卽有一事之理, 但其裁處, 則在是心爾. 如[出而應接](四字缺), 語意似以在心者爲一本, 在事者爲萬殊. 蓋所謂一本者, 但指理之總腦處而言, 非指在心者也. 豈事物之理, 皆自在心者片片分來乎. 如此則理爲有形底物事, 而不足爲萬化之原也."

라야 비로소 참되게 안 것이다. 그렇지 못하고 그저 '오직 하나의 理'를 속여 말하면, 아마도 一本과 萬殊에 있어서 오히려 미처 밝게 알지 못하는 바가 있게 될 것이다.[28]

퇴계는 또한 만물과 우리의 마음이 법칙의 차원에서 본디 일치하는 것임을 들어서,[29] 이치의 총체가 특히 우리의 마음에 있음을 위와 같이 강조해 두었다. 여기에 따르면, 우리는 누구든 만물의 이치와 그 발현을 지극히 희미하여 알아차릴 수 없다는 데까지 온전히 파악할 수 있으니, 만물의 본체와 우리의 마음이 법칙의 차원에서 본디 일치하는 까닭이다. 관건은 다만 물아·내외의 간격을 세우지 않는 것이고, 이것은 사람이 그 마음을 주희의 저 못물과 같이 청명한 것으로 지녀야만 가능한 일이다.

그러나 우리의 마음이 비록 청명한 것으로 있을지라도 만물은 무릇 우리의 '지각하고 감응하는 마음'의 작용이 있어야 비로소 열리어 보이는 것이다. 그런가 하면, 우리의 지각하고 감응하는 마음의 작용이 있어도 만물의 '발현하고 조응하는 본체'의 작용이 없으면 그것은 또한 보이지 않는다. 인식의 영역에서 말하면, 전자는 격물(格物)의 소관이 될 것이고, 후자는 물격(物格)의 소관이 될 것이다. 이것을 퇴계는 아래와 같이 밝혔다.

가로되 "理가 萬物에 있되 그 作用은 한 사람의 마음을 벗어나지 않는

28 李滉, 『退溪先生文集』 24-3a~3b. 「答鄭子中」: "且來喩在心在事只是一理者, 得矣. 但又云, 所謂一本者, 指理之總腦處, 非指在心者. 夫旣曰只是一理, 則理之總腦不在於心, 更當何在. 但須知在心在物本無二致處, 分明透徹, 然後始爲眞知. 苟爲不然, 謾曰只一理, 則恐於一本萬殊處, 猶有所未瑩也."

29 鄭惟一, 『文峯先生文集』 3-7a. 「上先生問目」: "鄙意以爲, 方其靜也, 非收合在事之理具於心也, 此心所具之理, 卽在事之理也. 及其應也, 非在心之理流出分去也, 在事之理, 卽在心之理也. 答書之意, 亦如此而已."

다."라고 했으니, 이것은 마치 '理는 스스로 作用을 일으키지 못하고 반드시 사람의 마음을 기다려야 한다.'는 뜻인 듯하여, 아마도 [理가] '스스로 이른다.'라고 말하지 못할 듯싶다. 그러나 또한 "理는 반드시 作用을 지니고 있거늘, 어찌 반드시 이 마음의 作用을 또한 말하랴?"라고 했으니, 그 作用이 비록 사람의 마음을 벗어나지 않더라도 그 作用을 일으키는 까닭의 妙한 것은 理가 發現한 것이고 사람의 마음을 좇아서 이르는 바이되, 이르지 않는 곳이 없으며, 다하지 않는 곳이 없으니, 다만 나의 格物에 미처 다 이르지 못하는 것이 있음을 두려워해야 하지, 理가 스스로 이르지 못할 것을 걱정할 것은 아니다.[30]

이것은 퇴계가 고봉(高峯)과 더불어 특히 물격의 문제를 오래도록 토론하여 오던 끝에 드디어 고봉의 견해를 전폭에 걸쳐서 긍정하는 바의 결론이다.[31] 퇴계는 여기서 주희의 견해를 검토하는 가운데 만물의 본체가 그 이치로부터 스스로 발현하는 작용을 지니고 있을 뿐만 아니라 또한 그것이 우리의 지각하고 감응하는 마음의 작용에 스스로 조응하는 작용을 지니고 있음을 주장했다. 예컨대 만물의 본체가 그 이치로부터 '사람의 마음을 좇아서 이르되, 이르지 않는 곳이 없고, 다하지 않는 곳이 없다.'는 이것은 우리의 마음에 만물의 본체가 스스로 조응하는 작용을 지니는 까닭이다.

그러니 바야흐로 '格物'을 말하면 이것은 곧 '내가 物理의 極處를 窮究하여 이른다.'를 말하는 것이니, '物格'을 말하는 데서는 어찌 '物理의 極

30 李滉, 『退溪先生文集』 18-31a~31b. 「答奇明彦」 別紙: "其日, 理在萬物, 而其用實不外一人之心, 則疑若理不能自用, 必有待於人心, 似不可以自到爲言. 然而又日, 理必有用, 何必又說是心之用乎, 則其用雖不外乎人心, 而其所以爲用之妙, 實是理之發見者, 隨人心所至, 而無所不到, 無所不盡, 但恐吾之格物有未至, 不患理不能自到也."

31 李相殷, 「退溪의 格物 · 物格說 辯疑 譯解」, 『退溪學報』 3집, 退溪學研究院, 1974, 46~65면; 柳正東, 「退溪先生의 致知格物에 對한 認識論考察」, 『退溪學報』 제25집(退溪學研究院, 1980), 28~42면. ※퇴계가 이러한 결론에 이르게 되는 전후의 맥락과 그 과정에 대해서는 이 두 논문을 참고할 만하다.

處가 나의 窮究하는 바를 좇아서 이르지 아니함이 없다.'라고 말하지 못하랴? 여기서 아노니, 情意 · 造作이 없는 것은 이 理의 本然한 體이고, 發現을 좇아서 이르지 아니함이 없는 것은 이 理의 至神한 用이다. 접때는 다만 本體의 無爲를 보았지 妙用의 顯行은 알지 못하여, 거의 理를 死物로 알 뻔했으니, 道를 떠남이 또한 멀지 않은가![32]

퇴계의 결론은, 만물의 본체에 내재하는 바의 이치는 비록 정의 · 조작이 없어도 그 묘용(妙用)은 현행(顯行)이 있다는 것이다. 현행은 본체의 유행을 특히 그 발현 작용에 결부시켜 가리키는 말이다. 본체의 이러한 유행은 사물과 사물의 사이에서 일어나는 모든 감화(感化)의 원리라고 할 수 있으니, 이것은 넓게는 만물로 하여금 저절로 감응하게 하는 작용이며, 좁게는 그것이 사람의 마음에까지 스스로 조응하여 오는 작용이다. 퇴계는 여기에 이르러 마침내 그의 마지막 겨울을 맞았다.[33] 그러나 이보다 앞서 이미 퇴계는 「도산육곡」 언지 제6장의 흥구(興句)를 통하여 바로 이러한 감응 · 조응의 현상을 노래로 읊었다. 적어도 5년 전의 일이 될 것이다.

春風에 花滿山ᄒᆞ고,
秋夜애 月滿臺라.

봄바람에 꽃들이 산에 가득 피어나고 가을밤에 달빛이 대에 더욱 밝도록 빛나는 여기에는 어떤 의욕 · 의지가 관여하고 있는 것이 아니

32 李滉, 『退溪先生文集』 18-31b. 「答奇明彦」 別紙: "然則方其言格物也, 則固是言我窮至物理之極處, 及其言物格也, 則豈不可謂物理之極處, 隨吾所窮而無不到乎. 是知無情意造作者, 此理本然之體也, 其隨寓發見而無不到者, 此理至神之用也. 向也但有見於本體之無爲, 而不知妙用之能顯行, 殆若認理爲死物, 其去道不亦遠甚矣乎."
33 柳成龍, 『退溪先生年譜』 2-21b~22a. "[穆宗隆慶]四年庚午, … 十一月, 以病倦謝遣諸生. 己卯, 答奇明彦書, 改致知格物說."

다. 퇴계의 용어로 말하면, 일부러 애써 피어나려 하고 일부러 애써 빛나려 하는 따위의 정의 · 조작이 없다는 말이다. 그러나 여기에는 또한 스스로 이르고 저절로 느끼는 감응 · 조응이 없을 수 없으니, 꽃들은 이르러 오는 봄바람의 다사로움을 맞아 느끼고, 달빛은 기다리듯 열려 있는 가을밤의 맑음에 가서 스민다. 그리고 이러한 모든 현상은 또한 사람의 마음에까지 이른다.

그런데 사람과 사물 사이의 감응 · 조응이 칠정을 낳을 양이면, 사물과 사물 사이의 감응 · 조응도 반드시 어떤 감정을 낳을 것이다. 퇴계는 저 자연 사물의 스스로 이르고 저절로 느끼는 감응 · 조응이 바야흐로 자신의 눈앞에서 저마다 낱낱 기꺼이 자체의 흥황을 이루는 사시의 광경을 통하여 그 이연자득(怡然自得)을 보았고, 자신도 어느새 여기에 감응하는 가운데 지극한 흥취를 가없이 누렸다.[34] 그러니 그 이연자득은 하나의 감정으로서 저 자연 사물에 있는 것이자 바야흐로 퇴계의 마음에 있는 것이다.

> 四時 佳興ㅣ 사롬과 흔가지라.
> ᄒᆞ믈며
> 魚躍 鳶飛 雲影 天光이ᅀᅡ 어늬 그지 이슬고?

일찍이 정호가 보았고 다시금 퇴계가 말하는 저 자연 사물의 사시가흥이 반드시 사람과 더불어 한가지로 같은 까닭은 저 자연 사물의 스스로 이르고 저절로 느끼는 감응 · 조응의 작용에 사람인 내가 또한 아무 사심도 없이 청명한 마음으로 감응하는 데 있었다. 이러한 참

---

34 李滉, 『退溪先生文集』 3-8a~8b. 「陶山記」: "余恒苦積病纏繞, 雖山居, 不能極意讀書. 幽憂調息之餘, 有時身體輕安, 心神灑醒, 俛仰宇宙, 感慨係之, 則撥書携笻而出, 臨軒翫塘, 陟壇尋社, 巡圃蒔藥, 搜林擷芳. 或坐石弄泉, 登臺望雲, 或磯上觀魚, 舟中狎鷗. 隨意所適, 逍遙徜徉, 觸目發興, 遇景成趣, 至興極而返."

여가 아니면 결코 저 자연 사물의 가흥을 곧 나의 가흥으로 맞이할 수 없고, 따라서 한가지로 같음을 아예 말할 수 없다. 그러니 그것이 칠정에 상당하느냐 마느냐 하는 것은 진정한 문제가 아니다. 진정한 문제는 지극히 희미한 그것을 맞이할 만한 마음이 있느냐 없느냐 하는 것이다.

사시 가흥이 사람과 한가지라. 이것은 사시에 따른 흥취의 연원을 말한 것이다. 하물며 어약(魚躍) · 연비(鳶飛)와 운영 · 천광의 광경은 어찌 끊임이 있을꼬? 이것은 일상으로 주어진 궁리의 대상을 말한 것이다. 어약 · 연비는 도무지 어디로부터 나타나 오는지 알 수 없을 만큼 지극히 은미(隱微)한 사물의 현저한 약동(躍動)을,[35] 운영 · 천광은 가까이 다가옴도 멀찍이 떠나감도 없이 지극히 영정한 사물의 철저한 현현을 표상한다. 그리고 이것은 말할 것도 없이 '본체의 이치와 유행의 작용은 근원이 하나요, 형상의 현저와 이치의 은미는 간격을 두지 않는다.'[36]라는 명제를 상징하는 것이다. 퇴계의 「도산육곡」 언지 제6장은 이와 같이 목격하는 바의 자연 사물로 말미암아 비롯된 흥취와 궁구하는 바의 이치를 평소 생활의 견지에서 종합해 놓았다.

솔개가 날아서 하늘에 이르면, 이치는 나뭇가지 사이에 두고 나래치는 몸짓만 하늘에 부치는 것이 아니다. 하늘이 못물에 비치면, 본체는 거기에 그대로 가만히 있고 맞이하는 물낯이 천만리를 따라가 비추는 것이 아니다. 무형 · 무위의 본체가 그 이치로부터 현저하고 철저하게 묘용을 발휘하는 광경을 퇴계는 보았고, 보기만 한 것이 아니

35 朱熹, 『中庸章句大全』(四庫全書) 上-40a~40b. "詩云, 鳶飛戾天, 魚躍于淵, 言其上下察也. -… 子思引此詩, 以明化育流行上下昭著, 莫非此理之用, 所謂費也. 然其所以然者, 則非見聞所及, 所謂隱也."

36 程頤, 『伊川易傳』(四庫全書) 序-1b. "至微者, 理也, 至著者, 象也. 體用一源, 顯微无間, 觀會通以行其典禮, 則辭無所不備."

라 기꺼이 거기에 들어가 즐겼다. 그에게 흥취는 궁리의 바탕이 되었고, 궁리는 다시 흥취로 이어지고 있었다.

Ⅳ. 결론

사시 가흥이 사람과 한가지라는 퇴계의 말은 '사시에 따른 자연 사물의 감정이 사람과 더불어 한가지로 같다.'고 규정한 데서 심각한 의문을 부른다. 본고는 이처럼 특히 자연 사물에 관하여 정언된 이른바 사시 가흥이 하나의 개념으로서 성립할 수 있는가 하는 것을 문제로 삼았다. 이른바 사시 가흥은 만물이 저마다 제때 · 제철을 만나 저절로 기꺼이 발흥하여 자체의 성황을 이루는 자족 · 자약의 동작을 가리켜 말한 것이다. 정호를 좇아서 퇴계가 또한 이것을 하나의 감정으로 규정한 데는 퇴계와 그의 시대를 풍미한 성리학의 본체론이 그 배경으로 있었다.

당시의 본체론에 따르면, 우주의 만물은 그 총체를 관류하는 오직 하나의 본체에서 비롯된 무한수의 생명 - 생멸 현상 - 에 지나지 않으며, 이것은 사람도 예외가 아니다. 이러한 관점은 인성과 물성의 근원을 오직 하나로 규정해 두었고, 따라서 인성이 그 법칙에 따라 촉발되어 나오는 것을 감정이라고 하는 것과 마찬가지로 물성이 그 법칙에 따라 촉발되어 나오는 것을 또한 감정이라고 하지 않을 도리가 없었다. 정호와 퇴계는 바로 이러한 관점을 통해서 사시에 따른 자연 사물의 흥황을 보았고, 이것을 가리켜 가흥이라고 말했다.

그런데 퇴계는 더욱이 만물의 본체가 그 이치로부터 스스로 발현하는 작용을 지니고 있을 뿐만 아니라 또한 그것이 우리의 지각하고 감응하는 마음의 작용에 스스로 조응하는 작용을 지니고 있는 것으로 보았다. 스스로 발현하고 스스로 조응하는 본체의 이러한 유행은 사물과 사물의 사이에서 일어나는 모든 감화의 원리라고 할 수 있으니, 이것은 넓게는 만물로 하여금 저절로 감응하게 하는 작용이며, 좁게는 그것이 사람의 마음에까지 스스로 조응하여 오는 작용이다. 퇴계의 「도산육곡」 언지 제6장의 흥구는 바로 이러한 감응 · 조응의 현상을 읊었다.

일찍이 정호가 보았고 다시금 퇴계가 말하는 저 자연 사물의 사시 가흥이 반드시 사람과 더불어 한가지로 같은 까닭은 저 자연 사물의 스스로 이르고 저절로 느끼는 감응 · 조응의 작용에 사람인 내가 또한 아무 사심도 없이 청명한 마음으로 감응하는 데 있었다. 사람이 이러한 경지에 이르면, 우주의 만물은 오직 하나의 마음을 벗어나지 않는다. 이러한 마음은 이미 만물의 공기(公器)로 되어 있는 것이다. 따라서 사람이 저 자연 사물에 한번 느끼는 행위는 그 자체가 전우주의 생명 활동에 참여하는 바이니, 만약에 사람인 내가 마땅히 느껴야 할 바를 한번 느끼지 않으면 전우주가 또한 거기서 한번 그친다. 이렇게 보건댄 무릇 감정은 그것이 비록 지극히 사소할지라도 결코 함부로 다룰 수 없으니, 사람이 제 홀로 일으켜 제 홀로 가지는 바가 아닌 까닭이다. 이것을 어기면 곧 한가지가 둘로 나뉜다.

> 景物을 '찬 것'(實)으로 여기고 情意를 '빈 것'(虛)으로 여기는 [따위로 말하면] 이것은 常人의 詩를 말할 수는 있어도 이로써 詩人의 詩를 말할 수는 없다. 詩人은 天地間의 清氣를 [마음에] 모으고, 月露 · 風雲 · 花鳥를 그 [마음의] 性情으로 삼으니, [그들의] 그 景物과 情意는 아무리 나누려 하여도 나눌 수가 없다.[37]

37 黃宗羲, 『南雷文案』(四部叢刊) 1-15a~15b. 「景州詩集序」: "以景爲實, 以意爲虛, 此可論常人之詩, 而不可以論詩人之詩. 詩人萃天地之淸氣, 以月露 · 風雲 · 花鳥爲其性情, 其景與意不可分也."

사시 가흥이 사람과 한가지라는 퇴계의 말은 비록 정호의 말을 받아서 하는 바이기는 하지만, 퇴계는 또한 이것을 그의 날로 새롭던 흥취와 오랜 궁리의 끝에서 얻은 하나의 결론이자 탄성으로써 외쳤을 것이다. 따라서 그 흥구로 말하면, 봄바람에 가득 피어난 꽃이며 가을밤의 밝도록 빛나는 달빛은 이것을 배불리 먹을 수도 없고 팔아서 돈이 되는 것도 아닌데, 스스로 만물의 마음이 되어서 그 가흥을 맞이하는 퇴계의 사업은 단순히 철학의 실천인 것만이 아니다. 그것은 이미 미학의 한 방법이 되었던 것으로 보인다.

어문연구 제49집(어문연구학회, 2005): 37-66면

05

고봉 起興說의 미학적 의미

— 興의 미적 본질 문제 —

Ⅰ. 서론

Ⅱ. 因物起興: 有爲와 無爲의 구별

Ⅲ. 寓興: 興과 賦 · 比의 구별

Ⅳ. 결론

본문개요

고봉(高峯)의 기흥설(起興說)은 흥(興)의 근본 원리와 특성을 인물기흥(因物起興)이라는 개념과 우흥(寓興)이라는 개념을 통해서 천명한 데에 요점이 있다. 인물기흥은 객관 존재의 법칙과 그 작용에 순응해서 감정(感情)을 일으키고 이렇게 일으켜진 감정을 바로 그 객관 존재에 대응시켜 표현하는 것을 말하며, 우흥은 이와 같은 인물기흥에 의거해서 감정을 기탁하는 것을 말한다. 여기에 따르면, 흥의 근본 원리는 인물의 무위(無爲)이고, 흥의 본질적 특성은 인위(人爲)의 개입이 없이 상생(相生)하는 즉물(卽物)과 인정(人情)의 통일이다.

경물(景物)을 빌어서 감정을 말함에 있어서는 부(賦) · 비(比)와 흥이 모두 같지만, 직언(直言)하고 탁언(託言)하는 차이에 따라 부와 비 · 흥이 먼저 크게 나뉘고, 경물에 대한 취의(取意)가 있고 없는 차이에 따라 흥과 비가 다시 갈린다. 직언의 방법을 쓰는 부와 유비(類比)의 방법을 쓰는 비와 다르게, 우흥의 방법을 쓰는 흥은 감각을 통해서 파악된 즉물과 여기에 말미암아 생성된 인정의 상응 관계를 그 자체로 병치(倂置)하는 표현 방식이다. 따라서 흥은 경물에 대한 인위의 개입이 없다.

흥체(興體)에 속하는 작품을 다시 부체(賦體)나 비체(比體)를 겸하는 것으로 보게 되면, 이것은 흥과 부 · 비의 구별 자체를 전혀 무용한 것으로 만들 수 있는 뿐만 아니라 또한 시인의 본의와 작품의 본질에 대한 이해를 그르치게 할 수 있다. 흥과 부 · 비를 명확히 구별하는 것은, 크게는 예술의 인위와 예술의 자연을 명확히 구별하는 것과 같은 중요성을 띤다. 고봉의 기흥설은 바로 이러한 점을 간파하고 있는 점에서 높이 평가할 만하다.

핵심용어

인물기흥(因物起興), 우흥(寓興), 촉물기정(觸物起情), 즉물(卽物), 부비흥(賦比興)

Ⅰ. 서론

고봉(高峯)의 기흥설(起興說)은 주희(朱熹)의 「무이도가」(武夷櫂歌)에 대한 원대(元代) 진보(陳普)의 주석을 작품에 입각해서 세밀히 비판하고 또 대체로 부정하는 입장에서 제기된 것이다. 진보의 주석은 작품 낱낱의 자구에 대한 본주(本註)와 작품 낱낱에 대한 평석(評釋)으로 구성되어 있는데, 고봉이 비판의 표적으로 삼았던 바는 특히 그 평석에 있었다. 그런데 애초에 진보의 주석에 문제를 제기한 데는 퇴계(退溪)가 앞섰다.

퇴계는 「무이도가」에 담긴 의미를 진보의 평석과 같이 '도(道)로 나아가는 하나의 차례'[1]로 해석하는 것을 구차히 도식에 얽매인 천착과 부회로 보아 매우 마땅치 않게 여기고, 이러한 자신의 입장을 서간의 별지에 적어 각별히 고봉의 의견을 물었다.[2] 그러자 고봉은 퇴계의 견해를 두루 긍정하는 관점에서 아래와 같이 매우 단호한 대답을 보냈다.

> 朱子의 武夷櫂歌 9곡 10장은 物에 말미암아 興을 일으키고 이로써 가슴속의 趣를 그려내매 意를 부치고 言을 베풂이 참으로 모두 淸高和厚하고 冲澹灑落하여 곧 浴沂의 氣象과 더불어 그 快活을 함께 하는 것으로 보인다. 어찌 한낱 入道의 次第를 꾸며 남모르게 9곡 櫂歌 속에 베껴 넣고 이로써 은미한 意를 부쳤을 까닭이 있으랴.[3]

1 陳普 注, 『孝詩(及其他二種)』(北京: 中華書局 影印, 1985), 朱文公武夷櫂歌, 1頁. 『朱文公武夷櫂歌』 序章 釋: "朱文公九曲, 純是一條進道次序, 其立意固不苟, 不但爲武夷山水也."

2 李滉, 『退溪先生文集』 16-49b~50a. 「答奇明彦論四端七情第二書-別紙」: "滉閒中, 嘗讀武夷志, 見當時諸人和武夷櫂歌甚多, 似未有深得先生意者, 又嘗見劉槩所刊行櫂歌詩註, 以九曲詩首尾, 爲學問入道次第, 竊恐先生本意不如是拘拘也. 近有茂長卞成溫, 嘗學於金河西云, 遠來相見, 見示河西所作武夷律詩一篇, 亦全用註意, 不知公尋常看作如何."

3 奇大升, 『高峯退溪往復書』 1-44b~45a: 『高峯全集』(成均館大學校 大東文化硏究院 影印, 1976), 166~167면. 「別紙武夷櫂歌和韻」: "私竊以爲朱子於九曲十章, 因物起興以寫胸中之趣, 而其意之所寓, 其言之所宣, 固皆淸高和厚, 冲澹灑落, 直與浴沂氣象同其快活矣. 豈有粧

고봉의 이 대답에서 우리가 주목할 바는, 「무이도가」는 '물(物)에 말미암아 흥(興)을 일으키고 이로써 가슴속의 취(趣)를 그려낸 것이다.'라는 주장이다. 여기에서 이른바 '흥(興)을 일으킨다.'[起興]라는 말은 '취(趣)를 그려낸다.'라는 것의 방법을 가리키는 바로서 곧 부(賦)·비(比)와 함께 육의(六義)의 하나로 일컫는 흥(興)과 상통하는 뜻을 지닌다. 그러니 고봉의 이 주장은 주희가 일찍이 「무이도가」를 짓는 데에 적용한 작법을 천명한 것이고, 이로써 또한 「무이도가」에 대한 감상과 이해의 조건을 규정한 것이다.

고봉의 주장에 따르면, 「무이도가」는 흥체(興體)의 시가 작품이니만큼, 「무이도가」를 감상하고 이해하기 위해서는 마땅히 흥체의 시가 작품이 요구하는 방법을 적용해야 한다. 고봉이 퇴계의 견해를 크게 긍정하는 가운데에도 그 제9곡을 학문의 조예처에 관한 하나의 우의(寓意)로 보는 퇴계의 해석[4]에 주저하며 마침내 동의하지 않았던 까닭도 사실은 여기에 있었던 듯하다.

그러면 '물(物)에 말미암아 흥(興)을 일으킨다.'는 것은 무슨 말인가? 그리고 또 '이로써 가슴속의 취(趣)를 그려낸다.'는 것은 무슨 말인가? 전자의 요점은 '물(物)에 말미암다.'의 곧 인물(因物)에 있으니, 이것은 흥의 성립에 관여하는 주관 요소와 객관 요소의 상호 작용을 지적한 것이고, 후자의 요점은 '취(趣)를 그려내다.'의 곧 우흥(寓興)에 있으니, 이것은 흥의 형식을 제약하는 독특한 표현 방법을 여타의 표현 방법과 구별한 것이다. 양자는 모두 흥을 구현하는 데에 필요한 미

撰一箇入道次第, 暗暗地摹在九曲櫂歌之中以寓微意之理哉."

4 李滉, 『退溪先生文集』 16-50b. 「答奇明彦論四端七情第二書-別紙」: "蓋九曲乃是尋遊極處, … 故末句云云, 意若勸遊人, 須如漁人尋入桃源之境, 則當得世外別乾坤之樂, 至是方爲究竟處, 不但如今所見而止耳. 乃旣竭吾才後, 如有所立卓爾處, 亦百尺竿頭更進一步處. 然則此處及八曲所謂莫言此地無佳境, 自是遊人不上來之類, 可作學問造詣處看矣."

적 규율의 소관이다. 따라서 이러한 지적과 구별의 미학적 의미를 문제로 제기할 만하다.

고봉의 기흥설에 관해서는 이민홍과 최진원의 자세한 연구가 이미 있었다.[5] 이민홍은 고봉의 주장을 도학과 구별하여 문학의 본질을 긍정한 견해로 평가했고, 최진원은 퇴계와 고봉의 토론을 모두 아울러 「무이도가」의 시성(詩性)을 복권한 미학사의 중요 사건으로 평가했다. 본고는 선학의 이러한 평가를 위의 두 문제에 입각해서 더욱 철저히 논증해 보기로 하겠다.

Ⅱ. 因物起興: 有爲와 無爲의 구별

1. 인물기흥의 의미

고봉의 '물(物)에 말미암아 흥(興)을 일으킨다.'라는, 곧 인물기흥(因物起興)이라는 말은 그 유래가 주희의 『시집전』(詩集傳)에 있는 듯하다. 예컨대 「도요」(桃夭) 제1장의 전에 '시인이 보고 있는 바에 말미암아 흥을 일으키고, 그 여자의 어짊을 기렸다.'라는 말이 보이고, 「토저」(兎罝) 제1장의 전에 '시인이 하고 있는 바에 말미암아 흥을 일으키고 그 일을 기렸다.'라는 말이 보인다.[6] 그리고 이러한 문형의 용례는 「한광」(漢廣) · 「소성」(小星) · 「야유사균」(野有死麕)의 전에도 보이고,[7] 「강

---

5 李敏弘, 「士林派의 武夷櫂歌 受容」, 『士林派文學의 研究』(螢雪出版社, 1985), 72~135면; 崔珍源, 「高山九曲歌와 淡泊」, 『韓國古典詩歌의 形象性』(成均館大學校 大東文化研究院, 1996), 증보판, 71~75면.

6 ①『詩集傳』「桃夭」第1章 傳: "桃之夭夭, 灼灼其華. 之子于歸, 宜其室家. - 興也. … 詩人因所見以起興, 而歎其女子之賢." ②『詩集傳』, 「兎罝」第1章 傳: "肅肅兎罝, 椓之丁丁. 赳赳武夫, 公侯干城. - 興也. … 詩人因所事以起興而美之."

유사」(江有汜) · 「하피농의」(何彼襛矣) · 「모구」(旄丘)의 전에도 비슷한 용례가 보인다.[8]

주희의 전에 보이는 '보고 있는 바'[所見]라는 말과 '하고 있는 바'[所事]라는 말은 객관에 존재하는 사물 · 사실을 뜻하는 것이니, 따라서 주희의 '보고 있는 바에 말미암아 흥을 일으키고'라는 말과 '하고 있는 바에 말미암아 흥을 일으키고'라는 말은 고봉의 인물기흥이라는 말과 다르지 않은 것이다. 그런데 여기에서 우리가 먼저 주의할 점은 예의 인물과 연칭되고 있는 기흥(起興)이라는 말이 주희의 문맥에서 뜻하는 바이다.

주희가 말하는 기흥은 『시집전』의 이른바 '먼저 타물(他物)을 말하고 이로써 읊는 바의 사(辭)를 이끌어 일으키는 것이다.'[9]라는 흥의 정의로 더불어 긴밀히 상통하는 바로서 '타물에 말미암아 시흥(詩興) · 시의(詩意)를 일으킨다.'라는 뜻을 지닌다. 주희가 말하는 기흥은 요컨대 하나의 숙어로서 객관에 존재하는 사물 · 사실에 빗대어 시인의 본사(本事) · 본의(本意)를 말하는 시가의 작법을 뜻한다.[10] 그러면 고봉이 말하는 기흥도 그 용법이 주희의 그것과 같은가?

고봉의 '이로써 가슴속의 취(趣)를 그려낸다.'라는 말에 주목해 보건대, 고봉의 용법도 주희의 그것과 완전히 같은 것으로 보인다. 왜냐

---

7 ①『詩集傳』「漢廣」第1章 傳: "因以喬木起興." ②『詩集傳』「小星」第1章 傳: "因所見以起興." ③『詩集傳』「野有死麕」第1章 傳: "因所見以興其事而美之."

8 ①『詩集傳』「江有汜」第1章 傳: "媵見江水之有汜, 而因以起興." ②『詩集傳』「何彼襛矣」第2章 傳: "以桃李二物, 興男女二人." ③『詩集傳』「旄丘」第1章 傳: "見其葛長大而節疎闊, 因託以起興."

9 『詩集傳』「關雎」第1章 傳: "興者, 先言他物以引起所詠之辭也."

10 漢語大詞典編輯委員會 編,『漢語大辭典』(香港: 三聯書店香港分店, 1987), 第9卷, 1085頁. "起興 - 詩歌表現手法之一. 謂由外界環境觸發詩興文思." 林尹 · 高明 主編,『中文大辭典』(臺北: 中國文化大學出版部, 1993), 第9版, 第8卷, 1473頁. "起興 - 謂先言他物以引起所欲言之事也."

면 시인의 지취(志趣)를 말하는 방법의 측면에서 기흥을 전제하고 있기 때문이다. 고봉의 이러한 용법은 흥을 간단히 흥물기의(興物起意)라고 정의할 때나 또는 탁물흥사(託物興詞)라고 정의할 때와 더불어 그 뜻이 같으며,[11] 이것은 당연히 주희의 문맥에 그 유래를 두고 있는 것이다.

우르릉하는 천둥소리,
남산 남녘에 있거니.
어찌 이 사람은 이 곳을 떠나,
어떤 겨를조차 내지 못하뇨.
미더운 님이여,
돌아오며, 돌아오리.

殷其雷, 在南山之陽.
何斯違斯, 莫敢或遑.
振振君子, 歸哉歸哉.[12]

이것은 기흥의 전형을 보여 주는 작품의 한 예이다. 시인의 감정과 의사(意思)는 여기에 없는 그리운 그 사람에게 있는데, 곧장 이 본사 · 본의를 말하지 않고 남산 남녘의 천둥소리를 먼저 말했다. 그런데 이 천둥소리와 그리운 그 사람은, 이들의 개념만 따져 볼 때에는, 서로 전혀 무관한 것이다. 이와 같이 자가의 본사 · 본의와 전혀 무관해 보이는 타물을 저것으로써 먼저 말하고 여기에 빗대어 본사 · 본의를 이것으로써 말하는 작법이 곧 기흥이다. 이러한 작법과 그 체식(體式)을 아

---

11 ① 黎靖德 編, 『朱子語類』(北京: 中華書局, 1994), 第6冊, 2094~2095頁. "興之爲言, 起也, 言興物而起其意. 如青青陵上柏, 青青河畔草, 皆是興物詩也." ② 黎靖德 編, 『朱子語類』, 第6冊, 2070頁. "問, 詩傳說六義, 以託物興辭爲興, 與舊說不同. 日, 覺舊說費力, 失本指."
12 『詩經』「殷其雷」 第1章 全文.

울러 흥이라고 부른다.[13] 따라서 흥은 하나의 표현 방식을 지칭하는 말이자 또한 하나의 시체(詩體)를 지칭하는 말이다.

그러나 이상과 같은 설명은 단순히 기흥의 형태를 기술하고 형식을 정의하는 데에 지나지 않는 까닭에 고봉의 주장에 대하여 충분한 이해를 주지는 못한다. 객관 사물 · 사실과 주관 본사 · 본의를 '저것은 저러한데 이것은 이러하다.'라고 하는 피차(彼此)의 형식으로 대응시켜 말하는 것이 기흥이고 흥이라면, 주관 본사 · 본의를 이것으로써 말하기에 앞서 이와 전혀 무관해 보이는 객관 사물 · 사실을 저것으로써 먼저 말하는 까닭을 밝혀야 고봉의 주장을 충분히 이해할 수 있을 것이다.

고봉이 주희의 「무이도가」를 흥체의 시가 작품으로 규정하는 데에 있어서 이른바 기흥의 선결 조건으로 제시한 것은 바로 인물이고, 이것은 흥의 성립에 관여하는 주관 요소와 객관 요소의 상호 작용을 지적한 말이다. 여기에서 주관 요소에 해당하는 것은 감관을 구비하고 있는 우리의 감성이고, 객관 요소에 해당하는 것은 자연과 사회에 두루 존재하는 사물 · 사실이다. 그러면 그 인물이라는 말은 도대체 무엇을 뜻하는 것인가?

인물이라는 말은 『상서』(尙書)에도 용례가 보이고, 진대(晉代) 육기(陸機)의 「호사부」(豪士賦) 서문에도 용례가 보이고, 또한 진대 노심(盧諶)의 「시흥」(時興)에 이른 '형체의 바뀜은 세월에 따라 달라지고, 정신의 느낌은 물(物)에 말미암아 생긴다.'라는 시구에도 용례가 보인다.[14] 이러한 용례로 말하면, 인물이라는 말에 담긴 대개의 뜻은 '객관

---

13 朴文鎬, 『詩綱領詳說』 單-2a~2b. "賦 · 比 · 興則所以製作風雅頌之體也. 賦者, 直陳其事, 如葛覃 · 卷耳之類是也. 比者, 以彼狀此, 如螽斯 · 綠衣之類是也. 興者, 託物興詞, 如關雎 · 兎罝之類是也. 蓋衆作雖多, 而其聲音之節, 製作之體, 不外乎此."

14 ① 『尙書』 「君陳」: "惟民生厚, 因物有遷." ② 陸機, 「豪士賦」, 『陸士衡文集』(江蘇: 江蘇古籍出版社 影印, 刊年未詳), 10頁. "夫立德之基有常, 而建功之路不一. 何則循心以爲量者存乎我, 因物以成務者繫乎彼." ③ 盧諶, 「時興」 第15~16句: "形變隨時化, 神感因物作."

존재나 그 법칙에 따른다.'는 것이다. 그러니 인물이라는 말의 요점은 특히 그 '말미암다.'[因]라는 데에 있는 셈이다.

'말미암다.'라는 말은 '그대로 따른다.'[仍 · 順 · 就]는 뜻을 지니며, 이것은 특히 객관 존재에 대한 우리의 인식과 실천의 한 형식을 가리키는 말이다. 일찍이 관자(管子)는 이 '말미암다.'라는 말을 사기(舍己)의 무위(無爲)로 정의했다. 예컨대, '인(因)은 내(吾)가 마음을 쓰는 바가 아니다. 따라서 일부러 마음을 씀이 없다.'는 것이고, '일부러 애씀이 없는 도(道)가 인(因)이다. 인(因)은 더함도 없고 덜어냄도 없다.'는 것이니, 이러한 무위는 곧 '인(因)은 나(己)를 버리고 물(物)로써 법(法)을 삼는 것이다.'의 사기에 의하여 비로소 가능한 일이다.[15]

관자의 정의에 따르면, 자기 중심의 아집(我執)을 버림으로써 유위(有爲)하지 않고 다만 객관 존재의 법칙과 그 작용에 순응하는 것이 곧 '말미암다.'이다. 관자의 이러한 정의를 고봉의 문맥에 비추어 보건대, 이른바 인물기흥은 유위가 없이 객관 존재의 법칙과 그 작용에 순응해서 감정을 일으키고 이렇게 일으켜진 감정을 바로 그 객관 존재에 대응시켜 표현하는 것이라는 해석이 나온다. 그러니 인물기흥이라는 말은 감정의 생성과 그 표현을 유위와 무위의 차원에서 크게 구별하는 성질의 것임을 여기에서 알 수 있다.

흥을 구현하기 위하여 자가의 본사 · 본의와 전혀 무관해 보이는 타물을 저것으로써 먼저 말하는 것은 자가의 감정이 그로 말미암아 일으켜진 데에 중요한 까닭이 있다. 흥에 등장하는 객관 존재와 주관 감정은 특히 인과 관계에 있다. 그리고 이 인과 관계는 유위에서 비롯하는 것이 아니라 객관 존재의 법칙과 그 작용에 순응하는 곧 무위에서

15 ①『管子』「心術 · 上」: "因也者, 非吾所顧, 故無顧也." ②『管子』「心術 · 上」: "無爲之道, 因也. 因也者, 無益無損也." ③『管子』「心術 · 上」: "因也者, 舍己而以物爲法者也."

비롯하는 것이다. 따라서 인물의 무위는 흥의 본질을 그 성립 단계로부터 규정하는 근본 원리라고 할 수 있다.

2. 흥의 근본 원리

기흥은 모든 흥의 형식을 규정하는 바의 작법이고, 인물은 그러한 모든 기흥의 선결 조건이다. 고봉은 바로 이 인물기흥이라는 개념을 들어서 주희의 「무이도가」를 흥체의 시가 작품으로 규정했다. 그러니 고봉은 인물의 무위를 흥의 근본 원리로 보았던 셈이다. 그런데 바로 여기에서 우리는 매우 중대한 문제와 만나게 된다. 인물의 무위라는 것은 객관 존재나 그 법칙에 대하여 다만 수동성을 지니는 뿐인가? 특히 주관 감정의 생성에 관한 무위는 어떤 속성을 지니는 것인가?

一曲이라, 냇가에서 낚싯배에 오르자니,
幔亭峯 그림자가 맑은 시내에 잠겼어라.
虹橋 한번 끊긴 뒤로는 소식도 없고,
파란 안개 속에 萬壑千巖이 묻혔구나.

一曲溪邊上釣船, 幔亭峯影蘸晴川.
虹橋一斷無消息, 萬壑千巖鎖翠煙.[16]

격세(隔世)의 무상감(無常感)은 감정이요, 홍교와 무소식(無消息)의 상념(想念)은 의사이다. 이러한 감정과 의사는 말할 것도 없이 '만정봉(幔亭峯) 그림자가 맑은 시내에 잠겼다.'라고 하는, 객관에 존재하는 사물 · 사실로 말미암아 무심코 생겨난 것이다. 그러나 이 모두는 또한 객

16 朱熹, 『晦庵集』(四庫全書) 9-8a. 「武夷櫂歌」 第1曲 全文.

관에 존재하는 사물・사실에 대한 시인 자신의 인식 능력을 통해서 비롯된 것임에 틀림이 없다. 만약에 시인이 이러한 능력을 부리지 않았을 양이면 이러한 감정과 의사가 결코 생기지 않았을 것이다. 그러니 여기에는 오직 수동성만 있는 것이 아니라 능동성도 있다.

우리의 모든 감정은 객관 존재에 대한 감수(感受)의 결과라고 할 수 있는데, 경우에 따라 기쁘게도 느끼고 슬프게도 느끼는 우리의 모든 감수는 반드시 어떤 객관 존재에 대한 직관(直觀)이 먼저 성립된 뒤에 생기며, 이러한 직관은 모든 감수의 직접 원인이 된다. 간단히 말해서, 우리의 모든 감정은 직관이 먼저 주어진 뒤에 이로 말미암아 생기는 것이다. 직관에서 감수에로 이르는 심리 과정을 일찍이 불가에서는 아래와 같이 설명했다.

> 다시 여섯 가지 感受가 있어 受蘊이라고 하니, 眼觸이 낳은 바의 감수를 비롯해서 耳觸・鼻觸・舌觸・身觸・意觸이 낳은 바의 감수를 말한다. 무엇을 안촉이 낳은 바의 감수라고 하는가? 眼根과 色境이 緣이 되어 眼識을 낳고, 셋이서 화합하여 眼觸을 낳고, 안촉이 연이 되어 감수를 낳으매, 이러한 가운데에 안근은 增上이 되고, 색경은 所緣이 되고, 안식[17]은 因이 되고, 안촉은 等起가 되는데, 이러한 안촉의 종류, 이러한 안촉의 낳은 바가 안촉이 낳은 바의 作意로 더불어 안식이 분별한 바의 색경에 상응하는 여러 감수와 그 所攝, 이것을 안촉이 낳은 바의 감수라고 이른다. 이와 같이 이촉・비촉・설촉・신촉・의촉이 낳은 바의 감수도 넓게 말해서 또한 그러하니, 이것을 수온이라고 이른다.[18]

---

17 역문의 '안식'을 『고려대장경』(高麗大藏經)과 『신수대장경』(新修大藏經)이 모두 "眼觸"으로 적고 있으나, 연기설(緣起說)의 이른바 사연(四緣) - 증상(增上), 소연(所緣), 인(因), 등기(等起) - 을 낱낱 지적해서 말하고 있는 문맥으로 보건대, 원문의 "眼觸"은 마땅히 '眼識'으로 보아야 옳을 것이다.

18 目乾連, 「阿毘達磨法蘊足論・蘊品」, 『高麗大藏經』(東國大學校 影印, 1971), 제24권, 1162면; 『大正原版大藏經』(臺北: 新文豐出版公司 影印, 1973), 第26册, 501頁. "復有六受, 說爲受蘊, 謂眼觸所生受, 耳鼻舌身意觸所生受. 云何眼觸所生受, 謂眼及色爲緣生眼識, 三和

감수의 성립에 관하여 '안근(眼根)과 색경(色境)이 연(緣)이 되어 안식(眼識)을 낳고, 셋이서 화합하여 안촉(眼觸)을 낳고, 안촉이 연이 되어 감수를 낳는다.'라고 설명한 데에 먼저 주목할 필요가 있다. 우리의 모든 감수는 감촉의 결과라는 것이고, 감촉은 감관에 해당하는 육근(六根)과 대상에 해당하는 육경(六境)과 감각에 해당하는 육식(六識)의 총화라는 것이니, 이것은 바로 직관의 원인이 감촉에 있음을 밝힌 것이자 또한 감수의 원인이 직관에 있음을 밝힌 것이다.

그리고 다시 '안근은 증상(增上)이 되고, 색경은 소연(所緣)이 되고, 안식은 인(因)이 되고, 안촉은 등기(等起)가 된다.'라고 했는데, 이러한 사연(四緣)의 이른바 증상은 능히 색경을 비추어 감각을 나타낼 뿐만 아니라 또한 여타의 연기(緣起)에 대하여 능히 조력(助力)이 되는 곧 능연(能緣)을 말하는 것이니,[19] 이것은 바로 대상보다는 감관이 직관과 감수의 성립에 관하여 가장 능동적인 역할을 하는 바임을 밝힌 것이다.

직관은 감성을 통해서 얻는 인식의 한 범주이다. 우리의 모든 감수는 이러한 직관을 일으키는 인식 능력의 능동성을 매개로 삼는다. 따라서 우리의 어떤 감정이 비록 인물의 결과로써 무심코 생겨난 것이라고 하더라도 여기에는 반드시 인식 능력의 능동성이 개입되어 있게 마련이다. 그러나 이 능동성은 또한 어디까지나 인류라면 누구라도 다함께 지니는 인성(人性)의 자연(自然)에서 나오는 바일 뿐이지 일부러 그것을 사사로이 애쓰는 한낱 인위(人爲)에서 나오는 바가 아니다.

요컨대 인물의 무위는 순응을 위주로 하는 것이나, 순응을 위주로

合故生觸, 觸爲緣故生受. 此中眼爲增上, 色爲所緣, 眼觸(*識)爲因, 眼觸爲等起. 是眼觸種類, 是眼觸所生, 與眼觸所生作意相應, 於眼識所了別色諸受, 乃至受所攝, 是名眼觸所生受. 如是耳鼻舌身意觸所生受, 廣說亦爾, 是名受蘊."

19 ① 林尹 · 高明 主編, 『中文大辭典』, 第9版, 第2卷, 1028頁. "增上緣, 謂六根能照境發識, 有增上力用, 諸法生時不生障碍, 名增上緣." ② 林尹 · 高明 主編, 『中文大辭典』, 第9版, 第2卷, 1278頁. "增上緣 - 佛家語. 爲四緣之一. 凡有强勝之勢用, 能爲他法之助力者, 謂之增上."

한다고 해서 여기에 능동성의 행위가 없는 것이 아니다. 무위는 장자(莊子)의 이른바 무정(無情)[20]과 더불어 같은 차원에 놓이는 말이라고 할 수 있다. 무위의 요점은 관자의 이른바 '더함도 없고 덜어냄도 없다.'는 도리에 있으니, 무위는 행위를 있게 하되 다만 인성의 자연을 벗어나 인위로써 그것을 도모하지 않는 바일 뿐이다. 그리고 이러한 견지에 설 때라야 고봉의 아래와 같은 평석을 바르게 이해할 수 있다.

> 생각건대, 이 10장은 비록 이리저리 끌어다 붙이고 하나하나 두드려 맞출 수는 없지만, 그러한 가운데에도 意思가 뚜렷하게 도드라지는 곳이 또한 있으니, 寓興에 한갓 意가 없다고는 말할 수 없을 것이다. 이를테면, 제1곡의 '虹橋 한번 끊긴 뒤로는 소식도 없고, 파란 안개 속에 萬壑千巖이 묻혔구나.'라고 한 데는 분명히 意가 있는 듯하다. 그러나 어찌 이것을 가지고 道가 파묻혀 없어진 것을 슬피 여겨서 한 말이라고 할 수 있으랴? 그 만난 바의 境에 나아가 그 느낀 바의 意를 나타낸 까닭에 意와 境이 참되고 그 言이 절로 깊은 趣를 지니고 있으니, 이것이야말로 주자의 시인 까닭이다. 만약에 이미 景物을 그리려는 意가 있고서 또한 道學을 끌어다 말하려는 意가 있으면 문득 두 마음이 되나니, 이러한 마음가짐은 읊조리는 사이에 性情을 잃을 뿐만 아니라 학문하는 가운데에 또한 아마도 豪釐를 그르쳐서 천리를 어긋나게 하고야 말 것이다.[21]

고봉이 여기에서 말하는 의(意)는 크게 세 가지이다. 첫째, '우흥(寓

---

20 『莊子』「德充符」: "惠子曰, 旣謂之人, 惡得無情. 莊子曰, 是非吾所謂情也. 吾所謂無情者, 言人之不以好惡內傷其身, 常因自然而不益生也. 惠子曰, 不益生, 何以有其身. 莊子曰, 道與之貌, 天與之形, 無以好惡內傷其身."

21 奇大升, 『高峯退溪往復書』 1-46a. 「別紙武夷櫂歌和韻」: "蓋此十章, 雖不可拘拘牽譬一一安排, 而其間亦有意思躍如處, 此則不可謂專無意於寓興也. 如一曲曰, '虹橋一斷無消息, 萬壑千峯鎖翠烟.'者, 分明若有意焉. 然亦豈以是爲悼道之湮廢而發哉. 蓋卽其所遇之境, 而發其所感之意, 故意與境眞, 而其言自有深趣, 此其所以爲朱子之詩也. 若旣有形容景物之意, 又有援譬道學之意, 則便成二心矣, 此不惟吟咏之間失其性情, 而學問之際亦恐差毫釐而繆千里也."

興)에 한갓 의(意)가 없다고는 말할 수 없을 것이다.'라고 할 때와 '그 만난 바의 경(境)에 나아가 그 느낀 바의 의(意)를 나타낸 까닭에'라고 할 때의 그것은 감정을 바로 뒤따라 나오는 바로서 감정과 더불어 분리할 수 없는 관계에 있는 곧 무위에서 비롯된 의사이다. 둘째, '경물(景物)을 그리려는 의(意)가 있고서 또한 도학(道學)을 끌어다 말하려는 의(意)가 있으면'이라고 할 때의 그것은 유위에서 비롯된 고의(故意)이다. 셋째, 이러한 두 가지를 말하기에 앞서 제1곡의 시구를 들고 '분명히 의(意)가 있는 듯하다.'라고 할 때의 그것은 작품의 표현에 담긴 의미이다.

그런데 누구든 고의가 전혀 없이 시가를 지을 수는 없을 것이다. 그러나 문제는 그것이 순전히 경물(景物)로 말미암아 생겨난 감정을 위하지 않고 그와는 별개의 목적을 위하는 경우에 있으니, 고봉의 '문득 두 마음이 된다.'라는 말과 '이러한 마음가짐은 읊조리는 사이에 성정(性情)을 잃을 뿐만 아니라 학문하는 가운데에 또한 아마도 호리(豪釐)를 그르쳐서 천리를 어긋나게 하고야 말 것이다.'라는 말은 바로 이와 같은 경우의 폐단을 비판한 것이다.

고봉의 주장에 따르면, 「무이도가」는 단순히 경물로 말미암아 생겨난 감흥(感興)을 그려낸 것일 뿐이지 여기에 무슨 학문의 단계를 끌어다 비유(譬喩)한 것이 아니다. 따라서 「무이도가」에 대한 감상도 이와 마찬가지로 시인의 감흥을 읽고 그것을 음미하는 데서 그칠 일이지 여기에 무슨 우의가 있는 양으로 천착하고 부회할 것이 아니다. 하물며 「무이도가」 제1곡의 의미로 말하면, 진보와 같은 사람도 그 본주에 적기를 '이 말에는 또한 세상사의 덧없음에 대한 감정이 있다.'[22]라고

22 陳普 注, 『孝詩(及其他二種)』, 朱文公武夷櫂歌, 1頁. 『朱文公武夷櫂歌』 第1曲 注: "虹橋一斷無消息, 萬壑千巖鎖翠煙. - 翠, 一本作暮. ○ 此語亦有桑海之感."

했던 것이니, 고봉의 이러한 주장이 그제나 이제나 조금도 부당한 것이 아님은 더 말할 나위가 없다.

고봉과 다르게, 퇴계가 「무이도가」 제9곡을 학문의 조예처에 관한 하나의 우의로 보았던 것은 작품 본문의 제시(除是) · 별유(別有)라는 단어에 그 까닭이 있었다.[23] 만약에 퇴계가 특히 그 제시라는 단어를 당시의 구어에서 흔히 쓰이던 하나의 숙어로 보기만 했다면, 제9곡에 대한 퇴계의 해석은 아마도 고봉의 해석과 크게 다르지 않았을 것이다. 그것의 제1 · 2구를 '눈앞에 보이는 경물을 직서(直敍)한 것이다.'[24] 라고 보았던 점이 고봉과 같기 때문이다.

> 九曲이라, 물길이 다하매 눈앞이 환히 트이며,
> 뽕밭, 삼밭 雨露에 젖는 平川을 보놋다.
> 漁郎은 桃源 길을 다시 찾으나,
> 다만 人間에 따로 한 天地가 있거늘.
>
> 九曲將窮眼豁然, 桑麻雨露見平川.
> 漁郎更覓桃源路, 除是人間別有天.[25]

주희의 「무이도가」는 제목[26]에 보이는 그대로 하나의 뱃노래를 연장체(聯章體)로 지은 것이니, 본문의 제시라는 말이 뜻하는 바는 특히

---

23 李滉, 『退溪先生文集』 13-3b~4a. 「答金成甫德鵾別紙」: "櫂歌九曲一絕四句意, 滉當初所見, 亦與註意同, 故初一絕云云, 其後所以改作一絕如此者, 非故欲鑿新而立異也. 只因反覆詳味本詩之意, 及除是別有四字, 而疑其當如此看也."

24 李滉, 『退溪先生文集』 13-3b~4a. 「答金成甫德鵾別紙」: "鄙意竊謂先生此一絕, 本只爲景物而設, 而九曲一境, 山盡川平而已, 素號此處別無勝絕, 殆令遊興頓盡處, 故詩前二句, 直敍所見, 而末二句意, 若曰勿謂抵此境界爲極至處, 而須更求至於眞源妙處, 當有除是泛常人間, 而別有一段好乾坤也云云."

25 朱熹, 『晦庵集』(四庫全書) 9-9a. 「武夷櫂歌」 第9曲 全文.

26 朱熹, 『晦庵集』(四庫全書) 9-8a. "淳熙甲辰中春, 精舍閒居, 戲作武夷櫂歌十首, 呈諸同遊, 相與一笑."

구어에서 찾을 만하다. 또한 구어에서 찾아야 본문이 순탄하게 읽힌다. 예컨대 심계조(沈繼祖)가 주희를 탄핵하는 글에서 바로 그 시구를 가리켜 '인간에 어찌 따로 한 천지가 있느냐?'[27]라고 힐문했던 바와 같이, 본문의 제시는 문자 그대로 해석할 것이 아니라 마땅히 하나의 숙어로 해석할 필요가 있다.[28] 따라서 「무이도가」 제9곡에 대한 해석으로 말하면, 퇴계의 해석이 비록 돈후한 것이기는 하지만, 그래도 우선은 고봉의 견해를 따를 만하다.[29] 주희는 다만 유람이 끝나는 자리에서 문득 눈앞이 환히 트이는 평천(平川)의 풍광을 새로 마주하고, 여기에서 비롯된 감흥을 바로 그 경물에 빗대어 말했을 뿐이기 때문이다.

우리가 어떤 경물을 접촉하게 됨으로 말미암아 어떤 감정을 느낄 때에, 이것은 일부러 느끼는 것이 결코 아니며, 이것은 또한 느끼지 않으려 한대서 느끼지 않게 되는 것이 결코 아니다. 단순히 경물로 말미암아 생겨난 감흥은 이와 같이 언제나 무위의 소산이다. 그것이 비록 시가를 제작하는 과정에 들어서는 고의에 의하여 제약될 수 있지만, 그러나 결코 감흥 자체가 고의에 의하여 생기는 것은 아니다.

이른바 인물의 무위는, 밖으로는 자기 중심의 아집을 버리고 객관

---

27 沈繼祖, 『朱子大全』 附錄 12-20a. 「舒城黃中書沈繼祖余喆誣語後-附沈繼祖余喆疏」: "熹雖懷卵翼之私恩, 盍顧朝廷之大義, 而乃猶爲死黨不畏人言, 至和儲用之詩, 有除是人間別有天之句, 人間豈別有一天耶. 其言意豈止怨望而已. 熹之大罪五也."

28 『주자어류』(朱子語類)를 검색해 보건대, '除是'의 용례는 모두 15회에 이른다. 12회는 '오직' · '다만'의 뜻으로 쓰였고, 나머지 3회는 '不'와 호응하는 가운데에 '~이 아니면 ~할 수 없다'의 뜻으로 쓰였다. 예컨대 다음과 같다. ① 黎靖德 編, 『朱子語類』, 第4册, 1582頁. "除是久, 然後有徵驗. 只一日兩日工夫, 如何有徵驗." ② 黎靖德 編, 『朱子語類』, 第1册, 155頁. "人多是被那舊見戀不肯舍. 除是大故聰明, 見得不是, 便翻了." 또한 '除是'를 곧 '唯是'로 해석한 포저(浦渚)의 견해가 있다. 趙翼, 『浦渚集』 22-44a. 「武夷櫂歌十首解」: "除是, 猶言唯是也."

29 奇大升, 『高峯退溪往復書』 1-44b~45a. 「別紙武夷櫂歌和韻」: "漁郎以下, 尋常看作戒譬之辭. 若曰, 窮盡九曲則眼界豁然, 而桑麻雨露掩藹平川, 此眞淸幽夷曠之境, 便是遊覽之極矣, 若於此而猶有所未愜, 更欲求桃源之境, 則是乃別有之天, 而非人間事矣, 戒遊者不可舍此而他求也."

존재나 그 법칙에 순응하는 실천 방법의 수동성, 안으로는 인류라면 누구라도 다함께 지니는 인성의 자연에 순응하는 인식 능력의 능동성, 이러한 양자의 통일이다. 그런데 고봉은 인물의 무위를 감정의 생성에 관해서만 주목했던 것이 아니라 그것의 표현에 관해서도 주목하고 있었다. 그래서 고봉은 계속하여 아래와 같이 말했다.

> 제2곡과 제3곡도 한갓 意가 없는 것이 아니나, 아마도 註家의 천착하고 부회함과 같지는 않을 것이다. 제4곡도 그렇고, 제6곡과 제7곡이 首章과 더불어 모두 淡泊하되 味가 있다. 그러나 나의 소견이 어둡고 얕아서 감히 그 意가 있는 바를 뚜렷하게 생각으로 떠올리지는 못하겠다.[30]

고봉의 '한갓 의(意)가 없는 것이 아니다.'라는 말은 감흥을 그리는 가운데에 또한 '의사가 투영된 것이 조금은 있다.'라는 뜻을 지닌다. 그런데 이른바 의사는 곧 감정이 아니다. 의사는 이미 생겨난 감정을 말미암아 계교하는 것이니 만큼,[31] 의사는 감정을 뒤따라 나오는 것이다. 그러나 같은 의사라도 감정을 말미암아 뒤따라 나오는 것은 고의가 아니다. 고의가 아니기 때문에, 그것은 다만 감정을 그리는 가운데에 무심코 투영되는 것이며, 따라서 그것은 오직 현저하게 드러날 도리가 없다. 고봉의 '담박(淡泊)하되 미(味)가 있다.'라는 말의 뜻은 바로 여기에 있다.

이렇게 보건대, 고봉의 '의(意)가 있는 바를 뚜렷하게 생각으로 떠올리지는 못하겠다.'라는 말은 겸사인 듯하나 실은 겸사가 아니다. 이

30 奇大升, 『高峯退溪往復書』 1-46b~47a. 「別紙武夷櫂歌和韻」: "二曲三曲亦非專無意者, 但恐不如註家之穿鑿而附會耳. 四曲亦然, 六曲七曲與首章, 皆淡而有味. 然大升所見昏淺, 不敢顯想其意之所在也."

31 李珥, 『栗谷全書』 20-59a. 「聖學輯要二 · 修己上」: "意者, 心有計較之謂也. 情既發而商量運用者也. 故朱子曰, 情如舟車, 意如人使那舟車一般."

것은 흥의 중요한 속성의 하나를 지적하고 있는 말이다. 고봉의 이 말은, 예컨대 청대(淸代) 왕부지(王夫之)의 '흥(興)은 유의(有意)와 무의(無意)의 사이에 있고, 비(比)도 또한 조각(雕刻)을 허용하지 않는다.'[32]라는 말과 상통하는 뜻을 지닌다. 시인이 오직 유의로 나가면 감흥을 잃게 되고, 오직 무의로 나가면 작의(作意)가 없게 된다. 그러니 흥은 유의와 무의의 사이에서 생성하는 셈이다.

이상의 논의는 인물기흥이라는 개념을 통해서 특히 흥의 근본 원리를 조명한 것이다. 이른바 근본 원리라는 것은 본질의 형성을 가능케 하는 가장 높은 수준의 법칙을 뜻하며, 이른바 본질이라는 것은 이로써 자타(自他)의 구별을 가능케 하는 특성을 말한다. 고봉이 지적하고 있는 바로서, 흥의 근본 원리는 인물의 무위이다. 그러면 이제 아래에서는 우흥이라는 개념을 통해서 흥의 특성을 조명해 보기로 하겠다.

Ⅲ. 寓興: 興과 賦 · 比의 구별

1. 흥과 부 · 비의 차이

우흥은 객관에 존재하는 사물 · 사실, 곧 경물을 매개로 삼아 이로써 감정을 기탁(寄托)하는 것을 말한다. 감정을 기탁하는 데에는 그 나름의 독특한 방법과 형식이 있으니, 경물과 감정을 피차의 형식으로 대응시켜 표현하는 기흥이 곧 그것이다. 기흥을 통해서 우흥을 실현하면, 이것이 바로 부 · 비 · 흥의 이른바 흥이다. 기흥과 우흥은 다같

---

32 王夫之,『詩譯』第16條: 戴鴻森 點校,『薑齋詩話箋注』(臺北: 木鐸出版社, 1982), 33頁. "興在有意無意之間, 比亦不容雕刻."

이 흥의 표현 방법을 일컫는 말이나, 흥이 보여 주는 경물과 감정의 대대(待對)를 특히 제작 수법의 측면에서 말하면 곧 기흥이고, 이러한 기흥의 운용을 다시 표현 주체의 입장에서 말하면 곧 우흥이다. 그리고 모든 흥체의 시가 작품은 어느 것이나 반드시 우흥을 매개한 바의 경물을 지니고 있게 마련인데, 이것을 또한 흥상(興象)이라고 부른다.

고봉의 견해에 따르면, 흥의 중요한 속성의 하나는 경물에 대한 취의(取意)를 좀처럼 알아차리기가 어렵다는 것이다. 흥은 다만 경물과 감정을 피차의 형식으로 대응시켜 말하되, 그렇다고 해서 비유나 상징(象徵)과 같이 경물을 들어서 자가의 본사·본의와 그 감정을 유비(類比)하거나 표징(表徵)하거나 하지 않는다. 따라서 흥은 경물에 대한 취의가 아예 없거나, 취의가 조금은 있어 보이는 경우라도 그것이 비유나 상징과 같은 강제성을 띠지는 않는다. 이것은 비유나 상징이 표현의 일부로서 자주 등장하는 부·비와 더불어 뚜렷이 구별되는 점이다.

> 賦·比·興 : 李仲蒙이 말하기를 "物을 베풀어 이로써 情을 말하는 것을 賦라고 하니, 情과 物이 남김없이 다 말해진 것이다. 物을 가려서 이로써 情을 맡기는 것을 比라고 하니, 情이 物에 부쳐진 것이다. 物에 닿아서 이로써 情을 일으키는 것을 興이라고 하니, 物이 情을 낳은 것이다."라고 하였다.[33]

이것은 『주례주소』(周禮注疏)와 『모시주소』(毛詩注疏)에 그 유래를 두고 있는 바로서 부·비·흥의 특성을 그 차이와 더불어 매우 뚜렷하게 드러낸 정의이다.[34] 경물과 감정의 관계에 입각해서 부·비·흥의

33 楊愼, 『升菴詩話』 12-6a~6b: 丁仲祜 編訂, 『續歷代詩話』(臺北: 藝文印書館 影印, 1983), 1037~1038頁. "賦比興: 李仲蒙曰, 敍物以言情謂之賦, 情物盡也. 索物以托情謂之比, 情附物也. 觸物以起情謂之興, 物動情也."

방법과 결과를 먼저 제시하고, 여기에 근거하여 부 · 비 · 흥의 특성을 천명했다. 흥으로 예컨대, '물(物)에 닿는다.'[觸物]는 것은 곧 흥을 가능케 하는 방법을 말한 것이고, '정(情)을 일으킨다.'[起情]는 것은 곧 그 결과를 말한 것이고, '물(物)이 정(情)을 낳는다.'는 것은 곧 흥의 특성을 말한 것이다. 그런데 이와 같이 촉물기정(觸物起情)을 발단으로 하는 흥은 또한 경물과 감정의 관계가 부 · 비의 경우와 뚜렷이 구별됨을 지적하고 있어 주목된다.

부 · 비는 감정을 말하고 감정을 맡기는 방법으로써 경물을 베풀고 경물을 가린다. 그러니 부 · 비에 있어서 경물은 단순히 감정을 표현하기 위한 수단에 지나지 않는다. 그러나 흥에 있어서 경물은 감정을 표현하기 위한 수단이 되기에 앞서 바로 그 감정 자체의 생성에 관여하는 원인이 된다. 흥은 비록 감정을 일으키는 방법으로써 경물에 닿는 행위를 요구하기는 하지만, 이것은 또한 고의로 할 수 있는 행위가 아니다. 요컨대 흥은 반드시 경물과 감정의 인과성(因果性)에 기초하는 것이자 무위에서 비롯하는 것이다. 반면에 부 · 비는 그러한 인과성에 기초하지 않는 것일 뿐만 아니라 반드시 무위에서 비롯하는 것도 아니다.

인과성은 곧 인과 관계의 필연성이다. 인과 관계라는 것은 어떤 하나의 사물(a)이 있게 되자 아직까지 없던 또 하나의 다른 사물(b)이 따라서 있게 되고 그것(a)이 없게 되자 다른 그것(b)도 따라서 없게 되는 관계를 말한다. 전자를 원인이라고 하며, 후자를 결과라고 한다. 그런데 무릇 원인과 결과는 언제나 상생(相生)하는 것이다. 원인이 있어야

34 ①『周禮注疏』「春官」鄭玄 箋:『十三經注疏』(臺灣: 藝文印書館 影印, 刊年未詳), 第3册, 356頁. "賦之言, 鋪直鋪陳今之政教善惡. 比, 見今之失, 不敢斥言, 取比類以言之. 興, 見今之美, 嫌於媚諛, 取善事以喻勸之. … 比者, 比方於物也. 興者, 託事於物." ②『毛詩注疏』「關雎」孔穎達 疏:『十三經注疏』, 第2册, 15頁. "賦者, 直陳其事, 無所避諱, 故得失俱言. 比者, 比託於物, 不敢正言, 似有所畏懼. 故云見今之失, 取比類以言之. 興者, 興起志意, 讚揚之辭. 故云見今之美, 以喻勸之."

결과가 따르게 되지만, 결과가 따르지 않는 원인이 또한 있을 수 없기 때문이다. 흥체의 시가 작품에 있어서 경물과 감정은 이와 같은 인과 관계의 필연성에 의하여 서로 의존하는 두 가지 요소이다.

그러나 경물이 어째서 원인이 되고 감정이 어째서 그 결과가 되는 것인지, 이것은 해답을 수월히 얻을 수 없는 문제이다. 예컨대 앞서 이미 논급한 「은기뢰」(殷其雷)의 경우로 말하면, 남산 남녘의 천둥소리가 문득 여기에 없는 그 사람에 대한 그리움을 불러일으킨 까닭을 알아차리기는 매우 어렵다. 이러한 작품을 마주한 독자는 작중에 주어진 경물과 말해진 감정의 관계가 비록 서로 돌연하게 여겨질지라도 이 두 가지 요소가 마침내 암합(暗合)할 때까지 모름지기 묵묵히 읊조리며 기다리는 수밖에 더는 아무 권능이 없다. 만약에 억지로 해답을 찾으려 한다면, 이것은 그야말로 천착과 부회를 부를 뿐이다.

詩三百의 解說을 보면 工巧할수록 妄牽이 많아 마침내 風人의 微旨를 泯沒하게 하니 이 어찌 慨然치 아니하랴? 懷抱가 景物로 하여 動할 때가 있고, 懷抱가 景物을 만나 마틜 때가 있다. 그러나 마틔는 것이 반드시 理由가 있는 것이 아니요, 動하는 것이 반드시 曲折이 있는 것이 아니다. 偶然히 動하고 어찌하여 마틔여 스스로 그리 된 經路를 다시 찾지 못하는 것이니, 이를 보는 사람으로서 구태여 强索할 까닭이 없다. "山有榛, 隰有苓. 云誰之思, 西方美人."[35]이라 한 것을 볼 때 榛에 무슨 奧義가 있어 巧妙한 聯絡이 下句와 서로 얽힌 줄 알면 誤解다. 그대로 두고 그대로 보는 것이다. 그러면 起興한 景物을 쓸 필요는 무엇이냐고 한다. 必要야 물론 必要하다. 曲折과 理由는 强牽할 맛이 없으나 처음에 動하고 마틔던 것이라 形容할 수 없는 사이에 聲臭 없는 依向이 있는 것이니 우리의 智解는 이를 了知하지 못하나 우리의 氣分은 모르는 속에 주고 받는 바이 있다. … 起興한 景物은 모두 景物 그대로에 그치는 解說을 求한다. 關雎의 摯別 같

35 『詩經』「簡兮」第3章. ※山有榛, 隰有苓. 云誰之思, 西方美人. 彼美人兮, 西方之人兮.

은 것이 君子好逑의 影象 된다는 것도 반드시 否認할 배 아니나 이 解釋을 말고 그냥 보아 氣分의 冥合만 기다리는 것만 같지 못하다.[36]

위당(爲堂)의 이 말은 흥체의 시가 작품에 있어서 주어진 경물과 말해진 감정의 관계를 이해하는 데에 필요한 기본 태도를 지적한 것이다. 우리가 특히 주목할 바는 '마틔는 것이 반드시 이유(理由)가 있는 것이 아니요, 동(動)하는 것이 반드시 곡절(曲折)이 있는 것이 아니다.'라는 말이다. '마틔는 것'이란 경물과 감정이 적중(的中)하는 것을 뜻하며, '동(動)하는 것'이란 경물이 감정을 촉동(觸動)하는 것을 뜻한다. 어느 것이든 다 인과 관계에 있다. 그런데 경물과 감정의 인과성은 애초에 시인에게는 분명한 것이었을 수 있지만, 그것을 독자가 이해하는 데에는 언제나 넘어설 수 없는 한계가 있게 마련이다. 위당의 '우리의 지해(智解)는 이를 요지(了知)하지 못한다.'라는 말이 뜻하는 바는 이것이다. 따라서 흥체의 시가 작품에 대한 감상과 이해는 비록 그것이 깊어질 대로 깊어진 때에도 결코 그것을 자신할 수는 없다. 아래의 작품에 대한 고봉의 감상 태도를 보아도 그렇다.

五曲이라, 산은 높고 雲氣 짙거니,
오랫동안 煙雨가 너른 숲을 흐린다.
숲 속에 손이 있되 아는 이 없고,
뱃노래 가락에 어리는 太古의 情이여.

五曲山高雲氣深, 長時煙雨暗平林.
林間有客無人識, 欸乃聲中萬古心.[37]

36 鄭寅普, 「支那詩의 源流(其一)」, 『薝園鄭寅普全集』(延世大學校出版部, 1983), 제1권, 324~325면.
37 朱熹, 『晦庵集』(四庫全書) 9-8b. 「武夷櫂歌」 第5曲 全文.

독자의 입장에서 말하면, 경물의 '연우(烟雨)가 숲을 흐린다.'와 감정의 '뱃노래 가락에 태고(太古)의 정(情)이 어린다.'는 서로 돌연한 것이다. 양자가 어째서 하나의 언행을 통해서 연속하게 되는지, 이것은 수월히 깨달을 수 있는 바가 아니다. 그런데 연우에 대한 취의를 고봉은 자신의 공용을 감추고 살기로 작정한 주희의 의중과 그 실황에서 찾았고, 이것을 논증하기 위하여 아래와 같이 왕유(王維)와 양자직(楊子直)의 시에 관한 주희의 발언을 논거로 들었다.

> 武夷 제5곡은 바로 精舍가 있던 곳이니, '숲 속에 손이 있다.'고 한 것은 반드시 주희 자신의 정황이 아니라고 할 것은 아니다. 그래서 烟雨로써 興을 일으키고, 남들이 모를 곳에 깊숙이 파묻혀 功用을 감추고 사는 자신의 실황을 밝힌 것이다. 학문을 하다가 어떤 의문이 생겨난 대목으로 보고자 한다면 아마도 맞지 않을 것이다. 『朱子大全』을 보건대, 「跋楊子直所賦王才臣絕句」에 "王維의 『輞川集』 「漆園」 시에 '옛 사람이 세상 다스리는 일을 스스로 제쳐 놓음은, 거만한 벼슬아치라서 그리했던 것이 아니다. 뜻하지 않게 한낱 작은 벼슬에 몸을 부치되, 잎가지 빽빽이 우거진 몇 그루 나무여.'라고 하매, 내가 이것을 매우 좋아하여 이러한 뜻을 다른 사람들에게 말해도 이내 알아듣는 이가 없었다. 이제 子直의 이 시를 읽게 되매, 「南曲」 편에서 적이 느끼는 바가 있다."라고 하면서, 그 끝에 楊子直의 "남산은 높고도 빛나며, 그 아래는 골이 깊거니. 文豹가 나고 들 때를 아는지, 아침내 안개 속에 멱을 감듯 숨어 있구나."라는 시를 실었다. 내가 생각하기로 제5곡에서 말한 바는 아마도 이와 같지 않을까 싶은데, 참으로는 어떤지 모르겠다.[38]

38 奇大升, 『高峯退溪往復書』 1-45b~46a. 「別紙武夷櫂歌和韻」: "五曲正是精舍所在處, 林間有客者未必非自況也. 故以烟雨起興, 而喻己之深居藏用之實也. 欲作學問有疑處看, 恐不得也. 按大全集, 跋楊子直所賦王才臣絕句日, 王摩詰輞川漆園詩云, 古人非傲吏, 自闕經世務, 偶寄一微官, 婆娑數株樹, 余深愛之, 而以語人, 輒無解余意者, 今讀子直此詩, 而於南谷之篇, 竊有感焉, 云云, 其末載楊詩, "南山高且明, 其下有深谷, 文豹識顯藏, 終朝霧如沐. 愚意, 五曲所云, 恐或如是, 而未知其果何如也."

왕유의 시는 장자와 같은 부류의 은둔(隱遁)을 아름답게 여겨서 옹호하는 뜻을 담은 것이고, 양자직의 시는 문표(文豹)에 견주어 이른바 일구일학(一丘一壑)의 뜻을 밝힌 것이다. 문표는 제 몸의 무늬를 이루기 위하여 열흘을 밥도 안 먹고 안개 속에서 털을 적신다고 하는데,[39] 주희는 이와 같은 의미의 은둔을 평소부터 깊이 바라고 있었다. 그러니 고봉의 평석은 누구라도 수긍할 만한 것이다. 그러나 고봉은 자신의 이러한 평석을 확실한 것으로 단정하는 데에는 끝내 주저해 마지 않았다.

고봉과 다르게, 일찍이 하서(河西)는 '연우(烟雨)가 숲을 흐린다.'를 '학문을 하다가 어떤 의문이 생겨난 대목'으로 이해하고 있었다. 이것은 '연우(烟雨)가 숲을 흐린다.'를 비유나 우의로 보는 관점에서 나온 것이다. 여기에 따르면 「무이도가」는 흥체가 아니라 비체(比體)의 작품에 속한다. 그러나 고봉은 하서의 그러한 관점을 단호히 배격하고,[40] 아울러 자신의 관점을 밝혀 '연우(烟雨)로써 흥(興)을 일으켰다.'라는 견해를 제시했다. 그런데 고봉이 문제의 연우를 결코 비유나 우의로 보지 않고 오직 우흥으로 보는 관점을 견지한 데에는 반드시 그렇게 할 만한 까닭이 있었다.

고봉의 관점과 견해는 실로 표현 방식의 부 · 비와 흥을 명확히 구별하는 입장에서 나온 것이다. 흥은 「채미」(采薇)나 「관저」(關雎)와 같이 부 · 비를 겸하는 것으로 해석될 만한 경우가 있기는 하지만,[41] 그

---

39 林尹 · 高明 主編, 『中文大辭典』, 第9版, 第4卷, 994頁. "[埤雅] 文豹隱霧, 十日不食, 欲以澤其衣毛, 成其文采, 語曰, 豹死留皮."

40 奇大升, 『高峯退溪往復書』 1-45a. 「別紙武夷櫂歌和韻」: "河西詩則偶記得一聯, 其曰, 金鷄水月如眞識, 烟雨平林又却疑者, 似亦可怪也. 若以月滿空山水滿潭者爲眞識, 則所謂長時烟雨暗平林者, 又何用更以爲疑耶. 古人雖曰學能疑則悟, 而豈有悟後乃復大疑者乎. 凡此云云, 恐皆不成模樣也."

41 ①『詩經』「采薇」 第1章 前4句: "采薇采薇, 薇亦作止. 日歸日歸, 歲亦莫止." ②『詩經』「關雎」 第1章: "關關雎鳩, 在河之洲. 窈窕淑女, 君子好逑." ③ 朴文鎬, 『詩集傳詳說』 1-4b~5a: "興之全無取意者, 乃得興之專名, … 又有因所事以起興, 如方采荇, 因以起興之類, 是興而兼賦也.

래도 이것을 반드시 흥이라고 해야지 부라고 하거나 비라고 해서는 안 된다. 왜냐면 마땅히 흥체로 규정해야 할 것을 부체(賦體)나 비체로 규정하게 되면 작품의 본질과 시인의 본의에 대한 이해를 그르칠 수 있기 때문이다.[42]

경물을 빌어서 이로써 감정을 말하는 구실로 삼음에 있어서는 부 · 비와 흥이 모두 다 같다. 그러나 그 방법에 있어서는 직언(直言)하고 탁언(託言)하는 차이에 따라 부와 비 · 흥이 먼저 크게 나뉜다. 부는 경물을 그 자체로 곧이 말하는 것이고, 비 · 흥은 자가의 본사와 감정을 경물에 빗대어 말하는 것이다. 그리고 경물에 대한 취의가 있고 없는 차이에 따라 비와 흥이 다시 갈린다. 비는 경물을 가려서 그것의 속성에 자가의 본사와 감정을 유비하는 것이고, 따라서 경물에 대한 취의가 있다. 흥은 경물을 빌어서 자가의 본사와 감정을 기탁하되 결코 유비하지 않는 것이고, 따라서 경물에 대한 취의가 없다. 그러면 작품을 통해서 이러한 차이를 따져 보기로 하겠다.

칡넝쿨 널리 뻗어서,
골짜기 속까지 퍼졌네.
잎사귀 우거진 넝쿨을,
자르고, 삶고 지고.
고운 베, 거친 베 지어,
입도록 싫지가 않네.

葛之覃兮, 施于中谷.
維葉莫莫, 是刈是濩.

如雎鳩之有取意者, 是興而兼比也."

42 『詩傳大全』 1-6a. "東萊呂氏日, … 興之兼比者, 徒以爲比, 則失其意味矣. 興之不兼比者, 誤以爲比, 則失之穿鑿矣."

爲絺爲綌, 服之無斁.[43]

캐고, 또 캐는 도꼬마리는,
소쿠리에 한참을 차지 않느니.
아아, 그리운 내 사람아.
길에다 이냥 버리고 마노라.

采采卷耳, 不盈頃筐.
嗟我懷人, 寘彼周行.[44]

「갈담」(葛覃)은 경물의 '칡넝쿨이 뻗었다.'와 감정의 '입도록 싫지가 않다.'가 모두 직언이다. 그런데 「권이」(卷耳)는 경우가 이와 조금 다르다. 경물의 '소쿠리에 한참을 차지 않는다.'는 직언이자 또한 지칠대로 지친 나의 그리움이 언외(言外)에 뚜렷한 하나의 탁언이다. 그러나 그렇다고 해서 「권이」의 체식이 비 · 흥의 부류에 속하는 것은 아니다. 「권이」의 경물은 나의 노동의 대상으로서 나와 분리될 수 없는 본사의 일부이고, 그것은 또한 애초에 탁언을 의도한 바가 아니다. 너무나 아픈 그리움에 도무지 일이 손에 잡히지 않았던 것이니, 몇 낱 캐다만 도꼬마리를 소쿠리째 집어 던지는 나의 동작과 소쿠리에 한참을 차지 않는 저 도꼬마리는 실로 하나이다. 따라서 「권이」는 비체나 흥체가 아니라 반드시 부체로 보아야 마땅하다.[45]

여치 떠드는 소리,
떼로 모여 울리네.

---

43 『詩經』「葛覃」第2章 全文.
44 『詩經』「卷耳」第1章 全文.
45 朴文鎬, 『詩集傳詳說』 1-9b~10a. "采采卷耳, 不盈頃筐. 嗟我懷人, 寘彼周行. … 朱子曰, 雖託言, 而自言我之所懷, 則是賦體也."

너희 子孫이 아마,
크게 불어날지라.

螽斯羽, 詵詵兮.
宜爾子孫, 振振兮.[46]

북녘 바람은 써늘하고,
눈은 펑펑 내리어다.
사랑하여 나를 좋아하는 님과 더불어,
손을 잡고 함께 가리라.
느긋이, 천천히 가랴?
이미 서두를 때로다.

北風其涼, 雨雪其雱.
惠而好我, 攜手同行.
其虛其邪, 旣亟只且.[47]

「종사」(螽斯)는 자손의 번성을 바라는 바의 본의를 한배가 아흔 아홉 마리나 된다는 경물에 견주어 말한 것이다. 견주어 말할 수 있었던 근거는 본의와 경물의 유사성이고, 경물에 대한 취의는 곧 자손의 번성이다. 그런데 「북풍」(北風)의 경물은 그 자체만 보아서는 마치 흥체와 같이 취의가 전혀 없는 듯하다. 그러나 서둘러 이곳을 피하여 떠나고자 하는 나의 심정이 실은 머잖아 어떤 환란을 겪고야 말 곤경(困境)에서 나온 것임을 쉽게 짐작할 수 있으니, 경물의 써늘한 바람과 펑펑 내리는 눈에 대한 취의가 또한 분명하다. 그것은 처지의 곤란이다. 따라서 「북풍」은 흥체가 아니라 반드시 비체로 보아야 마땅하다.

46 『詩經』「螽斯」第1章 全文.
47 『詩經』「北風」第1章 全文.

어렴풋한 저 작은 별들,
셋이며 다섯이 동녘에 있도다.
서둘러 밤에 가노니,
새벽부터 저물도록 公館에 있노라.
참으로 命運이 같지 않도다.

嘒彼小星, 三五在東.
肅肅宵征, 夙夜在公.
寔命不同.[48]

남산에 휘어진 나무가 있으니,
칡이며 등나무가 매달려 오르지.
기쁘다, 군자여.
福祿이 편안하구나.

南有樛木, 葛藟纍之.
樂只君子, 福履綏之.[49]

「소성」(小星)의 경물로 주어진 작은 별들은 공관으로 가는 새벽길에 내가 언제나 보던 바이자 오늘 문득 공무에 찌들려 지내는 나의 신세를 돌아보고 탄식하게 만든 바이다. 그리고 여기에는 아무 취의가 없다. 「규목」(樛木)의 경물도 여기에는 또한 아무 취의가 없다. 「규목」은 시인이 우연히 보게 된 바의 경물에 빗대어 군자라고 부른 대상 인물의 유복함을 기린 작품일 뿐이다. 그런데 「규목」의 경물은 『모시』(毛詩)로부터 『시집전』에 이르기까지 줄곧 후비(后妃)의 유덕함을 견준 것으로 해석되어 왔고,[50] 따라서 「규목」은 홍체인 동시에 비체를

48 『詩經』「小星」 第1章 全文.
49 『詩經』「樛木」 第1章 全文.

겸하는 작품으로 인정되어 왔다. 그러나 「규목」의 이른바 군자를 곧 후비로 보아야 할 분명한 까닭이 따로 있는 것도 아니며, 더욱이 칡이며 등나무가 반드시 휘어진 나무를 골라서 매달려 오르는 것도 아니다. 따라서 「규목」에 대한 종래의 해석은 한낱 천착과 부회에 지나지 않는다.

「규목」의 휘어진 나무는 바로 눈앞에 있는 경물로서 말해진 것은 아니라는 점에서 「소성」의 작은 별들과 다르다. 그러나 그것은 「소성」의 '셋이며 다섯이 동녘에 있도다.'라고 하는 작은 별들과 같이 그 자체로 고유한 자상(自相)을 통해서 종류 일반과 절로 구별되는 바의 즉물(卽物)일 뿐이지 「종사」의 여치와 같이 종류 일반의 속성을 대표하는 바가 결코 아니라는 사실을 또한 중시할 필요가 있다. 무릇 고유한 것은 다른 어떤 것에 결코 유비될 수 없다. 만약에 무엇이 무엇에 유비될 수 있고 또 이미 유비된 바라면, 그것은 「종사」의 여치와 같이 반드시 개념으로 주어진 것이지, 감각의 대상으로 주어진 즉물이 아니다. 「규목」을 흥체인 동시에 비체를 겸하는 작품으로 인정한 종래의 해석이 한낱 천착과 부회에 지나지 않음은 특히 이러한 이치에서 그렇다.

우리가 어떤 작품을 이미 흥체에 속하는 것으로 보는 견지에 있다면, 그것이 또한 부체나 비체를 겸하고 말고는 굳이 따질 필요가 없는 문제이다. 흥체에 속하는 작품을 다시 부체나 비체를 겸하는 것으로 보게 된다면, 이것은 흥과 부 · 비의 구별 자체를 전혀 무용한 것으로 만들 수 있는 뿐만 아니라 또한 자칫 천착과 부회를 부르는 빌미가 되어 시인의 본의와 작품의 본질에 대한 이해를 그르치게 할 수 있다. 흥

50 『毛詩』「樛木」序: "樛木, 后妃逮下也. 言能逮下, 而無嫉妬之心焉." 『詩集傳』「樛木」第1章 傳: "后妃能逮下, 而無嫉妒之心. 故衆妾樂其德, 而稱願之."

과 부 · 비를 명확히 구별하고 또 이것을 실제 작품에 대한 감상과 이해에 정확히 적용하는 일의 중요성이 여기에 있다. 고봉이 「무이도가」의 여러 경물을 결코 비유나 우의로 보지 않고 오직 우흥으로 보는 관점을 견지한 까닭도 여기에 있을 것이다.

2. 흥의 특성

흥체의 시가 작품에 있어서 경물과 감정은 인과 관계의 필연성에 의하여 상생하는 것이자 또한 서로 의존하는 것이다. 그러나 여기에 어떤 구속성이 있는 것은 아니다. 예컨대 「소성」의 작은 별들은 그것이 오늘 문득 나의 탄식을 부른 원인이 되었던 점에서는 필연성이 있지만, 이것은 내일이나 모레에도 지속되는 것이 아니다. 왜냐면 그것은 다른 어떤 것과도 바뀔 수 없는 즉물이기 때문이다. 반면에 「종사」의 여치가 자손의 번성을 뜻함은 내일이나 모레에도 그 필연성이 지속되며, 이것은 또한 일정한 강제성을 띠고서 모든 여치를 통틀어 규정하는 바의 것이다. 왜냐면 그것은 종류 일반의 공통성을 나타내 주는 뿐의 한낱 개념에 지나지 않는 것이기 때문이다. 그러니 흥과 부 · 비를 구별하는 까닭은 단순히 '악장의 강조(腔調)를 밝히고 제작의 법도를 알린다.'[51]는 데에만 있는 것이 아니다.

天情과 物理는 [이로써] 슬퍼할 수 있고 [이로써] 기뻐할 수 있되, 쓰도록 다함이 없으며, 흘러서 막히지 않나니, 다하고 막힌 이들은 알지 못

51 黎靖德 編, 『朱子語類』, 第6冊, 2067頁. "蓋所謂六義者, 風雅頌乃是樂章之腔調, 如言仲呂調, 大石調, 越調之類, 至比興賦, 又別. 直指其名, 直敘其事者, 賦也. 本要言其事, 而虛用兩句釣起, 因而接續去者, 興也. 引物爲況者, 比也. 立此六義, 非特使人知其聲音之所當, 又欲使歌者知作詩之法度也."

> 할 뿐이다. … [시경의] '밝히 빛나는 저 미리내여.'[52][라는 시구]는, 頌을 지은 사람은 [이로써] 그 輝光을 더하고, 가뭄이 심한 것을 걱정하는 사람은 [이로써] 그 炎赫을 더하되, [쓰임에] 專一함이 없어도 適當하지 않음이 없음을 마땅히 알아야 할 것이다.[53]

왕부지의 이 말에서, 경물이 '쓰임에 전일(專一)함이 없다.'는 것은 개념에 의한 구속을 받지 않는다는 것을 뜻한다. 경물이 개념의 구속을 받는 가운데에 그 쓰임이 전일하게 되는 것은 부 · 비에 자주 등장하는 비유나 상징의 경우가 그렇다. 흥은 다만 우흥을 위주로 하는 까닭에 이와 같은 성질의 구속성이 없다. 흥에 있어서 경물과 감정의 상응 관계는 기정(旣定)의 것도 아니고 예정(豫定)의 것도 아니다. 그것은 오직 현재의 상생일 뿐이다. 인물의 무위에 의하여 비롯된, 곧 인성의 현존이 물리(物理)의 현존과 우연히 마주쳐 인발(因發)한 것이 흥의 경물이고 흥의 감정이다. 따라서 우흥이라는 말은 감정의 표현 방법을 즉물과 개념의 차원에서 크게 구별하는 성질의 것임을 여기에서 알 수 있다.

우흥은 감각을 통해서 파악된 즉물과 여기에 말미암아 생성된 인정(人情)의 상응 관계를 그 자체로 병치(倂置)하는 표현 방법이다. 요컨대 우흥은 객관 경물을 그 자체로 감정과 병치할 뿐이지 이로써 자가의 본사 · 본의를 유비하지 않으며, 또한 그 경물은 오직 즉물일 뿐이지 이것을 떠나 다른 어떤 개념을 상기시키는 바의 상징이 아니다. 따라서 여기에는 인위의 개입이 없다. 흥은 이와 같이 인위의 개입이 없이 상생하는

---

52 ①『詩經』「棫樸」第4章. ※倬彼雲漢, 爲章于天. 周王壽考, 遐不作人. ②『詩經』「雲漢」第1章. ※倬彼雲漢, 昭回于天. 王曰於乎, 何辜今之人. 天降喪亂, 饑饉薦臻. 靡神不擧, 靡愛斯牲. 圭璧旣卒, 寧莫我聽.

53 王夫之,『詩譯』第16條: 戴鴻森 點校,『薑齋詩話箋注』, 33~34頁. "天情物理, 可哀而可樂, 用之無窮, 流而不滯, 窮且滯者不知爾. … 當知倬彼雲漢, 頌作人者增其輝光, 憂旱甚者益其炎赫, 無適而無不適也."

즉물과 인정의 통일을 본질적 특성으로 삼는다. 반면에 직언의 방법을 쓰는 부와 유비의 방법을 쓰는 비는 언어 일반의 상징성과 개념 일반의 구성력에 의존하는 표현 방식이고, 따라서 경물에 대한 인위의 개입을 결코 회피할 수 없다. 그러니 흥과 부 · 비를 명확히 구별하는 것은, 크게는 예술의 인위와 예술의 자연을 명확히 구별하는 것과 같다.

오락가락 꾀꼬리는
암수 서로 부닐어 나놋다.
외로운 나여,
뉘와 함께 녀리오.

翩翩黃鳥, 雌雄相依.
念我之獨, 誰其與歸.[54]

흥에는 자아의 감정과 전혀 무관해 보이는 경물이 등장하는 뿐만 아니라 때로는 자아의 감정에 대하여 그 가치가 완전히 상반되는 경물도 자주 등장한다. 「황조」(黃鳥)는 흥상의 이러한 특징을 가장 여실히 보여 주는 작품이다. 흥상은 본디 자아의 정황과 등가를 이루는 것이 아니다. 흥이 다만 우흥을 위주로 함은 특히 이러한 까닭에서 그렇다. 객관 경물을 저것으로써 말하고 여기에 빗대어 주관 감정을 이것으로써 말하되, 경물과 감정이 서로 달라붙지도 않고 따로 떨어져 나가지도 않는 그런 장력(張力)에 의하여 균형과 조화를 이루는 것이 흥이다. 그러나 그 안으로는 인과의 맥락을 통해서 경물과 감정이 저절로 한데 녹아 흐른다. 이것을 가리켜 흔히 정경교융(情景交融)이라고 이른다. 경물과 감정의 상응 관계를 그 자체로 병치하는 흥의 미적 계

54 『三國史記』 「高句麗本紀」 琉璃王三年. 「黃鳥」 全文.

기가 바로 여기에 있다.

흥은 상구(上句)에 경물을 들어서 흥상을 삼아 세우고 이로써 하구(下句)의 본사·본의와 그 감정을 이끄는 까닭에 상구와 하구가 모두 직언으로 일관하는 부에 비하여 언행의 태세가 온유(溫柔)하다. 흥은 또한 그 경물을 주관 감정의 원인에 해당하는 바로서 가져올 뿐이지 여기에 그 이상의 특별한 의미를 부회하지 않는 까닭에 경물을 특정한 의미로써 규정하는 비에 비하여 언사(言辭)의 의미가 담박(淡泊)한 가운데에 심장(深長)하다.[55] 경물과 감정이 상응하여 저절로 언외의 경계를 이루되, 흥은 이러한 언외를 전혀 의도하지 않는 가운데에 얻는다.

흥을 통하여 우리는 인성의 가장 자연스러운 발현을 엿볼 수 있고, 또한 우리의 인성에 작용하는 물리의 가장 여실한 면목을 엿볼 수 있다. 따라서 흥은 이것을 시가 예술의 전통으로써 꾸준히 계승할 필요가 있다. 우리의 심미 능력과 그 활동에 대하여, 흥은 이로써 예술의 인위성을 극복하는 원리와 방법을 일러 주기 때문이다. 아울러 흥은 이것을 미학 연구의 대상으로서도 크게 중시할 필요가 있다. 흥은 이로써 세계를 통해서 드러나는 인성의 본질과 인성을 통해서 펼쳐지는 세계의 본질을 파악할 수 있기 때문이다.

Ⅳ. 결론

외물(外物)과 자아의 균형과 조화는 고전 미학의 한 가지 중대한 쟁

55 黎靖德 編, 『朱子語類』, 第6册, 2069頁. "比是以一物比一物, 而所指之事常在言外. 興是借彼一物以引起此事, 而其事常在下句. 但比意雖切而卻淺, 興意雖闊而味長."

점이다. 고인은 자아가 외물에 이끌린 물화(物化)와 외물이 자아에 이끌린 견강(堅强)을 미적 추구에 있어서 엄중히 경계할 바로 여겼다. 물화는 외물의 정황을 좇아서 거기에 자아의 감정을 방임하는 폐단이 있고, 견강은 자아의 인위로써 외물의 자연성을 말살하는 폐단이 있다. 양자를 한데 아울러 곧 이정(移情)이라고 하는데, 이것을 제약하기 위한 요구에서 두루 중시되어 왔던 시가의 표현 방식이 바로 흥이다.

고봉의 기흥설은 흥의 근본 원리와 특성을 인물기흥이라는 개념과 우흥이라는 개념을 통해서 천명한 데에 요점이 있다. 인물기흥은 유위가 없이 객관 존재의 법칙과 그 작용에 순응해서 감정을 일으키고 이렇게 일으켜진 감정을 바로 그 객관 존재에 대응시켜 표현하는 것을 말하며, 우흥은 이와 같은 인물기흥에 의거해서 감정을 기탁하는 것을 말한다. 전자는 감정의 생성과 그 표현을 유위와 무위의 차원에서 크게 구별하는 바로서 흥의 근본 원리를 규정한 것이고, 후자는 감정의 표현 방법을 즉물과 개념의 차원에서 크게 구별하는 바로서 흥의 본질적 특성을 규정한 것이다. 흥의 근본 원리는 인물의 무위이고, 흥의 본질적 특성은 인위의 개입이 없이 상생하는 즉물과 인정의 통일이다.

경물을 빌어서 이로써 감정을 말하는 구실로 삼음에 있어서는 부 · 비와 흥이 모두 같지만, 직언하고 탁언하는 차이에 따라 부와 비 · 흥이 먼저 크게 나뉘고, 경물에 대한 취의가 있고 없는 차이에 따라 흥과 비가 다시 갈린다. 그런데 직언의 방법을 쓰는 부와 유비의 방법을 쓰는 비는 언어 일반의 상징성과 개념 일반의 구성력에 의존하는 표현 방식이고, 따라서 경물에 대한 인위의 개입을 회피할 수 없다. 그러나 우흥의 방법을 쓰는 흥은 감각을 통해서 파악된 즉물과 여기에 말미암아 생성된 인정의 상응 관계를 그 자체로 병치하는 표현 방식이다. 따라서 경물에 대한 인위의 개입이 없다. 다같이 언어를 도구로 삼지만, 흥은 거기에 즉물을 담고 부 · 비는 거기에 개념을 담는 점이 다르다.

하나의 시가 작품이 이미 흥체에 속하는 것이면, 그것이 부체나 비체를 겸하고 말고는 굳이 따질 필요가 없다. 흥체에 속하는 작품을 다시 부체나 비체를 겸하는 것으로 보게 되면, 이것은 흥과 부 · 비의 구별 자체를 전혀 무용한 것으로 만들 수 있는 뿐만 아니라 또한 자칫 천착과 부회를 부르는 빌미가 되어 시인의 본의와 작품의 본질에 대한 이해를 그르치게 할 수 있다. 흥과 부 · 비를 명확히 구별하는 것은, 크게는 예술의 인위와 예술의 자연을 명확히 구별하는 것과 같다. 따라서 부 · 비와 구별하여 흥을 흥으로써 중시한 고봉의 입장과 그 주장을 새삼 높이 평가할 만하다.

『한국학』 제26권 1호(한국학중앙연구원, 2003): 125-151면

06

樂山水 관념의 심미적 전환과 景物의 多情

본문개요

산수나 산수 경물을 들어서 사람의 도덕적 자질을 빗대어 말하는 비유를 '비덕(比德)'이라고 이른다. 사물의 도덕적 의미를 참작하는 온갖 연상을 아예 떨쳐버리고 오로지 감각적 직관과 그 형상에서 흥취를 일으키고 또 오로지 그것을 흐뭇하게 즐기는 심미적 완상을 '창신(暢神)'이라고 이른다. 비덕에 치중하는 요산수는 산수를 산수로 마주하지 아니하고 반드시 도덕적 의미를 앞세워 비유의 수단을 삼았던 까닭에 자연미의 본질적 성분에 대한 갈망을 불렀다. 창신에 치중하는 요산수에 와서야 산수는 비로소 심미 활동의 감성적 근거로 작용하여 이로써 사람의 심성을 기르는 객관적 자원으로 존립할 수 있게 되었다.

창신에 치중하는 요산수는 산수 경물을 독립적인 심미 대상으로 간주하는 태도를 견지하는 점에서 종래의 요산수와 본질적으로 구별되는 특징을 지닌다. 이러한 태도는 산수 경물에 대한 묘사가 감정에 관한 술회를 대신할 정도로 사물의 형상을 위주로 하는 화폭을 선호하고 흥취가 충만한 화의를 중시하는 미의식에서 비롯된 것이다. 요컨대 창신에 치중하는 요산수의 새로운 경향은 작품의 전면을 압도하는 산수 경물의 진보로 나타났다. 그것은 곧 자연과 자연미에 몰입하여 도취하는 동참자의 태도에 의하여 포착된 감각적 직관과 그 형상의 점진을 뜻한다.

예컨대 박순의 '돌길의 지팡이 소리를 자는 새가 듣는다.'는 지각의 주체와 그 대상이 어떠한 피차의 간격도 없이 마주쳐 하나를 이루는 물아동일(物我同一)의 정경을 그렸고, 이황의 '산굽이 고요한 때를 다만 저 물소리가 졸졸 울린다.'는 또한 내외미분(內外未分)의 경계에 베푸는 산인의 언어를 읊었다. 저물녘 땅거미에 울리는 저 물소리와 지팡이 소리에 메아리치는 저 새들의 낮은 지저귐은 대자연의 율동과 그 정신 면모를 온전히 드러낸 형신겸비(形神兼備)의 전형적 형상이다. 더없이 다정한 저들의 표정은 이로써 자연의 언어화에 도달한 예술적 창조의 최고 형식에 속한다.

핵심용어

요산수(樂山水), 비덕(比德), 창신(暢神), 흥취(興趣), 경물(景物), 다정(多情)

Ⅰ. 서론

일찍이 조윤제는 자연미에 대한 이해의 방법을 크게 두 가지 유형으로 분류하여 객관적 이해와 주관적 이해를 들었다. 객관적 이해는 사람과 자연의 만남에 일정한 피차의 간격이 있어 자연을 사람의 상대방에 두고 건너다보는 가운데 이해하는 유형이고, 주관적 이해는 어떠한 피차의 간격도 없이 사람이 자연에 들어가 사람이 곧 자연의 일부가 되어 자연을 나의 몸으로 이해하는 유형이다. 조윤제는 여기서 특히 후자의 주관적 이해를 중시하여 만일에 이해의 정도가 같았을 양이면 객관적 이해에 비하여 주관적 이해의 심도가 더 깊다고 하였다.

> 客觀的인 理解가 盲目的인 主觀的 理解보다 더 속임 없이 고루 고루 理解하여 自然의 美는 더욱 빛난다고도 할 수 있고, 또 그 反對로 主觀的인 理解가 밖에서 理解하는 客觀的 理解보다 그 속에 들어 가 왼통 그 眞髓를 있는 그대로 理解하여 自然의 美는 더 完全이 나타난다고도 할 수 있을 것이다. 그러나 그런 때는 그 理解하는 方法 如何를 말함보다 도리어 그 理解하는 程度를 말한 것이 되겠는데, 그러지 않고 兩理解方法에 있어 萬一 그 理解하는 程度가 같었다고 한다면 암만하여도 客觀的인 것보다는 主觀的인 理解의 方法이 더 깊이 그 美를 理解할 수 있다 하여야 될 것이다.[1]

그런데 조윤제가 여기서 말하는 이해의 정도와 이해의 심도는 지시가 동일한 명사다. 이해의 정도가 같다는 가정과 이해의 심도가 더 깊다는 주장은 저절로 당착을 부른다. 이해의 정도가 같았을 양이면 심도에 따른 방법의 우열은 다시 구별할 사유가 없을 것이고, 심도가 더

1 趙潤濟, 「國文學과 自然 - 自然과 美」, 『國文學槪說』(서울: 東國文化社, 1955), 393~394면.

깊었을 양이면 정도가 같다는 가정은 아예 성립할 도리가 없을 것이다. 그러면 조윤제는 어째서 문득 당착된 발언을 보였던 것인가?

> 自然은 實로 아름답다. 그러나 그 美를 누구가 感得하는가. 自然이 비록 아름답다 하드라도 그것을 알아 주는 이가 없으면 그것은 아무 것도 아닐 것이다. 그러니까 自然이 아름다운 것이 問題가 아니라, 그 아름다운 것을 알아주는 이가 問題인데, 이것은 勿論 사람이다. 따라서 自然은 사람이 있어서 비로소 아름답고, 사람에 依하여 그 美가 認識되며, 사람으로 인해 그 美가 形成되는 것이다.[2]

조윤제가 방법의 우열을 빌어서 실제로 강조하고 싶었던 것은 자연미를 인식하는 주체의 역할과 그 중요성에 있었다. 자연미가 아무리 엄연한 객관적 존재라고 하더라도 그것을 인식하는 주체의 능동적 관여야말로 자연미의 발현을 비로소 매개하여 결정하는 바라고 할 만큼 불가결한 요소다. 그러나 자연미를 인식하는 주체의 능동적 관여가 모두 다 주관적 이해로 귀착되는 것은 아니다. 조윤제의 당착된 발언은 주체의 능동성과 인식의 주관성을 일체의 관계로 동일시한 결과다.

자연미에 대한 인식의 주관성 여부를 결정하는 요인은 자연미를 처음 접촉하여 지각(知覺)의 영역에 감수하는 찰나로부터 인식의 주체가 바야흐로 그 대상에 능동적 관여를 시작하는 데서 가지는 응접의 태도다. 그것은 크게 두 가지 유형으로 나뉜다. 하나는 대상에 관심을 집중하여 오로지 그것을 응시하고 거기에 몰입(沒入)하여 도취(陶醉)하는 동참자(同參者)의 태도다. 또 하나는 대상에 관심을 집중하되 안으로 그것을 완상하는 뿐만 아니라 밖으로 그와 유사한 사물을 기억(記憶)하고 연상(聯想)하는 방관자(傍觀者)의 태도다. 조윤제가 말하는

---

2 趙潤濟, 「國文學과 自然 - 自然과 美」, 『國文學槪說』(서울: 東國文化社, 1955), 392~393면.

주관적 이해는 몰입하여 도취하는 동참자의 몫이다. 객관적 이해는 기억하고 연상하는 방관자의 몫이다.

자연미를 인식하는 주체의 능동적 관여와 그 태도는 자연미라고 하는 대상의 발현과 그에 대한 이해의 속성을 근본적으로 좌우하는 요소다. 그리고 이것은 자연미에 대한 이해의 심도에 관한 명제이기에 앞서 자연미의 본질적 성분과 의존적 성분의 구별에 관한 명제다. 자연미의 본질적 성분은 몰입하여 도취하는 동참자의 태도에 의하여 포착된 감각적 직관(直觀)과 그 형상(形象)을 말한다. 자연미의 의존적 성분은 기억하고 연상하는 방관자의 태도에 의하여 부가된 비유(譬喻) · 상징(象徵) 등의 변형(變形)을 말한다. 자연미에 대한 이해의 심도는 먼저 본질적 성분과 의존적 성분을 구별한 뒤에 그 품질에 비추어 저마다 따로 평가해야 마땅할 것이다.

그런데 유가(儒家)의 요산수(樂山水) 전통에 보이듯 자연미의 본질적 성분에 대한 관심은 자연미의 의존적 성분에 대한 관심에 오래도록 뒤처져 있거나 가려져 있었다. 우리의 시야에 익숙한 것은 원앙새로 부부의 의리를 비유하고 소나무로 선비의 절개를 상징하는 방관자의 태도다. 따라서 자연미의 본질적 성분에 대한 관심이 증폭되어 자연미의 의존적 성분에 대한 관심을 점차로 대체하여 가던 역사적 추이와 그 양상에 주목할 필요가 있겠다. 그것은 비유 · 상징 등을 중시하던 요산수 관념이 자연 사물 자체와 그 자연미를 중시하는 쪽으로 전이되어 감을 뜻한다. 본고는 이러한 이유에서 유가의 요산수 전통에 보이는 동참자의 태도와 그에 기초한 산수시(山水詩) 창작의 다양한 성과를 고찰하는 것으로써 작성의 목표를 삼는다.

자연미의 본질적 성분은 사물의 전체상을 예리하게 분석하여 개별상을 파악하고 감별하는 인식 능력의 소산이다. 자연미의 의존적 성분은 우리의 모든 의식과 현실에 강제된 시공간의 간격을 연결하고 사물의 차이를 종합하는 인식 능력의 소산이다. 양자는 상보하여 적절히 겸비될 바이지 상호간에 우열을 다투어 어느 한쪽을 부정하거나 홀시할 수 있는 부류가 아니다. 본고는 다만 요산수의 심미적 전환을 주도한 유가의 미의식을 해부하는 관점에서 자연미의 본질적 성분에 대한 창조적 발견에 고찰의 중점을 두기로 하겠다.

Ⅱ. 요산수 관념의 심미적 전환

1. 유사 연상과 비덕

산수를 '좋아한다.'는 감정을 중심으로 말하면, 도가(道家)의 이른바 법자연(法自然)과 유가의 요산수는 크게 다를 것이 없었다.[3] 노자의 '물처럼 착하다.'[上善若水]와 공자의 '물처럼 흐른다.'[逝者如斯]는 비유에 나오는 물의 도덕적 자질에 대한 감정은 서로 다른 것이 아니다. 그러나 저 감정이 정치사상이나 윤리의식과 결합할 때는 사정이 그와 달랐다. 예컨대 이황(李滉)은 양자를 '현허(玄虛)를 그리워하고 고상(高尙)을 섬긴다.'는 부류와 '도의(道義)를 기뻐하고 심성(心性)을 기른다.'는 부류로 구분하여 후자를 옹호하고 전자를 힘껏 배척하는 입장을 보였다.[4] 후자는 유가의 요산수 관념이 지향하는 바를 명확하게 규정하는 바였다.

---

3 王弼 注,『老子道德經』上篇-30a.「二十五章」: "人法地, 地法天, 天法道, 道法自然."

4 李滉,『退溪先生文集』3-10a~10b.「陶山雜詠并記」: "觀古之有樂於山林者, 亦有二焉, 有慕玄虛事高尙而樂者, 有悅道義頤心性而樂者. 由前之說, 則恐或流於潔身亂倫, 而其甚則與鳥獸同群, 不以爲非矣. 由後之說, 則所嗜者糟粕耳, 至其不可傳之妙, 則愈求而愈不得, 於樂何有. 雖然, 寧爲此而自勉, 不爲彼而自誣矣."

유가의 요산수는 본디 자연에 대한 친애를 뜻하는 용어가 아니라 사람이 가지는 도덕적 자질의 다양한 면모와 그 차이를 크게 두 가지 부류로 구별한 용어다. 요산수는 공자의 이른바 '인자한 사람은 산을 좋아하고, 지혜로운 사람은 물을 좋아한다.'는 말에서 처음 비롯했다.[5] 공자의 본의는 '사람은 그 품성에 따라 좋아하는 바가 또한 다르다.'는 것이다.[6] 여기서 '좋아한다.'는 그 대상은 다만 산수와 유사한 속성을 보이는 사람의 도덕적 자질일 뿐이지 드높이 솟아오르고 가없이 굽이쳐 흐르는 산수의 실물 자체가 아니다.

> '산을 좋아하고, 물을 좋아한다.'라고 하였던 성인의 말씀은 '산이 인자하고, 물이 지혜롭다.'를 말한 것이 아니며, 또한 '사람이 산과 물로 더불어 본디 하나의 性을 지닌다.'를 말한 것도 아니다. 다만 '인자한 사람은 산과 비슷한 까닭에 산을 좋아하고, 지혜로운 사람은 물과 비슷한 까닭에 물을 좋아한다.'고 말한 것이니, 이른바 '비슷하다.'는 것은 다만 인자한 사람과 지혜로운 사람의 기상과 의사를 가리켜 말한 것일 뿐이다.[7]

이것은 요산수의 본래적 의미를 유가의 입장에서 설명하는 가운데 기왕의 일반적 오해를 변정한 이황의 견해다. 기왕의 일반적 오해는 인자한 사람의 인자함과 지혜로운 사람의 지혜로움이 단순히 '산과 비슷하고, 물과 비슷하다.'라고 비유한 것을 도리어 '산이 인자하고, 물이 지혜롭다.'라고 해석한 데서 생겼다. 요산수를 일컫는 것은 산수의 형상

---

5 胡廣 等, 『論語集註大全』 6-39b. 「雍也」: "子曰, 知者樂水, 仁者樂山. 知者動, 仁者靜. 知者樂, 仁者壽."

6 全丙哲, 「論語 '樂山樂水'章에 관한 조선시대 학자들의 해석과 內在的 修養論」, 『東方漢文學』 제50집(2012), 430~436면: '知者의 動과 仁者의 靜' 참조.

7 李滉, 『退溪先生文集』 37-11b. 「答權章仲」: "樂山樂水, 聖人之言, 非謂山爲仁而水爲智也. 亦非謂人與山水本一性也. 但曰仁者類乎山, 故樂山, 智者類乎水, 故樂水, 所謂類者, 特指仁智之人氣象意思而云爾."

과 그 속성을 들어서 인자한 사람과 지혜로운 사람의 정신적 면모를 형용하는 데 취지가 있으니, 이러한 취지를 벗어나 '사람이 산과 물로 더불어 본디 하나의 性을 지닌다.'라고 해석하는 것은 부당하다는 것이다.

인자한 사람은 인자한 사람의 품성을 좋아하는 까닭에 그와 유사한 속성을 보이는 산을 좋아하고 지혜로운 사람은 지혜로운 사람의 품성을 좋아하는 까닭에 그와 유사한 속성을 보이는 물을 좋아한다. 따라서 인자한 사람과 지혜로운 사람이 좋아하는 것은 단순히 감각적 직관으로 주어지는 산수의 형체가 아니다. 산수를 들어서 비유할 만한 사람의 도덕적 자질을 좋아하는 것이다. 이러한 요산수에 있어서 좋아하는 그 대상이 되는 것은 안에 있지 밖에 있는 것이 아니다.

> 인자한 사람과 지혜로운 사람이 '산수를 좋아한다.'는 것은 맑게 흐르고 우뚝하게 솟은 것을 가지고 좋아한다는 것이 아니다. 그것은 다만 어디든 두루 흘러서 막힘이 없는 體性이 지혜로운 사람과 비슷하고 무겁도록 두터워 옮기지 않는 체성이 인자한 사람과 비슷함을 들어서 좋아한다는 것이다. 그러한 까닭에 산수가 인자한 사람과 지혜로운 사람이 좋아하여 주기를 바라지 않아도 인자한 사람과 지혜로운 사람이 스스로 아니치 못하게 산수를 좋아하는 것이다.[8]

이것은 이황의 견해를 더욱 간추린 김간(金榦)의 견해다. 요산수의 본래적 의미에 관한 유가의 해석은 대체로 이것을 벗어나지 않는다. 요컨대 요산수의 이른바 산수는 자연 사물 자체를 말하는 것이 아니다. 그것은 다만 사람의 도덕적 자질을 빗대어 말하는 비유의 하나일 뿐이다. 이처럼 산수나 산수 경물을 들어서 사람의 도덕적 자질을 빗

---

8 金榦,『厚齋先生集』40-3a.「送族弟士肯構遊楓嶽序」: "夫仁智之樂山水, 非取泠然而流, 屹然而峙而已. 特取其周流無滯之體有類於智, 厚重不遷之體有似於仁爾. 故山水不期與仁智樂, 而仁智者自不得不樂於山水也."

대어 말하는 비유를 '비덕(比德)'이라고 이른다.[9] 비덕은 유사성에 기초한 연상을 통하여 이루어지는 비유다. 의인은 그러한 비유의 주종을 이룬다.

> 골짜기 새가 이따금 외마디 소리를 울리며,
> 책상은 고즈넉이 여러 가지 책들이 흩어져 놓였다.
> 언제나 아까운 것이 白鶴臺 앞을 지나가는 물,
> 山門을 벗어나면 곧 진흙을 머금게 되리니.
>
> 谷鳥時時聞一箇, 匡床寂寂散羣書.
> 每憐白鶴臺前水, 纔出山門便帶淤.[10]

박순(朴淳)의 이양정(二養亭) 시다. 이양정은 박순이 만년을 머물러 지내던 거처다. 영평현(永平縣) 관아 서쪽 15리 부근의 백운계(白雲溪)에 있었다. 백운계 냇물이 거기서 조금 하류로 흘러서 백학대(白鶴臺) 앞을 지나면 머잖아 산문(山門)을 벗어나 이내 흙탕물이 되고 마는데, 이것을 언제나 아깝게 여긴다고 하였다. 냇물과 그 맑음은 무진장한 것인데, 무엇이 그리 아까울 것이 있는가? 이것은 사람의 맑은 것과 냇물의 맑은 것을 누구라도 지키기 어려운 여정의 위기에 비추어 동일시한 비유다. 냇물의 맑은 것에 사람의 맑은 것을 가져다 입히는 이것은 특히 의인의 하나다.

여기서 아깝게 여기는 그 대상은 사람이지 냇물이 아니다. 섞이지 않으면 맑았을 그것이 섞여서 마침내 본질을 흐리니, 이것은 냇물의

---

9 王先霈,『中國古代詩學十五講』(北京: 北京大學出版社, 2008), 108頁.「第七講: 物色移情 - (二) 比德于物, 物移我情」: "所謂比德, 先是拿自然物的某一性質與人的某種德行相比擬, 自然物的某種可愛的品質讓詩人聯想到人的某種可敬的德行, 爾後, 爲了激發培育某種道德情感, 文藝家到自然物裏去尋求啓示和依託."

10 朴淳,『思菴先生文集』2-23b.「題二養亭壁」.

맑은 것과 사람의 맑은 것을 동일시할 만한 사유가 되었다. 그러나 이러한 종류의 비유는 사람의 맑은 것을 말하기 위하여 특별히 냇물의 맑은 것을 채용한 일방적 기호에 지나지 않는다. 따라서 냇물의 맑은 것과 그 위기는 오직 사람의 맑은 것과 그 위기를 뜻하는 때만 아깝게 여기는 그 의미에 닿는다. 사물의 유사성에 의거한 연상이 비유를 위주로 하여 비덕에 그치는 경우의 심미적 한계다.

다락집 동녘에는 꽃이 그득한 蓮池,
술잔을 쥐고 앉으니 마침 소나기가 내린다.
欹器인 듯 차면 곧 기울여 쏟아 붓는 물방울,
소리는 떠들썩해도 번거롭지 않아라.

畵樓東畔俯蓮池, 罷酒來看急雨時.
溜滿卽傾欹器似, 聲喧不厭淨襟宜.[11]

이황의 경연루(慶延樓) 시다. 경연루는 충주부(忠州府) 객관(客館)에 딸려 있었던 누각이다. 명종조 말년에 접반사(接伴使)로 부름을 받고 나가던 길에 저 객관을 숙소로 삼아 오월 하순의 어느 하루를 머물러 가던 자취의 하나다. 연지에 소나기가 내리는 풍경을 읊었다. 관심을 특히 연잎에 두었다. 의기(欹器)는 본디 우물의 물을 길어서 나르는 일이 수월하도록 특수한 형태로 고안한 두레박에서 비롯된 완구다. 그릇에 담기는 물이 모자라면 기울이고 지나치면 뒤엎는다. 연잎을 의기에 비유한 이것은 사물을 사물로 바꾸는 인위적 변형의 결과다. 여기서 연잎은 또한 의인을 위주로 하는 비덕의 매개가 되었다.

의기는 경사와 전복을 일으키는 중심점과 평정을 지키는 중심점이

---

11 李滉, 『退溪先生文集』 4-28a. 「雨中賞蓮」.

대립하여 모순을 이루되, 평정을 지키는 중심점의 수준과 그 분량을 궁극의 표준으로 삼는다. 의기는 이로써 중도(中道)를 비유하고 과불급(過不及)을 경계하는 완구로 쓰였다.[12] 이른바 좌우명(座右銘)이라는 숙어가 여기서 나왔다. 이황은 연잎의 동작을 마치 의기와도 같이 언제나 중도를 얻고자 기울이고 뒤엎기를 거듭하는 도덕적 실천의 표현으로 보았다. 따라서 그 연상하는 바가 단순히 변형에 그치지 않는다. 연잎의 동작이 의기와 같은 것이 될수록 하염없이 평정을 지키려 애쓰는 인격이 그에 가까이 비친다.

明珠 四萬 斛을
蓮닙픠다 바다셔,
담ᄂᆞᆫ 둣, 되ᄂᆞᆫ 둣, 어드러 보내ᄂᆞᆫ다?
헌ᄉᆞᄒᆞᆫ
믈방올론 어위계워ᄒᆞᄂᆞᆫ다?[13]

정철(鄭澈)의 단가는 연꽃이 아니라 오히려 연잎에 관심을 집중하고 있는 점에서 그 의상(意象)이 이황의 시를 닮았다. 그러나 연상은 다 같은 연상이라도 그 결과로써 얻은 비유는 관습적인 것과 참신한 것이 퍽 다르다. 연잎에 닿으면서 문득 구슬로 바뀌는 소나기, 이것을 끝도 없이 받고, 담고, 되고, 좌르륵 부어 보낸다. 저렇게 많은 구슬을 다 어디로 보내지? 바닥이 조금 될까 싶으면 그만 좌르륵 부어 보내는 연잎과 잎줄기의 동작은 바로 눈앞에 있는데, 흥겹게 날뛰다 저도 모르게 쏟아져 내리는 물방울의 가는 곳은 아무도 모른다.

이황의 비유는 경물이 의미에 갇힌다. 그것은 도덕적 실천을 의미

12 荀況, 『荀子』 20-11a~1b. 「宥坐」: "孔子日, 吾聞宥坐之器者, 虛則欹, 中則正, 滿則覆. … 孔子喟然而嘆日, 吁, 惡有滿而不覆者哉."
13 鄭澈, 『松江歌辭』(星州本) 下-14a. 「短歌」 第62號 全文.

하는 하나의 표징에 그친다. 반면에 정철의 비유는 경물이 의미에 갇히지 않는다. 어디로 보내지? 어디로 가기에, 물방울은 저리도 야단스레 날뛰지? 이러한 의문을 타고서 언어의 의미가 규정되지 않은 채로 아직 개방되어 있기 때문이다. 연상과 비덕의 굴레를 벗어나 대자연의 경물을 대자연의 품으로 놓아 보내는 솜씨다. 그렇게 놓아 보내는 대신에, 여기서 얻는 것은 심미적 완상의 시간과 유쾌한 흥취(興趣)다. 이렇게 포착된 경물은 문득 자아의 몰입을 부른다. 몰입은 동일(同一)의 경지다.

비덕은 오래도록 요산수의 목적이 되어 있었다. 그러나 요산수의 의의를 오로지 비덕의 관점에서 한정하게 된다면, 요산수는 그야말로 인자하고 지혜로운 사람의 품성과 그 인격미를 숭상하고 아울러 나의 덕성을 기르는 구실이 될 뿐이지, 그것은 자연미를 자연 사물 자체에 의거하여 발견하고 완상하는 일과는 전혀 무관한 행위다. 비덕에 치중하는 요산수는 비록 그 대상이 자연 사물일지라도 그것은 어디까지나 사람의 품성과 그 인격미에 비유될 때만 의의를 지닌다. 이것은 비덕의 심미적 한계다. 흥취는 이러한 한계를 넘어서 자연미를 자연 사물 자체에 의거하여 발견하고 완상하는 데 있어서 가장 중요한 동력이 되었다.

2. 심미 직관과 창신

자연과 자연미에 대한 친애의 감정을 바탕에 두고 있기는 하지만, 비덕은 연상에 의거한 비유 · 상징 등의 변형을 통하여 성립하게 되는 자연미의 의존적 성분을 본질로 삼는다. 비덕의 폐단은 자연미의 본질적 성분에 대한 이해를 차단하는 것이다.[14] 산수를 산수로 마주하지 아니하고 반드시 도덕적 의미를 앞세워 비유의 수단을 삼으니, 비덕에 치중하여 이처럼 경색된 요산수는 자연미의 본질적 성분에 대한 갈망을 불렀다. 사물의 도덕적 의미에 얽매이던 데서 벗어나 오로지 흥취를 추구하는 요산수의 새로운 경향이 여기서 나왔다.

안개비 자욱하여 강이 온통 어렴풋한데,
다락집 나그네가 한밤에 창을 열어젖힌다.
내일이면 아침부터 말에 올라 진창을 밟고 갈지니,
물결 위로 짝 지어 나는 흰 새를 되돌아보리.

烟雨空濛渺一江, 樓中宿客夜開窓.
明朝上馬衝泥去, 回首滄波白鳥雙.[15]

정몽주(鄭夢周)의 청심루(淸心樓) 시다. 자리에 누운 채로 무심코 어부의 몇 가락 뱃노래 소리를 듣다가 문득 새삼스러운 반추가 일었다. 장부의 사업이 어째서 반드시 말안장에 앉아서만 이루어지랴? 뒤척일 것도 없이 자리를 차고 일어나 창을 열어젖히니, 여강(驪江)은 바야흐로 안개비가 자욱하다. 내일은 다시 푸른 물결에 짝을 지어 깃을 부딪는 흰 새들을 보게 될 것이다. 그리고 이것은 물외인(物外人)의 소유다. 진창을 달리는 말로는 이러한 물외인의 소유를 바꾸어 얻지 못한다. 그러니 그 말이 달리다 말고 여기로 곧 되돌아올 것만 같은 정세다.

앞 여울의 부서진 달빛이 가을 강으로 흘러드니,

---

14 王先霈, 『美學十五講』(北京: 北京大學出版社, 2006), 31頁. 「第二講: 我見青山多嫵媚 - (二) 比德」: “比德說的缺點是不能引導人們專注于自然景物本身的欣賞, 而是用他們來比附人的德行. 然而, 比德表明人對自然景物的欣賞, 已經同他們的功利相脫離, 與致用相比, 這是一種歷史的進步.”
15 鄭夢周, 『圃隱先生文集』 2-20b. 「題驪興樓二絕」.

꿈결에도 찬 물결소리가 창에 가득 넘친다.
보이지 않게 노 젓는 소리만 울리며 지나가는 고깃배,
둥근 모래톱에 깃들인 갈매기 짝들의 잠을 깨친다.

前灘流月落秋江, 夢裏寒聲滿夜窓.
柔櫓暗聞漁艇過, 圓沙驚起宿鷗雙.[16]

신광한(申光漢)의 청심루 시다. 여울에 부서져 반짝이는 달빛이 멀리 강의 한복판 쪽으로 잇닿아 흐른다. 여울의 물결소리 너머로 노 젓는 소리가 들린다. 고깃배는 강의 한복판에 깔린 어둠과 물안개에 가려서 보이지 않는다. 하얗게 드러난 피안의 모래톱에서 갈매기들이 짝을 지어 날아오른다. 사물과 사물이 끊임없이 서로 영향을 주고받는 가운데 동정(動靜)을 거듭하는 광경이 밤에도 그치지 않는다. 시인의 정의(情意)는 이러한 화의(畵意)를 벗어나지 않는다. 그것은 저 화폭(畵幅)에 들어찬 경치와 더불어 하나다.

정몽주의 물결에 짝을 지어 깃을 부딪는 흰 새들과 신광한의 노 젓는 소리만 울리며 지나가는 고깃배는 시인의 관심이 집중하는 바의 전부다. 여타의 목적에 종속된 것이 전혀 없이 그 자체가 관찰과 완상의 최종적 목적을 이루는 자연 사물 자체다. 시인은 사물의 도덕적 의미를 참작하는 온갖 연상을 아예 떨쳐버리고 오로지 감각적 직관과 그 형상에서 흥취를 일으키고 또 오로지 그것을 흐뭇하게 즐긴다. 이러한 종류의 심미적 완상을 '창신(暢神)'이라고 이른다. 창신은 심미적 만족에서 오는 몸과 마음의 트임을 뜻한다.[17]

16 申光漢, 『企齋別集』 4-14a. 「宿淸心樓次鄭文忠公韻」.
17 徐敬德, 『花潭先生文集』 1-6a. 「述懷」: "採山釣水堪充腹, 詠月吟風足暢神."; 黃俊良, 『錦溪先生文集』 外集 1-17a. 「次武陵退溪所名諸峯韻」: "相携白雪紫霞春, 指點雲山一暢神." ※'창신(暢神)'은 본디 종병(宗炳)의 「畵山水序」에서 유래한 용어다. 權德周, 「宗炳

> 고을에 누각이 있고 없고 하는 것이 집정하는 일과 아무 관련이 없는 듯해도, 精神을 풀어 주고 懷抱를 맑게 하여 정교를 베푸는 바탕이 되는 것을 또한 반드시 여기에서 얻는다. 정신이 번거로우면 생각이 어수선하게 되고 눈으로 보는 것이 막히면 뜻도 막히게 되는 까닭에, 군자는 반드시 遊覽할 곳과 眺望할 바를 두어 드넓고 해맑은 덕성을 기르고 선정을 이로부터 펼치니, 관련될 바가 도리어 크지 않은가?[18]

이것은 유람(遊覽)과 조망(眺望)의 의의를 강조한 이언적(李彦迪)의 견해다. 산수가 사람의 정신(精神)을 풀어 주고 회포(懷抱)를 맑게 하는 따위는 곧 창신을 말하는 것이니, 이러한 종류의 창신은 심리적 위안을 도모하는 일종의 치료 활동에 속한다. 이것은 비덕에 치중하던 종래의 요산수가 미처 주목하지 않았던 효과다. 산수가 사람의 정신을 풀어 주고 회포를 맑게 하는 까닭은 산수를 마주하는 바의 감각적 직관과 그 형상에서 비롯하는 흥취에 있을 뿐이지 산수가 불러일으키는 부차적 연상에 있는 것이 아니다. 더욱이 흥취를 좇아서 즐기는 심미 체험이 오히려 사람의 드넓고 해맑은 덕성을 기르는 데 관여할 바가 크다고 했으니, 산수에 대한 이해가 이로써 더욱 깊어질 수 있었다.

창신은 흥취의 정서적 효과다. 창신에 치중하는 요산수와 비덕에 치중하던 종래의 요산수는 자연과 자연미에 대한 태도가 크게 다르니, 비덕의 이른바 산수는 사람의 도덕적 자질을 빗대어 말하는 비유의 하나일 뿐이나, 창신의 이른바 산수는 자연 사물 자체를 뜻한다. 산수는 이제야 비로소 심미 활동의 감성적 근거로 작용하여 이로써 사람의 심성(心性)을 기르는 객관적 자원으로 존립할 수 있게 되었

의 畵山水序 考釋」, 『論文集』 제19호(1979), 45~50면: '「畵山水序」 考釋' 참조.

18 李彦迪, 『晦齋先生集』 6-6a. 「海月樓記」: "邑之有樓觀, 若無關於爲政, 而其所以暢神氣淸襟懷, 以爲施政之本者, 亦必於是而得之. 蓋氣煩則慮亂, 視壅則志滯, 君子必有遊覽之所高明之具, 以養其弘遠淸虛之德, 而政由是出, 其所關顧不大哉."

다. 그리고 이러한 이유에서 요산수의 의미도 크게 변경되어 가고 있었다.

> 산수는 사물이고, 좋아하는 쪽은 사람이다. 사람과 사물은 同類가 아니나, 인자한 사람이 인자함을 편안하게 여길진댄 그 우뚝하게 솟아서 안정된 모습은 산이야말로 그와 비슷하고, 지혜로운 사람이 지혜로움을 보일진댄 그 세차게 펴져서 두루 미치는 모습은 물이야말로 그와 비슷하니, 동류라고 하여도 또한 마땅할 것이다. 동류로 서로 만나니, 부닐어 좋아하게 됨이 또 어찌 이상할 것이 있는가? … 인자한 사람이 산을 좋아함과 지혜로운 사람이 물을 좋아함은, 산이 저기서 고요하고 내가 여기서 고요하여 고요함과 고요함이 서로 하나가 되어 인자한 사람의 좋아함이 저절로 생김이요, 물이 저기서 움직이고 내가 여기서 움직이어 움직임과 움직임이 서로 하나가 되어 지혜로운 사람의 좋아함이 저절로 생김이니, 서로 하나가 되는 만큼 眞境이 아니며, 저절로 생기는 만큼 眞性이 아니랴?[19]

이것은 요산수의 원리를 유사와 상종(相從)・상득(相得)의 필연성으로 규정한 정종로(鄭宗魯)의 견해다. 요산수는 인자한 사람과 지혜로운 사람이 산수를 동류(同類)로 여기는 데서 비롯하는 친화(親和)의 감정이니 만큼 인자한 사람이라야 진정으로 산과 하나가 되어 산을 좋아하고 지혜로운 사람이라야 진정으로 물과 하나가 되어 물을 좋아하게 마련이라고 하였다. 요산수의 이른바 산수를 '좋아한다.'는 감정의 본질을 동류의 친화로 규정한 이것은 새로운 견해가 아니다. 그러나 정종로의 견해는 산수에 대한 친화의 가능성을 도덕적 자질의 유사성에 국한

---

19 鄭宗魯, 『立齋先生別集』 4-20b~21b. 「樂山水說」: "夫山水者物也, 樂之者人也. 人與物固非同類, 而惟是仁者之安仁也, 其嶷然而定者山實似之, 智者之爲智也, 其沛然而達者水實似之, 則謂之同類也亦宜. 同類而相遇, 其與之喜好, 又何異乎. … 夫惟仁者之樂山也, 智者之樂水也, 山靜乎彼而我靜乎此, 靜與靜相得而仁之樂自生焉, 水動乎彼而我動乎此, 動與動相得而智之樂自生焉, 相得非眞境乎, 自生非眞性乎."

하지 않았던 점에서 새롭고, 이것은 주목할 만한 진보다.

> 風月이 더할 나위 없이 淸明할지언정 사람이 반드시 저와 같이 청명한 마음을 지니고 나서야 바야흐로 읊조려 그 趣味를 즐길 수 있으며, 天地가 더할 나위 없이 高遠할지언정 사람이 반드시 저와 같이 고원한 뜻을 지니고 나서야 바야흐로 우러르고 굽어보아 그 感興을 부칠 수 있으니, 참으로 그렇지 않을 양이면, 저것은 저대로 청명할 뿐이지 나에게 무슨 간여가 있으며, 저것은 저대로 고원할 뿐이지 나에게 무슨 관계가 있으랴? 저것과 나의 사이가 서로 벌어져 좋아함이 비롯될 수 없으니, 인자하지 못한 사람과 지혜롭지 못한 사람이 산수를 만나도 또한 이와 같을 따름이다.[20]

여기서 정종로가 말하는 청명(淸明)과 고원(高遠)은 도덕적 자질이 아니라 심미적 가치다. 창신에 치중하는 요산수는 이처럼 특정한 도덕적 자질의 범주를 넘어서 산수의 다양한 심미적 요소와 그에 상응하는 인격의 다양성에 더욱 깊은 관심을 두었다. 이것은 인지(仁智)라고 하는 도덕적 자질이 아니면 산수를 좋아하는 의미가 거의 없는 줄로 여기던 종래의 요산수와 크게 멀어진 태도다. 창신에 치중하는 요산수에 주목할 만한 이유가 여기에 있으니, 종래의 공리적 자연관을 벗어나 자연과 자연미의 본질적 성분에 대한 진정한 발견이 여기서 비로소 가능하게 되었다.

> 다락집에 오르니 神仙이 아니라도 날개가 돋고,
> 짙푸른 산 빛을 찬 강에 적시니 비가 아니 와도 안개가 서린다.

20 鄭宗魯, 『立齋先生別集』 4-21b. 「樂山水說」: "風月至淸明也, 而人必有如彼淸明之懷, 然後方能吟弄而得其趣, 天地至高遠也, 而人必有如彼高遠之情, 然後方能俛仰而寄其興, 苟爲不然則彼自淸明耳, 何與於我, 彼自高遠耳, 何關於我. 我與彼相隔而樂無從生於其間, 不仁不智者之於山水, 亦如是而已矣."

이래서 마음이 저절로 물처럼 맑았던 사람이 있으니,[21]
淸風을 기리는 말씀이 萬古에 오히려 전한다.

登樓遠客非仙羽, 滴翠寒江不雨煙.
自是有人心似水, 淸風萬古語猶傳.[22]

주세붕(周世鵬)의 한벽루(寒碧樓) 시다. 기구에 이미 흥취의 절정이 담겼다. 한벽루에 오르면 비록 그 행색이 신선이 아니라도 겨드랑이에 문득 날개가 돋친다. 누구나 바람결에 스며서 뼛속까지 가뿐한 기분을 느낀다. 승구는 원운의 '자욱한 山氣는 안개인 듯 안개가 아니다.'를 이어받은 말이다.[23] 원운과 차운의 취지가 서로 상반된 듯하고 또 모호한 듯하되, 이것을 왕유(王維)의 '산길에 워낙 비가 온 적이 없거늘, 푸릇한 산 기운에 옷이 젖는다.'에 비추어 읽으면 의미가 저절로 뚜렷해진다.[24] 푸릇한 산 기운은 필연코 안개가 아닌데 안개처럼 나그네의 옷을 적신다.

여기서 말하는 한벽루의 강물은 앞에서 예시한 박순의 이양정 시가 말하는 백학대의 냇물과 다르니, 백학대의 냇물은 오로지 사람의 맑은 것을 비유한 한시적 기호에 지나지 않지만, 한벽루의 강물은 사람의 맑은 것이 이로부터 유래할 만한 항구적 현실의 일부다. 전자는 사람의 맑은 것을 뜻하기 위하여 그 의미가 비유에 종속될 수밖에 없지만, 후자는 그러한 종속성이 전혀 없는 독자적 존재다. 산수가 비로소 사람의 도덕적 자질에 영향력을 미치는 객관적 현실이 된 것이다.

---

21 周世鵬, 『武陵雜稿』 原集 2-24b. 「次寒碧樓韻」 自註: "朱文節, 貌醜如鬼, 心淸如水."
22 周世鵬, 『武陵雜稿』 原集 2-24b. 「次寒碧樓韻」.
23 徐居正 等, 『東文選』 20-21b. 「淸風客舍寒碧軒(朱悅)」: "水光澄澄鏡非鏡, 山氣藹藹烟非烟. 寒碧相凝作一縣, 淸風萬古無人傳."
24 趙殿成 撰, 『王右丞集箋注』 15-4b. 「山中」: "荊溪白石出, 天寒紅葉稀. 山路元無雨, 空翠濕人衣."

자연과 자연미가 이로써 사람의 심성을 기르는 자원이 될 수 있다면, 그것은 자연과 자연미가 오로지 도덕적 연상을 일으키는 감성적 근거로 작용할 때만 가능한 것은 아니다. 더욱이 산수를 '좋아한다.'는 감정은 오로지 도덕적 자질을 공유하는 동류의 친화에 따른 것만이 아니다. 만약에 그렇다고 한다면, 세간의 모든 명승은 언제나 유덕자(有德者)의 전유물이 되었어야 할 것이다. 덕성을 기르는 사업과 미의식을 기르는 사업은 이것을 관장하는 마음의 영역이 서로 다르니, 창신에 치중하는 요산수는 특히 자연과 자연미를 대상으로 하는 미의식의 성장에 있어서 중요한 기치가 되었다.

Ⅲ. 산수 경물의 진보와 다정

1. 무언의 화폭

흥취를 추구하고 창신에 치중하는 요산수가 널리 유행하게 되면서 대자연의 산수 경물이 시상(詩想)에 범람하여 거의 무언(無言)의 경지에 이른 화폭이 시단에 번성하게 된 것은 시가사의 가장 주목할 만한 변화다. 종래의 요산수로 말하면, 자연의 온갖 경물은 흔히 비덕의 매개가 되었을 뿐이다. 그러나 요산수의 새로운 경향이 시단의 주류를 이루게 되면서 자연미의 본질적 성분에 대한 관심과 애호는 흥취가 충만한 화의로 표출되어 산수시의 발달을 더욱 촉진시켰다.

젼나귀 건노라 ᄒᆞ니,
西山의 日暮ㅣ로다.
山路ㅣ 險ᄒᆞ거든 澗水나 殘ᄒᆞ렴은.

遠村에
聞鷄鳴ᄒᆞ니, 다 왓ᄂᆞᆫ가 ᄒᆞ노라.[25]

안정(安珽)의 단가는 거의 무언의 경지에 이른 산수시의 대표적 사례다. 경물을 일부러 그려 넣은 흔적이 전혀 없지만, 그것이 전편에 걸쳐서 저절로 두드러져 나온다. 제1구와 제2구는 나귀를 타고 산길을 가는 나의 조촐한 행색과 느릿한 행보를 간단히 화폭에 담았다. 나귀의 걸음이 느리면 느릴수록 산수를 즐기는 나의 즐거움도 깊이를 더한다. 제3구는 심산유곡(深山幽谷)을 화폭의 근경(近景)에 끌어다 비추되, 그다지 새삼스러울 것도 없다는 듯이 오히려 볼멘소리를 뱉어 놓았다. 산길이 거칠고 사납거든 물소리나 좀 가녀리게 하렴은. 어투와 그 기식에 천연덕스러운 익살과 지극한 친근감이 비친다.

다리를 저는 듯이 터벅터벅 느리게 걷는 까닭에 전나귀라고 이른다. 이놈을 타고서 저물녘이 다 되어서야 겨우 닭울음 소리를 듣는다. 이것은 내 집에 가는 길이 아니라 산을 넘고 물을 건너 벗의 집에 가는 길이다. 제4구와 제5구는 이처럼 나들이의 향방이 산간(山間)에서 전원(田園)으로 바뀐다. 그런데 시인은 정작에 나의 행색은 그렸을지언정 나의 정회(情懷)는 아무것도 말하지 않았다. 이른바 주제라고 할 만한 것을 밝히지 않았다. 이것은 자연의 이치나 사물의 의미를 중시하여 이로써 비덕의 수단을 삼았던 종래의 요산수 관념에서는 찾아보기 어려운 태도다. 이러한 변화를 최진원은 다음과 같이 지적했다.

다양하게 변화하는 자연현상에서 흥을 느낀다는 것은 당연한 일이거니와, 조선의 산수문학은 그것을 유별나게 강조하였다. "林泉이 깁도록 됴흐니 흥을 계워 ᄒᆞ노라"(고산구곡가) · "수풀에 우ᄂᆞᆫ 새는 春氣를 뭇

25 李衡祥, 『樂學拾零』 單-59b. 「短歌」 第727號.

내계워 소릐마다 嬌態로다 / 물아일체어니 흥인들 다를소냐"(상춘곡) · "쇼 머기는 아희들이 석양의 어위계워 短笛을 빗기 부니"(성산별곡) · "孤舟簑笠에 흥겨워 안잣노라"(어부사시사) 등이 그런 것이다. 「도산십이곡」의 "사시가흥이 사롬과 혼가지라"의 흥이 이념적 감동의 것이라면, 위에 든 흥들은 美的 감동의 것이다.[26]

흥취를 추구하고 창신에 치중하는 요산수는 산수 경물을 독립적인 심미 대상으로 간주하는 태도를 견지하는 점에서 종래의 요산수와 본질적으로 구별되는 특징을 지닌다. 이러한 태도는 산수 경물에 대한 묘사가 감정에 관한 술회를 대신할 정도로 사물의 형상을 위주로 하는 화폭을 선호하고 흥취가 충만한 화의를 중시하는 미의식에서 비롯된 것이다. 요컨대 창신에 치중하는 요산수의 새로운 경향은 작품의 전면을 압도하는 산수 경물의 진보로 나타났다. 그리고 그 시대는 소상팔경(瀟湘八景) 유형의 산수시가 고려 중기에 이미 유행했던 점에 비추어 보아도 알 수 있듯이 결코 조선에 국한되지 않는다.[27]

산이 가파르니 말조차 엎어지고,
길이 멀어서 사람도 지친다.
놀라는 다람쥐는 풀숲으로 달아나고,
깃들일 새들은 벌써부터 가지에 자리를 잡았다.
허공의 다락집은 가을 추위가 일찍 오고,
봉우리는 높아서 달이 더디게 뜬다.
중은 다만 일이 없을 뿐,
차를 우려 마시는 그 때 말고는.

26 崔珍源, 「文學과 自然」, 『韓國古典詩歌의 刑象性』(成均館大學校 大東文化硏究院, 1996), 105면.
27 안장리, 「소상팔경(瀟湘八景) 수용과 한국팔경시의 유행 양상」, 『한국문학과 예술』 제13집(2014), 46~52면: '소상팔경의 일상화' 참조.

山險馬猶蹶, 路長人易疲.
驚鼯潛入草, 宿鳥已安枝.
虛閣秋來早, 危峯月上遲.
僧閑無一事, 除却點茶時.[28]

이규보(李奎報)의 구품사(九品寺) 시다. 발화의 취지를 가지고 말하기로 한다면, 전편의 언어가 대체로 싱겁다. 시인은 이로써 마침내 무엇을 말하고자 했던 것인가? 말조차 앞으로 고꾸라질 정도로 험준한 산악을 가자니, 인적이 드물 뿐만 아니라 길이 하도 멀어서 말안장에 앉은 몸이 수이 지친다. 다람쥐가 풀풀 달아나고, 새들이 일찍부터 깃을 들인다. 이것을 말하자는 것이 아니다. 고도가 높아서 다락집에 가을 추위가 일찍 이르고, 봉우리에 가려서 달조차 더디게 뜨더라. 이것도 아니다. 하물며 중들이 한가로이 찻잔을 내어놓더라는 소식이야 더 말할 나위도 없는 것이다.

전편의 언어가 시인의 어떠한 사적 감정이나 의사를 전달하기 위한 수단으로 기능하지 않는다. 발화의 일상적 기능이 여기에는 적용되지 않았다. 앞에서 예시한 안정의 단가와 마찬가지로 전편의 언어가 대개는 말하는 도구로 쓰이기보다는 그리는 도구로 쓰였다. 따라서 시인이 전달하고자 하는 발화의 취지는 말해진 언어에 담기는 것이 아니라 그려진 형상에 담긴다. 작품의 전면을 압도하는 산수 경물의 진보는 곧 자연과 자연미에 몰입하여 도취하는 동참자의 태도에 의하여 포착된 감각적 직관과 그 형상의 점진을 뜻한다.

그런데 사물의 형상이 작품의 전면을 압도하게 되면, 이러한 화면에서는 격렬한 서정을 소외하게 되어 정서의 폭발이나 감정의 농후한 집중을

---

28 李奎報, 『東國李相國全集』 14-2b. 「遊九品寺迫晩」.

찾아보기 어렵다. 따라서 발화의 취지나 형상의 의미가 그저 담담한 데 그친다. 예컨대 '허공의 다락집은 가을 추위가 일찍 오고, 봉우리는 높아서 달이 더디게 뜬다.'는 듣기는 쉬워도 아무나 말하기 어려운 경책(警策)일 것이나, 이것을 거듭 음미해 보아도 그 싱거운 정도는 여전히 이인로(李仁老)의 '소쩍새 대낮에 우니, 집터 외진 줄 이제야 알겠다.'에 가깝다.[29]

> ᄂᆡ 집이 길ᄎᆈ 냥ᄒᆞ여,
> 杜鵑이 낫제 운다.
> 萬壑千峯에 외ᄉᆞ립 닷앗는듸,
> ᄀᆡ좃ᄎᆞ
> 즛즐 일 업셔, 곳 디는 듸 조오더라.[30]

여기에 예시한 무명씨의 단가는 이인로의 시구를 번안한 작품인 듯싶다. 오늘날 사람이라면 누구나 싱겁게 여길 만한 저 경계를 오히려 반갑게 가져다 즐기는 사조가 널리 퍼져 있었던 자취다. 이처럼 발화의 취지나 형상의 의미가 그저 담담한 데 그치는 심미 범주를 담박(淡泊)이라고 이른다. 그러나 산수시의 담박은 필연적으로 화면의 안팎이 모두 싱거운 지경에 떨어질 만한 병폐가 따르게 마련이다. 이것은 특히 시인이 단순한 동참자의 태도에 안주하여 산수 경물의 형상을 화면에 퇴적시키는 일에만 골몰할 때 생기는 심미적 한계다. 그러면 이것을 극복하는 방법은 어디에 있는가?

---

29 徐居正 等,『東文選』19-3b.「山居(李仁老)」: "春去花猶在, 天晴谷自陰. 杜鵑啼白晝, 始覺卜居深."
30 朴孝寬 · 安玟英,『歌曲源流』單-7b.「短歌」第69號.

2. 자연의 언어화

시인이 단순한 동참자의 태도에 안주하여 산수 경물의 형상을 화면에 퇴적시키는 일에만 골몰할 양이면, 사물의 형상은 비록 비슷한 것을 얻을 수 있을지라도 사물의 표정은 끝내 얻지 못한다. 표정은 생동하는 기운에서 나오는 것이다. 시인이 산수 경물을 멀찍이 둔 채로 마침내 그 표정을 그리지 못하면, 그러한 화면은 창백한 사물로 넘친다. 산은 산이고, 물은 물이고, 나는 또한 나에 그치는 까닭이다. 산수시는 모름지기 화면에 그리는 산수 경물의 형상이 저절로 자신의 표정을 지녀야 사물이 곧 언어를 대체하게 되는 고도의 예술적 경지에 이른다.

취하여 仙家에 자다 어딘 줄 모르고 깨니,
흰 구름은 골에 고루 그득하고 달은 마침 잠긴다.
가뿐히 숲 밖으로 홀로 나서는 걸음,
돌길의 지팡이 소리를 자는 새가 듣는다.

醉睡仙家覺後疑, 白雲平壑月沈時.
翛然獨出脩林外, 石逕笻音宿鳥知.[31]

박순의 백운동(白雲洞) 시다. 새벽에 숲을 벗어나면서 읊었다. 나무들 그루터기를 하나씩 둘씩 지나는 동안에 조용히 깃을 뒤척이는 새들의 움직임을 느낀다. 가끔씩 저희들끼리 낯선 울림을 알리는 짧고 낮은 지저귐이 들린다. 나에게 저 움직임과 이 지저귐이 이르기에 앞서 새들은 나의 지팡이 소리를 듣고 있었다. 나에게 나의 지팡이 소리가 미처 하나의 소리로 되어 오기에 앞서 그것은 이미 새들의 낯선 소

31 朴淳, 『思菴先生文集』 2-21b. 「訪曹雲伯」.

식이 되어 그들로 하여금 숨을 죄는 감정과 적잖은 두려움이 담긴 사려를 부르고 있었다. 그제야 비로소 새들이 나의 지각에 읽히고, 이래서 나도 나의 지팡이 소리를 새삼스레 듣는다.

돌길의 지팡이 소리를 자는 새가 듣는다. 우리는 여기서 두근거리는 새가슴을 손아귀에 쥐고 있을 때와 같은 전율로 우주의 약동을 느낀다. 소리가 소리를 불러서 저희들 마음이 아끼는 넓이를 한껏 메아리치는 새들의 저 감응과 거울이 거울을 비추듯 저들의 마음을 모두 깨달아 알아차리는 나의 이 조응은 누군가 비로소 울려 줌으로써 울리게 되는 악기의 침묵처럼 평범할수록 몹시 신비한 것이다. 이러한 울림은 사물이 저마다 지닌 감수성과 그 반발력을 본질로 삼는다. 그것의 표현 형태는 매사에 응접하여 감발하는 바의 감정이거나 생동하는 기운 자체다.

대개는 도무지 그 깃들인 자리를 찾을 수 없었던 새들과 그들의 마음을 시인은 문득 그의 지팡이 소리로 훤히 밝혔다. 이로써 지각의 주체와 그 대상이 어떠한 피차의 간격도 없이 마주쳐 하나를 이루는 물아동일(物我同一)의 정경(情境)을 화폭에 그려낸 것이다. 당시의 시단은 이것을 경축하여 '숙조지선생(宿鳥知先生)'이라는 별호를 보냈다.[32] 사물의 마음과 사람의 마음은 서로 다르니, 사물의 마음을 파악하는 감각적 직관과 그 형상을 살려서 사람의 마음을 억지로 주입하지 않아야 사물이 저절로 자신의 표정을 지닌다. 이것은 인위적 변형의 과정을 거치지 않고도 물아동일의 경지에 이르는 오직 하나의 길이다.

저물녘 고운 햇살이 시냇가 산자락에 옮아 빛나고,

32 申緯, 『警修堂全藁』 17-20a~20b. 「東人論詩絕句三十五首 · 其二十」: "權應仁松溪漫錄: 朴思菴宿白雲洞曺氏草堂詩曰, … 人謂宿鳥知先生."

바람은 그쳐서 구름이 하늘에 머물고 새는 절로 돌아온다.
그윽이 혼자 품은 情懷를 뉘와 더불어 말할꼬?
산굽이 고요한 때를 다만 저 물소리가 졸졸 울린다.

夕陽佳色動溪山, 風定雲閒鳥自還.
獨坐幽懷誰與語, 巖阿寂寂水潺潺.[33]

이황의 도산유거(陶山幽居) 시다. 산당(山堂)의 여름날 저물녘 풍경을 읊었다. 시냇가 산자락이 저물녘 햇살에 찬란히 빛나고 있었다. 구름은 느긋이 흐르고, 새들은 하나 둘 숲으로 돌아와 저마다 하나씩 나뭇가지 끝을 흔들고 앉았다. 이윽고 차오르는 땅거미의 어스레한 그을음에 모든 것이 잠긴다. 어느덧 물소리가 크게 울린다. 시인은 이러한 사물의 왕래를 그윽이 홀로 비추는 거울이 되어 있었다. 저물녘 햇살이 산자락에 빛나거든 그것이 나의 의식의 전부를 이루고, 물소리가 땅거미를 울리거든 그것이 또한 나의 의식의 전부를 이룬다. 이것을 말고는 다른 어떠한 일도 여기에 있지 않았다.

사물의 왕래에 정회가 저절로 깊지만, 그것은 저 저물녘 햇살에 지나지 않거나 또는 저 물소리에 지나지 않는다. 일찍이 이백(李白)은 이러한 경지를 말하여 '오로지 경정산(敬亭山)이 있을 뿐이다.'라고 했었다.[34] 산굽이 고요한 때를 다만 저 물소리가 졸졸 울린다. 이것은 이백의 저 혼돈(混沌)과 마찬가지로 내외미분(內外未分)의 경계에 베푸는 산인(山人)의 언어다. 나에게 바야흐로 까닭을 모를 애달픔이 있으니, 아무리 자세히 말한들 대개는 저 물소리와 같았다. 그러니 아무튼 저 물소리가 그치지 않는 바에는 나의 시름도 언제까지나 마르지 않는다.

33 李滉, 『退溪先生文集』 4-6a. 「山居四時」 夏 · 暮.
34 王琦 撰, 『李太白集注』 23-15a. 「獨坐敬亭山」: "衆鳥高飛盡, 孤雲獨去閒. 相看兩不厭, 只有敬亭山."

사물은 우리의 모든 감정과 더불어 마음의 지각하는 곳에서 생긴다. 사물은 곧 우리의 지각에 맺히는 형상을 말하는 것이다. 형상이 이미 있으면 반드시 우리의 자아도 거기에 함께 있으니, 자아에 치우치지 않아야 비로소 온전한 사물을 얻는다. 새들의 기척에 저절로 몰입한 박순의 의상은 기운이 생동하여 선명하고, 물소리의 속삭임에 어느덧 도취한 이황의 의상은 정세(情勢)가 합일하여 혼연하다. 저물녘 땅거미에 울리는 저 물소리와 지팡이 소리에 메아리치는 저 새들의 낮은 지저귐은 대자연의 율동과 그 정신 면모를 온전히 드러낸 형신겸비(形神兼備)의 전형적 형상이다. 더없이 다정한 저들의 표정은 이로써 자연의 언어화에 도달한 예술적 창조의 최고 형식에 속한다.

Ⅳ. 결론

우리의 지각에 주어지는 감각적 직관과 그 형상은 서로 분리될 수 없는 일체이지만, 근원은 서로 다르다. 감각적 직관은 곧 우리의 지각 능력과 그 기능에 속하고, 형상은 곧 객관적 사물에 속한다. 이것은 자연미를 객관적 존재로 규정할 만한 이유다. 그러나 자연미가 아무리 엄연한 객관적 존재라고 하더라도 그것을 인식하는 주체의 능동적 관여야말로 자연미의 발현을 비로소 매개하여 결정하는 요소다. 이것은 또한 사물의 형상을 비추는 우리의 지각 능력과 그 기능을 더욱 중시할 만한 이유다.

자연미를 인식하는 주체가 바야흐로 그 대상에 능동적 관여를 시작하는 데서 가지는 응접의 태도는 크게 두 가지 유형으로 나뉜다. 하나는 대상에 몰입하여 도취하는 동참자의 태도다. 또 하나는 대상과 유사한 사물을 기억하고 연상하는 방관자의 태도다. 자연미의 본질적 성분은 동참자의 태도에 의하여 포착된 감각적 직관과 그 형상을 말한다. 자연미의 의존적 성분은 방관자의 태도에 의하여 부가된 비유 · 상징 등의 변형을 말한다.

그런데 유가의 요산수 전통에 보이듯 자연미의 본질적 성분에 대한 관심은 자연미의 의존적 성분에 대한 관심에 오래도록 뒤처져 있거나 가려져 있었다. 따라서 자연미의 본질적 성분에 대한 관심이 증폭되어 자연미의 의존적 성분에 대한 관심을 점차로 대체하여 가던 역사적 추이와 그 양상에 주목할 필요가 있겠다. 그것은 비유 · 상징 등을 중시하던 요산수 관념이 자연 사물 자체와 그 자연미를 중시하는 쪽으로 전이되어 감을 뜻한다. 본고는 이러한 이유에서 유가의 요산수 전통에 보이는 동참자의 태도와 그에 기초한 산수시(山水詩) 창작의 다양한 성과를 고찰하는 것으로써 작성의 목표를 삼았다.

유가의 요산수는 본디 자연에 대한 친애를 뜻하는 용어가 아니라 사람이 가지는 도덕적 자질의 다양한 면모와 그 차이를 크게 두 가지 부류로 구별한 용어다. 유가의 요산수 관념은 공자의 이른바 '인자한 사람은 산을 좋아하고, 지혜로운 사람은 물을 좋아한다.'는 말에서 처음 비롯했다. 공자의 본의는 '사람은 그 품성에 따라 좋아하는 바가 또한 다르다.'는 것이다. 여기서 '좋아한다.'는 그 대상은 드높이 솟아오르고 가없이 굽이쳐 흐르는 산수의 실물 자체가 아니다. 그것은 다만 산수와 유사한 속성을 보이는 사람의 도덕적 자질을 빗대어 말하는 비유의 하나다.

산수나 산수 경물을 들어서 사람의 도덕적 자질을 빗대어 말하는 비유를 '비덕(比德)'이라고 이른다. 비덕은 오래도록 요산수의 목적이 되어 있었다. 그러나 비덕에 치중하는 요산수는 비록 그 대상이 자연 사물일지라도 그것은 어디까지나 사람의 품성과 그 인격미에 비유될 때만 의의를 지닌다. 산수를 산수로 마주하지 아니하고 반드시 도덕적 의미를 앞세워 비유의 수단을 삼으니, 비덕에 치중하여 이처럼 경색된 요산수는 자연미의 본질적 성분에 대한 갈망을 불렀다. 사물의 도덕적 의미에 얽매이던 데서 벗어나 오로지 흥취를 추구하는 요산수의 새로운 경향이 여기서 나왔다.

사물의 도덕적 의미를 참작하는 온갖 연상을 아예 떨쳐버리고 오로지 감각적 직관과 그 형상에서 흥취를 일으키고 또 오로지 그것을 흐뭇하게 즐기는 심미적 완상을 '창신(暢神)'이라고 이른다. 창신에 치중하는 요산수와 비덕에 치중하던 종래의 요산수는 자연과 자연미에 대한 태도가 크게 다르니, 비덕의 이른바 산수는 사람의 도덕적 자질을 빗대어 말하는 비유의 하나일 뿐이나, 창신의 이른바 산수는 자연 사물 자체를 뜻한다. 산수는 이제야 비로소 심미 활동의 감성적 근거로 작용하여 이로써 사람의 심성을 기르는 객관적 자원으로 존립할 수 있게 되었다. 그리고 이러한 이유에서 요산수의 의미도 크게 변경되어 가고 있었다.

창신에 치중하는 요산수는 특정한 도덕적 자질의 범주를 넘어서 산수의 다양한 심미적 요소와 그에 상응하는 인격의 다양성에 더욱 깊은 관심을 두었다. 이것은 인지(仁智)라고 하는 도덕적 자질이 아니면 산수를 좋아하는 의미가 거의 없는 줄로 여기던 종래의 요산수와 크게 멀어진 태도다. 창신에 치중하는 요산수에 주목할 만한 이유가 여기에 있으니, 종래의 공리적 자연관을 벗어나 자연과 자연미의 본질적 성분에 대한 진정한 발견이 여기서 비로소 가능하게 되었다.

예컨대 주세붕의 한벽루 시에서 말하는 한벽루의 강물은 박순의 이양정 시에서 말하는 백학대의 냇물과 다르니, 백학대의 냇물은 오로지 사람의 맑은 것을 비유한 한시적 기호에 지나지 않지만, 한벽루의 강물은 사람의 맑은 것이 이로부터 유래할 만한 항구적 현실의 일부다. 전자는 사람의 맑은 것을 뜻하기 위하여 그 의미가 비유에 종속될 수밖에 없지만, 후자는 그러한 종속성이 전혀 없는 독자적 존재다. 산수가 비로소 사람의 도덕적 자질에 영향력을 미치는 객관적 현실이 된 것이다.

흥취를 추구하고 창신에 치중하는 요산수는 산수 경물을 독립적인 심미 대상으로 간주하는 태도를 견지하는 점에서 종래의 요산수와 본질적으로 구별되는 특징을 지닌다. 이러한 태도는 산수 경물에 대한 묘사가 감정에 관한 술회를 대신할 정도로 사물의 형상을 위주로 하는 화폭을 선호하고 흥취가 충만한 화의를 중시하는 미의식에서 비롯된 것이다. 요컨대 창신에 치중하는 요산수의 새로운 경향은 작품의 전면을 압도하는 산수 경물의 진보로 나타났다.

예컨대 이규보의 구품사 시는 전편의 언어가 시인의 어떠한 사적 감정이나 의사를 전달하기 위한 수단으로 기능하지 않는다. 발화의 일상적 기능이 여기에는 적용되지 않았다. 전편의 언어가 대개는 말하는 도구로 쓰이기보다는 그리는 도구로 쓰였다. 따라서 시인이 전달하고자 하는 발화의 취지는 말해진 언어에 담기는 것이 아니라 그려진 형상에 담긴다. 작품의 전면을 압도하는 산수 경물의 진보는 곧 자연과 자연미에 몰입하여 도취하는 동참자의 태도에 의하여 포착된 감각적 직관과 그 형상의 점진을 뜻한다.

그런데 사물의 형상이 작품의 전면을 압도하게 되면, 이러한 화면에서는 격렬한 서정을 소외하게 되어 정서의 폭발이나 감정의 농후한 집중을 찾아보기 어렵다. 산수시의 이러한 담박은 필연적으로 화면의 안팎이 모두 싱거운 지경에 떨어질 만한 병폐가 따른다. 이것은 시인이 단순한 동참자의 태도에 안주하여 산수 경물의 형상을 화면에 퇴적시키는 일에만 골몰할 때 생기는 심미적 한계다. 산수시는 모름지기 화면에 그리는 산수 경물의 형상이 저절로 자신의 표정을 지녀야 사물이 곧 언어를 대체하게 되는 고도의 예술적 경지에 이른다.

사물은 우리의 모든 감정과 더불어 마음의 지각하는 곳에서 생긴다. 사물은 곧 우리의 지각에 맺히는 형상을 말하는 것이다. 형상이 이미 있으면 반드시 우리의 자아도 거기에 함께 있으니, 자아에 치우치지 않아야 비로소 온전한 사물을 얻는다. 사물의 마음과 사람의 마음은 서로 다르니, 사물의 마음을 파악하는 감각적 직관과 그 형상을 살려서 사람의 마음을 억지로 주입하지 않아야 사물이 저절로 자신의 표정을 지닌다.

예컨대 박순의 '돌길의 지팡이 소리를 자는 새가 듣는다.'는 지각의 주체와 그 대상이 어떠한 피차의 간격도 없이 마주쳐 하나를 이루는 물아동일(物我同一)의 정경을 그렸고, 이황의 '산굽이 고요한 때를 다만 저 물소리가 졸졸 울린다.'는 또한 내외미분(內外未分)의 경계에 베푸는 산인의 언어를 읊었다. 새들의 기척에 저절로 몰입한 박순의 의상은 기운이 생동하여 선명하고, 물소리의 속삭임에 어느덧 도취한 이황의 의상은 정세가 합일하여 혼연하다. 저물녘 땅거미에 울리는 저 물소리와 지팡이 소리에 메아리치는 저 새들의 낮은 지저귐은 대자연의 율동과 그 정신 면모를 온전히 드러낸 형신겸비(形神兼備)의 전형적 형상이다. 더없이 다정한 저들의 표정은 이로써 자연의 언어화에 도달한 예술적 창조의 최고 형식에 속한다.

한국학 제40권 4호(한국학중앙연구원, 2017): 7-34면

하편

시가의 예술적 향유와 그 문화 배경

01

안압지 출토 목제 주사위 명문의 체계와 의미

본문개요

안압지 주사위와 그 명문(銘文)은 누군가 약정된 주령(酒令)을 위반했을 경우에 적용하는 벌칙을 다시 부차적으로 제한해서 규정하는 주령과 그 도구로 쓰였다. 종류가 다른 여러 가지 주령을 주종・선후 관계나 표리 관계로 한데 엮어서 베푸는 경우에, 본래의 주령은 영면(令面)을 이루고, 나중의 주령은 영저(令底)를 이룬다. 안압지 주사위는 영면의 주령에 따른 상벌 내용이 이미 결정되어 있는 상황에 도입되어 다시 영저를 결정하는 바였다.

안압지 주사위와 그 명문은 징벌의 부류와 포상의 부류가 반분되어 대립하고 있기는 하지만, 어떠한 부류에 속하든 저마다 경중이 서로 달랐다. 예컨대 하나는 3잔의 벌주(罰酒)에서 다만 1잔을 덜어 주고 다른 하나는 한꺼번에 2잔을 덜어 주는 따위의 차등이 있는가 하면, 하나는 아무튼 어느 것이나 노래만 부르면 되고 다른 하나는 반드시 지정된 악곡에 가사를 붙여 불러야 하는 따위의 차등이 있었다.

안압지 주사위와 그 명문은 연대의 하한이 경덕왕 6년(747)에 걸친다. 그러니 이로써 신라 사회의 상류 계급이 누렸던 풍류와 그 문화적 배경을 밝히는 단서를 삼을 만하다. 본고의 논의와 그 해석은 한낱 추측에 지나지 않는 것도 있으나, 안압지 주사위와 그 명문을 어떠한 각도에서 어떻게 연구해야 하는가 하는 문제를 새롭게 정의하고 방법을 예시했던 점에서 그 의의를 찾을 수 있겠다.

핵심용어

안압지(雁鴨池), 목제(木製) 주사위, 명문(銘文), 주령(酒令), 신라(新羅)

Ⅰ. 서론

안압지(雁鴨池) · 임해전(臨海殿) 유적을 발굴 조사하는 작업이 한창 진행되던 가운데 안압지 서쪽 제방이 직각으로 꺾여서 안으로 구석을 이루는 자리에 획정된 탐색갱 E18구역(10㎡)에서 목제(木製) 주사위 하나가 출토된 것은 1975년 6월 19일의 일이다. 그런데 이 주사위는 정6면체가 아니라 6개의 4각면과 8개의 6각면이 조합된 14면체로 이루어져 있었고, 수목(數目)이 아니라 면마다 낱낱 독특한 문구(文句)가 새겨져 있었다. 따라서 이것을 정확히 해석하고 그 용도 · 용법을 구명하는 작업이 추후의 과제로 남았다. 그러나 30년이 지난 오늘날에 이르기까지 그에 대한 우리의 의문이 모두 다 충분히 해소된 것은 아니다.

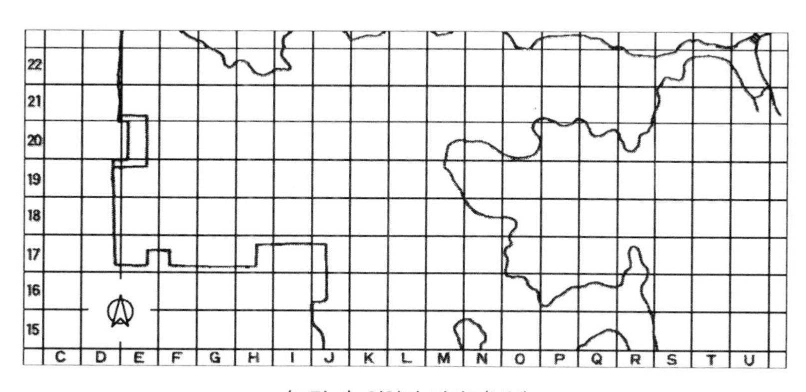

〈그림 1〉 안압지 평면도(부분)

문제의 주사위가 출토된 탐색갱 E18구역은 〈그림 1〉의 좌표에 보이는 바와 같이 남북 방향의 서쪽 제방과 동서 방향의 남쪽 제방이 만나 직각을 이루는 곳이다. 여기에 잇닿은 E17구역과 F17구역의 일부는 소형 건물지가 안압지 안으로 5m가량 돌출되게 자리를 잡았던 곳이고, E20구역과 I17구역은 또한 대형 건물지가 안압지 안으로 8m가량 돌출되게 자리를 잡았던 곳이다. E18구역은 이러한 조건에 따라 G17구역과 마찬가지로 건물지의 사이를 오가는 통행로에 닿아 있었다. E18구역과 나란히 이어진 E17구역 · E19구역을 통틀어 당시에 함께 출토된 주요 유물은 다음과 같았다.

E17: 土製 벼루, 漆器 盤, 金銅製 如來坐像, 金銅製 鬼面 문고리 裝飾
E18: 寶相華文塼, 土器 壺, 木製 주사위, 木柄 송곳, 刀子, 木簡, 金銅製 如來立像
E19: 土製 벼루, 漆器 片, 金銅製 佛座臺[1]

물결에 가벼이 떠다닐 만한 목제 주사위가 수십 점에 이르는 목간(木簡)과 함께 특히 E18구역에 묻혔던 것은 직각으로 꺾여진 제방과 안압지 안으로 돌출되게 진입한 E17구역 · F17구역 및 E20구역 건물지가 저절로 구석진 자리를 이루는 데 까닭이 있었던 듯하다. 물결이 E18구역에 와서 잦아들게 마련인 것이다. 그러니 이 주사위는 E선상 구역과 17선상 구역의 세 건축물이 어떤 용도로든 아직 사용되고 있던 기간과 더불어 불가분의 관련을 가진다. 그런데 기간의 폭이 아주 넓어서, 이것을 반드시 신라 시대의 유물로 규정할 만한 필연성은 매우 적어 보인다.

그러나 우선은 E18구역의 출토 정황을 되짚어 볼 필요가 있겠다. 요컨대 안압지에서 출토된 총107점의 목간(木簡)은 E18구역에서 가장 높은 집중도를 보였고, 이러한 목간은 또한 모두 갯벌 유물층에서 나왔

1 慶州古蹟發掘調査團, 『雁鴨池發掘調査報告書(圖版編)』(文化財管理局, 1978), 圖版88~ 圖版118면.

다. 반면에, 주사위는 갯벌 유물층에서 한층 더 아래로 내려간 바닥 유물층에서 나왔다.[2] 출토된 층위가 목간보다 더 깊었다. 이것은 주사위의 연대가 결코 목간보다 늦지 않을 뿐만 아니라 오히려 그보다 훨씬 더 앞설 수 있음을 뜻한다. 목간의 연대는, 여기에 적힌 연호·간지를 통해서 확인된 바로만 말하면, 상한이 경덕왕(景德王) 6년(747)에 이르고, 하한이 혜공왕(惠恭王) 9년(774)에 걸친다.[3] 따라서 목제 주사위의 연대는 그 상대적 하한을 경덕왕 6년에 두어도 좋을 것이다.

안압지가 처음 만들어진 것은 문무왕(文武王) 14년(674)의 일이고, 임해전이 처음 들어선 것은 문무왕 19년(679)의 일이다. 이렇게 보건대, 안압지 E18구역에서 발굴한 목제 주사위의 명문(銘文)을 정확히 해석하고 그 용도·용법을 구명하는 작업은 줄잡아 1300년의 비밀을 밝히는 중대사라고 할 만하다. 우리는 이로써 신라 궁정의 한 연회(宴會)에서 벌어졌던 유희의 현장을 인물의 자세한 동작과 함께 포착할 수 있을 것이다. 본고는 이러한 요구에서 기존의 해석을 두루 살펴서 그 쟁점을 정리하고, 안압지 주사위의 구성 체계를 밝혀서 해석의 전제와 가정을 수립한다. 아울러 실례와 방증을 들어서 미진한 해석을 조금이나마 보완하는 데 중점을 두기로 하겠다.

---

2 慶州古蹟發掘調査團, 「發掘의 經過」, 『雁鴨池發掘調査報告書』(文化財管理局, 1978), 19면. ※목간이 E18구역에서 출토된 것은 1975년 6월 30일의 일이니, 일자가 주사위보다 21일이나 뒤진다. 그러나 이러한 시차는 굴착의 위치가 달랐기 때문에 생긴 것이지, 발굴의 층위에 따른 결과는 아니다.

3 李文基, 「雁鴨池 출토 木簡으로 본 新羅의 宮廷業務 - 宮中雜役의 遂行과 宮廷警備 관련 木簡을 중심으로」, 『한국고대사연구』 제39집(2005), 167~173면.

Ⅱ. 기존의 해석과 그 쟁점

안압지 주사위의 명문을 해석하기 위한 학계의 노력은 의외로 매우 적었고, 성과도 많지 않았다.[4] 일찍이 발굴보고서를 통하여 김택규(1978)의 해석이 가장 앞서 나오기는 했으나, 명문 전체를 대상으로 삼은 것이 아니라 다만 6개 면의 명문에 대한 해석을 예시하는 데 그쳤다. 이후로 몇 년이 지나서야 비로소 명문 전체를 대상으로 삼은 윤경렬(1983)의 해석이 따랐고, 고경희(1989 · 1994)의 해석이 또한 잇달아 나왔다. 그러나 이들의 해석도 적극성을 띤 논증의 소산은 아니다. 최근에 나온 전영배(2006)의 해석은 대체로 고경희의 해석을 차용하고 있을 뿐이다. 그러면 먼저 고경희의 해석을 검토해 보기로 하겠다. 전후의 해석에 차이를 보이는 조항은 바뀐 내용을 함께 밝힌다.

[고경희(1989 · 1994)의 해석]

① 禁聲作儛: 소리 없이 춤추기, ② 有犯空過: 덤벼드는 사람이 있어도 가만히 있기, ③ 飮盡大唉: 술을 다 마시고 크게 웃기, ④ 衆人打鼻: 여러 사람이 코 때리기, ⑤ 自唱自飮: 스스로 노래 부르고 스스로 마시기 → 혼자 노래 부르고 혼자 마시기, ⑥ 三盞一去: 술 3잔 한번에 가기 → 술 석잔 한번에 마시기, ⑦ 曲臂則盡: 팔뚝을 구부린 채 다 마시기, ⑧ 弄面孔過: 얼굴을 간질러도 꼼짝 않기, ⑨ 任意請歌: 누구에게나 마음대로 노래를 청하기, ⑩ 月鏡一曲: 월경 한곡 부르기, ⑪ 自唱怪來晩: 스스로 괴래만(노래 이름)을 부르기, ⑫ 空詠詩過: 시 한 수 읊기, ⑬ 兩盞則放: 술 2잔이면 즉각 마시기, ⑭ 醜物莫放: 추물을 내치지 않기 → 추물을 모방 하기.

4 金宅圭, 「民俗學的 考察」, 『雁鴨池發掘調査報告書』(文化財管理局, 1978), 407~409면; 尹京烈, 「新羅의 遊戲」, 『新羅文化祭學術發表會論文集』 제4집(1983), 304면; 고경희, 『안압지』(대원사, 1989), 78면; 高敬姬, 「新羅 月池 出土 在銘遺物에 對한 銘文 研究」, 東亞大學校 碩士學位論文(1994), 52~53면; 田英培, 「木製酒令具에 비친 新羅人의 風流」, 『한글+한자문화』 제79집(2006), 47면.

고경희의 해석은 낱낱의 문구에 대한 설명이 전혀 없는 까닭에 해석한 내용을 보아도 마침내 무엇을 뜻하는 말이고 어떠한 동작을 가리키는 바인지 알 수 없는 조항이 있었다. 예컨대 〈醜物莫放〉의 '추물'은 무엇을 뜻하는 말인지 모르고, 〈有犯空過〉의 '덤벼드는' 동작은 그 방식과 한도를 또한 모른다. 그런가 하면, 해석한 내용이 이해는 되어도 마침내 납득이 가지 않는 조항이 있었다. 예컨대 〈禁聲作儛〉의 '소리 없이'는 사람의 춤이 본디 목소리로 하지 않고 몸짓으로 하는 까닭에 납득이 가지 않으며, 〈曲臂則盡〉의 '팔뚝을 구부린 채'는 누구든 팔뚝을 구부리지 않고 마실 도리가 없는 까닭에 납득이 가지 않는다.

더욱이 〈衆人打鼻〉의 '코 때리기'로 말하면, 아무리 주연(酒宴)을 베푼 자리라고는 하여도 신체의 접촉이 따르는 이러한 행위가 궁정의 연회에서 허용되지는 않았을 듯하다. 이러한 행위는 친밀한 서너 사람이 탁자를 하나만 놓고 앉아서 마시는 경우라도 자칫 불쾌감을 낳을 수 있으니, 하물며 궁정에 들어가 술을 마실 만한 지체를 가지는 터에는 그것이 도무지 가능해 보이지 않는다. 그러면 이제 여러 가지 조항에 있어서 고경희의 해석과 크게 다른 윤경렬의 해석을 검토해 보기로 하겠다. 고경희의 해석과 순서가 다르나, 원문의 순서를 그대로 따른다.

[윤경렬(1983)의 해석]

① 有犯空過: 죄를 범했지만 통과한다, ② 三盞一去: 한발 물러서서 석 잔 마셔라, ③ 禁聲作儛: 반주없이 춤을 추어라, ④ 自唱自飮: 스스로 노래 부르며 스스로 술을 따라 마셔라, ⑤ 飮盡大咲: 잔을 비우고 크게 웃어라, ⑥ 象人打鼻: 코끼리 흉내로 코에 깃대를 세워라, ⑦ 空詠詩過: 하늘을 보고 詩를 읊으라, ⑧ 自唱怪來晩: 노래하며 도깨비 밤걸음 흉내를 내라, ⑨ 月鏡一曲: 달보고 한곡 불러라, ⑩ 曲臂則盡: 팔을 굽혀서 곁에 사람에게

잔을 비우라, ⑪ 任意請歌: 마음대로 노래를 청하라, ⑫ 兩盞則放: 술 두잔을 양옆 사람에게 먹이라, ⑬ 弄面孔過: 탈을 쓰고 구멍을 통과하라, ⑭ 醜物莫放: 추한것은 내어 놓지말고 좋은 것만 내어 놓아라.

윤경렬의 해석도 낱낱의 문구에 대한 설명이 전혀 없는 점에서 아쉽다. 그러나 고경희의 해석에 견주어 보건댄 납득할 만한 조항이 적지 않았다. 예컨대 〈有犯空過〉의 '죄를 범했지만 통과한다.'는 매우 당연한 번역에 속할 것이고, 〈禁聲作儛〉의 '반주 없이 춤을 추어라.'도 정확한 해석에 속할 것이다. 그런가 하면, 〈兩盞則放〉의 '술 두 잔을 양옆 사람에게 먹이라.'와 같은 것은 탁견이 아닐 수 없으니, 자신의 면전에 겹으로 놓인 술잔을 방출하는 경우에는 곧 자신을 대신해서 그것을 타인에게 먹일 때에 더욱 더 유쾌한 술자리를 만들 수 있을 것이다.

그러나 〈三盞一去〉의 '한발 물러서서'와 〈自唱怪來晩〉의 '도깨비 밤걸음'은 유래를 알기 어렵고, 〈醜物莫放〉의 '좋은 것만 내어 놓아라.'와 같은 부연은 추측이 지나쳐서 생기는 사족으로 보인다. 그리고 〈象人打鼻〉의 '코끼리 흉내로 코에 깃대를 세워라.'와 같은 해석은, 이것을 유희의 맥락에서 보자면 수긍할 만하되, 애초에 원문의 '衆'[중]을 '象'[상]으로 잘못 판독했던 김택규의 오류를 답습한 것이다. 따라서 아예 고려할 바가 되지 못한다. 그러면 이제 끝으로 김택규의 해석을 검토해 보기로 하겠다.

[김택규(1978)의 해석]

① 飮盡大唉: 한잔 다 마시고 크게 웃기, ② 三盞一去: 세잔술이 한꺼번에 가기, ③ 自唱自飮: 스스로 노래부르고 스스로 술마시기, ④ 禁聲作儛: 노래 없이 춤추기, ⑤ 象人打鼻: 코끼리 모양을 하고 코 때리기, ⑥ 任意請歌: 任意로 노래 청하기.

김택규의 해석은 6개 면의 명문에 그치고 있지만, 윤경렬과 고경희의 해석에 심각한 영향을 끼쳤다. 예컨대 〈三盞一去〉와 〈禁聲作儛〉 및 〈象人打鼻〉에 대한 해석이 특히 그렇다. 그러나 〈象人打鼻〉는 원문의 '衆'[중]을 '象'[상]으로 잘못 판독했을 뿐만 아니라 '朾'[정]을 또한 '打'[타]로 잘못 판독했던 것임을 주의할 필요가 있겠다.[5] 아울러 〈三盞一去〉의 이른바 '一去'에 대한 김택규의 해석이 윤경렬과 고경희의 해석을 통하여 거듭 수정되면서 가장 첨예한 쟁점을 낳았던 것도 주목할 바이다. 이것은 명문 전체를 해석하는 데 있어서 매우 긴요한 하나의 단서가 될 것이다.

기존의 해석을 비교해 보건대, 고경희의 해석과 윤경렬의 해석은 11개 조항이 서로 다르고, 고경희・윤경렬의 해석과 김택규의 해석은 3개 조항이 서로 다르다. 여기서 특히 큰 차이를 보이는 조항으로는 〈衆人朾鼻〉와 〈三盞一去〉를 제외하고도 〈有犯空過〉와 〈弄面孔過〉 및 〈自唱怪來晩〉을 들 수 있겠다. 그런데 해석의 차이가 있기는 하지만, 이것은 각자의 논리적 기반이 달라서 생겨난 차이가 아니다. 기존의 해석은 모두 명문의 문자에 의존하는 가운데 단순히 그것을 축자 번역하는 수준의 소작일 뿐이다. 따라서 맥락과 체계를 모르는 해석이 될 수밖에 없었다.

안압지 주사위의 용도는 이른바 주령(酒令)을 얻자는 데 있으니, 이것은 거기에 새겨진 명문의 몇 낱을 보더라도 이론의 여지가 없는 사실이다. 그러나 그 용법과 의미를 구명하는 데 있어서, 기존의 해석은 마침내 위와 같은 한계를 벗어나지 못했다. 고대의 주연에 쓰였던 주령 일반의 여러 규칙과 행령(行令) 방법 및 각종의 영약(令約)・주약

5 慶州古蹟發掘調査團, 『雁鴨池發掘調査報告書(圖版編)』(文化財管理局, 1978), 圖版175면. 사진367호 참조.

(酒約)에 대한 참조가 거의 없었고, 명문의 상호 관계를 또한 자세히 살피지 않았다. 그러니 본고는 마땅히 이러한 한계를 힘껏 돌파하여 극복하는 과정이 되어야 하겠다.

Ⅲ. 해석의 전제와 가정

주령은 여럿이 모여 술을 마실 때에 서로 음주를 권하고 흥취를 돋우어 주는 유희를 가리키는 말이다. 상령(觴令) · 굉령(觥令) 및 영장(令章)이 모두 주령을 달리 부르는 말이다. 후한(後漢) 시대의 인물 가규(賈逵)의 저작에 시(詩) · 송(頌) · 뇌(誄) · 서(書) 및 연주(聯珠)와 함께 또한 주령이 하나의 편명으로 들어 있었던 정황을 보건대,[6] 주령은 늦어도 한대(漢代)에는 이미 음주를 위한 유희의 하나로 정착되어 있었던 듯하다. 수(隋) · 당(唐) 시대에 와서는 그것이 세간에 두루 유행하는 뿐만 아니라 더욱 다양한 발전을 보였다. 안압지 주사위는 마땅히 이와 같은 문화적 배경을 통해서 조명되어야 할 것이다.

1. 구성 체계

안압지 주사위의 명문을 해석하기 위한 작업의 관건은 14개 조항에 이르는 명문 전체를 통틀어 지배하는 바의 법칙과 그 체계를 구명하는 것이다. 따라서 낱낱의 명문이 지니는 의미를 추구하는 과정에 앞서 명문 전체의 조직과 구성을 세밀히 분석하여 여기에 내재하는 상

6 范煜, 『後漢書』(四庫全書) 66-22b~23a. 「鄭范陳賈張列傳 · 賈逵」: "逵所著經傳義詁及論難, 百餘萬言. 又作詩頌誄書連珠酒令, 凡九篇. 學者宗之, 後世稱爲通儒."

호 관계의 필연성과 그 원리를 파악하는 과정을 거쳐야 하겠다. 그래야 명문 전체를 통틀어 지배하는 바의 법칙과 그 체계가 드러날 것이고, 그래야 또한 낱낱의 명문이 지니는 의미를 추구하는 단계로 나아갈 만한 단서를 발견할 수 있을 것이다.

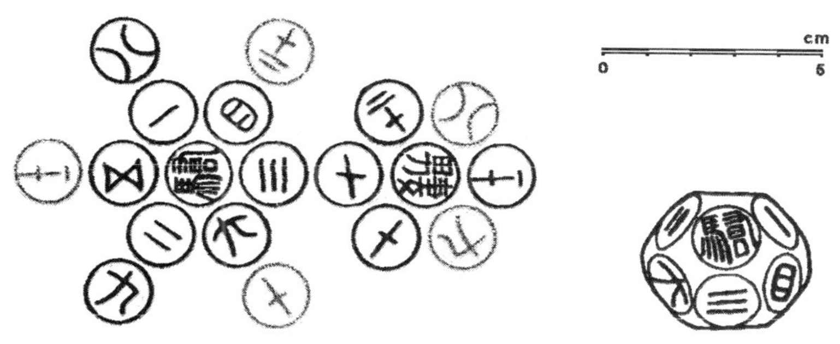

〈그림 2〉 진시황 능구 출토 14면체 석제 주사위 전개도

예컨대 1976년 4월에 중국 서안시(西安市) 임동구(臨潼區) 진시황(秦始皇) 무덤의 모가촌(毛家村) 서남 구역에서 출토된 14면체 석제(石製) 주사위로 말하면, 이것은 〈그림 2〉의 전개도[7]에 보이는 바와 같이 단순히 점수를 나누어 새긴 것에 지나지 않는 듯하다. 그러나 단순한 이것도 일정한 원칙에 의하여 정연하게 조직된 나름의 체계를 지녔다. 단위가 높은 10~12의 점수는 〈男妻(媿)〉를 중심으로 모여 있는 반면에, 단위가 낮은 1~9의 점수는 〈驕〉를 중심으로 모여 있는 것이다. 이러한 배려는 점수를 새기는 방식에도 반영되어 있으니, 1~9의 점수는 문자의 상단이 〈驕〉를 향하고, 10~12의 점수는 〈男妻(媿)〉를 향하여, 마치 바퀴살처럼 모여드는 형세를 보인다. 따라서 이것은 상반 관계

7 張文立, 「秦陵博琼與秦漢博戱之風」, 『文博』 1989년 제5기, 58면. 도면 참조. ※장문립의 도면을 오른면으로 90 °회전시켜 중심을 수평으로 배치하는 가운데 명문 전체의 체계에 비추어 고쳐 그렸다.

에 있는 두 가지 대립 조항을 중심으로 삼아 명문 전체를 양분한 체계인 셈이다.

만약에 이 주사위가 육박(六博)에 쓰였다고 한다면, 1~9의 점수는 말판의 말을 부리는 실효성이 커서 마침내 이기는 쪽으로 가까운 까닭에 그 말이 곧 '뽐내는 무리'[驕 · 贏]로서 두려움이 없는 태도를 보이게 되고, 10~12의 점수는 거의 실효성이 없어 마침내 지는 쪽으로 가까운 까닭에 그 말이 곧 '꿇리는 무리'[媿 · 輸]로서 수줍음이 많은 태도를 보이게 된다. 그러니 점수의 실속과 풍도의 차이를 크게 두 갈래 무리로 나누어 배치하는 원칙이 미리 있었던 것이고, 여기에 따라 〈男妻(媿)〉와 〈驕〉로 하여금 나머지 12개의 수목을 나누어 거느리게 하는 체계가 이루어졌던 것이다. 그러면 안압지 주사위의 명문도 이러한 종류의 법칙과 그 체계를 통해서 조직된 것은 아닐까?

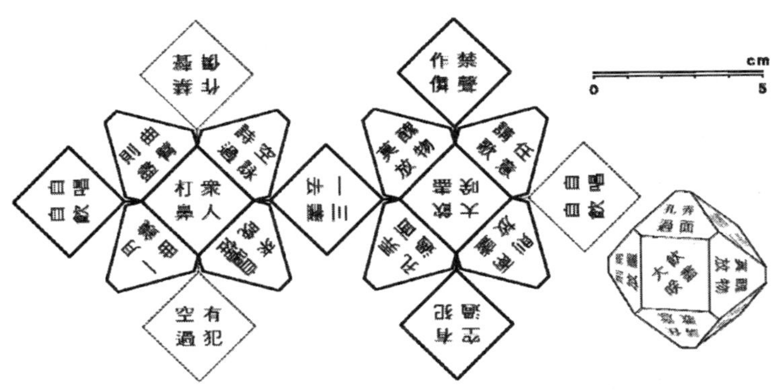

〈그림 3〉 안압지 출토 14면체 목제 주사위 전개도

안압지 주사위와 그 명문은 〈그림 3〉의 전개도[8]에 보이는 바와 같이

8 國立中央博物館, 『雁鴨池(雁鴨池出土遺物特別展)』(通川文化社, 1980), 144~145면. 사진 참조. ※김택규(1978)가 작성한 전개도와 경주박물관 안압지관에 전시된 전개도가 있으나, 양자가 모두 〈兩盞則放〉의 방향을 그릇되게 왼면으로 120° 회전시켜 기입하는 오

진시황 무덤의 것과 더불어 체계의 근간이 거의 같아 보인다. 그러나 문구를 새기는 방식이 서로 다르다. 중심에 놓이는 2개의 문구를 먼저 세우고, 나머지 12개의 문구를 다시 6개씩 나누어 새기되, 나머지 12개의 문구는 문자의 하단이 모두 중심에 놓이는 2개의 문구를 바탕으로 삼아 그것을 딛고 서도록 새겼다. 따라서 구심을 향하여 모여드는 형세가 아니라 원심을 향하여 방사형으로 흩어져 나가는 형세를 보인다. 이것은 곧 체계의 세부가 크게 다름을 뜻한다.

그런데 여기서 만약에 〈衆人朾鼻〉와 〈飮盡大咲〉를 버리고 여타의 문구를 들어서 중심에 놓이는 2개의 문구로 삼으면 결코 〈그림 3〉의 전개도에 보이는 바와 같이 정연한 조직체를 얻지 못한다. 여타의 경우는 문구의 방향이 산만하게 얽혀서 그 체계를 한눈에 알아볼 수 없게 되는 것이다. 따라서 반드시 〈衆人朾鼻〉와 〈飮盡大咲〉를 중심에 놓이는 2개의 문구로 보아야 하는데, 이들은 또한 반드시 상반 관계를 이루는 바로서 정반대의 가치를 지니고 있어야 마땅할 것이다. 원심을 향하여 방사형으로 흩어져 나가는 문구의 방향과 위치가 정반대로 다르면 문구의 속성도 정반대로 다르게 나오는 까닭에 그렇다.

예컨대 〈衆人朾鼻〉에서 흩어진 4각면의 〈三盞一去〉와 〈自唱自飮〉은 그 방향 · 위치와 속성이 정반대로 다르고, 아울러 〈飮盡大咲〉에서 흩어진 4각면의 〈有犯空過〉와 〈禁聲作儛〉도 그 방향 · 위치와 속성이 정반대로 다르다. 그런가 하면, 6각면의 경우도 모두 다 이와 같은 관계를 보인다. 예컨대 〈空詠詩過〉와 〈月鏡一曲〉의 관계, 〈自唱怪來晩〉과 〈曲臂則盡〉의 관계, 〈任意請歌〉와 〈弄面孔過〉의 관계, 〈兩盞則放〉과 〈醜物莫放〉의 관계를 통틀어 전혀 예외를 보이지 않는다. 따라서 〈衆人朾鼻〉와 〈飮盡大

류를 범했다. 발굴할 당시에 찍었던 사진을 통해서 이것을 바로잡는 가운데 명문 전체의 체계를 한눈에 알아볼 수 있도록 새로 그렸다.

唉〉는 전체의 중심에 놓이는 만큼 마땅히 이러한 상반 대립의 기본형에 해당하는 문구로 보아야 하겠다. 이것은 낱낱의 문구가 지니는 의미를 추구하는 과정을 통하여 더욱 분명히 확인할 수 있을 것이다.

안압지 주사위와 그 명문은 그처럼 전체의 중심에 놓이는 바로서 4각면에 새겨진 2개의 문구가 먼저 하나의 짝을 지어 1쌍의 대립 조항을 이루고, 나머지 12개의 문구가 또한 저마다 짝을 지어 6쌍의 대립 조항을 이루되, 이러한 6쌍의 대립 조항은 반드시 그 방향 · 위치와 속성이 상반 관계를 띠도록 섞어 배치하는 것으로써 조직과 구성의 원칙을 삼았다. 요컨대 전체의 중심에 놓이는 바로서 4각면에 새겨진 2개의 문구는 서로 대칭면을 이루는 가운데 저마다 4개의 6각면과 접면하고 4개의 4각면과 접선하게 되는데, 접면하고 접선하는 여기에 새겨진 문구는 반드시 동류와 이류가 같은 수를 이룬다.

그런데 4각면의 경우에는 그것이 비록 〈衆人打鼻〉와 〈飮盡大唉〉가 아닐 때라도 어느 것이나 모두 여기에 접면하고 접선하는 문구는 반드시 동류와 이류가 같은 수를 이루되, 이러한 법칙이 6각면의 경우에는 거의 적용되지 않는다. 따라서 법칙의 일관성에 따른 조직상의 우열 관계로 말하면, 4각면이 6각면에 비하여 더욱 중요한 위치에 있다고 하겠다. 그러나 4각면과 6각면의 면적이 서로 비슷한 점으로 말하면, 실제로 이 주사위를 굴리고 던져서 얻을 확률은 4각면과 6각면의 경우가 서로 비슷할 것이다. 장대홍(2005)의 실험에 따르면, 굴려서 4각면이 나올 확률은 42.79%에 이르고, 던져서 4각면이 나올 확률은 53.07%에 이른다.[9] 굴리고 던지는 결과의 차이가 그리 크지 않을 뿐만

9 장대홍, 「14면 주사위에 대한 재고찰」, 『응용통계연구』 제18권 2호(2005), 446~450면. ※이보다 앞서 이루어진 실험이 있기는 하지만, 6각면과 4각면으로 구성된 경우가 아니라 3각면과 4각면으로 구성된 경우를 대상으로 삼았다. 이로써 안압지에서 출토된 14면체 주사위의 확률을 말하기는 어려울 듯하다. 허명희, 「14면 주사위의 확률」, 『응용

아니라 4각면과 6각면의 확률이 거의 비슷한 셈이다.

안압지 주사위는 정6면체의 3면과 3변이 한자리에 만나는 꼭지점을 변의 절반보다 6㎜가량 더 깊게 잘라서 만든 것이다. 만약에 변의 절반을 정확히 잡아 자르게 되면, 4각면 6개와 3각면 8개로 이루어진 14면체를 얻는다. 그러나 이것은 4각면의 면적과 3각면의 면적이 큰 차이를 지니게 되므로, 던져서 얻는 경우의 수가 고르지 못하게 나온다. 안압지 주사위의 제작자가 정6면체의 꼭지점을 변의 절반보다 깊게 잘라서 6각면을 이끌어낸 까닭은 던져서 얻는 경우의 수를 고르게 하자는 데 있었다.

안압지 주사위와 그 명문은 요컨대 속성이 다른 두 가지 부류의 문구로 구성된 상반 대립의 체계를 지녔다. 그러니 이것을 던져서 하나의 단안을 얻고자 할 때의 확률은 언제나 1/2에 그친다. 여기에 다시 1/7을 곱한 결과가 곧 14개 조항에 이르는 명문 전체의 확률을 낳는다. 따라서 이러한 체계를 이루는 대립의 본질을 밝혀야 그 용도가 드러날 것이고, 낱낱의 문구가 지니는 의미를 밝혀야 그 용법이 드러날 것이다. 그러면 이제 그 용도 · 용법을 파악하는 데 관건이 될 만한 사항을 고찰해 보기로 하겠다.

2. 용도와 용법

안압지 주사위와 그 명문은 누군가 약정된 주령을 위반했을 경우에 적용하는 벌칙을 다시 부차적으로 제한해서 규정하는 주령과 그 도구로 쓰였다. 명문 전체의 중심에 놓이는 바로서, 〈衆人打鼻〉는 위반 행

통계연구』 제7권 1호(1994), 113~119면; 채경철 · 이충석, 「14면 주사위 확률에 대한 역학적 고찰」, 『응용통계연구』 제8권 2호(1995), 179~185면.

위에 대한 처벌을 삭감하거나 또는 면제하는 규정을 대표하는 문구이고, 〈飮盡大哄〉는 그것을 가중하는 규정을 대표하는 문구이다. 요컨대 종류가 다른 여러 가지 주령을 주종 · 선후 관계나 표리 관계로 한데 엮어서 베푸는 방식의 행령이 가능할 것이니, 본래의 주령은 영면(令面)을 이루고, 나중의 주령은 영저(令底)를 이룬다. 안압지 주사위와 그 명문은 이러한 행령의 영저를 이루는 바였다.

그리고 이렇게 단정할 만한 근거로는 특히 〈有犯空過〉를 들어야 하겠다. 이른바 '어김이 있음'(有犯)은 이 주사위를 던지기 앞서 이미 있었던 위반 행위이고, 이른바 '그냥 지나감'(空過)은 이 주사위를 던져서 비로소 얻어낸 면제 규정이다. 반면에 이것과 그 방향 · 위치가 상반되어 있는 〈禁聲作儛〉는 도무지 풍악을 울리지 못하도록 금지하는 까닭에 반주(伴奏)도 절주(節奏)도 없이 춤을 추어야 하는 가중 처벌이다. 그러니 안압지 주사위와 그 명문은 이로써 처벌을 벗어나게도 하지만, 반대로 더욱 고된 처벌을 무릅쓰게도 만든다. 다음과 같은 행령 사례를 참고할 만하다.

> 蘭陽이 桂娘에게 말한다. "詩社도 이제 끝이 났으니, 桂娘은 또 무슨 좋은 酒令이나 내어 보세요. 俗套가 아닌 것으로 말예요." 桂娘이 말한다. "그거야 이미 마련되어 있지요." 그리고 제 쌈지에서 骰角을 꺼내어 자리에 놓았다. 보건댄 骨角으로 만든 4개의 주사위일 뿐인데, 여기에 새겨진 것도 紅綠 點數가 아니라 한 면에 2자씩 글씨를 새겼고, 저마다 6면에 모두 12자씩 새겨져 있었다. 첫째 주사위 위에는 '公子 · 老僧 · 少婦 · 屠沽 · 妓女 · 乞兒'의 12자를 새겼고, 둘째 주사위는 '章臺 · 方丈 · 閨閣 · 市井 · 花街 · 古墓'의 12자를 새겼고, 셋째 주사위는 '走馬 · 參禪 · 刺繡 · 揮拳 · 賣俏 · 酣眠'의 12자를 새겼다. 이것을 던져서 六字 成語를 만들면 곧 '公子 章臺 走馬' · '老僧 方丈 參禪' · '少婦 閨閣 刺繡' · '屠沽 市井 揮拳' · '妓女 花街 賣俏' · '乞兒 古墓 酣眠'을 이룬다. 이 酒令을 施行할 때에, 던져

> 서 本色 成語가 나오면 자리에 앉은 모든 사람이 한 잔씩 마셔 함께 致賀하고, 던져서 들쭉날쭉 뒤섞인 名目이 나오면 그 人物 · 場所 · 事件이 어긋난 輕重을 헤아려 罰酒로 먹이는 술잔의 많고 적음을 정한다. 넷째 주사위는 곧 令底로서, 이것도 6면이고, 한 면에 또한 2자씩인데, 이것은 '拇戰 · 覓句 · 飛觴 · 雅謎 · 笑語 · 泥塑'의 12자를 새겼다. 이것을 나머지 세 주사위와 함께 한꺼번에 던져서 色樣이 들쭉날쭉 뒤섞여 나오면 마땅히 罰酒를 얼마쯤 매기되, 아울러 다시 令底가 어떠한 名色의 것인지 살핀다.[10]

고소설 『구운기』(九雲記) 제32회에 들어 있는 한 대목이다. 여기서 영면을 이루는 주령은 인물 · 장소와 사건이 낱낱 따로 새겨진 주사위 3개를 던져서 아무런 어긋남이 없는 말을 만들어 내라는 것이다. 예컨대 '껄렁패가 저잣거리에서 주먹을 휘두른다.'(屠沽 市井 揮拳)와 같은 문구가 나와야 그 책임을 면한다. 그리고 이렇게 본색(本色)을 얻으면 자리에 앉은 모든 사람이 하주(賀酒)를 마신다. 그러나 만약에 주령을 위반하는 정도가 지나쳐, 예컨대 '거지가 규중에서 말을 달린다.'(乞兒 閨閤 走馬)와 같은 문구가 나오는 때에는 벌주(罰酒)가 여러 잔이나 쌓인다.

영면의 주령에 대하여 다시 영저가 요청되는 상황은 혼자 마셔야 하는 벌주가 그처럼 여러 잔이나 겹쳐서 매우 가혹한 처지에 놓이는 경우일 것이다. 그래서 주사위를 3개만 던지는 것이 아니라 덤으로 1개를 더 던지게 했으니, 이것은 곧 영저를 고르는 바이다. 벌주가 쌓여도 영저의 명목(名目)에 따라 그것을 덜거나 또는 남에게 떠넘길 수 있는 반전의 기회가 생긴다. 그러니 이른바 영저는 이로써 영면의 주령

---

10 尹榮玉(譯), 『九雲記』(영남대학교출판부, 2001), 608~609면. "行此令時, 若擲出本色成語者, 合席各飮一盃公賀. 若擲出參差綜錯名目時, 卽酌量其人其地其事之輕重, 以定罰酒杯數之多寡. 第四顆骰乃是令底, 也是六面. 一面也是兩個字, 鐫的是拇戰覓句飛觴雅謎笑語泥塑十二個字. 與三顆色骰一齊擲下, 如色樣參差應罰酒若干杯, 再看令底是何名色." ※원문의 분량이 많아 중요한 일부만 밝힌다.

을 변통할 수 있도록 하는 가운데 저절로 생기가 넘치는 분위기를 만들어 즐거움을 한껏 더하자는 것이다. 여기에 보이는 영저의 용법과 그 취지는 다음과 같았다.

> 拇戰을 만나면, 罰을 받는 사람이 罰酒를 가지고 함께 앉은 다른 한 사람과 가위바위보를 치른다. 진 사람이 마신다. 覓句를 만나면, 罰酒를 앞에 놓은 채로 席上 生風을 하여, 詩詞가 되었건, 文이 되었건, 또는 成語가 되었건 아무 것이나 한 구를 읊는다. 合當한 것은 罰을 免除하고, 順坦한 것은 半減하고, 통하지 않는 것은 罰을 倍加한다. 飛觴을 만나면, 罰酒를 任意로 날려 함께 앉은 다른 한 사람이 代飮하도록 건네어 준다. … 笑語를 만나면, 罰酒를 앞에 놓은 채로 몸소 웃기는 이야기 하나를 한다. 함께 앉은 사람들이 모두 다 웃으면 罰을 免除하고, 아무도 웃지 않으면 罰을 倍加한다. … 이렇게 여섯 가지 色様을 베푸는 까닭은, 罰을 받는 사람으로 하여금 술을 많이 마시고 일찌감치 취하도록 차마 하지 못할 것이니, 活潑하게 하고 變通하게 하고 떠들썩하게 놀 수 있도록 하자는 것이다.[11]

여기서 〈覓句〉의 이른바 '석상 생풍'(席上生風)은 시사(詩詞)나 문구를 읊되 반드시 함께 앉은 그 자리에 있는 어떤 한 가지 사물을 들어서 읊어야 하는 주령이다.[12] 예컨대 화분에 꽃이 피어 있는 경우라면 '구름 사이의 흰 달, 잎사귀 속에 활짝 핀 꽃이여!'(皎皎雲間月, 灼灼葉中華.)라고 읊는다. 그러면 함께 앉은 사람들의 눈길이 모두 화분의 꽃에 쏠리니, 이렇게 문득 '제자리에서 바람을 일으킨다.'는 것이다. 그런가 하면, 〈飛觴〉도 시사나 문구를 읊어서 술잔을 건네는 주령이다.[13] 예컨

---

11 尹榮玉(譯), 『九雲記』(영남대학교출판부, 2001), 609~610면. "如遇覓句, 受罰者將罰酒放在面前, 自己席上生風, 或詩詞, 或文, 或成語, 說一句. 恰當的免罰, 通順的減半, 不通的加倍罰. 如遇飛觴, 受罰者將罰酒隨意飛與同席之人代飮. … 如遇笑語, 受罰者將罰酒放在面前, 自己說一笑語. 同席人皆笑免罰, 皆不笑加倍受罰. … 設此六様, 不過爲受罰之人酒多易醉, 取其活潑變通熱鬧的意思."

12 麻國鈞 · 麻淑雲, 『中國酒令大觀』(北京出版社, 1993), 134면. [席上生風令] 참조.

대 '동녘의 커다란 샛별, 밝은 빛 천리를 비춘다.'(東方大明星, 光景照千里)라는 시구를 읊고서 '별'[星]이라는 문자에 잔을 날리면(星字飛觴), 읊조린 사람으로부터 오른쪽으로 다섯 번째 자리에 앉은 사람이 그 술을 마신다.

안압지 주사위의 명문에 비추어 보건대, 〈覓句〉와 〈飛觴〉은 이로써 〈空詠詩過〉의 의미와 그 용법을 유추할 만하고, 〈笑語〉는 이로써 〈飮盡大唉〉의 의미와 그 용법을 유추할 만하다. 요컨대 〈空詠詩過〉는 〈有犯空過〉와 같이 위반에 상응하는 바의 처벌 내용을 완전히 면제하는 조항이 아니라 조건부로 면제하는 조항일 것이니, 이것은 특히 〈飛觴〉과 같은 방식의 주령이었을 듯하다. 〈覓句〉는 면제의 뜻이 적어 보인다. 그리고 〈飮盡大唉〉는 몸소 크게 웃어 보이는 단순성을 넘어서 좌중을 크게 웃기는 적극성을 띠어야 더욱 마땅할 것이니, 이것은 여기에 보이는 〈笑語〉와 같은 방식의 주령이었을 듯하다.

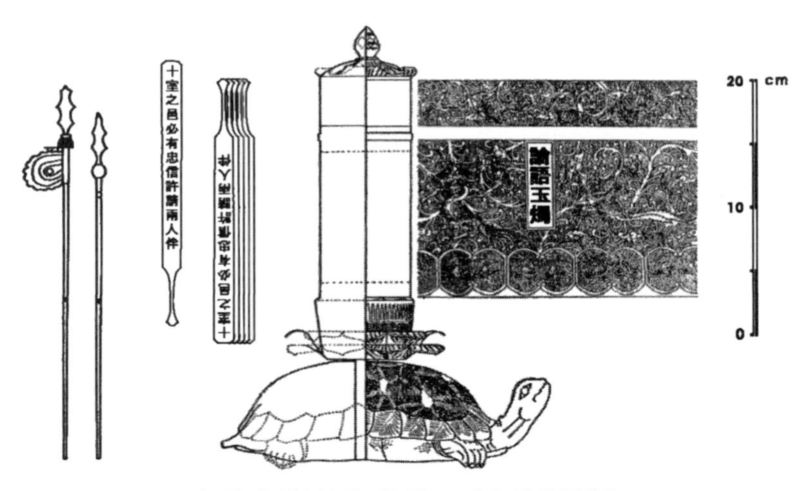

〈그림 4〉 강소성 단도현 정묘교 출토 당대 주령구

13 麻國鈞 · 麻淑雲, 『中國酒令大觀』(北京出版社, 1993), 134면. [飛觴] 참조.

그런데 위와 같은 종류의 영저는 비록 유익한 참고 자료가 되어 주기는 하지만, 시대가 너무 동떨어진 사례라는 점에서 일정한 한계를 지닌다. 고소설 『구운기』는 서포(西浦) 김만중(金萬重, 1637~1692)의 『구운몽』(九雲夢)을 개작한 것이니, 여기에 보이는 주령과 그 행령 방법은 유래가 어떻든 어디까지나 18세기 이후의 음주 풍속을 반영하는 바라고 해야 할 것이다. 따라서 안압지 주사위의 명문과 더불어 거의 같거나 아주 가까운 시대의 주령을 탐문해 보아야 하겠다. 이러한 요구에서 〈그림 4〉의 모형도[14]에 보이는 당대(唐代)의 주령구(酒令具)가 우리의 깊은 관심을 부른다.

이른바 '논어옥촉'(論語玉燭)이라는 명칭이 새겨진 은도금(銀鍍金) 주령구가 중국 강소성(江蘇省) 단도현(丹徒縣) 정묘교(丁卯橋) 부근의 한 공사 현장에서 출토된 것은 1982년 1월의 일이다. 이것은 그 연대가 대체로 성당(盛唐) 연간에 걸치는 바로서,[15] 거북이가 등에 원통을 지고 기어가는 형태로 되어 있었고, 원통은 그 상부에 연꽃 봉우리를 새겨서 꼭지로 삼은 뚜껑이 달려 있었다. 이것과 함께 또한 50개에 이르는 주령주(酒令籌)가 딸려 나왔고, 주령기(酒令旗) 1개와 주령독(酒令纛) 1개도 함께 나왔다. 여기서 그 주령주는 원통에 넣어 두었다가 꺼내어 썼을 것인데, 저마다 『논어』(論語) 장구를 하나씩 따다가 만든 주령이 새겨져 있었다. 다음은 그 전체를 대표할 만한 문구라고 할 수

14 丹徒縣文教局 鎮江博物館, 「江蘇丹徒丁卯橋出土唐代銀器窖藏」, 『文物』 1982년 제11기 총318호, 16~22면. ※원문은 기물의 모형을 저마다 따로 제시하고 있으나, 주령을 새긴 주(籌)와 그 통(筒) 및 기(旗) · 독(纛)이 모여서 한 벌의 조직체를 이루는 까닭에 한데 모았고, 주령주는 또한 새로 그렸다.

15 陸九皐 · 劉建國, 「丹徒丁卯橋出土唐代銀器試析」, 『文物』 1982년 제11기 총318호, 28~33면. ※유물의 대다수에 "力士"라는 문자가 새겨져 있는데, 이것은 성당 연간의 부호(富豪) '馮力士'를 지칭하는 바거나 또는 천보(天寶) 2년(743)에 각지 명산(名産)의 하나로 장안(長安)에 진열되었던 "豫章力士瓷飮器"(新唐書 · 韋堅傳)의 '豫章力士'에 상당하는 바라는 고증을 중시할 만하다.

있다.

[당대 논어옥촉 주령 (일부)]

① 道不行, 乘桴浮於海. - 自飮十分. ② 一簞食, 一瓢飮. - 自酌五分. ③ 與朋友交, 言而有信. - 請人伴十分. ④ 十室之邑, 必有忠信. - 請許兩人伴. ⑤ 聞一知十. - 勸玉燭錄事五分. ⑥ 刑罰不中, 則民無所措手足. - 觥錄事五分. ⑦ 割鷄焉用牛刀. - 勸律錄事七分. ⑧ 擇其善者而從之. - 大器四十分. ⑨ 擇不處人, 焉得智. - 上下各五分. ⑩ 夫人不言, 言必有中. - 任勸意到. ⑪ 天何言哉, 四時行焉. - 在座各勸十分. ⑫ 瞻之在前, 忽然在後. - 來遲處五分. ⑬ 苟有過, 人必知之. - 新放盞處五分. ⑭ 己所不欲, 勿施於人. - 放.[16]

당대의 논어옥촉 주령은 크게 벌음(罰飮)의 부류와 면음(免飮)의 부류로 나뉜다. 그리고 이것의 활용 방법은 크게 다섯 가지 방안이 있었다. 주령주를 받아 든 바로 그 사람이 홀로 마시는 자음(自飮), 주령주를 받아 든 바로 그 사람이 억지로 동무를 찾아 더불어 마시는 청반(請伴), 주령주가 가리키는 바의 사람을 받들어 마시게 하는 권음(勸飮), 주령주가 가리키는 바의 사람을 벌주어 마시게 하는 처분(處分), 아무도 마시지 않는 방면(放免)이 곧 그것이다. 여기서 권음과 처분은 이러한 내용의 주령주를 받아 든 처지로 말하면 면음의 부류에 속하되, 뜻밖에 갑자기 마시는 처지로 말하면 벌음의 부류에 속한다.

안압지 주사위의 명문에 비추어 보건대, 우선은 '放'[방]이라는 용어의 두 가지 용례를 간과할 수 없겠다. 첫째, 이것은 곧 '방면'(放免)으로서 '스스로 바라지 않는 바를 남에게 베풀지 말지다.'(⑭)라는 조항이 가리키는 바의 합법적 면제(免除)를 뜻하니, 〈兩盞則放〉의 뜻하는 바가 이로써 뚜렷해진다. 벌주로 여러 잔이나 마셔야 할 처지로부터

16 陸九皐 · 劉興, 「論語玉燭考略」, 『文物』 1982년 제11기 총318호, 34~35면.

한꺼번에 두 잔을 덜어 준다는 것이다. 둘째, 이것은 곧 '방잔'(放盞)으로서 '참으로 허물이 있을진댄 남이 반드시 그것을 알지다.'(⑬)라는 조항이 가리키는 바의 불법적 경발(傾潑)을 뜻하니, 〈醜物莫放〉의 뜻하는 바를 또한 이로써 짐작할 수 있겠다. 술잔에 술을 조금씩 남겨서 덜 마시거나 또는 남몰래 잔을 기울여 남은 술을 쏟아 버리는 때에는 그에 상응하는 조처가 따르게 된다는 것이다.

아울러 우리는 여기서 매우 중요한 몇 가지 방증을 얻는다. 행령에 사용한 주령주가 50개나 되었던 점으로 보건대, 만약에 20명 안팎의 좌중이 더불어 마시는 자리에서 자음 · 권음 · 처분 및 청반이 우연히 어떤 한 사람에게 거듭 겹치게 된다면, 주량이 적은 사람은 쌓이는 벌주를 미처 다 감당하기 어렵다. 따라서 벌주를 조금 삭감할 필요가 생긴다. 〈三盞一去〉는 이러한 요구에서 유래한 규정인 듯하다. 벌주가 3잔이면 거기서 1잔을 덜어 준다는 것이다. 그런데 벌주로 마시는 술의 분량과 그 방식도 주목할 만하다. 대개는 5분 · 7분의 분소(分消)를 위주로 하는 듯하되, 이것만 아니라 10분의 즉진(則盡)도 있었다. 〈曲臂則盡〉은 여기서 유래한 듯하다. 잔을 들어 팔을 굽히게 되면 이내 곧 1잔을 끝까지 다 마신다는 것이다. 그런가 하면, 임의에 따른 권음과 동무를 찾아 마시는 청반이 있었다. 〈任意請歌〉를 이로써 짐작할 만하다. 아무나 가리켜 노래를 시키되, 부르면 내가 마시고, 부르지 못하면 저가 마시게 될 것이다.

그리고 우리가 여기서 특히 중시할 바로는 '자리에 있는 모든 사람에게 저마다 10분을 마시게 한다.'(⑪)는 조항과 '뒤늦게 온 사람을 5분에 처한다.'(⑫)는 조항을 들어야 하겠다. 전자는 이로써 〈衆人打鼻〉를 해석할 만하고, 후자는 이로써 〈自唱怪來晩〉을 해석할 만하다. 요컨대 '在座'와 '衆人'은 가리키는 바가 같은 말이고, '來遲'와 '來晩'도 그렇다. 따라서 '朾鼻'가 무엇을 뜻하고 어째서 반드시 '怪來晩'일 수밖에 없는지, 우리의 문제는 다만 여기에 있을 뿐이다. 그러나 문제를 해결하는 데 필요한 단서는 이미 찾은 셈이다. 이것은 뒤에서 좀더 자세히 고증할 기회가 다시 있을 것이다. 그러면 이제 안압지 주사위의 사용 맥락을 당대의 논어옥촉 주령의 행령 방법과 그 절차에 비추어 고찰해 보기로 하겠다.

3. 사용 맥락

당대의 논어옥촉 주령은 이것을 주관하는 세 가지 직책이 있었다. 예컨대 '하나를 들으면 열을 아노니.'(⑤)의 옥촉록사(玉燭錄事)는 곧 명부(明府)를 달리 이르는 바로서 주령을 위반한 사람을 처벌하는 데 필요한 잔질을 담당하는 직책이고, '형벌이 적중하지 않으면 백성이 손발을 둘 데가 없느니.'(⑥)의 굉록사(觥錄事)는 좌중의 동태를 과묵히 감찰하는 가운데 행령을 저해하는 사람을 규탄하여 주연의 기율을 바로잡는 직책이다. 그리고 이러한 직책의 상위에 다시 '닭을 잡는데 어찌 도끼를 쓰는고?'(⑦)의 율록사(律錄事)가 있었다.

율록사는 논어옥촉 따위와 같은 농대(籠臺)와 그 주령주를 몸소 관장하는 가운데 행령을 통틀어 지휘하는 직책이다. 명부인 옥촉록사는 주사위 한 벌과 술구기 한 벌을 소지하고, 굉록사는 주령기와 주령독을 소지하되, 이러한 권한은 모두 율록사에 의하여 위탁된 것이니, 전권을 통섭하는 주체는 율록사인 셈이다.[17] 율록사는 본디 진(秦) · 한(漢) 이래의 주감(酒監) · 감사(監史)에서 유래한 것인데, 후대의 통칭은 영

---

17 皇甫松, 『醉鄕日月』 明府 · 觥錄事 · 律錄事: 陶宗儀, 『說郛』(四庫全書) 94下-39b~40a.
※당대의 논어옥촉 주령에 보이는 옥촉록사 · 굉록사 및 율록사의 직분에 관한 설명은 모두 여기에 따른다.

관(令官)이다.

당대의 논어옥촉 주령의 행령 방법과 여기에 딸린 소도구의 사용 방법에 관하여 가장 적실한 용례를 보여 주는 문헌은 당대의 인물 황보송(皇甫松)이 저작한 『취향일월』(醉鄕日月)일 것이다. 여기에 따르면, 주사위는 무릇 주연의 초입 단계에 쓰이는 바로서, 이로써 오락과 유흥의 분위기를 만들어 좌중으로 하여금 여타의 주령에 순탄히 전입하도록 하는 도구로 삼았다. 그리고 주령주는 주사위를 던져서 얻은 모종의 결과에 대하여 일정한 주령을 집행하도록 마련된 영장을 부여하는 도구로 쓰였다. 자세한 절차는 다음과 같았다.

> 賓客·主人이 자리에 나와 앉으면, 律錄事는 令籌를 하나 집어 가지고 令旗와 令纛을 써서 자리의 한가운데에 함께 세운다. 나머지 令籌는 器(籠臺)의 오른쪽에 놓는다. 맨 처음 술잔을 잡게 된 사람이 주사위를 청하여, [律錄事가] 그것을 받으라고 명하면, 그는 다시 '아무개가 주사위 酒令을 바랍니다.'라고 아뢰고, 이내 [던져서 얻은 名目에 따라] 그 索說을 律錄事에게 條對한다. 律錄事는 자리에 앉은 모든 사람들에게 '아무개 律官이 주사위 酒令을 내립니다.'라고 아뢰고, 이내 거듭 酒令을 베풀어 말한다. 律錄事의 設令은 반드시 그 言詞가 자리에 앉은 사람들보다 뛰어나야 하니, 이른바 '巧宣'이라는 것이다. 자리에 앉은 사람이 酒令을 범하면, [律錄事는] 곧 令籌를 내려 주되, 酒令을 범한 사람이 술잔을 들고 죄를 청하면, 문득 '한잔 들라.'라고 말한다. [令籌의] 律法이 [律錄事의] 宣言에 맞지 않으면, 酒令을 범한 사람은 다만 그대로 물러서는 것이 아니라, 아울러 세 차례에 걸쳐서 令籌를 내려 줄 것을 청하고, 이내 그 狀況을 아뢴다. [再審에 따른] 讞議가 [質疑한 바의] 情理에 맞지 않으면, 令籌를 되돌려 주고 술을 마신다.[18]

18 皇甫松, 『醉鄕日月』 律錄事: 陶宗儀, 『說郛』(四庫全書) 94下-40a. "賓主就坐, 錄事取一籌, 以旗與纛偕立於中. 餘置器右. 首執爵者, 告請骰子, 命受之, 復告之日, 某忝骰子令, 乃條其說於錄事. 錄事告于四席日, 某官忝骰子令, 然累宣之. 錄事之令也, 必令其詞異於席人, 所謂巧宣也. 席人有犯, 卽下籌, 犯者執爵請罪, 輒日, 一爵. 法未當言, 犯者不徒退, 請倂下三籌, 然告其狀. 讞不當理, 則反其籌以飮焉."

요컨대 행령을 위한 도구로 주사위를 도입하는 장면에 관하여 '맨 처음 술잔을 잡게 된 사람이 주사위를 청한다.'라고 했으니, 차례로 돌아가면서 마시는 음주 방법을 따르되, 단순히 차례에 따르는 것만이 아니라 아울러 주사위를 던져서 음주 여부와 그 분량 · 방식을 판정하는 풍습이 또한 있었던 것이다. 주사위는 그것의 종류와 개수 및 상벌 내용을 미리 약정해 두는데, 보통은 주사위로 하는 유희의 종류와 그 방식에 따랐다. 예컨대 저포(樗蒲) · 쌍륙(雙六)과 육박의 방식을 두루 차용할 수 있었고, 상채(賞采)와 벌채(罰采)를 구분하는 관습도 그 방식에 따라서 달랐다.

당대에 두루 통용된 상채는 당인(堂印) · 벽유(碧油)와 주성(酒星)이 가장 대표적인 것으로 있었다. 당인은 쌍륙에 쓰이는 주사위 3~4개를 한꺼번에 던져서 모두 4점이 나온 경우이고, 벽유는 모두 6점이 나온 경우이다. 당인은 애초에 던지는 순서를 정하는 가운데 가장 앞서 4점을 자신의 본채(本采)로 얻어 제1인이 되었던 사람이 그 나머지 모든 사람에게 술을 먹이고, 벽유는 이것을 던져서 얻은 사람이 그 나머지 세 사람에게 술을 먹인다.[19] 주성은 이것을 달리 만분성(滿盆星)이라고도 하는데, 던져서 모두 1점이 나온 경우이다. 송대(宋代)의 인물 주하(朱河)의 『제홍보』(除紅譜)에 따르면, 주성도 벽유와 동등한 포상이 따랐다.[20] 당대의 사정도 이와 비슷했을 것이다.

약정된 주사위를 던져서 상벌을 결정하는 이러한 주령의 요점은 당인이나 벽유 · 주성과 같은 따위의 혼채(渾采)를 얻는 것이다. 상채가 혼채에 있으니, 벌채가 잡채(雜采)에 있음은 당연한 일이다. 상채가 나

19 洪邁, 『容齋續筆』(四庫全書) 16-16a. 「唐人酒令」: "皇甫松所著醉鄉日月三卷載骰子令云, … 堂印, 本采人勸合席. 碧油, 勸擲外三人. 骰子聚於一處, 謂之酒星."
20 朱河, 『除紅譜』 標目六十二條 渾花: 陶宗儀, 『說郛』(四庫全書) 102-4a. "渾四爲滿園春, 賞六帖. 渾六爲混江龍, 賞五帖. … 渾幺爲滿盆星, 賞五帖."

오면 스스로 음주를 면하는 뿐만 아니라 다른 사람을 징벌할 수 있도록 마련된 주령주를 상첩(賞帖)으로 얻는다. 반면에 벌채가 나오면 반드시 몸소 마셔야 하는 주령주를 벌첩(罰帖)으로 받는다. 주령주는 율록사가 내려 주는 것이나, 이것을 지닌 사람은 이로써 영장을 삼아 그에 따른 권한을 집행할 수 있었다. 예컨대 다른 사람을 벌하거나 벌을 받는 자리에 다른 사람을 이끌어 동무로 삼을 수 있도록 하는 권한이 모두 주령주에서 나온다.

그런데 주사위를 던져서 벌채가 나오고 마침내 영장이 이미 떨어진 경우라도 여기에 불복하고 이의를 제기할 수 있었다. 요컨대 '율법이 선언에 맞지 않으면, 아울러 세 차례에 걸쳐서 영주를 내려 줄 것을 청한다.'라고 했으니, 애매한 처벌에 불만을 품었을 경우에는 이의를 제기할 수 있었고, 이로써 주사위를 던지는 기회를 통틀어 세 차례나 얻을 수 있었다. 그러나 이것은 거듭 번거로운 과정을 거치게 하는 뿐만 아니라 차례를 기다리는 쪽으로 하여금 매우 지루한 감정을 부른다. 따라서 이것을 간단하고 신속하게 처리해 주는 방법과 그 도구가 요청되게 마련인데, 그것이 곧 영저를 얻도록 함께 던지는 주사위이다. 안압지 주사위는 바로 여기에 쓰였던 것이다.

안압지 주사위는 그처럼 영면의 주령과 그 처벌 내용에 대한 불만을 해소하고 불리한 처지를 반전시킬 수 있도록 기회를 부여하는 맥락에서 영저를 고르는 도구로 쓰였다. 따라서 결코 단독으로 쓰였던 기물이 아니다. 안압지 주사위는 적어도 영면의 주령을 결정하는 데 사용한 여타의 주사위와 주령주 및 주령기 · 주령독 따위의 여러 가지 도구와 함께 한 벌의 조직체를 이루는 바였다. 그러면 당대의 논어옥촉 주령과 마찬가지로 주령주와 주사위를 결합하는 방식의 주령 유희가 실제로 신라 사회에 있었던 것인가? 이것을 입증할 만한 물적 증거는 아직 발견되지 않았다. 그러나 문헌이 전혀 없는 것은 아니다. 그러면 이제 여기에 관한 문헌을 고찰해 보기로 하겠다.

4. 관련 문헌

주령은 그것을 본디 주자(籌子)나 엽자(葉子)에 적었다. 그런데 안압지 주사위는 그처럼 주자나 엽자에 적었던 주령을 자체의 표면에 바로 새겼다. 이것은 곧 주령주나 주패(酒牌)가 당시에 이미 사용되고 있었음을 뜻한다. 요컨대 안압지 주사위는 그 형태로 보건댄 당대의 논어옥촉 주령과 마찬가지로 주령주와 주사위를 결합하는 방식의 주령 유희가 실제로 신라 사회에 있었을 개연성을 암시하고 있는 셈이다. 그리고 이러한 개연성을 추론할 만한 자료가 또한 있으니, 『삼국사기』(三國史記) 「악지」(樂志)에 전하는 고운(孤雲) 최치원(崔致遠)의 「향악잡영」(鄕樂雜詠)을 새롭게 조명해 볼 만하다. 전체가 5수인 가운데 그 둘째 작품으로 소개되어 있는 「월전」(月顚)에 매우 중요한 기록이 보인다.

어깨는 우뚝, 목은 움푹, 상투는 쭈뼛,
팔을 걷어 부치고 난쟁이 무리가 술잔을 다툰다.
노랫소리를 듣고는 사람들이 못내 다 웃으며,
저녁때 깃발이 새벽까지 쾌친다.

肩高項縮髮崔嵬, 攘臂羣儒鬪酒盃.
聽得歌聲人盡笑, 夜頭旗幟曉頭催.[21]

21 崔致遠, 『孤雲先生續集』 單-2b. 「鄕樂雜詠五首 · 月顚」 全文.

기존의 연구는 이 「월전」의 실체를 가무희(歌舞戲)로 보거나 또는 가면희(假面戲)로 보았다.[22] 여기서 특히 후자는 성호(星湖) 이익(李瀷)의 소견[23]에 그 원류가 있었다. 그런데 이러한 모든 견해는 저마다 일정한 타당성을 지니고 있기는 하지만, 마침내 정확한 추측에 도달한 결과로 보기는 어렵다. 왜냐면, 「월전」의 제1~2구는 『장자』(莊子) 「인간세」(人間世)에 나오는 꼽추 지리소(支離疏)[24]의 형용(形容)과 그 해학적 기상(氣象)을 연출하고 있는 연희(演戲)의 현장을 묘사한 것인데, 기존의 연구는 어느 것이나 모두 이러한 사실을 미처 적시하지 못했던 까닭이다.

지리소의 이른바 '지리'(支離)는 곧 무용지용(無用之用)의 범상한 양태를 가리키는 바로서 가없는 대덕(大德)을 상징한다. 지리소라는 인물은 곧 그러한 지인(至人)의 표상이다. 그러니 「월전」의 연희는 바로 이러한 지리소를 하나의 전형 인물로 설정하여 지인이자 꼽추인 그의 행동과 정신 면모를 가무(歌舞)로써 모방하는 속악 정재(呈才)일 것이다. 그런데 고운이 묘사하고 있는 바는 단순히 여기에 그치는 것이 아니다. 그것은 다시 주령 유희와 결합되어 있었고, 따라서 고운은 '팔을 걷어 부치고 난쟁이 무리가 술잔을 다툰다.'라고 읊었다.

더욱이 고운은 또한 '저녁때 깃발이 새벽까지 쫴친다.'라고 읊었다. 이것은 무엇을 재촉한다는 말인가? 이것을 김학주(1964)와 안상복(2001)은 '새벽을 재촉한다.'라고, 윤광봉(1981)은 '깃발 붐빈다.'라고,

---

22 金學主, 「鄕樂雜詠과 唐戲와의 比較考釋」, 『亞細亞研究』 제7집(1964), 135~137면; 尹光鳳, 「鄕樂雜詠 五首論」, 『東岳語文論集』 제14집(1981), 42~47면; 崔台鎬, 「鄕樂雜詠五首攷」, 『漢文學論集』 제12집(1994), 431~433면; 안상복, 「향악잡영과 산대놀이의 전통」, 『한국민속학』 제34집(2001), 140~144면.

23 李瀷, 『星湖僿說』 15-12a. "月題者, 恐古所謂以儒爲戲是也, 卽假面圓額如月也."

24 郭象, 『莊子注』(四庫全書) 2-18a. 「人間世」: "支離疏者, 頤隱於齊, 肩高於頂, 會撮指天, 五管在上, 兩髀爲脅. 挫鍼治繲, 足以餬口, 鼓筴播精, 足以食十人. 上徵武士, 則支離攘臂於其間, 上有大役, 則支離以有常疾不受功. 上與病者粟, 則受三鍾與十束薪."

최태호(1994)는 '새벽까지 나부낀다.'라고 번역해 두었다. 그러나 이것은 마땅히 '팔을 걸어 부치고 난쟁이 무리가 술잔을 다툰다.'의 정황과 그 맥락을 통해서 보아야 할 것이니, 여기서 말하는 '깃발'은 곧 주령 유희에 쓰이는 주령기와 주령독을 뜻하고, '쾌친다'는 것은 곧 행령의 촉구를 뜻한다. 황보송의 『취향일월』에 따르면, 주령기는 무릇 행령의 순서를 가리키는 데 쓰였고, 주령독은 무릇 범인을 가리키는 데 쓰였다.[25] 그런가 하면, 때로는 행령을 저해하는 사람을 규탄하는 데 쓰기도 하였다. 예컨대 그 광경이 다음과 같았다.

> 범하는 사람이 있으면, 문득 그 旗를 앞에 던지며 '아무개가 觥令을 어겼다.'라고 외친다. 범한 사람은 '예.'라고 하면서 旗를 집어 들고 두 손을 마주 잡은 채로 '죄를 알겠습니다.'라고 말한다. 明府는 술잔을 가져다가 술을 따른다. 범한 사람은, 오른손에 술잔을 쥐고 왼손에 旗를 들고 가슴에 가져다 붙인다. 律錄事는 伶人을 돌아보며 '曲破를 울려 送酒할 것을 명한다.'라고 말한다. 마시기를 마치면, 술을 떨어뜨리는 일이 없어야 한다. 머리를 조아려 보이고, 旗와 술잔을 가지고 觥主의 앞으로 가서 '감히 한 방울도 떨어뜨리지 못하였습니다.'라고 말하고, 술잔을 다시 제자리에 가져다 놓는다. 뒤따라 범하는 사람에게는 纛을 던지고, 잇따라 범하는 사람에게는 旗와 纛을 함께 던진다.[26]

이것은 비록 행령을 저해하는 사람을 처벌하는 경우에 해당하는 바지만, 처벌하여 술을 마시게 하는 과정과 절차는 실제로 주령을 위반한 사람을 처벌하는 경우와 크게 다르지 않았을 것이다. 주령기와 주

---

25 皇甫松, 『醉鄕日月』 律錄事: 陶宗儀, 『說郛』(四庫全書) 94下-40a. "凡籠臺以白金爲之, 其中實以籌一十枚, 旗一, 纛一. 旗所以指巡也, 纛所以指犯也."

26 皇甫松, 『醉鄕日月』 觥錄事: 陶宗儀, 『說郛』(四庫全書) 94下-40b~41a. "有犯者, 輒投其旗於前曰, 某犯觥令. 犯者諾而收執之, 拱曰, 知罪. 明府餉其觥而斟焉. 犯者, 右引觥, 左執旗, 附于胸. 律錄事顧伶曰, 命曲破送之. 飮訖, 無墜酒. 稽首, 以旗觥歸于觥主曰, 不敢滴瀝, 復觥于位. 後犯者, 投以纛, 累犯者, 旗纛俱舞."

령독은 이와 같이 주령 유희를 집행하는 데 있어서 거의 불가결한 도구로 쓰였고, 그것은 또한 주사위나 주령주 따위의 도구로 더불어 불가분한 한 벌의 조직체를 이루는 바였다. 주사위와 주령주는 이로써 행령의 공과와 상벌의 실제를 결정하고, 주령기와 주령독은 이로써 주령 유희의 진행과 위반자의 처벌을 지휘한다.

따라서 고운이 이미 '술잔을 다툰다.'라고 읊었고 또한 '깃발이 쫘친다.'라고 읊었을 양이면, 이것은 곧 당대의 논어옥촉 주령과 마찬가지로 주령주와 주사위를 결합하는 방식의 주령 유희가 거기서 실제로 진행되고 있음을 행간에 함축하는 바라고 하겠다. 주령을 베푸는 도구와 그 방식이 반드시 여기에 국한되어 있지는 않았을 것이나, 주연의 초입 단계는 무릇 주사위를 썼으니, 당시의 음주 풍속에 관한 당대인의 증언[27]을 간과해서는 안 될 것이다. 주사위는 흔히 주연의 초입 단계에 쓰였고, 여타의 주령은 이로 말미암아 점차로 도출되어 나오는 과정을 밟았다.

종합해 보건대, 「월전」의 이른바 '팔을 걷어 부치고 난쟁이 무리가 술잔을 다툰다.'는 것은 주사위나 주령주 따위의 도구를 가지고 행령의 공과와 상벌의 실제를 결정하는 장면을 묘사한 것이고, 이른바 '저녁때 깃발이 새벽까지 쫘친다.'는 것은 주령기와 주령독을 가지고 주령 유희의 진행과 위반자의 처벌을 지휘하는 장면을 묘사한 것이다. 그리고 여기에 등장하는 이른바 '난쟁이 무리'는 본디 배우(俳優)이기는 하지만, 그들은 또한 주연에 참석한 좌중을 위하여 유쾌한 주령을 베풀고 행령을 원활히 이끄는 주체로서 율록사 · 굉록사 및 명부의 역할을 대행했던 듯하다.

---

27 皇甫松,『醉鄉日月』骰子令: 陶宗儀,『說郛』(四庫全書) 94下-41a. "大凡初筵皆先用骰子, 蓋欲微酣然後迤邐入酒令."

안압지 주사위는 모름지기 악대(樂隊)와 가기(歌妓)·무기(舞妓) 및 배우가 모두 동원되어 있는 연석(宴席)에서 사용되었다. 가무희를 즐길 만한 부대 환경이 마련된 터라야 〈自唱自飮〉과 〈任意請歌〉를 요구할 수 있고, 〈月鏡一曲〉을 또한 요구할 수 있다. 더욱이 가무는 흔히 송주(送酒)의 구실이 되었을 뿐만 아니라 대개는 주령 유희와 다분히 연계되어 희학(戱謔)을 베푸는 구실이 되었다. 고운이 읊은 「월전」은 하나의 가무희로서 궁중의 연석에 쓰였고, 특히 그 악곡은 주령 유희에 있어서 거의 불가결한 하나의 음주곡(飮酒曲)으로 쓰였을 것이다.

Ⅳ. 해석과 설명

주령은 이것을 베푸는 도구에 따라 구두문자류(口頭文字類)·주자류(籌子類)·패류(牌類) 및 사복류(射覆類)·투자류(骰子類)·포타류(拋打類) 따위로 나뉜다. 그러나 대개는 도구와 도구를 서로 결합시켜 활용하는 경우가 많았고, 종류와 종류를 서로 연계하는 경우도 많았다. 안압지 주사위는 주자류 주령과 투자류 주령을 결합시킨 것이고, 명문의 용도를 보건댄 또한 모종의 주령을 영면으로 삼아 여기에 다시 14개 조항에 이르는 주령을 영저로써 연계하는 방식의 것이다. 그러면 이제 안압지 주사위의 명문이 지니는 낱낱의 의미를 추구해 보기로 하겠다. 체계의 기본형을 보이는 2개의 문구를 선두로 삼아 6개의 4각면 대립 조항을 먼저 다루고, 나아가 8개의 6각면 대립 조항을 차례로 다룬다.

[衆人朾鼻 : 飮盡大㗎]

(正) 衆人朾鼻 - 모든 사람이 가득 한 잔을 마신다

직역을 하건대, 〈衆人朾鼻〉는 '중인(衆人)을 정비(朾鼻)에 처한다.'는 것이다. 여기서 이른바 '朾鼻'는 곧 '鼎鼻'와 같은 말이고, '鼎鼻'는 또한 '打鼻'로 바꾸어 적을 수 있었다. 고대에 있어서, '打'[정]은 곧 '朾'[정]의 속자로 쓰였고, '頂'[정]과 같은 음으로 읽혔다.[28] 당대의 인물 이길보(李吉甫)의 『원화군현지』(元和郡縣志)에 따르면, 중국의 팽산현(彭山縣)에 '鼎鼻山'이 있는데, '打鼻山'이라고도 하는 이 산의 동쪽 장강(長江)에 주(周)나라의 보정(寶鼎)이 가라앉아 때로 그 솥귀(鼻)를 보이는 까닭에 명칭을 그렇게 붙였다고 한다.[29] 이러한 전설은 명대(明代)의 인물 조학전(曹學佺)의 『촉중광기』(蜀中廣記)에도 보인다.

> 李膺의 益州記에 이른다. 周의 德이 이미 다하여 九鼎이 淪散하던 즈음에, 하나가 여기에 가라앉아 때로 그 솥귀를 보이는 까닭에 鼎鼻山이라고 일렀다. 달리 打鼻山이라고 이르기도 한다. 山上에 城이 있는데, 또한 鼎鼻라고 이른다. 打과 鼎은 音이 가깝다.[30]

이것은 후한 시대의 인물 이응(李膺)의 『익주기』(益州記)를 인용하고 있는 바로서, 이길보의 『원화군현지』에 비해서 연대가 훨씬 앞서는 기록이라고 하겠다. 그런데 매우 흥미로운 사실은 당대의 현종(玄

---

28 阮元, 『經籍籑詁』 54-4a. "打, 擊也. 從手丁聲." 中文大辭典編纂委員會, 『中文大辭典』 第4卷(中國文化大學出版部, 1973), 413頁. "甲. [廣韻] · [集韻] · [韻會] 都挺切. 音頂. 迴."
29 李吉甫, 『元和郡縣志 · 管縣』(四庫全書) 33-6a. "鼎鼻山, 亦曰打鼻山, 在縣南十五里. … 山形孤起, 東臨江水. 昔周鼎淪于此水, 或見其鼻, 遂以名山."
30 曹學佺, 『蜀中廣記 · 名勝記』(四庫全書) 12-23a. "李膺益州記云, 周德既衰, 九鼎淪散, 一沒於此, 或見其鼻, 故名鼎鼻山. 一名打鼻山. 上有城, 亦名鼎鼻. 打鼎, 音近也."

宗) 개원(開元) 22년(734)과 그 이듬해에 바로 이 '鼎鼻山' 아래 강물 속에서 주나라의 보정을 거듭 건져 올렸다는 것이다.[31] 다리가 셋이고 무게가 700근이나 되었던 이 보정의 출현은 당시의 국제 사회에 있어서 큰 화제가 되었을 듯하고, 이러한 소식은 또한 신라 사회를 빠르게 관통했을 듯하다. 이러한 소식이 지명에 따른 전설에 겹쳤을 양이면, 파장이 더욱 컸을 것이다.

이렇게 보건대, 〈衆人打鼻〉의 '打鼻'는 술잔을 술독에 완전히 담갔다가 건져 올리는 방식의 만배(滿杯)를 비유하는 바라고 할 만하다. 문제의 '打鼻'는 곧 '鼎鼻'·'打鼻'를 가리키는 말이고, 이것은 '강물에 잠긴 솥귀'를 뜻하니, 적절한 비유라고 하겠다. 앞에서 이미 논급한 바지만, 당대의 논어옥촉 주령에 '자리에 있는 모든 사람에게 저마다 10분을 마시게 한다.'(在座各勸十分)는 조항이 있음도 함께 고려할 점이다. 이러한 종류의 포상은 일련의 조직체를 이루는 주령에 있어서 하나쯤 없을 수 없는 조항일 것이다.

(反) 飮盡大咲 - 한 잔을 다 마시고 크게 웃긴다

〈飮盡大咲〉는 마땅히 설소화령(說笑話令)으로 보아야 옳겠다. 설소화령의 한 사례로서, 고소설 『구운기』에 보이는 〈笑語〉는 앞에서 이미 소개해 두었다. 설소화령은 방식이 단순한 까닭에 흔히 여타의 주령에 하나의 소령(小令)으로 삽입되는 경우가 많았다.[32] 안압지 주사위는 영저를 고르는 도구로 쓰였던 것이니, 적합한 용도에 활용된 셈이다. 그런데 『구운기』에 보이는 설소화령은 좌중이 다 웃으면 벌주를 면제하고 그렇

31 曹學佺, 『蜀中廣記·方物記』(四庫全書) 68-24a. "唐書開元二十二年四月, 得寶鼎於鼎鼻山下江中, 重七百斤. 次年, 復得鼎於江中, 有三足, 即周鼎矣."
32 麻國鈞·麻淑雲, 『中國酒令大觀』(北京出版社, 1993), 88면. [說笑話令] 참조.

지 않으면 벌주를 배가하는 방식의 것이나, 〈飲盡大哄〉는 벌주를 먼저 소진(消盡)하는 방식의 것이다. 좌중을 다 웃기지 못하면 벌주를 한 잔 더 먹였을 터이니, 〈飲盡大哄〉는 징벌의 뜻을 강조한 조항이라고 하겠다.

[三盞一去 : 自唱自飮]

(正) 三盞一去 - 석 잔에서 한 잔을 던다

안압지 주사위와 그 명문을 영저로 삼았던 영면의 주령 유희는 특히 〈三盞一去〉와 〈兩盞則放〉을 가능하게 하는 바라야 했었다. 적어도 3잔의 벌주가 쌓일 만한 규칙을 지니고 있었던 셈이다. 그러한 영면의 주령 유희가 만약에 당대의 논어옥촉 주령과 마찬가지로 여타의 주사위를 던져서 그 결과에 따라 상벌을 결정했을 양이면, 3잔의 벌주는 가장 꺼리어 반드시 벗어나도록 미리 약정한 경우의 어떤 잡채나 또는 점수를 징벌하는 바였을 듯하다. 약정을 어기면 한꺼번에 3잔을 마셔야 하는데, 처지가 이러할 즈음에 〈三盞一去〉나 〈兩盞則放〉이 영저로 나오면 그야말로 득의하게 될 것이다.

예컨대 주사위 점수의 1점을 달로 약정하고 5점을 구름으로 약정하는 경우의 5점은 반드시 벗어나야만 하는 점수가 된다. 구름이 달을 가리는 까닭이다. 이것을 완월령(玩月令)이라고 하는데,[33] 자세한 행령 방법은 이렇다. 좌중이 저마다 3잔을 마시는 것으로 미리 주약을 정하고, 차례로 나아가 4개의 주사위를 한꺼번에 던진다. 1점이 나오면 1개에 1잔씩 약정한 술을 덜어 나가고, 5점이 나오면 1개에 1잔씩

---

33 麻國鈞 · 麻淑雲, 『中國酒令大觀』(北京出版社, 1993), 164면. [玩月令] 참조.

마신다. 1점과 5점이 함께 나오면 서로 비기는 수만큼 처벌과 면제를 상쇄시킨다. 처벌을 받든지, 면제를 받든지, 저마다 주어진 3잔을 소진하고 나서야 차례가 끝난다.

그런데 여기서 만약에 5점이 전혀 없이 1점 3개가 나란히 나오면 한꺼번에 3잔을 덜지만, 반대로 1점이 전혀 없이 5점 3개가 나란히 나오면 한꺼번에 3잔을 마신다. 그러나 한꺼번에 3잔을 마시는 것은 이른바 대기(大器)가 아니고서는 매우 어려운 일이다. 뜻하지 않게 1점을 1개도 얻지 못하고 그처럼 가혹한 처지에 놓이면, 누구든 〈兩盞則放〉을 영저로 얻고자 바라게 될 것이다. 따라서 마침내 〈兩盞則放〉을 벗어난 경우의 〈三盞一去〉는 그나마 적잖이 다행스러운 영저에 속한다.

(反) 自唱自飮 - 몸소 노래를 부르고 몸소 마신다

주령을 어겨서 마침내 벌주를 마시는 때에는 이것을 그냥 덥석 마시는 경우가 없으니, 풍악이 바야흐로 울리는 가운데 벌주를 마시되, 여기에 또한 가무가 따라야 제격을 이룬다. 그러나 처벌을 가중할 때에는 이러한 송주의 격식을 생략할 수 있으니, 〈自唱自飮〉은 여기서 비롯된 것이다. 요컨대 '自唱'과 '自飮'을 새삼스럽게 요구하고 나서는, 이것은 남을 빌어서 징벌을 피하는 방식의 대창(代唱)과 대음(代飮)이 또한 언제나 가능했던 저간의 맥락을 전제로 한다. 노래를 아주 못하거나 주량이 아주 적은 터에다 이미 몇 잔째 겹친 사람이 〈自唱自飮〉에 걸리면 매우 곤란할 뿐만 아니라 가혹한 처지에 놓인다.

[有犯空過 : 禁聲作儛]

(正) 有犯空過 - 어김이 있어도 그냥 지난다

〈有犯空過〉는 위반에 상응하는 처벌 내용을 완전히 면제하는 조항이다. 음주만 면제하는 것이 아니라 기타의 책무도 함께 면제한다. 따라서 〈衆人打鼻〉에 비하면 포상의 뜻이 적다고 할 것이나, 〈三盞一去〉에 비하면 포상의 뜻이 크다고 할 만하다. 앞에서 이미 논급한 바지만, 〈有犯空過〉의 이른바 '有犯'은 이 주사위를 던지기 이전에 있었던 위반 행위에 속하고, 이른바 '空過'는 이 주사위를 던져서 비로소 얻어낸 면제 규정에 속한다. 우리는 이로써 안압지 주사위가 영저를 고르는 도구로 쓰였던 바임을 확실히 알 수 있었다.

그리고 우리는 여기서 또한 '空過'에 보이는 '過'라는 용어를 간과할 수 없겠다. 주령을 시행하는 동안에 있어서 차례는 곧 위기(危機)와 같은 것이다. 따라서 '過'라는 용어는 그러한 위기를 다음 사람에게 떠넘기는 동시에 이로써 자신의 차례에 부과된 모든 책무를 벗는다는 것을 뜻한다. 앞에서 먼저 하고 뒤따라 나중에 하는 순번의 차이는 있지만, 행령의 차례는 누구에게나 균등하게 주어질 뿐만 아니라 반드시 빠짐이 없이 거친다. 그러니 차례를 맞이하는 것은 쉽지만, 차례를 모면하고 지나기는 어렵다.

(反) 禁聲作儛 - 가락 소리를 울리지 말고 춤을 추어라

〈禁聲作儛〉는 행령의 차례를 모면하고 지나기가 어렵다는 경우의 대표적 사례가 될 것이다. 정면의 〈有犯空過〉는 위반에 상응하는 처벌을 완전히 면제하는 조항인데, 반면의 〈禁聲作儛〉는 도리어 처벌을 가중하는 조항이다. 악대와 가기 · 무기 및 배우가 반드시 곁에 있었을 것이나, 반주도 절주도 없이 춤을 추어야 하는 까닭에 당사자는 문득 골계(滑稽)의 대상이 되어야 한다. 그러나 이로써 좌중의 어떤 한 사람에게 1잔의 술을 보내는 구실을 삼을 수 있었을 것이다. 춤으로 술을 바꾸는 셈이다. 만약에 몸소 춤을 추지 못하는 때에는, 그것을 남에게 시키고 그 대신에 자기가 술을 마신다.

[空詠詩過 : 月鏡一曲]

(正) 空詠詩過 - 그냥 시를 읊고 지난다

〈空詠詩過〉의 이른바 '空'이라는 용어는 곧 음주의 면제를 뜻한다. 중국의 사복류 주령에 '공권'(空拳)이라는 것이 있는데,[34] 가위바위보를 하는 두 사람의 당사자는 결코 마시지 않지만, 여타의 좌중은 누구든 그 결과에 따라 문득 마셔야 하는 까닭에 그러한 명칭이 붙었다. 예컨대 두 사람이 마주 보고 손가락을 내미는 동시에 입으로 그 합계를 외쳐서 맞히는 방식의 가위바위보를 겨루되, 승부를 내지 못하면 그들의 좌우에 앉은 네 사람이 마시고, 내미는 손가락과 외치는 소리가 서로 일치하면 또한 좌중이 모두 마신다. 그러나 합계를 외쳐서 맞히는 경우의 승부는 도리어 전혀 고려하지 않는다. 〈有犯空過〉에 보이는 '空'이라는 용어를 또한 참고할 만하다.

〈空詠詩過〉를 영저로 얻은 당사자는 결코 술을 마시지 않는다. 그러나 이른바 '詠詩'에 의하여 좌중의 한 사람은 누구든 그 결과에 따

34 麻國鈞 · 麻淑雲, 『中國酒令大觀』(北京出版社, 1993), 37~38면. [空拳] 참조.

라 반드시 술을 마신다. 요컨대 '詠詩'는 좌중의 한 사람에게 술을 돌리는 방법을 규정한 것이니, 고소설 『구운기』에 보이는 〈飛觴〉은 이러한 주령의 가장 적절한 사례가 될 것이다. 임의로 시구를 하나 읊고서 임의의 문자에 잔을 날려서 그 위치에 앉은 사람으로 하여금 술을 마시게 한다. 그러나 시구를 읊지 못하면 오히려 몸소 마셔야 한다.

(反) 月鏡一曲 - 「月鏡」을 한 가락 한다

〈月鏡一曲〉의 이른바 '月鏡'은 악곡의 명칭이거나 또는 작사 · 작곡을 위한 주제어일 것이다. 따라서 이것은 모종의 악곡에 새로운 가사를 붙여 부르는 방식의 착사령(著辭令)으로 보아야 옳겠다. 착사령은 이른바 '개령'(改令)을 핵심으로 하는데, 여기에 무릇 세 가지 영격(令格)이 따랐다. 첫째, 의조(依調)이니, 반드시 약정된 악곡의 선율과 그 절주에 맞추어 가사를 지어야 한다. 둘째, 명제(命題)이니, 반드시 지정된 주제어를 끌어다 써야 한다. 셋째, 조소(調笑)이니, 반드시 희학하는 바의 내용을 담아야 한다.[35] 만약에 이러한 원칙을 어기면 당연히 벌주를 마신다. 그러나 비록 영격에 합당한 가사를 지어낸 때라도, 이것을 다시 몸소 노래로 부르지 못하는 때에는 거듭 벌주를 마신다.

35 王昆五, 『唐代酒令藝術』(東方出版中心, 1995), 69면. "中宗時代的〈回波樂〉辭, 另外還有沈佺期的作品留存只今. 沈佺期之作亦載于〈本事詩〉, 記載亦說中宗'嘗內宴, 君臣皆歌〈回波樂〉, 撰詞起舞.' 把這些作品以及它們的本事放在一起比較, 我們很容易判斷出它們的改令性質, 并概括出(一)命調 · (二)依格式(例如'回波爾時')作辭 · (三)以調笑語咏物, 這三重令格."

[任意請歌 : 弄面孔過]

(正) 任意請歌 - 아무에게나 마음대로 노래를 시킨다

〈月鏡一曲〉은 징벌을 위한 조항으로서 착사령일 가능성이 높지만, 〈任意請歌〉는 포상을 위한 조항으로서 매우 분명한 도곡령(度曲令)의 한 가지에 속한다. 〈任意請歌〉를 영저로 얻은 사람은 악곡과 가수를 임의로 지정하여 노래를 시킨다. 노래를 못하면 그에게 벌주를 먹인다. 그런데 도곡령은 본디 좌중의 모든 사람이 저마다 하나씩 임의로 노래를 부르는 방식을 따른다.[36] 노래를 못하는 사람은 음주로 값을 치르고 다른 사람으로 하여금 대창하도록 시킨다. 이른바 매창(買唱)이라는 것이다. 이러한 매창을 〈任意請歌〉도 허용했을 듯하다.

(反) 弄面孔過 - 낯을 간질이고 지난다

〈衆人打鼻〉가 실제로 아무의 코를 때리는 행위일 수 없듯이, 〈弄面孔過〉도 실제로 아무의 얼굴을 간질이는 행위일 수 없으니, 행위만 무례한 것이 아니라 발상이 또한 너무 유치한 까닭에 그렇다. 〈衆人打鼻〉와 마찬가지로 〈弄面孔過〉도 결코 신체의 접촉이 따르는 행위를 요구하는 주령이 아니다. 이것은 마땅히 스스로 낯이 간지러울 만큼 부끄러운 이야기를 하거나 추저분한 짓거리를 벌여서 좌중을 한번 크게 웃기라고 요구하는 조항으로 보아야 옳겠다. 이것은 〈飮盡大咲〉와 비슷한 일면이 있지만, 벌주를 미리 마시지 않는 대신에 추태를 무릅써야 하는 점에서 다르다.

---

36 麻國鈞 · 麻淑雲, 『中國酒令大觀』(北京出版社, 1993), 89면. [度曲令] 참조.

예컨대 역대의 경사 · 자집을 통틀어 '나는 주석까지 줄줄 다 외운다.'라고 으스대는 「한림별곡」(翰林別曲) 제2장과 영웅 · 호걸로서 당대의 인재라고 할 수 있는 사람이 '나까지 모두 몇이냐?'라고 으스대는 「상대별곡」(霜臺別曲) 제1장의 언동은 아무리 취중이라도 매우 면구한 성질의 것이다. 주석까지 줄줄 다 외우는 학식이 대단한 것이기는 하지만, 왕년에 이만한 노력을 기울이지 않고도 나라의 조정에 들어간 사람이 몇이나 있는가? 사헌부가 비록 나라의 중추를 담당한 곳이기는 하지만, 반드시 화자가 자처하는 바의 영웅 · 호걸로 가득한 자리도 아니다. 만약에 주연을 떠나서 이러한 언동을 보인다고 한다면, 이것은 그야말로 '뽐내고 으스대며 추저분하게 군다.'(矜豪放蕩)[37]의 추태일 뿐이다.

그러나 그처럼 다랍고 역겨운 언동을 유쾌하게 허용하는 자리도 주연이고, 요구할 수 있는 조건도 주연이다. 다랍고 역겨워 끝내 아니꼬운 그것을 우스개로 삼아 좌중은 곧 폭소를 터뜨릴 것이다. 이러한 맥락에서 보건대, 〈弄面孔過〉는 스스로 체면을 구기는 언동을 지어 보이는 가운데 좌중에 조소를 베푸는 주령으로 추정할 만하다. 스스로 낯이 간지러울 만큼 부끄러운 이야기를 하거나 추저분한 짓거리를 벌이되, 이로써 좌중이 다 웃으면 벌주를 마시지 않는다. 그러나 좌중이 웃지 않고 다만 썰렁한 분위기를 자아낼 때에는 벌주를 곱으로 마신다.

---

37 李滉, 『退溪先生文集』 43-23b. 「陶山十二曲跋」: "吾東方歌曲, 大抵多淫哇不足言, 如翰林別曲之類, 出於文人之口, 而矜豪放蕩, 兼以褻慢戲狎, 又非君子所宜尙."

[自唱怪來晩 : 曲臂則盡]

(正) 自唱怪來晩 - 몸소 「恠來晩」을 부른다

〈自唱怪來晩〉은 당대의 논어옥촉 주령에 보이는 '뒤늦게 온 사람을 5분에 처한다.'(來遲處五分)의 조항에 상당하는 바의 것이다. 이른바 '怪來晩'을 들어서 뒤늦게 온 사람에게 벌주를 먹인다. 앞에서 이미 논급한 바지만, 〈衆人打鼻〉와 같은 권음도 하나쯤 없을 수 없는 조항일 것이나, 뒤늦게 온 사람을 따로 먹이는 처분도 주령의 가장 흔한 벌칙에 속한다. 그러면 어째서 '怪來晩'이라고 했으며, 어째서 또한 '自唱'이라야 했는가? 우선은 '怪來晩'의 의미를 당대의 용법에 입각해서 이해할 필요가 있겠다. 당시의 구어에 다음과 용례가 보인다. 이것은 당초(唐初)의 인물 장작(張鷟)의 『조야첨재』(朝野僉載)에 전하는 바로서, 당시의 명사 이안기(李安期)가 나라의 전형을 맡아 사무를 처리하던 정경의 한 토막을 적었다.

> 吳郡의 한 官員은 前任 檔案에 酒酊한 前科가 있었다. 李安期가 말했다. "자네의 檔案에 좋지 않은 내용이 적혔네." 吳郡의 官員이 말했다. "누군가 暗槍을 지른 줄로 압니다." 安期가 말했다. "자네를 위하여 暗槍을 뽑아주겠네." 대답하여 말한다. "어질기도 하셔라!" 安期가 말한다. "精神을 뽑는 경우도 있으니, 다시금 좋은 官職을 주겠네." 응대하여 말한다. "너무 늦게 오셨습니다."(怪來晩) 安期는 웃으면서 그에게 官職을 주었다.[38]

여기서 이른바 '怪來晩'은 또한 '어쩐지 늦더라.'의 뜻으로 해석할

---

38 張鷟, 『朝野僉載』(四庫全書) 6-4b~5a. "又一吳士, 前任有酒狀. 安期曰, 君狀不善. 吳士曰, 知暗槍已入. 安期曰, 爲君拔暗槍. 答曰, 可憐美女. 安期曰, 有精神選, 還君好官. 對曰, 怪來晩. 安期笑而與官."

수 있으니, '怪來'는 하나의 숙어로 쓰여서 '어쩐지'를 뜻하는 경우도 있었다.[39] 그러나 어떠한 뜻으로 보든지 '怪來晩'은 요컨대 뒤늦게 온 사람을 탓하는 말이다. 따라서 〈自唱怪來晩〉은 아무튼 뒤늦게 온 사람을 처벌하는 조항일 수밖에 없다. 그런데 '自唱'에 따르면, '怪來晩'은 악곡의 명칭일 듯싶다. 이른바 '自唱'의 '唱'을 단순히 '외친다'로 해석하는 방안이 있기는 하지만, 이것을 마땅히 상례에 따라 '부른다'로 해석해야 한다면, 여기서 말하는 '怪來晩'은 반드시 악곡의 명칭일 수밖에 없다. 그러니 다만 '怪來晩'이라는 명칭의 악곡을 찾기 어려워 문제가 따른다.

그러나 남당(南唐)의 후주(後主) 이욱(李煜)과 소혜후(昭惠后)가 복원한 개원 · 천보 연간(713~755)의 법곡(法曲)에 「한래지」(恨來遲)라는 명칭의 악곡이 들어 있었다.[40] 따라서 「한래지」를 가리켜 달리 '怪來晩'이라고 불렀을 가능성은 열려 있는 셈이다. 「한래지」는 송(宋) · 원(元) 이후에 이르기까지 줄곧 전하는 가운데 거듭 새로운 가사를 낳았다. 송대의 인물 왕작(王灼)의 작품을 보건대, 쌍조(雙調) 52자로 이루어진 이것은 그 환두(換頭)의 도입부에 놓이는 '그대에게 다시 권하노니.'(更勸君)를 아니리로 읊는다.[41] 문제의 '怪來晩'은 이러한 부류의 권주가로 보아야 옳겠다. 이것은 「한래지」와 더불어 아무 관련이 없을 경우에도 또한 그렇다.

---

39 韋應物, 『韋蘇州集』(四庫全書) 5-20b. 「休假日訪王侍御不遇」: "怪來詩思淸人骨, 門對寒流雪滿山."

40 鄭方坤, 『五代詩話』(四庫全書) 8-1b. "昭惠國后周氏, … 常雪夜酣燕, 擧杯請後主起舞. 後主曰, 汝能創爲新聲則可矣. 后卽命牋綴譜, 喉無滯音, 筆無停思, 俄頃譜成, 所謂邀醉舞破也. 又有恨來遲破, 亦后所製. 故唐盛時, 霓裳羽衣最爲大曲, 亂離之後, 絕不復傳, 后得殘譜以琵琶奏之. 於是, 開元天寶之遺音, 復傳於世."

41 王灼, 『御定詞譜』(四庫全書) 10-8a. 「恨來遲」: "柳暗汀洲, 最春深處, 小宴初开. 似泛宅浮家, 水平風軟, 咫尺蓬萊. 更勸君吸盡紫霞杯. 醉看鸞鳳徘徊. 正洞裏桃花, 盈盈一笑, 依舊憐才."

(反) 曲臂則盡 - 팔을 굽히면 곧 끝까지 다 마신다

당대의 논어옥촉 주령을 보건대, 벌주를 마시는 방식에 5분 · 7분의 분소와 10분의 즉진이 있었다. 〈曲臂則盡〉은 말할 것도 없이 즉진을 요구한 것이다. 잔을 들어 팔을 굽히게 되면 이내 곧 1잔을 끝까지 다 마신다. 자고로 이러한 주령을 권백파(卷白波)라고 불렀다.[42] 벌주를 마시는 데 쓰는 술잔을 '白'이라고 이르니, 권백파는 '벌주로 마셔야 할 술잔의 출렁이는 물결을 단숨에 걷어 올린다.'는 뜻이다.[43] 〈曲臂則盡〉은 이와 같이 벌주를 재빠르고도 시원스럽게 마시는 동작을 가리키는 말이다.

[兩盞則放 : 醜物莫放]

(正) 兩盞則放 - 두 잔을 곧 내어 놓는다

〈兩盞則放〉은 〈三盞一去〉와 마찬가지로 벌주를 감면해 주는 조항에 속한다. 그런데 한꺼번에 두 잔을 덜어 주는 것이니, 〈三盞一去〉에 비해서 포상의 뜻이 크다고 하겠다. 당대의 논어옥촉 주령에 보이는 용례에 따르면, '放'이라는 용어는 '放免'이라는 뜻과 '放盞'이라는 뜻을 아울러 지닌다. '放免'은 음주의 합법적 면제를 가리키는 말이고, '放盞'은 술잔의 불법적 경발을 가리키는 말이다. 〈兩盞則放〉은 전자에 따른 규정이다. 벌주로 여러 잔이나 마셔야 할 처지로부터 한꺼번에 두 잔을 덜어 낸다는 것이다.

42 麻國鈞 · 麻淑雲, 『中國酒令大觀』(北京出版社, 1993), 728면. [卷白波令] 참조.
43 黃朝英, 『靖康緗素雜記』(四庫全書) 3-6b. "盖白者, 罰爵之名. 飲有不盡者, 則以此爵罰之. … 所謂卷白波者, 盖卷白上之酒波耳. 言其飲酒之快也."

(反) 醜物莫放 - 남은 술을 버리지 말라

〈醜物莫放〉의 이른바 '醜物'은 무엇을 가리키는 말인가? '醜物'의 '醜'는 '惡'의 뜻만이 아니라 또한 '類' · '比'의 뜻으로 쓰이는 말이니,[44] '醜物'은 곧 '比物'과 같은 용어로 보아야 옳겠고, 이것은 또한 술잔에 아직 조금이나마 '남아 있는 술'로 해석되어야 마땅할 듯싶다. '莫放'의 '放'은 여기서 술잔의 불법적 경발을 뜻한다. 따라서 〈醜物莫放〉은 '남은 술을 버리지 말라.'는 것이다. 그러면 이로써 무엇을 처벌할 수 있는가? 술잔의 불법적 경발은 반드시 남은 술을 쏟아 버리는 것만이 아니다. 술잔에 술을 조금씩 남겨서 덜 마시는 행위도 불법적 경발에 속한다. 〈醜物莫放〉은 누군가 그러한 부정 행위를 저질렀을 경우에 아예 1잔을 가득 채워서 마시도록 요구하는 조항이라고 할 수 있겠다. 이것을 영저로 얻은 당사자를 본보기로 세우되, 아울러 술잔에 술을 남겨 조금이라도 덜 마신 사람은 죄다 함께 처벌했을 것이다.

예컨대 중국의 주자류 주령에 사구주령(詞句酒令)이라는 것이 있는데, 당대의 논어옥촉 주령과 마찬가지로 50개의 주령주를 세우되, 영약으로 삼을 만한 사구(詞句)를 정면에 적고 이것의 문의를 좇아 그 배면에 다시 주약을 적어 행령의 도구로 삼았다. 여기에 우리가 특히 주목할 만한 조항이 있으니, '술잔에 조금 남은 술을 버리지 말지다.'(莫放酒杯淺)라는 정면의 영약에 대하여 '술잔이 가득 차지 않은 사람은 1잔을 마신다.'라는 주약을 배면에 적은 주령주가 보인다.[45] 〈醜物莫放〉과 더불어 그 취지가 완전히 부합하는 바라고 하겠다.

---

44 阮元,『經籍纂詁』55-14a. "醜, 類也. [易離] 獲匪其醜虞注. … 醜, 猶比也. [禮記學記] 比物醜類注."

45 麻國鈞 · 麻淑雲,『中國酒令大觀』(北京出版社, 1993), 523~525면. [詞句酒令] 참조. ※"[正面] 莫放酒杯淺. [背面] 杯酒不滿者飮一杯."

V. 결론

안압지 주사위와 그 명문은 전체의 중심에 놓이는 바로서 4각면에 새겨진 2개의 문구가 먼저 하나의 짝을 지어 1쌍의 대립 조항을 이루고, 나머지 12개의 문구가 또한 저마다 짝을 지어 6쌍의 대립 조항을 이루되, 이러한 6쌍의 대립 조항은 반드시 그 방향 · 위치와 속성이 상반 관계를 띠도록 섞어 배치하는 것으로써 조직과 구성의 원칙을 삼았다. 전체의 중심에 놓이는 바로서 4각면에 새겨진 2개의 문구는 서로 대칭면을 이루는 가운데 저마다 4개의 6각면과 접면하고 4개의 4각면과 접선하게 되는데, 접면하고 접선하는 여기에 새겨진 문구는 반드시 동류와 이류가 같은 수를 이룬다.

안압지 주사위와 그 명문은 누군가 약정된 주령을 위반했을 경우에 적용하는 벌칙을 다시 부차적으로 제한해서 규정하는 주령과 그 도구로 쓰였다. 종류가 다른 여러 가지 주령을 주종 · 선후 관계나 표리 관계로 한데 엮어서 베푸는 경우에, 본래의 주령은 영면을 이루고, 나중의 주령은 영저를 이룬다. 안압지 주사위는 영면의 주령에 따른 상벌 내용이 이미 결정되어 있는 상황에 도입되어 다시 영저를 결정하는 바였다. 영면의 주령과 그 처벌 내용에 대한 불만을 해소하고 불리한 처지를 반전시킬 수 있도록 기회를 부여하는 도구로 쓰였던 것이다.

[본고의 해석]

① 衆人打鼻 - 모든 사람이 가득 한 잔을 마신다: 飮盡大咲 - 한 잔을 다 마시고 크게 웃긴다; ② 三盞一去 - 석 잔에서 한 잔을 던다: 自唱自飮 - 몸소 노래를 부르고 몸소 마신다; ③ 有犯空過 - 어김이 있어도 그냥 지난다: 禁聲作儛 - 가락 소리를 울리지 말고 춤을 추어라; ④ 空詠詩過 - 그냥 시를

읊고 지난다; 月鏡一曲 - 「月鏡」을 한 가락 한다; ⑤ 任意請歌 - 아무에게나 마음대로 노래를 시킨다; 弄面孔過 - 낯을 간질이고 지난다; ⑥ 自唱怪來晚 - 몸소 「恠來晚」을 부른다; 曲臂則盡 - 팔을 굽히면 곧 끝까지 다 마신다; ⑦ 兩盞則放 - 두 잔을 곧 내어 놓는다; 醜物莫放 - 남은 술을 버리지 말라.

본고의 논의와 그 해석은 안압지 주사위의 명문 전체가 포상의 부류와 징벌의 부류로 나뉘어 상반 대립의 체계를 이루고 있음을 밝혔던 점에서 새롭다. 대립의 중심은 〈衆人打鼻〉와 〈飮盡大咲〉에 있었다. 본고의 해석은 특히 〈衆人打鼻〉·〈三盞一去〉·〈弄面孔過〉·〈曲臂則盡〉 및 〈兩盞則放〉·〈醜物莫放〉에 있어서 기존의 해석과 크게 다르다. 아울러 〈飮盡大咲〉·〈自唱怪來晚〉에 대한 해석도 관점이 새롭다. 이러한 해석은 앞으로 좀더 치밀한 비판과 검토의 과정을 거쳐야 마땅할 것이다.

안압지 주사위와 그 명문은 영저를 고르는 도구로 쓰였던 까닭에, 따라서 처벌을 면제하거나 삭감하는 조항과 처벌을 가중하는 조항이 대등하게 편성되어 있었다. 그러나 이와 같이 징벌의 부류와 포상의 부류로 나뉘어 상반 대립의 체계를 이루고 있기는 하지만, 어떠한 부류에 속하든 저마다 경중이 서로 달랐다. 예컨대 하나는 3잔의 벌주에서 다만 1잔을 덜어 주고 다른 하나는 한꺼번에 2잔을 덜어 주는 따위의 차등이 있는가 하면, 하나는 아무튼 어느 것이나 노래만 부르면 되고 다른 하나는 반드시 지정된 악곡에 가사를 붙여 불러야 하는 따위의 차등이 있었다.

안압지 주사위와 그 명문은 연대의 상대적 하한이 경덕왕 6년(747)에 걸친다. 그러니 이로써 신라 사회의 상류 계급이 누렸던 풍류와 그 문화적 배경을 밝히는 단서를 삼을 만하다. 본고의 논의와 그 해석은 한낱 추측에 지나지 않는 것도 있으나, 안압지 주사위와 그 명문을 어떠한 각도에서 어떻게 연구해야 하는가 하는 문제를 새롭게 정의하고 방법을 예시했던 점에서 그 의의를 찾을 수 있겠다. 본고를 새로운 출발점으로 삼아 앞으로 더욱 확실한 전망을 열어야 할 것이다.

한국학 제29권 3호(한국학중앙연구원, 2006): 69-106면

02

고운의 〈鄕樂雜詠〉 제2수 「月顚」의 음영 대상과 그 성격

본문개요

신라의 향악 「월전」을 일종의 유희(儒戱)로 추정하여 유자(儒者)를 희롱 거리로 삼는 창우희(倡優戱)로 여겼던 성호의 견해는 고운의 잡영 「월전」의 이른바 "群儒"를 곧 '선비' · '한량'으로 해석하고 신라의 향악 「월전」을 일종의 가면극으로 추단하는 견해의 선구가 되었다. 그러나 문제의 "群儒"를 고운은 분명히 '어깨는 우뚝하고, 목은 움푹하고, 상투는 쭈뼛하다.'라고 묘사하고 있었다. 이것은 '난쟁이'의 모습에 가장 가깝다.

고운의 잡영 「월전」에 나오는 "群儒"는 곧 '난쟁이 무리'로 해석되어야 마땅할 것이고, 신라의 향악 「월전」은 당연히 주유희(侏儒戱)로 규정되어야 할 것이다. 남북조 시대 중국의 주유희와 신라의 향악 「월전」은 모두 난쟁이와 꼽추가 나와서 배우(俳優)의 자긍(自矜)을 노래하고 춤추는 잡희(雜戱)라고 할 수 있는데, 특별히 꼽추 지리소(支離疏)에 관한 『장자』의 우언이 극중 사건을 대신하고 배경 사상을 구성하는 요소로 쓰였다. 그런데 신라의 향악 「월전」은 여기서 더 나아가 주령(酒令) 유희와 결합되어 있었다.

고운의 잡영 「월전」의 "羣儒" · "鬪酒盃"에 주목해 보건대, 신라의 향악 「월전」에 나오는 '난쟁이 무리'는 배우의 역할만 아니라 연석에 나아가 주령 유희를 베푸는 석규(席糾) · 주규(酒糾)의 역할을 아울러 담당했던 것으로 보인다. 그리고 "歌聲" · "人盡笑"에 따르면, 당시의 연행에 수반되었던 악장과 그 가곡은 해학(諧謔)을 위주로 하는 개령착사(改令著辭)의 조격(調格)으로서 주령 유희를 베푸는 하나의 방편이 되었던 듯하다.

핵심용어

향악잡영(鄕樂雜詠), 월전(月顚), 잡희(雜戱), 주유희(侏儒戱), 주규(酒糾), 주령(酒令)

Ⅰ. 서론

고운(孤雲) 최치원(崔致遠)의 〈향악잡영〉(鄕樂雜詠) 제2수 「월전」(月顚)은 무엇을 읊은 것인가? 당연히 신라의 향악 「월전」을 읊은 것이다. 그러나 우리는 아직 그것의 정체를 충분히 밝히지 못했다. 본고는 이 문제를 해결하기 위하여 특히 다음과 같은 두 가지 사항을 논의하게 될 것이다. 첫째, 고운의 잡영 「월전」은 『장자』(莊子) 「인간세」(人間世)에 나오는 꼽추 지리소(支離疏)의 형용(形容)과 그의 해학적 기상(氣象)을 연출하는 가무희(歌舞戲)의 현장을 읊었다. 둘째, 신라의 향악 「월전」은 연회(宴會)에 쓰이던 산악(散樂)의 하나로서 당시의 주령(酒令) 유희와 결합되어 있었다.

어깨는 우뚝, 목은 움푹, 상투는 쭈뼛,
팔을 걷어 부치고 난쟁이 무리가 술잔을 다툰다.
노랫소리를 듣고서는 사람들이 못내 다 웃으며,
저녁때 깃발이 새벽까지 쟤친다.

肩高項縮髮崔嵬, 攘臂羣儒鬪酒盃.
聽得歌聲人盡笑, 夜頭旗幟曉頭催.[1]

요컨대 고운의 잡영 「월전」 제1구의 "肩高" · "項縮"과 "髮崔嵬"는 의심할 나위 없이 꼽추의 모습을 묘사하는 데 쓰인 말이고, 제2구의 "攘臂"는 또한 『장자』 「인간세」에 나오는 꼽추 지리소의 특정 행동을 묘사하는 데 쓰인 말이다. 그러니 신라의 향악 「월전」이 이른바 잡희(雜戲)를 연출하는 산악의 하나라는 사실을 이로써 짐작할 수 있는 것

1 崔致遠, 『孤雲先生續集』 單-2b. 「鄕樂雜詠五首 · 月顚」 全文.

이다. 아울러 제3구의 "歌聲" · "人盡笑"는 그것의 가사에 높은 수준의 해학성이 담겨 있음을 뜻하는 바이고, 제2구의 "羣儒" · "鬪酒盃"와 제4구의 "旗幟" · "曉頭催"는 그것이 당시의 주령 유희와 결합되어 있음을 뜻하는 바이다.

그런데 기존의 견해는 고운의 잡영 「월전」 제1구와 제2구에 대한 해석에 있어서 현격한 차이를 빚었고, 여기서 매우 중대한 쟁점을 낳았다. 제1구와 제2구의 묘사 대상을 배우(俳優)로 보았던 점은 모두 같지만, 이것을 단순히 '선비' · '한량'으로 규정하는 견해와 가장된 '난쟁이' · '꼽추'로 규정하는 견해가 대립하는 가운데, 마침내 신라의 향악 「월전」의 정체에 대한 이해의 분기를 낳았던 것이다. 최남선(1947) · 이두현(1959)과 김학주(1964)의 견해는 전자를 대표하는 바였고, 양주동(1962) · 양재연(1964)의 견해는 후자를 대표하는 바였다.[2]

전자의 견해에 따르면, 신라의 향악 「월전」은 가면희(假面戲)의 한 가지이고, 이것은 본디 서역(西域)에서 전래된 것이다. 후자의 견해에 따르면, 신라의 향악 「월전」은 주유희(侏儒戲)의 한 가지이고, 반드시 서역에서 전래된 것으로 보기는 어렵다. 전자는 안상복(2001)의 연구로 이어져, 신라의 향악 「월전」을 오늘날의 탈춤에 전하는 '양반과장'의 선구로 지목하는 견해의 배경이 되었다. 후자는 최태호(1994)의 연구로 이어져, 신라의 향악 「월전」을 '곱사등이'로 분장한 배우의 춤판에 관중으로 참여한 '선비' · '한량'이 한데 어울려 즐기는 놀이로 추정하는 견해의 배경이 되었다.[3]

---

2 崔南善, 「鄕樂 五種이란 것은 무엇입니까」, 『朝鮮常識問答續編』(東明社, 1947): 『六堂崔南善全集』 제3책(玄岩社, 1973), 155~156면; 李杜鉉, 「新羅五伎攷」, 『論文集 · 人文社會科學篇』 제9집(서울大學校, 1959): 『韓國假面劇』(韓國假面劇研究會, 1969), 75~98면; 金學主, 「鄕樂雜詠과 唐戲와의 比較考釋」, 『亞細亞研究』 제7집(高麗大學校, 1964), 125~150면; 梁柱東, 「月顚 · 束毒」, 『國學研究論攷』(乙酉文化社, 1962), 221~ 222면; 양재연, 「月顚戲考」, 『文耕』 제17집(中央大學校, 1964): 『國文學研究散稿』(전예원, 1976), 182~195면.

기존의 견해에 있어서, 신라의 향악 「월전」을 가면희로 규정하는 관점은 일찍이 성호(星湖) 이익(李瀷)이 제기한 약간의 견해를 주요 논거로 삼았고, 따라서 조금은 우세한 지위에 있는 듯하다. 그러나 성호의 견해는 애초에 그것을 제기한 문장 자체를 좀 더 신중히 검토할 필요가 있으니, 기존의 견해는 그것을 너무 성급히 해석한 혐의가 있었다. 더욱이 기존의 견해는 어느 것이나 고운의 잡영 「월전」과 꼽추 지리소의 관계를 미처 적시하지 못했고, 따라서 마침내 정확한 추측에 도달할 수 없었다. 그러면 이 문제를 가장 먼저 검토해 보기로 하겠다.

Ⅱ. 「월전」의 기본 성격 — 侏儒戱

1. "月顚"의 지시 대상과 "羣儒"의 정체

고운의 잡영 「월전」의 표제로 되어 있는 "月顚"을 성호는 곧 "月題"로 바꾸어 적었다. 이것은 "月顚"과 "月題"를 동일한 사물로 보아야 가능한 것인데, 여기서 "月題"는 곧 달처럼 생긴 액경(額鏡)을 뜻하는 바로서 본디 굴레에 매달아 말의 이마에 붙이는 장식을 가리키는 말이다. 이러한 장식을 붙이는 이유는 이마에 흰털이 있는 말을 귀하게 여기던 고대의 풍습에 있었다.[4] 자고로 이마에 흰털이 있는 말을 '白顚' · '的顙'이라고 불렀고,[5] 이러한 품종을 귀하게 여기던 나머지 "月題"를

3 안상복, 「향악잡영과 산대놀이의 전통」, 『韓國民俗學』 제34집(韓國民俗學會, 2001), 135~161면; 崔台鎬, 「鄕藥雜詠五首攷」, 『漢文學論集』 제12집(槿域漢文學會, 1994), 429~445면.
4 陸佃, 『埤雅』(四庫全書) 12-8a. 「釋馬 · 白顚」: "覲禮曰, 奉束帛, 匹馬卓上, 九馬隨之. 說者以爲卓卽的顙, 故以爲上列, 而九馬隨其後. 莊子曰, 加之以衡扼, 齊之以月題. 蓋月題, 額上當顱如月者, 所以象顚之白. 然則, 馬之貴的顙也, 可知矣."
5 朱熹, 『詩經集傳』(四庫全書) 2-31a. 「秦風 · 車鄰」: "有車鄰鄰, 有馬白顚. 未見君子, 寺人

고안하여 하나의 장식을 삼게 되었던 것이다. 그러니 "月題"와 '白顚' · '的顙'은 그 유래와 의미가 상통한다고 할 수 있겠다.

그런데 "月題"는 다만 굴레에 매달아 말의 이마에 붙이는 장식을 가리키는 뿐만 아니라 이로써 곧 굴레를 대표해서 가리키는 경우도 있었다. 예컨대 『장자』 「마제」(馬蹄)에 말을 속박하는 방식을 들어 '형액(衡扼)을 얹히고, 월제(月題)를 올린다.'(加之以衡扼, 齊之以月題)라고 언급한 대목이 보인다. 원문의 이른바 "齊之"는 '齊眉'와 같이 어떠한 사물을 어떠한 높이에 이르도록 쳐들어 올리는 동작을 뜻하는 바로서 '월제(月題)를 말의 이마와 나란하게 맞춘다.'는 것이다. 이것은 곧 '굴레를 씌운다.'는 뜻이니, 여기서 "月題"는 곧 굴레를 대표해서 가리키는 경우의 것이다. 그러면 이러한 "月題"와 신라의 향악 「월전」은 어떠한 연관이 있는가?

> 新羅의 鄕樂에 다섯 가지가 있으니, 金丸 · 月題 · 大面과 束毒 · 狻猊가 이것이다. 金丸은 옛날의 이른바 '宜僚가 구슬을 가지고 놀았다.'는 것이니, 오늘날 사람이 네다섯 구슬을 잇달아 空中에 던져서 하나는 언제나 손에 있고 나머지는 모두 空中에 있게 하는 것이다. 月題는 아마도 옛날의 이른바 '儒로써 戲弄 거리를 삼았다.'는 것이니, 둥근 이마가 마치 달처럼 생긴 假面이다. 大面은 마치 佛像처럼 생긴 黃金 假面을 꾸민다. 束毒은 또한 마치 鬼形처럼 생긴 假面이다. 狻猊는 아마도 異師夫의 木獅子에서 비롯된 듯한데, 오늘날 北使를 맞이하는 자리에 아직도 이것이 있다.[6]

之令. - 賦也. 鄰鄰, 衆車之聲. 白顚, 額有白毛, 今謂之的顙."

6 李瀷, 『星湖僿說』 15-12a. 「動動曲」: "新羅鄕樂有五, 金丸月題大面束毒狻猊是也. 金丸者, 古所謂宜僚弄丸是也, 今人或以四五丸相送擲空, 一常在手, 餘悉在空也. 月題者, 恐古所謂以儒爲戲是也, 卽假面圓額如月也. 大面者, 爲黃金假面如佛像也. 束毒者, 亦假面如鬼形也. 狻猊者, 恐自異師夫木獅子始, 今迎北使尙有此也."

성호는 그의 이른바 "月題"를 신라의 향악 「월전」에 쓰이던 일종의 가면으로 보았다. 「금환」(金丸)에 구슬이 쓰이고, 「대면」(大面)에 황금 가면이 쓰이고, 「속독」(束毒)에 쑥대머리 남면(藍面)이 쓰이고, 「산예」(狻猊)에 가짜 사자가 쓰이니, 일리가 있는 견해라고 하겠다. 그러나 여기서 한 가지 주의할 점이 있으니, 성호는 "月題"를 가리켜 단순히 '달처럼 생긴 가면이다.'라고 말했던 것이 아니라 특별히 '둥근 이마가 마치 달처럼 생긴 가면이다.'라고 말했다. 따라서 "月題"는 얼굴의 전면을 가리는 가면이 아니라 특별히 이마를 꾸미는 일종의 장식인 셈이다.

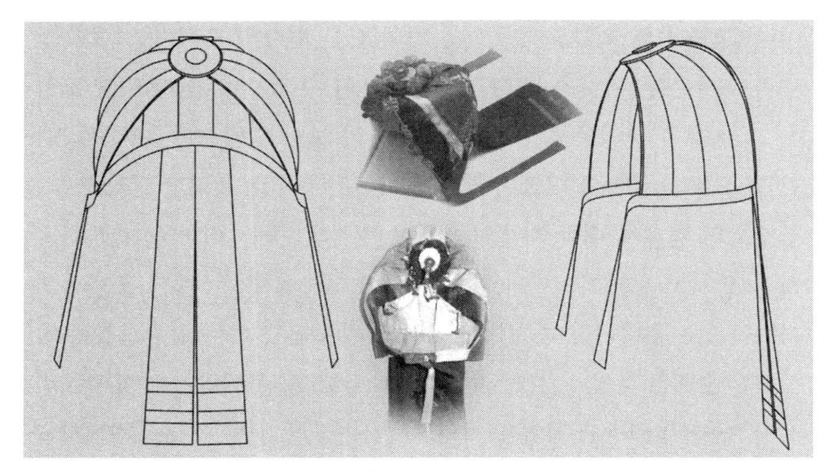

〈그림 1〉 아홉 가닥 굴레

성호의 견해가 옳다면, 바꾸어 말해서, "月顚"과 "月題"가 동일한 사물을 가리키는 바라면, "月顚"은 곧 달처럼 생긴 액경으로서 신라의 향악 「월전」을 베풀기 위하여 배우로 등장하는 사람의 이마를 꾸미는 일종의 장식을 가리키는 바이고, 이것은 또한 당연히 「월전」을 위하여 특별히 고안된 모종의 굴레와 더불어 일체를 이루는 무구(舞具)를 가리키는 말이다. 그리고 이것을 머리에 쓰고서 몸소 「월전」을 베푸는 배우는 마품(馬品)의 '白顚' · '的顙'에 상당하는 인품(人品)의 소유자를 표상하는 배역일 것이다. 그러면 달처럼 생긴 액경으로서 굴레와 더불어 일체를 이루고 있었던 「월전」의 무구는 실제로 어떠한 형태를 띠었던 것인가?

우리의 옛 모자에 일찍이 굴레가 따로 있었다. 모자로 쓰이는 굴레는 몇 가닥의 띠를 얽어서 쓰개를 이루고 여기에 다시 드림을 드리워 만든다. 예컨대 세 가닥 굴레와 같은 것은 장식을 위주로 하는 것이고, 여러 가닥 굴레는 방한을 위주로 하는 것이다. 그런데 굴레는 어느 것이나 〈그림 1〉의 모형도에 보이는 바와 같은 원형의 장식이 쓰개의 정수리에 붙는다. 이것은 곧 "月顚"의 유풍일 수 있으니, 여타의 옛 모자는 그와 같은 장식을 붙이는 사례가 거의 보이지 않는다. 따라서 "月顚"을 모종의 굴레와 더불어 일체를 이루는 무구로 추정할 만하다.

성호의 견해에 대한 기존의 해석은 원문의 '둥근 이마'를 간과하고 오직 '달처럼 생긴 가면이다.'를 천착하여 신라의 향악 「월전」을 일종의 가면극으로 추단하고 마침내 오늘날의 탈춤에 전하는 양반과장을 상상하는 오해를 불렀다. 그러나 「월전」을 두고 '둥근 이마가 마치 달처럼 생긴 가면이다.'라고 적었을 때의 이 '가면'은 「대면」 · 「속독」의 '황금 가면' · '귀형 가면'과 같이 얼굴의 전면을 가리는 것일 수 없으니, 성호의 본의는 그 요점이 '가면'에 있었던 것이 아니라 '둥근 이마'에 있었다. 성호는 결코 가면극을 염두에 두고 있었던 것이 아니다. 이것은 「월전」의 유래에 관한 언급을 통하여 매우 분명하게 드러나는 바이다.

요컨대 '옛날의 이른바'를 좇아서 「금환」의 유래를 '의료(宜僚)가 구슬을 가지고 놀았다.'에서 찾았던 것처럼, 성호는 또한 '옛날의 이른바'를 좇아서 「월전」의 유래를 '유(儒)로써 희롱(戲弄) 거리를 삼았다.'에서 찾았다. 그러니 전자의 '의료(宜僚)가 구슬을 가지고 놀았다.'가 특정한 전고를 인용하고 있는 것처럼,[7] 후자의 '유(儒)로써 희롱(戱弄) 거리를 삼았다.'도 당연히 특정한 전고를 인용하고 있는 것이다. 기존의 해석은 이것을 충분히 검토하지 않았던 까닭에 고운의 잡영 「월전」의 이른바 "群儒"를 곧 '선비'·'한량'으로 보았고, 신라의 향악 「월전」을 일종의 가면극으로 추단하는 오해도 여기서 생겼다.

> 孔子가 말했다. "어려서는 魯나라에 살아 逢掖의 옷을 입었고, 자라서는 宋나라에 살아 章甫의 冠을 썼으니, 儒服은 모른다." … 哀公이 孔子의 말을 듣고 말했다. "나의 一生을 마치도록 감히 다시는 儒로써 戱弄 거리를 삼지 않겠다." 아마도 '儒로써 戱弄 거리를 삼았다.'는 것은 哀公이 過失을 스스로 밝힌 것이다. 當時에 반드시 儒術을 업신여겨 倡優의 무리로 하여금 駭俗의 衣服을 입혀 놓고 戱弄 거리로 삼았을 것이니, 그래서 孔子의 對答이 이와 같았던 것이다.[8]

성호는 『예기』(禮記) 「유행」(儒行)에 보이는 노나라 애공(哀公)의 '유(儒)로써 희롱(戱弄) 거리를 삼지 않겠다.'는 말을 들어서 당시에 아마도 유술(儒術)을 업신여겨 마침내 유자(儒者)를 희롱 거리로 삼는 창우희(倡優戱)가 있었을 것으로 보았다. 이러한 추정은 성호의 당대에 유자를 희롱 거리로 삼는 창우희가 실제로 있었던 데 말미암은 것이

---

7 郭象, 『莊子注』(四庫全書) 8-23b. 「徐無鬼」: "宜僚, 楚之勇士也, 善弄丸. 楚白公勝將作亂, 殺令尹子西. 子期石乞曰, 市南有熊宜僚者, 若得之, 可以當五百人. 乃往告之, 不許也. 承之以劍, 弄丸如故曰, 吾亦不泄子. 白公遂殺子西. 子期歎息, 兩家而已, 宜僚不預其患." ※곽상(郭象)의 이 주석은 『장자』 원문의 "市南宜僚弄丸, 而兩家之難解."라는 구절에 대한 사마표(司馬彪)의 주석을 인용한 것이다.

8 李瀷, 『星湖僿說』 12-56a. 「以儒爲戱」: "孔子曰, 少居魯, 衣逢掖之衣, 長居宋, 冠章甫之冠, 不知儒服. … 哀公既聞孔子之言曰, 終沒吾世, 不敢復以儒爲戱. 盖以儒爲戱者, 哀公自服過耳. 當時必以侮慢儒術, 使倡優之徒服駭俗之服以爲戱者, 故夫子之對如此."

다. 성호는 자신이 목격한 당대의 풍속에 비추어 『예기』 「유행」에 보이는 노나라 애공의 '유(儒)로써 희롱(戲弄) 거리를 삼지 않겠다.'는 말을 해석하는 뿐만 아니라 더 나아가서는 신라의 향악 「월전」도 유자를 희롱 거리로 삼는 창우희일 것으로 보았다.

> 오늘날 登科한 이들은 반드시 倡優로써 喜樂 거리를 삼으며, 倡優가 있으면 반드시 儒戲가 있으니, 떨어진 옷 · 해진 갓 · 큰 소리 · 억지 웃음 · 더러운 짓을 갖가지로 벌여서 잔치를 즐겁게 하도록 돕는다. 오늘날 冠紳의 무리로서 누군들 儒로써 名分을 삼지 않으랴만, 下賤한 이들로 하여금 차마 욕보이게 함이 여기에 이르렀다. 倡優는 꾸짖을 것도 없으니, 오늘날 士夫가 뻔뻔스레 조금도 부끄러워할 줄 모르는 것이 다만 야릇할 뿐이다.[9]

그런데 『예기』 「유행」에 보이는 노나라 애공의 '유(儒)는 '떨어진 옷 · 해진 갓 · 큰 소리 · 억지 웃음 · 더러운 짓'을 동원하는 것으로 언급되어 있기는 하지만, 정작에 '가면'은 전혀 언급되지 않았다. 성호의 견해는 유자를 풍자하고 조롱하는 희극(戲劇)을 폭넓게 가리키는 데 그친다. 따라서 성호의 견해는 이로써 신라의 향악 「월전」을 가면극으로 규정하는 근거를 삼을 수 없는 성질의 것이다.

> 定公 十年 봄, … 齊나라 諸侯를 夾谷에서 만났다. 壇位를 삼아 흙으로 三等의 層階를 만들고, 會遇하는 禮로써 相見하고, 揖讓하고 올랐다. … 齊나라 有司가 종종걸음으로 나와서 말했다. "宮中의 樂을 奏樂하고자 아뢰오." 景公이 말했다. "그리하라." 優倡 侏儒가 익살을 부리면서 앞으로 나왔다. 孔子가 종종걸음으로 나와서 階段을 바삐 오르되, 層階 하나는

---

9 李瀷, 『星湖僿說』 12-56b. 「以儒爲戲」: "今時登科者, 必以倡優爲樂, 有倡優則必有儒戲, 其破衣弊冠胡說强笑醜態, 百陳以資歡宴. 夫今日冠紳之徒, 孰不以儒爲名而忍令下賤戮辱至此, 彼倡優不足責, 獨怪夫今日士夫之恬然不知愧耳."

> 마저 오르지 않은 채로 말했다. "匹夫이면서 諸侯를 熒惑한 사람은 그 罪가 誅戮에 相當하오. 有司에게 下命할 것을 아뢰오." 有司가 加法하고, 手足을 서로 달리 處置했다.[10]

고대에 있어서 무릇 창우희에 등장하는 배우는 이것을 대개는 '侏儒'가 맡았다. 그래서 창우희는 곧 주유희(侏儒戱)를 뜻하는 바였다. 이러한 사정과 관련하여 주목해 볼 만한 고사가 『사기』(史記) 「공자세가」(孔子世家)에 보인다. 관련된 사건은 특히 제(齊)나라 사람이 "優倡侏儒"로 하여금 노나라 정공(定公)의 면전에서 춤을 추게 했더라는 것이다. 당시에 정공을 따라가 보좌하고 있던 공자(孔子)는 이것을 명백한 희롱으로 간주하여 강력히 항의했고, 마침내 "優倡侏儒"는 몸이 두 동강이 나는 참형을 받았다. 여기서 이른바 '侏儒'는 곧 '키가 작은 사람이니, 능히 배우가 될 수 있다.'[11]라고 하는 경우의 '난쟁이'를 일컫는 말이다.

이렇게 보건대, 고운의 잡영 「월전」의 이른바 "群儒"는 곧 '난쟁이 무리'로 해석되어야 마땅할 듯싶다. 왜냐면, 그들은 '어깨는 우뚝하고, 목은 움푹하고, 상투는 쭈뼛하다.'라고 묘사되어 있으니, 이것은 '난쟁이'의 모습에 가장 가깝다. 그리고 바로 이 묘사에 따르면, 신라의 향악 「월전」은 일종의 주유희에 속하는 것일 수는 있어도 결코 가면극이 아니다. 배우가 가면을 썼을 양이면, 고운은 당연히 그 가면을 묘사했을 것이다. 아울러 신라의 향악 「월전」에 등장하는 배우가 유자를

---

10 司馬遷, 『史記』(四庫全書) 47-9b~10a. 「孔子世家」: "定公十年春, … 會齊侯夾谷. 爲壇位, 土階三等, 以會遇之禮相見, 揖讓而登. … 齊有司趨而進曰, 請奏宮中之樂. 景公曰, 諾. 優倡侏儒爲戱而前. 孔子趨而進, 歷階而登, 不盡一等, 曰, 匹夫而熒惑諸侯者, 罪當誅. 請命有司. 有司加法焉, 手足異處."

11 范煜, 『後漢書』(四庫全書) 110下-1b. 「張升傳」 李賢 注: "昔仲尼暫相, 誅齊之侏儒, 手足異門而出, 故 能威震强國, 反其侵地. - 侏儒, 短人, 能爲俳優也."

풍자하고 조롱하는 희극을 벌였을 가능성도 거의 없어 보인다. 고운이 묘사하고 있는 배우의 모습은 그러한 것과는 거리가 멀었다.

2. "肩高項縮髮崔嵬"와 "攘臂"의 묘사 대상

우리가 위에서 살펴본 『사기』「공자세가」의 주유희 관련 고사는 이와 동일한 내용의 것이 『춘추곡량전』(春秋穀梁傳)에 맨 처음 보인다.[12] 그런데 문제의 "優倡侏儒"가 『사기』「공자세가」와 달리 "優施"로 적혀 있었다. 단어의 의미로 말하면, "優施"는 '배우 꼽추'를 뜻하고, "優倡侏儒"는 '배우 난쟁이'를 뜻한다. 꼽추와 난쟁이는 생김새가 서로 다른데, 꼽추와 난쟁이를 그처럼 바꾸어 적을 수 있었던 것은 당시의 이른바 '배우'라는 직업을 그들이 전담했던 때문일 것이다. 그런가 하면, 주유희는 본디 난쟁이와 꼽추가 함께 출연했던 듯하다. 예컨대 다음과 같은 기록을 참조할 만하다.

> 俳歌辭: 侏儒導라고도 하는데, 예로부터 있었고, 아마도 倡優戲였던 듯싶다. … 古今樂錄에 이른다. 梁나라 三朝 樂의 第十六에 俳技를 두었다. 技兒는 푸른 베로 만든 자루(靑布囊)에 대오리로 결어 만든 竹簇를 담아 두 사람의 踒子를 넣어 두고, 땔나무를 져다가 땅바닥에 부리면서 노래하고 춤춘다. 小兒 두 사람은 踒子의 머리채를 당기면서 俳歌를 읊는다. - 보건댄 俳優는 말하지 않느니, 말해도 俳優는 떠듬거린다. 俳優가 한데 모이니, 四坐가 우러러 받든다. 말은 懸蹄가 없고, 소는 윗니가 없다. 駱駝는 뿔이 없으나, 두 귀를 빠르게 흔든다. 薦博이 半拆인데, 四角이 우러러 받든다.[13]

---

12 范甯, 『春秋穀梁傳注疏』(四庫全書) 19-20b~21a. 「定公」: "頰谷之會, 孔子相焉. 兩君就壇, 兩相相揖, 齊人鼓譟而起, 欲以執魯君. 孔子歷階而上, 不盡一等, 而視歸乎齊侯曰, 兩君合好, 夷狄之民, 何爲來爲. 命司馬止之. … 罷會, 齊人使優施舞於魯君之幕下. 孔子曰, 笑君者罪當死. 使司馬行法焉, 首足異門而出."

13 郭茂倩, 『樂府詩集』(四庫全書) 56-18b~19a. 「舞曲歌辭 · 散樂附」: "俳歌辭: 一曰侏儒導,

송대(宋代)의 인물 곽무천(郭茂倩)의 『악부시집』(樂府詩集) 「무곡가사」(舞曲歌辭)의 부록 「산악부」(散樂附)에 보이는 기록이다. 여기에 인용된 『고금악록』(古今樂錄)은 또한 남북조 시대 진(陳)나라의 승려 지장(智匠)이 찬집한 것이다. 남북조 시대 양(梁)나라의 주유희를 소개하고 있는데, 우선은 "技兒"·"小兒"라는 배역과 함께 "踒子"라는 배역이 등장하고 있음을 주목할 필요가 있겠다. 이른바 "踒子"는 곧 위인(踒人)·탄자(癱子)를 아울러 가리키는 말이니, 신체의 일부가 마비된 앉은뱅이나 꼽추가 여기에 속한다. 그런데 그 가사를 보건댄, 여기서 "踒子"는 특히 꼽추를 뜻하는 듯하다. 전단의 "俳優"·"四坐"와 후단의 "駱駝"·"四角"이 유비 관계를 이루니, 후단의 "駱駝"는 곧 꼽추를 비유한 것이다.[14] 따라서 주유희는 본디 난쟁이와 꼽추가 함께 출연했던 잡희라는 사실을 이로써 확인할 수 있겠다.

그리고 우리는 여기서 또한 "技兒"·"小兒"라는 두 배역이 노래하고 춤추는 가운데 연출하는 특정 동작에 주목할 필요가 있겠고, 아울러 그 까닭을 살펴야 하겠다. 주연을 담당한 "技兒"는 어째서 반드시 땔나무를 져다가 땅바닥에 부리는 동작을 보이며, 조연을 담당한 "小兒"는 어째서 반드시 "踒子"의 머리채를 끌어서 당기는 동작을 보이는 것인가? 이러한 동작은 이로써 특정 인물을 지시하고 특정 사건을 재현하는 데 목적이 있으니, 배우와 관객이 이미 다 주지하여 공유하는 바의 어떠한 고사가 그 배후에 놓여 있어야 마땅하다. 요컨대 그것은 『장자』「인간세」에 나오는 꼽추 지리소를 인용하고 있는 듯하다.

自古有之, 蓋倡優戲也. … 古今樂錄日, 梁三朝樂第十六, 設俳技. 技兒以青布囊盛竹篋, 貯兩踒子, 負束寫地歌舞. 小兒二人, 提沓踒子頭, 讀俳云. - 見俳不語, 言俳溢所. 俳作一起, 四坐敬止. 馬無懸蹄, 牛無上齒. 駱駝無角, 奮迅兩耳. 半拆薦博, 四角恭跱."

14 權近, 『陽村先生文集』 21-3b. 「童頭說」: "支離其形者, 謂之支離, 疏傴其躬者, 謂之駱駝."

> 支離疏는 턱이 배꼽에 얹혀 있었고, 어깨가 정수리보다 높았다. 머리채는 하늘로 솟구쳐 있었고, 눈 · 코 · 입 · 귀가 위쪽으로 붙었고, 두 넓적다리가 겨드랑이를 이루고 있었다. 바느질로 헌옷을 기워서 입에 풀칠은 할 수 있었고, 키질로 穀物의 낟알을 까불려 열 사람을 먹일 수 있었다. 나라의 임금이 武士를 불러 모으면, 支離疏는 팔을 걷어 부치고 그 사이를 나돌아 다녔고, 나라의 임금이 큰 役事를 일으키면, 支離疏는 常疾을 지닌 까닭에 功役의 부름을 받지 않았다. 나라의 임금이 病者를 賑救할 때에는 粟米 석 鍾과 땔나무 열 묶음을 받았다. 무릇 形體가 支離한 사람도 제 몸을 먹여 살리고 天壽를 다하거늘, 하물며 그 德이 支離한 사람이랴?[15]

남북조 시대 양나라의 주유희에 있어서, 주연을 담당한 "技兒"가 땔나무를 져다가 부리는 동작은 평소의 질병이 문득 덕분이 되면서 뜻밖에 나라의 은전을 듬뿍 받았더라는 지리소의 땔나무 열 묶음을 상상하게 만든다. 조연을 담당한 "小兒"가 "矮子"의 머리채를 끌어서 당기는 동작은 또한 하늘로 솟구친 지리소의 머리채와 그의 형용을 상상하게 만든다. 만약에 의도가 여기에 있지 않다면, 가무를 위한 소품이 반드시 땔나무라야 할 까닭이 없었고, 동작의 대상이 반드시 머리채라야 할 까닭이 없었다. 따라서 남북조 시대 양나라의 주유희가 그 주제를 구현하기 위하여 『장자』 「인간세」에 나오는 꼽추 지리소를 인용한 것은 분명한 사실이라고 하겠다.

남북조 시대 양나라의 주유희는 크게 세 가지 특징을 보인다. 첫째, 배우로 등장하는 난쟁이와 꼽추가 제 자신을 가무의 대상으로 삼았다. 둘째, 난쟁이와 꼽추가 제 자신의 온전하지 못한 신체를 오히려 자

15 郭象, 『莊子注』(四庫全書) 2-18a. 「人間世」: "支離疏者, 頤隱於齊, 肩高於頂. 會撮指天, 五管在上, 兩髀爲脅. 挫鍼治繲, 足以餬口, 鼓筴播精, 足以食十人. 上徵武士, 則支離攘臂於其間, 上有大役, 則支離以有常疾不受功. 上與病者粟, 則受三鍾與十束薪. 夫支離其形者, 猶足以養其身, 終其天年, 又況支離其德者乎."

부하여 천양하는 내용을 담았다. 셋째, 『장자』의 우언을 빌어서 자부하여 천양하는 내용을 매개하는 사건으로 삼았다. 이러한 세 가지 특징은 연행에 출연하는 여러 배역과 그들의 동작 및 가사를 통해서 두루 드러나고 있으니, 여기서 특히 그 가사는 그들의 자긍(自矜)하는 바가 집중적으로 표현되어 있었다.

말은 懸蹄가 없고,
소는 윗니가 없다.
駱駝는 뿔이 없으나,
두 귀를 빠르게 흔든다.
蔫博이 半拆인데,
四角이 우러러 받든다.

馬無懸蹄, 牛無上齒.
駱駝無角, 奮迅兩耳.
半拆蔫博, 四角恭跱.[16]

돼지나 소는 무릇 발굽이 넷인데, 쪼개진 듯이 보이는 두 개의 발굽은 땅을 딛고 다른 두 개의 발굽은 들린 채로 땅에 닿지 않는다. 들려서 땅에 닿지 않는 이 발굽을 현제(懸蹄)라고 이른다. 그런데 이러한 현제가 전혀 없을 뿐만 아니라 오로지 가운데 발가락 하나와 그 발굽만 남겨져 있는 동물이 곧 말이다. 그러나 말은 가장 잘 달린다. 그런가 하면, 풀을 가장 잘 뜯는 소는 오히려 윗니가 없다. 무언가 모자라 보여도, 모자라 보이는 거기에 도리어 최고의 능력이 있었다. 이것은 신체의 발육이 모자란 난쟁이를 위한 말이다.

낙타는 뿔이 없다. 공격하고 방어하는 데 쓸 만한 무기가 따로 없는

16 郭茂倩, 『樂府詩集』(四庫全書) 56-19a. 「俳歌辭」 後段.

셈이니, 이것은 군사로 쓰이는 일이 아예 없었던 꼽추 지리소의 형편과 상통하는 점이다. 낙타는 털이 다복이 우거진 귀를 재빨리 휘둘러 바람에 날리는 모래나 흙먼지를 따돌릴 수 있다. 여타의 짐승이 잘하지 못하는 이것은 지리소의 키질과 상통하는 점이다. 지리소는 넓적다리가 겨드랑이를 이루고 있어서 키질을 하기에 매우 편리한 신체 구조를 지녔다.[17] 형체가 일그러진 듯해도, 일그러져 보이는 거기에 도리어 특별한 장기가 있었다. 이것은 척추가 고부라진 꼽추를 위한 말이다.

중국의 주유희는 위와 같이 난쟁이와 꼽추가 나와서 배우의 자긍을 노래하고 춤추는 잡희로 규정할 수 있으니, 대개의 내용은 또한 희학(戲謔)을 위주로 했던 듯하다. 그러나 여기에 담은 사상은 문득 사지가 멀쩡한 사람의 간담을 찌를 만하다. 이러한 연출 효과를 이끌어 내는 데 있어서 꼽추 지리소에 관한 『장자』의 우언은 주유희의 극중 사건을 대신하고 배경 사상을 구성하는 요소로 쓰였다. 주유희의 극중 사건은 실제로 배우의 특정 동작을 통해서 꼽추 지리소를 연상하게 하는 데 그친다. 그런데 고운의 잡영 「월전」에 따르면, 신라의 향악 「월전」도 여기서 크게 다르지 않았다.

어깨는 우뚝, 목은 움푹, 상투는 쭈뼛,
팔을 걷어 부치고 난쟁이 무리가 술잔을 다툰다.

肩高項縮髮崔嵬, 攘臂羣儒鬪酒盃.[18]

고운의 잡영 「월전」 제1구는 신라의 향악 「월전」을 베풀기 위하여 배우로 등장하는 사람의 모습을 묘사하고 있는 바로서 『장자』 「인간

---

17 朴世堂, 『南華經註解刪補』 1-59b. 「人間世」: "挫鍼治繲與夫鼓筴, 皆傴者之所便."
18 崔致遠, 『孤雲先生續集』 單-2b. 「鄕樂雜詠五首 · 月顚」 前半.

세」에 나오는 꼽추 지리소의 형용을 그대로 따랐다. 제2구의 “攘臂”는 또한 지리소의 특정 행동을 묘사하는 데 쓰인 말이다. 그리고 “群儒”는 곧 ‘난쟁이 무리’로 해석되어야 마땅할 것이나, 그렇다고는 해도 ‘술잔을 다툰다.’라는 행위에 있어서 꼽추가 배제되지는 않았을 것이다. 만약에 잡희의 배역을 모두 분장한 여기(女伎)가 맡았을 양이면, 사정이 더욱 그렇다. 따라서 중국의 주유희와 마찬가지로 신라의 향악 「월전」도 꼽추 지리소에 관한 『장자』의 우언을 인용하여 극중 사건을 대신하고 배경 사상을 구성하는 연행 방식을 띠었던 것으로 보인다.

지리소의 이른바 ‘支離’는 사물이 온전한 모습을 갖추지 못하여 형체가 어수선한 것을 뜻하는 말이다. 지리소의 이러한 형체는 본디 신인(神人)의 대덕(大德)을 비유하기 위하여 내세운 것이고, 지리소는 또한 이른바 ‘無用之用’의 대상(大祥)을 인재(人材)의 차원에서 표상하는 바였다.[19] 신라의 향악 「월전」은 바로 이러한 지리소를 하나의 전형 인물로 설정하여 신인이자 꼽추인 그의 행동과 정신 면모를 가무로써 모방하는 잡희였을 것이다. 따라서 신라의 향악 「월전」은 그 기본 성격이 중국의 주유희와 크게 다르지 않았을 듯하다. 그러면 양자는 서로 동일한 성질의 것인가? 이것은 자리를 바꾸어 논의할 바이다.

---

19 郭象, 『莊子注』(四庫全書) 2-17b. 「人間世」: “故未終其天年, 而中道之夭於斧斤, 此材之患也. 故解之以牛之白顙者, 與豚之亢鼻者, 與人有痔病者, 不可以適河. 此皆巫祝以知之矣, 所以爲不祥也. 此乃神人之所以爲大祥也.”

Ⅲ. 「월전」의 특성 — 酒令 遊戲

1. "鬪酒盃"의 의미와 "聽得歌聲人盡笑"의 이유

중국의 주유희는 수(隋)나라 문제(文帝)에 이르러 정악(正樂)이 아니라는 이유로 폐지되기에 이른다.[20] 그러니 신라의 향악 「월전」이 만약에 외래악의 하나였을 양이면, 그것은 늦어도 당대(唐代) 이전에 수입된 것으로 보아야 하겠다. 그리고 이것은 중국의 주유희와 신라의 주유희가 동일한 형태의 것으로 전승되었을 가능성이 적음을 뜻한다. 더욱이 앞서 고찰한 남북조 시대 양나라의 주유희를 들어서 말하면, 이것은 고운의 잡영 「월전」에 보이는 '술잔을 다툰다.'라는 것과 같은 내용을 지니고 있지 않았다. 따라서 중국의 주유희와 신라의 향악 「월전」을 동일한 성질의 것으로 보기는 어렵다.

> [癸巳年(1893, 高宗30年) 十二月] 三十日 戊寅日. … 매우 貧窮한 이들을 가려서 一例로 [錢穀을] 베풀어 주고, 官衙로 돌아오니 時刻이 이미 저물녘에 가까웠다. 조금 지나는 사이, 儺戲輩가 징을 울리고 북을 치며 떠들썩하게 날뛰면서 한꺼번에 官場으로 들어왔다. 場中의 石臺 위에는 미리 화톳불을 피워서 밝기가 대낮과 같았고, 金革을 울리는 소리가 어지럽고 시끄러워 사람들의 말소리를 알아듣기가 어려웠다. 月顚 · 大面 · 老姑優 · 兩班倡은 奇怪한 形容을 한 무리가 번갈아 나와 저마다 서로 戲謔하고, 사납게 부르짖거나 또는 느리게 춤을 추었다. 이렇게 몇 食頃을 하고서야 그쳤다. 大蓋는 그 雜戲가 咸安의 것과 얼추 비슷한데, 滑稽는 그보다 나았고, 服飾은 그보다 못했다.[21]

---

20 郭茂倩, 『樂府詩集』(四庫全書) 56-18b~19b. 「舞曲歌辭 · 散樂附」: "俳歌辭, 一日侏儒導, 自古有之, 蓋倡優戲也. … 隋書樂志曰, 魏晉故事, 有侏儒導引, 隋文帝以非正典, 罷之."

21 吳宖默, 『固城府叢瑣錄』: 『韓國地方史資料叢書 · 日錄篇』 제2책(驪江出版社, 1987), 778~779면. 「癸巳十二月」: "三十日戊寅. … 揀其甚窮者, 一例頒施, 還衙時已迫昏. 少頃, 儺戲輩鳴

이것은 조선 시대 고종(高宗) 연간의 인물 오횡묵(吳宖黙)이 1893년 섣달 그믐날 자신의 관아에서 벌어진 나희(儺戲)에 관하여 기록한 것이다. 이훈상(1989)의 연구를 통해서 처음 발굴된 이 자료는,[22] 신라의 향악 「월전」과 「대면」의 명맥이 적어도 함안(咸安) · 고성(固城) 지역에 걸쳐서 조선 말기에 이르기까지 줄곧 이어졌던 사실을 이로써 확인할 수 있는 점에서 우리의 깊은 관심을 부른다. 여기에 따르면, 당시의 「월전」도 그 기본 성격은 여전히 희학과 골계(滑稽)의 범위에 있었던 듯하다. 그러나 이것도 고운의 잡영 「월전」에 보이는 '술잔을 다툰다.'라는 것과 같은 내용은 없었다. 그러니 신라의 향악 「월전」과 조선 시대의 「월전」을 또한 동일한 성질의 것으로 보기는 어렵다.

요컨대 신라의 향악 「월전」은 단순히 배우가 벌이는 잡희에 그쳤던 것이 아니라 여기서 더 나아가 연석(宴席)의 주령 유희와 결합되어 있었다. 이렇게 단정할 만한 근거는 고운의 잡영 「월전」에 두루 보이니, 우선은 '술잔을 다툰다.'는 서술을 지목할 수 있겠다. 일찍이 양재연(1964)은 원문의 "鬪酒盃"를 '술잔을 맞댄다.'로 번역하는 가운데, 여기서 일컫는 바의 '술잔'을 또한 신라의 향악 「월전」에 쓰인 무구로 보았다.[23] 이것은 "鬪酒盃"의 "鬪"를 천착한 결과라고 할 수 있는데, 기발한 견해라고 할 만하다. 그러나 다음과 같은 용례에 비추어 보건대,[24] 문맥을 너무 좁게 파악한 데서 무리가 따른다.

錚伐鼓, 踴躍轟闐, 齊入官場. 場中石臺上, 預設炬火, 明若白晝, 而金革亂聒, 人語難分. 月顚, 大面, 老姑優, 兩班倡, 奇形怪容之流, 頭頭迭出, 面面相謔, 或狂叫, 或慢舞. 如是數食頃而止. 盖其雜戲與咸安略相似, 而滑稽較勝, 服飾較劣."

22 李勛相, 「朝鮮後期의 鄕吏集團과 탈춤의 演行 - 朝鮮後期 邑權의 運營原理와 邑의 祭儀」, 『東亞硏究』 제17집(서강대학교 동아연구소, 1989), 475~476면.

23 양재연, 「月顚戲考」, 『文耕』 제17집(中央大學校, 1964): 『國文學硏究散稿』(전예원, 1976), 189~190면.

24 李穡, 『牧隱詩稿』 30-27a. 「喜雪」: "禳祈寒暑自陶唐, 天氣和時世道康. 霜落雖然有氷至, 春生只是在冬藏. 滿庭玉屑供詩料, 入座瓊花鬪酒觴. 只爲農家喜無極, 樵夫跣足敢相忘."

마당에 가득한 눈은 詩料를 베풀고,
자리에 든 瓊花는 술잔을 다툰다.

滿庭玉屑供詩料, 入座瓊花鬪酒觴.[25]

출구의 '詩料를 베푼다.'라는 이것은 주연(酒宴)에 참석한 여러 문인이 서로 시재(詩才)를 겨루는 광경을 서술한 것이고, 대구의 '술잔을 다툰다.'(鬪酒觴)라는 이것은 바로 그 자리에 특별히 초빙된 기녀(妓女)가 좌중을 상대로 술잔의 많고 적음을 다투는 광경을 서술한 것이다. 요컨대 여기서 말하는 '술잔을 다툰다.'라는 행위는 좌중이 서로 시재를 겨루고 그 결과에 따라 음주의 분량을 다투어 이로써 권주(勸酒)의 구실을 삼는 방식의 주령 유희와 결부되어 있는 것이다. 따라서 고운의 잡영 「월전」 제2구의 '술잔을 다툰다.'라는 서술도 이와 같은 맥락에서 보아야 마땅하지 않을까?

이른바 주령은 여럿이 모여 술을 마실 때에 서로 음주를 권하고 흥취를 돋우어 주는 유희를 말한다. 주령이 음주를 위한 유희의 하나로 정착된 것은 늦어도 한대(漢代) 이전의 일이며, 이후로 더욱 다양한 발전을 보였다. 예컨대 중당(中唐) 이후로 말하면, '錄事'라고 하거나 또는 '席糾' · '酒糾'라고 일컫는 바의 주감(酒監)을 연석에 내세워 다양한 방식의 주령 유희를 즐기는 풍습이 세간에 널리 퍼져 있었고, 주령 유희를 전문으로 하는 기녀도 있었다. 다음은 그와 같은 풍습을 여실히 전하는 자료일 것이다.

> 天水僊哥는 字가 絳眞인데, 南曲에 살았다. 談謔을 잘하고 歌令에 익숙하여, 언제나 席糾가 되었는데, [酒令을 베푸는 데 있어서] 너그럽게 하

25 李穡, 『牧隱詩稿』 30-27a. 「喜雪」 頸聯.

고 사납게 하는 것이 모두 마땅함이 있었다. 그 姿容은 또한 平凡했으나, 다만 蘊藉하고 모질지 않아서 當時의 賢士가 嘉尙히 여겼고, 그래서 그 聲價를 부추겼을 뿐이다. … 鄭擧擧는 中曲에 살았고, 또한 令章을 잘하여, 일찍이 絳眞과 더불어 번갈아 席糾가 되었다. 凡常한 축에 들었던 이로서 美貌는 아니었으나, 다만 人品에 힘입고 談諧에 뛰어나, 또한 여러 朝士의 사랑하는 바가 되었으니, 언제나 名賢이 베푸는 酒宴에 몇몇 妓女를 부르는 일이 있으면, 鄭擧擧도 [반드시 거기에] 들어 있었다.[26]

당대의 인물 손계(孫棨)의 『북리지』(北里志)에 보이는 기록이다. 서문에 적힌 연도가 당나라 희종(僖宗) 중화(中和) 4년(884)이다. 일찍이 당나라의 서울 장안(長安) 평강리(平康里)에 기녀들이 모여 사는 세 개의 마을이 있었다. 여기서 특히 남곡(南曲)과 중곡(中曲)은 명성이 쟁쟁한 기녀들의 거처가 되었고,[27] 당시의 명기 천수선가(天水僊哥)와 정거거(鄭擧擧)도 바로 그곳에 살았다. 그런데 이들은 그저 평범한 용모를 지녔을 뿐이나, 익살스러운 언행을 잘하고 주령을 익숙하게 베풀어 조관(朝官) · 현사(賢士)의 총애를 받았다. 그러니 이들은 분명히 주령 유희를 전문으로 했던 기녀라고 할 수 있겠다.

당대의 명기 천수선가와 정거거가 그처럼 주령 유희를 전문으로 하는 '석규'로서 이름을 드날렸던 까닭은 "歌令"에 익숙하고 "令章"을 잘했던 데 있었다. 이른바 "令章"은 곧 주령을 달리 일컫는 말이다. 그런가 하면, 이른바 "歌令"은 일정한 가곡(歌曲)을 일정한 타령(打令)에 의

26 孫棨, 『北里志』: 陶宗儀, 『說郛』(四庫全書) 78上-18b~21a. 「天水僊哥 · 鄭擧擧」: "天水僊哥, 字絳眞, 住於南曲中. 善談謔, 能歌令, 常爲席糾, 寬猛得所. 其姿容亦常常, 但蘊藉不惡, 時賢雅尙之. 因鼓其聲價耳. … 鄭擧擧者, 居曲中, 亦善令章, 嘗與絳眞互爲席糾, 而充博非貌者, 但負流品, 巧談諧, 亦爲諸朝士所眷, 常有名賢醵宴, 辟數妓, 擧擧者預焉."

27 孫棨, 『北里志』: 陶宗儀, 『說郛』(四庫全書) 78上-17a. 「海論三曲中事」: "平康里, 入北門, 東回三曲, 即諸妓所居之聚也. 妓中有錚錚者, 多在南曲中曲, 其循牆一曲, 卑屑妓所居, 頗爲二曲輕斥之."

거하여 번안하도록 요구하는 모든 규칙과 명령을 말하니, 예컨대 박자 · 장단 및 궁조(宮調)를 바꾸어 부르거나 또는 새로운 가사를 지어 붙이도록 요구하는 따위가 모두 여기에 속한다. 그러나 박자 · 장단 및 궁조를 바꾸어 부르는 것은 누구나 익숙하게 할 수 있는 것이 아니다. 그래서 새로운 가사를 지어 붙이도록 요구하는 바의 착사령(著辭令)이 가장 널리 쓰였다.

자고로 권주의 가장 기본이 되는 방식은 무릇 하나의 악곡(樂曲)에 한 잔의 술을 부쳐 보내는 것이다. 주악(奏樂)을 하든, 가창(歌唱)을 하든, 잔을 받은 사람은 반드시 하나의 악곡이 다 끝나기 이전에 잔을 비워야 한다. 여기에 때로는 무도(舞蹈)가 따른다. 왕유(王維)의 「양관곡」(陽關曲)과 같은 권주가(勸酒歌)를 통해서 보듯이, 이러한 풍습은 거의 주약(酒約)이나 다름이 없었다. 이것을 주령으로 발전시킨 것이 곧 착사령이다. 착사령은 일정한 악곡에 새로운 가사를 지어 붙이도록 요구하는 것인데, 단순한 송주(送酒) 착사(著辭)와 여기서 더욱 진보된 개령(改令) 착사(著辭)가 있었다.

송주 착사는 일정한 악곡을 두고 새롭게 가사를 지어 붙이되, 먼저 어떤 한 사람이 문득 창도(唱導)하여 부르면 다른 한 사람이 그에 화답(和答)하여 따르는 방식의 것이다. 이러한 창화(唱和)는 여러 사람이 차례로 거듭 참여할 수 있으며, 따라서 그 작자는 두 사람을 넘어서 여러 사람에 이를 수 있었다. 우리가 흔히 보게 되는 연구(聯句) · 연장(聯章) 형식의 시가는 대개가 이렇게 해서 제작된 것이다. 그런데 송주 착사는 서로 동일한 악곡을 쓰게 되는 까닭에, 창화하는 사이에 그 구법(句法) · 장법(章法) 및 수사법(修辭法)이 서로 비슷한 결과를 낳는 경우가 많았다. 개령 착사는 바로 여기서 비롯된 것이다.

개령 착사는 좌중이 차례로 돌아가면서 저마다 한번씩 영주(令主)

가 되어 자신이 몸소 설령(設令)하는 바의 가사를 예시하고 이것을 본받아 의령(擬令)을 제시하게 하는 방식의 것이다. 이른바 '개령'은 그처럼 차례로 돌아가면서 설령을 거듭 고쳐서 하게 되는 까닭에 이르는 말이다. 여기에 대체로 세 가지 영격(令格)이 따랐다. 예컨대 의조(依調) · 명제(命題)와 조소(調笑)의 원칙을 지켜야 했으니, 첫째, 반드시 약정된 악곡에 맞추어 가사를 짓고, 둘째, 반드시 지정된 주제어를 쓰고, 셋째, 반드시 해학을 담아야 하는 것이다.[28] 오대(五代)의 인물 왕정보(王定保)의 『당척언』(唐摭言)에 다음과 같은 사례가 전한다.

> 方干은 생김새가 시골 사람처럼 생겼을 뿐만 아니라 더욱이 언청이였다. 그러면서도 性品이 남을 업신여기는 짓을 좋아했다. 龍丘 李主簿라는 이가 있었는데, 어디 사람인지는 모르되, 하루는 벗의 집에서 方干을 만나 함께 술잔을 나누게 되었다. 龍丘의 눈에 부옇게 흐려진 자위가 있음을 두고 改令하여 譏弄하기를 "方干이 改令을 할 터이니, 여러분은 令主를 따르시오. 書生은 술에 소금을 타서 마시는데, 軍將은 술에 간장을 타서 마신다. [軍將은] 문 밖의 울타리를 볼 뿐이지, 눈 속의 가로막은 보지 못한다."라고 하였다. (改令: 措大喫酒點鹽, 軍將喫酒點醬. 只見門外著籬, 未見眼中安障.) 龍丘가 和答하기를 "書生은 술에 소금을 타서 마시는데, 下人은 술에 젓갈을 타서 마신다. [下人은] 다만 반소매 윗도리를 볼 뿐이지, 입술의 터진 바지 가랑이는 보지 못한다."라고 하였다. (擬令: 措大喫酒點鹽, 下人喫酒點鮓. 只見半臂著襴, 未見口唇開袴.) 한자리에 앉은 사람들이 크게 웃었다.[29]

28 王昆五, 『唐代酒令藝術』(北京: 東方出版中心, 1995), 69면. "中宗時代的「回波樂」辭, 另外還有沈佺期的作品留存只今. 沈佺期之作亦載于「本事詩」, 記載亦說中宗'嘗內宴, 君臣皆歌「回波樂」, 撰詞起舞' 把這些作品以及它們的本事放在一起比較, 我們很容易判斷出它們的改令性質, 并概括出(一)命調 · (二)依格式(例如'回波爾時')作辭 · (三)以調笑語咏物, 這三重令格."

29 王定保, 『唐摭言』(四庫全書) 13-5b~6a. "方干姿態山野, 且更兎缺. 然性好凌侮人. 有龍丘李主簿者, 不知何許人, 偶於知聞處見干而與之傳盃酌. 龍丘目有翳, 改令以譏之日, 干改令, 諸人象令主. 措大喫酒點鹽, 軍將喫酒點醬. 只見門外著籬, 未見眼中安障. 龍丘答日, 措大喫

여기에 보이는 개령은 '술에 소금을 타서 마신다.'(喫酒點鹽)라는 성어를 명제로 삼아 4구 형식의 악곡에 가사를 붙이되, 눈에 장애가 있는 좌중의 한 사람을 얕잡아 조롱하는 뜻을 담았다. 그리고 그 화답은 또한 이것과 동일한 구법 · 장법 및 수사법을 써서 상대를 되받아 조롱하는 뜻을 담았다. 착사령의 개령 착사는 이와 같이 무릇 의조 · 명제와 조소의 원칙을 영격으로 삼는 주령이라고 할 수 있으니, 만약에 이러한 원칙을 어기면 당연히 벌주가 따른다. 그런데 여기서 조소의 원칙과 그 희학은 결코 주연을 떠나서 생각할 수 있는 바의 것이 아니다. 따라서 개령 착사는 특히 주연이라는 상황과 조소라는 방법을 요건으로 삼았던 셈이다.

예컨대 우리의 「한림별곡」(翰林別曲)을 들어서 말하면, 제1장에 보이는 '당대의 유수한 문인 · 학사를 한자리에 모아 시험을 치르게 하는 광경'과 제2장에 보이는 '역대의 유수한 경사(經史) · 자집(子集)을 통틀어 주석까지 줄줄 외우는 광경'은 개령과 의령의 관계를 이루니, 뽐내고 으스대는 이것은 어디까지나 개령 착사의 영격을 좇아서 조소를 베푸는 한낱 희학일 뿐이지 여느 때와 같이 진정(眞情)을 읊자는 것이 아니다. 그리고 이것은 제8장에 이르기까지 바뀌지 않는 원칙이 되었다. 그러니 신라의 향악 「월전」에 수반되었던 가곡도 이러한 각도에서 조명할 수 있을 것이다.

노랫소리를 듣고서는 사람들이 못내 다 웃으며,
저녁때 깃발이 새벽까지 재친다.

聽得歌聲人盡笑, 夜頭旗幟曉頭催.[30]

酒點鹽, 下人喫酒點鮓. 只見半臂著襴, 未見口唇開袴. 一座大笑."

30 崔致遠,『孤雲先生續集』單-2b.「鄉樂雜詠五首 · 月顚」後半.

고운의 이른바 '노랫소리를 듣고서는 사람들이 못내 다 웃는다.'라는 서술을 '난쟁이 무리가 술잔을 다툰다.'라는 서술에 잇대어 당시의 정황을 종합해 보건대, 신라의 향악 「월전」에 출연했던 '난쟁이 무리'는 배우의 역할을 담당하는 뿐만 아니라 연석에 나아가 주령을 베풀고 음주의 방법 · 절차를 두루 감독하는 석규 · 주규의 역할을 아울러 담당했을 것으로 보인다. 그리고 신라의 향악 「월전」에 수반되었던 가곡은 또한 당시의 주연에 쓰이는 악장(樂章)을 대표하는 바로서 개령 착사의 조격(調格)으로 쓰이는 가운데, 이로써 주령 유희를 베푸는 하나의 방편이 되었던 듯하다.

요컨대 신라의 향악 「월전」에 수반되었던 가곡은 본디 남북조 시대 양나라의 주유희와 마찬가지로 배우의 자긍을 주제로 하는 가사를 지녔을 것이고, 대개의 내용은 또한 희학을 위주로 했을 것이다. 신라의 향악 「월전」에 수반되었던 가곡이 주령 유희의 하나인 개령 착사의 조격으로 쓰였을 개연성이 바로 여기에 있으니, 희학을 위주로 하는 점에서 주연을 베푸는 자리에 적합했던 까닭이다. 고운의 이른바 '노랫소리를 듣고서는 사람들이 못내 다 웃는다.'라고 할 만한 사정의 필연성도 바로 여기에 있으니, 연석의 개령 착사를 통해서 가사에 담기는 조소의 강도를 거듭 배가했던 까닭이다.

그런데 여기에 한 가지 중대한 문제가 따른다. 연석에 나아가 주령을 베풀고 아울러 음주의 방법 · 절차를 두루 감독하는 석규 · 주규는 한 사람이면 충분할 듯한데, 이러한 역할을 담당한 배우는 '난쟁이 무리'를 이루니, 이것을 쉽게 납득할 수 없는 것이다. 그처럼 주감이 여럿 나서게 되면 우선은 통일된 주령을 베푸는 것조차 어려울 터인데, 하물며 어떻게 좌중의 취객을 거느려 음주의 방법 · 절차를 다스릴 수 있는가? 이러한 의문을 해결할 만한 단서가 고운의 잡영 「월전」의 제4

구에 보인다.

2. "旗幟"의 용도와 "曉頭催"의 의미

고운은 끝으로 읊기를 '저녁때 깃발이 새벽까지 좨친다.'라고 하였다.[31] 깃발이 무엇을 다그쳐 몰아세우는 것인가? 만약에 이 깃발을 신라의 향악 「월전」에 쓰였던 가무희의 도구로 볼 양이면, 의문은 더 커진다. 어떻게 하나의 가무희가 저녁때에 시작해서 새벽까지 이어질 수 있는가? 그것은 아무리 길어도 한두 식경이면 끝이 나게 마련이다. 그러니 무언가 재촉하는 이 깃발은 결코 가무희에 쓰였던 소품이 아니다. 그러나 비록 그렇다고는 해도 신라의 향악 「월전」과 전혀 무관한 사물도 아니다. 무관한 것이면 굳이 언급할 까닭이 없었다.

우리는 여기서 '팔을 걷어 부치고 난쟁이 무리가 술잔을 다툰다.'라는 정황과 '노랫소리를 듣고서는 사람들이 못내 다 웃는다.'라는 맥락을 상기할 필요가 있으니, 이것은 모두 주연과 주령 유희를 떠나서 생각할 수 있는 바가 아니다. 따라서 원문의 "旗幟"는 곧 주령 유희에 쓰이는 주령구(酒令具)를 가리키는 것으로 보아야 옳겠고, 원문의 "曉頭催"는 곧 행령(行令)의 촉구를 뜻하는 것으로 보아야 옳겠다. 배우가 베푸는 연희는 반드시 일정한 시간에 끝이 나게 되지만, 좌중이 벌이는 주령 유희는 새벽까지 줄곧 이어질 수 있으니, 문제의 깃발은 이것을 주령구로 보아야 마땅할 듯싶다. 그러면 일찍

---

31 이것을 김학주(1964)와 안상복(2001)은 '새벽을 재촉한다.'로 번역해 두었고, 최태호(1994)는 '새벽까지 나부낀다.'로 번역해 두었다. 그러나 어느 면으로 보든 모두 문제가 따르니, 하나의 가무희가 새벽까지 이어질 가능성이 거의 없는 점에서 그렇다. 金學主, 「鄕樂雜詠과 唐戲와의 比較考釋」, 『亞細亞硏究』 제7집(高麗大學校, 1964), 136면; 안상복, 「향악잡영과 산대놀이의 전통」, 『韓國民俗學』 제34집(韓國民俗學會, 2001), 140면; 崔台鎬, 「鄕藥雜詠五首攷」, 『漢文學論集』 제12집(槿域漢文學會, 1994), 431면.

이 모종의 깃발이 주령구로 쓰였던 사례가 있는가? 더욱이 그것이 행령을 재촉하는 도구로 쓰여서 '새벽까지 쾌친다.'라고 서술할 만한 용도를 지녔던 경우가 있는가? 그러한 사례가 실제로 있었다.

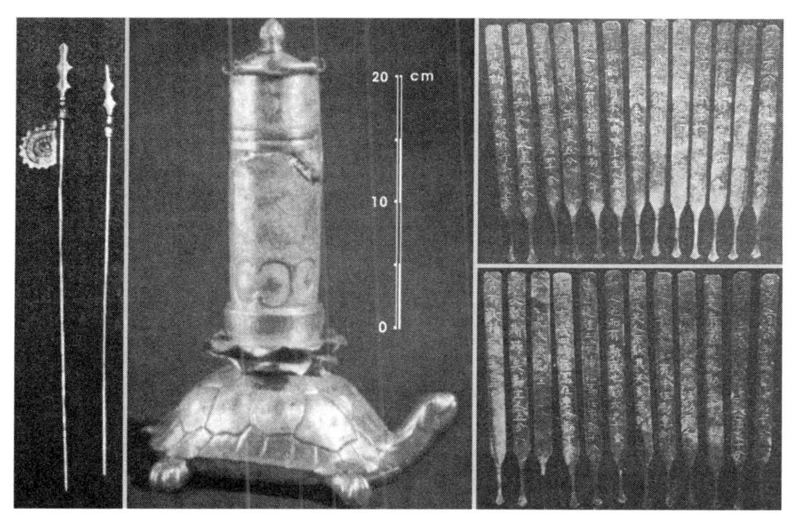

〈그림 2〉 강소성 출토 당대 주령구

예컨대 〈그림 2〉의 사진에 보이는 당대의 주령구는 1982년 중국 강소성(江蘇省) 단도현(丹徒縣) 정묘교(丁卯橋) 부근의 한 공사 현장에서 출토된 은도금(銀鍍金) 제품의 한 부류로서 주령기(酒令旗) · 주령독(酒令纛)과 주령주(酒令籌) 및 농대(籠臺)가 한 벌을 이루는 바였고, 농대는 또한 그 원통에 "論語玉燭"이라는 명칭이 새겨져 있었다. 연대는 대체로 성당(盛唐) 연간에 걸친다.[32] 그리고 이것을 반드시 주령구로 판정할 만한 까닭은 특히 그 주령주에 있었다.

32 陸九皐 · 劉建國, 「丹徒丁卯橋出土唐代銀器試析」, 『文物』 1982년 제11기 총318호, 28~33면.

당대의 논어옥촉 주령구는 그 주령주가 모두 쉰 가지나 되는데, 저마다 『논어』(論語) 장구를 하나씩 따다가 만든 주령을 새겼고, 그것은 대체로 처벌 · 포상과 권주의 대상을 지정하고 음주의 분량과 방법 · 절차를 규정하는 내용을 담았다. 그런데 여기서 우리가 특히 주목할 바로는, 권주의 대상을 지정하고 있는 주령주에 이른바 "錄事"라는 호칭이 두루 포함되어 있는 점이다. 이것은 앞서 이미 언급한 바와 같이 석규 · 주규 따위의 주감을 가리키는 말이다. 용례를 모두 뽑으면 다음과 같은 여섯 가지에 이른다.

① 割鷄焉用牛刀. - 勸律錄事七分.
② 刑罰不中, 則民無所措手足. - 觥錄事五分.
③ 聞一知十. - 勸玉燭錄事五分.
④ 敏而好學, 不恥下問. - 律事五分.
⑤ 不在其位, 不謀其正. - 錄事五分.
⑥ 五少也賤, 固多能鄙事. - 錄事十分.[33]

여기서 ①의 "律錄事"와 ④의 "律事"는 동일한 직책을 가리키는 듯하다. 왜냐면, ①은 처벌할 대상에 비하여 선언한 주령이 너무 지나친 것을 처벌하는 바이고, ④는 선언할 바의 주령을 미처 모르고 있는 것을 처벌하는 바이니, ①과 ④는 모두 주령을 선언하는 주체에 관한 것이다. 그리고 ③의 "玉燭錄事"와 ⑤ · ⑥의 "錄事"도 동일한 직책을 가리키는 듯하다. 왜냐면, ③은 하달된 주령을 충분히 이해하지 못한 것을 처벌하는 바이고, ⑤ · ⑥은 하위에 있는 이로서 상위의 권한을 넘보거나 비천한 사무를 익숙하게 처리하지 못한 것을 처벌하는 바이니, ③과 ⑤ · ⑥은 모두 하달된 주령을 실무에 적용하는 주체에 관한

33 陸九皐 · 劉興, 「論語玉燭考略」, 『文物』 1982년 제11기 총318호, 34~35면.

것이다. 그러나 ②의 "觥錄事"는 ⑤·⑥의 "錄事"와 동일한 직책이 아닌 듯하다. 왜냐면, ②는 범인을 감찰한 결과가 행위 사실에 적중하지 않고 어긋난 것을 처벌하는 바이고, 이것은 처벌 대상을 적발하는 주체에 관한 것이니, 따라서 비천한 사무를 담당하는 처지가 아니다.

당대의 인물 황보송(皇甫松)의 『취향일월』(醉鄕日月)에 따르면, 스무 사람이 한데 마시는 자리에 한 사람의 명부(明府)를 세워서 잔질을 규찰하게 하는데, 명부는 저마다 주사위 한 벌과 술구기 한 벌을 관장한다고 하였다.[34] 그러니 ③의 "玉燭錄事"와 ⑤·⑥의 여러 "錄事"는 바로 이 명부를 가리키는 것으로 보아야 옳겠다. 주연의 규모가 커지면 잔질을 담당할 명부의 수도 그만큼 많아지게 될 것이니, 직책은 같아도 자연히 두목과 그 부하의 관계가 생긴다. 두목은 곧 "玉燭錄事"일 것이고, 여러 "錄事"는 곧 그의 부하일 것이다.

송대의 인물 육유(陸游)의 『노학암필기』(老學庵筆記)에 따르면, 당대에 있어서 무릇 기녀는 곧 "錄事"로 일컬어지던 터였다.[35] 주연에 들어온 기녀는 누구나 다 명부의 직책을 맡았던 것이다. 그러니 ①의 "律錄事"와 ②의 "觥錄事"는 반드시 ③의 "玉燭錄事"와 ⑤·⑥의 여러 "錄事"에 비하여 그보다 상위에 군림하는 직책으로 보아야 옳겠다. 주연을 베푼 주인을 군주에 비유할 수 있다면, "律錄事"와 "觥錄事"는 영의정과 대사헌의 지위에 속하고, "玉燭錄事"와 여러 "錄事"는 군수와 현령에 속한다.

이렇게 보건대, 율록사(律錄事)는 모든 주감의 수장에 해당하는 바

---

34 皇甫松, 『醉鄕日月』: 陶宗儀, 『說郛』(四庫全書) 94下-39a. 「明府」: "二十人共飮, 立一人爲明府, 所以規其斟酌之道. 每一明府, 官骰子一雙, 酒杓一雙, 此皆律錄事分配之. 承命者, 法不得拒."

35 陸游, 『老學庵筆記』(四庫全書) 6-15a. "蘇叔黨, 政和中至東都, 見妓稱錄事, 太息語. 廉宣仲日, 今世一切變古, 唐以來舊語盡廢, 此猶存唐舊爲可喜. 前輩謂妓日酒糾, 蓋謂錄事也. 相藍之東, 有錄事巷, 傳以爲朱梁時名妓崔小紅所居."

로서 좌중에 베푸는 주령을 관할하여 행령을 통틀어 지휘하는 직책이고, 굉록사(觥錄事)는 주연의 기율을 관할하여 좌중의 동태를 감찰하는 직책이고, 옥촉록사(玉燭錄事)는 음주의 분량과 방법 · 절차를 관할하여 잔질을 담당하는 직책이다. 당대의 주령 유희는 이와 같이 다양한 직책의 주감이 있었고, 이들은 정연한 조직체를 이루는 가운데 저마다 그 소임이 달랐다. 그런가 하면, 소임에 따라 관장하는 바의 주령구도 달랐다. 옥촉록사와 녹사(錄事)는 주사위와 술구기를 관장하고, 굉록사는 주령기와 주령독을 관장하고, 율록사는 농대와 주령주를 관장한다. 여기서 주사위는 이로써 처벌 · 포상과 권주의 대상을 결정하는 도구로 쓰였다. 그러면 주령기와 주령독은 무엇에 쓰였던 것인가?

> 律錄事는 모름지기 飮材를 지녀야 한다. 飮材는 세 가지가 있으니, 善令과 知音과 大戶이다. 무릇 籠臺는 白金(銀)으로 만들고, 그 속에는 籌 10枚와 旗 1枚와 纛 1枚를 채워 넣는데, 旗는 循次를 가리키는 것이고, 纛은 犯人을 가리키는 것이다. 賓客과 主人이 자리에 나와 앉으면, 律錄事는 令籌를 하나 집어 가지고 令旗와 令纛을 써서 자리의 한가운데에 함께 세운다. 나머지 令籌는 器(籠臺)의 오른쪽에 놓는다.[36]

당대의 인물 황보송의 증언에 따르면, 주령기와 주령독은 주령 유희의 진행과 위반자의 처벌을 지휘하는 도구로 쓰였다. 주령기는 특히 행령의 순서를 가리키는 데 쓰였고, 주령독은 특히 범인을 가리키는 데 쓰였다. 그러나 용도가 다만 여기에 그쳤던 것은 아니다. 주령기와 주령독은 또한 행령을 저해하는 사람을 규탄하는 데 쓰기도 했으

36 皇甫松,『醉鄕日月』: 陶宗儀,『說郛』(四庫全書) 94下-40b.「律錄事」: "夫律錄事者, 須有飮材. 材有三, 謂善令知音大戶也. 凡籠臺以白金爲之, 其中實以籌一十枚旗一纛一, 旗所以指巡也, 纛所以指犯也. 賓主就坐, 錄事取一籌, 以旗與纛偕立於中. 餘置器右."

니, 주령기는 무릇 초범에 쓰였고, 주령독은 무릇 재범에 쓰였다.[37] 이른바 굉록사는 그처럼 행령을 저해하는 사람을 규탄하는 사무를 위하여 세우는 바로서 주령기와 주령독을 몸소 관장하는 가운데 율록사를 보좌하는 직책을 맡았다.

문제의 주령기와 주령독은 위와 같이 주령 유희에 쓰여서 연석의 좌중을 향하여 행령을 재촉하고 범인을 적발하는 도구로 쓰이던 것이다. 따라서 고운의 이른바 '저녁때 깃발이 새벽까지 쾌친다.'라는 서술의 표적을 여기서 찾을 만하고, 나아가 고운의 이른바 '팔을 걷어 부치고 난쟁이 무리가 술잔을 다툰다.'라는 서술의 표적도 여기서 찾을 만하다. 이것은 곧 연희에 따른 주령 유희가 흔히 새벽까지 치닫던 광경을 서술한 것이다. 신라의 향악 「월전」에 출연했던 '난쟁이 무리'가 배우의 역할을 담당하는 뿐만 아니라 주감의 역할을 아울러 담당했을 것으로 보이는 까닭도 여기에 있다고 하겠다.

당대의 논어옥촉 주령구의 세 가지 구성 요소와 그 주령주에 보이는 여러 주감의 호칭은 당대의 인물 황보송의 증언과 대체로 일치하는 바였다. 그러니 당대의 논어옥촉 주령구는 결코 유일한 종류의 기물이 아니다. 그것은 당대의 음주 풍속과 그 문화를 단적으로 대표하는 바이니, 우리는 이로써 신라 사회의 음주 풍속과 그 문화에 대한 탐구의 단서를 삼을 수 있을 것이다. 예컨대 안압지(雁鴨池)에서 출토된 14면체 주사위의 명문(銘文)에 보이는 여러 주령과 당대의 논어옥촉 주령구에 보이는 여러 주령은 몇 가지 사례에 있어서 매우 긴밀한 유사성을 지닌다.[38] 고운의 잡영 「월전」은 그러한 유사성의 원인을 우연

37 皇甫松, 『醉鄕日月』: 陶宗儀, 『說郛』(四庫全書) 94下-40b. 「觥錄事」: "凡烏合爲徒, 以言笑動衆, 暴慢無節, 或累累起坐, 或附耳囁語, 律錄事以本戶繩之. 奸不衰止者, 宜觥錄事糾之. - 以剛毅木訥之士爲之. 有犯者, 輒投其旗於前曰, 某犯觥令. - 拋法, 先旗而後纛也."
38 김태환, 「안압지 출토 목제 주사위 명문의 체계와 의미」, 『정신문화연구』 제29권 3

의 차원에서 구출할 수 있도록 돕는다.

Ⅳ. 결론

일찍이 성호는 고운의 잡영「월전」의 이른바 “月顚”과 “月題”를 동일한 사물로 보았다. 여기에 따르면, “月顚”은 곧 달처럼 생긴 액경(額鏡)으로서 신라의 향악「월전」에 출연하는 여러 배우의 이마를 꾸미는 일종의 장식을 가리키는 바이고, 이것은 또한「월전」을 위하여 특별히 고안된 모종의 굴레와 더불어 일체를 이루는 무구(舞具)를 가리키는 말이다. 성호는 또한 고운의 잡영「월전」의 이른바 “群儒”를 “以儒爲戲”의 배역으로 보았다. 여기에 따르면, 신라의 향악「월전」은 일종의 유희(儒戲)에 해당하는 바로서 유자(儒者)를 희롱 거리로 삼는 창우희(倡優戲)에 속한다.

그런데 신라의 향악「월전」을 일종의 유희로 추정한 성호의 견해는 이른바 “群儒”를 곧 ‘선비’·‘한량’으로 해석하는 견해의 선구가 되었고, 여기서 약간의 문제를 낳았다. 고운이 관람한 신라의 향악「월전」은 성호가 추정한 바와 같이 “以儒爲戲”의 성격을 지니는 것으로 보기 어렵다. 왜냐면 문제의 “群儒”를 고운은 분명히 ‘어깨는 우뚝하고, 목은 움푹하고, 상투는 쭈뼛하다.’라고 묘사하고 있는 까닭이다. 이것은 ‘난쟁이’의 모습에 가장 가깝다. 따라서 이른바 “群儒”는 곧 ‘난쟁이 무리’로 해석되어야 마땅할 것이고, 아울러 신라의 향악「월전」은 당연히 주유희(侏儒戲)로 규정되어야 할 것이다.

중국의 주유희는 난쟁이와 꼽추가 나와서 배우의 자긍(自矜)을 노

호(한국학중앙연구원, 2006), 83~89면.

래하고 춤추는 잡희(雜戱)라고 할 수 있는데, 특별히 꼽추 지리소(支離疏)에 관한 『장자』의 우언이 극중 사건을 대신하고 배경 사상을 구성하는 요소로 쓰였다. 그런데 고운의 잡영 「월전」에 따르면, 신라의 향악 「월전」도 여기서 크게 다르지 않았던 듯하다. 고운의 잡영 「월전」 제1구는 신라의 향악 「월전」에 출연하는 배우의 모습을 묘사하고 있는 바로서 『장자』 「인간세」에 나오는 꼽추 지리소의 형용을 그대로 따랐다. 제2구의 "攘臂"는 또한 지리소의 특정 행동을 묘사하는 데 쓰인 말이다. 따라서 중국의 주유희와 마찬가지로 신라의 향악 「월전」도 꼽추 지리소에 관한 『장자』의 우언을 인용하여 극중 사건을 대신하고 배경 사상을 구성하는 연행 방식을 띠었던 것으로 보인다.

그러나 신라의 향악 「월전」은 단순히 배우가 벌이는 잡희에 그쳤던 것이 아니라 여기서 더 나아가 연석(宴席)의 주령(酒令) 유희와 결합되어 있었다. 고운의 잡영 「월전」 제2구와 제3구를 통하여 당시의 정황을 종합해 보건대, 신라의 향악 「월전」에 출연했던 '난쟁이 무리'는 배우의 역할을 담당하는 뿐만 아니라 연석에 나아가 주령을 베풀고 음주의 방법 · 절차를 두루 감독하는 석규(席糾) · 주규(酒糾)의 역할을 아울러 담당했을 것으로 보인다. 그리고 신라의 향악 「월전」에 수반되었던 가곡은 또한 고려 시대의 「한림별곡」과 마찬가지로 당시의 주연에 쓰이는 악장을 대표하는 바로서 이른바 개령 착사(改令著辭)의 조격(調格)으로 쓰이는 가운데, 이로써 주령 유희를 베푸는 하나의 방편이 되었던 듯하다.

고운의 잡영 「월전」 제2구와 제4구의 내용은 모두 모두 주연과 주령 유희를 떠나서 생각할 수 있는 바가 아니다. 여기서 특히 제4구는 연희에 따른 주령 유희가 흔히 새벽까지 치닫던 광경을 서술한 것이다. 따라서 원문의 "旗幟"는 곧 주령 유희에 쓰이는 주령기(酒令旗) · 주령독

(酒令纛)을 가리키는 것으로 보아야 옳겠고, 원문의 "曉頭催"는 곧 행령(行令)의 촉구를 뜻하는 것으로 보아야 옳겠다. 당대의 논어옥촉 주령구에 비추어 보건대, 주령기 · 주령독은 주령 유희에 쓰여서 연석의 좌중을 향하여 행령을 재촉하고 범인을 적발하는 도구로 쓰이던 것이다.

대동문화연구 제60집(성균관대학교 대동문화연구원, 2007): 151-181면

03

쌍화점 결구 "덦거츠니"의 재해석

본문개요

「쌍화점」의 '덦거츨-'은 특히 사리의 '거츨-'을 의미의 기축으로 삼는다. 사리의 '거츨-'은 선악을 가리는 '거·츨-'과 진위를 가리는 ':거·츨-'로 나뉜다. 진위를 가리는 ':거·츨-'은 선악을 가리는 '거·츨-'이 가장 열악한 쪽으로 치우쳐 그 종점에 떨어진 결과다. 이것과 마찬가지로 선악을 가리는 '거·츨-'은 사물의 '거츨-'이 가장 열악한 쪽으로 치우친 결과다.

「쌍화점」의 화자가 당면한 상황과 맥락의 필연적 요구로 보건대, 「쌍화점」의 '덦거츨-'은 진위를 가리는 ':거·츨-'의 의미로 해석되어야 마땅하다. 「쌍화점」의 화자는 경험자의 처지가 아니라 피해자의 처지다. 피해자인 까닭에 그이가 자신을 대상으로 하는 모든 의혹과 소문에 대하여 내리는 판정은 당연히 진위를 가리는 ':거·츨-'일 것이지, 선악을 가리는 '거·츨-'이 아니다.

「쌍화점」의 결구는 반드시 '그 잔 데 같이 아닌 것 없다'로 읽어서 '잤다'를 힘써 부정한 발화로 보아야 비로소 생동하는 어세와 그 취지가 드러난다. 「쌍화점」의 화자는 이른바 '잤다'고 하는 사실이 전혀 없기 때문에 '그것이 가장 아니다'고 말했다. 「쌍화점」의 '덦거츨-'은 곧 '아니다'의 범주에서 특히 '터무니없다'를 뜻하는 말이다.

핵심용어

쌍화점(雙花店), 삼장(三藏), 사룡(蛇龍), 덦거츠니, 덦거츨-

Ⅰ. 서론

『악장가사』에 전하는 「쌍화점」의 결구 "긔 잔 ᄃᆡ ᄀᆞ티 덦거츠니 업다"는 "긔 자리에 나도 자라 가리라"고 돌출된 발화의 의의를 가사의 전체 맥락에서 강력하게 제약하는 궁극의 발화다. 따라서 「쌍화점」의 주제는 "긔 잔 ᄃᆡ ᄀᆞ티 덦거츠니 업다"를 벗어나 논의할 수 없으니, 관건은 특히 "덦거츠니"에 달렸다. 일찍이 양주동은 "덦거츠니"에 대하여 다음과 같은 주석을 붙였다.

> 덦거츠니. 「덦거츨」은 「덦거츨」의 俗音, 「鬱」의 訓. - 鬱 덦거츨 (石峯千字 · 十八) - 「덦거츨」은 略略 現行語 「답답ᄒᆞ」에 該當하거니와 後者의 古形 「답가옴」은 이 「덦거츨」과 語根을 같이한다. … 「덦거츨」 「답갑 · 답가옴」 「답사ᄒᆞ」 乃至 「덥」(暑) · 「둡」(盖) 等語의 「답 · 덥 · 둡」은 모다 「鬱 · 積 · 悶」의 原義를 가젓다.[1]

양주동은 '덦거츨-'을 '덦거츨-'과 통용된 형태로 보았고, 아울러 그 의미는 '닶갑-'과 동일한 것으로 보았다. 우리는 여기서 두 가지 의문을 제기할 만하다. '덦거츨-'과 '덦거츨-'은 음운이 서로 다른데, 이것을 통용된 형태로 간주할 수 있는가? '덦거츨-'과 '닶갑-'은 형태가 서로 다른데, 이것을 동일한 의미로 해석할 수 있는가?

양주동은 이상과 같은 우리의 의문에 대한 해답을 제시하지 않았다. 양주동의 주석에 보이는 몇 가지 용례는 그나마 '덦거츨-'에 관한 것과 '닶갑-'에 관한 것에 그쳤고, 정작에 '덦거츨-'에 관한 것은 전혀 없었다. 예컨대 다음과 같은 반론에 대처할 만한 문증을 충분하게 확보하지 못했던 것이다.

---

1 梁柱東, 『麗謠箋注』(乙酉文化社, 1947), 266~267면.

石千(18)에는 「鬱 덥써츨울」이라 있다. 이것은 唯一 例여서 그 存在가 의심된다. - 이 「덥써츨」은 雙花店의 "덦거츠니 업다"의 解釋에 引用되어 "「덦거츨」은 「덦거츨」의 俗音"(梁柱東, 麗謠箋注, 1947, p.266)이라 생각되기도 했으나 法華經諺解(3.3)에서 「덦거츠러」(蕪穢)가 발견됨으로써 이 語形의 正當性이 立證되었다.(安秉禧, 麗謠二題, 한글 127, 1960, p.84) 여기에 다음의 두 例를 더 追加할 수 있다. 小學諺解(5.26)에 "더딘 냇ᄀᆞ 잇솔은 덤써츠러"(遲遲澗畔松鬱鬱)가 있으며 筆者가 본 年代未詳의 善本 百聯抄解(21)에도 "뜰ᄀᆞ새 댓가지ᄂᆞᆫ 누늘 디내여 덤써츠렷고"(庭畔竹枝經雪茂)가 있다. 이리하여 이제는 오히려 「덦거츨」이 確立되기에 이르렀다.[2]

이기문은 용례의 양적 차이로 보건대 '덦거츨-'에 비하여 '덦거츨-'이 도리어 정당한 형태에 속하는 것으로 보았다. 그러나 양주동이 의거한 '덦거츨-'은 다양한 종류의 『천자문』에 거듭 나오고, 하물며 『대악후보』에 전하는 「쌍화점」의 제1장 가사에도 "덥거츠니"가 나온다.[3] 더욱이 『악학편고』에 전하는 「쌍화점」은 "덦거츠니"와 함께 "덦거츠니" · "덥거츠니"가 나란히 적혔다.[4] 그러니 '덦거츨-'을 '덦거츨-'과 통용된 형태로 보았던 양주동의 견해는 당시에 비록 유일한 용례를 들었을 뿐이라고 하더라도 결코 그릇된 것이 아니다.

법화경 본문에, "덦거츠러"의 해당 귀절이 "蕪穢"로 나타났음으로써 우리는 이 뜻을 쉽게 알 수 있다. 사원(辭源)에 "蕪穢"는 "草不治貌 猶言荒廢也"로 되어 있다. 따라서 "덦거츨-"의 뜻은 "(잡초따위가) 뒤엉클어지

2 李基文, 「漢字의 釋에 관한 硏究」, 『東亞文化』 제11집(서울대학교 동아문화연구소, 1972), 250~251면.
3 『大樂後譜』 6-11b.
4 『樂學便考』 4-31b. ※ 제1장 가사에 적힌 "더마거초니"의 "마"는 원고를 옮겨 적는 과정에서 받침으로 모아 적은 /ㅁ/ · /ㅅ/을 잘못 적은 것이고, "초"는 또한 /ㅡ/로 이끌린 /ㅊ/의 필세를 /ㅗ/로 잘못 적은 것이다.

> 다" 또는 "거칠다."이다. … 쌍화점의 "덦거츠니"는 정확한 기사로, "거친 것이" 또는 "정돈되지 못하고 어수선한 것이"의 뜻임을 단언한다.[5]

안병희는 단어의 대역 관계로 보건대 '닶갑-'이 아니라 '거츨-'이 오히려 적당한 의미에 속하는 것으로 보았다. 그런데 안병희가 의거한 『법화경언해』 제3권 「약초유품」의 주해에 나오는 '蕪穢'는 이른바 약초에 속하지 못하는 인성의 저열한 품등을 비유한 말이다.[6] 이것은 '어질다'(善良) · '맑다'(淸淨)의 반대에 놓여서 '사납다'(劣惡) · '더럽다'(汙濁)를 뜻하는 것이지, 본의에 그쳐서 다만 '거칠다'(荒蕪)를 뜻하는 용례가 아니다. 이것을 또한 '어수선하다'(錯亂)로 보기도 어렵다. 그러니 이러한 용례를 들어서 '덦거츨-'과 '닶갑-'을 동일한 의미로 보았던 양주동의 해석을 부정하기는 어렵다.

문제의 '덦거츨-'은 고소설 『고후전』에도 그와 비슷한 형태가 보인다. 예컨대 "ᄡᅮᆼ남기며 산이 뎜거ᄎᆞ러 셩ᄒᆞ고"의 문장에 "뎜거ᄎᆞ러"가 적혔다.[7] 그런데 『고후전』의 "뎜거ᄎᆞ러"를 곧 '우거져서'(蕪密)로 바꾸어 읽으면, 이것은 이내 명쾌한 이해를 낳는다. 그러나 「쌍화점」의 "덦거츠니"를 곧 '거친 것'(荒蕪)이나 '어수선한 것'(錯亂)으로 바꾸어 읽으면, 이것은 더욱 막연한 이해를 낳는다. 본의로 쓰이지 않았던 탓이다.

문제의 '덦거츨-'에 관하여 우리가 얻고자 하는 최상의 해석은 반드시 이것을 저것에 바꾸어 넣어야 비로소 문리가 트여서 별도로 설명을 더하는 과정이 없어도 저절로 생동하는 어세와 그 취지가 이내 드

---

5 안병희, 「여요二제」, 『한글』 제127호(한글학회, 1960), 84면.

6 『法華經諺解』 3-2a. 「藥草喩品」: "草ㅣ 能治病을 名藥草ㅣ니 以喩人天善種과 三乘智因의 能遠害滅惡者ᄒᆞ시니 若四趣惡種과 生死業因은 則徒爲蕪穢ᄒᆞ야 非藥草矣니라"

7 『高后傳』 4-35b. "ᄌᆞ츈이 ᄃᆞᆯ이 못ᄒᆞ여서 ᄃᆡ쥐에 니ᄅᆞ니 풍경이 됴코 ᄡᅮᆼ남기며 산이 뎜거ᄎᆞ러 셩ᄒᆞ고 셔직이 셩히 니것ᄂᆞᆫ디라"

러나는 바의 것이다. 양주동이 제시한 '답답한 것'(鬱悶)은 그나마 이러한 요구에 매우 가깝다. 본고는 그 이유를 밝히는 것으로써 작성의 목표를 삼는다.

양주동의 주석에 대한 안병희와 이기문의 반론은 『법화경언해』와 『소학언해』 및 『백련초해』에 나오는 '덦거츨-'의 용례를 확인한 뿐만 아니라 그 의미가 한어의 '蕪穢' 및 '茂' · '鬱'을 번역하는 위치에 있음을 확증한 점에서 중요한 의의를 지닌다. 이러한 확증을 토대로, 이하의 본문은 문제의 '덦거츨-'을 명쾌히 해석할 만한 근거를 충분히 확보하는 데 주력할 것이다. 이로써 「쌍화점」에 대한 이해의 정당한 기초를 다질 수 있기를 바란다.

Ⅱ. '덦거츨-'의 관련 형태

앞에서 언급한 『법화경언해』 제3권 「약초유품」의 주해에 나오는 '蕪穢'를 그 언해는 "덦거·츠·러"로 번역한 형태를 보이되, 동일한 주해를 저본으로 삼았던 『월인석보』 제13권의 언해는 "거·츨·오 :더러·ᄫᅥ"로 번역한 형태를 보인다.[8] 후자는 '蕪'를 '거츨-'로, '穢'를 '더럽-'으로 번역한 결과다. 그러면 '덦거츨-'의 '덦-'은 '더럽-'의 의미를 가지는 '덞-'과 동일한 것으로 볼 수 있는가?

박병채는 '덦거츨-'을 '덞-'(染, 濊)과 '거츨-'(荒)의 복합 어간으로 보았다.[9] 그러나 이것은 '덦거츨-'의 관련 형태를 미처 살피지 않아서

---

8 『法華經諺解』 3-3b. 「藥草喩品」: "四趣惡種·과 生死業因·은 ᄒᆞᆫ갓 덦거·츠·러 藥草ㅣ 아·니·라"; 『月印釋譜』 13-38a. "四趣의 구·즌·ᄡᅵ·와 生死業因·은 ᄒᆞᆫ갓 거·츨·오 :더러·ᄫᅥ 藥草ㅣ 아·니·라"

9 박병채, 『새로 고친 고려가요의 어석 연구』(국학자료원, 1994), 252면.

비롯된 견해다. 아래의 〈표 1〉은 '더ᇝ거츨-'의 관련 형태를 살피기 위하여 『천자문』의 여러 판본과 『신증유합』에 보이는 '茂'·'鬱'의 훈석을 관련 한자의 훈석에 비추어 한데 모은 것이다.[10]

〈표 1〉 천자문(7)과 신증유합(1)의 여러 훈석

	① 東急(15**)	② 光州(1575)	③ 類合(1576)	④ 石峯(1583)
茂	덤써울	덤거울	셩ᄒᆞᆯ	거츨
密	덤써울	볼	칙칙	븩븩ᄒᆞᆯ
鬱	덤써울	덤써울	답답	덥써츨
荒	거츨	거츨	거츨	거츨
	⑤ 七長(1661)	⑥ 松廣(1730)	⑦ 註解(1804)	⑧ 茂實(1857)
茂	거츨	거츨	힘ᄡᅳᆯ, 셩ᄒᆞᆯ	거츨
密	븩븩ᄒᆞᆯ	빅빅ᄒᆞᆯ	빅빅ᄒᆞᆯ, 비밀ᄒᆞᆯ	빅빅ᄒᆞᆯ
鬱	덥써츨	덥써츨	덥거츨, 답답ᄒᆞᆯ	덥거츨
荒	거츨	거츨	클, 거츨	거츨

'더ᇝ거츨-'이 『법화경언해』와 『소학언해』 및 『백련초해』에 있어서 '茂'·'鬱'을 번역하는 위치에 놓였던 사실을 상기해 보건대, 다양한 종류의 『천자문』에 있어서 특히 '鬱'을 훈석하는 위치에 놓였던 '덦거츨-'은 당연히 저 '더ᇝ거츨-'과 더불어 동일한 의미를 지니는 단어다. 요컨대 '더ᇝ거츨-'의 '덤-'은 '덦거츨-'의 '덥-'과 더불어 교체될 수 있었던 형태다. 따라서 '더ᇝ거츨-'의 '덤-'은 결코 'ᄃᆞᆱ-'(染, 滅)이 아니다.

'더ᇝ거츨-'의 '덤-'이 '덦거츨-'의 '덥-'과 더불어 교체될 수 있었던 이유는 해명하기 어렵다. 양자는 의미의 차이가 전혀 없이 다만 음절의 말음 /ㅁ/과 /ㅂ/이 교체된 것이다. 일찍이 허웅은 이러한 현상을 상

10 『千字文』: ① 일본 大東急記念文庫 소장; ② 일본 東京大學 중앙도서관 소장; ④ 일본 國立公文書館 內閣文庫 소장; ⑤ 안성시청 문화체육관광과 소장; ⑥ 일본 天理大學 소장; ⑦ 규장각 · 국립중앙도서관 소장; ⑧ 장서각 소장; 『新增類合』: ③ 단국대학교 율곡기념도서관 羅孫文庫 소장.

통(相通)이라고 하였고, 유창돈은 또한 대응(對應)이라고 하였다.[11] 예컨대 '멎 | 벚'(榛), '돌판이 | 돌팡이'(蝸牛), '현마 | 혈마'(幾量)의 두음 및 음절 사이나 말음 등에서 광범하게 일어난 교체의 종류를 말한다.

그런데 '鬱'을 훈석하는 위치에 놓였던 단어는 '덦거츨-'만 아니라 '덦거우-'의 '덦겁-'도 있었다. 우리는 여기서 '덦겁-'을 내세워 하나의 가정을 제기할 만하다. '덦거츨-'의 '덤-'이 '덦거츨-'의 '덥-'과 더불어 교체될 수 있었을 양이면, '덦거츨-'을 대신하여 한때 '鬱'을 훈석하는 위치에 놓였던 '덦겁-'의 '덤-'이 또한 '*덦겁-'의 '덥-'에 의하여 교체될 수 있었을 것이다. 예컨대 아래의 [예-1]은 우리의 이러한 가정과 유사한 조건을 통하여 동일한 현상을 일으킨 교체의 사례다.

[예-1.1] 如懦夫然 ‖ ·섬·써·온 :사·ᄅᆞ·미 :양 ·ᄀᆞᆮ더·라 (飜小 10-12a)
[예-1.2] 如懦夫然 ‖ ·섭·써운 :사·ᄅᆞᆷ ·ᄀᆞᆮᄒᆞᆫ ·ᄃᆞᆺ·ᄒᆞ더라 (小學 6-111b)

[예-1]은 『번역소학』과 『소학언해』에 나오는 동일한 원문의 두 가지 번역을 가져온 것이다. 우리는 여기에 보이는 '섮겁-'의 '섬-'과 '섮겁-'의 '섭-'의 교체에 비추어 '덦겁-'의 '덤-'과 '*덦겁-'의 '덥-'의 교체를 유추할 만하다. 그러나 정작에 '*덦겁-'은 문증이 보이지 않으니, 우선은 '덦겁-'의 의미를 분석해 보아야 하겠다. 〈표 2〉는 〈표 1〉의 '덦겁-'을 대체한 여러 단어를 정리한 것이다.

〈표 2〉 '덦겁-'의 대체 양상

茂 : 덦겁-	거츨-(4), 성ᄒᆞ-(2)
密 : 덦겁-	칙칙(1), 븩븩ᄒᆞ-(2), 빅빅ᄒᆞ-(3)
鬱 : 덦겁-	덥써츨-(3), 덥거츨-(2), 답답(1), 답답ᄒᆞ-(1)

11 許雄, 『國語音韻論』(正音社, 1959), 280~282면; 劉昌惇, 『國語變遷史』(通文館, 1961), 155~162면; 劉昌惇, 『李朝國語史研究』(宣明文化社, 1964), 145~150면.

〈표 2〉로 보건대 '덦겁-'을 대체한 여러 단어는 모두 '우거지다'(蕪密)를 의미의 기저에 두었던 듯하다. 우거진 것이 지나쳐 마침내 거칠고, 우거진 것이 겹쳐서 마침내 빽빽한 것을 이룬다. 나아가 빽빽이 우거진 까닭에 막혀서 답답한 것이다. 거칠고 빽빽한 것은 사물의 양태에 속하고, 막혀서 답답한 것은 심기의 감정에 속한다. 전자는 특히 '茂'와 '密'을 훈석하는 위치에 쓰였고, 후자는 특히 '鬱'을 훈석하는 위치에 쓰였다.

그런데 여기서 '덦겁-'이 '鬱'의 '덦거츨-'과 '답답ᄒᆞ-'로 대체된 사실은 '*덦겁-'의 속성을 파악하는 데 있어서 매우 중요한 단서다. '덦거츨-'에 대한 '덦거츨-'의 대응을 들어서 '덦겁-'에 대한 '*덦겁-'의 대응을 재구할 수 있다면, 이러한 '*덦겁-'은 곧 '답갑-'에 대응될 바로서 '답갑-'의 모음이 교체된 형태로 보아야 마땅할 것이다. 왜냐면 '답갑-'이 또한 '답답ᄒᆞ-'의 의미를 지녔던 점에서 그렇다.

[예-2.1] 心悶欲死 ‖ ·안히 답답·ᄒᆞ·야 죽ᄂᆞ·닐 (救急 上-2b)
[예-2.2] 悶能過小徑 ‖ ·답갑거·든 能·히 :져근 ·길ᄒᆞ·로 :디나오면 (杜初 20-51b)

[예-2]에 보이는 "답답·ᄒᆞ·야"의 '답답ᄒᆞ-'와 "·답갑거·든"의 '답갑-'은 모두 '悶'을 번역한 말이다. 이로써 알 수 있듯이, '답갑-'은 '덦겁-'과 마찬가지로 '답답ᄒᆞ-'의 의미를 지녔고, 이것은 특히 심기의 감정을 가리킨 경우다. 아래의 [예-3]은 이처럼 특히 심기의 감정을 말하는 데 쓰였던 '답갑-'의 용법을 더욱 뚜렷이 드러낸 사례다.

[예-3.1] 心不迷悶 ‖ ᄆᆞᅀᆞ·미 :몰·라 ·답갑·디 아·니ᄒᆞ·리·니 (楞嚴 10-74a)
[예-3.2] 心神煩悶 ‖ ᄆᆞᅀᆞ·미 ·답가·오·닐 (救急 上-61b)

[예-3]에 보이는 "·닶갑·디"와 "·닶가·오·닐"의 '닶갑-'은 무언가 몰라서 어리석고 많아서 어지러운 까닭에 답답한 심경을 가리킨 말이다. 원문의 '迷' · '煩'은 곧 '悶'의 원인에 속하니, '닶갑-'을 부르는 조건이 '昏迷'와 '煩多'에 있음을 여기서 짐작할 만하다. 이러한 '닶갑-'은 '닶기-'에 접미사 '-압-'이 붙어서 파생된 것이다.[12] 중간에 말음 /ㅣ/가 탈락되면서 '-갑-'이 나왔다.

[예-4.1] 子驚悶絶 ‖ 아·ᄃᆞ·리 :놀·라 ·닶·겨 주·고·ᄆᆞᆫ (法華 2-201b)
[예-4.1] 攻心煩悶 ‖ ᄆᆞᅀᆞ·ᄆᆞᆯ 보·차 ·닶겨 ᄒᆞ·릴 (救急 下-18b)

[예-4]에 보이는 "·닶·겨"의 '닶기-'는 무언가 놀랍고 두려운 것이 있거나 조르고 보채는 바가 있어서 답답하게 시달리는 심경을 가리킨 말이다. '닶갑-'과 마찬가지로 '닶기-'가 또한 '悶'을 번역하는 위치에 쓰였다. 그러나 '닶갑-'은 형용사의 하나로 보아야 할 것이나, '닶기-'는 '답-'에 접미사 '-기-'가 붙어서 파생된 피동사의 하나다.[13] 그러면 '답-'은 본디 어떠한 의미를 지니던 말인가?

만약에 '닶기-'에서 '답-'을 분리해 내려 한다면, 접미사 '-기-'가 없어도 '답-'이 하나의 어간으로서 온전한 기능을 발휘한 자취를 찾아야 할 것이다. 첩어로 파생된 '답답' · '답답ᄒᆞ-'의 바깥에 다시 활용의 자취나 합성의 자취가 있어야 한다는 말이다. 현재는 '닶기-'에서 '답-'을 분리할 만한 적극적 용례를 찾기가 매우 어렵다. 아래의 [예-5]는

---

12 예컨대 "므기-+-업->므겁-, 즐기-+-업->즐겁-, 므싀-+-업->므싀엽-" 등을 들 수 있으니, 접미사 '-압/업-'은 흔히 "/i/ 모음으로 끝나거나 副音 /j/로 끝나는 동사어간"에 붙는다. 李賢熙, 「국어의 語中 · 語末 'ㄱ'의 성격에 대한 종합적 고찰」, 『한신논문집』 제4집(한성대학교 출판부, 1987), 236면.
13 '닶기-'의 '-기-'를 어간 형태소로 이해할 만한 가능성이 거의 없는 점으로 미루어 보건대, '답-'과 '-기-'의 사이에 놓인 '-ㅅ-'은 '-기-'의 /ㄱ/을 경음으로 규정한 표기다.

오로지 근사한 용례를 가져온 것이다.

[예-5.1] 烈士痛稠疊 ‖ 烈士·익 슬·호미 답사·핫도다 (杜初 24-17b)
[예-5.2] 百卷文枕藉 ‖ ·온 卷ㅅ ·글워·리 답사 :혀시니 (杜初 24-34a)

[예-5]에 보이는 "답사·핫도다"의 '답샇-'은 '답-'에 '샇-'이 붙어서 합성된 것이고, "답사 :혀시니"의 '답샇이-'는 '답샇-'에 '-이-'가 붙어서 파생된 것이다. 원문의 '稠疊'은 여기서 '빽빽이 포개어 쌓이다'를 뜻하고, '枕藉'는 여기서 '겹쳐서 어지럽게 쌓이다'를 뜻한다. 이것을 '답샇-'과 '답샇이-'로 번역한 점에서, 여기에 보이는 '답-'을 '닶기-'의 '답-'과 동일한 형태로 간주할 만하다.

그런데 '닶기-'의 '답-'은 흔히 거성을 나타내는 방점을 가지는 까닭에 이것을 '답샇-'의 '답-'과 동일한 형태로 간주할 수 있는가 하는 의문을 제기할 수 있겠다. 그러나 '닶기-'의 '답-'이 중첩된 '답답ᄒᆞ-'의 합성에 방점이 전혀 없으니,[14] '답샇-'의 합성도 예외가 아니다. 더욱이 '답샇-'의 '답-'이 '쌓다'의 방식을 말하여 '포개다' · '겹치다'를 뜻하는 한에는 양자를 동일한 형태로 보아야 마땅할 것이다.

[예-6.1] ·어마:니·미 드르·시·고 ·안·답·씨·샤 (月釋 21- 217a)
[예-6.2] 藥·이 發·ᄒᆞ·야 ·안·닶·겨 싸·해 그우·더·니 (法華 5-152a)

[예-6]에 보이는 "·안·답·씨·샤"와 "·안·닶·겨"의 '안닶기-'는 '안ㅎ'(心中 · 胸中)과 '닶기-'의 통사적 합성에서 비롯된 것이다. 이보다 한 층 강도가 높은 사례로 오늘날 흔히 쓰이는 '안타깝다'(煩悶)는 또한

14 '닶기-'의 '답-'이 중첩된 '답답ᄒᆞ-'는 흔히 한어의 '鬱鬱'과 더불어 대역 관계를 보인다. 『杜詩諺解(初刊)』 11-6b. "鬱鬱匡君略 ‖ :님금 고·티고·져 ·ᄒᆞ던 謀略·이 답답·ᄒᆞ도·다"; 『杜詩諺解(重刻)』 1-58a. "孤舟增鬱鬱 ‖ 외로왼 ᄇᆡ예셔 더욱 답답ᄒᆞ고"

'안ㅎ'과 '닶갑-'의 합성에서 비롯된 단어다. 이것은 애초에 '*안ㅎ닶갑-'의 형식을 띠었을 것이다. 심기의 감정을 가리켜 말하는 '닶갑-'은 그 낙착이 바로 이 '*안ㅎ닶갑-'에 있었다.

우리가 이제까지 '닶기->닶갑-'에 주목한 이유는 '덦거츨-'을 대신하여 한때 '鬱'을 훈석하는 위치에 놓였던 '덦겁-'이 여타의 문헌에 가서는 문득 '덦거츨-'과 '답답ᄒᆞ-'로 교체된 데 있었다. 이렇게 '덦거츨-'과 '답답ᄒᆞ-'로 교체될 수 있었던 점에서, '덦겁-'은 '답답ᄒᆞ-'의 의미를 지니는 '닶갑-'과 더불어 필연적 관련을 보인다. 우리는 여기에 의거하여 '덦겁-'에 대한 '*덦겁-'의 대응과 '*덦겁-'에 대한 '닶갑-'의 대응을 가정할 수 있었다.

'덦겁-'은 '답-+-기->닶기-+-압->닶갑-'의 과정과 '닶갑-|*덦겁-|덦겁-'의 대응을 통하여 생성되었다. '덦겁-'과 '닶갑-'은 서로 동일한 단어다. 따라서 '덦겁-'의 '덤-'과 '닶갑-'의 '답-'은 서로 동일한 형태다. 그런데 이러한 '덦겁-'이 한때 '鬱'만 아니라 또한 '茂'와 '密'을 훈석하는 위치에 놓였던 사실을 주의할 필요가 있으니, '덦겁-'은 그 용법이 다만 심기의 감정을 가리켜 말하는 데 그쳤던 것이 아니다.

'답상-'의 '답-'에 비추어 '닶기-'의 '답-'을 분리한 결과를 보아도, '닶기-'의 '답-'은 '포개다' · '겹치다'를 뜻하는 바였다. 이것은 당연히 사물의 양태와 심기의 감정에 두루 적용할 수 있는 의미다. '닶갑-'에 대응된 '덦겁-'이 '茂'와 '密'을 훈석하는 위치에 놓여서 사물의 '거츨-'과 '빅빅ᄒᆞ-'를 아울러 가리킨 까닭은 여기에 있었다.

그러나 '닶기->닶갑-'의 용례는 대개가 심기의 감정을 말하는 데 쓰였다. 이것은 특히 '닶기-'의 '-기-'가 지니는 속성에 기인한 듯하니, '닶기-'는 사물이 사물에 끼치는 물리적 중첩을 표현하는 위치에 비하여 사물이 인체에 끼치는 심리적 중압을 표현하는 위치에 자주 놓였다. '덦겁-'

의 용법도 이러한 제약을 아주 벗어나지는 않았을 것으로 보인다.

Ⅲ. '거츨-'의 의미

앞에서 우리는 '덦거츨-'에 대한 '닶거츨-'의 대응을 들어서 '덦겁-'에 대한 '*닶겁-'의 대응을 재구하고, 아울러 '*닶겁-'을 곧 '닶갑-'에 대응될 바로서 '닶갑-'의 모음이 교체된 형태로 가정하여, 이로써 '덦겁-'의 의미를 고찰하는 단서로 삼았다. '덦겁-'은 사물의 양태를 가리켜 '우거지다'(蕪密)를 뜻하는 바였고, 아울러 심기의 감정을 가리켜 '답답하다'(鬱悶)를 뜻하는 바였다.

그런데 '덦겁-'과 다르게 '덦거츨-'의 용례는 대개가 사물의 양태를 가리켜 '우거지다'(蕪密)를 뜻하는 데 쓰였다. 아래의 [예-7]에 보이는 '덦거츨-'의 용례만 아니라 다양한 종류의 『천자문』에 나오는 '닶거츨-'의 용례도 모두 그렇다. 이것은 '덥-|덤-'이 '답-'과 마찬가지로 '포개다'·'겹치다'를 뜻하는 뿐만 아니라 '거츨-'이 본디 사물의 양태를 말하는 단어로 성립된 까닭일 것이다.

[예-7.1] 蕪穢非藥草 ‖ 덦거·츠·러 藥草ㅣ 아·니·라 (法華 3-3b)
[예-7.2] 澗畔松鬱鬱 ‖ :냇:ᄀᆞ·잇 ·ᄉᆞᆯ·ᄋᆞᆫ 덤써·츠·러[15] (小學 5-26a)
[예-7.3] 竹枝經雪茂 ‖ 댓가지ᄂᆞᆫ 누늘 디내여 덤써츠럿고 (百聯 單-24a)

'덦거츨-'은 실제로 그 기저에 놓이는 의미가 사물의 '거츨-'과 더불어 동일한 단어다. 확실한 증거가 [예-7.1]의 "덦거·츠·러"에 보인다.

15 『飜譯小學』 6-28a. ":냇ᄀᆞ ᄉᆡᆺ ·소ᄅᆞᆫ 덤써츠러"

인성의 저열한 품등을 사물의 '거츨-'로 비유한 이 용례에 있어서, 비유된 것은 '사납다'(劣惡) · '더럽다'(汙濁)를 뜻하되, 비유한 것은 '너절하다'(冗雜)를 뜻하니, 이것은 본디 사물의 '거츨-'을 말하는 '우거지다'(蕪密)가 지극히 열악한 상태로 치우친 결과다. 그러면 「쌍화점」의 '덦거츨-'도 사물의 '거츨-'을 뜻하는 것인가?

> 雙花店에 雙花 사라 가고 신딘
> 回回아비 내 손모글 주여이다
> 이 말솜미 이 店 밧긔 나명 들명
> 죠고맛감 삿기광대 네 마리라 호리라
> 긔 자리예 나도 자라 가리라
> 긔 잔 딕ᄀ티 덦거츠니 업다[16]

여기서 우리는 「쌍화점」의 결구에 나오는 "긔 잔 딕"에 주목할 필요가 있겠다. 「쌍화점」의 '덦거츨-'은 곧 "긔 잔 딕"를 규정한 술어다. 요컨대 "긔 잔 딕"는 '그곳이 가장 거칠다'라고 하는 심층 구조를 통하여 '덦거츨-'을 의미 관계의 술어로 가진다. 이러한 "긔 잔 딕"는 남에게 비롯된 "나도 자라"의 의욕이 향후의 목적지로 겨냥한 그 "자리"(寢席)를 곧 "딕"(寢所)로 받아서 나에게 주어진 기왕의 장소로 가리킨 말이다. 우선은 장소의 성격을 규정한 셈이니, 이것은 사물의 '거츨-'에 속하는 바라고 하겠다.

그러나 "긔 잔 딕"는 단순한 물리적 장소가 아니라 "긔"(其)라고 지시된 사건과 "잔"(寢)이라고 서술된 행위의 배경이 되었던 장소다. 장소에 결부된 사건과 행위의 본질을 아울러 규정한 이것은 당연히 사리의 '거츨-'에 속한다. 그리고 마침내 "가리라"의 의지를 표명하는

---

16 『樂章歌詞』 上-7a.

저쪽의 태도에 대하여 사건의 진상을 단호히 판정할 태세로 “덦거츠니 업다”고 반응한 이것은 또한 심기의 ‘거츨-’에 속한다.

이렇게 보건대 「쌍화점」의 ‘덦거츨-’은 한갓된 사물의 ‘거츨-’을 넘어서 사리의 ‘거츨-’과 심기의 ‘거츨-’을 동시에 규정한 술어다. 따라서 다분히 중의성을 띠지만, 이러한 중의성을 통솔하는 구조적 추요가 문맥에 뚜렷하다. 그것은 “긔 잔 ᄃᆡ”의 “긔”(其)와 “잔”(寢)의 본질을 규정한 사리의 ‘거츨-’일 수밖에 없으니, 여기서 특히 “잔”(寢)은 「쌍화점」의 중심 화제를 이루는 바였다. 그러면 사리의 ‘거츨-’은 어떠한 의미를 지니는 것인가?

사리의 ‘거츨-’은 어떠한 대상의 선악을 가리고 진위를 가려서 부정적 판단을 내리는 단어로 쓰였다. 선악을 가려서 부정적 판단을 내리는 ‘거츨-’은 곧 ‘거·츨-’의 형태로 둘째 음절에 거성을 매겼다. 이것은 흔히 ‘蕪’ · ‘荒’과 더불어 대역 관계에 놓인다. 진위를 가려서 부정적 판단을 내리는 ‘거츨-’은 곧 ‘:거·츨-’의 형태로 첫째 음절에 상성을 매겼고, 아울러 둘째 음절에 거성을 매겼다. 이것은 흔히 ‘妄’ · ‘僞’와 더불어 대역 관계에 놓인다.

[예-8.1] 宗臣則廟食 後祀何疎蕪 ‖ ·큰 臣下·ᄂᆞᆫ 廟 지·서 享食·홀·디어·ᄂᆞᆯ 後·엣 祭祀ㅣ :엇뎨 ·드믈·며 거·츠뇨 (杜初 22-44b)

[예-8.2] 飄零迷哭處 天地日榛蕪 ‖ 飄零·ᄒᆞ야 ᄃᆞᆫ·녀셔 우·롤 ·ᄡᅡ홀 迷失·호니 天地 ·나·날 거·츠ᄂᆞᆺ·다 (杜初 24-60b)

[예-8.3] 以勤事爲俗流 習之易荒 覺已難悔 ‖ :일 브즈러·니 :흠·ᄋᆞ로·ᄡᅥ 용·쇽ᄒᆞᆫ :뉴를 :삼ᄂᆞ·니 니:김·애 :수·이 거·츠ᄂᆞᆫ·디라 ·ᄭᆡᄃᆞ라·도 이·믯 :뉘·웃·기 어·려우·니라[17] (小學 5-18a)

17 『飜譯小學』 6-19b. “:일 브즈러니 ·ᄒᆞᄆᆞ·로 용·쇽ᄒᆞᆫ ·무:리·라 ᄒᆞ·면 ᄇᆡ·호·시· 수·이 거·츠러 아·라도 ᄒᆞ·마 :뉘우·조미 어:려오니라”

[예-8.1]의 "거·츠뇨"는 '느즈러지다'(廢弛)를 뜻하니, 국가의 원훈에 대한 제사가 느슨히 그쳐서 없어지는 것을 탄식하는 문맥에 쓰였다. [예-8.2]의 "거·츠놋·다"는 '어지럽다'(混亂)를 뜻하니,[18] 시절이 어지러워 어디를 마음대로 오가지도 못할 만큼 사방이 답답하게 막히는 것을 탄식하는 문맥에 쓰였다. [예-8.3]의 "거·츠러"는 '상스럽다'(粗野)를 뜻하니, 나태한 나머지 심사가 천박하게 되는 것을 경계하는 문맥에 쓰였다. 이러한 용례는 모두 선악을 가려서 부정적 판단을 내리는 '거·츨-'에 속한다.

[예-9.1] 指本無聲 耳本無聞 妄相感觸 故頭中作聲 ‖ 손가라·기 本來 소·리 :업스·며 ·귀 本來 드·로·미 :업거·늘 :거·츠·리 서르 感觸홀·씨 ·이런·ᄃ·로 머·릿 中·에 소·리 :짓ᄂ·니 (楞嚴 3-5a)

[예-9.2] 觀性元眞 唯妙覺明 理絕情謂 不容妄度 ‖ 性·을 ·보건·댄 本來 眞·이·라 오·직 微妙ᄒᆞᆫ 覺明·이·니 理 ᄠ·데 너·교·미 그·처 :거·츤 :혜요·ᄆᆞᆯ ·드리·디 :몯ᄒᆞ·릴·씨 (楞嚴 3-73b)

[예-9.3] 於命明中 分別精麤 疎決眞僞 因果相讎 ‖ 命·을 ᄇᆞᆯ·긴 中·에 精·과 麤·와·ᄅᆞᆯ 分別ᄒᆞ·며 眞·과 :거·츠롬·과·ᄅᆞᆯ ᄀᆞᆯ·히·야 決·ᄒᆞ·야 因·과 果·왜 서르 갑ᄂ·니·라 (楞嚴 10-64a)

[예-9.1]의 ":거·츠·리"는 '터무니없다'(荒唐)를 뜻하니, 실상은 아무까닭도 없이 생기는 심중의 사물을 가리킨 것이다. [예-9.2]의 ":거·츤"은 '그릇되다'(荒謬)를 뜻하니, 실제와 지각이 헛갈려 어긋난 인식을 가리킨 것이다. [예-9.3]의 ":거·츠롬"은 '거짓되다'(荒誕)를 뜻하니, 진실한 대상에 대하여 허망한 대상을 가리킨 것이다. 이러한 용례는 모두 진위를 가려서 부정적 판단을 내리는 ':거·츨-'에 속한다.

---

18 『杜詩諺解(初刊)』 24-60b. "榛蕪는 言亂也ㅣ라"

선악을 가리는 '거·츨-'과 진위를 가리는 ':거·츨-'은 형태가 동일한 가운데 오로지 성조의 대립에 의하여 의미가 뚜렷이 구분된 사례의 하나다. 양자의 의미가 뚜렷이 구분된 것으로 말하면, 선악을 가리는 '거·츨-'과 진위를 가리는 ':거·츨-'은 별개의 단어로 보아도 무방할 듯 싶다. 그러나 구분된 그 이면에 연속된 국면이 있음을 간과할 수 없으니, 양자의 구분은 '·손'(手)과 '손'(客)의 대립과 같이 의미의 범주에 있어서 현격히 단절된 경우가 아니다.

선악을 가리는 '거·츨-'과 진위를 가리는 ':거·츨-'은 어떠한 대상에 관하여 부정적 판단을 내리는 용법을 나누어 지니되, 전자는 특히 품질이 열악한 것을 가리켜 마침내 '나쁘다'를 뜻하고, 후자는 특히 본질이 허망한 것을 가리켜 마침내 '아니다'를 뜻한다. 여기서 이른바 본질의 허망한 것은 품질의 열악한 것이 가장 열악한 쪽으로 치우쳐 그 종점에 떨어진 결과다. 진위를 가리는 ':거·츨-'은 이처럼 선악을 가리는 '거·츨-'에 내포된 최악의 극단을 차지할 뿐이지 단절된 별개의 개념이 아니다.

[예-10.1] 非量·ᄋᆞᆫ ᄆᆞᅀᆞ·미 境·을 緣ᄒᆞᇙ 저·긔 境·에 錯亂·ᄒᆞ·야 :거츠·리 ᄀᆞᆯ·ᄒᆡ·야 正·히 :아·디 :몯·ᄒᆞ·야 境·이 ᄆᆞᅀᆞ·매 맛·디 :몯홀 ·씨 일·후·미 非量·이·라 錯亂·ᄋᆞᆫ ·어·즈러·ᄫᅳᆯ ·씨·라 (月釋 9-8b)

[예-10.2] ᄆᆞᅀᆞᆷ·과 法·괘 ᄒᆞᆫ 가·지로·ᄃᆡ 갓·ᄀᆞᆫ ᄆᆞᅀᆞ·ᄆᆞ·로 보·면 :거·츤 境·이 ·어·즈럽·고 實相·ᄋᆞ·로 보·면 眞實ㅅ 機ㅣ :제 괴외ᄒᆞ·니 (法華 5-21a)

[예-10.1]의 ":거츠·리 ᄀᆞᆯ·ᄒᆡ·야"(妄辯)는 "·어·즈러·ᄫᅳᆯ ·씨"(錯亂)의 결과를 가리킨 것이고, [예-10.2]의 "·어·즈럽·고"(紛拏)는 ":거·츤 境"(妄境)의 현상을 가리킨 것이다.[19] 여기서 이른바 "·어·즈러·ᄫᅳᆯ ·씨"(錯

19 『楞嚴經諺解』 2-14a. "臂體本一 由情執妄辯 法身本同 由正倒成異 ‖ ᄇᆞᆯ·히 體·ᄂᆞᆫ 本來 ᄒᆞ

亂)와 "·어·즈럽·고"(紛拏)는 모두 선악을 가리는 '거·츨-'에 속한다. 선악을 가리는 '거·츨-'은 이처럼 진위를 가리는 ':거·츨-'의 직접적 원인을 이루고 가시적 속성을 이루는 요소다.

이렇게 보건대 '거·츨-'과 ':거·츨-'에 매겨진 성조의 차이는 단어를 구별한 표지가 아니다. 그것은 하나의 단어가 지니는 의미의 강도를 극점과 그 이하로 크게 양분한 방편적 경계의 표지다. 따라서 이러한 종류의 구분은 그것이 비록 '프·르-'와 '·파라-|·퍼러-'의 대립과 같은 형태의 변화를 얻어서 별개의 단어가 되어도 궁극에 가서는 동일한 단어의 세분된 용법을 표시하는 기능에 그친다.

[예-11.1] 遠還靑 ‖ :멀오 도로 프·르·도·다 (杜初 14-38a)
[예-11.2] 寒仍綠 ‖ ·서늘코 프·르건마·ᄅᆞᆫ (杜初 14-31b)
[예-11.3] 山更碧 ‖ 뫼히 가·ᄉᆡ·여 프·르도·다 (杜初 7-24b)

[예-12.1] 蘆筍綠 ‖ ·ᄀᆞᆶ :우미·파라·ᄒᆞ도·다 (杜初 6-51b)
[예-12.2] 莓苔靑 ‖ 이·시·퍼러·ᄒᆞ도·다 (杜初 6-17b)

[예-11]과 [예-12]는 비록 형태와 성조가 모두 달라도 의미의 범주가 동일하고 지대가 인접한 데 말미암아 상호간 대립의 경계가 느슨히 무너져 혼착된 사례다. 의미가 서로 연속된 성질을 지니는 단어의 무리는 이러한 현상을 일으킬 수밖에 없으니, '거·츨-'과 ':거·츨-'의 구분은 '프·르-'와 '·파라-|·퍼러-'의 혼착에 견주어 그 귀추를 예측할 수 있겠다. 그러면 ':거·츨-'이 '덥-|덤-'을 앞세워 '덦거츨-|덦거츨-'로 합성될 경우의 성조는 어떠한 변화를 겪는가?

나·히어·늘 ᄠᅳ·데 자·보·ᄆᆞᆯ브·터 :거·츠·리 ᄀᆞᆯ·ᄒᆡ·며 法身·이 本來 ᄒᆞᆫ 가·지어·늘 正ᄒᆞ·며 갓·ᄀᆞ로·ᄆᆞᆯ브·터 달·이 ᄃᆞ외ᄂᆞ·니·라"

〈표 3〉 '디나가-'의 성조 변화

^{2}디^{1}나^{1}가-	6	-^{0}ᄂᆞ^{1}니(1), -^{1}ᄂᆞᆫ(1), -^{0}ᄂᆞᆫ(1), -^{0}ᄂᆞᆺ^{1}다(2), -^{0}던(1)
^{2}디^{0}나^{1}가-	20	-^{0}ᄂᆞ^{1}니(4), -^{0}ᄂᆞᆫ(2), -^{0}논(1), -^{0}ᄂᆞᆺ^{1}다(2), -^{0}도^{1}다(1), -^{0}리^{1}라(1)
^{1}디^{0}나^{1}가-	2	-^{0}던(1), -^{0}도^{0}다(1)
^{0}디^{0}나^{1}가-	2	-^{0}매(1), -^{0}ᄂᆞᆫ(1)

〈표 3〉은 『두시언해』 초간본을 통틀어 총30개에 이르는 '디나가-'의 성조를 조사한 것이다.[20] '디나가-'는 '디나-'(經過)와 '나가-'(進行)만 아니라 '디-'(落) · '나-'(出) · '가-'(去)로 제가끔 활동할 수 있는 요소를 결집한 까닭에 ':거·츨-'이 '덥-ㅣ덤-'을 앞세워 '덦거츨-ㅣᄃᆞᇝ거츨-'로 합성될 경우의 성조를 미루어 살피는 데 더없이 유익한 형태다. 요컨대 '디나가-'는 3개 요소가 2층 구조로 결합한 용언의 합성인 까닭에 '덥-ㅣ덤-'과 ':거·츨-'의 합성이 겪었을 성조의 변화를 참작하기에 충분한 것이다.

〈표 3〉은 어간에 잇달아 겹치는 거성의 생략과 어간의 말음에 놓이는 거성의 존속을 가장 두드러진 값으로 가진다. 전자의 생략은 ':디나·가-'로 '上平去'의 율동을 보이니,[21] 이로써 '*:덦거·츨-ㅣ*:ᄃᆞᇝ거·츨-'을 재구할 만하다. 후자의 존속은 '디나·가-'로 '平平去'의 율동을 보이니, 이로써 '*덦거·츨-ㅣ*ᄃᆞᇝ거·츨-'을 재구할 만하다. 여기서 전자의 '*:덥-ㅣ*:덤-'은 이것을 본디 '·닶·기-'의 '·답-'에 대응된 형태로 거성을 전제한 것이나, '디나-'(經過)의 '디-'(落)를 근거로 상성을 매겼다. '디-'(落)

---

20 『杜詩諺解(初刊)』 19-39b, 8-15a, 14-15a, 25-40b, 11-37b, 7-10b. ':디·나·가-'; 7-20a, 10-25b, 15-21a, 17-31a, 17-38b, 22-1b, 23-15b, 24-52a, 25-19b, 19-31b, 6-14b, 22-14a, 10-26b, 21-19b, 6-30b, 8-38a, 10-17b, 11-39b, 23-35a, 23-49a. ':디나·가-'; 22-3b, 23-28b. '·디나·가-'; 24-57a, 14-16a. '디나·가-'

21 이것은 거성이 잇달아 세 차례 겹치게 됨을 꺼려서 중간의 거성을 소거한 결과다. 이러한 '去聲不連三'의 규칙은 "氣息群"의 "語末"을 기점으로 삼아 "音聲實現의 段階"에서 작용하는 까닭에 "形態論的 制約"을 거의 받지 않았다. 金完鎭, 『中世國語聲調의 硏究』(塔出版社, 1977), 77~78면.

는 본디 거성을 가지되,[22] '디나-'(經過)의 '디-'는 예외가 거의 없이 상성을 가진다.[23]

그리고 '*:덦거·츨-|*:덦거·츨-'과 '*덦거·츨-|*덦거·츨-'에 있어서 ':거·츨-'의 상성이 탈락된 것은 거성을 가지는 '·나·가-'와 경우가 다른데, 이것은 '회-' · '감-'과 결합할 경우의 ':돌-'로써 그 방증을 삼을 수 있겠다. 예컨대 '횟:돌-' · '값:돌-'의 ':돌-'도 성조의 변화는 "횟돌·아" · "값도·라"의 형태로 ':거·츨-'과 동일한 양상을 보였다.[24] 이밖에 성조의 보수성이 컸던 ':마·다'가 'ᄂᆞᆯ' · 'ᄃᆞᆯ' · 'ᄒᆡ' 등과 결합할 경우에 겪었던 성조의 변화도 "·날마·다" · "ᄒᆡ마·다"의 형태로 ':거·츨-'과 동일한 양상을 보였다.[25] 이러한 사례는 모두 '*:덦거·츨-|*:덦거·츨-'과 '*덦거·츨-|*덦거·츨-'의 재구를 가능하게 하는 유력한 근거다.

우리는 이제까지 「쌍화점」의 '덦거츨-'을 특히 사리의 '거츨-'로 해석하는 관점에서 선악을 가리는 '거·츨-'과 진위를 가리는 ':거·츨-'의 의미를 고찰하여 보았다. 두음의 성조를 다르게 가지는 '거·츨-'과 ':거·츨-'은 하나의 단어가 지니는 의미의 강도를 극점과 그 이하로 크게 양분한 형태다. 여기서 그 극점은 진위를 가리는 ':거·츨-'이 홀로 놓이고, 이하는 선악을 가리는 '거·츨-'과 모든 사물의 '거츨-'이 함께 놓인다. 아래의 〈표 4〉는 이러한 이해를 토대로 '거츨-'의 의미와 그 구분을 통틀어 나타낸 것이다.

---

22 『杜詩諺解(初刊)』 15-35a. "·디거·든"; 6-50a. "·디ᄂᆞᆫ"; 11-50a. "·디놋·다"

23 『楞嚴經諺解』 3-76b. ":디·나ᄂᆞ·뇨"; 3-59a. ":디·나·ᄂᆞᆫ"; 8-54a. ":디·나·ᄆᆞᆯ"

24 『楞嚴經諺解』 10-7b. "횟:도·ᄂᆞᆫ"; 10-13b. "횟도·라"; 『杜詩諺解(初刊)』 7-34a. "횟:도놋·다"; 25-16a. "횟돌·아"; 『法華經諺解』 7-140b. "값:도ᅀᆞᆸ·고"; 7-162b. "값:도·ᄅᆞ시·고"; 7-88b. "값도·로·ᄆᆞᆯ"; 7-138b. "값도·라"

25 『飜譯小學』 8-7a. ":일:일:마·다"; 9-2a. ":일:일·마다"; 9-81b. "·ᄂᆞᆯ:마다"; 9-9b. "·날·마·다"; 6-5a. "·날마·다"; 9-14b. "날·마·다"; 6-7b, 10-25b. "날마다"; 9-16b. "·ᄃᆞᆯ·마·다"; 9-9b. "ᄃᆞᆯ·마·다"; 9-15a. "ᄒᆡ마·다"

〈표 4〉 '거츨-'의 의미와 그 구분

양 태	선 악	진 위	감 정
우거지다 →빽빽하다 →막히다	어지럽다 →너절하다 →추레하다 느즈러지다 상스럽다	터무니없다 →어처구니없다 그릇되다 거짓되다	아늑하다 →으슥하다 답답하다 →안타깝다
←겹치다 ←포개다	←더럽다 ←사납다	←야릇하다	←쓸쓸하다 ←딱하다

선악을 가리는 '거·츨-'은 '느즈러지다'(廢弛) · '어지럽다'(混亂) 및 '상스럽다'(粗野) 등을 뜻한다. 이것은 '너절하다'(冗雜) · '추레하다'(淺陋) 등과 더불어 하나의 무리를 이루고, '더럽다'(汙濁) · '사납다'(劣惡) 등과 가까운 이웃을 이룬다. 진위를 가리는 ':거·츨-'은 '터무니없다'(荒唐) · '그릇되다'(荒謬) 및 '거짓되다'(荒誕) 등을 뜻한다. 이것은 '어처구니없다'(虛荒)와 더불어 하나의 무리를 이루고, '야릇하다'(怪異)와 가까운 이웃을 이룬다.

선악을 가리는 '거·츨-'은 이로써 단순히 사물의 양태를 가리켜 말하는 용법도 아울러 지닌다. 그러나 대개는 그 용도가 모종의 가치에 관하여 부정적 판단을 내리는 데 있으니, 단순히 사물의 양태를 가리켜 말하는 경우는 매우 드물다. 예컨대 '어지럽다'(混亂)를 들어서 말하면, 이것은 '눈발' · '깃발' 등과 같은 몇 가지 대상에 대하여 심미적 표현의 일부로 쓰이는 경우도 있지만, 용도의 대개는 '가지런하다'(整治)의 반대에 놓이는 부정적 가치를 천명하는 경우에 속한다.

진위를 가리는 ':거·츨-'은 선악을 가리는 '거·츨-'이 가장 열악한 쪽으로 치우쳐 그 종점에 떨어진 결과다. 이것과 마찬가지로 선악을 가리는 '거·츨-'은 사물의 '거츨-'이 가장 열악한 쪽으로 치우친 결과다.

선악을 가리는 '거·츨-'은 마침내 '나쁘다'를 뜻하는 말이니, 이것은 대상의 본질이 극소한 채로나마 아직 잔존한 상태다. 진위를 가리는 ':거·츨-'은 마침내 '아니다'를 뜻하니, 이것은 대상의 본질이 전무한 상태다.

사물과 사리의 '거츨-'은 심기의 '거츨-'을 부르는 원인을 이룬다. 우거진 것은 '아늑하다'(安穩)의 감정을 부르고, 빽빽이 막힌 것은 '답답하다'(鬱悶)의 감정을 부르고, 터무니없는 것은 '안타깝다'(煩悶)의 감정을 부르니, 이것은 직접적 인과다. 이밖에, '쓸쓸하다'(荒凉)의 감정은 사물의 '거츨-'이 지나쳐 사람의 종적이 소외된 지경에서 나오고, '딱하다'(憫惘)의 감정은 사리의 '거츨-'이 지나쳐 사람의 품위가 위축된 상황에서 나오니, 이것은 간접적 인과다.

Ⅳ. "잔" 사건의 진상

「쌍화점」의 '덦거츨-'은 곧 "긔 잔 듸"를 규정한 술어다. 앞에서 이미 논급한 바지만, "긔 잔 듸"는 '그곳이 가장 거칠다'라고 하는 심층 구조를 통하여 '덦거츨-'을 의미 관계의 술어로 가진다. 단순히 물리적 장소를 규정한 것이 아니라 "긔"(其)라고 지시된 사건과 "잔"(寢)이라고 서술된 행위의 본질을 규정한 점에서, 「쌍화점」의 '덦거츨-'은 사리의 '거츨-'을 의미의 기축으로 삼는다. 그러면 이것은 선악을 가리는 '거·츨-'일 것인가, 아니면 진위를 가리는 ':거·츨-'일 것인가?

「樂章歌詞」「樂學便考」「大樂後譜」의 세 문헌에서 '덦'은 각기 상이한

> 형태로 표기되었으나 '거츠니'에는 변함이 없다. '덦 → 덦 → 덥'이 接辭인지 冠形語인지 그 의미가 '署'인지 '蕪'인지 '蓋'인지는 알 수 없으나, 그 核心은 '거츤'임이 확실하다. 여기서는 '덦거츨'을 〈蕪·穢·鬱·荒·僞·妄〉의 그 무엇으로 볼 수도 있다. 그 전부를 複合한 의미이면 더욱 좋다. 非眞이며 非實이며 非美 그 전부요 誤認이요 惡意이다. '긔잔ᄃᆡᄀᆞ티 덦거츠니 업다'는 "그 소문 '잤다'고 하는 것 같이 誤認이며 답답한 것이 없다"는, 眞實을 誤認하는 자들 앞에서 眞實을 말할 수도 없는 답답한 심정을 토로한 것이라 하겠다.[26]

윤영옥은 「쌍화점」의 '덦거츨-'을 진위를 가리는 ':거·츨-'로 보았다. 이것은 지극히 타당한 견해다. '덦거츨-'을 '蕪·穢·鬱·荒·僞·妄의 하나이거나 그 복합'으로 정의한 대목은 논리적 비약이 따르고 있지만, 아울러 "非眞이며 非實이며 非美 그 전부요 誤認이요 惡意이다"로 판정한 내용은 또한 직관적 추론에 기대고 있지만, 적어도 '非眞'·'誤認'과 '답답한 심정'을 지적한 그 결론은 연구사 전체의 압권에 두어야 마땅할 것이다. 윤영옥의 견해가 지극히 타당한 이유는 대체로 두 가지다.

우선은 상황과 맥락의 필연적 요구를 들어야 하겠다. 「쌍화점」의 "나도 자라 가리라"에 나오는 "나도"의 '-도'에 주목해 보건대, 이것은 제1화자가 말하는 "내 손모글 주여이다"의 사건을 자기도 한번 경험하고자 바라는 제2화자의 말이다. 이러한 제2화자를 향하여 "긔 잔 ᄃᆡ ᄀᆞ티 덦거츠니 업다"는 말로써 사건의 진상을 단호히 판정할 주체는 반드시 제1화자일 것이다. 제2화자나 제3화자는 결코 그렇게 판정할 수 없으니, 경험자의 처지든 피해자의 처지든 반드시 당사자의 입장에 있어야 그것이 가능한 까닭이다.

26 尹榮玉, 『高麗詩歌의 硏究』(嶺南大學校出版部, 1991), 251~252면.

[의혹] 回回아비 내 손모글 주여이다 ↓
[소문] 죠고맛감 삿기광대 네 마리라 호리라 ↓
[미혹] 나도 자라 가리라 ↓
[해명] 덦거츠니 업다 ↑

그런데 제1화자가 말하는 "내 손모글 주여이다"의 사건은 "삿기광대 네 마리라 호리라"의 조건이 매겨져 있으니, 그것은 어디까지나 "삿기광대"를 거쳐서 전달된 의혹의 내용일 뿐이지 사건의 진상이 아니다. 진상에 속하는 것은 다만 "雙花店에 雙花 사라 가고 신ᄃᆡᆫ"의 "가고 신ᄃᆡᆫ"(→가 있으니까)에 명시된 '쌍화점에 가 있었다'의 사실일 뿐이다.[27] 여기에 '쥐었다'의 억울한 의혹과 '잤다'의 터무니없는 소문이 달라붙었고, 여기에 또 '자겠다'의 미혹된 동조가 겹쳤다. 따라서 상황과 맥락이 모두 의혹과 소문의 당사자를 부른다. 반드시 당사자의 해명을 요구하고 있는 것이다.

요컨대 제1화자는 경험자의 처지가 아니라 피해자의 처지다. 피해자인 까닭에 그이가 자신을 대상으로 하는 모든 의혹과 소문에 대하여 내리는 판정은 당연히 진위를 가리는 ':거·츨-'일 것이지, 선악을 가리는 '거·츨-'이 아니다. 만약에 선악을 가리는 '거·츨-'로 보아 '나쁘다'의 뜻으로 가져갈 양이면, 「쌍화점」의 결구는 '그 잔 데 같이 나쁜 것 없다'가 되어 '잤다'를 이미 인정한 발화가 되어 버린다. 자고서 '그것이 가장 나쁘다'고 한다면, 이것은 얼마나 우습고 싱거운 말인가?

27 "가고 신ᄃᆡᆫ"의 "신ᄃᆡᆫ"은 '시-+-ㄴᄃᆡ'의 구조다. 여기서 '시-'는 '이시-'와 함께 '있-'(有)을 뜻하는 형태다. 『樂學軌範』 5-8a. 「牙拍 · 動動」 四月章: "므슴다 錄事 니ᄆᆞᆫ 녯 나ᄅᆞᆯ 닛고 신뎌"; 『飜譯小學』 10-31a. "엇디 내 벼슬ᄒᆞ여 신 저기나 벼슬 업슨 저기나 사라 이신 저기나 주근 저기나 ᄒᆞᆫ 가지로 홈만 ᄀᆞᄐᆞ리오"

〈표 5〉 '덦거츨-'의 관련 맥락과 의미

	사건 · 상황 / 판단 · 감정
맥락	해명 [←미혹 [←소문 [←의혹]]]
의미	거칠다 [→막히다 [→터무니없다 [→안타깝다]]]

그러나 「쌍화점」의 결구를 '그 잔 데 같이 아닌 것 없다'로 읽어서 '잤다'를 힘써 부정한 발화로 보건댄 비로소 생동하는 어세와 그 취지가 드러나게 된다. 신분이 여자인 제1화자는 이른바 '잤다'고 하는 사실이 전혀 없기 때문에 '그것이 가장 아니다'고 말했다. 따라서 저 '덦거츨-'은 억울한 의혹에 '안타깝다'를 뜻하는 말이고, 와전된 소문에 '터무니없다'를 뜻하는 말이다. 아울러 미혹된 동조에 '막히다'를 뜻하는 말이니, 소문이 어지럽게 퍼지는 그 와중에 진상을 해명할 만한 통로가 또한 가로막혀 있었던 탓이다.

다음은 당시의 비평과 그 권위를 들어야 하겠다. 「쌍화점」 전4장의 가사는 고려 충렬왕 때에 비롯된 속악 「삼장」(三藏)과 「사룡」(蛇龍)의 가사로 더불어 동일한 취지를 보인다. 「쌍화점」 제2장의 가사는 또한 태반이 「삼장」의 가사와 동일한 내용을 지녔다. 기록된 언어가 다를 뿐이다. 그런데 일찍이 서포는 「삼장」과 「사룡」의 문학적 가치를 다음과 같이 높게 평가하고 있었다.

> 三藏과 有蛇라는 두 가곡은 高麗 忠烈王 때에 나왔다. 그 詩에, '三藏寺에 香을 사르러 갔더니, 社主가 내 손을 쥐더라. 아마도 이 말이 절밖에 나거든, 上座의 네 말이라 하리라.'고 하였고, '듣자니 뱀이 용의 꼬리를 물고, 泰山 마루를 넘어간 일이 있다네. 萬人이 저마다 한 마디씩 말해도, 斟酌은 두 사람 마음에 있어라.'고 하였다. 그 語辭가 비록 粗俗하기는 하지만 오히려 古意를 지녔다.[28]

28 金萬重, 『西浦先生集』 2-11a. 「樂府」 序: "三藏有蛇二歌出於高麗忠烈王時. 其詩曰, 三藏

서포가 예거한 「삼장」과 「사룡」의 가사는 본디 한어로 되어 있었기 때문에 『고려사』에 기재될 수 있었다.[29] 그러니 여기서 이른바 '語辭가 비록 粗俗하기는 하지만'이라고 한 구절은 가사의 내용에 관하여 그 통속성을 지적한 것이지 기록된 언어의 국적을 지적한 발언이 아니다.[30] 서포의 본의는 '오히려 古意를 지녔다'에 핵심이 있으니, 그것이 비록 세간의 음란한 일을 어쩔 수 없이 말하고 있기는 해도 '오늘날 사람의 되바라진 뜻과는 다르다'고 보았다. 서포는 자신의 이러한 이해를 다음과 같이 읊었다. 다음은 서포가 특히 「삼장」을 의방하여 읊어낸 「악부」(樂府) 제1수다.

그대는 三藏 經義를 講解하고,
나는 諸天에 꽃을 뿌린다.
天花는 어지러이 내리기를 아직 다하지 않았는데,
우물가 오동나무에서 새벽 갈까마귀가 운다.
外人의 말이야 옳으나 그르나 근심하지 않으니,
찻물을 나르던 沙彌가 한 무리라.

君演三藏經, 妾散諸天花.
天花撩亂殊未央, 井上梧桐啼早鴉.

寺裡燒香去, 有社主兮執余手. 倘此言兮出寺外, 謂上座兮是汝語. 有蛇銜龍尾, 聞過太山岑. 萬人各一語, 斟酌在兩心. 其語雖俚而殊有古意."

29 「삼장」의 성립과 그 성격 및 「쌍화점」과 「삼장」의 관계 등의 문제는 다음과 같은 연구를 통하여 충분히 검토되었다. 朴焌圭, 「高麗俗樂 三十一篇에 대하여」, 『한국언어문학』 제3집(한국언어문학회, 1965), 125~142면; 呂運弼, 「雙花店 硏究」, 『국어국문학』 제92집(국어국문학회, 1984), 61~85면; 崔龍洙, 「三藏 · 蛇龍攷」, 『韓民族語文學』 제13집(韓民族語文學會, 1986) 421~444면.

30 서포의 의고 「악부」와 그 서문에 담긴 비평적 견해에 관한 논의는 다음과 같은 연구를 참조할 만하다. 趙潤美, 「高麗歌謠의 受容樣相」, 梨花女子大學校 碩士學位論文(1987), 28~41면; 金碩會, 「쌍화점의 발생 및 수용에 관한 전승사적 고찰」, 『語文論志』 제6 · 7집(忠南大學校 國語國文學科, 1990), 65~81면; 鄭雲采, 「三藏과 蛇龍의 遠心力과 求心力」, 『국어교육』 제83집(한국국어교육연구학회, 1994), 343~370면.

不愁外人說長短, 傳茶沙彌是一家.[31]

서포의 「악부」 제1수 결구의 '찻물을 나르던 沙彌가 한 무리라'와 「삼장」 제4구의 '上座의 네 말이라 하리라'는 취지가 서로 동일한 시구다. 서포는 여기에 '外人의 말이야 옳으나 그르나 근심하지 않는다'를 덧붙여 취지를 더욱 뚜렷이 새겼다. 이것은 「삼장」 제2구의 '社主가 내 손을 쥐더라'와 제4구의 '上座의 네 말이라 하리라'의 행간을 새롭게 드러낸 것이다. 「삼장」을 통하여, 서포는 이처럼 외로이 결백을 주장하는 한 여자의 의연한 심사와 그 언어의 질박한 것을 읽었다.

의혹과 소문은 다만 상좌와 더불어 한 통속이 되었던 소인배 무리가 퍼뜨린 것이다. 따라서 결코 근심할 바가 아니다. 이것은 「삼장」의 문의와 그 행간에 대한 서포의 이해다. 서포의 '오히려 古意를 지녔다'는 평가는 여기서 나왔다. 이것은 오늘날 우리가 「쌍화점」의 문의를 바르게 해석하는 데 있어서 가장 우선시할 만한 비평적 견해다. 「삼장」은 그 표현이 매우 간솔한 데 비하여, 「쌍화점」은 제삼자의 미혹된 동조와 재차에 걸친 당사자의 해명을 덧붙여 취지를 더욱 강조한 것이 그에 다를 뿐이다.

이른바 '쌍화점'이 만두를 파는 곳이든 아니면 고리를 파는 곳이든,[32] 그곳은 여자가 가정을 위하여 언제나 반드시 드나들 수밖에 없는 곳이다. 가게와 절 및 우물 등이 모두 그렇다. 언제나 반드시 드나들 수밖에 없는 거기에 갔었다는 사실만으로 "잔" 사건의 의혹과 소문이 따르게 된다면 마침내 성한 여자가 드물게 될 것이다. 이것은

31 金萬重, 『西浦先生集』 2-11a. 「樂府」.
32 쌍화는 만두가 아니라 '살고리'일 것이라는 고증이 근래에 새롭게 나왔다. 어강석, 「構造的 相關性으로 본 雙花店」, 『古典文學硏究』 제38집(한국고전문학회, 2010), 241~278면.

지독한 난세를 겪는 때라도 누구나 다 민망히 여기게 마련일 것이니, 「쌍화점」은 이러한 이유에서 세간의 야비한 인심에 맞서 의연히 결백을 주장하는 한 여자의 억울한 심경과 그 탄식을 담았다.

Ⅴ. 결론

「쌍화점」이 만약에 한낱 음사에 지나지 않았을 양이면, 영조대 문헌 『대악후보』에 그것이 다시 수록되어 나타나기는 어려웠을 것이다. 「정읍」과 「동동」 및 「자하동」이 또한 『대악후보』에 수록되어 있지만, 이러한 악곡은 음사로 지탄을 받을 만한 내용이 없어도 이미 가창에 쓰이지 않게 되어 가사가 전혀 없이 오직 기악곡 형태의 악보만 적혔다. 「쌍화점」은 이들과 다르게 여전히 유력한 전승의 동인을 지니고 있었다.

「쌍화점」은 의연히 결백을 주장하는 한 여자의 억울한 심경과 그 탄식을 담았다. 문면에 비록 세간의 음란한 일을 어쩔 수 없이 말하고 있기는 해도 악장에 넣어 손색이 없을 만큼 떳떳한 성정을 표현한 노래다.[33] 결구의 "긔 잔 ᄃᆡᄀᆞ티 덦거츠니 업다"는 이것을 가장 뚜렷이 개진한 발화다. 그러나 저 '덦거츠-'은 오늘날 도리어 가장 난해한 구절이 되어 다양한 해석과 적잖은 논란을 낳았다.[34]

---

33 음란한 일을 서슴지 않고 드러낸 이것은 어디까지나 부분의 필요일 뿐이지 전체의 목적이 아니다. 따라서 그 가사를 산개한 자취가 비록 왕조실록에 들어 있기는 하지만, 이것을 전체에 대한 부정의 결과로 개략하는 태도는 마땅히 개선해야 할 것이다. 『成宗大王實錄』 240-18b. 「21年 5月 21日」: "先是, 命西河君任元濬, 武靈君柳子光, 判尹魚世謙, 大司成成俔, 刪改雙花曲履霜曲北殿歌中淫褻之辭, 至是, 元濬等撰進. 傳曰, 令掌樂院, 肄習."

34 기존의 해석은 「쌍화점」을 한낱 음사로 규정한 점에서 공통된 견해를 보였다. 崔美汀, 「雙花店의 解釋」, 『韓國文學史의 爭點』(集文堂, 1986), 248~261면; 李正善, 「雙花店의 구조를 통해 본 性的 욕망과 그 의미」, 『大東文化硏究』 제71집(성균관대학교 대동문화

'덦거츨-'은 15세기 이후의 문헌을 통틀어 보아도 그 용례가 매우 드물다. 더욱이 『악학편고』에 전하는 「쌍화점」의 가사에 "덦거츠니"와 "덦거츠니" · "덥거츠니"가 나란히 적혔던 점으로 보건대, '덦거츨-'은 18세기 이후로 오면서 거의 쓰이지 않았던 듯하다. 일상에 흔히 쓰이던 바라면 한자리에서 그처럼 표기가 여러 가지로 바뀌는 현상은 없었을 것이다.

'덦거츨-'과 '덦거츨-'은 모두 한어의 '茂' · '鬱'을 훈석하는 위치에 놓였다. 따라서 '덦거츨-'과 '덦거츨-'은 서로 동일한 의미를 지니는 단어다. '덦거츨-'의 '덤-'과 '덦거츨-'의 '덥-'은 의미의 차이가 전혀 없이 서로 교체될 수 있었던 형태다. 그리고 이러한 '덦거츨-|덦거츨-'의 대응과 함께 주목할 바로서, '덦겁-'은 또한 '鬱'을 훈석하는 위치에 놓여서 '덦거츨-'과 '답답ᄒᆞ-'로 교체될 수 있었다.

'덦거츨-'의 '덤-'을 분석하는 데 있어서 '덦겁-'은 중요한 단서를 제공하는 단어다. '덦겁-'은 '답-+-기->닶기-+-압->닶갑-'의 과정과 '닶갑-|*덦겁-|덦겁-'의 대응을 통하여 생성되었다. '덦겁-'은 사물의 양태를 가리켜 '우거지다'(蕪密)를 뜻하는 바였고, 아울러 심기의 감정을 가리켜 '답답하다'(鬱悶)를 뜻하는 바였다. '덦거츨-'은 여기서 전자의 의미를 기저로 가진다. 이것은 '덥-|덤-'이 '답-'과 마찬가지로 '포개다' · '겹치다'를 뜻하는 뿐만 아니라 '거츨-'이 본디 사물의 양태를 말하는 단어로 성립된 까닭일 것이다. 그러나 이러한 의미는 어디까지나 본의에 지나지 않는다.

「쌍화점」의 '덦거츨-'은 한갓된 사물의 '거츨-'을 넘어서 사리의 '거

연구원, 2010), 113~141면. 이밖에 음사의 기원을 고대의 제의에 비추어 해석한 연구도 있었다. 許南春, 「雙花店의 우물 용과 삿기광대」, 『泮矯語文研究』 제2집(반교어문학회, 1990), 154~178면; 강명혜, 「豊饒의 노래로서의 雙花店」, 『古典文學研究』 제11집(한국고전문학회, 1996), 71~93면.

츨-'과 심기의 '거츨-'을 동시에 규정한 술어다. 「쌍화점」의 이른바 "긔 잔 듸"는 '그곳이 가장 거칠다'는 심층 구조를 통하여 '덦거츨-'을 의미 관계의 술어로 가진다. 단순히 물리적 장소를 규정한 것이 아니라 "긔"(其)라고 지시된 사건과 "잔"(寢)이라고 서술된 행위의 본질을 규정한 점에서, 「쌍화점」의 '덦거츨-'은 특히 사리의 '거츨-'을 의미의 기축으로 삼는다.

사리의 '거츨-'은 어떠한 대상의 선악을 가리고 진위를 가려서 부정적 판단을 내리는 단어로 쓰였다. 선악을 가리는 '거츨-'은 곧 '거·츨-'의 형태로 둘째 음절에 거성을 매겼다. 이것은 흔히 '蕪' · '荒'과 더불어 대역 관계에 놓인다. 진위를 가리는 '거츨-'은 곧 ':거·츨-'의 형태로 첫째 음절에 상성을 매겼고, 아울러 둘째 음절에 거성을 매겼다. 이것은 흔히 '妄' · '僞'와 더불어 대역 관계에 놓인다.

진위를 가리는 ':거·츨-'은 선악을 가리는 '거·츨-'이 가장 열악한 쪽으로 치우쳐 그 종점에 떨어진 결과다. 이것과 마찬가지로 선악을 가리는 '거·츨-'은 사물의 '거츨-'이 가장 열악한 쪽으로 치우친 결과다. 선악을 가리는 '거·츨-'은 품질이 열악한 것을 가리켜 마침내 '나쁘다'를 뜻하는 말이니, 이것은 대상의 본질이 극소한 채로나마 아직 잔존한 상태다. 진위를 가리는 ':거·츨-'은 본질이 허망한 것을 가리켜 마침내 '아니다'를 뜻하니, 이것은 대상의 본질이 전무한 상태다.

「쌍화점」의 '덦거츨-'은 본문의 제1화자가 당면한 상황과 맥락의 필연적 요구로 보건대 진위를 가리는 ':거·츨-'의 의미로 해석되어야 마땅할 것이다. 「쌍화점」의 제1화자는 경험자의 처지가 아니라 피해자의 처지다. 피해자인 까닭에 그이가 자신을 대상으로 하는 모든 의혹과 소문에 대하여 내리는 판정은 당연히 진위를 가리는 ':거·츨-'일 것이지, 선악을 가리는 '거·츨-'이 아니다. 선악을 가리는 '거·츨-'로 보아 '나쁘다'의 뜻으로 읽으면, 「쌍화점」의 결구는 '그 잔 데 같이 나쁜 것 없다'가 되어 '잤다'를 이미 인정한 발화가 되어 버린다.

「쌍화점」의 결구는 반드시 '그 잔 데 같이 아닌 것 없다'로 읽어서 '잤다'를 힘써 부정한 발화로 보아야 비로소 생동하는 어세와 그 취지가 드러난다. 신분이 여자인 제1화자는 이른바 '잤다'고 하는 사실이 전혀 없기 때문에 '그것이 가장 아니다'고 말했다. 따라서 저 '덦거츨-'은 억울한 의혹에 '안타깝다'를 뜻하는 말이고, 와전된 소문에 '터무니없다'를 뜻하는 말이다. 아울러 미혹된 동조에 '막히다'를 뜻하는 말이다.

일찍이 서포는 「삼장」을 통하여 외로이 결백을 주장하는 한 여자의 의연한 심사와 그 언어의 질박한 것을 읽었다. 「삼장」을 의방한 서포의 「악부」 제1수 결구의 '찻물을 나르던 沙彌가 한 무리라'와 「삼장」 제4구의 '上座의 네 말이라 하리라'는 취지가 서로 동일한 시구다. 서포는 여기에 '外人의 말이야 옳으나 그르나 근심하지 않는다'를 덧붙여 취지를 더욱 뚜렷이 새겼다. 이것은 「삼장」 제2구의 '社主가 내 손을 쥐더라'와 제4구의 '上座의 네 말이라 하리라'의 행간을 새롭게 드러낸 것이다.

의혹과 소문은 다만 상좌와 더불어 한 통속이 되었던 소인배 무리가 퍼뜨린 것이다. 따라서 결코 근심할 바가 아니다. 이것은 「삼장」의 문의와 그 행간에 대한 서포의 이해다. 서포의 '語辭가 비록 粗俗하기는 하지만 오히려 古意를 지녔다'는 평가는 여기서 나왔다. 이것은 오늘날 우리가 「쌍화점」의 문의를 바르게 해석하는 데 있어서 가장 우선시할 만한 비평적 견해다.

「쌍화점」은 그 전체를 「삼장」과 마찬가지로 한 여자의 자술로 보아야 옳을 것이다. 억울한 의혹을 말하는 "내 손모글 주여이다"는 간접 인용에 속하고, 미혹된 동조를 말하는 "나도 자라 가리라"는 직접 인용에 속한다. 본고는 여기서 직접 인용에 속하는 "나도 자라 가리라"를 제2화자의 발화로 가정하는 논의를 보였다. 그러나 이것은 다만 작품의 세부에 대한 분석의 편익을 위한 것이지 결코 전체의 실상에 대한 규정이 아니다.

「쌍화점」의 주제는 여자의 정조를 노래한 『시경 · 소남』 「행로」(行路) 장구와 동일한 성격을 가진다. 남자의 충의와 여자의 정조는 세태가 더욱 사납게 바뀌고 인심이 더욱 더럽게 젖어 흘러도 바꾸지 않고 지키던 옛 사람의 신조다. 이것을 위하여, 「쌍화점」은 하물며 음란한 일을 그대로 입에 담아 말하는 데 조금도 서슴지 않았다. 결연한 그 태도가 "덦거츠니"에 두드러져 있으니, 문제의 '덦거츨-'은 곧 '아니다'의 범주에서 특히 '터무니없다'를 뜻하는 바였다.

한국학 제35권 2호(한국학중앙연구원, 2012): 227-253면

04

어부가 원본의 질서와 무질서

본문개요

「어부가」 원본을 자세히 살피면 농암의 지적과 다르게 말이 걸맞지 않거나 겹치는 것이 전혀 없는데도 불구하고 수정본에 뽑히지 못하고 아예 삭제된 장구가 흔히 보인다. 그렇게 삭제된 「어부가」 원본의 여러 장구에 있어서 특히 제6장과 제7장 및 제11장의 경우는 내세운 이유와 삭제의 실상이 전혀 부합하지 않는다. 따라서 그 사유를 새롭게 탐구해 보아야 마땅할 것이다. 본고는 이러한 관점에서 「어부가」 원본의 질서와 무질서를 문제로 삼았다.

우리가 먼저 주목할 바는 고악보로 전하는 「어부가」와 현행본 「어부사」가 모두 환두에 속하는 바로서 예컨대 [ABCBDB] 형태의 선율과 [EBCBDB] 형태의 선율이 2장 1연의 구조로 1조의 악곡을 완결하는 쌍조라는 점이다. 쌍조는 전결과 후결의 차별이 따른다. 그리고 또 한 가지 주목할 바는 「어부가」 악곡이 본디 일정한 길이의 악구를 악절의 단위에서 반복적으로 환입하는 2구 1절의 구조라는 점이다. 환입은 전구와 후구의 차별이 따른다.

농암의 수정본 제9장은 삼첩의 조합에 있어서 종결의 기능을 맡아야 하는데, 원본 제9장은 본디 쌍조의 전결로 쓰이던 것이라 그에 걸맞지 않아서 삭제되었다. 원본 제11장은 환입의 전구로 놓이는 중여음 가사의 적극적 기능을 간과하는 데서 비롯된 판단의 착오로 삭제되었다. 원본 제6장과 제7장은 추구하는 바의 풍류가 달라서 삭제되었다. 여기서 제7장을 완전히 삭제한 이유는 작품의 문화적 배경에 대한 이해의 부족과 감흥의 결여에 있었다.

핵심용어

어부가, 원본, 수정본, 질서, 무질서

Ⅰ. 서론

우리는 이제까지 『악장가사』(樂章歌詞)에 수록되어 전하는 「어부가」(漁父歌) 원본 12장이 농암(聾巖)의 개작에 따라 어떻게 바뀌어 마침내 수정본 9장을 이루게 되었는가와 개작의 사유는 무엇인가에 학술적 관심을 집중시켜 왔었다. 조윤제(1937)의 연구를 비롯하여 윤영옥(1982)과 송정숙(1990) · 여기현(1990)의 연구가 모두 이러한 입장에 있었다.[1] 농암의 개작은 원본이 가지는 결점을 수정하고 보완하여 비로소 완성의 의미를 부여한 것이라는 관념이 여기서 나왔다. 그러다 보니 기왕의 연구는 대개가 「어부가」 원본의 본질적 속성을 헤아리기에 앞서 오히려 개작의 사유에 관한 비본질적 결점을 파헤치는 데 더욱 주력했던 것이 아닌가 하는 아쉬움을 남겼다.

농암은 가사를 베껴서 옮기는 가운데 생기는 필연적 오류로서 말이 걸맞지 않거나 겹치는 것이 많음을 「어부가」 원본에 대한 개작의 사유로 들었다.[2] 그런데 「어부가」 원본을 자세히 살피면 말이 걸맞지 않거나 겹치는 것이 없는데도 불구하고 수정본에 뽑히지 못하고 아예 삭제된 장구가 흔히 보인다. 예컨대 제7장과 제11장은 가사의 전체를 완전히 삭제했는데, 양자는 정작에 말이 걸맞지 않거나 겹치는 것이 전혀 없었다. 그리고 제6장과 제9장은 가사의 태반을 삭제했는데, 후자는 여타의 장구와 더불어 말이 겹치는 것이 있지만, 전자는 그러한 것이 전혀 없었다.

---

1 趙潤濟, 『朝鮮詩歌史綱』(東光堂書店, 1937), 247~261면; 尹榮玉, 「漁父詞研究」, 『민족문화논총』 제2 · 3집(1982), 35~72면; 宋靜淑, 「漁父歌系詩歌研究」, 부산대학교 박사학위논문(1990), 1~176면; 呂基鉉, 「漁父歌의 表象性 研究」, 성균관대학교 박사학위논문(1990), 1~182면.

2 李賢輔, 『聾巖先生文集』 3-17b. 「漁父歌九章并序」: "第以語多不倫或重疊, 必其傳寫之訛. 此非聖賢經據之文, 妄加撰改, … 非徒刪改, 添補處亦多, 然亦各因舊文本意而增損之."

농암의 개작은 농암이 제시한 개작의 사유에 비추어 수월히 납득할 수 없는 삭제의 결과를 포함하고 있었다. 이우성(1964)과 이형대(1997) · 박해남(2010)의 연구는 「어부가」 원본의 형성 과정을 추적하여 제작의 다층적 성격을 여러 각도에서 탐구한 것이나, 농암의 개작에 저렇게 수월히 납득할 수 없는 삭제의 결과가 포함되어 있음을 아무도 토의하지 않았다.[3] 이러한 경향은 뜻하지 않게 농암의 개작을 의심할 나위 없이 타당한 것으로 용인하고 원본을 불완전한 형태로 간주하는 관습적 견해를 불렀다. 집구의 의도를 치밀하게 분석한 여기현(1996)의 연구는 이러한 경향과 그 견해를 대표하는 바였다.[4]

「어부가」 원본은 자체의 필연적 요구에 따라 이미 완결된 작품으로서 충분한 자족성을 지니고 있었다. 농암은 다만 그것이 지니는 약간의 결점을 빙자했을 뿐이다. 퇴계(退溪)는 또한 농암과 비슷한 입장에서 「어부가」 원본을 가리켜 번다하다고 했지만,[5] 가사의 태반을 삭제한 제6장과 전체를 완전히 삭제한 제7장 및 제11장은 그러한 결점과 전혀 무관하다는 점에서 겉으로 내세운 이유만 가지고는 설명이 되지 않는다. 그런가 하면 제9장은 비록 여타의 장구와 더불어 말이 겹치는 부분이 있기는 하지만 그 자체만 놓고 보아서는 거의 완벽한 집구의 결과다. 이러한 장구가 어째서 삭제되어야 하는가?

일찍이 이재수(1955)는 농암의 수정본을 저마다 원본의 장구에 비추어 우열을 평가하고 개작의 성패를 상세히 비판했다.[6] 이것은 농암

---

3 李佑成, 「高麗末 · 李朝初의 漁父歌」, 『成大論文集』 제9집(1964), 5~28면; 李亨大, 「악장가사 소재 어부가의 생성과정과 작품세계」, 『고전문학연구』 제12집(1997), 35~57면; 박해남, 「樂章歌詞本 漁父歌 再考」, 『반교어문논집』 제28집(2010), 123~150면.

4 呂基鉉, 「原漁父歌의 集句性」, 『高麗歌謠 研究의 現況과 展望』(集文堂, 1996), 371~415면.

5 李滉, 『退溪先生文集』 43-4a. 「書漁父歌後」: "佐郎黃君仲擧, 於先生親且厚, 嘗於朴浚書中取此詞, 又得短歌之爲漁父作者十闋, 并以爲獻, 先生得而玩之, 喜愜其素尙, 而猶病其未免於冗長也."

6 李在秀, 『尹孤山 研究』(學友社, 1955), 149~154면.

의 개작에 상당한 문제가 있음을 지적하는 바로서 이후로 등장한 여러 연구자가 단순히 개작의 사유를 추측하거나 개작의 당위성을 합리화하는 쪽으로 기울었던 것과 크게 다르다. 그러나 이재수는 다만 수정본에 보이는 오류를 지적하고 그 부당성을 주장했을 뿐이지 원본이 저렇게 아예 삭제된 경우의 타당성 여부는 거론하지 않았다.

농암의 수정본에 뽑히지 못하고 삭제된 원본의 여러 장구에 있어서 특히 원본 제6장과 제7장 및 제11장의 경우는 겉으로 내세운 이유와 삭제의 실상이 전혀 부합하지 않는다. 따라서 그 사유를 새롭게 탐구해 보아야 마땅할 것이다. 이러한 과제는 원본의 본질적 속성을 구명하고 아울러 개작의 타당성 여부를 판단하는 작업이 관건이다. 그리고 이것은 장구와 장구의 상호 관계에 내재하는 질서를 원본의 구성에 입각해서 파악하는 과정이 핵심을 이룬다. 농암의 개작에 앞서 원본에 이미 주어져 있었던 완결의 법칙이 문제다.

Ⅱ. 악곡의 구조적 특성과 제약

농암의 수정본은 『교방가요』(敎坊歌謠)에 그것을 연행하던 절차와 방법에 관한 정보가 전한다.[7] 여기에 따르면 농암의 수정본은 초편·중편과 종편에 9수의 가사를 3장씩 분배한 편제를 보인다. 3장씩 분배한 가사를 삼첩(三疊) 형식의 악곡에 올려 불렀던 셈이다. 그러나 이러한 삼첩 형식의 악곡은 자료가 전하지 않는다. 오늘날 12가사의 하나로 전하는 현행본 「어부가」는 쌍조(雙調) 형식의 악곡에 올려 부른다. 현행본 「어부사」(漁父詞)는 농암의 수정본 가사를 쓰면서 농암의 수

7 鄭顯奭, 『敎坊歌謠』 單-30b~32a.

정본 제5장과 제6장을 섞어서 1개의 장구로 줄이고 이로써 제5장을 삼았다.[8] 따라서 전체가 다만 8장에 그친다. 악곡이 곧 쌍조인 까닭에 가사의 개수가 또한 짝수라야 했던 것이다.

고악보로 전하는 「어부가」 악곡은 유일한 것이 『아양금보』(峨洋琴譜)에 전한다.[9] 이것도 쌍조 형식의 악곡이다. 쌍조는 1개의 곡조를 처음부터 끝까지 완전히 동일하게 전체를 반복하는 방식으로 1조의 악곡을 만드는 중두(重頭)와 1개의 곡조를 반복하되 첫머리를 고쳐서 바꾸는 방식으로 1조의 악곡을 만드는 환두(換頭)로 나뉜다.[10] 「어부가」 악곡은 고악보로 전하는 것과 현행본이 모두 환두에 속한다. 다음은 『아양금보』에 전하는 「어부가」의 악보다. 육보(肉譜)로서 첫머리가 새롭게 바뀌는 제2장 제1절의 환두에 이르는 부분까지만 기보한 형태다.

[A] (셜빈)뎅동당 뎅뎅덩두둥
(듀포)덩둥덩 뎅뎅덩두둥
[B] (ᄌᆞ언)덩 덩〃 덩〃 뎅동당뎅두덩
(승거)둥둥두 덩〃
[C] (ᄇᆡᆨ셕)덩뎅덩 동당덩〃 둥두둥
(ᄇᆡᆨ셕)덩 덩〃 당다덩 더덩 둥두둥
[D] (지곡)뎅덩뎅 둥〃 덩더덩둥〃
(어ᄉᆞ)둥청뎅동당 뎅뎅덩두둥
[E] (청고)뎅뎅두둥 덩덩뎅
(양풍)둥징〃 동 징〃 동 당뎅 덩두둥

8 張思勳, 『河圭一 · 林基俊 傳唱 十二歌詞』(서울대학교출판부, 1980), 259~292면.
9 『峨洋琴譜』: 『韓國音樂學資料叢書』 제16권(국립국악원, 1984), 65면.
10 林尹 · 高明 主編, 『中文大辭典』 第4卷(中國文化大學出版部, 1993), 697頁. "詞中前後闋完全相同者, 謂之重頭, 起頭數句前後不相同者, 謂之換頭, 蓋過拍後別起之意也."; 施議對, 「詞的樂曲形式」, 『詞與音樂關系研究』(中國社會科學出版社, 1989), 195頁. "雙調詞中, 上下兩片開頭, 句法相同者, 爲'無換頭', 下段樂曲是上段樂曲的重復; 句法不同者, 爲'換頭', 由上段樂曲轉入下段樂曲."

그리고 이것은 반복되는 악구(樂句)를 생략한 채로 '셜빈-듀포(A) ᄌ언-승거(B) 빅씌-빅씌(C) 지곡-어ᄉ(D) 청고-양풍(E)' 구간만 가사의 위치를 밝혀서 기보한 결과일 뿐이다. 중간과 말미에 생략된 악구를 채우면 [ABCBDB]와 [EB]가 되는데, 이것은 제2장 제2구 "紅蓼花邊에 白鷺ㅣ 閑ᄒᆞᄂᆞ다"에 이르는 부분까지의 범위에 해당하는 셈이고, 이밖에 제2장 제3구로부터 제6구까지는 앞에 나오는 [CBDB]와 동일한 까닭에 기보하지 않았다.[11] 이처럼 생략된 악구를 채워서 『아양금보』에 전하는 「어부가」의 완전한 형태를 도식으로 나타내면 다음과 같은 구조가 나온다.

[가[AB]나[CB]다[DB]]
[라[EB]나[CB]다[DB]]

여기서 [가나다]와 [라나다]는 서로 배우(配偶)를 이루는 쌍조의 기본 단위로서 상호의존적 관계에 놓이는 1조의 악곡이다. 현행본 「어부가」도 이것과 동일한 구조를 보인다.[12] 세부의 [AB] · [CB] · [DB] 및 [EB] 등에 적용된 악구의 반복은 뒤에서 따로 논의할 기회가 있을 것이다. 우리가 먼저 주목할 바는 고악보로 전하는 「어부가」와 현행본 「어부사」가 모두 환두에 속하는 바로서 2장 1연의 구조로 악곡을 완결하는 쌍조라는 점이다. 쌍조는 모름지기 2수의 가사가 1조로 엮인다. 그러면 「어부가」 원본도 그처럼 쌍조 형식의 악곡에 올려 부르던 것인가?

「어부가」 원본은 쌍조에 올려 부르는 뿐만 아니라 삼첩에 올려 부

11 金昌坤, 「12가사의 악곡 형성과 장르적 특징」, 서울대학교 박사학위논문(2006), 64~66면.
12 洪賢守, 「漁父詞에 대한 硏究」, 이화여자대학교 석사학위논문(1999), 23~27면.

르는 것도 가능한 배수다. 그러나 삼첩일 경우에 제1-3장과 제4-6장의 조합은 크게 문제될 것이 없지만, 제7-9장의 조합은 앞뒤가 맞지 않는다. 제7장 제2절 "돗 디여라 돗 디여라 柳條애 穿得錦鱗歸로다"와 제8장 제2절 "비 미여라 비 미여라 釣罷歸來예 繫短蓬호리라"는 돛을 내리고 배를 매는 순차적 정황을 보이되, 제9장 제2절 "아외여라 아외여라 帆急ᄒᆞ니 前山이 忽後山이로다"는 아직도 빠르게 배를 달리고 있어서 문득 역순의 격차를 보인다.[13]

제8장과 제9장의 연결이 역순의 격차를 보이게 되는 점에서 이들은 아무래도 하나의 동아리로 어울릴 수 없는 장구다. 제7-9장의 조합이 이처럼 성립되지 않으니, 이러한 속성은 마침내 12장 전체에 대하여 삼첩의 조합을 불가능하게 만든다. 삼첩과 쌍조를 혼용하지는 않았을 것이다. 따라서 「어부가」 원본은 본디 쌍조에 올려 부르기 위한 가사로 제작되었던 것이 분명해 보인다. 이렇게 볼 때에 농암이 원본 제9장을 수정본에 들이지 않고 삭제한 이유를 여기서 충분히 짐작할 수 있을 듯싶다.

악곡의 가사를 쌍조로 편성하게 되면 반드시 2수의 가사를 1조로 삼아 악곡을 완결해야 하므로 전체의 가사는 차례의 순번이 홀수인 전결(前闋)과 순번이 짝수인 후결(後闋)의 차별이 따른다. 전결은 참신한 의경(意境)을 전개하는 것이 중요하고, 후결은 전결의 내용에 걸맞게 배우를 이루는 가운데 전체의 의미를 원만하게 종결하는 것이 중요하다. 그러니 후결에 쓰이던 가사를 함부로 전결에 가져다 쓸 수 없는 뿐만 아니라 전결에 쓰이던 가사를 또한 후결에 가져다 쓰기도 어렵다.

농암의 수정본 제9장은 삼첩의 조합에 있어서 종결의 기능을 맡아

---

13 『樂章歌詞』 歌詞上-16a~17a.

야 하는데, 원본 제9장은 본디 쌍조의 전결로 쓰이던 것이라 그에 걸맞지 않았다. 내용의 격차도 너무 벌어져 있었다. 농암은 원본 제9장을 삭제한 그 자리에 원본 제10장을 가져다 놓았다. 아울러 원본 제8장 제6구가 원본 제12장 제4구 "繫舟猶有去年痕이로다"와 겹치는 그 자리에 원본 제9장 제6구 "風流未必載西施니라"를 가져다 놓았다. 이로써 삼첩의 조합을 무난하게 만들고 말이 겹치는 것도 해결한 셈이다.

夜靜水寒魚不食이어를 滿船空載月明歸ᄒᆞ노라
ᄇᆡ ᄆᆡ여라 ᄇᆡ ᄆᆡ여라 釣罷歸來예 繫短蓬호리라
지곡총 지곡총 어ᄉᆞ와 어ᄉᆞ와 繫舟唯(*猶)有去年痕이로다
(원본 제8장)

極浦天空際一涯ᄒᆞ니 片帆이 飛過碧瑠璃로다
아외여라 아외여라 帆急ᄒᆞ니 前山이 忽後山이로다
지곡총 지곡총 어ᄉᆞ와 어ᄉᆞ와 風流未必載西施니라
(원본 제9장)

그러나 원본 제9장은 삼첩의 조합을 벗어나 그 자체만 놓고 보아서는 거의 완벽한 집구의 결과다. 아득히 먼 물가의 한 가장자리가 드넓은 하늘 한 쪽에 맞닿아 가물거린다. 유리처럼 맑은 물낯을 돛단배 하나가 나는 듯이 미끄러진다. 중여음(中餘音) 가사 "아외여라 아외여라"는 평소의 익숙한 가락으로 뱃노래를 부르라는 뜻으로 읽힌다.[14] 아외기 소리를 부르며 빠르게 나아가자니 앞에 보이던 산이 문득 뒤

14 玄容駿 · 金榮敦, 『韓國口碑文學大系』 9-3(韓國精神文化硏究院, 1983), 1175 · 1177~1178면. 「서우젯소리」: "서우젯소리는 '시우젯 소리', '허우뎃 소리', '아외기 소리'라고도 한다."; "호 좁은 바다에 영화를 치니 아-아아야 에-에에요 내 가슴도 올랑들랑 하는다 아-아아야 에-에에요 이여차 소리에 배 올라온다 아-아아야 에-에에요 잘 잘 가는 솜나무 배여 아-아아야 에-에에요"

로 밀려 나간다. 세상에 이보다 상쾌한 일은 없으니, 이러한 풍류를 즐기는 데는 반드시 미인을 실어야 하는 것은 아니다. 여기서 "帆急ᄒᆞ니 前山이 忽後山이로다"가 원본 제4장 제4구와 겹치는 것은 하등의 문제가 되지 않는다.

농암이 원본 제9장을 수정본에 들이지 않고 삭제한 이유는 장구와 장구의 상호 관계에 따라 드러나게 되는 무질서에 있었다. 그리고 이것은 결코 「어부가」 원본의 본질적 속성이 아니다. 농암이 보았던 무질서는 쌍조로 제작된 원본을 삼첩 형식으로 바꾸는 데서 두드러져 나왔을 뿐이다. 그런데 이 과정에서 한 가지 납득이 가지 않는 점이 있으니, 농암이 원본 제9장을 삭제한 것과 다르게 원본 제7장을 또한 완전히 삭제한 것은 좀처럼 이해가 되지 않는다. 송정숙(1990)은 그 이유를 다음과 같이 들었다.

> 「樂章歌詞」의 〈漁父歌〉에서는 사건들이 그 발생 순서대로 정연하게 되어 있지 못하다. 그 한 예가 第6聯과 第7聯이다. 第6聯의 시간은 "밤"이고 第7聯의 시간은 "黃昏"이다. 聾巖이 「樂章歌詞」의 〈漁父歌〉를 "말이 차례가 맞지 않는 것이 많다"고 하였는데, 第7聯도 그렇다고 생각하여 바꾼 듯하다. 그리하여 「樂章歌詞」의 第7聯을 지우고, 第6聯 第6行의 동작인 술마시기에 이어지도록 하였으며, 여음도 第6聯의 "배세우기"에 연속되도록 樂章의 第7聯의 "돗디여라"에서 "ᄇᆡ믹여라"로 바꾸었다.[15]

우선은 원본 제6장과 제7장에 설정된 시간의 순서가 걸맞지 않다고 했는데, 이것은 원시에 나오는 단어를 피상적으로 해석한 결과다. 문제의 원본 제7장에 나오는 "月黃昏"의 '黃昏'은 해가 지고 나서 하늘이 아직 어둡지 않은 때의 짧은 동안을 뜻하는 것이 아니라 단순히 달빛

15 宋靜淑, 「漁父歌系 詩歌 硏究」, 부산대학교 박사학위논문(1990), 122~123면.

이 어스레한 것을 뜻하는 바로서 곧 '昏黃'과 같으니, 임포(林逋)의 '꽃가지 성긴 그림자 맑은 물에 비스듬히 놓였고, 어스름 달빛 속에 꽃냄새 떠다닌다.'는 시구에 동일한 용례가 나온다.[16] 따라서 원본 제6장과 제7장은 쌍조의 조합으로 보자면 서로 제짝이 아니나, 시간의 순서는 오히려 앞뒤로 알맞게 설정되어 있었던 셈이다.

그리고 제6장의 중여음 가사 "배 셰여라"에 이어지도록 제7장의 "돗 디여라"를 "빅 미여라"로 바꾸었다고 했는데, 이것도 정확한 지적이 아니다. 운항의 단계로 보자면 그러한 설명이 맞기는 하지만, 원본을 완전히 삭제할 만한 이유로 보자면 그보다 먼저 수정본 제4-6장의 조합을 살펴야 할 것이다. 농암은 중여음 "돗 디여라"를 수정본 제4장에 배치했는데, 이것은 여태껏 달지도 않았던 돛을 갑자기 잡아당기는 억지다. 반면에 제6장과 제7장은 원본에서만이 아니라 수정본에서도 제짝이 아니다. 따라서 그 순서가 반드시 원본 제11장의 "돗 더러라"와 제12장의 "셔ᄾᆞ라"와 같이 이어질 필요는 없었다.

萬事를 無心一釣竿ᄒᆞ요니 三公으로도 不換此江山이로다
돋 ᄃᆞ라라 돋 ᄃᆞ라라 帆急ᄒᆞ니 前山이 忽後山이로다
지곡총 지곡총 어ᄉᆞ와 어ᄉᆞ와 生來예 一舸로 趂(*鎭)隨身호라
(원본 제4장)

東風西日에 楚江深ᄒᆞ니 一片苔磯오 萬柳陰이로다
이퍼라 이퍼라 綠萍身世오 白鷗心이로다
지곡총 지곡총 어ᄉᆞ와 어ᄉᆞ와 隔岸漁村이 兩三家ㅣ로다
(원본 제5장)

---

16 林逋,『林和靖集』2-14b.「山園小梅二首」제1수: "衆芳搖落獨暄妍, 占盡風情向小園. 踈影橫斜水淸淺, 暗香浮動月黃昏. 霜禽欲下先偷眼, 粉蝶如知合斷魂. 幸有微吟可相狎, 不須檀板共金樽."

一尺鱸魚를 新釣得ᄒᆞ야 呼兒吹火荻花間호라
ᄇᆡ 셰여라 ᄇᆡ 셰여라 夜泊秦淮ᄒᆞ야 近酒家호라
지곡총 지곡총 어ᄉᆞ와 어ᄉᆞ와 一瓢애 長醉ᄒᆞ야 任家貧호라
(원본 제6장)

농암은 실제로 원본 제7장만 완전히 삭제한 것이 아니라 원본 제6장도 특별한 사유가 없이 제2절만 남기고 나머지는 삭제해 버렸다. 수정본 제6장 제1절은 원본 제12장 제1절 "濯纓歌罷汀洲靜커를 竹徑柴門猶未關이로다"를 가져다 대체했고, 수정본 제6장 제3절은 "瓦甌蓬底獨斟時라"를 새롭게 집구하여 갱신했다. 여기현은 이러한 조치에 대하여 "取適非取魚"의 즐거움을 추구하고 향락적 풍류를 배척했던 것이라고 설명했다.[17] 이것은 일리가 있으니, 농암은 원본 제6장 제1절 "一尺鱸魚를 新釣得ᄒᆞ야 呼兒吹火荻花間호라"를 배제했던 것과 마찬가지로 원본 제7장 제4구 "柳條애 穿得錦鱗歸로다"도 반드시 배제했을 듯싶다. 농암의 수정본에 그려진 어부는 원본 제6장과 제7장에 그려진 어부와 같이 빠듯한 생활인의 모습이 아니며 질펀히 주저앉아 노니는 풍류객도 아니다.

그러나 아무리 추구하는 바의 풍류가 달랐다고는 하더라도 원본 제7장을 통틀어 완전히 삭제한 것은 여전히 납득이 가지 않는다. 왜냐면 원본 제6장은 제1절을 삭제한 뿐만 아니라 제6구 "一瓢애 長醉ᄒᆞ야 任家貧호라"를 삭제한 뒤에 남겨진 제2절을 그 자리에 그대로 살렸고, 하물며 원본 제9장은 제6구 "風流未必載西施니라"를 수정본 제8장 제6구로 옮겨서 마침내 살렸던 점에서 그렇다. 그러면 원본 제7장의 경우는 어째서 저러한 쟁점과 무관해 보이는 부분까지 모조리 삭제한 것

17 呂基鉉, 「漁父歌의 表象性 研究」(성균관대학교 박사학위논문, 1990), 80면.

인가?

落帆江口에 月黃昏커를 小店애 無燈欲閉門이로다
돗 디여라 돗 디여라 柳條애 穿得錦鱗歸로다
지곡총 지곡총 어ᄉᆞ와 어ᄉᆞ와 夜潮留向月中看호리라
(원본 제7장)

강구에 이르러 돛을 내리자 하니 달빛이 아직 어스레하다. 객점은 아예 문을 닫으려는지 등불도 켜지 않았다. 왕안석(王安石)의 「강녕협구」(江寧夾口) 제1수 제1-2구다. 땅거미 속에 돛을 내리고, 버드나무 가지에 물고기를 꿰어 들고 집으로 돌아간다. 류탁(劉鐸)의 「소견」(所見) 제4구다. 환하게 비치는 달빛을 기다려 밤에 들이닥치는 밀물을 보련다. 소식(蘇軾)의 「팔월십오일간조」(八月十五日看潮) 제1수 제4구다. 이렇게 세 사람의 시구를 가져다 엮었던 것이나,[18] 그야말로 흔적이 보이지 않는 솜씨다. 농암이 삭제한 원본 제7장은 도리어 집구의 백미라고 할 만큼 뛰어난 작품의 하나다.

농암이 원본 제7장을 완전히 삭제한 이유는 원본 제9장과 같이 장구와 장구의 상호 관계에 따라 드러나게 되는 무질서에 있었던 것이 아니며, 더욱이 말이 걸맞지 않거나 겹치는 것은 아예 있지도 않았다. 만약에 취미의 이질성에 이유가 있었을 뿐이라고 한다면 원본 제6장과 마찬가지로 그러한 쟁점과 무관한 부분은 남겨 두어야 했을 것이다. 농암이 원본 제7장을 완전히 삭제한 이유는 여타의 사정에 있었던 듯하니, 그것은 작품의 문화적 배경에 대한 이해의 부족과 감흥의 결여다.

18 呂基鉉, 「原漁父歌의 集句性」, 『高麗歌謠 研究의 現況과 展望』(集文堂, 1996), 401면; 姜晳中, 「漁父歌의 集句 溯源 研究」, 『국문학연구』 제2집(1998), 216~218면.

만인의 고함이 吳나라를 두려워 떨게 하고,
王濬의 군대가 長江을 휩쓸어 오는 듯싶다.[19]
밀물의 꼭대기는 높이가 얼마쯤인가?
越山이 온통 물보라 속에 잠겼다.

萬人鼓噪懾吳儂, 猶似浮江老阿童.
欲識潮頭高幾許, 越山渾在浪花中.[20]

이것은 원본 제7장 제6구 "夜潮留向月中看호리라"의 실황을 묘사한 소식의 「팔월십오일간조」 제2수다. 해마다 음력 8월 15일 즈음 시작해서 8월 18일 즈음 최고조에 이르는 전당강(錢塘江) 조수(潮水)의 위력을 읊었다. 제1구는 밀물이 아직 다가오기에 앞서 천둥을 치듯 천지간을 뒤흔들며 울리는 소리를 옛적의 전쟁에 비유한 것이다. 제2구는 밀물이 들이닥치는 동안에 펼쳐지는 너울의 기세다. 소식은 당시에 항주통판(杭州通判)으로 갔었고, 당지의 풍속을 좇아서 천하의 장관(壯觀)을 몸소 지켜보고 있었다.

항주만(杭州灣) 해구(海口)의 전당강 강폭은 100km나 되는데, 서쪽으로 감포(澉浦)에 이르면 강폭이 20km로 줄고, 해녕시(海寧市) 염관진(鹽官鎭) 부근에 이르면 강폭이 다만 3km에 지나지 않는다. 이렇게 나팔을 닮은 지형으로 말미암아 마치 해일(海溢)처럼 치닫는 조수의 용솟음이 생기니, 조수의 최고조는 3m에 훨씬 넘치고, 간조와 만조의 수위는 격차가 9m에 이른다. 염관진 부근의 강변에 나와 이것을 가까이 보고 즐기는 중추절 전당강 관조(觀潮)의 풍속은 한위(漢魏)시대에

19 房玄齡 等, 『晉書』 42-10a~12b. 「列傳第十二 · 王濬」: "濬自發蜀, 兵不血刃, 攻無堅城, 夏口 · 武昌, 無相支抗. 于是順流鼓棹, 徑造三山. 皓遣游擊將軍張象率舟軍萬人御濬, 象軍望旗而降. 皓聞濬軍旌旗器甲, 屬天滿江, 威勢甚盛, 莫不破膽."
20 蘇軾, 『東坡全集』 5-8b. 「八月十五日看潮五絕」 제2수.

이미 시작되고 당송(唐宋)시대에 매우 성행하여 오늘날까지 이어지는 누천년의 전통을 가진다.[21]

조선의 사대부로서 중추절 전당강 관조의 풍속을 알았던 이로는 성종(成宗) 때의 최부(崔溥)가 있었다. 최부는 1488년 1월에 제주도에서 뭍으로 분상하던 도중에 표류하여 중국의 대주(台州) 임해현(臨海縣)에 가 닿았다. 왕명으로 『표해록』(漂海錄)을 지어 올렸는데, 8월 18일 즈음 전당강에서 이루어지는 관조의 풍습을 기록한 것이 여기에 보인다.[22] 그러나 이 기록은 2월에 소흥부(紹興府) 서흥역(西興驛)을 거쳐서 항주에 이르던 노상의 소문을 적었을 뿐이다. 실제로 관조가 이루어지던 염관진 부근의 강변은 직선으로 40km가 넘는 거리의 밖에 떨어져 있었다. 더구나 『표해록』이 목판으로 간행되어 유포되기 시작한 것은 또한 1569년 8월 이후의 일이다.[23]

농암은 원본 제7장 제6구 "夜潮留向月中看호리라"의 함축을 읽지 못했다. 이것은 특히 지역성에 따른 한계다. 한반도 해변에서는 전당강 조수와 같은 자연 현상을 경험할 만한 곳이 없었다. 그러니 농암과 그의 벗들에게 갑자기 달밤의 밀물을 말하는 저 시구는 한낱 싱거운 소문에 그쳐서 어떠한 감흥도 일으키지 못했을 것이다. 남경(南京)으로 사행(使行)을 다니던 고려인이라면 중추절 전당강 관조의 풍속에 매우 밝았던 만큼 반드시 살려서 남겼을 테지만, 농암이 저 명구를 삭

---

21 周密, 『武林舊事』 3-12a. 「觀潮」: "浙江之潮, 天下之偉觀也. 自旣望以至十八日爲最盛. 方其遠出海門, 僅如銀線, 旣而漸定(*近), 則玉城雪嶺際天而來, 大聲如雷霆, 震撼激射, 吞天沃日, 勢極雄豪."

22 崔溥, 『錦南先生集』 4-2b~3a. 「漂海錄」: "[二月]初六日, 到杭州. 是日陰. 西興驛之西北, 平衍廣闊, 卽錢塘江水. 潮壯則爲湖, 潮退則爲陸. 杭州人, 每於八月十八日, 潮大至, 觸浪觀潮之處也."

23 崔溥, 『錦南先生集』 跋-1a~1b. 「錦南先生集識」: "上命撰進一行日錄, … 而至今八十年間, 未有鋟梓以廣其傳者. … 會博雅吳公出按關西, 希春以書懇屬, 公遂欣然而諾, 鳩游手完其役而訖于成."

제한 것은 조수의 위력을 보고 즐기던 저간의 감흥을 아마도 모르고 있었던 탓으로 보인다.

Ⅲ. 악구의 상호 관계

「어부가」 원본은 본디 쌍조에 올려 부르기 위한 가사로 제작되었던 것이다. 고악보로 전하는 「어부가」와 현행본 「어부사」도 모두 환두에 속하는 바로서 2장 1연의 구조로 악곡을 완결하는 쌍조다. 쌍조의 악곡은 2수의 가사를 1조로 엮는다. 이것은 「어부가」 원본에 내재하는 질서를 이해하는 데 있어서 가장 중요한 기본 규칙의 하나다. 이밖에 우리가 또 한 가지 주목할 바는 「어부가」 악곡이 본디 일정한 길이의 악구를 악절의 단위에서 반복적으로 환입(還入)하는 2구 1절의 구조라는 점이다.

$[A^1B^1][C^1B^2][D^1B^3]$
$[E^1B^4][C^2B^5][D^2B^6]$

환입은 곧 선율의 '도드리'를 말하니, 「어부가」는 새롭게 갈마드는 [A] · [C] · [D]와 [E]라는 전구(前句)에 [B]라는 후구(後句)를 거듭 돌이켜 붙여서 [AB] · [CB] · [DB]와 [EB]라는 악절을 만들어 내는 작곡 방식을 보인다. 여기서 거듭 돌이켜 붙이게 되는 후구 [B]는 이것을 주도하는 전구 [A] · [C] · [D]와 [E]에 종속되는 요소다. 환입은 전구와 후구의 차별이 따른다. 악구에 올려 부르는 가사도 환입의 전구로 놓이는 $[A^1]$ · $[C^1]$ · $[D^1]$과 $[E^1]$ · $[C^2]$ · $[D^2]$는 앞에서 이끄는 말이고, 후구 $[B^1]$-$[B^6]$은 뒤따라 거드는 말이다. 악구와 악구의 이러한 상호 관계와 그에 따른 상대적 가치는 「어부가」의 본질적 속성과 그에 내재하는 질서를 파악하는 데 있어서 매우 중요한 단서다.

> [A^1B^1] 雪鬢漁翁이 住浦間ᄒᆞ야셔 自言居水ㅣ 勝居山이라 ᄒᆞᄂᆞ다
> [C^1B^2] ᄇᆡ 떠라 ᄇᆡ 떠라 早潮ㅣ 纔落거를 晩潮ㅣ 來ᄒᆞᄂᆞ다
> [D^1B^3] 지곡총 지곡총 어ᄉᆞ와 어ᄉᆞ와 一竿明月이 亦君恩이샷다
> (원본 제1장)
> [E^1B^4] 靑菰葉上애 凉風이 起커를 紅蓼花邊에 白鷺ㅣ 閑ᄒᆞᄂᆞ다
> [C^2B^5] 닫 드러라 (*닫드러라) 洞庭湖裏예 駕歸風호리라
> [D^2B^6] 지곡총 지곡총 어ᄉᆞ와 어ᄉᆞ와 一生蹤跡이 在滄浪ᄒᆞ두다
> (원본 제2장)

예컨대 전구 [A] · [E]는 배우를 이루는 전결과 후결의 기구(起句)로서 마치 폭약의 신관과 같은 역할을 담당하는 바라고 하겠다. 그러나 이것만 아니라 전구 [C] · [D]가 후구 [B]에 대하여 가지는 상대적 가치도 중시할 만하니, [C^1] · [C^2]와 [D^1] · [D^2]에 놓이는 중여음 가사는 「어부가」 악곡이 이른바 뱃일을 하는 동안에 부르는 노동요의 한 가지로서 가지던 본래적 기능을 구현하는 요소다. [C^1] · [C^2]의 "ᄇᆡ 떠라 ᄇᆡ 떠라" · "닫 드러라"는 이로써 운항의 단계를 외쳐서 정황을 두루 알리며, [D^1] · [D^2]의 "지곡총 지곡총 어ᄉᆞ와 어ᄉᆞ와"는 현장의 신체적 율동을 불러와 흥겨움을 더한다. 더욱이 아래와 같은 몇 가지 경우는 전구 [C]에 놓이는 중여음 가사의 의미가 후구 [B]에 들어갈 가사의 내용을 미리 결정한 사례다.

> [C^2B^5] 돋 ᄃᆞ라라 돋 ᄃᆞ라라 帆急ᄒᆞ니 前山이 忽後山이로다
> (원본 제4장)

[C^2B^5] ᄇᆡ 셰여라 ᄇᆡ 셰여라 夜泊秦淮ᄒᆞ야 近酒家호라
(원본 제6장)
[C^2B^5] ᄇᆡ ᄆᆡ여라 ᄇᆡ ᄆᆡ여라 釣罷歸來예 繫短篷호리라
(원본 제8장)

「어부가」 악곡의 전구 [C] · [D]에 놓이는 중여음 가사는 단순히 여음구에 그치는 허사(虛辭)가 아니다. 그것은 전구 [A] · [B]나 [E]에 놓이는 가사와 마찬가지로 실질적 의미를 가지는 실사(實辭)다. 그러니 전구 [C] · [D]에 놓이는 중여음 가사를 소홀히 여겨서 무시하게 되면 [A^1B^1] · [E^1B^4]에 이어지는 [B^2] · [B^5]의 정세(情勢)를 제대로 파악하지 못하게 되는 뿐만 아니라 [B^3] · [B^6]의 내재적 조응(照應)을 또한 이해하지 못하게 되는 오류를 부른다. 이러한 오류는 농암의 수정본에서도 이미 나타나고 있었다.

青菰葉上애 涼風起 紅蓼花邊白鷺閒이라
닫 드러라 닫 드러라 洞庭湖裏駕歸風호리라
至匊悤 至匊悤 於思臥 帆急前山忽後山이로다
(수정본 제2장)

농암의 수정본 제2장 제6구 "帆急前山忽後山이로다"는 본디 "帆急ᄒᆞ니 前山이 忽後山이로다"의 형태로 원본 제4장 제4구와 제9장 제4구에 놓였던 것인데, 제4장은 "三公으로도 不換此江山이로다 돋ᄃᆞ라라 돋ᄃᆞ라라"에 이어서 나오고, 제9장은 "片帆이 飛過碧瑠璃로다 아외여라 아외여라"에 이어서 나온다. 전자는 돛대에 처음 돛을 달아 비로소 바람을 받는 상황이고, 후자는 유리처럼 매끄러운 물낯을 나는 듯 미끄러지고 있는 상황이다. 어떠한 쪽이든 배가 빠르게 움직이는 가운데 앞에 보이던 산이 문득 뒤로 밀리는 것은 매우 자연스러운 표현이라고 하

겠다. 고산(孤山)의 「어부사시사」(漁父四時詞)에서도 "압뫼히 디나가고 뒫뫼히 나아온다"는 "돋 ᄃᆞ라라 돋 ᄃᆞ라라"의 다음에 나온다.[24]

그런데 농암은 그것을 옮겨서 "닫 드러라 닫 드러라 洞庭湖裏駕歸風호리라"의 뒤에 붙였다. 동정호에서 돌아오는 바람을 타겠다고 했으니, 이것은 동정호까지 갔다가 오겠다는 말이다. 비로소 닻을 들어 올리고 동정호를 목적지이자 회귀의 기점으로 삼아 지국총 소리를 내면서 배를 처음 젓는데, 달지도 않았던 돛에 바람이 걸려서 갑자기 배가 빠르다. 중첩을 꺼려서 자리를 옮겼던 것이 도리어 적잖은 억척스러움을 부르는 것이다. 이재수(1955)는 이것을 다음과 같이 지적했다.

> 聾歌二, ④"帆急前山忽後山"은 原歌四와 九에 重複되어 있다. 本句는 原歌에서는 딴句와 配合이 잘 되지만 聾歌에서는 調和가 않된다. 本句에는 强風이 內包하고 있는데 强風은 ②의 白鷺閑과 ③의 歸風과는 相反된다. 그것은 强風에는 白鷺가 閑暇로울 수 없고 또 歸風에는 順風의 뜻이 있기 때문이다.[25]

원본은 비록 여타의 장구와 더불어 말이 겹쳐도 어디에 놓이든 조화롭게 보이는 것과 다르게 농암의 수정본은 그렇지 못하다는 비판적 견해다. 조화롭지 못하다고 판정하는 한 가지 이유로 "帆急前山忽後山이로다"의 강풍과 "洞庭湖裏駕歸風호리라"의 순풍이 서로 어긋남을 들었다. 반드시 강풍이 불어야 배가 빠르게 나아가는 것은 아니므로 설명이 정확하지는 않았다. 그러나 [E^1B^4] "靑菰葉上애 涼風起 紅蓼花邊白鷺閒이라"에 이어지는 [B^5] "洞庭湖裏駕歸風호리라"의 정세를 제

---

24 尹善道, 『孤山遺稿』 6下-別6b. 「漁父四時詞」 春詞 제3장: "東風이 건듣 부니 믉결이 고이 닌다 돋 ᄃᆞ라라 돋 ᄃᆞ라라 東湖ᄅᆞᆯ 도라보며 西湖로 가쟈스라 至匊悤 至匊悤 於思臥 압뫼히 디나가고 뒫뫼히 나아온다"

25 李在秀, 『尹孤山 硏究』(學友社, 1955), 151면.

대로 파악하지 못했던 까닭에 결과적으로 [B^6] "帆急前山忽後山이로다"가 조화롭지 못하게 되었음을 지적한 것은 타당한 일면을 가진다.

농암의 실수는 수정본 제2장 제3구 "닫 드러라 닫 드러라"와 수정본 제3장 제3구 "이어라 이어라"가 지시하는 운항의 단계를 무시하고 갑자기 "帆急前山忽後山이로다"를 그 중간에 배치한 것이다. 수정본 제2장 제6구 "帆急前山忽後山이로다"의 "帆急"은 원본 제4장과 같이 "돋 ᄃᆞ라라 돋 ᄃᆞ라라"에 뒤이어 나와야 마땅함을 간과했던 것이다. 이처럼 환입의 전구로 놓이는 중여음 가사의 적극적 기능을 간과하는 데서 비롯된 판단의 착오는 더 나아가 원본 제11장을 완전히 삭제한 이유가 되었다.

> 江上晩來堪畫處에 漁翁披得一蓑歸로다
> 돗 더러라 돗 더러라 長江風急浪花多ᄒᆞ두다
> 지곡총 지곡총 어ᄉᆞ와 어ᄉᆞ와 斜風細雨不須歸니라
> (원본 제11장)

그림과 같이 아름다운 강기슭에 날은 저물어 가는데, 도롱이를 걸쳐 입은 어부가 배를 돌려 집으로 돌아간다. 정곡(鄭谷)의 「설중우제」(雪中偶題) 제3-4구다. 돛을 덜어라. 기다란 강 한가운데로는 바람이 빠르고 거세게 치대는 물결도 많구나. 법천선사(法泉禪師)의 『남명천화상송증도가』(南明泉和尚頌證道歌) 제43수 제4구다.[26] 비끼는 바람에 가랑비가 날리니, 반드시 집으로 돌아갈 것은 아니다. 장지화(張志和)의 「어부」(漁父) 제5구다. 여기서 비끼는 바람에 가랑비가 날리는 이것은 기다란 강 한가운데에서 강기슭 쪽으로 어영차 하고 배를 저어 나오면서 만나

26 法泉, 『南明泉和尚頌證道歌』 單-7b~8a. 제43수: "如來藏裏親收得, 要識如來藏也麼. 酸酒冷茶三五盞, 長江風急浪花多."

는 날씨다.

「어부가」 원본 제11장은 전구 [C1]과 [D1]에 놓이는 중여음 가사 "돗 더러라 돗 더러라"와 "지곡총 지곡총 어ᄉᆞ와 어ᄉᆞ와"가 지시하는 바를 여타의 가사에 능동적 영향을 미치는 실제의 상황으로 전제하여 읽지 않으면, 후구 [B1] "漁翁披得一蓑歸로다"와 [B3] "斜風細雨不須歸니라"를 서로 부조리한 것으로 오해하게 마련이고, 후구 [B2] "長江風急浪花多ᄒᆞ두다"와 [B3] "斜風細雨不須歸니라"도 서로 부조화를 일으키는 것으로 오해하게 마련이다. 여기현의 다음과 같은 부정적 견해는 이러한 오해에서 비롯된 것이다.

> 〈原漁父歌〉 11章은 완전삭제되었는데, 그 까닭은 제2행에서 '漁翁披得一蓑歸로다'라 하였고, 다시 제4행에서는 '斜風細雨不須歸니라' 했으니 시상의 전개가 불합리하다. 제2행에서는 '도롱이 쓰고 돌아간다' 하고는 제4행에서는 '모름지기 돌아가지 않는다' 했으니 시상의 전개가 불합리한 것이다. 이런 불합리는 제3행 '長江風急浪花多ᄒᆞ두다'와 제4행의 관계에서도 발견된다. 제3행은 바람이 크게 일어 물결이 높이 이는 것을 그리고 있다. 그런데 제4행에서는 '風急'에 대하여 '斜風'이라 하고, '浪花'에 대하여 '細雨'라 했으니 앞뒤가 맞지 않는 불합리한 전개이다.[27]

여기현은 먼저 '도롱이 쓰고 돌아간다.'는 말과 '모름지기 돌아가지 않는다.'는 말이 걸맞지 않다고 했는데, 이것은 제1절과 제2절에 적용된 발화의 도치를 감안하지 아니한 결과로서 실상은 "長江風急浪花多ᄒᆞ두다"가 "漁翁披得一蓑歸로다"와 "돗 더러라 돗 더러라"의 동작을 유발한 직접적 사유가 되었던 점을 간과한 해석이다. 어부는 바람이 빠르고 물결도 세차게 부딪는 강 한가운데에서 강기슭 쪽으로 배를

27 呂基鉉, 「漁父歌의 表象性 硏究」, 성균관대학교 박사학위논문(1990), 88면.

돌려 나왔고 바야흐로 돛을 덜었다. 처음의 '도롱이 쓰고 돌아간다.'는 말은 저곳에서 이곳으로 옮기는 장면일 뿐이다. 어부는 아직 배에서 내리지 않았다. 이곳은 가랑비가 바람에 비끼는 날씨다. 그러니 반드시 집으로 돌아갈 것은 아니다.

여기현은 또한 '風急'에 대하여 '斜風'이라 하고 '浪花'에 대하여 '細雨'라 하는 말은 서로 앞뒤가 맞지 않다고 했는데, 이것은 강 한가운데에서 강기슭 쪽으로 옮기는 데서 생기는 정황의 차이를 구별하지 아니한 해석이다. 어부가 강기슭 쪽으로 배를 대고서 돛을 아예 덜어 버리는 이 동작은 강 한가운데의 사나운 날씨에 말미암은 것이지 낚시를 그만 접으려는 까닭이 아니다. 이곳은 도롱이만으로도 견딜 만하다. 어부의 이러한 태도는 유종원(柳宗元)의 '외따로 놓인 배에 도롱이 삿갓 쓴 늙은이, 눈 내리는 겨울 강에 홀로 낚시를 한다.'는 시구에 나오는 "孤舟蓑笠翁"의 태도와 하나다.[28] 고산은 이것을 아래와 같이 읊었다.

> 丹崖翠壁이 畫屛ᄀᆞᆮ티 둘럿ᄂᆞᆫᄃᆡ
> ᄇᆡ 셰여라 ᄇᆡ 셰여라 巨口細鱗을 낟그나 몯 낟그나
> 至匊悤 至匊悤 於思臥 孤舟蓑笠에 興계워 안잣노라
> (동사 제7장)

「어부가」 원본 제11장 전체의 논리적 전개는 $[B^2]\rightarrow[A^1B^1]\rightarrow[C^1]\rightarrow[D^1]\rightarrow[B^3]$의 순서로 엮이게 되는데, 이러한 인과 관계를 무시한 채로 $[B^1]\rightarrow[B^2]\rightarrow[B^3]$의 순서로 직결시켜 독해하는 것은 자칫 저지르기 쉬운 오류다. 원인이 되었던 $[B^2]$와 과정의 $[C^1]\rightarrow[D^1]$를 경유하지 않은 채로 엮이는 $[B^1]\rightarrow[B^2]\rightarrow[B^3]$의 순서는 올바른 선후 관계를 이루지 못하니, 이것을 가지고 가사의 무질서를 말해서는 안 될 것이다. 농암이

---

28 柳宗元, 『柳河東集』 43-18a. 「江雪」: "千山鳥飛絕, 萬徑人蹤滅. 孤舟蓑笠翁, 獨釣寒江雪."

원본 제11장을 부조화나 부조리에 따른 무질서를 이유로 삭제한 것이라면 곧 이러한 혐의를 벗어나기 어렵다. 그것은 특히 원본의 중여음 가사를 소홀히 여겨서 비롯된 오류다.

醉來睡著無人喚 流下前灘也不知로다
ᄇᆡ ᄆᆡ여라 ᄇᆡ ᄆᆡ여라 桃花流水鱖魚肥라
至匊悤 至匊悤 於思臥 滿江風月屬漁船라
(수정본 제7장)

원본의 중여음 가사에 대한 농암의 이해는 때로 형식적 수준에 머무는 경우가 있었다. 앞에서 이미 언급한 바지만, 농암의 수정본 제4장 제3구 "돗 디여라 돗 디여라"는 여태껏 달지도 않았던 돛을 갑자기 잡아당기는 억지를 보인다. 그런가 하면 농암의 수정본 제7장 제3구 "ᄇᆡ ᄆᆡ여라 ᄇᆡ ᄆᆡ여라"는 악곡의 구조와 악구의 상호 관계에 내재하는 의미론적 질서를 벗어나 단순히 집구된 가사의 표면적 의미에 이끌려 덧붙인 군더더기에 지나지 않는다. 이것은 가객(歌客)의 풍격(風格)을 한껏 떨어뜨리는 말이다.

시내에 비바람 치니 낚싯줄 거두어 놓고,
船蓬에 들어가 질병의 술을 홀로 따라 마신다.
취해서 자는 동안 아무도 부르지 않으니,
저절로 앞개울에 흘러가도 알지 못한다.

山雨溪風卷釣絲, 瓦甌蓬底獨斟時.
醉來睡著無人喚, 流下前溪也不知.[29]

29 杜荀鶴, 『唐風集』 3-4a. 「溪興」.

농암은 두순학(杜荀鶴)의 이 절구를 흩뜨려 수정본의 여러 장구에 섞어 넣었을 정도로 애호했던 듯하다. 제1구는 원본 제4장 제4구와 제9장 제4구에 중첩된 "帆急ᄒᆞ니 前山이 忽後山이로다"를 대체하는 용도로 수정본 제4장 제4구에 놓였고, 제2구는 수정본 제6장 제6구에 놓였다. 제3-4구는 또 수정본 제7장 제1-2구에 놓였다. 그러나 취중에 배가 멀찍이 앞 여울까지 흘러가 처박히도록 내버려 두었던 멋스러운 흥취를 전혀 모르듯 던지는 "ᄇᆡ ᄆᆡ여라 ᄇᆡ ᄆᆡ여라"의 그 한마디는 순식간에 시의(詩意)를 삭막하게 만든다.

농암이 산정한 중여음 가사는 특히 제7-9장에 배치한 'ᄇᆡ ᄆᆡ여라'→'닫 디여라'→'ᄇᆡ 브텨라'를 들 수 있는데, 이러한 순서는 그대로 고산의 「어부사시사」 제7-9장에 수용될 정도로 운항의 절차를 잘 나타내는 바였다. 그러나 그것이 원본 제4장 '돋 ᄃᆞ라라'의 경우나 원본 제11장 '돋 더러라'의 경우와 같이 전후의 내재적 율동에 대하여 능동적으로 기여한 성과를 찾기는 어렵다. 사어는 평이하고 그 의미는 다만 담박하게 엮는 것을 높이 여기되, 그것이 지나쳐 오히려 졸렬한 경계를 넘나든 족적은 수정본의 가장 큰 결점이 될 것이다.

「어부가」 원본 제3장 제6구 "一江風月이 趁漁船ᄒᆞ두다"와 제4장 제6구 "生來예 一舸로 趁(*鎭)隨身호라"와 제12장 제6구 "明月淸風一釣舟ㅣ로다"는 조금씩 말은 달라도 마침내 한 가지 뜻으로 모이는 의미상 중첩의 사례다. 농암은 이것을 하나로 줄여서 제7장 제6구 "滿江風月屬漁船라"로 바꾼다. 농암의 이러한 개작은 합리적 처사인 것처럼 보인다. 그러나 사시와 주야를 통틀어 어디를 가도 언제나 한 자리에 머물러 떠나지 못하는 간절한 뜻을 적잖이 말살한 아쉬움이 따른다.

Ⅳ. 결론

「어부가」 원본을 자세히 살피면 농암의 지적과 다르게 말이 걸맞지 않거나 겹치는 것이 전혀 없는데도 불구하고 수정본에 뽑히지 못하고 아예 삭제된 장구가 흔히 보인다. 예컨대 제7장과 제11장은 가사의 전체를 완전히 삭제했는데, 양자는 정작에 말이 걸맞지 않거나 겹치는 것이 전혀 없었다. 그리고 제6장과 제9장은 가사의 태반을 삭제했는데, 후자는 여타의 장구와 더불어 말이 겹치는 것이 있지만, 전자는 그러한 것이 전혀 없었다.

농암의 수정본에 뽑히지 못하고 삭제된 「어부가」 원본의 여러 장구에 있어서 특히 제6장과 제7장 및 제11장의 경우는 겉으로 내세운 이유와 삭제의 실상이 전혀 부합하지 않는다. 따라서 그 사유를 새롭게 탐구해 보아야 마땅할 것이다. 이러한 과제는 원본의 본질적 속성을 구명하고 아울러 개작의 타당성 여부를 판단하는 작업이 관건이다. 그리고 이것은 장구와 장구의 상호 관계에 내재하는 질서를 원본의 구성에 입각해서 파악하는 과정이 핵심을 이룬다. 본고는 이러한 관점에서 농암의 개작에 앞서 원본에 이미 주어져 있었던 완결의 법칙을 중심으로 「어부가」 원본의 질서와 무질서를 문제로 삼았다.

우리가 먼저 주목할 바는 고악보로 전하는 「어부가」와 현행본 「어부사」가 모두 환두에 속하는 바로서 예컨대 [ABCBDB] 형태의 선율과 [EBCBDB] 형태의 선율이 2장 1연의 구조로 1조의 악곡을 완결하는 쌍조라는 점이다. 「어부가」 원본도 본디 쌍조에 올려 부르기 위한 가사로 제작되었던 것이다. 악곡의 가사를 이처럼 쌍조로 편성하게 되면 반드시 2수의 가사를 1조로 삼아 악곡을 완결해야 하므로 전체의 가사는 차례의 순번이 홀수인 전결과 순번이 짝수인 후결의 차별이 따른다. 후결에 쓰이던 가사를 함부로 전결에 가져다 쓸 수 없는 뿐만 아니라 전결에 쓰이던 가사를 또한 후결에 가져다 쓰기도 어렵다.

그런데 농암의 수정본은 초편 · 중편과 종편에 저마다 3장씩 분배한 가사를 삼첩 형식의 악곡에 올려 부르는 편제다. 농암의 수정본 제9장은 삼첩의 조합에 있어서 종결의 기능을 맡아야 하는데, 원본 제9장은 본디 쌍조의 전결로 쓰이던 것이라 그에 걸맞지 않았다. 농암은 원본 제9장을 삭제한 그 자리에 원본 제10장을 가져다 놓았다. 농암이 이렇게 조치한 이유는 장구와 장구의 상호 관계에 따라 드러나게 되는 무질서에 있었다. 그리고 이것은 결코 「어부가」 원본의 본질적 속성이 아니다. 농암이 보았던 무질서는 쌍조로 제작된 원본을 삼첩 형식으로 바꾸는 데서 두드러져 나왔을 뿐이다.

농암이 원본 제9장을 삭제한 것과 다르게 원본 제7장을 또한 완전히 삭제한 것은 좀처럼 이해가 되지 않는다. 농암은 원본 제6장 제1절 "一尺鱸魚를 新釣得ᄒᆞ야 呼兒吹火荻花間호라"를 배제했던 것과 마찬가지로 원본 제7장 제4구 "柳條애 穿得錦鱗歸로다"도 반드시 배제했을 듯싶다. 농암의 수정본에 그려진 어부는 원본 제6장과 제7장에 그려진 어부와 같이 빠듯한 생활인의 모습이 아니며 질펀히 주저앉아 노니는 풍류객도 아니다. 그러나 아무리 추구하는 바의 풍류가 달랐다고는 하더라도 원본 제7장을 통틀어 완전히 삭제한 것은 여전히 납득이 가지 않는다. 왜냐면 원본 제6장은 제2절을 그 자리에 그대로 살렸고, 하물며 원본 제9장은 제6구를 수정본 제8장 제6구로 옮겨서 마침내 살렸던 점에서 그렇다.

농암이 원본 제7장을 완전히 삭제한 이유는 작품의 문화적 배경에 대한 이해의 부족과 감흥의 결여에 있었다. 농암은 원본 제7장 제6구 "夜潮留向月中看호리라"의 함축을 읽지 못했다. 이것은 특히 지역성에 따른 한계다. 한반도 해변에서는 전당강 조수와 같은 자연 현상을 경험할 만한 곳이 없었다. 그러니 달밤의 밀물을 말하는 저 시구는 한낱 싱거운 소문에 그쳐서 어떠한 감흥도 일으키지 못했을 것이다. 고려인이라면 중추절 전당강 관조의 풍속에 매우 밝았던 만큼 반드시 살려서 남겼을 테지만, 농암이 저 명구를 삭제한 것은 조수의 위력을 보고 즐기던 저간의 감흥을 아마도 모르고 있었던 탓으로 보인다.

우리가 「어부가」 원본에 내재하는 질서를 충분히 이해하는 데 있어서 또 한 가지 주목할 바는 「어부가」 악곡이 본디 일정한 길이의 악구를 악절의 단위에서 반복적으로 환입하는 2구 1절의 구조라는 점이다. 환입은 곧 선율의 '도드리'를 말하니, 「어부가」는 새롭게 갈마드는 [A] · [C] · [D]와 [E]라는 전구에 [B]라는 후구를 거듭 돌이켜 붙여서 [AB] · [CB] · [DB]와 [EB]라는 악절을 만들어 내는 작곡 방식을 보인다. 여기서 거듭 돌이켜 붙이게 되는 후구 [B]는 이것을 주도하는 전구 [A] · [C] · [D]와 [E]에 종속되는 요소다. 환입은 전구와 후구의 차별이 따른다.

예컨대 전구 [A] · [E]는 배우를 이루는 전결과 후결의 기구로서 마치 폭약의 신관과 같은 역할을 담당하는 바라고 하겠다. 그러나 이것만 아니라 전구 [C] · [D]에 놓이는 중여음 가사는 단순히 여음구에 그치는 허사가 아니다. 여기에 놓이는 중여음 가사를 소홀히 여겨서 무시하게 되면 [A^1B^1] · [E^1B^4]에 이어지는 [B^2] · [B^5]의 정세를 제대로 파악하지 못하게 되는 뿐만 아니라 [B^3] · [B^6]의 내재적 조응을 또한 이해하지 못하게 되는 오류를 부른다. 이러한 오류는 농암의 수정본에서도 이미 나타나고 있었다.

농암의 수정본 제2장 제6구 "帆急前山忽後山이로다"는 본디 "帆急ᄒᆞ니 前山이 忽後山이로다"의 형태로 원본 제4장 제4구와 제9장 제4구에 놓였던 것인데, 제4장은 "三公으로도 不換此江山이로다 돋ᄃᆞ라라

돋ᄃᆞ라라"에 이어서 나오고, 제9장은 "片帆이 飛過碧瑠璃로다 아외여라 아외여라"에 이어서 나온다. 그런데 농암은 그것을 옮겨서 "닫 드러라 닫 드러라 洞庭湖裏駕歸風호리라"의 뒤에 붙였다. 비로소 닻을 들어 올리고 동정호를 목적지이자 회귀의 기점으로 삼아 지국총 소리를 내면서 배를 처음 젓는데, 달지도 않았던 돛에 바람이 걸려서 갑자기 배가 빠르다. 중첩을 꺼려서 자리를 옮겼던 것이 도리어 적잖은 억척스러움을 부르는 것이다. 이처럼 환입의 전구로 놓이는 중여음 가사의 적극적 기능을 간과하는 데서 비롯된 판단의 착오는 더 나아가 원본 제11장을 완전히 삭제한 이유가 되었다.

「어부가」 원본 제11장은 전구 [C^1]과 [D^1]에 놓이는 중여음 가사 "돗 더러라 돗 더러라"와 "지곡총 지곡총 어ᄉᆞ와 어ᄉᆞ와"가 지시하는 바를 여타의 가사에 능동적 영향을 미치는 실제의 상황으로 전제하여 읽지 않으면, 후구 [B^1]의 "漁翁披得一蓑歸로다"와 [B^3]의 "斜風細雨不須歸니라"를 서로 부조리한 것으로 오해하게 마련이고, 후구 [B^2]의 "長江風急浪花多ᄒᆞ두다"와 [B^3]의 "斜風細雨不須歸니라"도 서로 부조화를 일으키는 것으로 오해하게 마련이다.

「어부가」 원본 제11장 전체의 논리적 전개는 [B2]→[A^1B^1]→[C^1]→[D^1]→[B^3]의 순서로 엮이게 되는데, 원인이 되었던 [B^2]와 과정의 [C^1]→[D^1]를 경유하지 않은 채로 엮이는 [B^1]→[B^2]→[B^3]의 순서는 올바른 선후 관계를 이루지 못하니, 이것을 가지고 가사의 무질서를 말해서는 안 될 것이다. 농암이 원본 제11장을 부조화나 부조리에 따른 무질서를 이유로 삭제한 것이라면 곧 이러한 혐의를 벗어나기 어렵다.

농암이 산정한 중여음 가사는 특히 제7-9장에 배치한 'ᄇᆡ ᄆᆡ여라'→'닫 디여라'→'ᄇᆡ ᄇᆞ터라'를 들 수 있는데, 이러한 순서는 그대로 고산의 「어부사시사」 제7-9장에 수용될 정도로 운항의 절차를 잘 나타내는 바였다. 그러나 그것이 원본 제4장 '돋 ᄃᆞ라라'의 경우나 원본 제11장 '돋 더러라'의 경우와 같이 전후의 내재적 율동에 대하여 능동적으로 기여한 성과를 찾기는 어렵다. 사어는 평이하고 그 의미는 다만 담박하게 엮는 것을 높이 여기되, 그것이 지나쳐 오히려 졸렬한 경계를 넘나든 족적은 수정본의 가장 큰 결점이 될 것이다.

한국학 제42권 4호(한국학중앙연구원, 2019): 7-37면

05

포은의 청심루 제영 '明朝' 전구의 전승

본문개요

포은(圃隱)의 청심루(淸心樓) 제영 제2수는 '明朝'로 전구(轉句)의 말머리를 삼은 절구의 대표적 사례다. 포은의 작품은 이로써 자연의 경물을 위한 증별(贈別)이 처음 비롯된 점에서 새롭다. 인물을 위한 증별을 위하여 '明朝'로 전구의 말머리를 삼는 관습과 그 격식(格式)은 당송시대 이래의 중국 시가예술사에 이미 자취가 있었던 바지만, 동일한 격식에 이처럼 자연의 경물을 위한 증별을 새기는 사례는 포은의 작품이 그 효시다. 본고는 이러한 관심에서 '明朝'로 전구의 말머리를 삼은 절구의 격식과 역대의 작품을 고찰하는 것으로써 작성의 목표를 삼았다.

하나의 시구를 '明朝'라는 단어로 시작하는 구법은 흔히 인물을 위한 증별에 쓰였고, 이것은 거의 고시나 율시의 마무리에 나오는 바였다. 그런데 이러한 시구가 절구의 마무리에 나오는 때는 장법의 층위에서 작품의 전폭을 좌우하는 기축으로 기능하는 까닭에 중요성이 퍽 다르다. 절구의 제3구에 놓이는 '明朝'는 임박한 확정적 미래의 어떠한 사건을 들어서 문득 전절(轉折)을 이루고 이로써 전환과 집중의 효과를 낳는다. 기구와 승구를 벗어나 결구에 이르는 의미의 자연스러운 비약을 가능하게 하거나 작품의 결구에 언어적 긴장을 불어넣는 효과는 특히 제3구의 전환에 따른 화제의 집중에서 나온다.

망헌(忘軒)의 자경당(自警堂) 절구는 인물을 위한 증별의 압권이다. 승구의 '머리맡으로 물고기 튀어 오르는 소리를 밤이 깊어 듣는다.'는 천만년의 경책이다. 물고기 튀어 오르는 소리와 여강의 달 가까이 배를 대는 동작은 도무지 불가사의한 전환이다. 독자는 결구에 가서야 이별을 깨닫는다. 한벽루(寒碧樓) 제영의 하나로 전하는 사암(思菴)의 절구 제1수는 포은의 격식과 태세를 모두 빼어 닮았다. 결구의 '흰 구름, 붉게 물든 나무는 늘 보라는 가을이려오?'에 비치는 욕심은 지극한 자연애의 표현이다. 사암의 한벽루 제영은 경물을 위한 증별의 백미다.

핵심용어

포은 정몽주, 청심루 제영, 격식(格式), 절구, 전구(轉句), 증별(贈別), 자연애

Ⅰ. 문제

하나의 시구를 '明朝'라는 단어로 시작하는 구법(句法)은 흔히 인물과 인물이 서로 이별하는 자리에서 이루어지는 증별(贈別)의 부류에 쓰이고, 이것은 거의 고시나 율시의 마무리에 나오는 바였다. 이러한 시구는 또한 홀로 나오지 않고 반드시 다른 또 하나의 시구를 가져다 인과 관계의 짝으로 삼는다. 여기서 '明朝'는 원인을 말하는 시구의 말머리에 놓여서 내일에 있을 이별을 기지의 불가피한 상황으로 가정하고, 결과를 말하는 시구는 그에 따라 아울러 겪게 될 필연적 체험을 다른 또 하나의 상황으로 예상하는 방식을 보인다. 작품의 성패는 바로 그 예상하는 바의 내용 여하에 달렸다.

그런데 이러한 시구가 고시나 율시의 마무리에 나오는 때는 단순히 구법의 층위에서 시구의 말머리를 이끄는 하나의 상투적 시어로 기능하게 될 뿐이나, 그것이 특히 절구의 마무리에 나오는 때는 장법(章法)의 층위에서 작품의 전폭을 좌우하는 기축으로 기능하는 까닭에 중요성이 퍽 다르다. 여기서 '明朝'는 임박한 확정적 미래의 어떠한 사건을 들어서 문득 전절(轉折)을 이루고 이로써 시의(詩意)를 결정적 국면으로 이끄는 언어적 장치로 놓인다. 결구로 수월히 낙착할 수 있도록 도약대 구실을 하는 것이다.

안개비 자욱하게 내려서 강이 온통 어렴풋한데,
다락집 나그네가 한밤에 창을 열어젖힌다.
내일 아침, 말에 올라 진창을 밟고 갈지니,
물결에 짝 지어 나는 흰 깃 새들을 되돌아보리.

烟雨空濛渺一江, 樓中宿客夜開窓.

明朝上馬衝泥去, 回首滄波白鳥雙.[1]

청심루(淸心樓) 제영의 하나로 전하는 포은(圃隱) 정몽주(鄭夢周)의 절구 제2수는 '明朝'로 전구의 말머리를 삼은 대표적 사례다. 포은의 작품은 인물과 이별하는 자리에서 이루어지는 증별의 관습을 아주 벗어나 비로소 자연의 경물과 이별하는 아쉬움을 읊조린 점에서 종래의 격식(格式)을 가져다 쓰고도 오히려 새로운 지평을 열었다. 인물과 이별하는 아쉬움을 말하기 위하여 '明朝'로 전구의 말머리를 삼는 관습과 그 격식은 당송(唐宋)시대 이래의 중국 시가예술사에 이미 뚜렷한 자취가 있었던 바지만, 동일한 격식에 이처럼 자연의 경물과 이별하는 아쉬움을 새기는 사례는 포은의 작품이 그 효시다. 이것은 자연애의 발달을 전제로 하는 바로서 자연의 경물을 위하여 남기는 증별의 새로운 출현을 뜻한다.

경기도 여주(驪州)는 한양에서 충주(忠州)를 거쳐 영남으로 가는 수로 교통의 요지다. 포은의 작품은 일찍이 그 시판(詩板)이 청심루에 걸리게 되면서 공무로 오가는 조선의 관료 문인들을 무수한 독자층으로 두고 있었다. 따라서 차운(次韻)도 많았을 뿐만 아니라 격식을 차용한 작품은 더욱 많았다. 후자의 경우는 이것만 따로 모아도 하나의 방대한 시권을 이루니, 우선은 포은의 작품이 후대에 끼친 심층적 영향에 주목할 필요가 있겠다. '明朝'로 전구의 말머리를 삼는 증별의 관습과 그 격식의 전승 양상도 중시해야 할 문제다.

포은의 시가 작품에 대한 연구는 근래에 들어서 더욱 심화된 성과를 낳았다. 정재철(2019)과 하정승(2011)의 연구는 역대의 비평적 견해에 대한 검토를 통하여 포은의 인격적 성장과 풍격(風格)의 다채로

---

1 鄭夢周, 『圃隱先生文集』 2-21a. 「題驪興樓」 제2수.

운 변모 과정을 새롭게 조명한 성과다.[2] 김덕수(2018)의 연구는 포은의 봉사고(奉使稿)와 그 영향에 대한 역사적 비교 연구의 성과를 보였고, 이승수(2015)의 연구는 1386년 남경(南京) 사행(使行)의 경로를 좇아서 50세 포은의 발자취를 가장 미시적으로 포착하는 성과를 보였다.[3] 권성훈(2017)과 정우락(2015)의 연구는 작품의 의상(意象)에 대한 분석을 통하여 포은의 미의식을 구명하고 작품의 사상적 배경에 대한 이해를 제고한 성과다.[4]

근래의 성과는 미시적 검토와 세밀한 분석을 중시하는 것이 특징이다. 본고는 이러한 방법과 태도를 특히 시가 작품에 적용된 격식의 영역에서 추구해 보고자 한다. 격식은 일정한 관습을 전제로 형성되는 것이다. 포은의 시가 작품에 보이는 종래의 관습과 그 격식 및 그것의 전승을 대상으로 한 연구는 아직 없었다. 본고의 필요성이 여기에 있으니, 본고는 '明朝'로 전구의 말머리를 삼은 절구의 미적 본질을 구명하고 전승 양상을 고찰하는 것으로써 작성의 목표를 삼는다.

---

2 정재철, 「정도전의 포은 시 비평과 그 의미 - 포은봉사고서(圃隱奉使藁序)를 중심으로」, 『포은학연구』 제23집(포은학회, 2019); 하정승, 「역대 詩話集에 나타난 정몽주 시에 대한 비평과 그 의미」, 『포은학연구』 제7집(포은학회, 2011).

3 김덕수, 「정몽주의 사행시 연구」, 『정신문화연구』 제41권 1호(한국학중앙연구원, 2018); 이승수, 「1386년 정몽주의 南京 사행, 路程과 詩境」, 『民族文化』 제46집(한국고전번역원, 2015).

4 권성훈, 「포은 정몽주 시의 원형 상징」, 『포은학연구』 제19집(포은학회, 2017); 정우락, 「포은 정몽주 시에 나타난 공간 상상력」, 『포은학연구』 제16집(포은학회, 2015).

Ⅱ. '明朝' 전구와 증별의 관습

1. '明朝' 전구의 내력

내일은 어떠한 일이든 빤하게 내다볼 수 있을 정도로 눈앞에 임박한 확정적 미래다. 따라서 내일에 있을 어떠한 사건을 예상하여 말하는 그 언행은 좀처럼 청자의 관심을 부르기 어렵다. 그것이 유의미한 발화가 되려면 예상하여 말하는 그 사건이 비일상적 중대성을 띠거나 감정의 심각성을 띠어야 한다. '明朝'로 전구의 말머리를 삼는 절구의 격식이 대개는 절친한 누구와 이별하는 아쉬움을 말하는 데 자주 쓰였던 까닭은 여기에 있었다. '明朝'는 흔히 증별을 위하여 베푸는 관습적 표현의 말머리가 되었다. 이밖에 다음과 같은 작품은 예상하여 말하는 그 사건이 비일상적 중대성을 띠는 경우다.

갑자기 차리는 熱飯宴이 어찌 푸짐하랴?
陶翁에게는 돈을 아끼지 말라고 일러야 하겠다.
내일, 大廳 앞에 月桂樹 꽃이 피거든,
기꺼이 다시 새 술을 부어 취하도록 마셔 보자.

咄嗟熱飯豈華筵, 謂語陶翁不計錢.
明日堂前仙桂發, 更將新酒醉陶然.[5]

'明朝'의 자리에 '明日'이 놓였다. 용법은 서로 동일하다. 이것은 둔촌(遁村) 이집(李集)이 이차점(李次點)의 등과를 축하한 절구 두 수 가운데 하나다. 과거에 합격했다는 소식이 들리면 하객이 잇달아 들이

5 李集, 『遁村雜詠』 單-29b. 「賀李次點擢進士」 제1수.

닥치게 되는데, 집안에 워낙 대접할 것이 없어서 바삐 흰밥만 지어서 내어 놓는다. 고려의 습속에서 이것을 일컬어 '열반연(熱飯宴)'이라고 했었다. 창졸간에 바삐 대접하게 됨을 이르는 말이다.[6] 본문의 이른바 '도옹(陶翁)'은 도은(陶隱) 이숭인(李崇仁)을 가리킨다. 이차점은 도은의 첫째 아들이다.

오늘은 창방(唱榜)이 있었고, 내일은 은포(銀袍)에 어사화(御賜花)가 꽂힌 복두(幞頭)를 갖추고 대청 앞에 나아가 부모님께 재배할 차례다. 일생에 한번 있기도 어려운 일이니, 이래서 마시는 술을 여느 때와 비길 수는 없을 것이다. 내일의 그 광경을 예상하는 것만으로도 즐겁다. 그러나 임박한 확정적 미래를 들어서 전절을 이루는 절구의 격식에 있어서 이러한 제재는 매우 드물다. 주류를 이루는 사례는 다음과 같이 감정의 심각성을 띠고서 절친한 누구와 이별하는 아쉬움을 말하는 경우다.

내 시를 玲瓏에게 주어 노래하게 하지 마오.
내 시는 거의 다 그대와 헤어지면서 지은 것이 많았다.
내일 아침, 또 강변에서 헤어져 가면,
달은 지고 밀물은 가장 그득히 차오를 때라.

休遣玲瓏唱我詩, 我詩多是別君詞.
明朝又向江頭別, 月落潮平是去時.[7]

'明朝'로 전구의 말머리를 삼는 절구의 격식은 출발이 여기에 있었다. 원진(元稹)이 백거이(白居易)에게 말한다. 우리는 헤어짐이 하도 잦아서 그 동안 읊조린 시라야 거의 헤어진다는 말이 많았다. 그러니

6 李齊賢, 『益齋亂稿』 1-12b. 「君實兄男達中魁登司馬試」自註: "擧進士者, 多儒家子弟, 聞唱榜, 賀客沓至, 無以相待, 必旋炊白飯. 故俗呼爲熱飯宴, 言其咄嗟."
7 元稹, 『元氏長慶集』 22-1b~2a. 「重贈」.

내 시는 부디 '영롱(玲瓏)'에게 주어 노래하게 하지 마시라. '영롱(玲瓏)'은 노래를 잘하기로 유명했던 당시의 소리꾼이다.[8] 원진과 백거이는 동방(同榜)에 급제한 관계였던 데다가 시인으로서도 이른바 '元白'으로 일컫던 평생의 단짝이다. 종전에 이별할 때는 '늙어갈수록 만나면 헤어지기 어려우니, 머리털 센 우리에게 남은 날이 많지 않은 탓이라.'라고 읊었다.[9] 이번의 이별은 저러한 말조차 듣기에 서럽다.

전구의 '내일 아침, 또 강변에서 헤어져 가면'은 승구의 '헤어지면서 지은 것이 많았다.'를 순탄히 받아서 절친한 벗과 이별하는 아쉬움을 한층 더 배가하는 하는 말이다. 결구는 그렇게 또 다시 헤어져 가게 될 때의 어둑어둑한 새벽 나루터를 그렸다. 그림은 단순해 보여도, 모이기는 어렵고 헤어지기는 가빠서 애처롭게 손을 맞잡은 두 사람의 모습이 여백에 비친다. 마침내 내가 배에 오르면, 강둑에까지 한껏 부풀어 올랐던 밀물은 어느덧 썰물이 되어 천리나 밖으로 나의 배를 실어가 버리게 될 것이다.

일상의 대화처럼 어떠한 꾸밈새도 없이 소박한 언어로 이루어져 있지만, 의미는 다하지 않는 여운을 지녔다. 소박과 평담(平淡)은 원진의 작품이 가지는 특색이라고 할 만하니, 전구의 자연스러운 화법과 화제의 집중이야말로 가장 중요한 요소다. 원진의 저 전구는 그 언사(言詞)를 그대로 가져다 쓴 사례도 적잖이 있었다.[10] 하물며 그 격식은 증별의 한 가지 전형으로서 이후로 끊이지 않고 차용되어 '明朝'나 '明日'

---

8 元稹, 『元氏長慶集』 22-1b. 「重贈」 自註: "樂人商玲瓏能歌, 歌予數十詩."

9 元稹, 『元氏長慶集』 22-1b. 「贈樂天」: "莫言隣境易經過, 彼此分符欲柰何. 垂老相逢漸難別, 白頭期限各無多."

10 貢性之, 『南湖集』(元) 下-26a. 「送戎人還雲南」: "明朝又向江頭別, 客思鄉愁去住難."; 解縉, 『文毅集』(明) 6-21a. 「和山陰宋太史韻」: "明朝又向江頭別, 遙望文星隔五雲."; 黃仲昭, 『未軒文集』(明) 10-20a. 「題扇面伯牙鼓琴圖爲同年談時英賦」: "明朝又向江頭別, 安得黃金鑄子期."

로 전구의 말머리를 삼아 절친한 누구와 이별하는 아쉬움을 말하는 하나의 관습을 이룬다.

壁門 宮闕은 하늘 높이 열려,
宮庭의 옛 홰나무 꽃을 다섯 해 보는구나.
내일, 扁舟로 滄海에 가면,
다만 구름결로나 蓬萊를 보리.

壁門金闕倚天開, 五見宮花落古槐.
明日扁舟滄海去, 却從雲氣望蓬萊.[11]

예컨대 『연주시격』(聯珠詩格)은 '明日字格'을 엄연한 하나의 격식으로 세우고 4편의 절구를 선발해 두었다.[12] 여기에 예시한 유반(劉攽)의 작품은 중앙정부에 있다가 지방관이 되어 비로소 관각(館閣)을 떠나는 신하가 저절로 가지는 연군(戀君)의 뜻을 담았다. '明日字格'에 선발된 나머지 3편도 모두 인물과 이별하는 맥락에서 인사를 말하는 성질의 것이다. 대체로 헤어질 당시의 정경(情景)을 전구에 제시하고 이로써 결구의 언어에 극도로 시적 긴장을 불어넣는 구조다. 그런데 기원을 따져서 말하면, 이러한 격식은 절구에 쓰이기에 앞서 본디 고시나 율시의 마무리에 나오는 바였다.

江南은 빼어난 인물이 많으나,
風流로야 그대와 같은 이 누가 있으랴?
殷仲文이 끝내 돌아오지 않거늘,
그대가 홀로 맑은 이름을 드날리고 있구나.

11 于濟 · 蔡正孫, 『聯珠詩格』 4-10a. 「題館壁」.
12 于濟 · 蔡正孫, 『聯珠詩格』 4-10a~11b. ※유반(劉攽)의 「題館壁」, 주계방(朱繼芳)의 「送李秋堂」, 장국향(張國香)의 「遇友復別」, 조소산(趙小山)의 「餞別」 등이다.

술동이를 메고 五松山에 올라,
나지막하게 白云歌를 부른다.
中天의 달은 서녘으로 기울어,
萬里 밖으로 아득히 지난다.
술잔을 쥐고 저 달을 아깝게 여기니,
이렇게 좋은 때를 놓칠까 저어하는 것이라.
내일, 헤어져 가면,
산봉우리만 드높이 이어져 빼곡하겠지.

秀色發江左, 風流奈若何.
仲文了不還, 獨立揚淸波.
載酒五松山, 頹然白云歌.
中天度落月, 萬里遙相過.
撫酒惜此月, 流光畏蹉跎.
明日別離去, 連峰郁嵯峨.[13]

이것은 고시에 사용된 구법의 한 사례다. 말구의 '내일, 헤어져 가면'에 나오는 '明日'은 은숙(殷淑)이라는 벗의 재모와 풍류를 더할 나위 없이 찬양하고 그와 더불어 서녘으로 기우는 달을 아깝게 여기는 이유를 드디어 말하는 곡필(曲筆)의 종착점이다. 초구에서 말구에 이르기까지 점차로 시구를 적층하여 오는 가운데 '明日'에 이르면 저절로 가라앉을 만큼 무겁게 석별의 감정이 팽배한다. 그대와 나의 헤어져 떨어진 거리에는 산봉우리만 드높이 이어져 빼곡할 것이다. 천지간에 이 얼마나 아득한 일인가?

즐거움이 가없되 머리털 셈을 슬퍼하고,
更點 늘어갈수록 촛불 붉음을 아낀다.

13 李白, 『李太白文集』 15-6b. 「五松山送殷淑」.

만남을 서로 이어가기 어려우니,
헤어짐을 말하기 바삐 말지어다.
오로지 銀河水 기울까 저어할 뿐이니,
어찌 술잔 비우기를 말랴?
내일 아침, 세상사에 이끌려,
눈물 뿌리고 저마다 흩어져 가리라.

樂極傷頭白, 更長愛燭紅.
相逢難袞袞, 告別莫忽忽.
但恐天河落, 寧辭酒盞空.
明朝牽世務, 揮淚各西東.[14]

이것은 율시에 사용된 사례다. 고시에 사용된 사례와 마찬가지로 '내일 아침, 세상사에 이끌려'에 나오는 '明朝'는 적층하는 정경의 종착점 구실을 하는 용도일 뿐이지 작품의 전폭을 좌우하는 요소가 아니다. 그러나 '明朝'나 '明日'이 전편의 마무리에 놓여서 절친한 누구와 이별하는 아쉬움을 말하는 하나의 격식을 이루고 있는 점은 주목할 만하다. 만약에 이것을 절구에 적용하게 되면 절구의 구조적 특성에 따라 그 기능이 작품의 전폭을 좌우하는 쪽으로 크게 바뀐다.

2. '明朝' 전구의 미적 본질

절구의 장법은 제3구를 주축으로 삼는다. 절구의 제3구는 율시라면 경련(頸聯)에 해당하는 기능을 맡는다. 따라서 '明朝'나 '明日'이 율시의 말구에 놓이는 경우와 절구의 제3구에 놓이는 경우는 기능이 서로 다르니, 절구의 제3구에 놓이는 경우는 임박한 확정적 미래의 어떠한

14 杜甫, 『杜詩詳註』 6-36a. 「酬孟雲卿」.

사건을 들어서 문득 전절을 이루고 이로써 종전의 시의를 한층 진일보시키거나 전혀 의외의 방향으로 전환시킨다. 양재(楊載)의 다음과 같은 주장은 절구의 제3구에 부여된 기능의 중요성을 강조한 것이다.

> 絕句의 법식은 마땅히 굽어서 구르고 돌아들어 오가며, 繁蕪한 것을 깎아내고 簡略한 데로 나아가며, 어구는 끊어져도 의미는 끊어지지 아니하며, 거의가 제3구를 주축으로 삼아 제4구에서 情思를 드러내는 것이다. [寫景으로] 實接하기도 하고, [抒情으로] 虛接하기도 하니,[15] 承接하는 가운데 展開하거나 收合함이 서로 關係하고, 反面으로 치닫거나 正面으로 이어감이 서로 依據하고, 順接하거나 逆接함이 서로 對應하고, 한번은 내쉬고 한번은 들이켜, 宮商이 저절로 어울리게 된다. 대체로 起·承 2구는 본디 어렵기는 하지만, [원칙은] 平易하고 直率하게 시작하는 것을 아름답게 여기고, 느긋하게 이어받는 것을 올바르게 여기는 데 지나지 않는다. 婉轉하여 變化하는 工作은 오로지 제3구에 달려 있으니, 여기서 轉變을 잘하면 제4구는 물의 흐름을 탄 배와 같아지게 된다.[16]

절구는 대체로 평이(平易)하고 직솔(直率)하게 시작하여 순탄하게 이어받되 제3구의 완전(婉轉)하여 변화(變化)하는 과정이 반드시 요구된다고 하였다. 예컨대 앞에서 읽었던 원진의 절구는 '헤어지면서 지은 것이 많았다.'라는 시의를 '내일 아침, 또 강변에서 헤어져 가면'으로 받아서 한층 진일보시킨 경우에 속하고, 유반의 절구는 '옛 홰나무 꽃을 다섯 해 보는구나.'라는 시의를 '내일, 편주(扁舟)로 창해(滄海)에

15 林正三,『詩學概要』(臺北: 廣文書局, 1998), 95頁.「第5章 : 章法(結構)」: "景爲實, 情爲虛, 前實者後虛, 前虛者後實. 俱實者板滯, 俱虛者浮滑. 若專寫情或專寫景, 則難收生動空靈之致, 與淵永超邁之妙."

16 楊載,『詩法家數』: 何文煥,『歷代詩話』, 中華書局, 2009. 732頁. "絕句之法, 要婉曲回環, 刪蕪就簡, 句絕而意不絕, 多以第三句爲主, 而第四句發之. 有實接, 有虛接, 承接之間, 開與合相關, 反與正相依, 順與逆相應, 一呼一吸, 宮商自諧. 大抵起承二句固難, 然不過平直敍起爲佳, 從容承之爲是. 至如宛轉變化工夫, 全在第三句, 若于此轉變得好, 則第四句如順流之舟矣."

가면'으로 바꾸어 문득 반대로 전환시킨 경우다. 다음과 같은 작품도 그러한 절구의 장법을 능숙히 발휘한 사례다.

못물은 고요하고 물안개는 어둑어둑한데,
머리맡으로 물고기 튀어 오르는 소리를 밤이 깊어 듣는다.
내일 밤, 驪江의 달 가까이 배를 대거든,
竹嶺에 가로막혀 그대 뵈지 않으리.

池面沈沈水氣昏, 枕邊魚擲夜深聞.
明宵泊近驪江月, 竹嶺橫天不見君.[17]

'明朝'의 자리에 '明宵'가 놓였다. 용법은 또한 동일하다. 이것은 망헌(忘軒) 이주(李胄)가 충주 관아의 객사 자경당(自警堂)에 자면서 함께 묵었던 벗과 이별하는 아쉬움을 읊조린 절구다. 승구의 '머리맡으로 물고기 튀어 오르는 소리를 밤이 깊어 듣는다.'는 한밤의 생동하는 기운을 천만년에 전하는 경책(警策)이다. 기구의 고요하고 어두운 분위기 속으로 비수처럼 질러 넣는 것이라 더욱 탁월한 솜씨다. 한밤이 되도록 잠을 못 이루고 있어서 퍼덕 하는 그 소리가 한껏 크게 들린다. 그렇게 잠을 못 이루는 사유는 전구에 담겼다. 전구는 내일의 여정을 갑자기 끊어다 붙인다. 물고기 튀어 오르는 소리와 여강의 달 가까이 배를 대는 동작은 도무지 불가사의한 의외의 전환이다. 독자는 결구에 가서야 비로소 그러한 여정이 곧 이별인 줄을 깨닫게 된다.

전구는 또한 '明朝'의 임박한 정도를 조금 늦추어 하루 동안의 시간적 거리를 두었다. 결구는 이로써 헤어질 당시의 서글픈 정경을 그 사이에 저절로 함축하는 뿐만 아니라 두 사람의 여정의 격차를 판이하

17 李胄,『忘軒遺稿』單-9b.「傷別」.

게 대비하는 효과를 얻는다. 수로에 있는 나는 여강의 달밤으로 가지만, 육로에 있는 그는 캄캄히 죽령을 넘어 영남으로 발길을 돌린다. 일찍이 서애(西厓) 유성룡(柳成龍)은 이 작품을 가리켜 '시어가 자못 자연스럽고 청원(淸遠)한 운치를 지닌다. 배워서 미칠 바가 아니다.'라고 하였다.[18] 격식의 제약을 무난히 뛰어넘어 천연(天然)의 경지에 도달해 있다는 것이다. 인물과 이별하는 맥락에서 이루어진 증별의 압권이다.

> 눈밭을 걸어서 樓臺에 올라와 주니 달이 외롭지 않겠고,
> 方丈山에 학을 타고 날아온 듯 옷깃을 나부끼고 섰겠지.
> 내일 아침, 해 뜨면 세상사에 휩쓸려,
> 어젯밤 또 하나의 나는 그저 어렴풋하리.
>
> 踏雪登臺月不孤, 飄如乘鶴到方壺.
> 明朝日出隨人事, 怳若前宵別一吾.[19]

'明朝'로 전구의 말머리를 삼는 격식의 전형적 사례다. 전구의 '내일 아침, 해 뜨면 세상사에 휩쓸려'는 두보의 '내일 아침, 세상사에 이끌려'를 차용한 것이다. 그러나 그 시의는 절구의 장법을 따라 반전(反轉)의 의미를 살렸다. 승구와 전구가 선계(仙界)에서 속계(俗界)로의 전환을 보이니, 두보의 시에서는 볼 수 없었던 경계의 변화다. 결구는 겉으로 보기에는 증별을 위하여 베푸는 언사가 아닌 듯싶다. 세상사에 휩쓸려 가는 아침의 내가 달밤에 옷깃을 나부끼고 누대에 서 있던 어젯밤의 나를 그저 어렴풋하게 여긴다고 했으니, 자연의 경물 가운

---

18 柳成龍, 『西厓先生文集』 15-26a. 「詩意」: "李胄題忠州自警堂詩, 池面沈沈水氣昏, 夜深魚躑枕邊聞, 明宵泊近驪江月, 竹嶺橫天不見君, 語頗自然而有遠致, 非他人學詩所及也."
19 李滉, 『退溪先生文集』 4-9a. 「次韻金士純踏雪乘月登天淵臺」 제4수.

데 있던 자아를 스스로 아쉽게 떠나보내는 그 간격을 읊었을 뿐이다. 그러니 굳이 이별이라고 할 만한 사건이 아니다. 더욱이 이것은 타인의 경험을 미루어 그의 직면한 심사를 넌지시 헤아려 말하는 어투다. 그런데 작시의 배경을 자세히 살피면, 완곡한 언사에 담겼을 뿐이지 실제로 이것은 증별을 위하여 베푸는 바였다.

1565년 11월, 학봉(鶴峯) 김성일(金誠一)은 그의 셋째 형 김명일(金明一)을 모시고 계상(溪上)으로 퇴계(退溪) 이황(李滉)을 찾아뵈었다. 이보다 먼저 와 있던 추연(秋淵) 우성전(禹性傳) 등과 더불어 계남(溪南)에 머물며 공부할 요량이었다. 12월 13일, 이들은 대낮처럼 밝은 달밤을 맞아 도산(陶山)의 천연대(天淵臺)에 오른다. 강폭을 모두 뒤덮은 눈이 가없이 펼쳐져 있었다. 12월 27일, 청량산(淸涼山)에서 공부하고 있었던 둘째 형 김수일(金守一)이 퇴계를 찾아뵈었다. 형제들 셋을 데리러 그의 본가에서도 머슴과 말이 왔었다. 성균관 유학을 시키려는 부모의 부름이었다.[20]

퇴계는 당시에 저들이 읊었던 시부(詩賦)를 차운하여 다섯 수나 되는 절구를 지었다. 여기서 제4수는 '明朝'로 전구의 말머리를 삼아 덧없이 후학을 떠나보내게 되는 아쉬움을 덤덤히 털어 놓았다. 학봉은 이것을 받아들고는 형들과 달리 그대로 홀로 계남에 남아 제야(除夜)를 보내고 또 신년(新年)을 맞고 있었다.[21] 세상사에 휩쓸려 어쩌다 과장(科場)에도 나가고 벼슬길에도 나가고 했지만, 학봉은 그렇게 달밤

---

20 金明一, 『聯芳世稿』 4-26b. 「溪山日錄」: "嘉靖四十四年乙丑十一月日, 同諸友進溪上謁先生. 先生briefly度稍復, 慶幸慶幸. 禹性傳景善已來寓矣. … 十三日, 汾川金文卿送酒. 是夜月色如晝, 與諸友步出天淵臺, 滿江氷雪一望無際. 下臺踏雪, 興極而反. … 二十七日, 朝, 仲氏自淸涼進謁先生. 家奴以親命牽馬來. 蓋將使之西遊太學也. 不得已拜辭函丈, 食後與仲氏偕行, 士純獨留, 不能無黯然之情."

21 李栽, 『鶴峯先生文集附錄』 1-4a~4b. 「年譜」: "四十四年乙丑: 二月, 遊大學. … 九月, 欲廢擧從所好, 書稟于退溪先生. … 冬, 同雲巖公講業于陶山. - 雲巖歲暮歸覲, 先生仍留守歲."

에 옷깃을 나부끼고 누대에 서 있던 어젯밤의 나와는 끝내 헤어지지 않았다.

'明朝'를 전편의 마무리에 놓아서 절친한 누구와 이별하는 아쉬움을 말하는 관습은 고시와 율시 및 절구에 두루 나타나고 있지만, 절구에서는 그것이 제3구의 전절을 이루는 기축이 되는 점에서 고시나 율시에 쓰이는 경우에 비해서 더욱 적극적 기능을 지닌다. 그것은 전환과 집중의 효과다. 망헌의 절구와 같이 기구와 승구를 벗어나 결구에 이르는 의미의 자연스러운 비약을 가능하게 하거나 퇴계의 절구와 같이 작품의 결구에 언어적 긴장을 불어넣는 효과는 특히 제3구의 전환에 따른 화제의 집중에서 나온다. 절구의 이러한 관습과 그 격식은 당송시대 이래로 이미 전형적 면모를 보였고, 우리의 시가예술사를 보아도 고려말기 제가의 절구에 하나의 장법으로서 흔히 등장하고 있었다. 그러면 이제 그 다양한 전승 양상을 고찰해 보기로 하겠다.

Ⅲ. '明朝' 전구의 전승 양상

1. 인물을 위한 증별

포은의 청심루 제영은 '明朝'로 전구의 말머리를 삼는 절구의 격식을 뚜렷한 하나의 장법으로 정착시켜 주었다. 더욱이 포은의 저 제영은 인물과 이별하는 자리에서 이루어지는 증별의 관습을 벗어나 비로소 자연의 경물과 이별하는 아쉬움을 말하는 지평을 새롭게 열어 보였다. 경물을 위한 증별이 여기서 비로소 시작된 것이다. 이후로 그 격식을 차용한 작품이 다양한 면모를 띠고 거듭 등장하게 되는데, 절대적 다수는 당연히 7언 절구의 형태다. 5언 절구는 매우 드물다. 다음의 표는 〈한국문집총간〉 정편 664종 문집에서 '明朝'로 전구의 말머리를 삼은 7언 절구를 모두 조사한 결과다. '明日' · '明宵'를 사용한 사례도 아울러 뽑았다.

구분	대상	明朝	明日	明宵	합계	
이별	인물	78	39	2	119	145
	경물	18	8	0	26	
회합	인물	25	8	1	34	73
	경물	25	12	2	39	
합계		146	67	5	218	218

포은과 같이 '窻'[牕|窓]과 '雙'을 운자로 사용한 역대의 7언 절구는 74수에 이르고 있지만, 차운을 공식적으로 표방한 작품은 오직 19수에 지나지 않는다. 차운은 그야말로 원운(原韻)에 주어진 소리를 똑같이 밟아 나가는 것이나, 의미가 또한 원작과 더불어 짝이 되어야 진정한 것으로 여겼다. 그러나 성공한 사례는 매우 드물고, 대개는 피상적 화운(和韻)에 그친다. 격식의 차용도 그렇다. 원작과 비슷한 골격(骨格)을 하고도 자가의 독특한 기질적 개성을 갖추어 자립한 작품은 더욱 드물다. 그런데 따지고 보면 격식을 차용한 자취는 오히려 차운에 비해서 훨씬 더 많았다.

포은의 격식을 차용한 7언 절구는 130명의 작자에 걸쳐서 218수에 이른다. 여기서 이별하는 아쉬움을 말하는 작품은 145수로서 회합하는 설렘이나 그 기다림을 말하는 작품의 곱절에 이른다. 그런가 하면 전구에 '明朝'를 사용한 작품이 146수로서 전구에 '明日' · '明宵'를 사용한 작품의 곱절에 넘는다. 이러한 반면에 5언 절구는 26명의 작자에 걸쳐서 겨우 29수에 지나지 않으며, 격식도 '明日' · '明宵'를 사용한 경우는 저마다 3수에 그친다. 따라서 격식을 대표하는 형태는 '明朝'를 사용한 7언 절구라고 할 만하다. 격식의 용도는 대체로 이별하는 아쉬움을 말하는 데 있었다.

5언과 7언을 막론하고 절구로서 '明朝'나 '明日' · '明宵'로 전구의 말머리를 삼아 이별하는 아쉬움을 말하는 작품은 이별의 대상과 맥락 및 결구의 취지와 내용 등에 따라 크게 네 가지 갈래로 나뉜다. 첫째, 인물과 이별하는 맥락에서 인사를 말하는 갈래다. 둘째, 또한 인물과 이별하는 맥락에서 다만 경물을 말하는 갈래다. 셋째, 경물과 이별하는 맥락에서 인사를 말하는 갈래다. 넷째, 또한 경물과 이별하는 맥락에서 다시 경물을 말하는 갈래다. 맥락은 작시의 상황에 따라 달라서 임의로 할 수 없지만, 인사를 말하고 경물을 말하는 그 내용은 시인의 성향과 감정의 역량에 따라 바뀐다.

절에서 술상을 다 차리고 또 닭조차 잡으니,
저물녘 구름이 먼 산자락 밑을 가린다.
내일 아침, 헤어지는 근심을 어디서 달래나?
서녘으로 흐르는 한 줄기 물길을 끝없이 바라볼 뿐이지.

蕭寺杯盤且割鷄, 夜雲遮敎遠山低.
明朝別恨知何處, 目斷黃塵一水西.[22]

衛玠의 淸談과 謝朓의 시,
오늘밤 그 둘을 아울러 들을 줄 어찌 미리 알았으랴?
내일 아침, 沙峴의 서쪽 돌아가는 길,
산길의 들꽃 가지가지마다 이슬에 젖었으리.

22 奇大升, 『高峯先生續集』 1-52a. 「同通判城主宿樂菴用城主韻」.

衛玠淸談謝朓詩, 今宵幷聽豈前期.
明朝沙峴西歸路, 露濕山花萬萬枝.[23]

인물과 이별하는 맥락에서 인사를 말하는 작품은 가장 흔히 보인다. 인사를 말하지 않고 다만 경물을 말하는 작품은 곧 전자의 변형에 속하는 바로서 사물의 정황을 들어서 인정을 대체한 것이다. 그러나 인정의 깊은 것은 사물의 정황만 가지고 대체할 수 없으니, 예컨대 고봉(高峯) 기대승(奇大升)의 '서녘으로 흐르는 한 줄기 물길'은 거기서 말을 다 마치지 못하고 아득히 사라져가는 그 사람을 끝없이 바라보고 서 있는 정경이 잇달아 나온다. 이것과 백곡(柏谷) 김득신(金得臣)의 '이슬에 젖은 들꽃'은 감정의 깊고 옅음이 저절로 나뉜다. 위개(衛玠)와 같은 미남자의 담박한 언사와 사조(謝朓)와 같이 빼어난 시를 경애하되, 그와 헤어지는 섭섭함은 첫 만남의 설렘에서 마디게 흘러나오던 것이다.

안사람 떠나보내고 가슴에 맺힌 설움도 많은데,
혼자 야윈 얼굴로 하늘가 멀리 변방에 와 있구나.
내일 아침, 집집마다 팥죽을 먹으련만,
집조차 떠난 홀아비 노릇은 차마 못할 일이라.

莊叟盆歌結恨賒, 一身憔悴在天涯.
明朝豆粥家家有, 叵耐無家更別家.[24]

이것은 서계(西溪) 박세당(朴世堂)의 시인데, 임박한 이별의 아쉬움을 말하고 있지 않다는 점에서 여타의 작품과 다른 특색을 지닌다. 증별을 위하여 베푸는 언사가 아니라 처절한 술회다. 이별은 몇 개월 이

23 金得臣, 『柏谷先祖詩集』 2-32b. 「偶吟贈人」.
24 朴世堂, 『西溪先生集』 1-19a. 「小至」.

전에 있었다. 1666년 5월, 서계는 서른여덟의 나이로 첫째 부인 남씨(南氏)를 잃는다. 평생의 벗 약천(藥泉) 남구만(南九萬)의 손위 누이다. 머잖은 8월, 서계는 함경북도 병마평사(兵馬評事)가 되어 길을 나선다. 경성(鏡城)에 당도한 것은 10월 어느 날의 일이다.[25] 그렇게 그 해의 동지(冬至)를 맞아 먼 변방에 홀로 놓여 있자니, 팥죽을 쑤어 문설주며 벽에 뿌리는 하찮은 풍습도 소홀히 보이지 않는다.

전구의 '내일 아침, 집집마다 팥죽을 먹으련만'은 가족과 식솔을 먹이고 입히는 일상의 수고가 전혀 안사람에게 달려 있었던 사정을 상기시킨다. 엊그제 이별인 듯 설움이 갑자기 쏟아진다. 새해를 혼자 맞자니 그 더욱 쓸쓸하다. 이듬해 4월, 수찬(修撰)이 되어 서울로 돌아오지만, 서계는 이후로 어쩐지 벼슬살이에 흥미를 잃고 그 사람을 땅에 파묻은 수락산(水落山) 석천동(石泉洞)으로 들어가 움츠리고 앉기를 거듭한다. 반생을 겨우 지나는 즈음에, 서계는 거기서 이미 평생을 늙고 있었다.

서계의 이 작품은 '明朝'로 전구의 말머리를 삼는 절구의 장법이 생전의 이별만 아니라 다시는 없을 사별(死別)을 두고도 적용될 수 있음을 보여 준다. 그러나 이러한 작품은 인물을 위한 증별에 있어서 하나의 예외적 사례일 뿐이고, 주류는 앞에서 읽었던 망헌의 절구나 고봉의 절구와 같이 한 개인이 자신의 생애를 두고 절친한 누구와 살아서 이별하는 가운데 마련된 증별의 부류다. 다음과 같은 송강(松江) 정철(鄭澈)의 작품도 그와 유사한 형태를 보인다. 이것은 인물과 이별하는 맥락에서 다만 경물을 말하는 갈래에 속한다.

---

25 朴世堂, 『西溪先生集』 附錄 22-9b. 「年譜」: "丙午, 先生三十八歲. … 五月, 哭夫人南氏. - 卜葬于水落山西麓長者谷. 先生愛其泉石之勝, 名其洞曰石泉, 遂有卜居之意. - 八月, 拜咸鏡北道兵馬評事. 十月赴鏡城, 紀行有北征錄."

울적한 심정을 술로 적시니 근심은 곧 사라지고,
백년 묵은 田地가 눈앞에 가지런하다.
내일 아침, 돛을 걸고 南川 물은 불어 오를 제,
아득히 멀리 안개 자욱한 물낯에 하늘빛 맑으리.

酒入愁腸已破城, 百年田地眼前平.
明朝掛席南川漲, 天外煙波霽色明.[26]

송강은 자신의 큰딸을 임길수(林吉秀)의 큰며느리로 보냈다. 그러니 이 시를 이별의 정표로 받는 임길수는 송강과 더불어 가장 허물이 없이 막역한 사이라고 하겠다. 송강의 이 시는 그가 양사(兩司)의 논척을 받아 체직된 뒤에 전라도 창평(昌平)으로 두 번째 낙향을 했다가 두어 해를 보내고 다시 경기도 고양(高陽)으로 돌아올 즈음의 소작인 듯싶다. 임길수는 당시에 간소한 이별을 꾀하고자 했으나, 송강은 그것을 꾸짖어 말린다.[27] 제대로 된 전별(餞別)은 아니라도 모름지기 술 한 잔은 나누고 헤어져야 송강의 평소라고 할 수 있었다.

전구의 '내일 아침, 돛을 걸고 남천(南川) 물은 불어 오를 제'는 앞에서 읽었던 원진의 절구에서 그 제3구와 제4구의 의경을 하나의 시구에 아울러 차용한 것이라고 할 만하다. 원진의 결구는 헤어질 당시의 정경에 표현이 집중되어 이별하는 아쉬움을 말하는 것으로 그친다. 송강의 결구는 그와 달리 기구에 보이는 현실적 고뇌를 타파하고 새롭게 맞이할 미래의 평안을 희구하는 기색이 뚜렷해 보인다. 그러다 보니 새로운 출발에 거는 기대가 석별의 의미를 적잖이 가리게 되었다.

---

26 鄭澈, 『松江續集』 1-11b. 「又贈士久」.
27 鄭澈, 『松江續集』 1-11b. 「高興倅林士久, 欲於本縣相別, 詩以讓之」: "湖外難逢自遠朋, 白頭輕別怨高興. 津亭南望蓬瀛近, 日暮扁舟擬共登."

2. 경물을 위한 증별

자연의 경물과 이별하는 맥락에서 인사를 말하고 경물을 말하는 작품은 대개가 자연에 대한 친애의 감정을 전제로 하는 부류다. 따라서 경물을 위한 증별을 마련하는 데 있어서 그 경물은 인격과 동등한 자격을 갖지 않더라도 단순한 배경의 지위를 넘어서 친교의 대상으로 중시되는 존재다. 예컨대 포은의 '물결에 짝 지어 나는 흰 깃 새들을 되돌아본다.'에 나오는 '回首'는 친애의 감정에 따르는 애착을 표현한 것인데, 얼마나 많은 사람들이 그처럼 '明朝'와 '回首'를 엮어서 전구와 결구의 말머리로 가져다 썼는지 모를 정도다.

母岳 가장 높은 봉우리 우뚝한 곳에,
쓸쓸히 와서 長松에 몸을 기댄다.
내일 아침, 다시 紅塵 속으로 가면,
푸르른 빛 겹겹이 두른 안개를 되돌아보리.

母岳嶄嶄第一峯, 我來怊悵倚長松.
明朝却入紅塵去, 回首煙霧翠幾重.[28]

이것은 양곡(陽谷) 소세양(蘇世讓)의 시인데, 포은의 작품과 더불어 장법과 구법이 완전히 동일한 사례다. 여기서 '回首'는 작시의 상황을 막론하고 전구와 결구에 나뉘어 놓이는 것이 상례이나,[29] 더러는 '明朝'와 함께 전구에 놓이는 경우도 보인다.[30] 그런데 작시의 상황은 서로

28 蘇世讓,『陽谷先生集』1-5a.「題金山寺」제10수.
29 崔演,『艮齋先生文集』4-6a.「贈竟徵禪師」: "明朝又向東華去, 回首雲巒隔軟塵."; 李慶全,『石樓遺稿』2-35b.「松廣寺贈勵仲」: "明朝一夢瑤臺路, 回首曹溪是白雲."
30 金麟厚,『河西先生全集』6-4a.「贈信應上人」: "明日紅塵回首望, 巖崖空憶雪千層."; 金得臣,『柏谷先祖詩集』冊2-46a.「送尹子昇」: "明朝沙嶺應回首, 苦覺離愁一味酸."

같아도 자연의 경물에 대한 태도는 시인에 따라 다르니, 이것은 특히 시인의 기질의 차이에 크게 말미암는 듯하다. 예컨대 삼봉(三峯) 정도전(鄭道傳)의 다음과 같은 작품을 포은의 청심루 제영에 비추어 볼 만하다.

> 朔風은 쉬익 쉭 메마른 가지를 울리고,
> 말은 지쳐 소리도 없는데 길손의 잠은 더디다.
> 내일, 또 遼海를 따라 길을 떠나면,
> 어드메 驛亭에서 새벽밥을 지을꼬?

> 朔風淅瀝吼枯枝, 馬困無聲客臥遲.
> 明日又從遼海去, 驛亭何處是晨炊.[31]

제목에 보이는 두관참(頭館站)은 의주(義州)에서 요양(遼陽)에 이르는 동안의 이른바 동팔참(東八站) 가운데 맨 마지막에 놓인 지점을 말한다. 1384년 7월, 삼봉은 포은을 주사(主使)로 삼아 명(明)나라로 가는 성절사(聖節使) 행렬의 서장관(書狀官)이 되어 처음으로 국경을 넘었다. 남경(南京)에 가려면, 요양을 들러서 다시 요하(遼河)의 하구 방향으로 내려가 개주(蓋州)와 금주(金州)를 거치고 여순(旅順)에 이르러 산동반도(山東半島) 등주(登州)로 가는 배에 오른다.[32] 그러니 삼봉은 아직 행로의 초입에 있으며, 국경을 벗어난 뒤로 겨우 1주일 거리를 달려온 셈이다.

포은의 청심루 제영에 보이는 '안개비 자욱하게 내려서 강이 온통 어렴풋하다.'나 '물결에 짝 지어 나는 흰 깃 새들을 되돌아본다.'와 같

---

31 鄭道傳, 『三峯集』 2-14a. 「頭館站夜詠」.
32 이승수, 「燕行路 중의 東八站 考」, 『한국언어문화』 제48집(한국언어문화학회, 2012), 305면 참조.

은 경물을 요동에서 기대할 수는 없다고 하여도, 삼봉의 '삭풍은 쉬익 쉭 메마른 가지를 울린다.'는 오로지 여정의 피로를 더할 뿐이지 어떠한 친애의 감정도 찾아보기 어렵다. 하물며 포은의 다경루(多景樓) 제영은 '반나절 유람에 스님을 만나 얘기를 나누다 보니, 동한로(東韓路) 8천리 돌아갈 일을 까맣게 잊었다.'라고 했었다.[33] 이것과 삼봉의 '어드메 역정에서 새벽밥을 지을꼬?'는 얼마나 다른가?

> 뉘라서 龍眠의 솜씨로 내 행색 그릴꼬?
> 푸르른 강, 안개 낀 나무들이 눈앞에 가지런하다.
> 내일 아침, 梨洲에서 닻줄을 풀면,
> 楊花津 백리 길을 하루면 가 닿으리.
>
> 誰借龍眠畫我程, 綠江煙樹望中平.
> 明朝擬解梨洲纜, 百里楊花一日行.[34]

춘천에서 서울까지 옛길로 2백리라고 했으니, 이주(梨洲)는 그것의 절반을 지나온 어느 나루터일 것이다. 1621년 8월, 상촌(象村) 신흠(申欽)은 5년여에 걸치는 유배 생활을 풀고 김포(金浦)의 옛 집으로 돌아간다. 삼봉의 삭막한 풍경에 견주면, 상촌은 화평한 풍경을 그렸다. 그러나 포은의 다정다감한 풍경에 견주면, 친애의 밀도는 훨씬 희박하다. 이것은 시인의 기질에 따라 현실 의식이 다르고, 경물에 대한 태도가 그로 말미암아 갈리는 탓이다. 포은의 정신은 현재의 역사적 시간에 결코 갇히지 않는다. 그래서 그는 아무리 다급한 지경에 놓여도 한아(閑雅)한 태세와 호방(豪放)한 풍채를 잃지 않는다.

---

33 鄭夢周, 『圃隱先生文集』 1-23b. 「多景樓贈季潭」: "登臨半日逢僧話, 忘却東韓路八千."
34 申欽, 『象村稿』 20-20a. 「辛酉夏, 蒙宥西還, 舟下京江, 適風日和暖, 篙行無滯. 十口俱載, 將棲息於金陵故山. 卽事舟中口占.」.

東西로 말을 달려 무슨 일을 이루었던고?
가을바람 부는 철에 바삐 또 南方으로 가는구나.
驪江의 하룻밤을 다락집에 묵으며,
漁夫歌 길고 짧은 소리를 자리에 누워 듣는다.

鞍馬東西底事成, 秋風汲汲又南行.
驪江一夜樓中宿, 臥聽漁歌長短聲.[35]

포은의 청심루 제영 제1수다. 공무를 띠고 바삐 남방에 가는 길이나, 포은의 심중은 또한 한가로이 낚싯대를 움켜진 신세를 닮았다. 무심히 어부의 뱃노래 소리를 자리에 누워 듣는다. 장부의 사업이 어째서 반드시 사방으로 내달리는 말안장에 앉아서만 이루어지랴? 자리를 박차고 일어나 창을 열어젖히니, 여강은 바야흐로 안개비가 자욱하다. 내일은 다시 푸른 물결에 깃을 부딪는 흰 새들을 보게 될 것이다. 그리고 이것은 물외인(物外人)의 소유다. 이러한 소유의 즐거움을 아는 이도 그였고, 진창에 말을 달리는 이도 그였다. 당면한 모든 현실적 존재는 그에게 절대적인 것이 아니다. 그러니 내달리어 가던 그 말이 곧 여기에 되돌아올 것만 같아서 기다려 봄직한 정세다.

나그네 마음이 쓸쓸하여 저절로 시름을 낳으매,
가만히 강물소리를 들으며 다락집에서 내려가지 않는다.
내일은 또 官道에 올라 떠나가리니,
흰 구름, 붉게 물든 나무는 눌 보라는 가을이려오?

客心孤迥自生愁, 坐聽江聲不下樓.
明日又登官路去, 白雲紅樹爲誰秋.[36]

---

35 鄭夢周, 『圃隱先生文集』 2-21a. 「題驪興樓」 제1수.
36 朴淳, 『思菴先生文集』 1-18a. 「淸風寒碧樓」 제1수.

한벽루(寒碧樓) 제영의 하나로 전하는 사암(思菴) 박순(朴淳)의 절구 제1수다. 내일은 또 강변의 온갖 풍치를 저대로 내버려 두고 내키지 않는 길을 가야만 하는데, 오늘과 내일이 아니면 절대로 다시 볼 수 없는 저 흰 구름과 붉게 물든 나무를 어쩐단 말인가? 누각에 가만히 앉아 듣는 강물소리는 아무리 늦추어 보아도 오늘의 이 저물녘 한 때에 지나지 않는 나의 애착의 시간을 영원히 그치지 않는 울림으로 채운다. 이윽고 모든 것은 땅거미 속으로 사라져 버리고 오로지 강물소리만 나의 소유로 남는다.

포은의 한아한 태세를 빼어 닮았다. 그런데 포은의 경우는 자연의 경물에 미련을 남기고 가까스로 떠나되, 사암의 이것은 거의 탐욕에 가깝다. 자연의 경물을 가지고 욕심을 부리니, 그래서 그 관료는 속되지 못하고 마냥 청빈한 것이다. 강산과 풍월은 먹어서 배가 부르는 것도 아니고 팔아서 돈이 되는 것도 아니다. 그러나 이것들이 아니면 사람이 야윈다. 결구의 '흰 구름, 붉게 물든 나무는 늘 보라는 가을이려오?'는 누각에 앉은 내가 주저하며 자리를 뜨지 못하는 사유다. 조금만 더 보다가 가리라 하는 의중에 지극한 자연애가 비친다.

한벽루 경내를 차지한 역대의 시판으로는 고려의 문절공(文節公) 주열(朱悅)의 7언 절구와 조선의 충암(冲庵) 김정(金淨)의 5언 율시가 가장 유명했고 차운도 가장 많았다.[37] 그러나 사암은 그것을 차운하지 않고 일찍이 여주에서 읽었던 포은의 청심루 제영 제2수의 격식을 차용했다. 자연애의 표현으로서 자연의 경물을 위하여 남기는 증별의 격식을 적극적으로 계승한 것이다. 이러한 자취는 또한 '明朝'나 '明

---

37 徐居正 · 梁誠之 等撰, 『東文選』 20-21b. 「[朱悅]清風客舍寒碧軒」: "水光澄澄鏡非鏡, 山氣藹藹烟非烟. 寒碧相凝作一縣, 清風萬古無人傳."; 金淨, 『冲庵先生集』 1-29a. 「清風寒碧樓」: "盤辟山川壯, 乾坤茲境幽. 風生萬古穴, 江撼五更樓. 虛枕宜清夏, 詩魂爽九秋. 何因脫身累, 高臥寄滄洲."

日'·'明宵'로 전구의 말머리를 삼는 절구의 격식이 여전히 유력한 용도를 지니고 있었음을 보여 준다. 사암의 한벽루 제영은 경물을 위한 증별의 백미다.

Ⅳ. 결어

포은의 청심루 제영 제2수는 '明朝'로 전구의 말머리를 삼은 절구의 대표적 사례다. 포은의 작품은 이로써 자연의 경물을 위한 증별이 처음 비롯된 점에서 새롭다. 인물을 위한 증별을 위하여 '明朝'로 전구의 말머리를 삼는 관습과 그 격식은 당송시대 이래의 중국 시가예술사에 이미 자취가 있었던 바지만, 동일한 격식에 이처럼 자연의 경물을 위한 증별을 새기는 사례는 포은의 작품이 그 효시다. 본고는 이러한 관심에서 '明朝'로 전구의 말머리를 삼은 절구의 미적 본질을 구명하고 전승 양상을 고찰하는 것으로써 작성의 목표를 삼았다.

하나의 시구를 '明朝'라는 단어로 시작하는 구법은 흔히 인물을 위한 증별에 쓰였고, 이것은 거의 고시나 율시의 마무리에 나오는 바였다. 그런데 이러한 시구가 고시나 율시의 마무리에 나오는 때는 단순히 구법의 층위에서 시구의 말머리를 이끄는 하나의 상투적 시어로 기능하게 될 뿐이나, 그것이 특히 절구의 마무리에 나오는 때는 장법의 층위에서 작품의 전폭을 좌우하는 기축으로 기능하는 까닭에 중요성이 퍽 다르다.

절구의 장법은 제3구를 주축으로 삼는다. 절구는 대체로 평이하고 직솔하게 시작하여 순탄하게 이어받되 제3구의 완전하여 변화하는 과정이 반드시 요구된다. 절구의 제3구에 놓이는 '明朝'는 임박한 확정적 미래의 어떠한 사건을 들어서 문득 전절을 이루고 이로써 종전의 시의를 한층 진일보시키거나 전혀 의외의 방향으로 전환시킨다. 전절을 이루는 기축이 되어 전환과 집중의 효과를 낳는 것이다. 기구와 승구를 벗어나 결구에 이르는 의미의 자연스러운 비약을 가능하게 하거나 작품의 결구에 언어적 긴장을 불어넣는 효과는 특히 제3구의 전환에 따른 화제의 집중에서 나온다. 이처럼 '明朝'로 전구의 말머리를 삼는 절구의 관습과 그 격식은 우리의 시가예술사를 보아도 고려 말기 제가의 절구에 하나의 장법으로서 흔히 등장하고 있었다.

'明朝'는 '明日' · '明宵'로 대체될 수 있는데, 용례의 절대적 다수는 '明朝'다. 절구로서 '明朝'나 '明日' · '明宵'로 전구의 말머리를 삼아 이별하는 아쉬움을 말하는 작품은 결구의 취지와 내용에 따라 크게 네 가지 갈래로 나뉜다. 첫째, 인물과 이별하는 맥락에서 인사를 말하는 갈래다. 둘째, 또한 인물과 이별하는 맥락에서 다만 경물을 말하는 갈래다. 셋째, 경물과 이별하는 맥락에서 인사를 말하는 갈래다. 넷째, 또한 경물과 이별하는 맥락에서 다시 경물을 말하는 갈래다.

인물과 이별하는 맥락에서 인사를 말하는 작품은 가장 흔히 보인다. 인사를 말하지 않고 다만 경물을 말하는 작품은 곧 전자의 변형에 속하는 바로서 사물의 정황을 들어서 인정을 대체한 것이다. '明朝'나 '明日' · '明宵'로 전구의 말머리를 삼는 절구의 장법은 생전의 이별만 아니라 사별을 두고도 적용될 수 있지만, 주류는 한 개인이 자신의 생애를 두고 절친한 누구와 살아서 이별하는 가운데 마련된 증별의 부류다.

예컨대 망헌의 자경당 절구는 인물을 위한 증별의 압권이다. 승구의 '머리맡으로 물고기 튀어 오르는 소리를 밤이 깊어 듣는다.'는 한밤의 생동하는 기운을 천만년에 전하는 경책이다. 기구의 고요하고 어두운 분위기 속으로 비수처럼 질러 넣는 것이라 더욱 탁월한 솜씨다. 전구는 여기에 내일의 여정을 갑자기 끊어다 붙인다. 물고기 튀어 오르는 소리와 여강의 달 가까이 배를 대는 동작은 도무지 불가사의한 의외의 전환이다. 독자는 결구에 가서야 비로소 그러한 여정이 곧 이별인 줄을 깨닫게 된다. 장법의 능수라고 할 만하다.

자연의 경물과 이별하는 맥락에서 인사를 말하고 경물을 말하는 작품은 대개가 자연에 대한 친애의 감정을 전제로 하는 부류다. 따라서 경물을 위한 증별을 마련하는 데 있어서 그 경물은 인격과 동등한 자격을 갖지 않더라도 단순한 배경의 지위를 넘어서 친교의 대상으로 중시되는 존재다. 그런데 자연의 경물에 대한 태도는 시인에 따라 다르니, 시인의 기질에 따라 현실 의식이 다르고, 경물에 대한 태도가 그로 말미암아 갈리는 탓이다.

한벽루 제영의 하나로 전하는 사암의 절구 제1수는 포은의 격식을 차용했을 뿐만 아니라 한아한 태세에 이르기까지 모두 빼어 닮았다. 그런데 포은의 경우는 자연의 경물에 미련을 남기고 가까스로 떠나되, 사암은 거의 탐욕에 가까운 욕심을 부린다. 강산과 풍월은 먹어서 배가 부르는 것도 아니고 팔아서 돈이 되는 것도 아니다. 그러나 이것들이 아니면 사람이 야윈다. 사암의 욕심은 곧 지극한 자연애의 표현으로서 자연의 경물을 위하여 남기는 증별의 격식이 여전히 유력한 용도를 발휘하게 되었던 사유다. 사암의 한벽루 제영은 경물을 위한 증별의 백미다.

포은학연구 제26집(포은학회, 2020): 173-201면

06

정철의 단가 "새원 원쥐 되여" 연작의 배경

본문개요

정철(鄭澈)의 「새원가」 연작 총3수에 관한 기존의 평설과 그 견해는 단순히 그 제작 배경에 관한 연구를 소홀히 한 데서 비롯된 뜻밖의 오해가 적지 않았다. 예컨대 「새원가」 제1장의 "人事"를 간단히 '절'[答禮]로 해석하거나 "원쥐"를 '원님'으로 해석하거나 한 것은 매우 부당한 오해다. 본고는 이러한 이유에서 정철의 「새원가」 연작 총3수를 적절히 이해하는 데 필요한 몇 가지 정황을 논구해 보았다.

정철은 「새원가」 제2장을 이수(李銖)의 옥사에 불만을 품고 사직한 직후의 1579년 그의 44세 여름에 고양에서 지었고, 이것은 「새원가」 제1장이 또한 당연히 이 기간에 지어진 것임을 뜻한다. 그러나 「새원가」 제3장은 언어의 기색이 조금 다르니, 이것은 정객(政客)의 방문을 사절하는 기색이 뚜렷한 점에서 심의겸(沈義謙)의 당파로 몰려서 파직된 직후의 1585년 그의 50세 9월 전후에 지어진 것으로 보인다.

고양의 신원(新院)은 일찍이 나라에서 공식적으로 전토를 베풀어 원주(院主)를 배치한 적이 없었다. 정철이 몸소 원주를 자처하게 된 이유가 여기에 있었다. 정철이 맞이한 나그네는 갖가지 인생사를 위하여 겨우 두어 말에 지나지 않는 양식을 가지고 일생에 마지못할 길을 떠나온 사람들이기 쉬웠다. 정철의 「새원가」 제1장에 나오는 "人事도 하도 할샤"는 이러한 왕래를 애처롭게 여기는 탄식의 하나다.

핵심용어

정철, 새원가, 배경, 원(院), 원주(院主)

Ⅰ. 서론

가사의 제1구가 "새원 원쥐 되여"로 시작하는 정철(鄭澈)의 단가 총 3수는 『송강가사』(松江歌辭)의 여러 판본에 모두 동일한 순서로 등재되어 있으며, 판본에 따른 본문의 차이도 거의 보이지 않는다.[1] 따라서 『송강가사』를 간행한 이들은 모두 "새원 원쥐 되여"로 시작하는 정철의 단가 총3수를 본디 연작(聯作)의 하나로 보았던 듯싶다. 본고는 이것을 한데 아울러 「새원가」라고 부르기로 하겠다.

새원 원쥐 되여,
녈손님 디내옵ᄂᆡ.
가거니, 오거니, 人事도 하도 할샤.
안자셔
보노라 ᄒᆞ니, 슈고로와 ᄒᆞ노라.[2]

「새원가」는 새원이라는 지명과 원주라는 소임이 언급되어 있는 까닭에 여타의 단가에 비하여 그 제작 배경을 좀더 자세히 파악할 수 있을 것이다. 그러나 기존의 평설을 두루 참조해 보건대 단순히 그 제작 배경에 관한 연구를 소홀히 한 데서 비롯된 뜻밖의 오해가 적지 않았다. 예컨대 「새원가」 제1장에 주어진 다음과 같은 평설은 작품에 대한 애호가 오히려 사실 관계를 벗어난 데서 비롯된 듯하여 아쉽다.

詩的 洗鍊味가 없다. 무심코 혼자 지꺼리는 말 같기도 하다. 그런 속에

1 우리가 오늘날 성주본(星州本)이라고 부르는 판본은 다만 한자와 독음을 아울러 새긴 것이 여타의 판본과 다르다. 이밖에 『송강단가』의 여러 판본에 관한 정보는 김문기(1989)의 논문을 참고하기 바란다. 金文基, 「松江 · 蘆溪 · 孤山의 歌集 板本 및 册板 研究」, 『국어교육연구』 제21집(국어교육학회, 1989), 1~49면.

2 鄭澈, 『松江歌辭』(星州本) 下-8b~9a.

> 서 「슈고로와 ᄒᆞ노라」의 한마디에서 行人의 인사를 未安히 여기는 人情이 저절로 울어나고, 그 마음의 꾸밈새 없음이 흐뭇하기만 하다. 맨머리에 삼베옷을 걸친 院主가 허리를 꾸벅거리며 절을 받고 있는 모습이 「안자셔 보노라」에서 텁텁하게 떠오른다. 이것이 이 작품의 「은근」이다. 樸은 어찌 太古의 無時間性 속에서만 꾸며지리오. 주고 받는 말 한마디, 그 속에 實存하기도 한다.[3]

> 삼문을 지나는 길에 멀찍이 동헌에 앉아 있는 원님을 알아차리고 저마다 머리를 꾸벅이는 백성들이 어찌나 고마운지, 그들을 조금이라도 소홀찮게 대하려고 거듭 고개를 끄덕이며 허리를 굽히는 원님의 태도가 엿보이면서, 기껏해야 "人事"의 많은 것을 가지고 수고롭기까지 했던 인정의 순박한 것과 풍도의 소탈한 것이 여실하게 드러난다.[4]

최진원과 김태환의 평설은 모두 「새원가」 제1장의 "人事"를 간단히 '절'[答禮]로 해석하고 있는데, 이것은 온당한 견해가 아니다. 김태환의 경우는 또한 "원쥐"를 '원님'으로 해석하고 있는데, 이것은 더욱 더 부당한 한낱 오해다. 이러한 오해는 작품의 제작 배경을 면밀히 살피지 않아서 생겼다. 우선은 작품의 제작 배경에 관한 연구가 시급해 보이니, 본고는 「새원가」를 적절히 이해하는 데 필요한 몇 가지 정황을 논구해 보기로 하겠다.

Ⅱ. 고양 촌거의 사유

「새원가」에 나오는 "새원"은 조선 말기의 경기도 고양군 원당면(元

3 崔珍源, 「江湖歌道」, 『國文學과 自然』(成均館大學校出版部, 1977), 110면.
4 金泰煥, 「朝鮮時代 詩歌文學의 素朴美 硏究」, 韓國學大學院 博士學位論文(2000), 195면.

堂面)에 속하는 '新院'을 가리키는 말이다. 1863년에 완성된 『대동지지』(大東地志)는 이곳을 다만 "元堂"으로 적었고, 1911년에 집성된 『조선지지자료』(朝鮮地誌資料)는 이곳을 원당면 신원리(新院里)에 속하는 "水谷[물구리]"·"陵谷[능골]" 및 "安谷[안골]" 등으로 적었다.[5] 오늘날 경기도 고양시 원신동에 속하는 '송강마을'과 그 일대다.

정철이 그의 일생을 통하여 고양에 머물러 지내게 되었던 계기는 모두 여섯 차례에 이른다. 첫째와 둘째는 35세 4월에 겪었던 아버지 판관공(判官公) 정유침(鄭惟沈)의 별세와 38세 4월에 겪었던 어머니 공인(恭人) 죽산안씨(竹山安氏)의 별세다. 셋째는 42세 11월에 겪었던 둘째 누님 계림군부인(桂林君夫人)의 별세다. 넷째는 이수(李銖)의 옥사(獄事)에 기인한 43세 12월의 사직이다. 다섯째는 심의겸(沈義謙)의 패퇴(敗退)에 결부된 50세 8월의 파직이다. 여섯째는 54세 8월에 겪었던 첫째 아들 기명(起溟)의 별세다.

그런데 이것은 다만 정철의 거처를 고양으로 명시한 그의 문집과 연보 및 행장 등의 기록을 간추린 결과일 뿐이다. 여기에 고찰의 심도를 더하면 훨씬 더 많은 계기를 발견할 수 있을 것이다. 그러나 순편한 논의를 위하여 자료에 명시된 경우를 중심으로 이상과 같은 여섯 차례의 것만 논의에 부치기로 하겠다. 각각의 계기에 따른 촌거의 기간은 다음과 같았다.

① 1570.04~1572.06 : 부친 시묘 2년 2월, 이후 조정 복귀
② 1573.04~1575.06 : 모친 시묘 2년 2월, 이후 조정 복귀
③ 1577.11~1577.04 : 동기 장례 6월, 이후 조정 복귀
④ 1578.12~1580.01 : 사직 퇴거 1년 2월, 이후 강원 출사

---

5 金正浩,『大東地志』3-13b.「高陽」坊面; 朝鮮總督府,『朝鮮地誌資料』1-354.「高陽郡」元堂面 村里名.

⑤ 1585.09~1585.11 : 파직 퇴거 3월, 이후 호남 낙향
⑥ 1589.08~1589.10 : 자식 장례 3월, 이후 조정 복귀

여기서 시묘와 장례를 위한 기간에 있었던 정철의 일상은 결코 「새원가」를 지어 부를 만한 처지가 아니다.[6] 이러한 한사(閑事)는 단기간의 복중(服中)에 있어도 불가한 일이니, 하물며 삼년상(三年喪)의 경우는 더욱 그렇다. 따라서 「새원가」를 지어 부를 만한 정황은 이수의 옥사에 기인한 사직과 심의겸의 패퇴에 결부된 파직을 가장 유력한 계기로 가진다. 그러면 먼저 전자의 맥락을 고찰해 보기로 하겠다.

1. 1578년 9월의 동서 접전

이수의 옥사는 이미 잘 알려져 있는 바와 같이 1578년 7월 경연에 나아간 김성일(金誠一)이 조정 관인의 탐오한 풍조를 시폐로 지적하는 가운데 문득 진도군수 이수가 도성의 권귀(權貴)를 위하여 막대한 분량의 쌀을 뇌물로 바쳤다는 의혹을 제기한 데서 발단했다.[7] 당시의 대간(臺諫)은 곧바로 이수를 압송하여 심문하도록 조처하는 동시에 윤두수(尹斗壽) · 윤근수(尹根壽) 형제와 그들의 조카 윤현(尹晛)을 그 수여자로 지목했다. 동인과 서인이 여기서 격돌했다.

> 대사헌 朴大立과 대사간 李山海가 尹氏 3인의 죄악을 공격하고 적발하여 이르지 않은 곳이 없었는데, 대개는 장령 李潑이 항간에 떠도는 말을

6 종래의 견해는 「새원가」의 제작 시점을 35~40세 시묘 기간에 두거나 50세 파직 기간에 두었다. 김삼불, 『송강가사 연구』, 북한: 국립출판사, 1956. 237면; 徐首生, 「古時調의 解釋과 作品 是非」, 『語文學』 제14집(韓國語文學會, 1966), 11면.

7 李栽, 『鶴峯先生文集附錄 · 年譜』 1-9b. 「戊寅」: “七月, 以弘文館校理赴召還朝. - 時有一宰臣, 受人船運賂物. 先生於筵中, 極陳貪風大肆, 苞苴顯行. 仍啓曰, 不謂聖明之世, 有此事. 上厲聲問之, 先生卽一一歷擧.”

주워 모아 손수 초계한 것이었다. 조정이 마침내 크게 요동치게 되었고, 동인과 서인이 접전한 것이라고 여겼다.[8]

이수는 윤두수 · 윤근수 형제의 이종사촌 조카였다. 혈연이 매우 가까운 까닭에 반드시 물질이 왕래할 수밖에 없는 관계다. 그러나 이수의 옥사는 당사자와 그 증인에 대한 문초를 시작한 1578년 9월 이래로 6개월이 넘도록 혐의를 입증할 만한 증거를 전혀 찾아 내지 못했을 뿐만 아니라 증인의 자복도 받아 내지 못하고 마침내 1579년 4월 미결로 끝났다. 그러나 그 파장은 1578년 10월 서인에 속하는 윤씨 3인의 파직과 김계휘(金繼輝)의 좌천을 불렀고, 이듬해 4월 동인에 속하는 김우굉(金宇宏) · 송응개(宋應漑)의 파직을 불렀다.

오래지 않아 윤씨 3인을 서용하라는 왕명이 나왔다. 대간은 '이수의 옥사가 아직 귀결되지 않았을 뿐만 아니라 뇌물을 준 사람이 국문을 받고 있는 터에 받은 사람이 복직하게 되면 사리를 크게 잃는다.'라고 다투어 아뢰되, 공은 홀로 이수의 옥사를 원통한 것으로 여겨서 논계를 수긍하지 않았다. 드디어 이 일로 탄핵을 받아 벼슬이 갈렸다.[9]

정철은 저 옥사가 실상은 서인의 실세를 축출하기 위하여 조작한 동인의 함정에 지나지 않는 것으로 여기는 입장에 있었다. 정철은 저간의 사태에 지독한 노여움을 품은 채로 1578년 11월 대사간 벼슬을 매우 달갑잖게 받았다.[10] 이윽고 윤씨 3인의 복직을 허락하는 왕명이

8 『宣祖修正實錄』 12-15a. 「11年(1578)10月1日戊寅」: "大司憲朴大立 · 大司諫李山海, 攻訐三尹罪惡, 無所不至, 皆掌令李潑掇拾流言, 手自草啓也. 朝廷遂大撓, 目爲東西接戰."

9 宋時烈, 『松江鄭文淸公年譜』 上-17a. 「戊寅」: "未幾, 上下敍命. 臺諫以爲李銖之獄, 時未究竟, 與者方鞫, 而受者復職, 殊失事體, 爭啓, 而公獨以銖獄爲冤, 不肯論啓. 遂以是被劾而遞."

10 宋時烈, 『松江鄭文淸公年譜』 上-16b. 「戊寅」: "十一月, 除司諫院大司諫, 被劾遞. - 公憤時輩誤事, 將欲退歸, 而適有是命, 以書問去就於栗谷."

나오자, 대간은 옥사가 아직 귀결되지 않았다는 점을 들어서 왕명에 맞섰다. 정철은 여기에 홀로 반기를 들었다.

정철은 전조(銓曹)가 이미 동인의 수중에 넘어간 시점에 대사간 벼슬을 받았다. 따라서 대간의 논의를 주도할 만한 동조 세력을 끌어올 수 없었다. 정철은 철저히 고립된 지경에 내몰려, 대사간 자리에 있고도 동료의 탄핵을 면하지 못하는 낭패를 겪는다. 정철은 이후로 일체의 관직을 거듭 물리쳐 받지 않았다. 기간은 1578년 12월 대사간 벼슬을 벗어난 때부터 1580년 2월 강원도관찰사로 나가는 때까지 1년여 세월에 이른다. 그러면 이 기간에 정철은 어디에 머물러 있었던 것인가?

기존의 견해는 둘로 나뉜다. 최태호 · 박종우와 박영주는 당시에 정철이 전라도 창평에 돌아가 있었던 것으로 보았고,[11] 김진욱과 김덕진은 그가 서울에 머물러 있었던 것으로 보았다.[12] 그러나 이것은 모두 추정일 뿐이지 어떠한 근거를 들어서 입증한 궁극의 견해가 아니다. 실제로 정철의 연보나 행장을 통하여 당시의 거처를 추정할 만한 단서를 찾기는 매우 어렵다. 연보와 행장에 명시된 행적은 다만 그가 대사간 벼슬을 벗어난 때부터 강원도관찰사로 나가는 때까지 줄곧 관직에 나가지 않았다는 데서 그친다.[13]

그런데 당시의 거처를 확인할 만한 단서가 정철의 문집에 보인다.

---

11 崔台鎬, 「松江漢詩年代考」, 『牧園大學論文集』 제10집(牧園大學校, 1986), 90면; 박종우, 「松江 鄭澈의 詩世界와 政治現實」, 『漢文學報』 제4집(우리한문학회, 2001), 35면; 박영주, 「松江의 交遊詩 연구」, 『古詩歌硏究』 제18집(한국고시가문학회, 2006), 167면.

12 김진욱, 「정철 연구 (1)」, 『人文科學硏究』 제21집(조선대학교 인문과학연구소, 1999), 102면; 김덕진, 「송강 정철의 학문과 정치활동」, 『역사와 경계』 제74집(부산경남사학회, 2010), 206면.

13 宋時烈, 『松江鄭文淸公年譜』 上-18b. 「庚辰」: "正月, 除江原道觀察使. - 公自李銖獄事後, 休官不出, 至是始拜命."; 金集, 『松江別集 · 附錄』 5-5b. 「行狀」: "公自遞諫長, 連拜大司成 · 兵曹參知 · 刑曹參議, 皆不仕. 庚辰正月, 出公爲江原道觀察使, 公迺拜命."

전라도 창평에서 올라온 김성원(金成遠)과 더불어 상화한 절구 1수가 있으니, 제목을 '강숙(剛叔)이 차임되어 서울에 올라왔다가 고양 촌거를 찾아왔다.'라고 하였다. 여기서 '강숙'은 곧 김성원의 자를 적은 것이다. 당시의 거처가 제목에 밝혀져 있는 만큼 그 시점이 문제로 되는데, 이것은 김성원이 차임되어 서울에 올라왔다는 시점과 하나다.

들녘에 문득 비가 내리고,
하늘에 해는 마침 한낮이러니.
일마다 술 마실 일인데,
길이란 산이라도 어디나 막힘이 없구려.

田間雨忽至, 雲外日方中.
萬事人將醉, 千山路不窮.[14]

김성원은 1558년 사마시에 합격한 이후로 과업을 아예 버리고 처사로 지내다가 효행으로 지방관 추천을 받아 1580년 봄에 참봉 벼슬을 처음 받았다. 당시에 김성원은 북교(北郊) 제사에 차출되어 그 해의 봄을 서울에서 보냈다.[15] 정철이 말하는 김성원의 차임은 반드시 이것을 가리키는 바일 수밖에 없으니, 김성원은 이듬해 곧 금산의 제원도(濟原道) 찰방이 되어 외지로 나갔다.[16] 이후는 시기와 장소가 그 계기로 더불어 서로 어긋나게 되어 김성원이 서울에 차출되어 올라온 적이 없거나 정철이 고양에 없었다.

김성원이 이전에 정철과 마지막 헤어진 것은 정철이 그의 둘째 누

---

14 鄭澈, 『松江別集』 1-1a. 「剛叔逢差上京訪高陽村居」.
15 金成遠, 『棲霞堂遺稿』 下-4a. 「年譜 · 庚辰」: "以孝行薦除寢郎. - 時宣廟下敎詢訪諸道遺逸孝廉, 本道以公應命有是除."; 金成遠, 『棲霞堂遺稿』 上-11b. 「到彰義門, 門閉, 露坐久然後開, 到竹前洞, 寥中得一絕」 注: "時差北郊祭, 祭罷而還."
16 金成遠, 『棲霞堂遺稿』 下-4a. 「年譜 · 辛巳」: "除濟源道察訪."

님 계림군부인의 장례를 치르기 위하여 전라도 창평을 떠나던 1577년 11월 일이다. 정철은 바로 그 11월 마지막 날에 또한 인종(仁宗)의 후비 인성왕후(仁聖王后)의 상사를 만나 고관을 지낸 백민의 하나로 조정에 나갔다. 그리고 이듬해 5월 경연참찬관을 겸하는 동부승지 벼슬을 받았다. 정철은 아직도 멀쩡히 조정에 있어야 했었다. 그래서 김성원은 당시의 재회를 이렇게 읊는다.

그대가 황량한 교외에 있다고 하기에,
가랑비 속을 헤매어 찾아 왔노라.
내일 아침 산너머 멀리 헤어질 양이면,
뒤를 돌아보는 마음 어찌 다하리?

人在荒郊外, 客歸烟雨中.
明朝隔山岳, 回首意何窮.[17]

김성원이 고양으로 정철을 찾아갔던 시점은 1580년 1월 이내에 있어야 가장 마땅할 것이다. 정철이 강원도관찰사로 나가던 시점을 그의 연보와 행장은 모두 1580년 1월로 적고 있지만, 이것은 사소한 착오다. 정철의 연보와 행장 및 『선조수정실록』(宣祖修正實錄)의 저본이 되었던 이이(李珥)의 『경연일기』(經筵日記)는 그것을 2월로 적었다.[18] 『선조수정실록』도 2월로 적었다. 정철은 바로 그 2월에 찾아올 소식을 아직 모르는 채로 여전히 술에 찌든 나날을 고양에서 보내고 있었다.

17 金成遠, 『棲霞堂遺稿』 上-10a. 「同柳彦玉訪松翁于高陽村舍」.
18 李珥, 『栗谷先生全書』 30-40a. 「經筵日記」 萬曆八年庚辰 · 二月: “以鄭澈爲江原道觀察使. 澈自遞大諫之後, 休官不出, 屢辭召命, 及拜是職, 以追榮先人爲重, 乃拜命赴任.”

새원 원쥐 되여,
되롱 삿갓 메오 이고,
細雨 斜風의 一竿竹 빗기 드러,
紅蓼花
白蘋 洲渚의 오명 가명 ᄒᆞ노라.[19]

정철은 적어도 1579년 그의 44세 1년과 이듬해 1월을 꼬박 고양에 머물러 있었다. 그러니 「새원가」 제2장에 보이는 저 "紅蓼花 白蘋 洲渚"의 왕래는 당연히 이 기간에 들어 있었던 일상의 한 조각일 것이다. 여뀌는 물가에 자라는 한해살이 풀이다. 줄기의 끝에 붉거나 흰 꽃을 양력 6월부터 9월까지 피운다. 마름은 물낯에 떠서 자라는 한해살이 풀이다. 부레의 끝에 마름모꼴 잎을 가지며, 부레의 겨드랑이 쪽에 흰 꽃을 양력 7월부터 8월까지 피운다. 정철은 고양의 이러한 꽃들을 1585년 그의 50세 가을에 한 번 더 보게 되지만, 당시는 조상의 묘소에 긴박한 재해가 있어서 그것을 처리하느라 바빴다.[20] 따라서 "一竿竹 빗기 드러"를 노래할 만한 겨를이 없었다.

요컨대 정철은 「새원가」 제2장을 1579년 그의 44세 여름을 고양에서 보내는 동안에 지었다. 그리고 이것은 「새원가」 제1장이 또한 당연히 이 기간을 통하여 제작된 것임을 뜻한다. 왜냐면 "녈손님 디내옵ᄂᆡ"의 본업을 이미 이루고 나서야 "새원 원쥐 되여"를 조건으로 하는 "되롱 삿갓 메오 이고"의 한사도 비로소 가능한 까닭에 그렇다. 그러나 「새원가」 제3장은 언어의 기색이 조금 다르다. 이것은 심의겸의 패퇴에 결부된 파직의 맥락을 마저 고찰해 보아야 해명될 것이다.

---

19 鄭澈, 『松江歌辭』(星州本) 下-9a.
20 鄭澈, 『松江續集』 2-33a. 「與李魯翁- 希參 -書」: "鄙人爲先壟切迫災害, 來在高陽." ※이것은 1585년 8월 25일의 조정 소식을 듣고 난 직후에 작성한 편지다. 원당리 증조의 묘소나 신원리 부모의 묘소가 여름을 나면서 심각한 재해를 입었던 듯하다.

2. 1585년 9월의 동인 득세

정철은 돈녕부 판사로 있었던 1585년 1월 경연과 4월 경연에 나아간 김우옹(金宇顒)과 정여립(鄭汝立)의 집요한 폄척을 잇달아 받았고, 여기서 또 한 번 관직을 버리지 않을 수 없었다. 서익(徐益)의 5월 상소에 그의 퇴거 소식이 적혔고, 연보도 4월 걸퇴(乞退)를 적었다.[21] 그러나 정철이 여기서 곧 고양에 돌아가 지냈을 것으로 보기는 어렵다. 이후로 얼마 동안은 서울에 더 머물러 지내는 가운데 임금의 결정과 처분을 기다렸을 것이다.

당시에 정철의 거처가 특히 고양일 수밖에 없는 쪽으로 굳혀진 것은 누차에 걸친 동인의 탄핵에 마침내 심의겸이 파직되고 아울러 서인이 모조리 그의 당파로 몰려서 퇴출되던 1585년 9월 2일의 일이다. 심의겸은 명종(明宗)의 후비 인순왕후(仁順王后)의 아우다. 그에게 주어진 죄목은 '붕당을 만들어 국권을 마음대로 휘두르는 가운데 조정의 정령(政令)과 궁곤의 거조(擧措)를 지휘하지 않은 것이 없었다.'는 것과 '상중에 기복(起復)을 꾀했고, 아우의 아내를 독살시킨 뒤에 그것을 내지(內旨)라고 속였다.'는 것이 필두에 있었다.[22] 심의겸의 패퇴는 곧 서인의 진출과 서인의 성세가 모두 그의 손에서 나온 것이라고 생각한 동인의 득세를 뜻한다.

『선조실록』(宣祖實錄)에 따르면, 당시의 대간을 장악한 동인이 맹렬한 기세로 심의겸을 논척하고 아울러 서인을 모조리 그의 당파로

---

21 『宣祖修正實錄』 19-12b. 「18年(1585)5月1日辛未」: "義州牧使徐益上疏, 略日, … 臣伏聞, 鄭汝立於筵中, 追攻李珥, 遂及朴淳 · 鄭澈, 使不安而退去, 他人猶可也, 汝立不可也."; 宋時烈, 『松江鄭文淸公年譜』 上-39a. 「乙酉」: "四月, 公上箚陳情乞退."

22 『宣祖實錄』 19-22b. 「18年(1585)9月2日己巳」: "立黨朋比, 擅弄國柄, 外而朝廷政令, 內而宮壼擧措, 無不指揮, 縶君父之手足, 箝一世之公論. 方居嚴父之喪, 規爲起復, 毒殺母弟之妻, 冒稱內旨."

몰아서 논열시킨 것은 1585년 8월 18일의 일이다. 그리고 그 논열에서 홍성민(洪聖民)과 구봉령(具鳳齡)이 뜻밖에 누락되어 있었던 것을 이발(李潑)이 다그쳐 추계한 것은 또한 1585년 8월 25일의 일이다.[23] 다음은 저간에 정철이 이희삼(李希參)의 처소로 보낸 편지다.

> 저는 先山의 절박한 재해를 처리하는 일로 高陽에 와 있습니다. 갖가지 헐뜯는 말을 두루 얻어 듣게 되니, 時事를 개탄할 만하되, 命運인 것을 어찌하겠습니까? 涵公- 李潑 -이 도성에 들어와 다시 洪時可- 聖民의 字 -와 具景瑞- 鳳齡의 자 -를 들어서 網打할 계책을 삼았다고 하니 웃습니다. … 저는 이미 畿甸에 생계를 작정해 두기는 했으나 끼니를 잇지 못하고, 나쁘게 말하고 더럽게 꾸짖는 소리가 날마다 귀에 들리니, 오래지 않아 다시 아주 먼 곳으로 가려 합니다.[24]

정철은 이 편지를 보낼 즈음에 대간의 논척과 이발의 추계가 잇달아 탑전에 제기된 줄은 이미 알고 있어도 심의겸의 패퇴가 결정된 줄은 아직 모르고 있었다. 자신이 또한 거기에 연좌되어 함께 퇴출된 줄을 아직 모르고 있지만, 이것을 필연의 것으로 예상한 정철은 향후의 거처를 이미 결정해 두고 있었다. 연보는 그곳을 전라도 창평으로 적었다.[25]

---

23 『宣祖實錄』 18-6a. 「17年(1584)8月18日辛酉」: "兩司論靑陽君沈義謙, 前日植黨朋比, 貽禍士林, 外而朝廷政令, 內而宮壼擧措, 無不指揮."; 『宣祖實錄』 18-6b. 「17年(1584)8月25日戊辰」: "大司諫李潑入京, 肅拜後, 啓曰, … 禮曹判書洪聖民, 副提學具鳳齡, 皆是義謙之親友, 與被斥者何異, 而獨不歷數, 非事君無隱之道." ※『선조실록』은 1585년 8월 기사로 편차해야 마땅한 4건의 기사를 1584년 8월 기사로 편차했다. 예컨대 1584년 8월 25일 기사 제2항(『宣祖實錄』 18-7a.)과 1585년 8월 28일 기사 제1항(『宣祖實錄』 19-22a.)은 중복된 기사다. 후자가 바르게 편차되어 있으니, 이것은 곧 1585년 9월 2일 기사에 선행하는 사건을 기록한 것이다.

24 鄭澈, 『松江續集』 2-33a~33b. 「與李魯翁- 希參 -書」: "鄙人爲先壟切迫災害, 來在高陽. 贏得百般齒舌, 可歎時事, 天也奈何. 涵公- 謂潑 -入來之日, 更擧洪時可- 聖民字 -· 具景瑞- 鳳齡字 -, 以爲網打之計, 可笑. … 僕已定生理於圻甸, 而朝夕不繼, 惡言詈辭, 日及於耳, 不久更向稍遠處矣."

25 宋時烈, 『松江鄭文淸公年譜』 上-46a. 「乙酉」: "八月, 被兩司論斥, 書名天府. 遂退寓高陽,

그러나 끼니도 잇기 어려운 형편에 옮겨갈 비용을 당장에 마련하지는 못했을 듯싶다. 거처를 실제로 옮기는 동작은 아무리 빨라도 추수가 다 끝난 뒤에야 비로소 이루어졌을 것이다.

만리나 떠나온 秦城의 나그네,
삼년을 楚郡에 머물다.
미인은 하늘만큼 멀리 계시고,
세월은 물처럼 흘러서 간다.
麒麟閣의 榮譽는 꿈조차 그치니,
가을날의 시름을 슬피 읊노라.
장검을 가지고 몸을 막아도,
세사는 괴로이 머리에 박혀라.

萬里秦城客, 三年楚郡留.
美人天共遠, 徂歲水同流.
夢斷麒麟閣, 吟悲蟋蟀秋.
防身一長劍, 世事入搔頭.[26]

정철이 파직되어 고양에 머물러 있다가 이윽고 전라도 창평에 내려간 시점은 뚜렷이 밝히기 어렵다. 그러나 그것은 1585년 12월을 결코 넘기지 않았다. 여기에 제시한 정철의 율시는 송익필(宋翼弼)의 「숙귀학정」(宿歸鶴亭)을 차운한 것인데, 정철의 제첨(題簽)에 그 날짜를 1587년 11월 동짓날로 적었다.[27] 날짜를 이렇게 적고도 작품의 본문에

仍歸昌平."
26 鄭澈, 『松江續集』 1-28b. 「次壽翁韻」 第1首.
27 鄭澈, 『松江續集』 1-28b. 「次壽翁韻」 題簽: "丁亥至月閉關日, 蟄菴居士拜." 편집자 이선(李選)은 이 작품의 제목에 보이는 '壽翁'이라는 호를 1577년에 이미 별세한 유순선(柳順善)의 호로 주석해 두었다. 그러나 '壽翁'은 송익필(宋翼弼)의 또 다른 호다. 원운이 또한 송익필의 문집에 전한다. ※宋翼弼, 『龜峯先生集』 2-4a. 「宿歸鶴亭」 第2首. "吾友客南國, 高亭墨尚留. 孤舟無繫處, 風海憶安流. 別裏看明月, 愁邊又一秋. 浮雲連漢樹, 遙夜幾回頭."; 金

'삼년을 초군(楚郡)에 머물다.'라고 했으니, 여기서 말하는 '삼년'은 곧 1585년을 기점으로 삼아야 성립하는 햇수다.

> 새원 원쥐 되여,
> 柴扉를 고텨 닷고,
> 流水 靑山을 벗 사마 더뎟노라.
> 아희야,
> 碧蹄예 손이라커든, 날 나가다 ᄒᆞ고려.[28]

정철이 파직되어 고양에 머물러 있었던 3개월여의 기간은 이수의 옥사로 사직하여 물러나 지내던 자취를 반복하는 바였다. 이러한 이유에서 「새원가」 제3장에 나오는 "柴扉를 고텨 닷고"의 "고텨"를 중시할 만하다. 이것은 본디 개정 · 개수 및 정돈 등을 뜻하는 말이나, 일찍이 김만중(金萬重)은 이것을 재차 · 재현 및 중복 등의 뜻으로 새겼고, 종래의 주석도 대개는 '다시'의 뜻으로 풀었다.[29] 그러면 정철은 어째서 "柴扉"를 새삼스레 고쳐 닫으며 또한 "碧蹄예 손"은 결코 만나려 하지 않았던 것인가?

정철의 취지는 정객(政客)의 방문을 꺼리는 데 있었다. 사직한 사람이 여전히 서울에 머물러 지내면 대개는 그 본의를 의심받는다. 하물며 파직된 사람은 경우가 더욱 다르다. 서울에 머물러 지내는 것이 불가할 뿐만 아니라 다만 근교에 있어도 구설에 휘말려 들어갈 염려가 따른다. 정철은 심의겸의 당파로 배척된 시기와 이수의 옥사로 사직

成遠, 『棲霞堂遺稿』 上-30a. 「次壽翁- 宋翼弼 -韻」 注: "一號龜峯."

28 鄭澈, 『松江歌辭』(星州本) 下-9a~9b.

29 金萬重, 『松江別集追錄』 1-10b. 「關東別曲 · 飜辭 · 二」: "汲君風流期再覩."(汲長孺 風彩를 고텨 아니 볼 거이고); 김삼불, 앞의 책, 93면; 鄭炳昱, 『時調文學事典』(新丘文化社, 1974), 106 · 236 · 420면.

한 시기의 거처를 모두 근교의 고양에 두고 있었다. 서울과 매우 가까운 거리다. 이것은 정객의 방문을 사절할 만한 사유다.

그런데 정철이 그처럼 정객의 방문을 사절할 만한 사정은 심의겸의 당파로 몰려서 배척될 당시와 비교할 만큼 절실한 경우가 이전에 없었다. 임금의 말이 '너희의 죄악은 중률(重律)에 부쳐야 마땅할 것이나, 오늘은 다만 파직에 그친다.'라고 으름장을 놓았던 때였다.[30] 극형이 지척에 있었다. 따라서 「새원가」 제3장에 보이는 저 "날 나가다 ᄒᆞ고려"의 태도는 특히 1585년 9월 전후에 놓일 때라야 박진한 정상(情狀)이 눈에 뜨인다.

갈 때는 눈보라, 올 때는 또 비,
쓸쓸한 옛 역마을에 초가집이 허름도 하다.
이 길로 해마다 손을 삼더니,
이제야 동녘에 산 두고 물 두어 수월히 지낸다.

去時風雪來時雨, 古驛荒村草屋寒.
此路年年長作客, 始安東畔有溪山.[31]

이것은 정철이 이희삼의 처소로 부친 절구 연작 총10수 가운데 하나다. 앞에서 언급한 편지에 덧붙여 보냈던 것인데,[32] 우선은 전구의 '해마다 손을 삼더니'를 주목할 만하다. 정철은 관찰사가 되어 45세 2월 강원도, 46세 12월 전라도, 47세 12월 함경도 등을 떠돌다가 48세 3월 예조판서로 조정에 복귀하게 되지만, 복귀하고 나서도 48세 9월 사

30 『宣祖實錄』 19-22b. 「18年(1585)9月2日己巳」: "論其罪惡, 則合置重律, 而今日之只罷其職, 亦從末減, 以示曲全之意."
31 鄭澈, 『松江續集』 1-24a. 「高陽山齋有吟寄景魯」 第5首. ※注: "李希參號魯翁, 又字好古."
32 宋時烈, 『松江鄭文淸公年譜』 上-48b~49a. 「乙酉」: "公與李希參書曰, 鄙人爲先壟切迫災害, 來在高陽. … 惡言訾辭, 日及於耳, 不久更向稍遠處矣. 所寓深僻無客, 故作一詩曰, 晝伴寒蟬夜伴蛩, 莫言深谷少人蹤. 自從中歲交遊廢, 旣學無情又學慵." ※여기에 인용된 절구는 「高陽山齋有吟寄景魯」 第1首(鄭澈, 『松江續集』 1-23b.)에 해당하는 것이다.

직과 49세 5월 사직을 거듭 겪었다.[33] 그러니 전구의 ‘해마다 손을 삼더니’는 허사가 아니다. 이것은 누차의 사직에 따른 거처가 대개는 고양에 누적된 사실을 비추는 말이다.

그리고 결구의 ‘이제야 동녘에 산 두고 물 두어 수월히 지낸다.’의 정경이 「새원가」 제3장에 보이는 “流水 靑山을 벗 사마 더딧노라”의 정경을 빼닮아 있음도 주목할 점이다. 산이며 물은 이전에도 그 자리에 있었을 테지만, 이제야 비로소 나를 거기에 완전히 던진다. 이러한 포기는 이전에도 몇 번이고 있었을 것이나, 이제는 세상도 나를 아주 버렸다. 이로써 보건대 적어도 「새원가」 제3장은 그 제작 시기를 정철의 50세 9월 전후로 보아도 무리가 없다고 하겠다.

Ⅲ. 원주 고사

「새원가」에 나오는 “원쥬”는 곧 ‘院主’를 적은 것일 뿐이지 한 고을의 원님(員-)을 가리키는 뜻으로 ‘員主’를 적은 것이 아니다. 정철은 고을의 원님이 되어 지방에 나간 적이 한번도 없었다. 더욱이 우리의 옛 관습에 고을의 원님을 가리켜 말하는 지칭은 따로 있으니, 대개는 그냥 ‘邑倅’라고 하거나 또는 ‘高興倅’ · ‘舒川倅’ 등과 같이 고을의 명칭을 앞에 붙여서 ‘-쉬’[-倅]라고 하였다. 이러한 ‘-쉬’[-倅]는 본디 주군(州郡)의 장관(長官)에 대하여 그 부직(副職)을 뜻하는 말이다.

정철은 27세 8월에 보령현감(保寧縣監) 벼슬을 받은 적이 있기는 하지만, 현지에 실제로 부임을 하지는 않았다.[34] 정철의 지방관 경력은

---

33 宋時烈,『松江鄭文淸公年譜』上-29a~31b.「癸未」:“九月, 被諫院論劾, 上疏陳情乞免. 四度呈辭, 加給由, 又再疏乞免, 不許, 遂出仕.”; 宋時烈,『松江鄭文淸公年譜』上-38b.「甲申十二年」:“五月, … 諫院處置不公, 公又辭不出. 後以上言回啓遲滯, 遞.”

다만 세 차례의 관찰사 벼슬이 전부다. 그러니 저 "원쥬"는 결코 고을의 원님을 적은 것이 아니다. 그런데 여기서 하나의 의문이 생긴다. 고을의 원님도 관계가 없지만, 정철의 신분과 원주는 더욱 더 거리가 멀었다. 그러면 어째서 그는 문득 원주를 자처하여 "새원 원쥐 되여"라고 말했던 것인가?

> 새원원주 =「새원」은 경기도 고양군(高陽郡)의 신원(新院).「원주」는 원의 주인. 신원은 역참이다. 작자가 그의 三五세 때부터 四○세까지 부모상을 당하여 신원에서 려묘(廬墓)살이를 할 때의 작이거나, 그의 五○세 되든 해, 즉 선조八년 량사(兩司)의 론척을 받아 신원에 물러났을 때의 작품인듯 하다. 신원에서 벼슬살이를 한 것은 아니다.[35]

원주는 곧 원(院)의 주인을 말한다. 원은 또한 역(驛)과 마찬가지로 도로의 곁에 설치한 일종의 객점(客店)을 말하는 것이다. 그러나 원을 단순히 역참이라고 하면 반드시 어폐가 따른다. 원과 역은 서로 다르니, 원의 기본적 성격을 당대의 실상에 비추어 고찰해 보아야 하겠다. 원주를 지낼 만한 지체가 아닌데, 정철이 문득 원주를 자처하게 된 사연을 여기서 발견할 수 있을 것이다.

1. 원의 기능과 원주

역은 자고로 통신을 위하여 설치한 일종의 행정 관서일 뿐만 아니라 또한 공무를 띠고 여행하는 관원에게 휴식과 숙박의 편의를 제공하던 장소다. 역은 대개가 역사(驛舍)와 더불어 누정(樓亭) · 객방(客

---

34 宋時烈,『松江鄭文清公年譜』上-4b.「壬戌」: "八月, 除保寧縣監. 未赴. 除典籍. 九月, 除禮曹佐郎."
35 김삼불, 앞의 책, 237면.

房) 등의 시설을 아울러 가졌다. 이것은 역과 원이 서로 비슷한 기능을 지니게 되었던 이유다. 원은 나그네를 위하여 설치한 숙소다. 그러나 관서의 성격을 지니는 장소는 아니다. 예컨대 권근(權近)의 기문에 전하는 다음과 같은 소식을 참조할 만하다.

> 나라에서 驛을 설치하여 使命을 전달하고, 院을 설치하여 商旅에게 혜택을 베푸니, 公私와 上下의 분별이 뚜렷하다. 그러나 역에는 저마다 관리가 있어 그 직책을 받들되, 원은 다만 밭을 주고 사람을 모아 주인을 삼는다. 따라서 비록 平原의 沃土에 있어도 원은 그저 옛터만 남아 주인이 되고자 하는 사람이 없으니, 곳곳이 다 이렇다. 하물며 깊은 산중의 높고 척박한 곳이랴?[36]

역은 원칙적으로 공무를 띠고 여행하는 관원이라야 묵어갈 수 있었다. 원은 이러한 제약을 벗어나 누구든 자유롭게 묵어갈 수 있도록 마련된 장소다. 도로의 여건에 따라 운영 실태가 저마다 조금씩 다를 수 있기는 하지만, 역과 원은 본디 용무의 공적인 것과 사적인 것을 구별하여 담당하고 이용자 신분의 높은 것과 낮은 것을 구별하여 허용하는 점이 서로 달랐다. 이것은 원이 경시될 수밖에 없었던 이유다.

역은 도로와 역마를 관장하는 찰방의 휘하에 있었다. 역은 또한 저마다 역장(驛長)을 두어 운영의 책임을 맡겼고, 아울러 사령(使令) · 통인(通引)과 보인(保人) · 솔정(率丁) · 관군(館軍) 및 노비(奴婢) 등을 두어 찰방과 역장의 활동을 도왔다. 여기서 보인 · 솔정 · 관군 등은 군무(軍務)를 담당하는 바였고, 노비는 역전(驛田)에 노동을 제공하는 바였다.[37] 그러나 원은 오로지 원주를 두었을 뿐이다.

---

36 權近, 『陽村先生文集』 12-19a. 「犬灘院樓記」: "國家置驛以傳使命, 置院以惠商旅, 公私之辨, 上下之分明矣. 然驛各有吏, 以供厥職, 若院則只給田以募人爲主耳. 故雖在平原沃壤之中, 院有舊址, 而無人爲主者, 往往皆是. 況於深山嶢薄之地乎."

원주는 향리 이하의 양인(良人)이 거의 세습적 지위로 대를 이어 차지하던 하급 관리의 하나다. 원주는 그 직역의 대가로 약간의 전토를 받았고, 부역이 면제되는 혜택을 누렸다.[38] 원주가 받았던 전토는 대로 1결 35부, 중로 90부, 소로 45부 규모다.[39] 그런데 이것은 역장이 받았던 2결에 견주어 그리 많은 것이 아니다. 따라서 원주의 지위를 끊이지 않고 이어나간 경우는 매우 적었다.

> 서늘한 곳과 따뜻한 곳을 고루 갖추고, 윗사람이 묵을 곳과 아랫사람이 묵을 곳을 달리 만들며, 밥지을 부엌간과 마소를 들여 놓을 마구간도 제대로 다 갖추지 않은 것이 없었다. 또 그 무리에서 부지런하고 공손하며 착하고 어진 일을 좋아하는 이로 하여금 여기에 살면서 살림을 주관하게 하여, 여름은 푸성귀를 심어 가꾸고, 겨울은 땔나무와 꼴풀을 쌓아 두어, 이것을 사람에게 베풀고 가축에게 먹여 주는 일을 길이 끊이지 않게 하였다.[40]

이것은 권근의 또 다른 기문에 전하는 바로서 원주의 소관을 드러낸 것이다. 원에 마련된 객방이 저와 같이 이용자의 신분에 따라 2개로 나뉘어 있었을 양이면, 마루와 부엌간이 또한 2개로 나뉘어 있었을 것이다. 마구간도 충분한 넓이로 2개를 갖추고 있어야 말썽이 생기지 않는다. 이러한 시설을 제대로 관리하고 유지하는 것이 원주의 기본적 직무다. 이밖에 텃밭을 일구어 나그네의 한 끼니 반찬 장만에 이바지할 채소를 가꾸고, 땔나무와 꼴풀을 베어다 쌓아 두는 작업도 벌인다.

원주의 직무는 그것이 비록 하찮을망정 매우 번거로운 수고가 따른

---

37 秦星圭, 「朝鮮時代 驛에 對한 一考察」, 『論文集』 제9집, 新羅大學校, 1980. 245면.
38 權近, 『陽村先生文集』 13-6a. 「德方院記」: "我國之典, 特優院吏, 賜田免役, 俾修館舍."
39 『經國大典』 2-11b. 「戶典 · 諸田」: "院: 院主大路一結三十五負, 中路九十負, 小路四十五負." ※『經國大典』 2-11a. 「戶典 · 諸田」: "驛: … 長二結, 副長一結五十負."
40 權近, 『陽村先生文集』 13-6b. 「德方院記」: "凉燠異所, 尊卑異處, 炊爨之廚, 馬牛之廐, 莫不咸備. 又令其徒勤謹而好善者, 居而主之, 夏蒔蔬菜, 冬積薪蒭, 以施人畜, 永世無墜."

다. 왕래가 뜸한 곳이면 몰라도 거의 날마다 나그네가 들이닥치는 대로의 경우는 전담하는 인력을 따로 두었을 듯싶다. 이러한 노력은 더구나 모두 무료다. 그러니 부지런하고 공손한 성품만 가지고서는 그 노릇을 충실히 다하기 어렵다. 그것은 보시와 적선에 가까운 사회 봉사를 스스로 기꺼워하는 이라야 감당할 수 있었다.

실제로 문경의 조령원(鳥嶺院) · 동화원(桐華院) 등과 같은 위치나 천안의 삼기원(三岐院)과 같은 위치에 있지 않고도 원이 활기를 띠고 운영된 사례는 거의 찾아보기 어렵다. 이러한 사정은 역에 딸린 숙소도 크게 다르지 않았다. 관원의 행차가 빈번하여 위정자의 적극적 관심과 지원이 따랐던 경우가 아닌 바에는 역이 비록 중요한 대로에 있어도 숙소로 사용할 만한 시설은 이미 퇴락한 경우가 흔했다. 일례로 성현(成俔)의 기문에 전하는 다음과 같은 소식을 참조할 만하다.

> 安奇驛은 抱川縣에 소속된 역으로서 고을의 경계 안쪽에 있으며, 서울까지 100리쯤 떨어져 있으니, 서울에서 북쪽으로 오는 사람은 누구든 楊州를 지나 반드시 이 역에 묵는다. 그러나 使行을 가는 큰 행차는 모두 고을로 들어가 버리고, 여기에 머무는 이들은 모두 제 나름의 일로 길을 가는 나그네로서 잡스러운 손님일 뿐이니, 관리하는 사람도 오직 눈앞에 닥친 일만을 힘쓴다. 그래서 이 역이 거듭 무너져도 고치지 않았다.[41]

역은 대체로 30리 간격에 하나씩 설치하는 것을 원칙으로 삼았다. 그런데 공무를 띠고 여행하는 관원이 거리가 조금 멀더라도 고을로 들어가 버리고 역에 머무르지 않게 되는 것은 관아에 마련된 객사가

---

41 李荇 · 尹殷輔 等, 『新增東國輿地勝覽』 11-38a. 「抱川縣」 驛院 安奇驛 注引 成俔重修記: "安奇爲抱川縣屬驛, 在縣之內, 距京都百許里, 自京北來者, 過楊必宿於此. 然使華大行皆入於縣, 寓此者皆私旅雜賓, 掌之者惟務目前之急, 故此驛屢廢不修耳."

훨씬 더 편리했던 까닭이다. 이러한 사세로 말미암아 역에 딸린 숙소는 그 본연의 기능이 온전하게 유지되는 경우가 드물게 되었고, 그나마 대개는 사적인 용무로 여행하는 손들의 차지가 되었다. 그러니 위정자의 배려가 미치지 못하는 원은 더욱 더 잔존하기 어려운 처지에 놓여 있었을 것이다.

원은 일정한 간격이 없이 다만 도로의 형편을 보아서 설치하는 것이 상례였다. 따라서 개수가 매우 적었다. 역이 저와 같이 사적인 용무로 여행하는 손들의 차지가 되었던 것은 원이 그 수요를 충족시킬 만큼 적절하게 설치되어 있지 않아서 생겨난 일이다. 원이 있어야 마땅한 위치는 노정이 자못 길어서 중간에 하루를 묵어갈 수밖에 없는 곳이나 산천의 요해처로서 깊은 물길에 이르고 높은 고개를 만나는 곳이다. 그러나 이처럼 반드시 필요한 곳에도 실상은 원이 없는 경우가 많았다.

> 雞林과 蔚州는 거의 100리나 떨어져 있으니, 오가는 사람이 반드시 하룻밤을 묵어야 갈 수 있는 거리다. 魚鹽을 교역하고 防戍를 교대하는 등의 일로 말을 타고 가는 사람, 걸어가는 사람, 지고 가는 사람, 싣고 가는 사람 등이 앞뒤로 이어지게 되지만, 예로부터 院이 있지 않아서 묵어갈 곳이 없는 탓으로 반드시 민가를 빌어서 자야만 했었다. 더위와 장마로 푹푹 찌고 젖을 때나 눈보라로 덜덜 떠는 날에 나그네는 머물러 가자고 간청해야 하는 어려움이 있었고, 주민은 집안이 더럽혀지고 시끌벅적하게 되는 걱정이 있어서, 누구나 다 이것을 근심스럽게 여겼다.[42]

여기서 고양의 신원과 그 지리적 성격에 주목할 필요가 있겠다. 고양의 신원은 파주(坡州)에서 혜음령(惠陰嶺)을 넘어서 오는 대로와 교

---

42 權近, 『陽村先生文集』 13-6a~6b. 「德方院記」: "雞林距蔚州僅百里, 凡往還者必宿而達. 魚鹽之貿易, 防戍之更代, 騎徒負載, 前後絡繹, 古未有院, 無所於寓, 必寄宿於民廬. 暑雨之蒸濕, 風雪之慘慄, 行者有請寓之艱, 居者有侵擾之憂, 人皆患之."

하(交河)에서 신원천(新院川) 상류로 거슬러 오는 대로가 망객현(望客峴) 남쪽에서 합류하는 곳이자 서울로 향하는 대로가 이로부터 새롭게 뻗어 나가는 곳이다. 파주에서 서울까지 거리는 85리에 이르고 교하에서 서울까지 거리는 90리에 이르니, 황해도 방면에서 파주나 교하를 거쳐서 서울까지 가려면 도중에 고양의 어느 한 곳에서 반드시 하룻밤을 묵어야 했었다. 신원은 최적의 위치에 있었다.

그러나 고양의 신원은 여타의 지역에 위치한 신원과 다르게 1531년 당시로부터 그 이전의 상황을 반영하고 있는 『신증동국여지승람』(新增東國輿地勝覽)에 아예 등재되어 있지 않으며, 명칭이나 소재가 언급된 대목도 전혀 발견되지 않는다. 이것은 고양에 신원을 설치하고 유지하기 위하여 일찍이 나라에서 공식적으로 전토를 베풀어 원주를 배치한 적이 없음을 뜻한다. 정철이 고양에 퇴거할 무렵도 사정은 전혀 바뀌지 않았다. 그래서 몸소 원주를 자처하게 된 것이다. 만약에 원주가 거기에 이미 있었을 양이면, 그것이 아무리 하찮을망정 한때의 여기(餘技)로 무근한 비유를 꾸며서 남의 지위를 함부로 침해하는 짓을 벌이지는 않았을 것이다.

고양의 신원이 하나의 원으로 기능할 만한 위치를 확보하게 된 것은 본디 원당리에 두었던 그 읍치(邑治)를 장령산(長嶺山) 동쪽으로 옮겨간 1528년 이후의 일이다. 고양은 1394년 종래의 고봉현(高峯縣)에 덕양현(德陽縣)을 아울러 붙이고 1413년 고을의 명칭을 고봉과 덕양의 결합 형태로 고치면서 읍치를 원당리로 옮겼다. 이전의 읍치는 원당리 서쪽 10리 부근에 있었다. 그러던 것을 1528년 희릉(禧陵)을 원당리로 옮김에 따라 읍치를 다시 장령산 동쪽으로 옮겼다.[43] 오늘날 고

43 金正浩, 『大東地志』 3-13a~13b. 「高陽」 沿革: "本朝太祖三年, 置監務, 以幸州來併. 太宗十三年, 改高陽縣監. … 中宗元年, 復舊, 二十三年, 遷禧陵于元堂里, 移治于長嶺山之東."

양동에 해당하는 장소다. 당시에 벽제역(碧蹄驛)도 그 근처로 함께 옮겼다.

그런데 읍치가 아직 원당리에 있었을 때에는 벽제역의 옛 위치가 또한 읍치의 동쪽 15리 지점에 있었다. 이것은 장령산 동쪽으로 옮아간 새 읍치의 남쪽 10리 지점에 해당하는 바로서 신원의 위치와 겹치는 장소다. 앞에서 논급한 정철의 절구에 '쓸쓸한 옛 역마을에 초가집이 허름도 하다.'라고 했듯이, 정철이 개설했던 신원은 벽제역의 옛 위치를 답습하는 바였다. 벽제역의 새 위치는 새 읍치의 북쪽 2리 지점에 있으니,[44] 벽제역과 신원은 대체로 12리 간격을 가진다.

고양의 신원은 특히 망객현을 넘어서 신원교(新院橋)를 건너는 나그네를 위하여 요긴하게 기능할 만했다. 직전에 벽제역 객관이 있기는 했지만, 관아에 가까이 인접한 이것은 공무를 띠고 여행하는 관원만 아니라 중국에서 오는 사신을 영접해야 하는 용도가 따로 있었다. 따라서 평상시라도 민간의 일반 여행자나 상인의 투숙을 허용하기 어려운 터였다. 그러나 여정의 편익에 따른 관례로 중국에서 오는 사신이 반드시 하루를 벽제역 객관에 묵어야 했듯이,[45] 벽제역 객관에 투숙할 수 없는 이라면 누구나 거기서 가장 가까운 거리에 있는 원을 찾아야 했을 것이다. 이것은 신원이 그 위치에 없을 수 없는 이유다.

정철은 원당리와 신원리에 증조의 묘소와 부모를 묘소를 두어 고양에 자주 오갔던 만큼 저와 같은 민간의 요구를 잘 알고 있었을 것이다. 그러던 가운데 1578년 12월 이수의 옥사에 기인한 사직을 계기로 고

---

44 金正浩, 『大東地志』 3-14b. 「高陽」 驛站: "碧蹄驛 - 北二里."; 金正浩, 『大東地志』 27-4a. 「程里考 · 西北至義州一大路」: "京都, 餠廛巨里十里, 踰大小綠礬峴, 梁鐵坪三里, 經館基, 礴石峴七里, 黔巖站三里, 渡德水川, 礪峴七里, 新院五里, 高陽十里, 碧蹄驛, 惠陰嶺五里."
45 李荇 · 尹殷輔 等, 『新增東國輿地勝覽』 11-30a. 「高陽郡」 驛院: "碧蹄驛 - 在郡東十五里. 中朝使臣, 入王京前一日, 必宿此驛."

양에 물러나 지내게 되는 신세에 놓이니, 차제에 신원을 개설하는 책무를 몸소 떠맡고자 했던 듯하다. 요컨대 신원은 이전에 없이 정철의 퇴거와 더불어 불가분의 관계를 가지고 새롭게 등장한 원이다.

2. 전대의 위민 전고

정철의 문집을 제외한 경우로서 고양의 신원이 하나의 지명으로 등장하는 최초의 문헌 자료는 1592년 5월 16일 왜적의 결진 지점을 적은 이정구(李廷龜)의 「임진피병록」(壬辰避兵錄)과 1593년 1월 27일 아군의 접근 지점을 적은 『선조실록』의 기사인 듯싶다.[46] 이후로 고양의 신원은 연경에 오가는 사신의 행로에 흔히 보이고, 왕실의 묘역에 오가는 임금의 주정소(晝停所) 위치로 흔히 쓰인다. 그러나 이러한 시기의 조선 후기에 와서는 원이 아니라 다만 사설 주막(酒幕)의 형태를 띠고 있었다.[47] 조선 말기의 여러 지방 지도를 보아도 또한 신원점(新院店)으로 표기되어 나온다.

고양의 신원이 민간의 요구와 다르게 나라에서 공식적으로 전토를 베풀어 원주를 배치한 원으로 격상되지 못했던 것은 벽제역 객관까지 대체로 12리 간격을 가지는 위치에 신원을 설치하고 유지하는 일을 시급하게 여기지 않았던 탓이다. 그러는 동안에 원의 위치가 다만 사설 주막의 업소로 바뀌니, 이것은 또한 17세기 전반기 이후로 급속하

46 李廷龜,『月沙先生別集』1-13b~14a.「壬辰避兵錄」五月十五日條: "是夜行十里許, 天曙入大君陵山隱伏, 望見高陽大路, 賊群蔽道往來. … 夜行到新院, 院村賊方結陣, 含枚而過."; 『宣祖實錄』35-34b.「26年(1593)2月19日甲辰」: "上曰, 我軍不往乎. 德馨曰, 李薲在新院近處, 都元帥率軍百餘, 在天兵之後矣."

47『承政院日記』677-148a.「英祖五年(雍正七年)己酉八月二十九日巳時」: "今春順陵之幸, 亦由新院酒幕, 且爲停行之所, 申飭本官, 酒幕人雜役, 各別勿侵, 臨住館舍所入之人, 亦自本官, 米布參酌題給, 可也."

게 전개된 화폐 제도의 변화와 밀접한 관련을 가진다.

조선 사회는 이른바 저화(楮貨) · 동전(銅錢) 등의 명목 화폐를 보급하기 위하여 국초로부터 강력한 통화 정책을 펴기는 했지만, 화폐의 교환 가치와 그 공신력을 보장해 줄 만한 후속 조치의 미비와 생필품 공급의 안정을 꾀하기 어려운 경제 여건에 의하여 실패를 거듭했다.[48] 따라서 일상생활에 필요한 경제적 교역을 전대와 다름이 없이 미(米) · 포(布) 등의 실물 화폐에 의존하지 않을 수 없었다. 이러한 상황은 마침내 동전이 기준 화폐로 정립된 1678년 이전까지 지속되었다.[49]

경제적 교역을 실물 화폐에 의존하는 사회는 여행을 위한 부담이 장거리일수록 더욱 커진다. 거리에 비례하는 만큼의 실물 화폐를 출발과 동시에 운반해야 하는 노고와 그 비용이 별도로 필요한 까닭이다. 이것은 생계형 중소 상인의 상업 활동을 제약하는 뿐만 아니라 일반 백성의 자유로운 여행을 제약하는 요인으로 작용했다. 여행은 숙식과 생필품 위주의 소액 거래를 장거리에 걸쳐서 전개해야 가능한 것이니, 부피와 중량을 크게 가지는 실물 화폐는 도무지 편리한 물건이 아니다.

원은 실물 화폐에 의존하던 단계의 무료 숙소다. 무료 시설인 데도 불구하고 원이 활기를 띠고 운영된 사례가 적었던 것은 사회가 아직 실물 화폐에 의존하는 관계로 여행을 위한 부담이 막중했던 데 이유가 있었다. 원을 대체할 만한 사설 주막이 조선 전기에 거의 등장하지 않았던 이유도 여기에 있었다. 그러니 그 개수가 절대적으로 부족할

48 유현재, 「조선 초기 화폐 유통의 과정과 그 성격 - 저화 유통을 중심으로」, 『朝鮮時代史學報』 제49집(朝鮮時代史學會, 2009), 83~91면; 朴平植, 「朝鮮初期의 貨幣政策과 布貨流通」, 『東方學志』 제158집(연세대학교 국학연구원, 2012), 114~121면.

49 元裕漢, 「朝鮮後期의 金屬貨幣流通政策 - 17世紀前半의 銅錢流通試圖期를 中心으로」, 『東方學志』 제13집(연세대학교 국학연구원, 1972), 104~105면.

뿐만 아니라 갈수록 쇠퇴하여 가는 원을 증설하고 개수하는 것은 위정자의 당연한 관심사에 속했다.

> 廣州에 院을 하나 세워 新院이라고 부르니, 이것은 곧 판서 張順孫이 지은 것이다. 어떤 나그네가 그 벽에 글을 적어 놓기를 '원의 이름이 무엇이냐? 신원이다. 신원이라고 한 것은 어째서냐? 새로운 것은 처음 비롯한 것을 말하니, 재상으로서 원을 세운 것이 이로부터 처음 비롯한 까닭이다. 분뇨를 거두어 제 밭에 거름을 주려고 하다니, 더럽구나, 그 마음! 분뇨보다 더럽구나.'라고 하였다. 나그네가 다들 '張順院'이라고 불렀다.[50]

이것은 중종 연간을 배경으로 하는 한 토막 일화다. 새롭게 원을 개설하여 나그네의 편익을 도운 덕행이 미담을 낳기는커녕 도리어 자신의 탐오한 평소를 지탄하는 빌미가 되었더라는 것인데, 지탄을 받은 이의 진정은 그것이 아니다. 당시는 비록 탐오한 이라도 저와 같은 덕행을 빙자할 정도로 원이 드물게 설치되어 있었다. 당시는 또한 명목 화폐를 보급하는 정책마저 아주 폐지했던 관계로 나라에서 보장하는 공식 화폐가 전혀 없었던 때였다.[51] 그러니 어쩌다 가끔 분뇨나 받아서 거름을 삼으면 모를까, 당시에 원은 결코 영리의 방편이 될 수 없었다.

민간의 사설 주막이 원을 대체하려면, 바꾸어 말해서 원이 영리를 추구하는 시설로 전환되려면, 동전과 같이 부피와 중량을 작게 가지는 소액 화폐가 지배적 교환 수단으로 통용되어야 한다. 그래야 생계

---

50 『中宗實錄』 41-38b. 「16年(1521)2月29日壬子」: "廣州地作一院, 號爲新院, 乃判書張順孫所構也. 有一行人題其壁曰, '院名, 何. 新院也. 名新者, 何. 新者, 始也, 宰相作院, 自此始也. 欲取糞以糞其田, 陋哉, 其心. 陋於糞也.' 行人皆稱張順院."

51 『中宗實錄』 15-9b. 「7年(1512)1月20日丙寅」: "特進官張順孫- 時爲戶曹判書. -曰, 楮貨之法, 載在大典, 近來專廢而不用焉. 各司奴婢, 欲行用, 以便官員支供云, 更議參用何如. 從之."

형 중소 상인의 활동 영역이 넓어지게 되고 일반 백성의 여행도 자유롭게 되어 숙박업소가 비로소 활기를 띠게 된다. 그렇지 않으면 아무리 많아도 겨우 두어 말에 지나지 않는 양식을 가지고 일생에 마지못할 길을 떠나온 사람들만이 원을 찾는다.

새원 원쥐 되여,
녈손님 디내옵닋.
가거니, 오거니, 人事도 하도 할샤.
안자셔
보노라 ᄒᆞ니, 슈고로와 ᄒᆞ노라.[52]

정철이 맞이한 나그네는 그처럼 겨우 두어 말에 지나지 않는 양식을 가지고 일생에 마지못할 길을 떠나온 사람들이기 쉬웠다. 행상을 위한 왕래는 오히려 예사다. 장례로 오가고, 혼례로 오가고, 제례로 오가니, 일상의 관혼상제(冠婚喪祭)도 태반은 반드시 여행을 거쳐야 성사될 수 있었다. 과거나 군역은 남자의 마지못할 바였고, 가정의 사적 통신과 물품 수송을 위한 나들이는 또한 사천(私賤)의 주요 의무가 되었다. 때로는 여자가 친영을 나가고, 때로는 가족이 한꺼번에 이사할 일도 생긴다. 그러니 이러한 왕래를 새삼스레 가까이 가서 보건댄 "人事도 하도 할샤"라고 할 만하지 않은가?

기존의 평설은 저 "人事"를 간단히 '절'[答禮]로 해석하고 있으나, 이것은 온당한 견해가 아니다. 요컨대 「새원가」 제1장의 취지는 저렇듯 갖가지로 많은 인생사에 나아가 짚신을 축으로 매달고 다니는 사람들의 행색과 그 노릇이 무척 수고로워 보인다는 것이다. 인정의 순박한 것과 풍도의 소탈한 것이 여기에 어찌 없을까마는, 발화의 취지

52 鄭澈, 『松江歌辭』(星州本) 下-8b~9a.

는 나그네의 '절'[答禮]을 받느라 수고롭기까지 했더라는 것이 결코 아니다. 일생에 마지못할 길을 떠나온 사람들을 애처롭게 바라보는 안쓰러움일 뿐이다.

> 신유년에 물러나 廣州 古垣 강촌에 살면서 慈恩僧 宗林과 方外의 벗이 되었고, 板橋院 · 沙平院을 고쳐 세워 스스로 院主라고 부르되, 해어진 옷을 입고 짚신을 신은 채로 노역하는 이들과 다름이 없이 그 일을 거드니, 지나는 사람들이 그가 高官을 지낸 사람인 줄을 알지 못했다.[53]

정철의 저 자취는 일찍이 조운흘(趙云仡)이 사평(沙平)과 판교(板橋)에 원을 고쳐 세우고 원주를 자처하던 자취를 그대로 빼어 닮았다. 조운흘이 광주(廣州)로 물러난 것은 고려 왕조가 나날이 쇠망의 길로 치닫던 1381년 그의 50세 되던 해의 일이니, 사평과 판교에 원을 고쳐 세운 것도 그 무렵의 일이다. 조운흘이 겪었던 일생의 곡절과 정철이 겪었던 일생의 파란은 사유가 서로 다르다. 그러나 적어도 한 가지 처신은 서로 다르지 않았다.

> 인ᄂᆞ니 가ᄂᆞ니 ᄀᆞᆯ와
> 한숨을 디디 마소.
> 취ᄒᆞ니 ᄭᆡ니 ᄀᆞᆯ와 선우음 웃디 마소.
> 비 온 날
> 니믜 ᄎᆞᆫ 누역이 볏귀 본ᄃᆞᆯ 엇더리?[54]

정철은 불우한 정계 현실을 거듭 버리고 떠났다. 그러나 그렇게 자주 떠나도 언제든 아주 가지는 못했다. 조정에 있거나 향촌에 있거나

53 『太宗實錄』 8-31a. 「4年(1404)12月5日壬申」: "辛酉, 退居廣州古垣江村, 與慈恩僧宗林爲方外交, 重創板橋 · 沙平兩院, 自稱院主, 敝衣草履, 與役徒同其勞, 過者不知其爲達官也."
54 鄭澈, 『松江歌辭』(星州本) 下-11b.

자신의 본분을 바꾸어 가진 적이 없었다. 따라서 도롱이 차림을 하고서 문득 햇볕을 만나도, 향촌에 있다가 임금의 부름을 바삐 받아 나가는 이것을 전혀 겸연쩍게 여기지 않았다. 이러한 그의 평소는 시절을 탓하여 마냥 한숨을 짓지도 않았고, 경우가 비록 숨김일지언정 결코 시류를 좇아 선웃음을 웃어 보이지도 않았다.

> 정승 趙浚이 일찍이 조운흘과 교분이 있어 손님을 보내는 일로 한강을 건넜다가 동열 재상과 함께 妓樂을 거느리고 酒饌을 마련하여 그를 찾았다. 조운흘은 중들이 입는 검은 옷에 삿갓을 쓴 채로 지팡이를 짚고 문까지 나와 길게 절하고 茅亭으로 맞아 들였다. 자리에 들어 조준이 풍악을 울리고 주연을 베풀자, 조운흘은 귀가 먹어 듣지 못하는 척하며 눈을 감고 꼿꼿이 앉아 큰 소리로 '나무아미타불'을 거듭 외치되, 곁에 아무도 없는 듯이 하였다.[55]

조운흘은 1374년 그의 43세 봄에 상주(尙州) 노음산(露陰山) 아래로 물러나 몸을 숨기고 더는 세상에 쓰이지 않기를 바라는 뜻을 보였다. 그러나 3년 만에 다시 나오지 않을 수 없었다.[56] 조정이 더욱 문란해져 있었다. 왜구의 침입도 잦았다. 이후로 1381년 그의 50세 때에는 또한 광주로 물러나 이로써 여생을 다 마칠 듯이 파묻혀 지냈다. 그러다 7년 만에 다시 나왔다. 위화도 회군이 있었다. 오래지 않아 고려 왕조가 폐망에 이르자, 1393년 그의 62세 가을에 거듭 광주로 물러나 마침내 다시 나오지 않았다. 여기에 조준(趙浚)이 정승의 행차를 가져간 것은

55 『太宗實錄』 8-31a. 「4年(1404)12月5日壬申」: "政丞趙浚與云仡有舊, 因送客過漢江, 與同列宰相, 率妓樂齎酒饌, 往訪之. 云仡緇衣箬笠, 扶杖出門長揖, 迎至茅亭. 坐定, 浚張樂置酒, 云仡佯聾不聞, 閉目危坐, 高聲唱南無阿彌陀佛者再, 傍若無人."

56 『太宗實錄』 8-30b~31a. 「4年(1404)12月5日壬申」: "洪武甲寅春, 以典法摠郎棄官, 退居尙州露陰山下, 佯狂自晦, 出入必騎牛, 著騎牛讚 · 石磵歌以見意. 丁巳, 起拜左司議大夫, 再轉判典校寺事, 非其好也."

그가 영의정부사 벼슬을 받았던 1403년 7월 이후의 일이다.

정철의 이른바 "碧蹄예 손"은 아마도 저렇게 조준처럼 찾아올 손이었을 것이다. 조준이 울리는 풍악을 끝내 듣지 않았던 조운흘의 태도와 정철의 "날 나가다 ᄒᆞ고려"의 태도는 모두 시류와 더불어 가까이 부닐지 못하는 성미의 발로다. 그런가 하면 두 사람은 또한 신세를 통틀어 강호(江湖)에 내던질 때에도 언제든 아주 가지는 못하던 바의 처신이 서로 닮았다. 그러니 두 사람의 원주는 우연히 서로 같았던 것이 아니다. 이들의 시선은 관복을 벗은 때에도 여전히 민생의 애처로운 것을 떠나지 않고 있었다.

인생은 본디 귀천이 따로 없으니, 지체가 아무리 존귀한 이라도 천지와 광음의 사이를 한낱 나그네로 머물다 떠난다. 하물며 이름도 없이 명멸하는 뭇 사람의 생애야말로 가장 덧없다. 그러나 사람이 사람의 노릇을 위하여 바쁘게 오가고 고달피 머무는 발길은 그 의미를 알고서 하든지 모르고서 하든지 간에 모두 존엄한 것이다. 누구도 이것을 돕거나 말리지 못한다. 정철의 「새원가」 제1장은 이것을 애처롭게 여겨서 부른 노래다.

Ⅳ. 결론

정철의 「새원가」 연작 총3수는 어디서 언제 무엇을 노래한 것인가? 기존의 평설과 그 견해는 단순히 그 제작 배경에 관한 연구를 소홀히 한 데서 비롯된 뜻밖의 오해가 적지 않았다. 예컨대 「새원가」 제1장의 "人事"를 간단히 '절'[答禮]로 해석하거나 "원쥐"를 '원님'으로 해석하거나 한 것은 매우 부당한 오해다. 우선은 작품의 제작 배경에 대한 연구가 시급해 보인다. 본고는 이러한 이유에서 정철의 「새원가」 연작 총3수를 적절히 이해하는 데 필요한 몇 가지 정황을 논구해 보았다.

정철의 「새원가」에 나오는 "새원"은 경기도 고양군 원당면(元堂面)에 속하는 '新院'을 가리키는 말이다. 이것은 작품의 제작 시기를 추정할 만한 주요 단서다. 정철의 문집과 연보 및 행장 등의 기록을 간추려 보건대, 정철이 그의 일생을 통하여 고양(高陽)에 머물러 지내게 되었던 계기는 모두 여섯 차례에 이른다. 여기서 「새원가」를 지어 부를 만한 정황은 특히 이수(李銖)의 옥사에 기인한 1578년 12월의 사직과 심의겸(沈義謙)의 패퇴에 결부된 1585년 9월의 파직을 가장 유력한 계기로 가진다.

정철은 이수의 옥사가 실상은 서인의 실세를 축출하기 위하여 조작한 동인의 함정에 지나지 않는 것으로 여겼다. 정철은 여기에 불만을 품은 채로 모든 관직에서 물러나 1579년 그의 44세 1년과 이듬해 1월을 꼬박 고양에 머물러 있었다. 그러니 「새원가」 제2장에 보이는 "紅蓼花 白蘋 洲渚"의 왕래는 당연히 이 기간에 들어 있었던 일상의 하나다. 요컨대 정철은 「새원가」 제2장을 1579년 그의 44세 여름에 고양에서 지었고, 이것은 「새원가」 제1장이 또한 당연히 이 기간에 지어진 것임을 뜻한다. 왜냐면 "녤손님 디내옵닉"의 본업을 이미 이루고 나서야 "새원 원쥐 되여"를 조건으로 하는 "되롱 삿갓 메오 이고"의 한사도 비로소 가능한 까닭에 그렇다. 그러나 「새원가」 제3장은 언어의 기색이 조금 다르다.

정철은 심의겸의 패퇴가 결정된 1585년 그의 50세 9월 다수의 서인과 함께 파직된 신세가 되어 대체로 3개월여 기간을 또 한 번 고양에 물러나 지냈다. 그런데 파직은 사직과 달라서 다만 근교에 있어도 구설에 휘말려 들어갈 염려가 따른다. 고양은 서울과 매우 가까운 곳이다. 이것은 정객(政客)의 방문을 사절할 만한 사유다. 여기서 이른바 "碧蹄예 손"을 사절한 「새원가」 제3장의 "날 나가다 ᄒᆞ고려"에 주목할 필요가 있으니, 정철의 이러한 태도는 특히 심의겸의 당파로 몰려서 파직된 시점에 놓일 때라야 박진한 정상(情狀)이 눈에 뜨인다. 따라서 「새원가」 제3장은 그 제작 시기를 1585년 그의 50세 9월 전후로 보아도 무리가 없을 것이다.

고양의 신원(新院)은 1531년 당시로부터 그 이전의 상황을 반영하고 있는 『신증동국여지승람』(新增東國輿地勝覽)에 아예 등재되어 있지 않으며, 명칭이나 소재가 언급된 대목도 전혀 발견되지 않는다. 이것은 고양에 신원을 설치하고 유지하기 위하여 일찍이 나라에서 공식적으로 전토를 베풀어 원주를 배치한 적이 없음을 뜻한다. 정철이 몸소 원주를 자처하게 된 이유가 여기에 있었다. 신원은 이전에 없이 정철의 퇴거와 더불어 불가분의 관계를 가지고 새롭게 등장한 원이다.

원은 실물 화폐에 의존하던 단계의 무료 숙소다. 무료 시설인 데도 불구하고 원이 활기를 띠고 운영된 사례가 적었던 것은 사회가 아직 실물 화폐에 의존하는 관계로 여행을 위한 부담이 막중했던 데 이유가 있었다. 원을 대체할 만한 사설 주막이 조선 전기에 거의 등장하지 않았던 이유도 여기에 있었다. 그러니 그 개수가 절대적으로 부족할 뿐만 아니라 갈수록 쇠퇴하여 가는 원을 증설하고 개수하는 것은 위정자의 당연한 관심사에 속했다.

정철이 원주가 되어 맞이한 나그네는 아무리 많아도 겨우 두어 말에 지나지 않는 양식을 가지고 일생에 마지못할 길을 떠나온 사람들이기 쉬웠다. 이러한 왕래를 새삼스레 가까이 가서 보건댄 "人事도 하도 할샤"의 탄식이 저절로 나왔을 것이다. 기존의 평설은 저 "人事"를 간단히 '절'[答禮]로 해석하고 있으나, 이것은 온당한 견해가 아니다.

정철의 취지는 갖가지 인생사에 나아가 짚신을 축으로 매달고 다니는 사람들의 행색과 그 노릇이 무척 수고로워 보인다는 것이다. 사람이 사람의 노릇을 위하여 바쁘게 오가고 고달피 머무는 발길은 그 의미를 알고서 하든지 모르고서 하든지 간에 모두 존엄한 것이다. 누구도 이것을 돕거나 말리지 못한다. 정철의 「새원가」 제1장은 이것을 애처롭게 여겨서 부른 노래다.

정철의 「새원가」 연작 총3수는 모두 정계 현실에 대한 분노와 좌절감에 따른 불평을 작품의 배후에 직결된 정서로 가진다. 배후의 정서가 그와 같은데, 노래는 "流水 靑山을 벗 사마 더뎟노라"의 호매한 태도가 오히려 뚜렷하다. 더욱이 "녈손님 디내옵닉"와 같은 것은 인생의 귀천과 지체의 고하를 아예 모르는 이의 입에서 나오는 바로서 말세에 다시 얻기 어려운 말이다. 시절에 노여워 마침내 아프고 괴로운 때에도 아무 얽매인 것이 없이 수수한 심사와 그 언어를 잃지 않는 이것이 곧 정철의 격조다.

한국학 제36권 2호(한국학중앙연구원, 2013): 301-329면

07

최전의 경포대 제영과 예술적 모방의 규범

본문개요

모방(模倣)은 모름지기 원작이 도저히 미치지 못하는 경지로 새롭게 도약하는 창조적 국면을 지녀야 비로소 표절의 혐의를 벗는다. 그러나 모방은 그것이 비록 도습의 오명을 낳을지라도 누구에게나 너그럽게 허용될 만한 한 가지 사유를 가진다. 그것은 예술적 표현의 완성을 바라는 인류 공동의 뜻이다. 실제로 우리가 명편으로 일컫고 명구로 외우는 작품들의 대개는 모방에 모방을 거듭 더하고 어느덧 창신(創新)에 이르는 예술적 도약의 노력에서 나왔다.

모방에 기초한 공동체적 창조 활동의 예술사적 의미를 전혀 인정하지 않거나 아예 몰각하는 관점을 우려할 만하니, 최전(崔澱)의 「제경포

」(題鏡浦)를 도작(盜作)의 하나로 지목한 이익(李瀷)의 비평은 과실이 반드시 여기에 있다고 할 것이다. 최전은 가도(賈島)와 배적(裵迪) 및 손광헌(孫光憲)의 작품을 거쳐서 위야(魏野)의 작품에 이르고 또한 도잠(陶潛)과 전기(錢起) 및 위응물(韋應物)의 작품을 거쳐서 유종원(柳宗元)의 작품에 이르는 제가의 언어와 의경(意境)을 그 격식과 함께 두루 보고 배우되 마침내 시인의 품격을 창신하는 데까지 나아갔다.

최전의 시어는 이백(李白)과 같은 선재(仙才)의 풍모가 행간에 넘치고 있었다. 최전의 고유성은 곧 시인의 품격에 있으니, 풍진을 모르고 백년을 사는 무리의 사이에서 문득 벗어나 누천년에 걸치는 시간과 공간의 범주를 자유롭게 노닐던 그의 언어와 의경은 그야말로 진정한 환골(換骨)과 탈태(奪胎)의 징표가 되어 백대의 찬사를 불렀다. 최전의 「제경포」를 우리의 옛 사람들이 그토록 높여서 애호한 결정적 이유는 시인의 품격에 있었다.

핵심용어

모방의 규범, 점화(點化), 고유성, 자발성, 시인의 품격

Ⅰ. 서론

최전(崔澱)의 「제경포」(題鏡浦)는 역대의 경포대 제영을 대표하는 바로서 그것이 한번 읊어진 뒤로는 아무도 그에 필적할 만한 속편을 내지 못했을 만큼 경포의 풍광을 가장 빼어나게 읊어낸 시가 작품으로 각인되어 오래도록 많은 사람들의 칭송을 받았다. 이정구(李廷龜)와 신흠(申欽) 및 권필(權韠) 등과 같은 당대의 대가는 모두 최전의 「제경포」를 가리켜 이것은 곧 신선의 말이지 사람의 입에서 나온 말이 아니라고 높였다.[1] 이러한 칭송은 조선조 말엽의 이유원(李裕元)과 송병선(宋秉璿) 등의 유기(遊記)에 적히기까지 거의 불변의 것으로 이어지고 있었다.[2] 정경세(鄭經世)는 또한 최전의 「제경포」에 관하여 자신이 몸소 들었던 현지의 전승을 다음과 같이 적었다.

> 묘령의 한 나그네가 수수한 옷매무새에 복건을 두른 차림으로 경포대에 올라 기둥에 기대어 읊조리는데, 살결은 눈처럼 하얗고 눈동자는 밝은 별처럼 빛나며 몸과 마음의 기운은 훤히 다 맑아서 마치 못물이 가을 하늘을 머금은 듯했다. 갑자기 큰 글씨로 절구 한 수를 벽에 적기를 '蓬壺에 한번 들어온 지 3천년, 은빛 바다는 아득히 넓고 물은 맑도록 얕다. 鸞笙 불며 오늘 홀로 날아 왔거늘, 碧桃花 아래에 아무도 없구나.'라고 하고는, 적기를 마치자 옷자락을 떨치고 가면서 아무에게도 이름을 말하지 않으니, 보았던 사람들이 아마도 바닷가 신선이 아닌가 싶어서 자취를 좇아가 물어 보건댄, 세간에서 신동이라고 일컫던 최씨의 아들

---

1 李廷龜, 『月沙先生集』 39-10a. 「楊浦崔彦沈遺稿序」: "讀之, 往往風籟爽然, 殆非煙火食人語也."; 申欽, 『象村稿』 21-22b. 「楊浦詩稿敍」: "聞者艶誦, 稱以天仙."; 崔澱, 『楊浦遺藁』 單-53a. 「[權韠]石洲書」: "擧世傳誦, 以爲非烟火食人口中語也."

2 宋秉璿, 『淵齋先生文集』 20-32a. 「東遊記 · 觀鏡浦臺烏竹軒記」: "昔東(*楊)浦崔澱, 栗谷門人, 登臺有詩曰, … 無一点烟火氣, 乃仙語也."; 李裕元, 『林下筆記』 37-5a. 「蓬萊秘書 · 金剛緣起」: "詩無一點烟火氣, 此仙語也."

澱이었다.[3]

이것은 최전의 유고에 붙인 발문의 처음 몇 줄이다. 정경세가 강릉부사(江陵府使)로 나갔던 것은 1613년 3월의 일이고, 돌아와 이 발문을 작성한 것은 1619년 3월의 일이다. 최전은 1568년 3월에 태어나 1589년 12월에 22살의 나이로 세상을 떠났다. 유고는 1625년에 가서야 목판으로 간행되어 나왔다. 최전의 「제경포」는 그가 19살에 풍악(楓嶽)을 유람하던 무렵의 소작에 속하니, 정경세가 기록한 현지의 전승은 최전이 경포에 왔었던 때로부터 25년 남짓한 세월이 흘러간 끝에서 들었던 셈이다. 신선의 말이지 사람의 입에서 나온 말이 아니라고 높이던 찬사가 세대를 넘어서 여전히 그치지 않는 울림을 지니고 있었다.

그러나 세간의 이러한 평가를 단호히 부정하는 견해도 있었다. 예컨대 이익(李瀷)은 일반의 관점을 홀로 벗어나 매우 가혹한 평어로 자신의 비판적 견해를 적었다. 최전의 「제경포」는 위야(魏野)의 「심은자불우」(尋隱者不遇)라는 작품을 날것 그대로 집어삼킨 한낱 도작(盜作)일 뿐이라는 것이다. 도작에 지나지 않는 대상에 세간의 칭송이 쏠려 있었다고 폭로한 셈이니, 누구든 이러한 견해의 명백한 근거를 캐묻지 않을 수 없겠다. 이익의 견해가 후대의 비평에 끼친 영향은 비록 두드러진 것이 없지만, 이와는 별개로 우리는 마땅히 당초에 이익이 표절(剽竊)의 혐의를 제기한 사유를 철저히 검토해 보아야 하겠다.

3 鄭經世, 『愚伏先生文集』 15-28a. 「跋楊浦詩稿」: "有妙齡客, 輕衫幅巾, 登鏡浦臺, 倚柱而吟, 肌膚若氷雪, 目若明星, 神精淸澈, 若綠水之涵秋也. 忽大書一絕于壁曰, 蓬壺一入三千年, 銀海茫茫水淸淺, 鸞笙今日獨飛來, 碧桃花下無人見, 書訖拂衣去, 不向人說姓名, 見之者疑其爲海上眞仙, 跡而訪之, 則世所謂神童崔氏子澱也."

楊浦 崔澱의 鏡浦臺詩 '蓬壺에 한번 들어온 지 3천년, 은빛 바다는 아득히 넓고 물은 맑도록 얕다. 鸞笙 불며 가서는 이제껏 오지 않으니, 碧桃花 아래에 아무도 없구나.'는 고금의 絕唱으로서 뒷사람이 감히 따라 읊지 못했다고들 말한다. 宋나라 때의 魏仲先의 시에 '眞人을 찾아 얼떨결에 蓬萊島로 들어오니, 향긋한 바람은 고요히 불고 소나무 꽃은 시들어 간다. 어디서 芝草를 캐느라고 돌아오지 않는지, 바닥에 자욱한 흰 구름을 아무도 쓸지 않는다.'라고 했으니, 최전의 시는 거의 산 채로 껍질을 벗기고 날로 삼키는 솜씨를 보인 것이라고 하겠다. 東人은 흔히 옛 사람의 말을 본떠서 제 것을 만들되, 가려서 알아차리는 사람이 없었음이 때로 이와 같았다.[4]

그런데 이익이 표절의 혐의를 제기한 최전의 작품과 위야의 작품은 '蓬萊'라고 하는 하나의 지명을 제외하고는 서로 닮았다고 할 만한 것이 보이지 않는다. 그러니 우선은 '산 채로 껍질을 벗기고 날로 삼켰다.'[活剝生呑]라는 지적의 성립 근거에 의문이 따른다. 아울러 '옛 사람의 말을 본떴다.'[依倣古語]라는 지적의 부정적 저의도 문제다. 기존의 작품을 본떠서 새롭게 자신의 작품을 만드는 것은 지극히 예사로운 일이다. 단순히 본뜨는 그 자체를 가지고 어쩌면 저토록 가혹한 평가를 내렸던 것인가?

사실은 이익이 원작으로 제시한 위야의 작품도 기존의 작품을 본떠서 새롭게 자신의 작품을 만들어 냈던 사례의 하나다. 위야의 '어디서 지초(芝草)를 캐느라고 돌아오지 않는지, 바닥에 자욱한 흰 구름을 아무도 쓸지 않는다.'라는 시구는 가도(賈島)의 '다만 이 산중에 있거늘, 구름이 자욱해 자취를 모른다.'라는 시구를 본떠서 읊었다.[5] 이처럼

4 李瀷, 『星湖先生僿說』 30-17b. 「鏡浦臺詩」: "崔楊浦澱鏡浦臺詩, 蓬壺一入三千年, 銀海茫茫水淸淺, 鸞笙今日去不來, 碧桃花下無人見, 人謂古今絕唱, 後人不敢續也. 宋時魏仲先有詩, 尋眞誤入蓬萊島, 香風不動松花老, 採芝何處未歸來, 白雲滿地無人掃, 崔詩殆活剝生呑手段也. 東人每依倣古語以爲己作, 而無人辨得出往往如此."

은자를 찾아갔다가 결국은 만나지 못하게 되는 일로써 제재를 삼은 작품은 예로부터 헤아릴 수 없이 많았다. 그러나 일찍이 이러한 작품이 최전과 같이 가혹한 평가를 받았다는 소식은 들리지 않았다.

최전의 작품과 위야의 작품은 어디까지나 세간에 널리 알려져 있는 기존의 작품을 일종의 투식으로 삼아 모방한 유사의 관계일 뿐이지, 남들이 미처 모르는 대상을 가져다가 일부러 베끼는 방식으로 탈취한 표절의 관계가 아니다. 김상일과 심경호의 연구에서 이미 폭넓은 조사가 이루어진 바로서, 당시의 관행은 특히 『영규율수』(瀛奎律髓)를 율시의 본보기로 참조했고, 절구는 흔히 『연주시격』(聯珠詩格)을 참조했다.[6] 정민과 류화정의 연구에서 또한 자세히 조명된 바로서, 기존의 작품을 모방하는 행위는 시가 예술사의 전통에 대한 학습과 현실 생활의 실제적 창작을 위하여 매우 활발하게 이루어지고 있었다.[7]

최전의 「제경포」는 이익의 혹평에도 불구하고 우연히 경포의 풍광을 한번 읊어서 이로써 백대(百代)의 상심(賞心)을 대표하는 압도적 표현으로 존숭되어 왔었다.[8] 최전의 「제경포」는 기존의 것을 모방한 시가 작품의 예술적 가치를 평가하던 옛 사람들의 심미 표준을 이해할 만한 관건적 자료다. 본고는 이러한 이유에서 최전의 「제경포」를 중

---

5 高棅 編, 『唐詩品彙』 43-10b. 「[賈島]尋隱者不遇」: "松下問童子, 言師採藥去. 只在此山中, 雲深不知處." ※『당음』(唐音)은 작자와 작품명을 손초(孫草)의 「방양존사」(訪羊尊師)로 기재했다. 楊士弘 編, 『唐音』 14-2a 참조.

6 金相日, 「『精選唐宋千家聯珠詩格』과 조선조 간행의 의미」, 『東岳語文論集』 제36집(2000), 409-410면 참조; 沈慶昊, 「中國詩選集 및 詩註釋書의 受容과 朝鮮前期 漢詩의 變化」, 『Journal of Korean Culture』 제9호(2007), 83~89면 참조.

7 鄭珉, 「16 · 7세기 學唐風의 性格과 그 風情」, 『韓國漢文學研究』 제19집(1996), 198~211면 참조; 류화정, 「『東人詩話』에 수용된 중국 詩學書 연구」, 『東洋漢文學研究』 제36집(2013), 103~119면; 류화정, 「조선 전기 『精選唐宋千家聯珠詩格』의 수용과 활용」, 『大東漢文學』 제44집(2015), 19~33면 참조.

8 李恩珠, 「楊浦 崔澱의 詩世界 - 16세기 唐詩風의 한 경향」, 『韓國漢詩作家研究』 제7집(2002), 457~458면 참조.

심으로 시구의 모방과 개별 작품의 고유성 문제 및 격식의 차용과 심미 인식의 자발성 문제 등을 고찰해 보기로 하겠다.

Ⅱ. 점화의 노력과 고유성의 요구

최전의 「제경포」는 위야의 작품과 마찬가지로 은자를 찾아갔다가 결국은 만나지 못하고 아무도 없는 그 거처의 허전한 풍광을 홀로 마주하게 되는 일로써 제재를 삼았다. 그런데 이익이 표절의 혐의를 제기한 최전의 작품과 위야의 작품은 '蓬萊'라고 하는 하나의 지명을 제외하고는 서로 닮았다고 할 만한 것이 보이지 않는다. 그러나 이것은 이익의 예시가 충분하지 않았던 탓이다. 최전의 「제경포」는 총2수로 구성되어 있는데, 실제로 위야의 시구와 비슷한 구법(句法)을 보이는 부분은 이익이 예시한 제1수가 아니라 제2수에 있었다. 그러면 우선은 이익의 이른바 '산 채로 껍질을 벗기고 날로 삼켰다.'라는 지적의 성립 근거와 관련하여 두 작품을 비교해 보기로 하겠다.

어디로 朝元을 가느라고 아무도 없는지,
玉洞은 드넓고 천 그루 벽도화 숲은 우거져 쓸쓸하다.
瑤臺의 달빛에 서늘히 잠 못 이루되,
하늘가 향긋한 바람이 그윽이 물가에 스친다.

朝元何處去不知, 玉洞渺渺桃千樹.
瑤壇明月寒無眠, 萬里天風香滿浦.[9]

9 崔澱,『楊浦遺藁』1-10b.「題鏡浦二首」제2수.

최전의 「제경포」 제2수에 있어서 위야의 시구와 비슷한 구법을 보이는 부분은 특히 기구와 승구에 걸친다. 이것은 위야의 '採芝'에 상응하는 자리에 '朝元'을 적용하여 대체로 '어디로 갔는지 아무도 없구나.'라는 언어적 의미를 나타내는 조구다. 그런데 위야는 '아무도 없구나.'라는 광경을 그려내기 위하여 '바닥에 자욱한 흰 구름을 아무도 쓸지 않는다.'라고 하였고, 최전은 '옥동(玉洞)은 드넓고 천 그루 벽도화 숲은 우거져 쓸쓸하다.'라고 했으니, 기저의 의미는 서로 같아도 표면의 언사는 전혀 새롭다.

> 眞人을 찾아 얼떨결에 蓬萊島로 들어오니,
> 향긋한 바람은 고요히 불고 소나무 꽃은 시들어 간다.
> 어디서 芝草를 캐느라고 돌아오지 않는지,
> 바닥에 자욱한 흰 구름을 아무도 쓸지 않는다.
>
> 尋眞誤入蓬萊島, 香風不動松花老.
> 採芝何處未歸來, 白雲滿地無人掃.[10]

기저의 의미는 서로 같아도 표면의 언사를 전혀 새롭게 펼치는 모방의 방법을 가리켜 환골법(換骨法)이라고 했었다. 시가를 읊어서 상화(相和)하는 일이 사회적 교제의 수단이 되었던 시대에 있어서 태생이 천재에 속하는 작자가 아닌 바에는 누구나 이러한 환골법을 익숙하게 활용하지 않을 수 없었다. 그러나 환골법은 그것이 아무리 전혀 새로운 언사를 동원할지언정 어디까지나 모방의 한 가지 방법일 뿐이다. 이익은 이처럼 모방을 위주로 하고 독창(獨創)의 범위에 들지 못하는 제작 행태를 곧 표절로 규정하고 있었다.

---

10 厲鶚 撰, 『宋詩紀事』 10-19b. 「尋隱者不遇」.

그런데 이익의 '동인(東人)은 흔히 옛 사람의 말을 본떠서 제 것을 만들되, 가려서 알아차리는 사람이 없었다.'라는 발언은 황정견(黃庭堅)의 '노두(老杜)의 작시(作詩)와 퇴지(退之)의 작문(作文)은 한 글자도 내력(來歷)이 없는 곳이 없었다.'라는 발언을 떠올리게 만든다. 모방을 위주로 하고 독창의 범위에 들지 못하는 제작 행태를 평가하는 태도가 상반되어 있음을 주목할 만하다. 이익은 남들이 일찍이 읊었던 시구를 본떠서 제 것을 만드는 행위를 매우 부정적으로 지탄하고 있지만, 황정견은 오히려 그와 완전히 다른 견해를 보였다.

> 일찍이 없었던 言辭를 自作하는 일이야말로 가장 어렵다. 老杜의 作詩와 退之의 作文은 한 글자도 來歷이 없는 곳이 없었다. 後人이 讀書가 적어서 韓愈와 杜甫가 그러한 언사를 자작한 것으로 여겼을 뿐이다. 옛날에 文章을 잘 지었던 이들은 참으로 萬物을 陶冶할 줄 알아서 비록 옛 사람의 옛 언사를 翰墨에 들여도 마치 靈丹 한 알이 鐵을 바꾸어 金을 만드는 것과 같았다.[11]

남들이 일찍이 읊었던 시구를 본떠서 제 것을 만드는 일체의 행위를 모방이라고 한다면, 모방의 결과는 은밀히 한낱 사본(寫本)을 만드는 데 그치는 표절이 될 수도 있고, 또는 청출어람(靑出於藍)의 경우와 같이 원본 재료의 소질(素質)에 견주어 모방 표현의 가공(加工)이 오히려 더욱 뛰어난 창신(創新)이 될 수도 있다. 황정견은 후자의 관점에서 일찍이 아무 내력이 없는 언사를 자작(自作)하는 것만이 능사가 아니라 차라리 점화(點化)를 통하여 창신에 이르는 제작 방법의 예술적 가치를 중시하고 있었다. 점화는 곧 모방 표현의 가공을 말한다. 점화를

11 黃庭堅, 『山谷集』 19-21b. 「答洪駒父書」: "自作語最難, 老杜作詩, 退之作文, 無一字無來處. 蓋後人讀書少, 故謂韓杜自作此語耳. 古之能爲文章者, 眞能陶冶萬物, 雖取古人之陳言入於翰墨, 如靈丹一粒點鐵成金也."

위하여 흔히 사용된 방법으로는 앞에서 언급한 환골법과 함께 또한 탈태법(奪胎法)이 있었다.[12]

> 山谷은 말한다. 詩意는 無窮하되, 사람의 才量은 有限하니, 유한한 재량으로 무궁한 시의를 추구하려 한다면, 淵明과 少陵의 솜씨라도 수월하게 해내지 못할 것이다. 그러나 [옛 사람의] 그 시의를 바꾸지 않고서 [나의] 그 언사를 새롭게 지어내는 방법이 있으니, 이것을 換骨法이라고 이르고, [옛 사람의] 그 시의를 파헤치고 들어가 그것을 새롭게 나타내는 방법이 있으니, 이것을 奪胎法이라고 이른다.[13]

환골법은 작품의 핵심적 의미를 담고 있는 내용의 일부나 전부를 옛 사람의 작품에서 빌어다 쓰되 언사를 전혀 새롭게 지어내는 것이다. 탈태법은 옛 사람이 이미 표현했던 의미를 더욱 깊숙이 파헤치고 들어가 옛 사람이 미처 말하지 못했던 의미를 새롭게 나타내는 것이다. 그러나 이익의 비평적 관점은 일찍이 왕약허(王若虛)가 보여 주었던 태도를 거의 일변도로 추구하는 것과 같아서,[14] 그에게 있어서 이른바 점화라고 일컫는 모방의 방법은 고작해야 표절의 혐의를 감추는 교활한 술책으로만 간주되었던 듯싶다.

> 솔 밑에서 동자에게 물으니,
> 道士는 藥草를 캐러 갔다고 한다.

---

12 朴奉洙, 「'換骨奪胎' 理論의 研究」, 西江大學校 大學院 碩士學位論文(1999), 11~30면 참조; 金炳基, 「黃庭堅 '點鐵成金', '換骨法', '脫胎法' 再論」, 『中語中文學』 제57집(2014), 18~26면 참조.

13 惠洪, 『冷齋夜話』 1-9a. 「換骨奪胎法」: "山谷云, 詩意無窮而人之才有限, 以有限之才追無窮之意, 雖淵明少陵不得工也. 然不易其意而造其語, 謂之換骨法, 窺入其意而形容之, 謂之奪胎法."

14 王若虛, 『滹南集』 40-4b. 「詩話」: "魯直論詩有奪胎換骨點鐵成金之喻, 世以爲名言. 以予觀之, 特剽竊之黠者耳. 魯直好勝而恥其出於前人, 故爲此强辭, 而私立名字."

다만 이 산중에 있거늘,
구름이 자욱해 자취를 모른다.

松下問童子, 言師採藥去.
只在此山中, 雲深不知處.[15]

우리는 여기서 가도의 작품을 두고도 위야의 작품이 버젓이 또 하나의 명편으로 읽혀서 오래도록 인구에 회자되었던 까닭을 되새겨 볼 필요가 있겠다. 위야의 시구는 아닌 게 아니라 은자를 찾아갔다가 결국은 만나지 못하게 되는 일로써 제재를 삼았던 가도의 시구를 점화한 것이다. 가도는 애초에 다만 '구름이 자욱하다.'라고 했었다. 위야는 여기에 탈태법을 적용하여 '아무도 쓸지 않는다.'라는 의미를 새롭게 덧붙여 넣었고, 이로써 가도는 미처 말하지 못했던 무위자연(無爲自然)의 경지를 열었다. 그런데 그 내력을 헤아려 보건댄, 이것도 실상은 위야의 독창이 아니다.

홰나무 늘어선 집 앞의 두렁,
이는 곧 欹湖로 닿는 길이라.
가을 들어 산에 잦은 비,
떨어진 나뭇잎을 아무도 쓸지 않는다.

門前宮槐陌, 是向欹湖道.
秋來山雨多, 落葉無人掃.[16]

위야의 '아무도 쓸지 않는다.'라는 시어는 일찍이 배적(裴迪)의 '가을 들어 산에 잦은 비, 떨어진 나뭇잎을 아무도 쓸지 않는다.'라는 시

15 高棅 編, 『唐詩品彙』 43-10b. 「[賈島]尋隱者不遇」.
16 高棅 編, 『唐詩品彙』 40-3b. 「[裴迪]宮槐陌」.

구에 쓰였던 것이다. 위야에 앞서 손광헌(孫光憲)은 또한 '뜰에 지는 꽃잎을 아무도 쓸지 않으며, 바닥에 그윽한 꽃향기가 봄바람에 지친다.'라고 읊었다.[17] 손광헌은 배적의 의경(意境)을 베꼈고, 위야는 그러한 손광헌의 의경을 그야말로 '산 채로 껍질을 벗기고 날로 삼켰다.'라고 할 만큼 다시 옮겨 베꼈다. 위야의 시구는 이후에 다양한 형태로 차용되는 가운데 도원(道院)의 한적(閑寂)을 읊조린 전형적 표현으로서 거의 불후에 속하는 명성을 얻었다.[18]

위야는 다른 사람들이 모두 낙엽을 쓸거나 꽃잎을 쓸거나 티끌을 쓸거나 하는 곳에 머물러 있을 때에 홀로 구름을 대상으로 삼아 '아무도 쓸지 않는다.'라고 말했다. 구름은 사람이 빗자루를 들고서는 이루 다 쓸어낼 수 없는 사물이다. 대상으로 삼을 수 없는 사물을 대상으로 삼았던 데서 발상의 기특한 창신이 이루어졌다. 여기서 의미의 언어적 긴장이 두드러진다. 작품의 주제와 의경이 모두 심각한 수준으로 전개된 모방의 흔적을 보이되, 비난이 아니라 도리어 명성을 얻었던 까닭은 바로 여기에 있었을 것이다.

위야의 작품은 모방의 필연적 결과로 나타나는 광범하고도 심각한 유사성을 대가로 치르고 나서도 마침내 특수하게 표현된 한 가지 고유성을 지닌다. 그것은 '구름'과 '쓸다'를 직결시킨 비일상적 언어다. 그런데 이러한 고유성은 모방의 과정을 거치지 않고 이루어지는 이른바 원작의 독창성과는 다르다. 원작의 독창성은 개성(個性)이 공성(共性)을 압도하게 되지만, 모방작의 고유성은 그와 반대로 공성이 개성을 압

---

17 趙崇祚 編,『花間集』8-2b.「[孫光憲]菩薩蠻」: "小庭花落無人掃, 疏香滿地東風老. 春晚信沉沉, 天涯何處尋. 曉堂屏六扇, 眉共湘山遠. 爭奈別離心, 近來尤不禁."

18 李鷹,『濟南集』3-30b.「驪山歌」: "我上朝元春半老, 滿地落花人不掃."; 孫覿,『鴻慶居士集』5-20a.「魏江道上得小庵解裝小偈」: "蒼苔滿地無人埽, 只有酴醾一架陰."; 葉顒,『樵雲獨唱』2-37a.「過李從道故居有感」: "主翁去後寧復來, 戶外白雲人不掃."

도하는 조건에서 매우 희미하게 자생하는 요소다. 원작에 대한 모방작의 고유성은 이처럼 대개는 매우 극소하게 성립할 수밖에 없지만, 그래도 그것이 없이는 결코 도습(蹈襲)의 오명(汚名)을 버리지 못한다.

산은 흰 구름 속에 있고,
흰 구름을 스님이 쓸지 않는다.
손이 와 비로소 절 문을 여니,
온 골에 소나무 꽃이 시들어 간다.

山在白雲中, 白雲僧不掃.
客來門始開, 萬壑松花老.[19]

위야의 시어는 우리의 옛 시단에도 적잖은 영향을 주었다.[20] 최전의 「제경포」 제2수와 마찬가지로 여기에 예시한 이달(李達)의 절구도 그 대표적 사례의 하나다. 제목에 밝힌 불일암(佛日庵)은 쌍계사(雙溪寺) 동북쪽 10여리 밖 산중의 낭떠러지 위에 놓였던 절이다. 아래로 천 길이나 되는 폭포와 아스라한 잔도를 두었던 이 절은 지리산 10경의 하나에 들어 있었다. 절경에 파묻혀 봄여름이 몇이나 오고 가는지 모르고 지내는 한 스님의 한적한 일상을 그렸다. 스님이 흰 구름을 마냥 그대로 두고 쓸지 않는다. 뜻하지 않게 손이 와 비로소 절 문을 여는데, 계절이 어느덧 바뀌어 온 골에 바야흐로 소나무 꽃이 시들어 간다.

이달의 작품은 위야가 읊었던 도원을 은근히 산사(山寺)로 바꾸어 읊조린 것이다. 전폭에 걸쳐서 매우 자연스러운 산사의 춘경을 그리

19 李達, 『蓀谷詩集』 5-8b. 「佛日庵贈因雲釋」.
20 宋純, 『俛仰集』 1-22a. 「贈宋別坐駿」 제2수: "園林今與主翁分, 庭際無人掃宿雲."; 劉希慶, 『村隱集』 1-27a. 「太古亭」: "庭雲人不掃, 澗水客來聽."; 申晸, 『汾厓遺稿』 1-3b. 「夢作」: "山上白雲僧不掃, 客來門外鶴猶眠."; 鄭元容, 『經山集』 1-24b. 「以太僕正, 懷刺謁提擧楓皐金太史祖淳于玉壺之居…」: "林木巖壑相暎發, 白雲滿逕人不掃."

되, 구태여 '구름을 쓸지 않는다.'라고 하였고 '소나무 꽃이 시들어 간다.'라고 하였던 그 시어의 내력을 가지고 말하면, 이달의 작품은 최전의 작품보다 훨씬 더 뚜렷한 모방의 흔적을 보인다. 이익의 이른바 '산채로 껍질을 벗기고 날로 삼켰다.'라는 비난은 최전에 앞서 반드시 이달의 몫이 되어야 마땅할 듯싶다. 그러면 이달의 작품은 진실로 자득한 것이 전혀 없이 이루어진 한낱 도작일 뿐인가? 뉘라서 저렇게 자연스러운 변주를 오로지 표절로 몰아쳐 꾸짖을 수 있을까?

모방은 어떠한 것이든 남의 작품을 고의로 차용하게 마련이고, 이러한 차용은 원작자에게 있어서 본디 허락될 수 있는 행위가 아니다. 따라서 무릇 모방작은 위야의 소작과 같이 원작이 도저히 미치지 못하는 경지로 새롭게 도약하는 창조적 국면을 자체의 고유성으로 지녀야 비로소 표절의 혐의를 벗는다. 그렇지 못하면 다만 용렬한 모방에 그치고, 용렬한 모방에 그치는 한에는 언제까지나 도습의 오명이 따르는 뿐만 아니라 또한 의도적 표절의 혐의가 따른다. 도습의 용렬한 모방과 의도적 표절은 좀처럼 구별하기 어렵다. 이것은 최전의 「제경포」 제2수와 이달의 절구가 모두 난처하게 접촉되어 있는 점이다.

점화는 창신을 위하여 강구하는 것이다. 단순히 언어를 새 것으로 바꾸는 제작 행태와 단순히 의미를 헤집어 얼마나 되게 고쳐 세우는 제작 행태를 창신의 방안으로 간주하게 되면, 결국은 고유성이 전혀 없이 오직 유사성만을 가지는 모든 용렬한 모방이 환골법과 탈태법의 이름을 빌어서 한꺼번에 표절의 혐의를 벗는다. 이러한 폐단을 지탄하는 바로서, 이익의 가혹한 평어는 창신에 이르지 못하는 경우의 모든 용렬한 모방을 엄격히 경계하는 바였다.

그러나 모방의 흔적이 뚜렷한 이달의 작품도 이것을 도습의 하나로는 볼지언정 마침내 표절로 규정하기는 어려운 마당에 그보다 흔적이 희미한 최전의 작품을 이른바 '산 채로 껍질을 벗기고 날로 삼켰다.'라는 올가미에 가두어 갑자기 표절로 규정하기는 더욱 어려운 일이다. 하물며 최전의 「제경포」 제2수를 이달의 작품과 같이 도습의 하나로만 볼지라도 최종적 판단은 또한 제1수의 예술적 성격을 파악한 뒤라야 가능할 것이다.

Ⅲ. 자득과 자발적 심미 인식

이익을 제외하고는 일찍이 아무도 최전의 작품을 비난한 사람이 없었다. 이달의 작품을 비난한 사람도 없었다. 이것은 이익의 말처럼 그들의 작품이 위야의 시어를 본떠서 만든 것임을 몰라서 그랬던 것이 아니다. 위야의 시어를 모방하거나 거의 그대로 차용했던 사례가 적지 않았던 데서 충분히 짐작할 수 있듯이, 그들의 모방은 누구나 허용할 만한 관행의 범위에 있었다. 그러면 이제 이익의 이른바 '옛 사람의 말을 본떴다.'라는 지적의 부정적 저의와 관련하여 최전의 「제경포」 제1수의 내력을 추적해 보기로 하겠다.

蓬壺에 한번 들어온 지 3천년,
은빛 바다는 아득히 넓고 물은 맑도록 얕다.
鸞鳥를 타고서 오늘 홀로 날아 왔거늘,
碧桃花 아래에 아무도 없구나.

蓬壺一入三千年, 銀海茫茫水淸淺.
驂鸞今日獨飛來, 碧桃花下無人見.[21]

---

21 崔澱, 『楊浦遺藁』 1-10a. 「題鏡浦二首」 제1수.

최전의 「제경포」 제1수는 갈홍(葛洪)의 『신선전』(神仙傳)에 나오는 '蓬萊水淺' 고사를 차용하여 경포의 풍광과 자신의 감회를 묘사한 것이다. 한(漢)나라 때 동해군(東海郡) 사람으로 알려져 있는 왕원(王遠)이 채경(蔡經)이라는 사람의 집으로 마고(麻姑)를 불러서 잔치를 베푸는 가운데 서로 대화를 나누는데, 마고가 이르기를 '대선(大仙)을 처음 뵈옵던 때로부터 그 뒤로 동해(東海)가 세 번이나 상전(桑田)이 되었다. 이제도 봉래(蓬萊)를 지나오는데 바닷물이 또 저번에 뵈러 왔을 때보다 절반이나 얕았다. 아마도 다시 뭍이 되려는 것인가?'라고 하였다.[22] 마고가 이렇게 왕원을 다시 만나러 온 것은 500여년 만이다. 경포에 부치는 첫마디에 문득 '3천년'을 말하는 이 사람은 반드시 마고와 더불어 연배가 나란한 신선의 무리다.[23]

경포의 맑고도 얕은 물속은 저절로 '아마도 다시 뭍이 되려는 것인가?'라는 의문을 부른다. 이러한 의문에 선가(仙家)의 고사를 끌어와 갑자기 '3천년'을 쏟아 부으면서 누대에 서 있던 한 사람의 나그네는 어느덧 마고와 더불어 연배가 나란한 신선이 되어 버린다. 이로써 전편의 기구를 삼았다. 승구의 '은빛 바다는 아득히 넓고 물은 맑도록 얕다.'라는 표현은 경포의 직관적 인상을 그려낸 묘사이면서 또한 고사를 가져온 용사(用事)다. 눈앞에 보이는 경관과 고사에 나오는 소식이 절묘하게 하나로 겹친다.

다락집에 오르니 神仙이 아니라도 날개가 돋고,

---

22 葛洪, 『神仙傳』 3-9b. 「王遠」: "麻姑自說, 接待以來, 已見東海三爲桑田. 向到蓬萊, 水又淺於往昔會時略半也. 豈將復還爲陵陸乎."

23 申欽, 『象村稿』 9-15a. 「崔進士澱, 余莫逆交, 有俊才, 風神秀朗, 髫丱已有盛名. 稍長卽厭聲利, 遐擧山水間, 眞賀鑑湖所謂謫仙, 而可與神遊八極之表者也. 詩文草書音樂丹青, 皆絕凡. 自號楊浦, 年二十二夭歿. 其子有海將遷窆, 倩余爲挽.」 제1~4구: "蓬海幾淸淺, 塵寰從糾紛. 閱人誰似我, 曠世少如君."

짙푸른 산 빛을 찬 강에 적시니 비가 아니 와도 안개가 낀다.
이래서 마음이 저절로 물처럼 맑았던 사람이 있으니,[24]
淸風을 기리는 말씀이 萬古에 오히려 전한다.

登樓遠客非仙羽, 滴翠寒江不雨煙.
自是有人心似水, 淸風萬古語猶傳.[25]

최전의 「제경포」 제1수의 기구와 승구는 주세붕(周世鵬)의 「차한벽루운」(次寒碧樓韻)의 기구와 승구에 보이는 '다락집에 오르니 신선(神仙)이 아니라도 날개가 돋고, 짙푸른 산 빛을 찬 강에 적시니 비가 아니 와도 안개가 낀다.'와 유사한 경계다. 주세붕의 표현은 다만 객관적 방관자(傍觀者)의 완상하는 태도에서 나왔고, 최전의 표현은 주관적 동참자(同參者)의 도취하는 태도에서 나왔다. 최전의 전구와 결구는 응시하고 몰입하는 상태에서 읊조린 신선의 말이지 사람의 입에서 나온 말이 아니다. 경포대에 와서 시인은 바다가 다시 뭍으로 바뀌는 광경을 목격하는 신선이 되었고, 신선을 만나 경포의 풍광은 사람의 자취를 도무지 찾을 수 없는 선경(仙境)이 되었다.

전편의 화폭은 선계(仙界)의 시간이 적용된 자연사적 공간의 적막(寂寞)을 담았다. 승구의 '은빛 바다는 아득히 넓고 물은 맑도록 얕다.'라는 광경은 '蓬萊'의 선경을 가시적으로 표징하는 사태다. 최전은 '鸞鳥'를 타고 날아와 드높은 공중에서 경포를 내려다보는 가운데 인간계의 '3천년'을 마치 서너 해 지난 일처럼 말한다. 그런데 그의 독백은 또한 모

24 周世鵬, 『武陵雜稿』 原集 2-24b. 「次寒碧樓韻」 自註: "朱文節, 貌醜如鬼, 心淸如水." ※고려조 명관 朱悅의 한벽루 제영에 화운하는 가운데 또한 주열의 인품을 기린 것이다. 徐居正 等, 『東文選』 20-21b. 「[朱悅]淸風客舍寒碧軒」: "水光澄澄鏡非鏡, 山氣藹藹烟非烟. 寒碧相凝作一縣, 淸風萬古無人傳."
25 周世鵬, 『武陵雜稿』 原集 2-24b. 「次寒碧樓韻」.

방의 흔적이 뚜렷하다. 결구의 '벽도화(碧桃花) 아래에 아무도 없구나.'라는 탄식에 있어서 특히 '아무도 없구나.'라고 하는 부분은 시가 예술사의 전통에 있어서 이미 하나의 격식으로 굳어진 상투적 표현에 속한다.

승경(勝景)을 대상으로 하는 산수시(山水詩)의 사경(寫景)은 대개가 사람이 아예 없거나 있어도 거의 보이지 않는 경치로써 그 전형을 삼는다. 이러한 경치를 표현하기 위하여 흔히 '無人'·'人不' 등의 시어가 관용적으로 쓰였다. 우제(于濟)와 채정손(蔡正孫)의 『연주시격』은 이것을 시가의 유력한 격식으로 규정하여 '無人字格'·'無人見字格' 및 '人不字格' 등을 분류하고 총24수의 절구를 예시했다.[26] 실제로 '아무도 없구나.'라고 하는 상투적 표현은 우리의 옛 시단에도 수천 편에 이르는 모방의 자취를 남겼다.

일례로 위응물(韋應物)의 「저주서간」(滁州西澗)에 나오는 '아무도 없는 시골 나루터에 배가 혼자 가로놓였다.'와 같은 시구는 우리의 여러 한시 작품에 모방의 자취를 남겼고, 더욱이 가곡 가사에까지 차용된 사례가 보인다.[27] 관행이 이러할 양이면, 이것은 모방과 차용의 의미를 넘어서 예술의 전형적 표현을 자유롭게 공유하고 계승하는 바로서 선진과 후진이 서로 소통하고 함께 도모하는 공동체적 창조 활동의 일부로 보아야 마땅할 듯싶다. 이러한 관점에서 위응물의 「저주서간」과 유종원(柳宗元)의 「어옹」(漁翁)을 비교해 볼 만하다.

26 于濟·蔡正孫 編, 『精選唐宋千家聯珠詩格』 6-5a~12b; 8-19b~21a.
27 申叔舟, 『保閑齋集』 5-15a. 「題韓致義山水屛」: "柴扉晝掩無人見, 只有扁舟自在橫."; 徐居正, 『四佳集』 30-12a. 「題畫十二首爲權護軍作·平林圖」: "靑山矗矗水悠悠, 故渡無人橫小舟."; 鄭士龍, 『湖陰雜稿』 1-28a. 「卽事」: "輕澌滿岸無人渡, 橫泛前灘一葉舟."; 朴孝寬 編, 『歌曲源流』 單-57. 「界面調·二數大葉」: "[趙憲] 沙工은 어듸 가고 뷘 비만 미엿난고?"; 尹善道, 『孤山遺稿』 6下-別10a. 「漁父四時詞·夏」: "野渡 橫舟를 뉘라셔 닐럿는고?"

냇가에 그윽이 자라는 풀들이 몹시 예쁘거니와,
위로는 꾀꼬리가 높이 우거진 나무에 앉아 지저귀누나.
밀물이 저물녘 소낙비 더불어 바싹 다가오는데,
아무도 없는 시골 나루터에 배가 혼자 가로놓였다.

獨憐幽草澗邊生, 上有黃鸝深樹鳴.
春潮帶雨晚來急, 野渡無人舟自橫.[28]

위응물은 밀물이 저물녘 소낙비를 데리고 바싹 들이닥치는 즈음의 아무도 없는 시골 나루터에 덩그러니 거룻배 하나를 던져 놓았다. 유종원은 뱃노래 소리만 들리고 아무도 보이지 않는 새벽 강가에 우뚝우뚝 조금씩 빛깔을 드러내는 산봉우리 몇 개를 그려 넣었다. 위응물의 사경과 유종원의 사경은 친족의 관계다. 아무도 없거나 아무도 보이지 않는 지경에 모종의 경물을 내세워 이로써 비약적 결말을 이루는 점에서 그렇다. 그런가 하면 유종원의 사경은 더욱 진일보한 측면을 지닌다.

고기를 낚는 할아비가 밤새 西巖에 자더니,
새벽에 湘江 물을 길어다가 楚竹을 지펴 아침을 짓는다.
안개가 흩어지고 해가 돋는데 사람이 보이지 않거늘,
뱃노래 소리 한 가락에 山水가 푸르다.

漁翁夜傍西巖宿, 曉汲淸湘燃楚竹.
烟銷日出不見人, 欸乃一聲山水綠.[29]

안개가 흩어지고 바야흐로 해가 돋는데, 새벽에 보이던 사람이 어

28 韋應物, 『韋蘇州集』 8-13a. 「滁州西澗」.
29 柳宗元, 『柳河東集注』 43-30b. 「漁翁」 제1~4구.

느덧 보이지 않는다. 날빛이 밝아지면 사람이 더욱 또렷하게 보여야 할 터인데, 도리어 그렇지 않아서 생기는 궁금증이 시선의 긴장을 부른다. 시인의 그 시선은 찾아야 할 대상을 한동안 찾지 못하고 저절로 헤매게 되는데, 이로써 안팎의 모든 관심을 결미에 집중시킬 만한 전절(轉折)의 계기를 삼았다. 아무도 보이지 않는 지경에 처음 나타난 경물은 뱃노래 소리다. 시각이 궁금한 자리에 오히려 청각을 더하니, 전절의 효과가 여기서 한층 커진다.

위응물의 시구는 광범위한 동적 시야에서 단출한 정적 시야로 집중한다. 유종원의 시구는 그와 다르게 초점이 막연한 시각을 유일한 청각으로 유도하여 직전의 잔상(殘像)을 억누르는 가운데 갑자기 새로운 시각으로 전환하는 파격을 보인다. 뱃노래 소리 한 가락에 산수가 푸르다. 청각과 시각이 처음부터 무슨 특별한 인과관계라도 있는 것처럼 상호의존적으로 기이하게 교대하는 현상을 귀신처럼 포착했다. 소식(蘇軾)은 이것을 가리켜 곧 '奇趣'라고 했었다.[30] 그런데 이것도 실상은 유종원의 독창이 아니다.

가락은 물결을 따라 瀟浦에 이르고,
울림은 바람을 타고 구슬피 洞庭을 스친다.
樂曲이 그치자 아무도 없거늘,
산봉우리 몇 낱 강가에 푸르다.

流水傳瀟浦, 悲風過洞庭.
曲終人不見, 江上數峰青.[31]

---

30 惠洪,『冷齋夜話』5-5a.「柳詩有奇趣」: "東坡云, 詩以奇趣爲宗, 反常合道爲趣. 熟味此詩, 有奇趣."
31 錢起,『錢仲文集』7-1a.「省試湘靈鼓瑟」 제9~12구.

가락이 다하고 울림이 그치면 거문고를 타던 그 사람이 우두커니 홀로 남는다. 그러나 민간의 거룩한 전설과 시인의 침울한 몽상이 빚어낸 상비(湘妃)의 거문고 소리는 상강(湘江)의 상류로 거슬러 올라가 소포(瀟浦)를 떠돌고 또 하류의 800리 동정호(洞庭湖)를 온통 다 스치고 나오도록 아무런 자취도 남기지 않는다. 구름이 무심코 내미는 산봉우리 몇 낱이 강가에 우뚝우뚝 서 있을 뿐이다. 청각과 시각의 이질적 대상이 물리적 연속과 병존의 시간을 공유하던 끝에 문득 의식과 시야의 전폭을 갱신하는 유종원의 예술적 표현은 그 유래가 여기에 있었다.

유종원의 저 시구는 특히 전기(錢起)의 「성시상령고슬」(省試湘靈鼓瑟)에 나오는 '산봉우리 몇 낱 강가에 푸르다.'는 의경을 모방한 것이고, 전기의 저 시구는 또한 도잠(陶潛)의 「귀거래혜사」(歸去來兮辭)에 나오는 '구름이 무심코 산봉우리를 내민다.'는 의경을 모방한 것이다.[32] 그러나 모방의 흔적이 이처럼 들여다볼수록 뚜렷하게 드러날지언정 일찍이 이것을 가지고 저들이 저마다 명가(名家)로서 이룩한 시인의 풍격(風格)과 명편(名篇)으로서 지니는 작품의 예술적 가치를 폄하한 사람은 아무도 없었다. 그러면 그 이유는 어디에 있는가?

앞 사람에게서 이미 나왔던 것을 제 마음대로 다시 고쳐서 내 놓는 것은 높게 여길 만한 것이 아니다. 그러나 사물은 서로 같은 理致를 지니는 수가 있으며, 사람은 서로 같은 見識을 지니는 수가 있으니, 언어와 그 의미를 베풀어 쓰는 가운데 어찌 전혀 넘나들지 않을 수 있겠는가? 옛날의 작자들은 본디 이러한 것을 마음에 두지 않았다. 같다고 해서 꺼리지 않았고, 다르다고 해서 뽐내지 않았다. 自得한 바에 따라 그 當然한 것에 힘을 다했을 뿐이다. 詩文의 絕妙한 아름다움은 오로지 언어와 그 의미

32 陶潛, 『陶淵明集』 5-6a. 「歸去來兮辭」: "策扶老以流憩, 時矯首而遐觀. 雲無心而出岫, 鳥倦飛而知還."

> 의 같고 다른 것에만 있지는 않았던 까닭이다. 그래서 다들 名家를 이루어 저마다 후세에 전하는 데 거리낌이 없었던 것이니, 어찌 꼭 황정견의 말과 같아야 하겠는가?[33]

왕약허는 그 이유를 제작 동기의 자발성에 두었다. 작품의 같고 다름에 구애를 받지 않는 제작 동기의 자발성과 그 역량에 따른 표현의 자족성은 모방과 창조의 구별을 무의미할 뿐만 아니라 불필요한 것으로 만드는 원리다. 사물의 이치와 사람의 견식은 서로 같을 수밖에 없는 경우가 있으니, 이것은 작품의 언어와 의미를 억지로 다르게 할 수 없는 사유다. 따라서 환골법이니 탈태법이니 하는 점화의 수법을 능사로 삼을 것이 아니라 저마다 자득한 바의 자발적 심미 인식에 따라 그 당연한 심미 요구를 충족하도록 진력하는 것이 작자의 진정한 도리다.

최전의 「제경포」는 '蓬萊水淺' 고사를 끌어와 전편의 기구를 삼았고, 아울러 '無人字格' 유형의 '아무도 없구나.'라는 격식을 빌어서 제1수의 결구를 삼았다. 전자는 '湘靈鼓瑟' 고사를 끌어온 전기의 용사와 유사한 점이다. 그러나 최전은 전기나 유종원의 경우와 다르게 후자의 '아무도 없구나.'라는 격식을 전절의 도구로 사용하지 않았다. 그것을 오히려 제1수의 결구로 미루어 그 자체를 사경의 목적으로 바꾸는 파격을 보였다. 소식의 이른바 '奇趣'를 버리고 평담(平澹)을 추구한 것이다. 전기나 유종원의 표현을 귀재(鬼才)의 솜씨라고 한다면, 최전의 표현은 이백(李白)과 같은 선재(仙才)의 솜씨다. 선재는 무릇 귀재의 무리와 더불어 그 솜씨를 다투지 않는다.

최전은 인간계의 '3천년'을 선계의 찰나의 광경에 담아 마치 서너

---

33 王若虛, 『滹南集』 40-4b. 「詩話」: "夫旣已出於前人, 縱復加工, 要不足貴. 雖然, 物有同然之理, 人有同然之見, 語意之間, 豈容全不見犯哉. 蓋昔之作者, 初不校此. 同者不以爲嫌, 異者不以爲夸. 隨其所自得, 而盡其所當然而已. 至於妙處, 不專在於是也. 故皆不害爲名家而各傳後世, 何必如魯直之措意耶."

해 지난 일처럼 말하는 신선의 풍격을 지녔다. 이러한 풍격은 천부적 자질에 말미암는 것이자 또한 일상생활의 습성으로 길러지는 것이다.[34] 바다가 다시 뭍으로 바뀌는 경포의 자연사적 공간을 드높은 공중에서 혼자 내려다보던 최전의 초월적 상상력은 누구도 어떠한 솜씨로도 다툴 수 없는 자발적 심미 인식과 창조의 원천을 이루고 있었다. 그러니 여기서 어찌 '옛 사람의 말을 본떴다.'라고 하는 흔적을 들추어 그 출처와 내력의 같고 다른 차이를 캐물을 것인가?

최전의 「제경포」는 가도와 배적 및 손광헌의 작품을 거쳐서 위야의 작품에 이르고 또한 도잠과 전기 및 위응물의 작품을 거쳐서 유종원의 작품에 이르는 제가의 언어와 의경을 그 격식과 함께 두루 보고 배우되 마침내 시인의 품격을 창신하는 데까지 나아갔다. 최전의 고유성은 곧 시인의 품격에 있으니, 풍진을 모르고 백년을 사는 무리의 사이에서 문득 벗어나 누천년에 걸치는 시간과 공간의 범주를 자유롭게 노닐던 그의 언어와 의경은 그야말로 진정한 환골과 탈태의 징표가 되어 백대의 찬사를 불렀다.

Ⅳ. 결론

우리의 시가 예술사는 작품과 그 작자의 인격을 떼려야 뗄 수 없는 것으로 동일시하는 관습이 일찍부터 정립되어 있었다. 사람의 개성이 서로 다르듯 작품도 서로 달라야 마땅하다는 관념이 시가의 예술적 가치를 평가하는 미의식의 기초를 이루고 있었다. 이러한 미의식은

34 李廷龜,『月沙先生集』39-10a.「楊浦崔彥沈遺稿序」: "其詩淸逸有韻, 恰得唐人風致, 雖語或未鍊, 而天分自高, 有似丹穴鳳雛聲纔出吭, 已足驚人."

당연히 도습에 그치는 모방을 매우 꺼렸다. 자신의 절실한 체험을 벗어나 전고에 지나치게 기대는 제작 행태도 비슷한 이유로 함께 비난을 받았다.[35] 그러나 그와는 별개로 도습을 넘어서 마침내 창신의 경지에 이르는 예술적 도야의 노력도 결코 끊이지 않았다.

밤안개 자욱한 모래톱은 가없이 드넓고,
천 길 높은 누대는 깊이 모를 못을 두고 우뚝하다.
산중의 나무가 한꺼번에 울리더니 갑자기 바람이 일고,
강물소리 문득 거세더니 달이 외로이 떴다.

煙沙浩浩望無邊, 千仞臺臨不測淵.
山木俱鳴風乍起, 江聲忽厲月孤懸.[36]

예컨대 정사룡(鄭士龍)의 「후대야좌」(後臺夜坐) 함련은 도습을 넘어서 마침내 창신의 경지에 이르는 예술적 도야의 노력을 가장 잘 보여주는 사례의 하나일 것이다. 여기서 '강물소리가 문득 거세더니 달이 외로이 떴다.'라는 의경은 이제 막 귀로써 듣고 이제 막 눈으로써 보고 있는 대상으로서 오로지 지각에서 얻은 표상일 뿐이지 기억이나 사려에서 떠올린 표상이 아니다. 소리가 문득 거세진 쪽으로 고개를 돌리니, 눈앞의 모든 사물이 어둠에 파묻힌 가운데 오로지 저 홀로 밝은 달이 외로이 떠 있었다. 이러한 즉경(卽景)을 미처 모르고 다만 문자를 읽어서 그 경계를 상상하는 독자의 심중은 두 마디 말이 좀처럼 서로 이어지지 않는 듯싶다.[37]

---

35 李睟光, 『芝峯類說』 9-4a. 「文章部二 · 詩」: "宋人作詩, 專尙用事, 而意興則少. … 近世此弊益甚, 一篇之中, 用事過半, 與剽竊古人句語者, 相去無幾矣."
36 鄭士龍, 『湖陰雜稿』 3-15b. 「後臺夜坐」 제2수 전반.
37 李睟光, 『芝峯類說』 9-36a. 「文章部二 · 詩評」: "且夜坐一聯曰, 山木俱鳴風乍起, 江聲忽厲月孤懸, 號爲絕唱, 而下句江聲忽厲, 與月孤懸, 似不相屬."

정사룡의 저 시구는 청각과 시각의 이질적 대상이 물리적 연속과 병존의 시간을 공유하던 끝에 문득 의식과 시야의 전폭을 갱신하는 유종원의 예술적 표현을 특히 심층 원리의 수준에서 정교하게 베꼈다. 요컨대 정사룡의 '강물소리가 문득 거세더니 달이 외로이 떴다.'라는 의경은 유종원의 '뱃노래 소리 한 가락에 산수(山水)가 푸르다.'라는 의경과 마찬가지로 신체의 여러 감각이 개별적 속성으로는 불연속 방면을 보이고 있어도 상황의 전체는 공감각적 연속을 이루는 경계를 담았다. 이것은 그저 외양을 베끼는 모방이 아니라 본질을 훔치듯 베끼는 재창조의 하나다.

우리는 여기서 위야의 '바닥에 자욱한 흰 구름을 아무도 쓸지 않는다.'라는 의경과 유종원의 '뱃노래 소리 한 가락에 산수(山水)가 푸르다.'라는 의경이 저마다 기존의 전형적 표현을 모방하되 그것을 한층 더 발전시켜 나아가는 공동체적 창조 활동의 소산이었던 점을 되새겨 볼 필요가 있겠다. 정사룡은 다시 유종원의 의경을 계승하여 창신에 창신을 거듭 더하는 예술적 도야의 극치를 보여 주었다. 허균(許筠)은 정사룡의 「후대야좌」를 『국조시산』(國朝詩刪)에 뽑아 넣으면서 특히 그 함련을 들어서 '壓卷'이라고 평가했다.[38] 함련의 의경과 그 시어의 내력을 훤히 알고 있었을 테지만,[39] 허균은 그처럼 극찬을 아끼지 않았다. 그러면 이익은 이것을 또 어찌 평가했을 것인가?

모방은 어떠한 것이든 남의 작품을 고의로 차용하게 마련이고, 이러한 차용은 원작자에게 있어서 본디 허락될 수 있는 행위가 아니다. 따라서 무릇 모방작은 원작이 도저히 미치지 못하는 경지로 새롭게

38 許筠, 『國朝詩刪』(이화여자대학교 소장본: 고811.1085 허17a) 7-2a. 「[鄭士龍]後臺夜坐」 함련: "此老此聯, 當壓此卷."

39 梁慶遇, 『霽湖集』 9-9a. 「詩話」: "蓋木葉俱鳴夜雨來, 簡齋之詩也. 灘響忽高何處雨者, 吳融之句也. 湖陰上下句取此兩詩之語, 而陶鑄之圓轉無欠. 或者以月孤懸三字, 爲不承上語, 可謂癡人前說夢."

도약하는 창조적 국면을 자체의 고유성으로 지녀야 비로소 표절의 혐의를 벗는다. 그렇지 못하면 다만 용렬한 모방에 그치고, 용렬한 모방에 그치는 한에는 언제까지나 도습의 오명이 따르는 뿐만 아니라 또한 의도적 표절의 혐의가 따른다. 이익의 가혹한 평어는 창신에 이르지 못하는 경우의 모든 용렬한 모방을 엄격히 경계하는 바였다.

그러나 모방은 그것이 비록 도습의 오명을 낳을지라도 누구에게나 너그럽게 허용될 만한 한 가지 사유를 가진다. 그것은 예술적 표현의 완성을 바라는 인류 공동의 뜻이다. 실제로 우리가 명편으로 일컫고 명구로 외우는 작품들이 모두 다 순전한 미증유의 독창적 경지에서 나왔던 것은 아니다. 대개는 모방에 모방을 거듭 더하고 어느덧 창신에 이르는 예술적 도야의 노력에서 나왔다. 황정견의 '노두(老杜)의 작시(作詩)와 퇴지(退之)의 작문(作文)은 한 글자도 내력(來歷)이 없는 곳이 없었다.'라는 발언도 그 본의는 이것을 벗어나지 않는다. 이러한 이유에서 모방에 기초한 공동체적 창조 활동의 예술사적 의미를 전혀 인정하지 않거나 아예 몰각하는 관점을 우려할 만하니, 최전의 「제경포」를 도작의 하나로 지목한 이익의 비평은 과실이 반드시 여기에 있다고 할 것이다.

최전의 「제경포」는 '蓬萊水淺' 고사를 끌어와 전편의 기구를 삼았고, 아울러 '無人字格' 유형의 '아무도 없구나.'라는 격식을 빌어서 제1수의 결구를 삼았다. 전자는 '湘靈鼓瑟' 고사를 끌어온 전기의 용사와 유사한 점이다. 그러나 최전은 전기나 유종원의 경우와 다르게 후자의 '아무도 없구나.'라는 격식을 전절의 도구로 사용하지 않았다. 그것을 오히려 제1수의 결구로 미루어 그 자체를 사경의 목적으로 바꾸는 파격을 보였다. 평담을 바라고 기취를 버렸던 셈이다. 그러나 그럼에도 불구하고 그의 시어는 이백과 같은 선재의 풍모가 행간에 넘치고 있었다.

경포의 맑고도 얕은 물속은 저절로 '아마도 다시 뭍이 되려는 것인가?'라는 의문을 부른다. 이러한 의문에 선가의 고사를 끌어와 갑자기 '3천년'을 쏟아 부으면서 누대에 서 있던 한 사람의 나그네는 어느덧 마고와 더불어 연배가 나란한 신선이 되어 버린다. 경포대에 와서 시인은 바다가 다시 뭍으로 바뀌는 광경을 목격하는 신선이 되었고, 신선을 만나 경포의 풍광은 사람의 자취를 도무지 찾을 수 없는 선경이 되었다. 이러한 몰입과 도취의 정황을 미처 의심할 겨를도 없이 시인은 저절로 황홀감에 젖어서 선어를 베푼다.

최전은 인간계의 '3천년'을 선계의 찰나의 광경에 담아 마치 서너 해 지난 일처럼 말하는 신선의 풍격을 지녔다. 이러한 풍격은 천부적 자질에 말미암는 것이자 또한 일상생활의 습성으로 길러지는 것이다. 바다가 다시 뭍으로 바뀌는 경포의 자연사적 공간을 드높은 공중에서 혼자 내려다보던 최전의 초월적 상상력은 누구도 어떠한 솜씨로도 다툴 수 없는 자발적 심미 인식과 창조의 원천을 이루고 있었다. 시어의 출처와 내력을 따지기에 앞서 이미 독자의 심중을 막대하게 장악하는 감화력이 여기서 나왔다.

최전의 「제경포」는 가도와 배적 및 손광헌의 작품을 거쳐서 위야의 작품에 이르고 또한 도잠과 전기 및 위응물의 작품을 거쳐서 유종원의 작품에 이르는 제가의 언어와 의경을 그 격식과 함께 두루 보고 배우되 마침내 시인의 품격을 창신하는 데까지 나아갔다. 최전의 고유성은 곧 시인의 품격에 있으니, 풍진을 모르고 백년을 사는 무리의 사이에서 문득 벗어나 누천년에 걸치는 시간과 공간의 범주를 자유롭게 노닐던 그의 언어와 의경은 그야말로 진정한 환골과 탈태의 징표가 되어 백대의 찬사를 불렀다.

사람의 개성이 서로 다르듯 작품도 서로 달라야 마땅하다는 관념은 당연히 작품을 이루는 언어와 그 의미의 다름을 넘어서 사람의 다름을 가장 중시하게 마련이었다. 시인의 품격이 다르면 저절로 그 언어도 다르게 되는 까닭이었다. 시어의 출처와 내력의 같고 다른 차이는 마침내 월등한 시인의 품격과 그 위력에 의하여 개의할 필요가 거의 없는 요소로 떠밀려 구석에 놓인다. 최전의 「제경포」는 우리의 옛 사람들이 그토록 높여서 애호한 결정적 이유는 시인의 품격을 가장 우월한 척도로 삼았던 심미 표준에 있었다.

▌한국학 제41권 4호(한국학중앙연구원, 2018): 135-157면

08

「정읍」의 주석 “指入”과 악절 “過篇”의 해석

본문개요

「정읍」, 「동동」, 「보허자」, 「감군은」에 대한 주석의 이른바 “指入”은 곧 환입(還入)을 조성과 속도로써 제약하는 변주의 방식, 또는 그 악곡을 말한다. 예컨대 「동동」과 「정읍」은 만(慢)·중(中)·삭(數)의 삼기(三機)를 지니는 악곡인데, 여기에서 이른바 만기(慢機)를 본곡으로 본다면, 중기(中機)와 급기(急機)는 만기를 특히 속도로써 제약한 환입, 곧 지입(指入)에 해당한다.

「정읍」은 뚜렷한 삼첩(三疊) 형식의 악곡이다. 따라서 그 제2단은 본환입(本還入)과 같이 단순한 환입으로 연주하더라도, 그 제3단 만큼은 지입 방식을 좇아 변주했을 가능성이 크다. 이른바 금선조(金善調)

는 그처럼 지입 방식에 따라 변주되는 부분으로 보인다. 「정읍」 제1단과 제2단의 초두(初頭)는 거의 같은 것이라 할 정도로 비슷한 면모를 보이되, 이른바 "過篇"에 해당하는 제3단의 초두는 제1 · 2단의 초두와 완전히 다른 면모를 보이는 뿐만 아니라 또한 완전한 종지형을 보인다. 따라서 「정읍」 제2단의 초두는 사(詞)에서 말하는 환두(換頭)와 같은 성질의 것이나, 「정읍」 제3단의 초두, 곧 과편(過篇)은 곡(曲)에서 말하는 환두에 가깝다.

「정읍」의 제2단에 소엽(小葉)이 붙지 않은 것은 전편의 긴밀성을 확보하고 삼첩 형식에서 유래하는 단순성을 지양하기 위한 미적 요구의 반영이다. 그런데 「정읍」의 전강(前腔), 후강(後腔) 따위와 같은 악절이 그 어떤 결합 성분도 없이 완전한 하나의 단락을 이루는 경우를 명칭에 반영한 사례는 전혀 발견되지 않는다. 따라서 「정읍」 제2단의 형식 용어는 그냥 '후강'으로 보아야 마땅하다.

핵심용어

지입(指入), 환입(還入), 환두(換頭), 과편(過篇), 금선조(金善調),

Ⅰ. 서론

「정읍」(井邑)은 고려시대의 향악 「무고」(舞鼓)에 편입되어 있던 하나의 고전 가곡으로서 『대악후보』(大樂後譜)에 그 악보가 실려 있다. 그런데 이것은 「정읍」의 완전한 전체를 기록한 악보가 아닐 뿐더러 그나마 여기에는 가사가 한 줄도 붙어 있지 않아서, 악곡과 가사의 관련을 자세히 살필 수가 없음은 물론이고 악곡 자체를 해석하는 데도 많은 난점이 따른다. 그러나 어떻게 해서든 「정읍」을 하나의 악곡으로써 완전히 이해하고 또한 그 미적 특질을 충분히 파악한 뒤라야 악곡과 가사의 관련을 묻는 질문도 비로소 그 의미를 얻을 것이다. 가곡에 있어서, 악곡은 가사의 형식을 결정하는 바이자 가사가 그로 말미암아 생동하게 되는 공간이기 때문이다.

「정읍」은 「진작」(眞勺)과 함께 조선시대를 풍미한 이른바 대엽조(大葉調) 단가(短歌)의 모태가 되었던 듯하다. 「정읍」과 「진작」은 때로 '신방곡'(神房曲)이라는 이름으로 불리기도 했는데,[1] 만약에 이 신방곡이 대엽조 단가의 한 갈래인 심방곡(心方曲)을 배출했던 바라면, 「진작」과 「정읍」에 대한 연구는 대엽조 단가의 성립을 구명하는 작업의 필수가 될 것이다. 그런데 「진작」과는 다르게 「정읍」의 악보는 위에서 지적한 바와 같은 난점을 지니고 있으니, 우선은 「정읍」을 하나의 악곡으로써 완전히 이해하기 위한 기초 연구가 절실히 요구된다.

「정읍」의 악보 자체에 대한 원전 비평은 김영운의 거듭된 연구를

1 「처용무」에 수반되는 주악의 순서가, 『악학궤범』에는 '鳳凰吟 - 眞勺 - 井邑 - 北殿'으로, 『용재총화』에는 '鳳凰吟 - 神房曲 - 北殿'으로 되어 있다. 여기에서 이른바 '神房曲'은 「진작」과 「정읍」을 한데 아울러 지칭한 것으로 보인다. 『樂學軌範』: 『樂學軌範 · 樂章歌詞 · 敎坊歌謠 合本』(亞細亞文化社, 1975), 222~231면; 李妍聖, 「『慵齋叢話』의 原典 硏究」, 弘益大學校 博士學位論文(1998), 附錄 - 『慵齋叢話』의 原典 再構, 9면.

통하여 거의 완성 단계에 도달한 것으로 보인다.[2] 그러나 「정읍」의 형식 · 구조와 그 성격을 구명하는 작업은 아직도 몇 가지 중요한 문제를 미결에 부친 채로 장애를 겪고 있다. 예컨대 『대악후보』 「정읍」의 제목에 보이는 "指入"이라는 주석을 비롯해서 『악학궤범』(樂學軌範) 「정읍」의 가사에 보이는 "過篇"과 같은 세부 악절(樂節)의 명칭은 「정읍」을 연구하는 데에 있어서 가장 먼저 해결해야 할 문제일 것이나, 아직은 확실한 해답을 찾지 못하고 있는 실정이다.

본고는 위와 같은 연구상의 필요에 따라 『대악후보』 「정읍」의 형식 · 구조와 그 성격을 구명하는 작업의 하나로서 주석 "指入"과 악절 "過篇"을 해석하는 것으로써 작성의 목표를 삼는다. 양자는 「정읍」의 본질로 통하는 관건이 되는 것이자 여타의 고전 가곡을 이해하는 데도 매우 중요한 단서가 되는 것이기 때문이다. 이하의 본론은, 첫째, 주석 "指入"의 의미를 파악하여 이른바 "金善調"의 성격을 규정하고, 둘째, 악절 "過篇"의 성격과 기능을 파악하여 이른바 "後腔全"의 문제를 재고하는 과정이 될 것이다.

Ⅱ. 주석 "指入"의 의미

1. "指入"의 해석

『대악후보』 전체를 통해서 그 제목에 지입이라는 주석이 붙어 있는

2 김영운, 「井邑考」, 『제1회 전국대학생 학술연구발표대회 논문집 - 인문분야 -』(고려대학교 학도호국단, 1976), 351~369면; 金英云, 「高麗歌謠의 音樂形式 硏究」, 『韓國音樂散考』 제6집(한양대학교 전통음악연구회, 1995), 59~61면; 金英云, 「井邑의 後腔全과 金善調에 對한 音樂的 考察」, 『정신문화연구』 제21권 4호(한국정신문화연구원, 1998), 27~48면.

악곡은 모두 4편이다. 「감군은」(感君恩), 「보허자」(步虛子), 「동동」(動動), 「정읍」이 그것이다.[3] 그런데 여기에서 「감군은」과 「동동」은 『대악후보』에 모두 두 편씩 실려 있으니, 앞으로 지입이라는 주석과 관련해서 각편을 지칭할 경우에는, 앞에 실린 것을 「감군은1」·「동동1」이라 부르고, 뒤에 실린 것을 「감군은2」·「동동2」라고 부르기로 하겠다. 지입이라는 주석은 모두 후자에 붙어 있다.

[기존의 해석과 그 문제점]

이른바 지입에 대한 종래의 해석은 『대악후보』「보허자」에 대한 장사훈(1974)의 연구에서 처음으로 제기되었고, 이제까지 그의 해석에 어떤 의문을 제기한 연구는 없었다. 장사훈은 특히 「보허자」로 말해서 그것의 '환입(還入)을 제외한 나머지 부분'을 곧 지입으로 보았다. 『대악후보』「보허자」는 그 전편의 선율이 전단(前段)과 후단(後段)으로 나뉘는 [AB+CB]의 구조로 되어 있는데, 환입 부분에 해당하는 맨 끝의 [B]를 제외한 나머지 [AB+C]를 지입으로 본 것이다. 장사훈의 견해를 제시하면 아래와 같다.

> 大樂後譜 步虛子는 指入과 還入의 區別이 있어 「碧烟籠曉」詞의 前段(尾前詞)의 初句 「碧烟籠曉波閑」부터 後段(尾後詞) 初句 「宛共指嘉禾瑞」까지가 指入이고 後段의 「微一笑破朱顔」 以下는 還入으로 되어 있다.[4]

3 ①『大樂後譜』: 『韓國音樂學資料叢書』 제1권(은하출판사, 1989), 179면. "感君恩 - 平調. 指入." ②『大樂後譜』: 『韓國音樂學資料叢書』 제1권, 183면. "步虛子 - 指入." ③『大樂後譜』: 『韓國音樂學資料叢書』 제1권, 193면. "動動 - 指入. 舞童牙拍呈才 · 女妓呈才同." ④『大樂後譜』: 『韓國音樂學資料叢書』 제1권, 196면. "井邑 - 指入. 舞鼓呈才用界面調." ※『韓國音樂學資料叢書』는 모두 〈은하출판사, 1989〉의 영인본을 인용할 것이다. 따라서 이하의 각주는 〈은하출판사, 1989〉를 따로 적지 않는다.

4 張師勛, 「步虛子論攷」, 『國樂論攷』(서울大學校出版部, 1974), 6면.

장사훈은 『대악후보』 「보허자」의 제목에 붙어 있는 지입이라는 주석을 악보의 본문 제45항(行) 위쪽 여백에 적혀 있는 환입이라는 표식에 비추어 양자를 배타적인 개념으로 해석한 듯하다. 그러나 이것은 오직 「보허자」라고 하는 하나의 악곡에 국한된 편의상의 해석이지 정확한 해석은 아니다. 만약에 장사훈의 해석이 정확한 것이라면, 그것은 「보허자」와 마찬가지로 그 제목에 지입이라는 주석이 딸려 있는 여타의 악곡에 대해서도 두루 타당성을 지녀야 할 것이다. 그러나 실상은 그렇지 못하다.

지입이라는 주석이 붙어 있는 4편의 악곡을 보건대, 「동동2」와 「정읍」은 악보의 중간에 환입으로 볼 만한 선율이 들어 있기는 해도 악보 전체를 통하여 환입이라는 표식이 아예 없으며, 「감군은2」의 경우에는 악보의 후반에 짤막히 겹치는 선율이 있기는 해도 이것은 결코 환입으로 볼 만한 부분이 아니다. 따라서 이미 통설로 굳어져 있는 장사훈의 해석에 중대한 문제가 따름을 지적하지 않을 수 없다. 더욱이 근래에는 이러한 장사훈의 해석을 그릇되게 수용한 견해까지 나오고 있어서 문제가 훨씬 커졌다.

> 지입은 A · B의 두 가락이 있고, 그 뒤를 이은 가락이 A는 변화시켜 C로 하되 B는 그대로 반복할 때 A+B를 지칭한 용어다. 이 때 C는 환두(換頭) B는 환입(還入)이라고 한다.[5]

이것은 양태순(1997)의 견해인데, 양태순은 이것을 위하여 앞서 제시한 장사훈의 논문을 인용하고 있으나,[6] 장사훈은 분명히 [AB+CB]

5 양태순, 「고려속요와 악곡과의 관계」, 『고려가요 · 악장 연구』(태학사, 1997), 119~120면.

6 양태순, 「고려속요와 악곡과의 관계」, 『고려가요 · 악장 연구』 각주27, 120면.

의 [AB+C]를 지입으로 보았지 [A+B]를 지입으로 보지는 않았다. 따라서 양태순의 견해는 사실 근거가 전혀 없는 한낱 오해일 뿐이다. 사정이 이와 같으니, 지입의 해석 문제를 이제 더는 보류할 수 없게 되었다. 문제를 해결하기 위해서는 우리의 고전 음악에 두루 주목하는 가운데에 지입이라는 주석이 붙어 있는 악곡 4편의 공통 자질을 탐색해 보아야 한다. 애초에 장사훈의 견해는 그 대상이 「보허자」에 국한되어 있었고, 관점의 한계가 바로 여기에서 생겼기 때문이다.

[加樂還入과 加樂除只의 관계]

요컨대 지입은 결코 장사훈의 해석과 같이 '환입을 제외한 나머지 부분'으로 규정될 성질의 것이 아니다. 다시 말해서 지입과 환입은 배타적인 개념이 아니다. 지입과 환입은, 우선은 그 용어부터가 매우 유사한 점을 지닌다. 환입은 '도들이'를 뜻하는 용어이니, 지입은 따라서 '가락들이'나 '가락도들이'를 뜻하는 용어가 아닐까? 이러한 관점에서 주목되는 악곡이 「영산회상」(靈山會相)과 그 여러 변주 악곡이다. 「영산회상」의 특히 네 번째 악곡은 지입의 의미를 파악하는 데에 있어서 매우 중요한 단서를 제공해 준다.

「영산회상」은 애초에 본령산(本靈山)과 본환입(本還入)을 기본 형태로 삼아 출발했던 악곡이며, 본환입은 또한 본령산 전체를 그대로 반복하는 바였다. 「영산회상」이 이처럼 하나의 쌍첩(雙疊) 구조를 띠고서 본령산과 본환입을 기본 형태로 삼아 출발했던 악곡이라는 사실에 관해서는 세조대의 악곡 형태를 보여 주는 『대악후보』 「영산회상」이 그 적실한 증거로 있으며, 여기에는 본령산만 적혀 있는 『금보』(琴譜) 「영산회상」(靈山會上)의 '끝에까지 갔다가 처음으로 돌아간다.'[7]라는 주석, 곧 '도들이한다.'라는 주석도 중요한 증거가 된다. 그러나 「영산회상」은 이후로 많은 수의 변주 악곡을 거느리게 되면서 오늘날과 같은 대편(大篇) 규모의 조곡으로 변모했다. 여기에서 그 네 번째 악곡은 본령산과 본환입에 이어서 삭환입(數還入)을 연주하고 바로 그 다음에 연주하는 악곡이다. 그런데 이것의 이름은 아래와 같이 크게 두 가지 부류로 나뉜다.

① 加樂還入 - 가락들이 · 가락도들이 : 가락드리(東大琴譜), 가락도도리(하버드大琴譜, 東大伽倻琴譜), 가락도두리(黑紅琴譜), 갈악드리(高大琴譜B), 歌落到頭理(琴學入門), 加樂道頭里(靈山會象), 加樂度里(洋琴譜), 加樂都里(張琴新譜), 加樂還入(玄琴五音統論, 七絃琴譜, 學圃琴譜, 琴隱琴譜, 淸音古寶, 琴軒樂譜), 加絡還入(園客遺韻)[8]

② 加樂除只 - 가락덜이 : 가락더리(峨洋琴譜), 졸님(東大律譜), 嘉樂加里(琴譜), 歌樂加里(羲遺), 加絡除理(嶧陽雅韻), 加樂除音(洋琴註册), 加樂除指(芳山韓氏琴譜), 加樂除只(洋琴譜—一蓑琴譜, 西琴譜, 楊琴曲譜, 寓意山水, 洋琴譜, 朝鮮音律譜), 靈山會上二層除指(遊藝志), 靈山會上除指(韓琴新譜), 除音(琴譜-洋琴譜), 除指灵山(峨琴古譜), 除指(律譜, 琴譜精選)[9]

---

7 『琴譜』: 『韓國音樂學資料叢書』 제2권, 181면. "周而復始."

8 이것은 모두 『韓國音樂學資料叢書』에서 조사한 자료이다. 출처를 간단히 『叢書』로 적는다. 『東大琴譜』: 『叢書』 제22권, 130면; 『하바드大琴譜』: 『叢書』 제17권, 158면; 『東大伽倻琴譜』: 『叢書』 제22권, 145면; 『黑紅琴譜』: 『叢書』 제7권, 166면; 『高大琴譜B』: 『叢書』 제17권, 151면; 『琴學入門』: 『叢書』 제19권, 187면; 『靈山會象』: 『叢書』 제14권, 147면; 『洋琴譜』: 『叢書』 제15권, 71면; 『張琴新譜』: 『叢書』 제15권, 158면; 『玄琴五音統論』: 『叢書』 제14권, 119면; 『七絃琴譜』: 『叢書』 제16권, 83면; 『學圃琴譜』: 『叢書』 제16권, 201면; 『琴隱琴譜』: 『叢書』 제18권, 112면; 『淸音古寶』: 『叢書』 제19권, 41면; 『琴軒樂譜』: 『叢書』 제32권, 277면; 『園客遺韻』: 『叢書』 제7권, 136면.

9 이것도 모두 『韓國音樂學資料叢書』에서 조사한 자료이다. 출처를 간단히 『叢書』로 적는다. 『峨洋琴譜』: 『叢書』 제16권, 60면; 『東大律譜』: 『叢書』 제22권, 156면; 『琴譜』: 『叢書』 제15권, 175면; 『羲遺』: 『叢書』 제17권, 77면; 『嶧陽雅韻』: 『叢書』 제17권, 43면; 『洋琴註册』: 『叢書』 제15권, 223면; 『楊琴曲譜』: 『叢書』 제15권, 205면; 『楊琴曲譜』: 『叢書』 제15권, 205면; 『芳山韓氏琴譜』: 『叢書』 제14권, 187면; 『洋琴譜—一蓑琴譜』: 『叢書』 제7권, 105면; 『西琴譜』: 『叢書』 제15권, 183면; 『寓意山水』: 『叢書』 제16권, 45면; 『洋琴譜』: 『叢書』 제18권, 170면; 『朝鮮音律譜』: 『叢書』 제25권, 41면; 『遊藝志』: 『叢書』 제15권, 137면; 『韓琴新譜』:

이상의 두 가지 이름에서 ①의 부류는 특히 "加樂還入"이 용어의 주류를 이루고 있는데, 이것들은 「영산회상」의 네 번째 악곡이 이른바 도들이, 곧 환입의 일종이면서 특히 '가락도들이'라는 암시를 준다. 그리고 ②의 부류는 특히 "加樂除只"가 주류를 이루고 있는데, 이것들은 「영산회상」의 네 번째 악곡이 변주 이전의 어떤 선율을 일정 한도로 덜어서 만든 특히 '가락덜이'라는 암시를 준다.[10] 그러면 하나의 악곡이 어째서 이처럼 서로 다른 두 가지 이름을 가졌던 것인가? 해답은 이 두 가지 이름을 모두 충족시킬 만한 지점에 있을 것이다.

그런데 ②의 부류는 오랫동안 우리로 하여금 「영산회상」의 네 번째 악곡을 '가락을 덜어서 만든 악곡'으로 인식케 하였다. 「영산회상」의 여러 악보로 보건대, 이러한 인식은 가능한 것이고 또한 타당한 일면도 지닌다. 그러나 이러한 인식이 반드시 정확한 것은 아니라는 사실을 『한금신보』(韓琴新譜) 「영산회상환입」(靈山會上還入)과 「영산회상제지 - 가락더리」(靈山會上除指)의 관계가 보여 준다. 『한금신보』 「영산회상환입」은 삭환입에 해당하는 악곡인데, 이것에 비해서 「영산회상제지 - 가락더리」의 규모와 선율은 전체적으로 도리어 늘어난 형태를 보여 준다. 아래의 〈표 1〉을 보건대, 가락이 덜린 부분은 오직 제1항에 그치되, 제2 · 4 · 7항은 가락이 늘어나 있으며, 제3 · 5 · 6항은 서로 완전히 같다.

『한금신보』의 본령산, 곧 『한금신보』 「영산회상」(靈山會上)은 총28

『叢書』 제18권, 64면; 『琴譜-洋琴譜』: 『叢書』 제32권, 120면; 『峨琴古譜』: 『叢書』 제2권, 112면; 『律譜』: 『叢書』 제2권, 139면; 『琴譜精選』: 『叢書』 제15권, 60면.

10 우리가 주목할 바의 ①과 ②를 제외하고, 또한 "加樂(竹醉琴譜)", "嘉樂多理(海山遺音)", "加樂制備(西琴)", "加樂聽(初入門琴譜)"이 더 있으나, 이러한 이름은 저마다 유일한 것이자 어떤 부류로 수월히 분류할 수도 없는 것이라 논외에 부친다. 『竹醉琴譜』: 『韓國音樂學資料叢書』 제7권, 88면; 『海山遺音』: 『韓國音樂學資料叢書』 제19권, 115면; 『西琴』: 『韓國音樂學資料叢書』 제15권, 168면; 『初入門琴譜』: 『韓國音樂學資料叢書』 제2권, 158면.

대강(大綱)에 이르는 선율이 총6항 1항 5대강으로 정연하게 적혀 있고, 여기에는 '본환입이 또한 [본령산과] 같다.'[11]라는 주석이 붙어 있다. 그러나 『대악후보』 「영산회상」이 총14항 1항 6대강에 본령산과 본환입을 모두 기록하고 있는 점으로 보건대, 총28대강에 이르는 『한금신보』의 본령산은 실제로 총7항 1항 4대강으로 구성되어 있음을 알 수 있다. 그런데 매우 중요한 사실은, 「영산회상환입」과 「영산회상제지」는 비록 항에 대한 대강의 수가 일정하지 않게 적혀 있기는 하지만, 양자의 규모와 선율이 본령산으로 더불어 거의 차이가 없다는 점이다.

〈표 1〉『한금신보』「영산회상환입」과 「영산회상제지」의 비교

還 入	大　大大　大大方大大方方 五仝四五仝七五四七五四六	方　　方方大　　方　　　方方 四仝　六四七　　四　　　六七
除 指	大　大大　大大方　　　方 五仝四五仝七五四　　　六	方　　方方大方方方大方方方方 四仝仝六四七七六四七四七六七
還 入	方　方方　方方方方方　方 六仝七六仝四六七六七仝六	方　方　　大大方方大　大方方 四仝四　　七五六四七　五四六
除 指	方　方方　方方方方方　方 六仝七六仝四六七六七仝六	方　方方方大方方方大方大方方 四仝四六四七七六四七四五四六
還 入	方　方　方方方方　方 七仝七仝六七六七仝六	方　　　方大方方方方大 四仝仝仝六五四六六四七
除 指	方　方　方方方方　方 七仝七仝六七六七仝六	方　　　方大方方方大大 四仝仝仝六五四六六四七
還 入	方方方方方方大　大大　方大 六四七六四六七仝五七　四七	
除 指	方方方方方方大　大方方方大 六四七六四六七仝五四六四七	

11 『韓琴新譜』: 『韓國音樂學資料叢書』 제18권, 64면. "本還入亦仝."

『한금신보』「영산회상환입」은 본령산 총28대강의 제6대강을 완전히 생략한 점이 본령산과 다르며, 또한 본령산의 제1 · 3항 제1대강과 제7항 제4대강을 조금 바꾼 점이 다르다. 그러나 그 나머지의 선율은 본령산과 완전히 같다. 또한 위의 〈표 1〉를 통해서 알 수 있는 바와 같이, 『한금신보』「영산회상제지」의 선율은 「영산회상환입」과 거의 동일하되 다만 제1 · 2 · 4 · 7항을 통해서 맨 끝에 오는 1대강이 다를 뿐이고, 나머지는 서로 완전히 같다. 다시 말해서 『한금신보』「영산회상환입」과 「영산회상제지」의 각7항은 그 제1 · 2 · 4 · 7항의 마무리만 조금씩 다르다. 그러니 어떤 악곡의 가락을 덜어서 이른바 가락덜이를 만든다는 인식이 모든 경우에 있어서 반드시 정확한 것은 아님을 이로써 분명히 알 수 있다.

『한금신보』「영산회상제지」는 그 이름을 가락덜이로 풀이할 만하지만, 그것의 선율은 결코 '가락을 던다.'의 가락덜이가 아니다. 그것은 가락의 마무리가 조금 바뀌는 도들이, 곧 환입의 일종이다. 요컨대 그 제목에 "가락더리"라고 주석이 되어 있는 『한금신보』「영산회상제지」는 삭환입에 해당하는 「영산회상환입」을 전체적으로 도들이하되 몇몇 악구의 마무리만 조금 바꾼 가락들이 · 가락도들이인 것이지 결코 가락을 덜어서 만든 가락덜이가 아니다. 따라서 "加樂除只" · "加樂除指"나 "가락더리"라는 이름을 오직 '가락을 던다.'의 가락덜이로만 이해할 것이 아니며, 또한 가락덜이와 가락들이 · 가락도들이를 별개로 이해할 것도 아니다.

우리는 여기에서 특히 두 가지 사실에 주목할 필요가 있다. 첫째, "加樂除只" · "加樂除指" - 가락덜이와 "加樂還入" - 가락들이 · 가락도들이는 어디까지나 하나의 악곡 유형에 대한 서로 다른 이름일 뿐이라는 점이다. 둘째, 비록 "加樂除只" · "加樂除指" - 가락덜이라는 이름을 붙이고 있는 경우에도 그것이 반드시 '가락을 던다.'의 가락덜이를 뜻하지는 않는다는 점이다. 우리는 이로써 이른바 가락덜이가 그 이전의 어떤 가락을 더는 것은 가락덜이의 본질적인 요구가 아니라 부차적인 요구일 뿐이라는 판단을 얻을 수 있다. 가락덜이가 이전의 가락을 더는 까닭은 속도의 문제와 가장 밀접한 관련을 맺고 있다. 왜냐면 도들이를 하되 또한 가락을 더는 것은 바로 그 도들이를 속도로써 제약할 때에 일어날 수 있는 현상이기 때문이다.

가락덜이를 한자로 바꾸면 곧 '除指'가 되고, 가락들이 · 가락도들이를 한자로 바꾸면 곧 '指入'이 된다. 그러나 『한금신보』「영산회상제지」가 명백히 증거하고 있듯이, 가락덜이와 가락들이 · 가락도들이는 그 지시하는 바의 실질이 완전히 서로 같은 것이다. 가락덜이와 가락들이 · 가락도들이가 이처럼 서로 같은 것이니, '除指'와 '指入'도 당연히 서로 같은 것이다. 따라서 『대악후보』의 지입이라는 주석은 마땅히 가락덜이나 가락들이 · 가락도들이에 속하는 이름의 모든 악곡에 공통되게 적용된 변주의 방식을 통해서 해석되어야 한다. 그리고 이것을 위해서는 본환입에 대한 삭환입의 성격을 또한 고려해야 한다. 삭환입은 본환입의 변주이고, 가락덜이나 가락들이 · 가락도들이에 속하는 이름의 모든 악곡은 다시 삭환입의 변주이기 때문이다.

[還入과 指入의 관계]

현존하는 악보 자료에서, 가락덜이나 가락들이 · 가락도들이에 속하는 이름의 변주 악곡을 지니는 바로서는 「영산회상」과 「보허자」를 들 수 있다. 그런데 「영산회상」의 경우에는, 『한금신보』에 전하는 악보를 제외한 나머지는 모두 본령산에 대한 본환입의 관계부터가 이미 진정한 의미의 환입을 보여 주지 않는다. 예컨대 『죽취금보』(竹醉琴譜)나 『해산유음』(海山遺音)과 같은 악보 자료의 「중령산」(中靈山), 곧 본환입으로 말하면, 이것은 유현 제7괘를 기본음으로 삼는 바로서 유현 제4괘를 기본음으로 하는 본령산을 상향 변조한 것이자 또한 그 선율을 큰 폭으로 변주한 것이다. 그러니 이와 같이 본령산에 대한 본환입의 관계로부터 이미 큰 변모를 겪은 「영산회상」의 악보를 통해서 다시 그 이하의 변주 악곡이 보여 주는 상호 관계를 고찰하는 데는 많은 무리와 난점이 따를 수밖에 없다. 이러한 까닭에서 새삼 중요한 가치를 띠는 자료가 바로 『한금신보』 「보허자」이다.

『한금신보』 「보허자」는 총45항 1항 4대강으로 적힌 악보로서 『대악후보』 「보허자」의 1항 6대강을 1항 4대강으로 축소한 형태라는 점과 미후사(尾後詞)의 환두(換頭) 부분까지만 적은 점이 『금합자보』(琴合字譜) 「보허자」로 더불어 같다. 그러나 『금합자보』 「보허자」와는 다르게 가사를 붙이지 않았다. 그리고 한 가지 특이한 점은, 『대악후보』 「보허자」의 제1항과 『금합자보』의 제1항 제1-4대강에 해당하는 부분을 『한금신보』 「보허자」는 그 제1-2항 제1-7대강에 늘려 적은 것이다. 따라서 악보상의 제2항 제4대강으로부터 실제상의 제2항 제1대강이 시작된다.

『한금신보』 「보허자」는 또한 「보허자본환입 - 밋도드리」, 「보허자삭환입 - 즌도드리」, 「보허자제지 - ᄀ락더리」(步虛子除指)를 변주 악곡으로 거느리고 있다. 본환입은 총36항 1항 4대강으로 적혀 있는데, 악보상의 「보허자」 본곡 제9항 제4대강으로부터 맨 끝의 제44항까지를 반복하되 1대강 4개의 음표로 구성된 것을 모두 3개의 음표로 줄였고, 또한 「보허자」 본곡에 일찍이 없던 제20항 제2대강으로부터 제21항 제2대강까지의 총5대강을 새로 보탰다. 삭환입은 총28항 1항 5대강으로 적혀 있는데, 본환입의 제16항 제4대강으로부터 제17항 제3대강까지의 총4대강을 생략한 그 나머지를 전체적으로 1옥타브 상향 이조(移調)하되 제14항 제4대강으로부터 제19항 제2대강까지의 총20대강과 제22항 제4대강으로부터 맨 끝의 제28항 제5대강까지는 이조하지 않았다. 그리고 「보허자제지」는 총14항 1항 5대강으로 적혀 있는데,[12] 이것은 이조된 삭환입을 다시 1/2의 규모로 축약한 것이다. 이러한 관계를 간략히 예시하면 아래와 〈표 2〉와 같다.

『한금신보』 「보허자삭환입」과 「보허자제지」는 비록 악보에는 1항 5대강으로 적혀 있기는 하지만, 양자의 선율을 낱낱 『한금신보』 「보허자본환입」에 대입해 보면 실제로는 4대강만을 1항으로 잡아야 삼자가 서로 일치한다. 이러한 점을 계산해 보면, 「보허자삭환입」의 총28항 1항 5대강은 실제로는 총35항 1항 4대강으로 보아야 옳고, 「보허자제지」의 총14항 1항 5대강은 총17항 1항 4대강으로 보아야 옳다. 그런데 「보허자삭환입」은 위의 〈표 2〉와 같이 1대강 3개의 음표가 위주이고, 「보허자제지」는 1대강 4개의 음표가 위주이다. 따라서 「보허자본환입」과 더불어 그 항수가 비등한 「보허자삭환입」은 본환입과 같은 장단을 운용하면 되지만, 「보허자제지」는 삭환입의 장단을 반드시 1/2로 줄여야만 될 것이다. 제지는 삭환입에 비해서 그 속도가 배가되는 것임을 여기에서 알 수 있다.

---

12 『한금신보』 「보허자제지」의 성격에 관해서는 손태룡의 선행 연구가 있어서 유익한 참고가 되었다. 손태룡이 "단"(段)으로 처리한 악보의 단위를 본고는 '대강'으로 처리한다. 손태룡, 「『韓琴新譜』의 步虛子 除指 考」, 『韓國音樂史學報』 제11집(韓國音樂史學會, 1993), 133~159면.

〈표 2〉『한금신보』「보허자삭환입」과 「보허자제지」의 비교

本還	大 方 六仝四	大 兩 六 淸	方方大 五四六	方大大 四六五	大大 四二仝	大大大 四二五	大大大 二五四	大大大 五四二
數還	方 十 九仝一	方 方 九仝八	十十方 二一九	十方方 一九八	方方大 七九八	方大方 七九八	大方方 九八七	方方大 八七九
除指	方十十 九二一	方 九	十十方 二一九	方 八	方大大 七九八	大 九	方方 八七	大 九
本還	大 大 五仝四	大方大 五四六	大方方 五四七	方方大 五四六	大 大 五仝四	大大大 五四五	方方大 五四六	方大大 四六五
數還	方 大 八仝九	方十方 八一九	方 八 仝	十十方 二一九	方 大 八仝九	方十方 八一八	十十方 二一九	十方方 一九八
除指	方 大 八 九	方十 八一	方 八 仝	十 一	方 大 八 九	方方 八九	十十方 二一九	方 八

『한금신보』「보허자」와 여기에 딸린 여러 변주 악곡의 관계를 통해서 우리는 매우 중요한 세 가지 현상을 발견할 수 있다. 첫째, 본환입에서 이미 가락을 더는 현상이 보인다. 이것은 박자를 또한 덜었음을 뜻한다. 둘째, 삭환입에서 1옥타브를 높여서 연주하는 이조 현상이 생긴다. 이것은 박자와 선율에 더욱 탄력이 붙었음을 뜻한다. 셋째, 제지에서 장단이 바뀐다. 이것은 속도가 한층 더 빨라졌음을 뜻한다. 그런데 문제의 제지는 실로 이러한 세 가지 현상을 자체에 모두 포함하고 있는 악곡이다. 따라서 이른바 ‘제지’는 ‘박자 · 장단과 음조(音調) · 선율을 높거나 빠르게 조절해서 연주하는 환입의 일종이다.’라는 결론을 여기에서 얻을 수 있다.

제지, 곧 지입의 성립을 가능케 하는 기본 조건은 환입에 있다. 이것은 환입과 지입을 서로 배타적인 개념으로 규정할 수 없는 가장 큰 까닭이 된다. 그러면 환입과 지입의 차이는 어디에 있는가? 위에서 「보허자」를 검토해 보았지만, 지입은 환입의 장단을 1/2로 줄이는 밖에 환입으로 더불어 본질적인 차이가 없다. 그런데 「영산회상」의 경우로

말하면, 장단을 줄이는 현상은 「영산회상」의 삭환입에서 이미 나타나고 있으니, 환입과 지입의 차이는 더욱 묘연한 것이 되고 만다. 그러나 해답은 의외로 쉽게 찾을 수 있다.

환입은 워낙 하나의 악곡을 박자와 장단과 선율의 변동이 없이 반복하는 것이다. 이것은 삭환입 이하의 여러 변주 악곡이 없이 오직 본환입만 거느린 「보허자」와 「영산회상」의 악보가 있는 점으로 보더라도 분명한 사실이다. 이러한 관점에서 보건대, 환입하되 박자 · 장단과 음조 · 선율을 높거나 빠르게 조절해서 연주하는 방식은 비록 그것이 환입이라는 이름의 악곡에 적용된 사례가 흔하기는 해도 반드시 지입의 특성으로 보아야 마땅한 점이 있다. 「보허자」와 「영산회상」의 삭환입은 그와 같은 지입의 특성을 환입이 또한 나누어 가지는 단계에서 생겨난 악곡일 것이다. 본환입에서 이미 가락을 더는 현상이 보이는 까닭도 같은 맥락에서 이해할 바이다.

그런데 지입은 어디까지나 환입의 일종이므로 환입을 떠나서는 그것의 성립이 가능하지 않으며, 지입을 위한 박자 · 장단과 음조 · 선율의 조절은 환입의 주제를 완전히 버리는 데까지 이를 수 없다. 박자 · 장단과 음조 · 선율의 조절은 그 목적이 조성(調性)과 속도의 전환에 있으며, 이것은 단순한 환입을 지입으로 바꾸는 제약 조건일 뿐이다. 환입은 「영산회상」과 같이 쌍첩에 해당하는 [A+A]의 구조를 통해서 악곡 전체를 반복하는 부류와 「보허자」와 같이 환두를 내세운 [AB+CB]의 구조를 통해서 일부분만 반복하는 부류가 있는데, 환입의 성격이 어떠하든 간에 지입의 규모는 환입의 범위를 벗어날 수 없다.

[指入의 의미와 그 용례]

이상의 논의를 통해서, 우리는 이른바 지입이라는 용어의 개념을 비로소 명확하게 파악할 수 있었다. 지입은 곧 환입을 조성과 속도로써 제약하는 변주의 방식, 또는 그 악곡이다. 따라서 어떤 악보를 두고 '지입이다.'라고 주석을 하면, 이것은 '지입 방식에 의거해서 변주한다.'를 뜻하거나 또는 '지입 방식에 의거해서 만든 변주 악곡이다.'를 뜻한다. 그리고 이러한 해석은 또한 문제의 '지입이다.'라는 주석이 붙어 있는 4편의 악곡에 비추어 보아도 두루 타당성을 지닌다. 『대악후보』 「감군은2」, 「보허자」, 「동동2」, 「정읍」은 환입을 특히 속도로써 제약하는 현상에 모두 관계하고 있는 까닭이다.

주지의 사실로, 「감군은1」과 「감군은2」는 모두 「유림가」(儒林歌)의 제9항 이하를 차용한 악곡이다. 「유림가」는 하나의 악곡을 쌍첩 형식의 중두(重頭)로 엮고 여기에 다시 살미(煞尾)를 붙여 완결시킨 일종의 투수(套數)라고 할 수 있는데, 「감군은1」과 「감군은2」는 이러한 「유림가」에서 중두의 하나를 제거한 나머지로써 새로운 악곡을 구성한, 곧 「유림가」에 대한 일종의 환입이다. 그런데 「감군은1」과 「감군은2」는 중요한 하나의 차이를 지니고 있다. 전자는 장단이 기입되어 있지 않은 반면에 후자는 「유림가」의 4항 1장단이 3항 1장단으로 바뀌어 그 속도가 4분의 3으로 제약되고 있는 점이 바로 그것이다.[13]

「감군은1」에 장단이 기입되어 있지 않은 까닭은 그것이 바로 앞에 실린 「횡살문」(橫殺門)의 4항 1장단과 같거나 또는 「유림가」의 4항 1장단과 같았던 데에 있을 것이다. 그러나 어떤 경우이든 간에 중요한 것은 속도에 대한 제약을 명시하지 않은 점이다. 반면에 「감군은2」는 3항 1장단을 명시하고 있으니, 따라서 「감군은1」은 단순한 환입으로 볼 수

13 「유림가」의 4항 1장단은 "鼓鼓鞭雙, 鼓鞭鼓鞭雙, 鼓雙鼓鞭雙, 鼓鞭鞭鼓雙"을 단위로 삼는다. 반면에 「감군은2」의 3항 1장단은 "(鼓)搖鞭鞭雙, 鼓雙雙搖鞭鞭雙, 鼓雙雙鞭鞭雙"을 단위로 삼는다. 『時用鄕樂譜』: 『韓國音樂學資料叢書』 제22권, 71~71면; 『大樂後譜』: 『韓國音樂學資料叢書』 제1권, 179면.

있지만, 「감군은2」는 본래의 악곡을 반복하되 또한 그것을 속도로써 제약하고 있는 점에서 단순한 환입이 아니라 특히 지입이다. 그리고 이러한 사정은 「보허자」, 「동동2」, 「정읍」의 경우에도 예외가 없다.

『악학궤범』에 따르면, 「보허자」는 "步虛子令"에 대한 "步虛子急拍"이 있었고,[14] 「동동」은 "動動慢機"에 대한 "動動中機"가 있었고,[15] 「정읍」은 "井邑慢機"에 대한 "井邑中機"와 "井邑急機"가 있었다.[16] 여기에서 이른바 "步虛子令"은 「보허자」 본곡을 가리키는 말이고, "步虛子急拍"은 당연히 그것을 "急拍"의 속도로 바꾼 변주 악곡을 가리키는 말이다. 또한 「동동」과 「정읍」의 만기(慢機) · 중기(中機) · 급기(急機)는 하나의 악곡을 그 속도에 따라 달리 부른 것이다. 여기에서 이른바 만기를 본곡으로 본다면, 중기와 급기는 만기를 속도로써 제약한 환입, 곧 지입이라 할 수 있다.

그러면 이제 『대악후보』의 '지입이다.'라는 주석이 특히 「감군은2」, 「보허자」, 「동동2」, 「정읍」에 이르는 4편의 악곡에만 붙어 있는 까닭을 설명할 차례가 되었다. 지입 방식의 변주 악곡을 지니는 사례로는 「봉황음」(鳳凰吟)과 「진작」도 있는데, 그처럼 4편의 악곡에만 '지입이다.'라고 주석을 붙인 것은, 「봉황음」과 「진작」은 지입 방식의 변주 악곡을 이미 "鳳凰吟二" · "鳳凰吟三", "眞勺二" · "眞勺三" · "眞勺四"라고 모두 적었던 반면에 「보허자」, 「동동2」, 「정읍」은 오직 본곡만을 적었기 때문이며, 「감군은2」는 그것을 단순한 환입에 속하는 「감군은1」과 구별할 필요가 있었기 때문이다.

---

14 『樂學軌範』: 『樂學軌範 · 樂章歌詞 · 教坊歌謠 合本』, 164면.
15 『樂學軌範』: 『樂學軌範 · 樂章歌詞 · 教坊歌謠 合本』, 215~216면.
16 『樂學軌範』: 『樂學軌範 · 樂章歌詞 · 教坊歌謠 合本』, 220면.

2. "金善調"의 정체

이상의 고찰은 지입의 개념을 가장 타당하게 정의하고 또한 「정읍」이 「봉황음」·「진작」과 마찬가지로 지입 방식의 변주를 지니는 악곡이라는 사실을 논증한 것이다. 그러나 이것만으로는 「정읍」의 지입 방식에 대한 고찰이 충분하지 못하다. 「동동」이 오직 중기만 지녔던 것과는 다르게 「정읍」은 중기와 급기를 모두 지니고 있었고, 「동동」이 일정 부분에 걸쳐서 환입을 지니는 가운데에도 악곡 전체는 단조(單調)의 성격을 벗어나지 않는 것과 다르게, 「정읍」은 단조를 세 차례 중첩하는 곧 삼첩 형식을 보인다. 그러니 「정읍」의 지입 방식은 단순히 전편을 통틀어 반복하는 중기와 급기의 수준에서만 고려할 바가 아니다.

「정읍」은 뚜렷한 삼첩 형식의 악곡인 까닭에 그 제2단과 제3단은 필연적으로 제1단의 중복이며, 여기에는 또한 이미 환입이 포함되어 있다. 따라서 「정읍」의 경우에는 지입 방식이 본곡 자체에 대해서도 적용되어 있었을 가능성이 크다. 「정읍」 제3단의 이른바 "金善調"는 이러한 가능성과 관련해서 특별한 주목을 요구한다. 『대악후보』는 바로 이 금선조에 해당하는 부분의 악보를 생략하고 있지만, 이것의 악보는 필연적으로 제1단 제9-32항과 완전히 같을 뿐더러 제2단 제41-56항과 또한 겹치는 것이다. 이러한 사실을 일찍이 김영운(1995)은 아래와 같이 지적했다.

〈정읍〉의 악보는 전 66행으로 구성되어 있고, 이를 분석하여 보면 '금선조' 시작부분이 2행만 기록되었을 뿐, 나머지는 악보에서 발견되지 않는다. 그리고 제65·66행의 선율은 종지형을 갖추고 있지도 않으며, 또한 여음으로도 볼 수 없는 선율이다. 그런데 「대악후보」의 〈정읍〉 악보 시작부분에는 '井邑 指入 舞鼓呈才用 界面調'란 주가 있다. 이는 악보에 실린 부분이 지입에 해당하는 것이고,[17] 환입이하는 별도로 기록하지 않았음을 보여준다. 이 주에 의하여 제65 · 66행은 환입되는 곳을 지시하는 역할로 여기고, 이와 동일한 가락을 찾아보면 제9 · 10행과 제41 · 42행이 동일 가락임을 알 수 있다. 결국 〈정읍〉은 제64행까지 연주한 다음 제9행이나 제41행 중의 한 곳으로 되돌아가 반복하는 음악인데, 그 반복처는 제9행이 타당하다. 그 이유는 제9행부터 반복해야 뒤에 '소엽'까지 갖추어 되풀이 되기 때문이다.[18]

그런데「정읍」제3단 금선조의 악보가 비록 제1단 제9-32항의 악보와 같을지라도 그 연주 방식은 사뭇 달랐을 것이라는 견해를 또한 김영운(1998)이 제기했다. 김영운의 견해는 현전하는「정읍」, 곧「수제천」(壽齊天)의 "금선조에 해당하는 제3장의 제3 · 4 · 5장단은 전체적으로 4도 높은 調인 太簇 界面調로 變調하였다."[19]는 사실에서 출발한 것이다. 이것은 일찍이 이혜구(1976)가 제시한 "初章은 大體로 二章에서 반복되고, 三章에서 四度 위로 移調되었고, 四章은 元調로 復歸되었다고 할 수 있다."[20]는 분석 결과를 계승한 것이나, 이러한 분석 결과가 이른바 금선조의 정체를 해명하는 데에 있어서 중요한 증거가 됨을 지적한 것은 전혀 새로운 관점이다. 김영운의 논증에서 그 요점을 제시하면 아래와 같다.

전통음악에서 높게 연주하는 것을 '쉰다'고 한다. 與民樂[昇平萬歲之曲] 연주시에 목피리가 한 옥타브 높게 연주하는 것을 '쇠어서 분다' 또는 '쉰다'고 하며,「芳山韓氏琴譜」에 〈쇠는셋재치〉 · 〈쇠는羽樂〉 등의 곡명이 보이고,「琴歌」에도 〈쇠는삼대엽〉 · 〈쇠는삭대엽〉 등의 곡명이 쓰였

17 여기의 이른바 '지입'은 장사훈이 제기한 개념을 적용한 것이다. 장사훈의 견해는 앞서 이미 비판한 바와 같으니, 여기에 관해서는 재론하지 않는다.
18 金英云,「高麗歌謠의 音樂形式 研究」,『韓國音樂散考』제6집, 62면.
19 金英云,「井邑의 後腔全과 金善調에 對한 音樂的 考察」,『정신문화연구』제21권 4호, 42면.
20 李惠求,「壽齊天의 調와 形式」,『韓國音樂論叢』(秀文堂, 1976), 78면.

> 다. 뿐만 아니라 古樂譜나 歌集의 '騷耳'나 '쇠(衰)' 등은 모두 擧 · 尊 등의 의미로 '지름' 계통의 용어임을 볼 때, 악곡의 한 부분을 높은 선율로 올려 연주하는 부분을 '쇠는 가락' 또는 그 樂調를 가리켜 '쇠는 調'로 표기할 수도 있을 것이다. 필자는 〈정읍〉의 金善調에서 金은 訓을 취하여 '쇠'로 보고자하며, 善은 終聲을 취하여 'ㄴ'으로 볼 수 있다고 생각한다. 그렇다면 金善調를 '쇤 가락' 또는 '쇤 調'로 보는 데 무리는 없으리라 본다.[21]

> 〈정읍〉의 금선조에 해당하는 제3장 제3 · 4 · 5 · 6장단은 본래의 조에 비하여, 旋法은 변하지 않아서 같은 界面調이나, 調(key)는 본래의 악조보다 4도 높은 太簇調로 변조되었음을 알 수 있다. 결국 金善調에서 '쇤다'는 의미는 '높은 조'로 올려 연주한다는 의미이고, 이를 「악학궤범」 七調에 비추어 본다면, 본래의 조는 南呂를 宮으로 삼는 '橫指(빗가락) 界面調'였으나, 金善調에서 太簇를 宮으로 삼는 '邈調(막막조) 界面調'로 변한 것이다. 즉 본래의 조는 樂時調(平調)이고, 金善調는 羽調이다. 여기서 羽調도 윗(上)조를 가리킨다는 점에서 金善調와 의미가 통하고 있다.[22]

현전하는 「수제천」과 『대악후보』 「정읍」이 완전히 같은 악곡인 것은 아니다. 그러나 『대악후보』 「정읍」과 마찬가지로 「수제천」 제2장이 그 제1장을 거의 그대로 반복하고 제3장이 또한 그것을 대체로 4도 높게 이조해서 연주하는 밖에 달리 심각한 변화를 보이지 않는 점으로 보건대, 적어도 제1단으로부터 제3단까지는 양자의 골격이 같음을 알 수 있다. 따라서 「수제천」 제3장의 제3 · 4 · 5 · 6장단에 걸친 선율은 당연히 「정읍」의 제3단 금선조에 상당하는 것이며, 양자는 또한 전체가 일치 관계에 있거나 또는 계승 관계에 있을 것이다.

그런데 이혜구와 김영운이 지적하고 있는 바와 같이 「수제천」 제3

---

21 金英云, 「井邑의 後腔全과 金善調에 對한 音樂的 考察」, 『정신문화연구』 제21권 4호, 39면.
22 金英云, 「井邑의 後腔全과 金善調에 對한 音樂的 考察」, 『정신문화연구』 제21권 4호, 42~43면.

장의 제3 · 4 · 5 · 6장단에 걸친 선율은 남려궁(南呂宮)에서 태주궁(太簇宮)으로 이조한 것이니, 금선조의 이른바 "金善"을 김영운과 같이 '쇠+ㄴ'으로 음독할 만한 필연성이 여기에 있다. 송강(松江)의 단가에도 "막막됴 쇠온 말이"[23]라는 대목이 보인다. 평조는 거문고의 대현 제5괘를 궁으로 삼고 우조(羽調)는 제8괘를 궁으로 삼는 것임에 비해서, 막조(莫調)는 제11괘를 궁으로 삼고 막막조(莫莫調)는 제14괘를 궁으로 삼는 것이다. 그러니 '쇠다.'라는 말을 막막조에 대하여 썼음을 또 하나의 논거로 보탤 만하다.

김영운의 견해는 두 가지로 요약된다. 첫째, 이른바 금선조는 '쇤調'로 음독해야 마땅하다는 것이고, 둘째, 『대악후보』에 생략되어 있는 금선조의 악보는 현전하는 「수제천」 제3장의 제3 · 4 · 5 · 6장단에 걸친 선율에 상당하는 바로서 전강(前腔)의 해당 부분을 대체로 4도 높게 환입하는 부분으로 해석해야 마땅하다는 것이다. 여기에서 첫째의 견해는 김영운이 제시한 여러 논거를 비롯해서 「정읍」과 「수제천」의 골격이 보여 주는 동질성을 보건댄 그 타당성을 인정할 만하며, 둘째의 견해는 우리가 앞서 이미 고찰한 「보허자」와 「영산회상」의 변주 악곡이 유력한 방증이 되는 점에서 또한 그 타당성을 인정할 만하다.

「보허자」와 「영산회상」은 하나의 악곡이 수차에 걸쳐서 거듭 환입될 경우에 박자 · 장단과 음조 · 선율을 높거나 빠르게 조절해서 연주하는, 곧 지입 방식에 따른 변주 악곡을 보여 주는데, 이것은 「정읍」 금선조의 연주 방식에 대한 해석의 유력한 방증이 된다. 전편이 삼첩

---

23 鄭澈, 『松江全集』(成均館大學校 大東文化硏究院, 1964), 389면. "거문고 大대絃현을 티니, ᄆᆞ음이 다 눅더니, 子ᄌᆞ絃현의 羽우調됴 올라 막막됴 쇠온 말이, 섧기는, 젼혀 아니호되 離니別별 엇디ᄒᆞ리."

형식으로 되어 있는 「정읍」은 그것을 한번만 연주하는 데도 두 차례의 환입이 들어가게 마련이다. 따라서 그 제2단은 본환입과 같이 단순한 환입으로 연주하더라도 그 제3단만큼은 지입 방식을 좇아 변주했을 가능성이 크다. 이른바 금선조는 바로 이러한 사정을 지시하는 용어가 아닐까?

『대악후보』「정읍」과 현전하는 「수제천」이 완전히 동일한 것은 아니므로 이상의 추론을 확고한 사실로 단정할 것은 아니다. 그러나 적어도 "金善調"라는 이름이 '쇤調'로 음독되어야 마땅한 한에는, 우리는 「수제천」 제3장 제3 · 4 · 5 · 6장단에 걸친 선율을 들어 「정읍」 제3단의 환입 부분이 특히 지입일 것이라고 주장할 수 있다. 만약에 「정읍」의 금선조가 그처럼 지입 방식에 따라 변주되는 부분이라면, 이것은 특히 조성을 제약한 경우로서 『한금신보』「보허자」의 삭환입처럼 1옥타브 높게 이조하는 방식이었을 것이다.

「정읍」의 지입 방식은 속도에 대한 제약만이 아니라 조성에 대한 제약을 또한 포함하고 있으며, 이것은 특히 금선조라는 이름의 악조로 지칭되어 있음을 추론해 보았다. 금선조의 악보가 『대악후보』에 생략되어 있는 점으로 보건대, 이것은 금선조의 악보가 제1단 전강의 해당 부분과 같음을 뜻하는 동시에 악보상의 음표를 바꿀 필요가 없었음을 뜻한다. 악보상의 음표를 바꾸지 않는 동시에 '쇤調'로서의 "金善調"일 가능성은 1옥타브(완전5도) 높게 이조하는 경우에만 해당한다. 만약에 「수제천」과 같이 4도 높게 이조하되 그것이 고르지 않은 성질의 이조였을 경우라면 그 부분의 악보를 결코 생략하지 않았을 것이다.

Ⅲ. 환두 "過篇"의 성격과 기능

1. "過篇"의 해석

「정읍」의 세부 악절을 지시하는 하나의 명칭으로서 이른바 "過篇"은 바로 앞서 고찰한 금선조와 함께 『악학궤범』 「정읍」의 가사에 보이며, 『대악후보』 「정읍」의 악보에는 이러한 용어가 보이지 않는다. 그러나 이 "過篇"이라는 악절은 오히려 「정읍」이라는 악곡의 본질에 관하여 중요한 의미를 지니는 것이다. 그런데 이것의 의미를 파악하기 위해서는 참조의 범위를 넓혀서 중국의 음악, 특히 당송시대(唐宋時代)의 사(詞)를 비롯해서 원명시대(元明時代)의 곡(曲)에 대한 약간의 이해를 또한 요구한다. 「정읍」의 "過篇"을 사 · 곡의 일반 형식에 견주어 그 성격과 기능을 고찰해 보기로 하겠다.

[중국 詞 · 曲의 換頭와 그 차이]

일찍이 이혜구(1982)는 「정읍」의 과편이 사의 '過片'에 상당하는 것일 수 있음을, "葵禎의 詞源疏證에 依하면, 過片은 換頭(卽 二聯의 第一句)이니, 萬一 井邑詞의 過篇이 中國의 過片(換頭)과 같다면, 그것은 後繼의 聯의 첫머리에 該當할 것이고, 따라서 大葉의 첫머리에 該當할 것으로 본다."[24]라고 지적했다. 「정읍」의 과편과 금선조를 더하여 이것을 곧 "大葉"으로 보는 관점은 수긍하기 어려운 점이 있으나, 과편을 사의 '過片'에 견주어 일종의 환두로 보는 관점은 더욱 치밀히 적용해 볼 만하다. 「정읍」은 삼첩 형식이니 만큼, 제2단과 제3단은 당연히 환두를

24 李惠求, 「龍飛御天歌의 形式」, 『韓國音樂序說』(서울大學校出版部, 1982), 200면.

지니게 마련이고, 특히 과편은 제3단의 환두에 해당하는 바이기 때문이다.

'過片'이라는 형식 용어는 본디 중국 당송시대의 사에서 비롯된 것이다. 사는 악곡의 분단 여부에 따라 단조, 쌍첩, 삼첩(三疊), 사첩(四疊) 따위로 구분한다. 단조는 분단이 없는 오직 하나의 악곡으로써 전체를 삼는 경우를 말하며, 쌍첩은 하나의 악곡을 반복해서 전단과 후단을 삼는 경우를 말하며, 삼첩과 사첩은 쌍첩의 구성 방식을 거듭해서 삼단과 사단을 삼는 경우를 말한다. 이러한 사의 형식에 있어서 주류를 담당한 것은 쌍첩이고, 이른바 '過片'은 특히 쌍첩의 경우로 말해서 전단의 초두(初頭) 부분에 대한 후단의 초두 부분을 가리키는 용어이다.

'過片'과 동일한 의미를 지니는 용어로는 과편(過遍), 과변(過變), 과박(過拍), 환두가 있다.[25] 여기에서 가장 흔히 쓰인 용어가 바로 환두이다. 예컨대 쌍첩의 경우로 말하면, 동일한 악곡을 중첩해서 전단과 후단을 삼되 후단 초두가 전단 초두와 서로 다를 경우에, 이러한 성격의 후단 초두를 특히 환두라고 부르며, 이러한 형식의 악곡을 특히 쌍조(雙調)라고 부른다.[26] 쌍첩은 단순히 하나의 악곡을 중첩해서 반복하는 것이나, 쌍조는 하나의 악곡을 중첩하되 [AB+CB]의 구조로써 후단 초두를 바꾸어 전입(轉入)하는 점에서 쌍첩과 다르며, 이른바 환두는 바

25 ① 漢語大詞典編輯委員會 編, 『漢語大辭典』 제10권(香港: 三聯書店香港分店, 1987), 954頁. "過片 - 又作過遍. 也稱過拍. 詞的第二段的開頭. 詞除單調外, 多由上下兩片組成, 慢詞有多至三片 · 四片者. … 其下片首句和上片首句不同者, 一般稱爲換頭, 或稱'過變'." ② 施議對, 「詞的樂曲形式」, 『詞與音樂關系研究』(北京: 中國社會科學出版社, 19890, 195頁. "詞中'換頭'又稱'過片' · '過遍'或'過變', '過'就是過渡, 猶如曲調中之過宮."

26 ① 施議對, 「詞的樂曲形式」, 『詞與音樂關系研究』, 195頁. "雙調詞中, 上下兩片開頭, 句法相同者, 爲'無換頭', 下段樂曲是上段樂曲的重復; 句法不同者, 爲'換頭', 由上段樂曲轉入下段樂曲." ② 徐宗濤, 「詞律綱要」, 『詩詞曲格律綱要』(天津: 天津人民出版社, 1982), 65頁. "雙調, 是詞中最常見的形式, 通常情況是上下片的字數相等或基本相等, 平仄也大致相同. 凡上下片的字數 · 平仄不盡相同的詞, 其下片的頭一句叫做'換頭'或'過遍'('過片')."

로 그 전입하는 부분을 가리키는 것이다. 삼첩과 사첩은, 그것이 환두를 지닐 경우에는 양자를 특히 삼환두(三換頭) · 사환두(四換頭)라고 부른다.[27]

그런데 '過片', 곧 환두에 대한 위와 같은 설명은 당송시대의 사에만 국한되는 것이지 원명시대의 곡에도 그대로 부합되는 설명은 아니다. 사에서 말하는 환두는 어디까지나 한 편의 악곡 전체를 통해서 상단(上段)으로 더불어 반드시 연속하는 성질의 것이나, 곡에서 말하는 환두는 그러한 연속성을 벗어나 그 자체가 하나의 독립적인 악곡으로 쓰일 수 있는 성질의 것이다. 그리고 이 점을 유의해야 「정읍」의 과편을 정확히 이해할 수 있다. 환두에 관한 사전의 풀이를 예컨대 아래와 같다.

> 환두 – 사(詞)에 있어서 전결(前闋)과 후결(後闋)이 서로 완전히 같은 것을 중두(重頭)라고 하고, 기두(起頭)의 몇 구가 서로 다른 것을 환두(換頭)라고 하니, 대개는 '(마치는) 박(拍)을 거친 뒤에 (가락을) 따로 일으킨다.'는 뜻이다. 또한 남투(南套) · 북투(北套)에는 요편환두(幺篇換頭) · 전강환두(前腔換頭)라는 곡도 있다. 그러나 이것들은 요편(幺篇) · 전강(前腔)을 떠나서 홀로 쓰일 수 있는 바로서, 따로 하나의 조(調)를 이루는 뿐만 아니라, 사의 환두가 반드시 (전체로서의) 한 수(首)를 통해서 상결(上闋)로 더불어 연속하는 것과 다르다.[28]

> 환두 – 곡패(曲牌)의 한 체식(體式)이다. 동일한 곡조를 중복하는 경우에, 후곡(後曲)이 전곡(前曲)의 초두에서 한 구나 또는 몇 구를 바꾸고,

---

27 沈雄, 『古今詞話 · 詞品』: 唐圭璋 編, 『詞話叢編』 제3권(臺北: 廣文書局, 發行年不明), 834頁. "樂府所製, 有用疊者, 今按詞則云換頭, 或云過變, 猶夫曲調之爲過宮也. 宋人三換頭者, 美成之「西河」·「西龍吟」… 醜奴兒 · 近伯可之「寶鼎現」也. 四換頭者, 夢窗之「鶯啼序」也."

28 林尹 · 高明 主編, 『中文大辭典』 第4卷(臺北: 中國文化大學出版部, 1993), 697頁. "換頭 – 詞中前後闋完全相同者, 謂之重頭, 起頭數句前後不相同者, 謂之換頭, 蓋過拍後別起之意也. 又南北套中有幺篇換頭與前腔換頭之曲, 但此等可舍幺篇前腔而獨用, 不啻別成一調, 與詞之換頭必與上闋連續一首中者不同."

> 그 자수(字數)를 조금 더하거나 빼는 것인데, 그 성질은 전강 · 요편 따위와 서로 같다. 곡의 환두는 또한 스스로 하나의 조를 이룰 수 있으니, 사의 환두와 다르다.[29]

그러면 「정읍」의 과편은 어떤 성질의 환두와 같은 것일까? 해답을 제시하기에 앞서, 우선은 「정읍」의 형식을 분명히 규정할 필요가 있겠다. 「정읍」은 쌍조 형식의 악곡이 아니라 상당한 변형을 포함하고 있는 삼첩 형식의 악곡이다. 「정읍」은 크게 삼단으로 구성되어 있는데, 전강과 후강(後腔)이 제1단과 제2단에 해당하고, 이른바 과편과 금선조가 제3단에 해당한다. 그런데 「정읍」의 제2단과 제3단은 제1단을 중첩해서 반복하되 초두의 총8항씩이 저마다 다른 선율로 되어 있으며, 그런가 하면 제1단과 제3단은 바로 뒤에 소엽(小葉)이라는 이름의 독립적인 악곡이 붙어 있지만 제2단은 그것이 붙지 않았다. 따라서 이 점을 좀더 세밀히 검토해 보아야 하겠다.

[過篇의 성격과 기능]

「정읍」의 형식을 통해서 우리가 특히 주목해야 할 바는 그것의 제2단과 제3단이 제1단을 중첩해서 반복하되 초두가 저마다 다른 선율로 되어 있는 점이다. 예컨대 제1단의 초두 제1-8항에 대하여 제2단의 초두 제33-40항과 제3단의 초두 제57-64항이 서로 다르다. 이것은 제2단과 제3단의 초두가 모두 환두라는 사실을 뜻한다. 그런데 선율의 차이를 좀더 자세히 살피면, 제1단과 제2단의 초두는 거의 같은 것이라

---

29 漢語大詞典編輯委員會 編, 『漢語大辭典』 제6권, 621頁. "換頭 - 曲牌的一種體式. 重復同一曲調, 後曲換前曲的頭一句或頭幾句, 稍增減其字數, 其性質與'前腔' · '幺篇'等相同. 曲中的換頭也可以自成一調, 與詞中的換頭不同."

할 정도로 비슷한 면모를 보이되, 이른바 과편에 해당하는 제3단의 초두는 아래의 〈표 3〉을 통해서 드러나는 바와 같이 그 전반의 선율이 제1 · 2단의 초두와 완전히 다른 면모를 보이는 뿐만 아니라 또한 그 후반의 선율은 완전한 종지형을 보인다. 이것은 「정읍」 제3단의 초두가 하나의 환두, 곧 '過片'인 동시에 그 자체가 하나의 독립적인 악곡으로서 완결성을 지니고 있음을 드러내는 바이다. 그러니 이것을 가리켜 특히 '過篇'이라 한 데는 오히려 마땅한 점이 있다.

〈표 3〉「정읍」 전강 · 후강의 초두와 과편의 선율 비교

<table>
<tr><td>前腔</td><td>01~
02行</td><td>上上上上上上上上上
宮二二一二二二二一二</td><td>上上上上上上上上上上
二二二一二二二二一二</td></tr>
<tr><td>後腔</td><td>33~
34行</td><td>上上上 上上上
宮二二一 二二二</td><td>上上上上 上上上
二二二一 二二二</td></tr>
<tr><td>過篇</td><td>57~
58行</td><td>下下下下 下下下
二一一二 一二一</td><td>下下下下 下下下
一一一二 一一二</td></tr>
<tr><td>前腔</td><td>03~
04行</td><td>上上上上上上上上上上
一三三二三三二二一二</td><td>上上上 上上上上 上
一一一宮一一一一宮一</td></tr>
<tr><td>後腔</td><td>35~
36行</td><td>上上上 上上上
一三三 三三三</td><td>上上上 上上上
二二二 一一一</td></tr>
<tr><td>過篇</td><td>59~
60行</td><td>下上 上上
一一宮 一一宮</td><td>上上下
宮宮宮 一一一</td></tr>
<tr><td>前腔</td><td>05~
06行</td><td>上上
宮宮宮一一宮</td><td>下下下
宮宮宮一一二</td></tr>
<tr><td>後腔</td><td>37~
38行</td><td>上上上
宮宮宮一一一</td><td>下下下
宮宮宮一一二</td></tr>
<tr><td>過篇</td><td>61~
62行</td><td>下下下下下下
一二一一一一</td><td>下下下下下下下
一一一二一二一</td></tr>
<tr><td>前腔</td><td>07~
08行</td><td>下下下下 下
一一二一宮宮一</td><td>下下下下下下下下
一二一二一二三二宮</td></tr>
<tr><td>後腔</td><td>39~
40行</td><td>下下下下
一一二一宮宮宮</td><td>下下下下 下下下
一二一二 二三二宮</td></tr>
<tr><td>過篇</td><td>63~
64行</td><td>下下下下下下下下下
二三二一一一二一二</td><td>下下下下下下下下下下
三四三三四三二三四五</td></tr>
</table>

「정읍」의 이른바 '過篇'은 위와 같이 사에서 말하는 환두가 아니라 곡에서 말하는 환두인 셈이다. '過篇'이라는 이름은 그것이 하나의 '過片'인 동시에 특히 그 자체가 하나의 독립적인 악곡으로 완결되는 점을 지적해서 붙인 듯하다. 따라서 「정읍」의 이른바 '過篇'을 사에서 말하는 환두와 같은 것으로 보아서는 안 된다. 그러나 「정읍」은 또한 사에서 말하는 환두도 지니고 있음을 주목할 만하다. 요컨대 「정읍」 제2단의 초두는 사에서 말하는 환두와 같은 성질의 것이고, 제3단의 초두는 곡에서 말하는 환두와 같은 성질의 것이다. 그러면 이러한 단층은 어째서 생긴 것인가?

「정읍」의 두 환두가 드러내고 있는 단층은 「정읍」이 대체로 세 단계를 거쳐서 『대악후보』의 악보와 같은 형태로 성립되었을 것이라는 추론을 가능하게 만든다. 첫째, 설화와 함께 민요로 유전하던 단계, 둘째, 민요가 사의 영향을 받아 쌍조 형식의 악곡으로 처음 개작되는 단계, 셋째, 쌍조 형식의 악곡이 곡의 영향을 받아 삼첩 형식의 악곡으로 거듭 개작되는 단계가 그것이다. 그런데 여기에 관한 문헌이 전혀 없지는 않으나,[30] 악곡의 변화와 그 성격을 자세히 증빙할 만한 자료는 전하지 않는다. 따라서 이것은 어디까지나 하나의 가정에 지나지 않는다.

「정읍」은 「무고」에 편입되어 있던 것이고, 「무고」는 고려 고종 39년으로부터 충선왕 4년에 이르는 시기를 살았던 이혼(李混, 1252~1312)에 의하여 제작된 것이다. 당시에 고려는 원으로 더불어 여러 방면에서 매우 친밀하게 교류하고 있었다. 이러한 정황으로 보건대, 「정읍」이 사에서 말하는 환두를 지니는 동시에 또한 곡에서 말하는 그것을

30 ①『高麗史』中(景仁文化社, 1976), 552면. "舞鼓 - 侍中李混謫宦寧海, 乃得海上浮査, 制爲舞鼓." ②『高麗史』中, 552면. "井邑 - 井邑全州屬縣. 縣人爲行商久不至, 其妻登山石以望之, 恐其夫夜行犯害, 托泥水之汚以歌之." ※①은 〈樂志 · 俗樂〉 條의 기록이고, ②는 〈樂志 · 三國俗樂〉 條의 기록이다.

지니고 있음은 조금도 이상할 것이 없다. 「무고」에 편입되기 이전의 「정읍」이 어떤 형태의 것이든, 그것은 「무고」를 제작한 이혼에 의하여 적어도 한번은 개작되었을 것이기 때문이다.

이상의 논의를 통해서 보건대, 「정읍」의 이른바 '過篇'은 「정읍」 제3단의 초두에 해당하는 바로서 특히 곡에서 말하는 환두와 같은 성질의 것이다. 환두, 곧 '過片'의 기능은 하나의 악곡을 중첩해서 반복하는 경우에 후단 초두를 바꾸어 참신하게 전입하는 데에 있으니, 「정읍」의 '過篇'도 그 가사로 더불어 이와 같은 기능을 담당했을 것이다. 그러나 「정읍」의 '過篇'은 오직 악곡에 대한 제약에서 비롯된 것일 뿐이지 가사에 대한 제약에서 비롯된 것은 아니라는 점에서 사나 곡의 환두와 조금 다르다.

2. "後腔全"의 문제

「정읍」의 소엽은 비록 그것이 하나의 악절로서 기능하는 것이기는 하지만, 이것은 앞서 지적한 바와 같이 그 자체가 하나의 독립적인 악곡이다. 그런데 「정읍」 제1단과 제3단은 이러한 소엽이 전강과 금선조라는 이름의 또한 독립적인 악곡의 뒤에 붙어 새로운 단락을 구성하고 있다. 그러나 제2단 후강은 소엽을 거치지 않고 곧장 과편으로 전입한다. 이것은 과편의 과도성(過渡性)을 강조하려는 데에 의도가 있는 듯한데, 이로써 과편은 전강과 금선조에 붙은 소엽의 기능을 후강의 뒤에서 겸하는 셈이 되었다.

만약에 후강에 소엽이 붙으면, 「정읍」은 동등한 길이의 세 단락으로 분할되는 뿐만 아니라 분할되어 병립하는 각자의 독립성으로 말미암아 전편의 긴밀성이 그만큼 떨어지게 되고, 병립하되 첫 단락의 태반을 두 차례나 중복하는 데서 초래되는 전편의 단순성이 그만큼 커지게 된다. 따라서 완결성과 전환성을 동시에 지니고 있는 과편을 곧장 후강에 연결하여 단순성을 지양하는 동시에 전편의 맥락을 긴밀하게 유지하고 또한 금선조로의 전입을 순탄하게 이끌 필요가 생긴다. 후강에 소엽이 붙지 않은 까닭을 이로써 분명히 알 수 있다. 제2단의 환두는 단락에 대한 연속성이 크지만, 제3단의 환두인 과편은 단락에 대한 독립성이 크다는 것도 주목할 만한 점이다.

그런데 「정읍」의 후강에 소엽이 붙지 않은 것과 관련하여, 이로써 『악학궤범』의 이른바 "後腔全"의 문제를 해결하는 근거로 삼는 견해가 근래에 다시 제기되고 있다. 예컨대 양태순(1997)은 그것을 "小葉 없이도 後腔만으로 완전하다."[31]라고 해석했고, 김영운(1998)도 "(小葉 없이) 後腔만으로 한 부분이 갖추어 진다."[32]라고 해석했다. 그리고 이러한 해석은 아래와 같은 지헌영(1991)의 견해를 계승한 것이라고 할 수 있다.

> 「井邑詞」의 樂調名 「後腔全」은 「後腔」으로서의 「完全한 一什」 「具備無損한 一具」라는 뜻이 되는 것이다. 더 具體的으로 說明한다면 「井邑詞」에 있어서 「後腔」(第二聯中章格)部分에 「小葉 아으 다롱디리」를 털어낸 것을 不具나 傷處로 볼 것이 아니라는 것을 親切하게, 正確하게 우리에게 傳해주는 것으로 文字 「全」의 뜻대로 吾人은 解釋한다.[33]

그러나 후강에 소엽이 붙지 않은 것은 과편의 과도성을 강조하고 전편의 긴밀성을 강화하기 위한 데에 까닭이 있는 만큼, 이것은 없어야 마땅한 부분이 마땅히 없는 것이다. 고인은 「정읍」의 이러한 성격

31 양태순, 「고려속요와 악곡과의 관계」, 『고려가요 · 악장 연구』 각주28, 120면.
32 金英云, 「井邑의 後腔全과 金善調에 對한 音樂的 考察」, 『정신문화연구』 제21권 4호, 35면.
33 池憲英, 「「井邑詞」의 研究」, 『鄕歌麗謠의 諸問題』(太學社, 1991), 356면.

을 충분히 이해하고 있었을 것이며, 후강에 소엽이 붙지 않은 것을 또한 당연하게 여겼을 것이다. 그러니 후강에 소엽이 붙지 않은 사실을 특별히 지목하여 그것의 이름을 친절하게 "後腔全"으로 적었을 것이라는 해석은 너무 구차한 듯싶다. 이러한 해석은 김완진(1998)의 아래와 같은 비판을 면하기 어렵다.

> 가령 삼진작(정과정)은 … '後腔全'의 논리에 의한다면 '전강'이나 '중강' 다음에 '全'자가 기대되지만 그런 글자는 보이지 않는 것이다. '北殿'의 경우에도 사정은 같다. '전강', '중강', '후강'의 구조인데, 후강에만 부엽, 대엽, 부엽, 이엽 삼엽, 사엽, 부엽, 오엽이 뒤따르고 있고 '전강'이나 '중강'에는 아무것도 따르는 것이 없는데도 '전강'이나 '중강'은 그대로 '전강', '중강'이지 '前腔全', '中腔全'은 보이지 않는 것이다.[34]

『악학궤범』을 두루 살펴 보건대, 「정읍」의 "後腔全져재"와 완전히 같은 형식으로 표기된 사례로는 「진작」의 "中腔山졉동새"[35]를 또한 주목할 필요가 있을 것이다. 그런데 우리가 오늘날 「진작」의 경우에는 "中腔山"으로 읽고자 하지 않으면서 오직 「정읍」의 경우에만 "後腔全"으로 읽고자 하는 까닭은 무엇인가? 표기된 바의 형식이 그처럼 완전히 같은 두 가지 사례를 두고서, 여기에 대한 판독의 태도를 서로 다르게 가지는 것은 「정읍」의 후강에 소엽이 붙지 않은 사실을 지나치게 의식하여 그것을 하나의 결여 상태로 간주하는 선입견의 발로가 아닐 수 없다.

요컨대 소엽이 붙고 말고 하는 문제를 단락의 완전 여부에 결부시켜 그것을 명칭에 반영한 사례는 『대악후보』나 『악학궤범』의 어디서

34 金完鎭, 「고려가요의 物名: 국어학적 고찰」, 『정신문화연구』 제21권 4호(한국정신문화연구원, 1998), 7~8면.
35 『樂學軌範』: 『樂學軌範 · 樂章歌詞 · 敎坊歌謠 合本』, 228면.

도 발견되지 않는다. 더욱이 「정읍」의 어느 악절에 소엽이 붙고 말고 하는 문제는 악절 자체의 완결성과는 물론이고 단락의 완전성과도 전혀 관계가 없다. 「정읍」의 전강, 후강, 과편, 금선조, 소엽은 저마다 종결형을 지니고 있는, 곧 저마다 완결성을 지니고 있는 악곡이다. 다만 이것들이 투수의 방식을 통해서 하나로 결합하는 가운데에 낱낱의 악절로 새롭게 기능하고 있을 뿐이다. 그러니 악곡 전체를 단락 이상의 수준에서 말하면, 이러한 악절은 각자의 완전성이 문제가 아니라 전체에 대한 부분의 기능성이 우선하는 문제인 것이다.

「정읍」의 후강이 거기에 소엽을 붙이지 않아도 완전할 것이면, 당연히 전강과 금선조도 경우는 그와 같은 것이다. 후강과 마찬가지로 전강과 금선조가 또한 그 자체로써 완결성을 지니고 있기 때문이다. 그러나 전강과 금선조에는 소엽을 붙였다. 그러니 우리는 오히려 후강에 소엽이 붙지 않은 까닭을 묻기에 앞서 전강과 금선조에 소엽이 붙은 까닭을 먼저 물어야 한다. 제작의 측면에서 말하면, 진정한 문제는 소엽의 결여가 아니라 소엽의 출현이라는 말이다. 그리고 여기에는 너무나 당연한 해답이 기다리고 있다. 「정읍」의 전강과 금선조에 소엽이 붙은 것은 악곡 자체를 이른바 진작(眞勺) 형식에 맞추어 제작했기 때문이다.

강조(腔調)에 엽조(葉調)를 붙여서 한 편의 조곡을 완결하는 것은 진작 형식으로 되어 있는 우리의 고전 가곡에서 흔히 발견되는 제작 수법이다. 그런데 이러한 진작 형식에 보이는 이른바 강조와 엽조의 관계는 원명시대의 산투(散套) 형식에서 말하는 지곡(支曲)과 살미의 관계로 더불어 매우 비슷한 점이 있다. 양자가 서로 다른 점은, 산투 형식은 '일곡일미'(一曲一尾)의 방식이나 '수곡일미'(數曲一尾)의 방식으로 살미를 하나만 쓰는 반면에, 진작 형식은 '삼강팔엽'(三腔八葉)의 방식으로 엽조를 여럿 쓰는 데에 있다. 그러나 양자가 모두 투수라는 점은 같다. 「정읍」은 그 전체가 이러한 투수의 하나라고 할 수 있으며, 단락의 수준에서 보더라도 그 제1단과 제3단이 또한 투수에 속한다.

이른바 투수는 곧 연투(聯套)와 같은 말이고, 산투는 곧 산곡(散曲) 투수를 줄인 말이다. 산투는 조성이 같은 여러 지곡을 한데 엮고 여기에 이른바 살미를 붙여서 완결하는 조곡의 방식, 또는 그 악곡을 뜻한다. 산투는 그것을 길이에 따라 단투(短套)와 장투(長套)로 구분한다. 단투는 하나의 지곡과 하나의 살미로 구성된 것이고, 장투는 여러 지곡과 하나의 살미로 구성된 것이다.[36] 여기에 비추어 보건대, 규모는 비록 작을지라도 「정읍」의 제1단은 단투의 방식으로, 제3단은 장투의 방식으로 구성된 것이라 할 만하다.

「정읍」은 투수 방식을 포함하는 삼첩 형식의 악곡이다. 그러나 그 제2단 후강에는 투수 방식을 적용하지 않았다. 이것은 삼첩 형식의 악곡이 결핍하기 쉬운 전편의 긴밀성을 확보하기 위한 것이자 삼첩이 초래하는 중복의 단순성을 지양하기 위한 것이다. 요컨대 「정읍」의 후강에 소엽이 붙지 않은 까닭은 이와 같이 전적으로 미적 요구에 있으며, 이것은 형식 일반의 어떤 결여 상태와는 전혀 무관한 현상에 속한다. 따라서 "後腔全"을 통틀어 「정읍」 제2단을 가리키는 명칭으로 보는 견해는 더욱 더 수긍하기 어렵다. 없어야 마땅한 부분이 마땅히 없는 데서 미적 요구가 이미 충족된 하나의 완전한 형식을 가지고, 이것을 문득 형식 일반의 어떤 결여 상태와 관련지어 새삼스레 완전 여부를 반성하는 논증은 단순히 형식의 완전을 증명하기 위하여 도리

36 葉慶炳, 「諸宮調的體製」, 『中國古典文學論文精選叢刊-戲劇類(一)』(臺北: 幼獅文化事業公司, 1981), 132頁. "諸宮調的曲調使用方法, 可分三種: 一是一支曲調單獨使用; 二是一支曲調加上尾聲; 三是二支或二支以上的曲調加上尾聲. 後二者都是「套數」, 一曲一尾是最簡短的套數, 可以稱謂「短套」; 數曲一尾的則爲長套."

어 형식의 결여를 전제하는 자가 당착에 이를 수 있기 때문이다.

이상의 논의는 세 가지 주장으로 요약된다. 첫째, 「정읍」 전강 · 후강 · 금선조는 그 소엽으로 더불어 모두 완결성을 지니고 있는 바로서 어느 것이든 스스로 하나의 단락을 이룰 수 있는 성분이다. 따라서 소엽의 유무와 단락의 완전성은 아무 관계도 없다. 둘째, 하나의 악절이 그 어떤 결합 성분도 없이 완전한 하나의 단락을 이루는 경우는 흔히 발견되는 바지만, 이것을 악절의 명칭에 반영한 사례는 전혀 발견되지 않는다. 따라서 「정읍」의 경우에만 특별히 그것을 지적하여 밝혔을 까닭이 없다. 셋째, 「정읍」의 제2단에 소엽이 붙지 않은 것은 전편의 긴밀성을 확보하고 중복의 단순성을 지양하기 위한 미적 요구의 결과이다. 따라서 이것은 형식 일반의 어떤 결여 상태와는 아무 관련이 없는 현상에 속한다. 「정읍」 제2단의 명칭은 이러한 세 가지 근거에서 그냥 "後腔"으로 보아야 마땅할 것이다.

그런데 「정읍」 제2단의 명칭을 그냥 "後腔"으로 보아야 마땅할 것이면, 반드시 가사의 일부로 처리해야 할 "全"의 뜻하는 바가 문제로 된다. 가능한 해석은 크게 두 가지이다. 예컨대 양주동(1954)과 같이 '전주'(全州)의 약칭으로 해석할 수도 있고,[37] 아니면 훈독하여 관형사 '온' · '오온'이나 부사 '오로' · '오롯이'라고 해석할 수도 있다. 그러나 어느 쪽이든 아직은 적극적인 근거를 마련하지 못했다. 따라서 이상의 논의를 통해서 결론은 "全"의 해석을 확정할 만한 근거를 찾을 때에야 비로소 가정의 범위를 벗어날 것이다. 여기에 관한 고찰은 미루어 두기로 하겠다.

---

37 梁柱東, 『麗謠箋注』(乙酉文化社, 1954), 51면.

Ⅳ. 결론

「정읍」의 형식 · 구조와 그 성격을 구명하는 데에 있어서 첫째의 관건이 되는 바는 이른바 '지입'이라는 주석이다. 일찍이 장사훈은 '환입을 제외한 나머지 부분'을 곧 지입으로 보았다. 그러나 이것은 오직 「보허자」라고 하는 하나의 악곡에 국한된 편의상의 해석이지 정확한 해석은 아니다. 지입은 곧 환입을 조성과 속도로써 제약하는 변주의 방식, 또는 그 악곡을 말한다. 따라서 어떤 악보를 두고 '지입이다.'라고 주석을 하면, 이것은 '지입 방식에 의거해서 변주한다.'를 뜻하거나 또는 '지입 방식에 의거해서 만든 변주 악곡이다.'를 뜻한다. 예컨대 「동동」과 「정읍」은 만 · 중 · 삭의 삼기를 지니는 악곡인데, 여기에서 이른바 만기를 본곡으로 본다면, 중기와 급기는 만기를 속도로써 제약한 환입, 곧 지입에 해당한다.

『대악후보』의 '지입이다.'라는 주석은 특히 「감군은2」, 「보허자」, 「동동2」, 「정읍」에 이르는 4편의 악곡에만 붙어 있다. 지입 방식의 변주 악곡은 「봉황음」과 「진작」도 지니고 있는데, 그처럼 4편의 악곡에만 '지입이다.'라고 주석을 붙인 것은, 「봉황음」과 「진작」은 지입 방식의 변주 악곡을 낱낱 모두 적었던 반면에 「보허자」, 「동동2」, 「정읍」은 오직 본곡만을 적었기 때문이며, 「감군은2」는 또한 그것을 단순한 환입에 속하는 「감군은1」과 구별할 필요가 있었기 때문이다.

그런데 「정읍」은 뚜렷한 삼첩 형식의 악곡인 까닭에 그 제2단과 제3단은 필연적으로 제1단의 중복이며, 여기에는 또한 두 차례에 걸쳐서 환입이 들어간다. 따라서 그 제2단은 본환입과 같이 단순한 환입으로 연주하더라도 그 제3단만큼은 지입 방식을 좇아 변주했을 가능성이 크다. 이른바 금선조는 바로 이러한 사정을 지시하는 용어로 보인다. 만약에 「정읍」 금선조가 그처럼 지입 방식에 따라 변주되는 부분이라면, 이것은 특히 조성을 제약한 경우로서 『한금신보』「보허자」의 삭환입처럼 1옥타브 높게 이조하는 방식이었을 것이다. 요컨대 「정읍」의 지입 방식은 속도에 대한 제약만이 아니라 조성에 대한 제약을 또한 포함하는 바였을 것으로 보인다.

「정읍」의 세부 악절을 지시하는 명칭으로서 이른바 과편은 사 · 곡에서 말하는 환두와 같은 성질의 것이다. 「정읍」의 형식은 그 제2단과 제3단이 제1단을 중첩해서 반복하되 초두가 저마다 다른 선율로 되어 있으며, 이것은 제2단과 제3단의 초두가 모두 환두라는 사실을 뜻한다. 그런데 선율의 차이를 좀더 자세히 살피면, 제1단과 제2단의 초두는 거의 같은 것이라 할 정도로 비슷한 면모를 보이되, 과편에 해당하는 제3단의 초두는 그 전반의 선율이 제1 · 2단의 초두와 완전히 다른 면모를 보이는 뿐만 아니라 또한 그 후반의 선율은 완전한 종지형을 보인다. 이것은 「정읍」 제3단의 초두가 하나의 환두인 동시에 그 자체가 하나의 독립적인 악곡으로서 완결성을 지니고 있음을 드러내는 바이다. 따라서 「정읍」 제2단의 초두는 사에서 말하는 환두와 같은 성질의 것이나, 「정읍」 제3단의 초두, 곧 과편은 사에서 말하는 환두가 아니라 특히 곡에서 말하는 환두에 가깝다.

「정읍」 전강 · 후강 · 금선조는 그 소엽으로 더불어 모두 완결성을 지니고 있는 바로서 어느 것이든 스스로 하나의 단락을 이룰 수 있는 성분이다. 그런데 하나의 악절이 그 어떤 결합 성분도 없이 완전한 하나의 단락을 이루는 경우를 명칭에 반영한 사례는 전혀 발견되지 않는다. 더욱이 「정읍」의 제2단에 소엽이 붙지 않은 것은 전편의 긴밀성을 확보하고 중복의 단순성을 지양하기 위한 미적 요구의 결과이다. 이러한 세 가지 근거에 따르면, 「정읍」 제2단의 형식 용어는 그냥 '후강'으로 보아야 마땅하다.

‖ 한국학 제24권 4호(한국학중앙연구원, 2001): 97-123면

09

『대악후보』「정읍」의 완편과 그 선법

본문개요

우리는 기악 형태의 『대악후보』(大樂後譜)「정읍」(井邑)을 바탕으로 성악 형태의 「정읍」을 복원하는 데까지 나아가야 하며, 이것은 『대악후보』「정읍」에 대한 원전 비평이 더욱 절실히 요구되는 까닭이 된다. 본고는 이에 세부 악절의 구성과 그 정확한 위치를 검토하여 앞서 김영운이 재구한 『대악후보』「정읍」의 완편(完篇)을 수정하고 아울러 「정읍」의 두 선법(旋法)을 『대악후보』의 주석에 의거하여 구별하는 것으로써 작성의 목표를 삼았다.

『대악후보』「정읍」은 16정간 1행 총66행이 기록되어 있는 악보이나, 이것의 완편은 16정간 1행 총88행에 이른다. 여기에서 제65-88행은 일종의 환입(還入)에 해당하는 부분으로서 특히 제9-32행의 반복이다. 본고의 요점은 김영운이 소엽(小葉)의 일부로 처리한 제21-22행이 실로 제29-32행에 걸치는 대여음(大餘音)의 전반과 완전히 서로 같음을 들어서 반여음(半餘音)으로 분석한 것이다. 따라서 완편의 제77-78행도 반여음에 속한다.

『대악후보』「정읍」은 평조 악곡이다. 이것을 「정읍2」 평조라고 한다면, 『대악후보』「동동」(動動) 계면조를 통하여 오직 여음만 제시되어 있는 「정읍1」은 곧 계면조 악곡이다. 그것이 아니라면, 「정읍2」 평조의 '무고정재(舞鼓呈才)는 계면조를 쓴다.'는 '계면조'의 「정읍」을 찾을 길이 없게 된다. 「정읍1」 계면조는 그 여음을 제외한 나머지 부분이 「정읍2」 평조의 악보와 같았다. 그러나 선법이 다르니, 양자의 선율이 서로 같지는 않았다.

핵심용어

대악후보(大樂後譜), 정읍(井邑), 동동(動動), 완편(完篇), 선법(旋法)

Ⅰ. 서론

「정읍」(井邑)은 삼국시대 백제의 민요로 처음 출발하여, 그것이 고려시대의 향악 「무고」(舞鼓)에 하나의 가곡으로 편입되고, 이것은 다시 조선시대의 향악 「무고」와 「처용무」(處容舞)에 또한 가곡으로 계승되어, 마침내 오늘날에는 「수제천」(壽齊天)이라는 이름의 기악으로 전승되고 있다. 「정읍」의 사적 형태는 이와 같이 크게 성악 형태와 기악 형태로 나뉘며, 성악 형태는 다시 민요 형태와 가곡 형태로 나뉜다. 따라서 「정읍」에 대한 연구는 그 대상이 단순하지 않을 뿐만 아니라 범위도 넓은 셈이다. 그러나 연구를 위한 작업의 실제로 말하면, 고려시대와 조선시대의 향악에 가곡 형태로 편입되어 있던 「정읍」이 가장 중요한 대상이 된다. 이것은 민요 형태를 흡수한 것이자 기악 형태를 구비한 것이기 때문이다.

고려시대의 향악 「무고」에 편입되어 있던 「정읍」은 그것이 다시 조선시대의 향악 「무고」와 「처용무」에 계승되는 시점을 통하여 매우 중요한 발전 과정을 거쳤던 듯하다. 예컨대 만기(慢機)라는 이름의 「정읍」에 대하여 중기(中機)와 급기(急機)라는 이름의 「정읍」이 새롭게 나타난 점을 주목할 필요가 있으니,[1] 이러한 변주 악곡의 이름은 『악학궤범』(樂學軌範)에 나타날 뿐으로 『고려사 · 악지』(高麗史 · 樂志)의 기록에는 전혀 보이지 않는다. 『대악후보』(大樂後譜) 「진작1」(眞勺一)과 이것의 여러 변주 악곡에 비추어 보건대, 「정읍」 만기와 중기는 성악 형태의 악곡이었을 듯하고, 「정읍」 급기는 「진작4」(眞勺四)와 같이 오직

1 『樂學軌範』: 『樂學軌範 · 樂章歌詞 · 敎坊歌謠 合本』(亞細亞文化社, 1975), 219~20면. “樂師帥樂工十六人, 奉鼓臺具, 由東楹入, 置於殿中. 樂師抱鼓槌十六箇, 由東楹入, 置鼓南而出. 諸妓唱井邑詞, 樂奏井邑慢機, 妓八人以廣斂分左右而進, 立於鼓南. … 奏井邑中機, 樂聲漸促, 則越杖鼓雙聲, 隨鼓聲而擊之. 奏井邑急機, 樂師因節次 · 遲速, 越一腔擊拍.”

무도(舞蹈)를 위하여 연주하는 기악 형태의 악곡이었을 듯하다.

그런데 성악 형태의 「정읍」은 불행히 그 악보가 오늘날까지 전하지 않는다. 다만 전하고 있는 바는 기악 형태의 『대악후보』 「정읍」일 뿐이고, 아마도 급기에 해당할 이것은 그나마 악곡의 완전한 전체를 기록한 악보가 아니다. 그러니 오늘날 성악 형태의 「정읍」을 복원하는 작업은 아주 요원한 문제에 속하며, 따라서 우선은 원전 비평의 관점에서 기악 형태의 『대악후보』 「정읍」을 복원하고 또한 그 음악적 성격을 여실히 구명하는 작업이 절실히 요구된다. 이러한 작업이 완료되어야 비로소 성악 형태의 「정읍」을 복원하는 작업이 가능할 것이다.

『대악후보』 「정읍」에 대한 원전 비평은 이미 김영운이 선편을 잡아 거의 완성을 보았다.[2] 그러나 악보의 세부에 대한 해석은 좀더 검토할 만한 여지가 있는 듯하며, 선법(旋法)에 관한 문제를 다루지 않은 아쉬움도 있다. 본고는 이에 김영운의 업적을 토대로 삼아 『대악후보』 「정읍」의 완편(完篇)을 세부에 이르기까지 더욱 정확히 구명하고 아울러 『대악후보』에 규정된 「정읍」의 선법을 구별하는 것으로써 작성의 목표를 삼는다. 학문이 무릇 공인할 만한 정설을 세워 그것의 계승과 발전을 도모하기 위해서는 반드시 그릇된 견해를 논박하고 또한 주장하는 견해의 결점을 철저히 제거해야 할 것이다. 본고의 비판 문자는 이와 같은 당위에 의한 것임을 미리 밝혀 둔다.

2 김영운, 「井邑考」, 『제1회 전국대학생 학술연구발표대회 논문집 : 인문분야』(고려대학교 학도호국단, 1976), 351~369면. 金英云, 「高麗歌謠의 音樂形式 硏究」, 『韓國音樂散考』 제6집(한양대학교 전통음악연구회, 1995), 59~61면. 金英云, 「井邑의 後腔全과 金善調에 對한 音樂的 考察」, 『정신문화연구』 제21권 4호(한국정신문화연구원, 19980, 27~48면.

Ⅱ. 『대악후보』「정읍」의 완편과 그 세부

『대악후보』「정읍」의 악보 자체에 대한 기존의 해석은 김영운(1998) 이전의 견해와 김영운(1998)의 견해로 그 단계가 크게 구별된다. 김영운의 견해는 『대악후보』「정읍」의 악보에 일정 부분이 생략되어 있음을 정확히 간파한 뒤에 이루어진 것으로서, 이러한 사실을 무시한 채로 진행된 이전의 견해를 통틀어 교정한 성과라고 할 만하다. 그런데 김영운은 그 이전의 견해가 어째서 그른지를 자세히 논박하지 않았다. 또한 그의 견해는 약간의 결점도 지니고 있다. 그러면 이 두 가지 사항을 논점으로 삼아 『대악후보』「정읍」의 완편과 그 세부를 고찰해 보기로 하겠다.

1. 김영운(1998) 이전의 견해

일찍이 이혜구(1965)는 「정읍」의 이른바 과편(過篇)과 금선조(金善調)를 한데 더하면 대엽(大葉)에 상당한 것이 됨을 지적하고, 「정읍」의 구조를 중엽(中葉)이 생략된 「봉황음」(鳳凰吟)의 축소형으로 보았다.[3] 이혜구의 견해는 「정읍」의 구조가 보여 주는 특수성이 사실은 강조(腔調)와 엽조(葉調)의 결합으로 구성되는 이른바 진작(眞勺) 형식의 일반성에 기초한 것임을 밝힌 데에 의의가 있다. 그러나 이혜구는 다만 악곡의 대체를 논의했을 뿐이지 「정읍」의 악보로 유일하게 전하는 『대악후보』「정읍」을 원전 비평의 관점에서 검토하는 데까지 나아가지는 않았다.

『대악후보』「정읍」에 대한 원전 비평의 실례로 말하면, 이러한 작

3 李惠求, 「龍飛御天歌의 形式」, 『韓國音樂序說』(서울大學校出版部, 1982), 199~201면.

업은 성호경(1983), 양태순(1997), 김영운(1998)에 의해서 이루어졌다. 여기에서 김영운의 견해는 그의 선행 연구와 함께 뒤에서 따로 검토할 것이니, 이에 앞서 성호경과 양태순의 견해를 검토해 보겠다. 먼저 성호경의 견해에서 핵심이 되는 부분을 제시하면 아래와 같다.

> 大樂後譜 권7에서 井邑은 66행으로 되어 있는데, 그 앞의 動動에 "여음은 정읍의 여음과 같다(餘音井邑餘音同)"에 유의하여 보면, 動動의 마지막 6행(餘音部)이 井邑의 제27~32행 및 제51~56행과 일치함을 알 수 있어, 이를 여음부로 볼 때, 제1~26행은 '前腔, 小葉, 後腔' 부분이며, 제33~50행은 '過篇, 金善調, 小葉' 부분임을 짐작할 수가 있다. 여기서 제1~11행까지를 前腔으로, 제33~36행까지를 過篇으로, 제37~43행까지를 金善調로 볼 때, 前腔部와 過篇, 金善調는 매우 비슷한 구조를 보여 준다.[4]

성호경은 『대악후보』「정읍」의 제1-26행을 전강(前腔)·소엽(小葉)·후강(後腔)으로, 제27-32행과 제51-56행을 여음(餘音)으로, 제33-50행을 과편·금선조·소엽으로 보았다.[5] 성호경의 견해는 『대악후보』「동동」(動動)의 '여음이 「정읍」과 같다.'는 주석에 의거하여 양자가 서로 일치하는 부분을 여음으로 파악한 데에 요점이 있다. 그런데 결과로써 말하면, 성호경의 견해는 중대한 세 가지 문제를 부른다.

첫째, 제33-50행을 과편·금선조·소엽에 해당하는 부분으로 보고, 제51-56행을 또한 악곡의 맨 나중에 오는 여음으로 보면, 그러면 그 나머지의 제57-66행은 무엇인가? 여기에 대하여 아무런 설명이 없다. 이것은 악보의 본문 자체를 무시한 해석이라 하지 않을 수 없다.

---

4 成昊慶, 「'腔'과 '葉'의 성격 推論」, 『韓國詩歌의 類型과 樣式 硏究』(영남대학교출판부, 1995), 92면.

5 여기에서 말하는 '행'(行)은 음표가 들어 있는 악보의 '줄'을 뜻하니 마땅히 '항'으로 읽고 적어야 맞을 것이나, 용어의 혼란을 피하기 위하여 기존의 연구에 보이는 표기를 따른다.

둘째, 제27-32행과 제51-56행을 여음으로 보면, 여기에 들어 있는 제27-30행과 제51-54행은 또한 제19-22행과 완전히 일치하는 것인데, 그러면 이 제19-22행은 무엇인가? 이것을 간과하고 있다. 서로 일치하는 부분의 어느 하나가 여음이라면 다른 나머지의 것도 반드시 여음이라야 옳다. 왜냐면 선율의 일치는 곧 악곡 전체에 대한 기능의 동일을 뜻하기 때문이다.

셋째, 제28행과 제52행은 하이(下二)에서 하삼(下三) · 하사(下四)를 거쳐서 하오(下五)에로 떨어지는 완전한 종지형(終止形)을 보여 주는데, 이것을 모두 여음으로 처리해도 되는가? 그리할 수 없음은 「정읍」이 아닌 여타의 허다한 악보가 두루 증거로 된다. 요컨대 종지형 이후를 여음으로 보아야 한다.

성호경의 견해는 위와 같은 문제에 대하여 전적으로 무력한 것이다. 여기에 비하면, 양태순의 견해는 논증 과정에 있어서 조금 나아진 면모를 보인다. 양태순은 「정읍」의 악보에서 제20 · 28 · 52 · 64행이 분명한 종지형이라는 사실과 「정읍」이 이른바 환두(換頭)형식으로 되어 있는 악곡이라는 사실에 착안하여 아래와 같은 견해를 제시했다.

> 종지형과 여음에 의해서 제1~22행, 제23~32행, 제33~56행, 제57~66행의 네토막으로 구분되나, 선율의 대응관계를 고려하면 더 크게 제1~32행과 제33~66행의 둘로 구분됨을 알 수 있다. 그런데 "정읍사"의 노랫말은 '전강 · 소엽' '후강' '과편 · 금선조 · 소엽'의 세토막인 까닭에 크게 두 토막인 악곡의 구조와 일치하지 않는다. 여기서 『대악후보』의 주석에 "정읍사"가 지입(指入)이라 한 점에 유의할 필요가 있다. 지입은 A · B의 두 가락이 있고, 그 뒤를 이은 가락이 A는 변화시켜 C로 하되 B는 그대로 반복할 때 A+B를 지칭한 용어다.[6] 이 때 C는 환두(換頭) B는

6 지입(指入)의 개념을, 양태순은 특히 장사훈(1974)의 견해를 좇아서 이와 같이 정의한

환입(還入)이라고 한다. … 지입 · 환두 · 환입의 관계가 성립될 수 있는 곳은 제1~22행과 제33~54행이다.[7]

"정읍사"의 세토막 노랫말 가운데 가운데 것이 지입부분(제1~22행)을 반복하는 것으로 추정할 수 있다. 따라서 후강에 소엽이 없는 것은 지입부분만을 반복하기 때문이며 있어야 할 것이 누락된 것은 아니라고 본다. 다음으로 셋째토막의 노랫말 가운데 과편(過篇)은 환두에 해당하므로 제33~40행에 배분될 것이고 금선조(金善調) 부분은 제41~54행에 배분될 것이다.[8]

양태순의 견해는 『대악후보』 「정읍」의 구조를 그의 이른바 "지입"에 해당하는 한 토막과 "환두" · "환입"에 해당하는 또 한 토막으로 파악한 데에 요점이 있고, 이러한 분석은 『대악후보』 「정읍」의 악보를 어떤 생략된 부분이 없이 완전한 하나의 전체로 보는 한에는 최선의 것이라 할 만하다. 그러나 악보를 분석한 결과는 크게 두 토막인데, 「정읍」의 가사는 크게 세 토막이니, 자연히 악곡과 가사가 큰 토막에서부터 어긋나 보이는 난점이 생겼다. 그래서 양태순은, 가사의 가운데 토막을 부르도록 되어 있는 악곡의 후강 부분은 아마도 악곡의 전강 부분을 반복하는 것으로 추정하고, 아래와 같은 분석 결과를 제시했다.

전 · 후강 제01~08행(8) : 둘하노피곰도ᄃᆞ샤
(져재녀러신고요)

것으로 밝히고 있으나, 장사훈은 실로 [A+B]가 아니라 [AB+C]를 '지입'으로 보았다. 따라서 양태순의 정의는 사실 근거가 전혀 없는 것이다. 양태순, 「고려속요와 악곡과의 관계」, 『고려가요 · 악장 연구』 각주27(태학사, 1997), 120면; 張師勛, 「步虛子論攷」, 『國樂論攷』(서울大學校出版部, 1974), 6면. 『대악후보』에 보이는 이른바 '지입'이라는 주석의 의미에 관해서는 졸고를 참고해 주기 바란다. 金泰煥, 「井邑의 注釋 指入과 樂節 過篇의 解釋」, 『정신문화연구』 제24권 4호(한국정신문화연구원, 2001), 97~123면.

7 양태순, 「고려속요와 악곡과의 관계」, 『고려가요 · 악장 연구』, 119~120면.

8 양태순, 「고려속요와 악곡과의 관계」, 『고려가요 · 악장 연구』, 120면.

	제09~16행(8) :	어긔야머리곰비취오시라 (어긔야즌듸롤드듸욜셰라)
	제17~20행(4) :	어긔야어강됴리 (어긔야어강됴리)
여음	제21~22행(2)	
소엽	제23~28행(6) :	아으다롱디리
여음	제29~32행(4)	
과편	제33~40행(8) :	어느이다노코시라
금선조	제41~48행(8) :	어긔야내가논듸졈그롤셰라
	제49~52행(4) :	어긔야어강됴리
여음	제53~56행(4)	
소엽	제57~64행(8) :	아으다롱디리
여음	제65~66행(2)[9]	

양태순의 분석은 종지형을 좇아서 여음의 위치를 세밀히 파악한 점에서 새롭다. 여기에서 제65-66행은 예외가 될 것이나, 요컨대 제21-22행을 비롯해서 제29-32행과 제53-56행은 반드시 여음일 수밖에 없다. 따라서 전강의 규모가 확실하게 드러났고, 전강의 뒤에 오는 소엽의 위치가 또한 정확하게 밝혀졌다. 그러나 그 이하의 부분에 대한 양태순의 분석 결과는 대체로 네 가지 파탄을 보인다.

첫째, 후강은 전강을 반복하는 까닭에 악보에서 생략된 것으로 추정되어 있는데, 이러한 생략은 동일한 선율이 반복되는 악보의 후미라면 가능할 것이나, 악보의 중간에 있어서는 매우 곤란한 것이다. 악보의 중간을 생략하는 경우는 적어도 『대악후보』를 통해서는 전혀 발

9 이것은 양태순이 도표로 제시한 분석 결과를 더욱 간단히 정리한 것이다. 과편이 시작되는 행수가 도표에는 제34행으로 적혀 있으나, 그의 본문을 좇아서 바르게 고쳤다. 또한 행수를 괄호에 적어 넣었다. 양태순, 「고려속요와 악곡과의 관계」, 『고려가요·악장 연구』, 122면.

견되지 않는다. 더욱이 후강이 전강을 반복하는 사례로써 말하면, 모두 3편에 이르는 『대악후보』「봉황음」의 후강1과 후강2는 실로 전강2와 전강3의 선율을 완전히 그대로 반복하고 있지만, 그럼에도 불구하고 그 모든 선율을 통틀어 다시 적고 있다. 따라서 「정읍」의 후강이 전강을 반복하는 까닭에 악보에서 생략된 것으로 추정하는 데에는 큰 무리가 따른다.

둘째, 전강의 뒤에 나오는 소엽과 악곡의 맨 끝에 나오는 소엽의 선율이 장단과 길이로 더불어 서로 다르게 파악되어 있는데, 여기에는 더 큰 무리가 따른다. 하나의 악곡에 있어서 무릇 악절(樂節)의 명칭이 같으면, 그것이 몇 회에 걸쳐서 반복되든 간에 그 선율은 장단과 길이로 더불어 완전히 일치해야 마땅한 것이다. 예컨대 『대악후보』「봉황음」 전강의 뒤에 나오는 부엽(附葉) · 중엽 · 이부(二附) · 소엽이 후강의 뒤와 대엽의 뒤에 다시 순차로 나오되 3회에 이르는 그것이 서로 완전히 일치하고 있는 사례가 그렇고, 모두 4편에 이르는 『대악후보』「진작」 후강의 뒤에 나오는 부엽이 사엽(四葉)의 뒤에 다시 나오되 2회에 이르는 그것이 서로 완전히 일치하고 있는 사례가 또한 그렇다. 이와는 반대의 경우로, 「봉황음」과 「진작」의 악보가 부엽과 이부를 구태여 구별해서 적고 있는 것은, 전자는 부엽1에 해당하고 후자는 부엽2에 해당하는 바로서 양자의 선율이 서로 다름을 밝히려는 데에 까닭이 있다. 더욱이 「봉황음3」의 경우에는 부엽과 이부를 구별하는 뿐만 아니라 대여음(大餘音)과 이대여음(二大餘音)을 또한 구별하고 있다. 그러니 명칭이 같으면 선율도 같고, 명칭이 조금이라도 다르면 그 선율도 반드시 달라야 맞는 것이다.

셋째, 악보의 제65-66행이 악곡의 최후에 오는 여음으로 파악되어 있는데, 이것을 만약에 여음으로 볼 양이면, 이것과 선율이 완전히 일치하는 바의 제9-10행과 제41-42행도 여음으로 보아야 맞을 것이다. 이유는 둘째의 경우와 같으며, 가사가 붙는 선율과 여음의 선율을 적어도 동일한 악곡의 내부에서는 결코 섞어 쓰지 않는다는 것도 또 다른 이유가 된다.

넷째, 악곡의 최후에 오는 여음이 또한 반여음(半餘音) 2행에 그치고 있는데, 전강의 뒤에 나오는 소엽에는 대여음 4행이 따르되, 악곡의 맨 끝에 나오는 소엽에는 반여음 2행이 따르는 것으로 되다니, 이것은 더욱 더 있을 수 없는 일이다. 왜냐면 악곡의 맨 끝에는 반드시 대여음이 나오며, 이것은 만대엽(慢大葉) · 중대엽(中大葉) · 삭대엽(數大葉)과 같은 단가의 경우에도 전혀 예외가 없는 까닭이다.

양태순이 파악한 두 개의 서로 다른 소엽에서 어느 하나는 반드시 소엽이 아니며, 소엽이 아닌 것은 당연히 둘째의 제57-64행일 수밖에 없으니, 이것은 또한 과편과 금선조의 위치에 대한 양태순의 추정이 그릇된 것일 수밖에 없음을 반증하는 바이기도 하다. 그러니 양태순의 작업은 분석 방법과 논증 과정의 타당성에 비해서 그 소득이 적은 셈이다.

2. 김영운(1998)의 견해

양태순의 분석 결과에 대한, 위에서 지적한 네 가지 파탄은 『대악후보』「정읍」의 악보가 결코 완전한 하나의 전체일 수 없음을 확고히 보여 주는 이유가 된다. 양태순의 작업이 다만 아쉬운 자리에서 그친 것은 『대악후보』「정읍」의 악보를 어떤 생략된 부분이 없이 완전한 하나의 전체로 보았던 데에 그 모든 까닭이 있다. 그런데 김영운(1995)은 이러한 점을 미리 간파하고 아래와 같은 판단을 제시했다.

〈정읍〉의 악보는 전 66행으로 구성되어 있고, 이를 분석하여 보면 '금선조' 시작부분이 2행만 기록되었을 뿐, 나머지는 악보에서 발견되지 않는다. 그리고 제65 · 66행의 선율은 종지형을 갖추고 있지도 않으며, 또한 여음으로도 볼 수 없는 선율이다. 그런데 "대악후보"의 〈정읍〉 악보 시작부분에는 '井邑 指入 舞鼓呈才用 界面調'란 주가 있다. 이는 악보에 실린 부분이 지입에 해당하는 것이고, 환입이하는 별도로 기록하지 않았음을 보여준다. 이 주에 의하여 제65 · 66행은 환입되는 곳을 지시하는 역할로 여기고, 이와 동일한 가락을 찾아보면 제9 · 10행과 제41 · 42행이 동일 가락임을 알 수 있다. 결국 〈정읍〉은 제64행까지 연주한 다음 제9행이나 제41행 중의 한 곳으로 되돌아가 반복하는 음악인데, 그 반복처는 제9행이 타당하다. 그 이유는 제9행부터 반복해야 뒤에 '소엽'까지 갖추어 되풀이 되기 때문이다.[10]

김영운(1995)의 견해는 『대악후보』 「정읍」의 악보에 맨 끝의 일정 부분이 생략되어 있음을 정확히 간파한 뒤에 마련된 것이다. 요컨대 『대악후보』 「정읍」의 악보에는 전강의 제9-10행에 이어지는 제11행으로부터 최초의 소엽을 거쳐 대여음으로 끝나는 제32행까지의 총 22행과 동일한 부분이 생략되어 있었다. 이와 같이 악곡의 어느 일정 부분이 반복되는 경우에 특히 악곡의 맨 끝에 오는 그것이 생략되어 있는 악보로는 『대악후보』 「보허자」(步虛子)와 『금합자보』(琴合字譜) 「보허자」를 적실한 하나의 사례로 들 수 있다. 『대악후보』 「보허자」는 환입 부분을 거의 다 적되 맨 끝의 총5행이 생략되어 있고, 『금합자보』 「보허자」는 환입 전체가 생략되어 있다. 김영운(1998)은 이러한 발견을 통하여 『대악후보』 「정읍」의 악보를 아래와 같이 재구했다.

10 金英云, 「高麗歌謠의 音樂形式 研究」, 『韓國音樂散考』, 제6집, 60면.

전강 : 제01~20행
소엽 : 제21~28행
여음 : 제29~32행
후강 : 제33~52행
여음 : 제53~56행
과편 : 제57~64행
금선조 : 제65~76행
소엽 : 제77~84행
여음 : 제85~88행[11]

김영운이 재구한 『대악후보』 「정읍」의 악보는 16정간 1행 총88행에 이른다. 여기에서 제66행까지는 『대악후보』에 이미 적혀 있는 부분이고, 제67행부터는 적혀 있지 않은 부분이다. 이러한 분석 결과를 양태순의 그것과 비교해 보건대, 첫째, 양태순이 과편과 금선조로 파악한 제33-52행이 사실은 후강의 위치이고, 둘째, 양태순이 소엽으로 파악한 제57-64행이 사실은 과편의 위치이고, 셋째, 원전에 적혀 있지 않은 부분이 곧 금선조의 위치임을 밝힌 것이 새롭다.

그런데 『대악후보』 「정읍」은 기악 형태의 악곡이므로 세부 악절의 위치와 여기에 들어갈 가사의 분절을 반드시 따로 표시할 필요는 없다. 그러나 『대악후보』 「정읍」의 완편을 복원하는 작업의 궁극은 성악 형태의 「정읍」을 복원하는 데에 있으므로 적어도 세부 악절의 위치를 밝히는 것은 반드시 요구되는 바이다. 더욱이 세부 악절의 위치는 『대악후보』 「정읍」의 완편을 재구할 만한 단서가 되므로, 위와 같은 방식의 재구는 오히려 마땅한 점이 있다.

11 이것은 악보의 전모를 간단히 파악할 수 있도록 정간과 음표를 생략하고 행수를 중심으로 다시 정리한 것이다. 金英云, 「井邑의 後腔全과 金善調에 對한 音樂的 考察」, 『정신문화연구』 제21권 4호, 45~48면.

김영운의 작업은 이로써 『대악후보』 「정읍」의 완편을 확보하게 된 점에서 그 성과를 높이 평가할 만하다. 그러나 김영운의 작업은 약간의 결점도 지니고 있다. 예컨대 양태순이 이미 정확히 파악한 제21-22행의 반여음을 소엽에 포함시킨 점을 들 수 있다. 악보의 제21-22행은 제29-32행과 제53-56행의 대여음에서 그것의 전반에 해당하는 제29-30행과 제53-54행으로 더불어 그 선율이 완전히 일치하는 만큼, 이것은 당연히 여음으로 보아야 할 것이다. 김영운의 견해를 수정해서 제시하면 아래와 같다.

전강 : 제01~20행
반여음 : 제21~22행
소엽 : 제23~28행
대여음 : 제29~32행
후강 : 제33~52행
대여음 : 제53~56행
과편 : 제57~64행
금선조 : 제65~76행
반여음 : 제77~78행
소엽 : 제79~84행
대여음 : 제85~88행

그런데 김영운의 작업에 있어서 실로 가장 아쉬운 점은 선법의 문제를 다루지 않은 것이다. 악보에 대한 원전 비평은 주어진 악보가 결핍하고 있는 음표의 전체 수량과 그 위치를 선율에 입각해서 재구하는 작업이 위주가 되는 것이나, 단순히 여기에서 작업을 그칠 것이 아니라 또한 악곡 전체의 선법을 파악하는 데까지 나아가야 한다. 그래야 악보가 제시하는 바의 정확한 선율에 접근할 수 있으니, 선법을 명확히 파악하는 것은 악보에 대한 원전 비평의 당연한 요구이다.

Ⅲ. 『대악후보』「정읍」과 그 선법

김영운(1998)이 재구한 『대악후보』「정읍」의 악보는 평조(平調)에 해당하는 것이다. 「정읍」은 평조만 있었던 것이 아님에도 불구하고 기존의 연구는 어느 것이나 모두 선법을 고려하지 않았다. 그러나 적어도 『대악후보』「정읍」은 「동동」과 함께 평조와 계면조의 선법을 모두 지니고 있는 악곡이며, 이러한 사실은 『대악후보』「동동」과 「정읍」의 주석에 이미 밝혀져 있었다. 그러면 이 두 주석이 어째서 「정읍」 계면조의 존재를 밝히는 바의 것인지를 먼저 논증해 보기로 하겠다.

1. 「정읍」 계면조의 소재

『대악후보』에 실려 있는 「동동」은 모두 두 편이다. 이제 이 둘을 구별하기 위하여, 앞에 실린 것을 「동동1」이라 부르고, 뒤에 실린 것을 「동동2」라고 부르기로 하겠다. 「동동1」은 총4행 1장단만 적혀 있고, 그 제목에는 '동동 - [「동동」의] 여음과 「정읍」의 여음이 같다. 계면조이다.'[12]라는 주석이 붙어 있다. 「동동2」는 총40행 10장단이 적혀 있고, 그 제목에는 '동동 - 지입(指入)이다. 무동(舞童)의 아박(牙拍) 정재와 여기(女妓)의 [아박] 정재가 같다.'[13]라는 주석이 붙어 있다.

---

12 『大樂後譜』: 『韓國音樂學資料叢書』 제1권(은하출판사, 1989), 193면. "動動 - 餘音 · 井邑餘音同. 界面調."
13 『大樂後譜』: 『韓國音樂學資料叢書』 제1권, 193면. "動動 - 指入. 舞童牙拍呈才 · 女妓呈

「동동1」과 「동동2」의 주석에 보이는 이른바 '같다.'라는 술어는 곧 '같은 것을 쓴다.'라는 뜻을 지니는 바로서 어떤 하나와 다른 하나를 한데 아울러 주어로 삼는 말이다. 예컨대 「동동1」로 말하면, 「동동1」과 「정읍」이 같은 여음을 쓴다는 것이고, 「동동2」로 말하면, 남악과 여악이 모두 「동동2」를 쓴다는 것이다. 그리고 이보다 더욱 중시할 바로는, 「동동1」에 대한 '계면조이다.'라는 주석은 곧 「동동2」가 평조라는 의미를 함축하고 있는 말이다. 여기에는 오음 약보의 특성과 『대악후보』의 기보 방식에 대한 약간의 이해가 요구된다.

오음 약보는 기본음 궁(宮)의 상하 5음을 상일(上一), 하일(下一) 따위와 같이 표기하는 약식 음표를 쓰는 까닭에 같은 이름의 악곡이 선법을 달리하여 서로 다른 악곡이 되는 경우라도 악보에 실제로 적어 넣을 음표의 차이가 없으면 오직 하나의 악보만으로도 그것을 모두 통용할 수 있다. 예컨대 '평조 · 계면조를 통용한다.'[14]라고 되어 있는 『시용향악보』(時用鄕樂譜) 「정석가」(鄭石歌)의 악보가 바로 그 표본이다. 따라서 오음 약보가 선법을 밝혀 적어야 하는 논리적 요구는 크게 두 가지이다. 첫째, 오직 하나의 선법만 쓰는 악곡을 적을 경우이고, 둘째, 같은 이름의 악곡이 선법을 달리하는 뿐만 아니라 또한 선율이 크게 바뀌어 음표의 차이가 생기는 경우이다.

그런데 『대악후보』는 전편에 걸쳐서 계면조 악곡에 대해서만 선법을 밝히되, 예외로 오직 「만대엽」과 「감군은2」(感君恩)에 대해서는 그 선법이 평조라는 사실을 따로 밝혔다. 위에서 지적한 논리적 요구로 보건대, 『대악후보』 「만대엽」과 「감군은2」는 모두 첫째의 경우에 해당하는 바라고 할 수 있을 것이니, 선법을 따로 밝히지 않은 그 나머지

才同."

14 『時用鄕樂譜』: 『韓國音樂學資料叢書』 제22권(은하출판사, 1989), 81면. "鄭石歌 - 平調 · 界面調通用."

악곡은 당연히 모두 평조에 해당하는 것이다.

요컨대 『대악후보』「동동1」은 계면조 악곡이고, 「동동2」는 평조 악곡이다. 다만 「동동2」에서 그 선법을 따로 밝히지 않은 것은 앞의 「동동1」이 계면조라는 사실을 이미 밝혔기 때문이다. 따라서 이러한 「동동」의 경우와 마찬가지로 우리는 『대악후보』「정읍」을 또한 「정읍2」 평조로 보아야 한다. 이것은 『대악후보』「정읍」의 제목에 붙어 있는 주석만 보더라도 명백히 드러나는 바이다.

『대악후보』「정읍」의 제목에는 '지입이다. 무고(舞鼓) 정재는 계면조를 쓴다.'[15]라는 주석이 붙어 있다. 여기에서 '무고정재는 계면조를 쓴다.'라고 했으니, 이것은 '무고 정재를 제외하고는 평조를 쓴다.'는 의미를 함축하고 있는 말이자, 이것은 또한 '지입이다.'라고 밝힌 바로 이 악보가 곧 평조에 해당하는 바임을 뚜렷이 밝혀 주고 있는 말이다. 그러면 「정읍1」 계면조는 『대악후보』의 어디에 있는가? 해답은 바로 「동동1」의 주석에 있다. 「동동1」의 주석에 '[「동동」의] 여음과 「정읍」의 여음이 같다. 계면조이다.'라고 했으니, 「정읍1」은 「동동1」을 통하여 이미 제시된 것이나 다름이 없다. 그것은 곧 「동동1」에 적혀 있는 4행 1장단을 가져다 쓰는 계면조 악곡인 것이다.

만약에 「동동1」 계면조의 악보에 적힌 4행 1장단이 또한 「정읍1」의 4행 1장단에 해당하는 바가 아니라면, 「정읍2」의 '무고정재는 계면조를 쓴다.'는 주석에 나오는 '계면조'의 「정읍」을 찾을 길이 없게 된다. 따라서 「동동1」 계면조의 악보에 적혀 있는 4행 1장단은 「정읍1」 계면조의 4행 1장단에 해당하는 것이 아닐 수 없다.

15 『大樂後譜』: 『韓國音樂學資料叢書』 제1권, 196면. "井邑 - 指入. 舞鼓呈才用界面調."

2. 「정읍」 계면조 여음의 성격

이상의 논의에서 남겨진 문제는 「동동1」 계면조의 악보에 적힌 4행 1장단이 들어갈 위치와 그 역할일 것이다. 그런데 이 4행 1장단의 역할은 「동동1」의 주석에 이미 명시되어 있다. 이 4행 1장단은 가사가 붙는 선율이 아니라 반드시 여음이다. 만약에 여음이 아니라고 한다면, 「동동1」의 '[「동동」의] 여음과 「정읍」의 여음이 같다.'는 주석은 그것이 반드시 그 자리에 있어야 할 까닭이 없다. 왜냐면 그것은 「동동2」에 붙어도 무방한 것이기 때문이다. 「동동」과 「정읍」의 여음을 한데 아울러 '같다.'라고 밝힐 만한 까닭은 「동동1」에 적힌 4행 1장단이 특히 여음인 데에 있어야 한다. 따라서 진정한 문제는 그것의 위치일 뿐이다.

통례로 보건대, 「동동1」 계면조에 다만 4행 1장단이 적힌 것은 그 이하의 악보가 「동동2」 평조와 완전히 같았기 때문인지도 모른다. 그러면 이 4행 1장단은 악곡의 전주(前奏)에 해당하는 것일 수 있다. 그런데 「동동」의 제1-4행이 전주라면, 「정읍」의 제1-4행도 반드시 전주라야 하고, 「정읍」의 제1-4행이 전주라면, 「정읍」의 후강과 과편의 서두에 오는 제33-36행과 제57-60행도 전주라는 것을 뜻한다. 그리고 이 모두는 서로 같은 것이어야 한다.

그러나 「동동2」와 「정읍2」의 해당 부분을 비교해 보면, 사실이 전혀 그렇지 않음을 바로 알 수 있다. 「동동2」의 제1-4행에 대하여 「정읍2」의 제1-4행과 제33-36행은 서로 비슷한 듯하면서도 적잖은 차이를 드러내고 있으며, 「정읍2」의 제57-60행은 또한 제1-4행과 제33-36행에 대한 차이가 매우 크다. 악보의 해당 부분을 제시하면 아래의 〈표 1〉과 같다.

〈표 1〉「동동2」와「정읍2」의 선율 비교 (1)

動動	01~02行	上上上上上上上上上 宮二二一二二二二一二	上上上上上上上上上上 二二二一二二二二一二
井邑	01~02行	上上上上上上上上上 宮二二一二二二二一二	上上上上上上上上上上 二二二一二二二二一二
井邑	33~34行	上上上　上上上 宮二二一　二二二	上上上上　上上上 二二二一　二二二
井邑	57~58行	下下下下　下下下 二一一二　一二一	下下下下　下下下 一一一二　一一二
動動	03~04行	上上上上上上上上上上 一三三二三三三三二三	上上上上上上上上　上 二二二一二一一一宮一
井邑	03~04行	上上上上上上上上上上 一三三二三三二二一二	上上上　上上上上　上 一一一宮一一一一宮一
井邑	35~36行	上上上　上上上 一三三　三三三	上上上　上上上 二二二　一一一
井邑	59~60行	下上　上上 一一宮　一一宮	上上下 宮宮宮　一一一

「동동2」와「정읍2」의 제1-2행은 서로 완전히 같지만, 제3-4행은「정읍2」의 제3행 제5대강으로부터 제4행 제3대강까지가「동동2」의 그것보다 1도씩 더 낮은 음계로 되어 있는 차이가 보인다. 그리고「정읍2」의 제33-36행은 대체로「동동2」의 제1-4행과 같지만, 그런 가운데에도 모든 행에 걸쳐서 제3대강과 제6대강의 가락이 한두 음표씩 덜어진 점이 주목된다. 끝으로「정읍2」의 제57-60행은 아래의 〈표 2〉와 같이 오히려「동동2」의 제25-28행으로 더불어 유사한 흐름을 보인다.「동동2」의 제25-28행은 그 제1-4행의 음계를 3-4도 이하로 떨어뜨린 것인데,「정읍2」의 제57-58행은 다만「동동2」의 제25행 제2대강으로부터 제26행 제3대강까지의 선율을 1-2도 이하의 음계로 더 낮게 떨어뜨린 차이를 보일 뿐이다.

〈표 2〉「동동2」와 「정읍2」의 선율 비교 (2)

動 動	25~ 26行	下 二宮宮　　宮宮宮	下下下 宮宮宮　一一二
井 邑	57~ 58行	下下下下　下下下 二一一二　一二一	下下下下　下下下 一一一二　一一二
動 動	27~ 28行	下上　　　上上 一一宮　　一一宮	上上下 宮宮宮　一一一
井 邑	59~ 60行	下上　　　上上 一一宮　　一一宮	上上下 宮宮宮　一一一

이상과 같은 차이는 「정읍2」의 두 대여음과 「동동2」의 대여음이 보여 주는 동일성에 견주어 보건대 그 상호를 완전히 서로 다른 것으로 규정할 수 있을 정도로 큰 것이다. 『대악후보』에 적혀 있는 「정읍2」의 두 대여음은 서로 완전히 일치하며, 이것들은 또한 「동동2」 제37-40행에 오는 대여음으로 더불어 그 제39행 제6대강에서 음표 두 개를 덜어낸 점만 다를 뿐이다.

「동동1」 계면조의 4행 1장단이 전주라고 한다면, 위와 같은 변주 내용을 모두 적었어야 마땅하다. 그러나 그렇게 하지 않았다. 따라서 이 4행 1장단은 그것을 대여음으로 보아야 마땅하다. 요컨대 「동동1」 계면조에 적힌 4행 1장단의 선율은 「동동1」 계면조의 대여음이자 「정읍1」 계면조의 대여음이기도 하다. 그리고 이것의 전반에 해당하는 제1-2행은 또한 「정읍2」 평조와 마찬가지로 제21-22행과 제77-78행을 통하여 반여음으로 쓰일 것이 당연하다.

이상의 논의를 통해서 「정읍」은 「동동」과 마찬가지로 또한 평조와 계면조로 나뉨을 확인할 수 있었다. 평조와 계면조는 「정석가」의 경우처럼 악보를 공유하는 것이나, 오직 여음은 악보가 서로 다르다. 그러나 비록 악보는 공유할지라도 선법이 서로 다른 까닭에 평조와 계면조의 선율이 서로 같은 것일 수는 없다. 다시 말해서 계면조와 평조는 서로 다른 악곡이다.

Ⅳ. 결론

『대악후보』「정읍」은 『대악후보』「진작4」와 마찬가지로 오직 무도를 위하여 연주하는 기악 형태의 악곡이었을 것이다. 따라서 『대악후보』「정읍」에는 가사가 없을 것이 당연하고 실제로도 그렇다. 그러나 우리는 『대악후보』「정읍」을 바탕으로 성악 형태의 「정읍」을 복원하는 데까지 나아가야 하며, 이것은 『대악후보』「정읍」에 대한 원전 비평이 더욱 절실히 요구되는 까닭이 된다. 본고는 이에 세부 악절의 구성과 그 정확한 위치를 검토하여 앞서 김영운이 재구한 『대악후보』「정읍」의 완편을 수정하고 아울러 「정읍」의 두 선법을 『대악후보』의 주석에 의거하여 구별하는 것으로써 작성의 목표를 삼았다.

『대악후보』「정읍」은 16정간 1행 총66행이 기록되어 있는 악보이나, 이것의 완편은 16정간 1행 총88행에 이른다. 여기에서 제65-88행은 일종의 환입에 해당하는 부분으로서 특히 제9-32행의 반복이다. 세부 악절의 위치는 본론에서 이미 제시한 바와 같다. 본고의 요점은 김영운이 소엽의 일부로 처리한 제21-22행을 반여음으로 분석한 데에 있다. 제21-22행은 실로 제29-32행에 걸치는 대여음의 전반과 완전히 서로 같은 부분이니 만큼, 이것은 반여음일 것이 당연하다. 따라서 완편 악보의 제77-78행도 또한 반여음으로 보아야 맞다.

『대악후보』「정읍」은 특히 평조의 선법을 쓰는 악곡이다. 이것을 「정읍2」 평조라고 한다면, 『대악후보』「동동1」 계면조를 통하여 오직 여음만 제시되어 있는 바로서의 「정읍1」은 곧 계면조 악곡이다. 만약에 「동동1」 계면조의 4행 1장단에 이르는 그 여음이 또한 「정읍1」 계면조의 여음에 해당하는 바가 아니라면, 「정읍2」의 '무고정재는 계면조를 쓴다.'는 주석에 나오는 '계면조'의 「정읍」을 찾을 길이 없게 된다. 「정읍1」 계면조의 악보에서 그 여음을 제외한 나머지는 여음을 제외한 「정읍2」 평조의 악보와 같았을 것이다. 그러나 선법이 다르니, 양자의 선율이 서로 같지는 않다.

▮ 한국음악사학보 제29집(한국음악사학회, 2002): 199-215면

〈별표〉『대악후보』「정읍」의 완편 악보와 「동동」의 상동 선율

行數	一			二		三			四			五		六			相同
	[前腔]																
01	宮			上二		上二	上一	上二	上二			上二		上二	上一	上二	01
02	上二			上二		上二	上一	上二	上二			上二		上二	上一	上二	02
03	上一			上三		上三	上二	上三	上三			上二		上二	上一	上二	
04	上一			上一		上一	宮	上一	上一			上一		上一	宮	上一	
05	宮			宮		宮			上一			上一		宮			
06	宮			宮		宮			下一			下一		下二			12
07	下一			下一		下二		下一	宮			宮		下一			13
08	下一			下二		下一			下二		下一	下二	下三	下二		宮	14
09	宮			宮		宮			宮			宮		宮			
10	上一			上二		上二			上一		上二	上一		宮			11
11	上一			上二		上二			上一		上二	上一		宮			11
12	宮			宮		宮			上一			上一		下一			22
13	下二			下三		下二		下一	下一			下一		下二	下一	下二	23
14	下三		下四	下三		下三		下四	下三		下二	下三		下四			24
15	下一		下二	下三		下二		下一	下一			下一		下二	下一	下二	
16	下三		下四	下三		下三		下四	下三		下二	下三		下四			24
17	上一		宮	宮		宮			宮			宮		宮			
18	下一		宮	上一		宮			上一			上一		下一			
19	下二			下三		下二		下一	下一			下一		下二	下一	下二	30
20	下三		下四	下三		下三		下四	下三		下二	下三		下四	下五		31

[半餘音]

21	宮			宮		宮			宮			宮		宮		上一	37
22	上二		上二	上一		宮			下一		上一	宮		上一	宮	上一	38

[小葉]

23	宮		宮	下三		下二		宮	宮			下二		下二	下一	下二	
24	下三			下三		下三		下四	下三			下三		下三			
25	下四			下二		下二			下二			下二		下二	下一	下二	
26	下三			下三		下三		下四	下三			下二		下一			
27	下二			下三		下二		下一	下一			下一		下二	下一	下二	35
28	下三		下四	下三		下三		下四	下三		下二	下三		下四	下五		36

[大餘音]

29	宮			宮		宮			宮			宮		宮		上一	37
30	上二		上二	上一		宮			下一		上一	宮		上一	宮	上一	38
31	宮		宮	下三		下二		宮	宮	上二	上一	宮		上一			39
32	宮		宮	下三		下二		宮	宮			宮		宮			40

[後腔]

33	宮			上二		上二		上一	上二			上二		上二			
34	上二			上二		上二		上一	上二			上二		上二			
35	上一			上三		上三			上三			上三		上三			
36	上二			上二		上二			上一			上一		上一			
37	宮			宮		宮			上一			上一		上一			
38	宮			宮		宮			下一			下一		下二			12
39	下一			下一		下二		下一	宮			宮		宮			13
40	下一			下二		下一			下二		下二	下三		下二		宮	14

41	宮			宮		宮			宮			宮		宮			
42	上一			上二		上二			上一		上二	上一		宮			11
43	上一			上二		上二			上一		上二	上一		宮			11
44	宮			宮		宮			上一			上一		下一			22
45	下二			下三		下二		下一	下一			下一		下二	下一	下二	23
46	下三		下四	下三		下三		下四	下三		下二	下三		下四			24
47	下一		下二	下三		下二		下一	下一			下一		下二	下一	下二	
48	下三		下四	下三		下三		下四	下三		下二	下三		下四			24
49	上一		宮	宮		宮			宮			宮		宮			
50	下一		宮	上一		宮			上一			上一		下一			
51	下二			下三		下二		下一	下一			下一		下二	下一	下二	30
52	下三		下四	下三		下三		下四	下三		下二	下三		下四	下五		31

[大餘音]

53	宮			宮		宮			宮			宮		宮		上一	37
54	上二		上二	上一		宮			下一		上一	宮		上一	宮	上一	38
55	宮		宮	下三		下二		宮	宮	上二	上一	宮		上一			39
56	宮		宮	下三		下二		宮	宮			宮		宮			40

[過篇]

57	下二			下一		下一		下二	下一			下二		下一			
58	下一			下一		下一		下二	下一			下一		下二			
59	下一			上一		宮			上一			上一		宮			27
60	宮			宮		宮			上一			上一		下一			28
61	下一			下二		下一			下一			下一		下一			29

62	下一			下一		下一		下二	下一			下二		下一			
63	下二			下三		下二		下一	下一			下一		下二	下一	下二	
64	下三		下四	下三		下三		下四	下三		下二	下三		下四	下五		

[金善調]

65	宮			宮		宮			宮			宮		宮			
66	上一			上二		上二			上一		上二	上一		宮			11
67	上一			上二		上二			上一		上二	上一		宮			11
68	宮			宮		宮			上一			上一		下一			22
69	下二			下三		下二		下一	下一			下一		下二	下一	下二	23
70	下三		下四	下三		下三		下四	下三		下二	下三		下四			24
71	下一		下二	下三		下二		下一	下一			下一		下二	下一	下二	
72	下三		下四	下三		下三		下四	下三		下二	下三		下四			
73	上一		宮	宮		宮			宮			宮		宮			
74	下一		宮	上一		宮			上一			上一		下一			
75	下二			下三		下二		下一	下一			下一		下二	下一	下二	30
76	下三		下四	下三		下三		下四	下三		下二	下三		下四	下五		31

[半餘音]

77	宮			宮		宮			宮			宮		宮		上一	37
78	上二		上二	上一		宮			下一		上一	宮		上一	宮	上一	38

[小葉]

79	宮		宮	下三		下二		宮	宮			下二		下二	下一	下二	
80	下三			下三		下三		下四	下三			下三		下三			
81	下四			下二		下二			下二			下二		下二	下一	下二	

82	下三			下三		下三		下四	下三			下二		下一			
83	下二			下三		下二		下一	下一			下一		下二	下一	下二	35
84	下三		下四	下三		下三		下四	下三		下二	下三		下四	下五		36

[大餘音]

85	宮			宮		宮			宮			宮		宮		上一	37
86	上二		上二	上一		宮			下一		上一	宮		上一	宮	上一	38
87	宮		宮	下三		下二		宮	宮	上二	上一	宮		上一			39
88	宮		宮	下三		下二		宮	宮			宮		宮			40

10

단가의 범주와 그 악곡에 대한 고찰

본문개요

단가(短歌)는 대엽(大葉)이라고 하는 악곡류의 유행이 만대엽(慢大葉)으로부터 중대엽(中大葉)을 거쳐 삭대엽(數大葉)으로 변천해 가는 동안에 각각의 단계에서 유행의 주류를 담당했던 악곡종을 순차로 지칭해 왔던 용어라고 할 수 있다. 단가는 또한 북전(北殿)과 시조(時調)를 포함하는 개념이다. 시조의 원류라고 할 수 있는 북전은 조선시대에 들어와서는 변풍(變風)·망국조(亡國調)로 기피되었다. 대엽은 그러한 북전을 대신하여 단형의 가곡에 대한 사대부의 요구를 새롭게 충족시켜 주는 하나의 악곡종으로 출발했다.

대엽과 북전은 작곡의 원리나 그 취미가 판이하여, 악곡의 골격과 구조도 커다란 차이를 드러낸다. 북전은 그 길이가 대체로 정연한 균제(均齊)의 3지(旨)이고, 대엽은 비균제(非均齊)의 5지이다. 북전은 높고 낮은 흐름의 경사와 선회를 거듭하는 가운데에 악구의 후반부를 대체로 반복하고, 대엽은 평탄하게 낮은 흐름을 타다가 문득 높은 흐름으로 비약한 끝에 반전하여 돌아온다. 북전은 최초의 악상을 매우 집요하게 부연하고, 대엽은 평탄한 선율을 통하여 자연스러운 전개를 보이는 가운데에 강렬한 파격(破格)을 고집한다.

대엽이 구현하고 있는 예술미의 추요는 비균제의 제3 · 4 · 5지에 걸친 선율의 비약과 반전이다. 대엽의 특히 제4지는 파격의 비약을 위주로 하는 악구의 중핵이자 사구의 기축이다. 여기에 올려지는 사어는 오직 세 개의 음절로 고정되지만, 그것은 여타의 사구에서 오는 압력을 충분히 견제할 수 있는 동시에 거의 갑절의 높이에 해당하는 고음을 타도록 되어 있다. 조선시대 단가의 가장 뚜렷한 미적 기질로서는 비균제와 파격을 지적할 만하다.

핵심용어

단가(短歌), 대엽(大葉), 북전(北殿), 진작(眞勺), 비균제(非均齊), 파격(破格)

Ⅰ. 서론

단가(短歌)는 시가(詩歌)의 한 범주로서 음악의 한 형태이자 또한 문학의 한 형태이다. 조선시대로 말하면, 단가라는 용어는 15세기의 용례가 있다. 정극인(丁克仁, 1401~1481)이 성종에게 올리는 글에서 장가(長歌)와 단가를 아울러 말한 용례가 바로 그것이다. 이후로 단가라는 용어는 문헌상으로 매우 많은 용례를 보이게 되는데, 이현보(李賢輔, 1467~ 1555)의 「어부단가」(漁父短歌)도 그 중요한 용례이고, 정철(鄭澈, 1536~1593)의 『송강가사』(松江歌辭)에서 그 편명의 하나를 단가라고 한 것도 주목할 만한 용례이다. 단가라는 용어를 사용한 문헌상의 기록에서 연대가 확실한 것으로 몇 가지를 제시하면 다음과 같다.

정극인(丁克仁/1480년) : 長歌 6章과 短歌 2장을 지어, 혹은 벗들로 더불어 노래하고 읊조리며, 혹은 밤에 노래하고 춤추며, 頌禱의 부지런히 힘씀에 거의 헛되이 보내는 날이 없다. … 죽기를 무릅쓰고 장가 1장과 단가 2장을 올리니, 모두 우리말을 섞어 지은 것이다.[1]

이현보(李賢輔/1549년) : 1篇 12장의 것은 셋을 없애고 아홉을 남기되 장가를 만들어 읊조리고, 1편 10장의 것은 줄여서 단가 5闋을 만들고 葉을 삼아 그것을 부르니, 합하여 1部의 새로운 악곡을 이루었다.[2]

---

1 『成宗大王實錄』 122-10a2~11a2. "謹作長歌六章, 短歌二章, 或與朋友歌詠, 或夜歌且舞, 頌禱之勤, 殆無虛日. … 謹昧死以上長歌一章, 短歌二章, 皆雜以俚語." 필자가 참고한 책은 『朝鮮王朝實錄』(國史編纂委員會, 1986)이다. 한문으로 기록된 자료는 어느 것이든 간에 모두 필자가 번역한다.

2 『聾巖先生文集』 3-17b5~7. "一篇十二章, 去三爲九, 作長歌而詠焉, 一篇十章, 約作短歌五闋, 爲葉而唱之, 合成一部新曲." 필자가 참고한 책은 『韓國文集叢刊』(民族文化推進會, 1988)이다.

정 천(鄭 洊/1698년) : 내가 곧 집안의 舊藏本을 좇아서 그것을 校正해 보니, 틀리고 잘못된 것의 많음이 도리어 입에서 입으로 전하는 가운데에 眞相을 잃는 것보다 심했고, 또한 단가는 없어진 것도 많았다.[3]

김수장(金壽長/1763년) : 列聖이 손수 지은 작품, … 무명씨의 작품으로부터 스스로 지은 장 · 단가 149장에 이르기까지, 하나하나 수집하여 잘못된 곳을 바로잡고 깨끗하게 베껴서 한 권을 고쳐 만들고, 이름하여 『海東歌謠』라고 했다.[4]

단가라는 용어가 15세기로부터 18세기에 이르기까지 두루 사용되었음을 위의 용례로써 분명히 알 수 있다. 여기에서 정극인의 경우를 제외하고는 모두 용어에 따른 가사가 전하고 있다. 그리고 그 가사들은 모두 동일한 형식을 보여 준다. 또한 정극인의 경우에도 그 가사가 다른 경우로 더불어 동일한 형식을 가졌을 것으로 보인다. 그의 이른바 "우리말을 섞어 지은 것이다."라고 한 말이 이현보의 문맥에서와 마찬가지로 장가와 단가를 함께 일컫고 있는 까닭이다.

그런데 이현보의 「어부단가」는 이황(李滉, 1501~1570)의 「도산십이곡」(陶山十二曲)이나 이이(李珥, 1536~1584)의 「고산구곡가」(高山九曲歌)로 더불어 그 형식이 정철의 『송강가사』에 이른 단가와 동일한 일종의 단형가사이다. 이것들은 모두 동시대를 통하여 사(詞)의 한 범주로서 공존했다. 따라서 이현보와 정철의 단형가사가 단가라면 이황과 이이의 단형가사도 또한 단가였을 것이다. 요컨대 단가는 단장체(單

---

3 『松江歌辭(星州本)』 下-19a7~b1. "余卽就家中舊藏而校正之, 則舛誤之多, 反有甚於傳誦之失其眞, 且其短歌多有見逸者." 필자가 참고한 책은 『松江全集』(大東文化研究院, 1964)이다.

4 『海東歌謠』(京城帝國大學, 1930), 序-1. "列聖御製, … 無名氏之作, 及自製長短歌一百四十九章, 一一蒐輯, 正訛繕寫, 厘爲一卷, 名之曰, 海東歌謠." 필자가 참고한 책은 『青丘永言 · 海東歌謠合本』(亞細亞文化社, 1974)이다.

章體)와 연장체(聯章體)를 모두 포괄하는 개념이다. 그렇다면 단가란 무엇을 말함인지, 그것의 정체를 문제로 제기할 만하다.

단가는 그것이 존속한 시기도 광범하고 그것이 포괄하는 대상도 다양하다. 그러므로 단가에 대한 연구는 반드시 그것의 역사성을 고려하지 않을 수 없고, 여기서는 무엇보다 먼저 그것의 악곡에 주목하지 않을 수 없다. 이러한 요구에서, 본고는 단가의 역사성을 그 악곡에 대한 고찰을 통해서 구명하는 것으로써 작성의 목표를 삼는다. 그리고 이로써 또한 두 가지 문제를 해결해 보고자 한다. 그것은 조선시대의 단형가사에 대한 기존의 연구에서 이미 중대한 쟁점으로 부각되어 있는 술어의 오류에 관한 것이다.

Ⅱ. 문제

1. 時調라는 술어

단형가사를 시조라는 용어로써 지칭하는 관행은 마땅한지, 이것을 문제로 제기해야 하겠다. 이러한 문제는 신학문의 초창기로부터 이미 제기된 바이지만, 학계의 반응은 오랫동안 냉담했다. 더욱이 일각에서는 거세게 반대하는 입장을 표시하기도 했다.[5] 그러나 근래에 박규홍과 조규익이 잇달아 이 문제를 본격적으로 논구하면서 사정이 크게 달라졌다. 우선은 단형가사가 시조라는 용어와 관련을 맺기에 앞서 그보다 먼저는 북전(北殿)이나 대엽(大葉)과 같은 악곡류의 가사였음

---

5 예컨대 정병욱은 "종래의 고정된 그런 개념을 굳이 혼동시켜 가면서 時調形式을 短歌라고 불러야 할 하등의 이유와 근거가 없는 것이 아니겠는가."라고 반대했다. 鄭炳昱, 『國文學散藁』(新丘文化社, 1960), 277면.

이 거듭해서 지적되었고, 또한 시조라는 용어로써 단형가사를 지칭할 때에 초래되는 학술상의 문제가 명확하게 정의되었다. 핵심을 적출하면 다음과 같다.

> 時調는 時調였고 歌曲은 歌曲이었지 歌曲·時調의 노랫말을 時調라고 한 경우는 없었다. 그리고 우리가 時調集으로 지칭해 왔던 歌集들은 그 노랫말이나 曲名, 連音表, 分章, 終章終句의 처리 등의 문제를 놓고 볼 때 그것들 대부분은 時調集이 아닌 歌曲集임을 알 수 있는 것이다. … 古歌集에 실린 노랫말들을 모두 時調라고 호칭해 버림으로써 當時 사람들이 사용하던 時調란 말의 의미와 혼동하게 되었을 뿐만 아니라, 장르적으로 봐서 異質의 것으로 파악되어야 할 長歌와 短歌가 하나의 범주(時調장르) 안에서 논의되게 되었다.[6]

> 우리가 현재 시조라고 부르는 장르는 역사적 존재로서 음악과 문학이라는 예능적 차원에 걸치는 것이기 때문에 어떤 측면에서 거론하더라도 옛 문헌이나 다른 분야들과의 관련성을 도외시할 수 없다. 따라서 '시조'라는 명칭의 편리함에 안주하여 그것의 한 부분인 문학적 측면만을 강조하고 엄연한 文獻的 현실을 애써 외면한 채 전개되는 논리가 얼마만한 타당성과 설득력을 가질 것인지 이 시점에서 한번 재고해 보아야 할 것이다. … 가곡창사와 시조창사는 가사를 공유한다. 그러나 결과적으로 문면의 내용이 일치한다 해도 노래 불려진 곡조나 쓰여진 상황이 다를 경우 그로부터 도출되는 미감 역시 다르다는 점에 착안해야 한다고 본다. 작품이 창작된 시대나 불려진 곡조를 감안하지 않은 채 이런 유의 노래들을 무조건 시조라 부른다면 각각의 경우에 고려되어야 할 미적 조건들이 捨象될 우려가 농후해지는 것이다.[7]

조선시대의 단형가사를 시조라는 명칭으로써 두루 지칭한 기존의

---

6 朴奎洪, 「時調·歌曲의 文獻 再考」, 『嶺南語文學』 제13집(嶺南語文學會, 1986), 9~15면.
7 조규익, 『가곡창사의 국문학적 본질』(집문당, 1994), 45~46면.

관행은 문학과 예술의 여러 형태가 반드시 역사성을 지니는 존재일 수밖에 없음을 간과한 데서 비롯된 하나의 중대한 오류이다. 이것을 수정하려면, 우선은 옛 문헌으로 돌아가서 대상의 본질과 그 현상을 처음부터 다시 검토해 보는 과정을 거쳐야 한다. 그런데 오늘의 시점에서 매우 아쉬운 바는 이제의 박규홍과 조규익이 기술하고 있는 문제가 실로 신학문의 초창기로부터 이미 제기되어 있었음에도 불구하고 그것을 이제껏 간과해 왔던 점이다. 이병기의 다음과 같은 논변이 그것이다.

> 조선 종래의 短歌形으로 된 노래는 모두 시조라 하며, 또는 원래 있던 歌曲의 이름까지 고치어 시조라고 하기도 하는 등 --- 그 混訛와 誤錯과 淆亂함이 말할 수 없다. … 시조 발생 이전은 물론이고, 그 이후라도 歌曲을 蒐集하여 책을 편성한 이 치고 누가 그런 이름을 지은 이가 있을까. 원래, 우리 노래의 正統은 歌曲이고 시조는 그 한 傍系에 지나지 못하는 걸 名實을 바꾸어 놓을 것이 무엇인가.[8]

시조라고 하는 용어가 조선시대의 가곡과 관련하여 악보집에 처음 등장한 것은 숙종대의 인물로 알려져 있는 김성기(金聖器, ?)의 『어은보』(漁隱譜)에서이다. 예컨대 「시조우조조음」(時調羽調調音)이라는 악곡명이 그것이다. 여기에는 "中大葉"[9]이라는 주석이 원문과는 다른 필체로 적혀 있고, 그 악보는 다섯 개의 악구(樂句)로 구성된 악곡을 기록하고 있다. 그런데 여기에서 이른바 시조라는 용어는 우조조음(羽調調

---

8 李秉岐, 「時調의 發生과 歌曲과의 區分」, 『時調文學硏究』(正音文化社, 1979), 30~31면. 이것은 일찍이 『震檀學報』(震檀學會, 1934)에 게재했던 논문이다.

9 『漁隱譜』: 『韓國音樂學資料叢書』 제17권(國立國樂院, 1985), 175면. "時調羽調調音 – 城中大袖 – 中大葉." 합본으로 말미암아 권차(卷次) · 장차(張次)를 확인할 수 없으면, 이와 같이 '단책명(單冊名): 전서명(全書名) · 총서명(叢書名)'의 방식으로 제시하고, 아울러 전서명 · 총서명의 권차 · 장차를 제시한다.

普)이라는 조음곡의 명칭에 대한 관형어이다. 따라서 『어은보』의 용례는 특정한 악곡이나 그 가사를 지칭하는 용어로 쓰인 것이 아니라 단순히 고조(古調)의 상대어로 쓰인 것이라는 사실을 알 수 있다. 이것은 『악학습령』(樂學拾零)에 보이는 이형상(李衡祥, 1653~1733)의 증언을 통해서도 분명하게 확인된다. 이형상은 양덕수(梁德壽, ?)의 『양금신보』(梁琴新譜)에 수록된 악보를 "古調", 김성기의 『어은보』에 수록된 악보를 "時調"라고 지칭했다.[10] 그러므로 애초에 시조는 어디까지나 '시용악조'(時用樂調)라는 정도의 의미를 지니는 용어였을 따름이다.

그런가 하면 시조라고 하는 하나의 특수한 악곡이 악보집에 처음 등장한 것은 서유구(徐有榘, 1764~1845)의 『유예지』(游藝志)와 이규경(李圭景, 1788~?)의 『구라철사금자보』(歐邏鐵絲琴字譜)에서이다. 그런데 그 시점은 아무리 앞당겨 잡아도 18세기의 후반을 넘지 못한다. 그렇다면 그 이전에 이미 무수한 창출을 보였던 단형가사를 시조라는 용어로써 지칭하는 것은 부당한 일임에 틀림이 없다. 그것은 서유구와 이규경이 천명하고 있는, 악곡의 종류에 대한 당대인의 인식마저 무시하는 처사이기도 하다. 악보집의 악곡명은 고립적이고 독단적인 것이 아니라 어디까지나 일정한 계통과 그 체계를 통해서 서로가 서로를 구별해 주는 바이므로, 체계의 극소한 일부를 들어 전체를 포괄하고자 함은 그 발상부터가 오류이다.

三大歌集 편찬기까지의 노래들은 시조가 아니라 가곡으로 명명되는 것이 타당하다. 그러나 어디까지나 '歌曲唱詞'는 잠정적 명칭일 뿐이다.

---

10 『樂學拾零』: 『瓶窩全書』 제9권(精神文化硏究院, 1982), 793면. "本朝梁德壽作琴譜, 稱梁琴新譜, 謂之古調. 本朝金成器作琴譜, 稱漁隱遺譜, 謂之時調." 여기서는 "金成器"라고 적었지만, 작가를 소개하는 데서는 정확히 "金聖器"라고 적었다. 『樂學拾零』: 『瓶窩全書』 제9권, 705 · 809면.

> 따라서 '시조'를 포함하여 타당한 장르 명을 고안해야 한다는 과제는 여전히 유효한 것이다.[11]

조규익은 위와 같이 "歌曲唱詞"라는 용어를 잠정의 대안으로 제시했다. 그리고 가곡이라는 용어를 주장함에 있어서는 박규홍도 그와 견해가 같다. 그러나 가곡이라는 용어는 그 적절성을 따지면 결코 시조보다 나은 것이라고는 할 수 없다. 예컨대 이황의 「도산십이곡발」(陶山十二曲跋)에 보이는 용례로 말하면, 이황의 "東方歌曲"이라는 말은 분명히 "翰林別曲類"까지 포괄하고 있다.[12] 더욱이 가곡이라는 용어는 악기의 반주를 동반하는 노래라면 어느 것이든 시대와 종류를 막론하고 그 범주에 포괄할 수 있다. 가곡은 그 외연이 너무 크다. 시조라는 용어가 적절하지 못한 것은 사실이지만, 그렇다고 해서 가곡이라는 용어를 쓰게 되면 사정은 이전보다 더 악화될 뿐이다.

> 현재의 상황으로 볼 때 (문학에서의) 시조라는 명칭을 단순하게 가곡창사 등으로 개칭하는 것보다는 시조의 기본형 노랫말과 변형 (또는 전용, 차용) 노랫말에 대한 개념을 구분하고 그에 대한 새로운 명칭을 부여하는 것이 시조와 관련된 여러 문제를 해결하는데 도움이 될 것으로 생각한다. 오늘날에는 노랫말의 형식과 음악의 형식이 일치하지 않는 경우가 있으므로, 음악의 명칭을 노랫말의 명칭으로 전용하는 것은 문학과 음악의 관계에 있어서 첫 단추를 잘못 끼우는 것과 같다.[13]

---

11 조규익, 『가곡창사의 국문학적 본질』, 2면.
12 『退溪先生文集』 43-23b4~6. "吾東方歌曲, 大抵多淫哇不足言, 如翰林別曲之類, 出於文人之口, 而矜豪放蕩, 兼以褻慢戱狎, 又非君子所宜尙." 필자가 참고한 책은 『韓國文集叢刊』(民族文化推進會, 1989)이다.
13 金宇振, 「시조/가곡창사의 명칭에 대한 검토 - 인접 음악장르에 나타나는 노랫말 형식과 공유 관계를 중심으로」, 『李惠求博士九旬紀念音樂學論叢』(李惠求學術賞運營委員會, 1998), 128면.

김우진은 시조 · 가곡이라는 용어가 모두 현대의 실상에 부합하지 않음을 주목하는 가운데에 위와 같은 비판을 제기했다. 김우진의 견해는 술어의 통시적 타당성이 현대에 이르기까지 유력한 것이라야 함을 지적한 점에서 수긍할 만하다. 그러나 현대의 실상만을 중시하여 가사의 "변형 (또는 전용, 차용)"이라는 측면을 특별히 강조하고 음악과 문학의 독자성만을 강조하여 그 불가분의 측면을 경시하는 태도를 보인 것은 온당하지 못하다. 문제의 본령은 그의 이른바 "기본형"에 있지 "변형"에 있는 것이 아니며, 쟁점은 시조 · 가곡이라는 용어로써 지칭하는 악곡의 모든 종류와 그 가사를 총괄하는 바의 술어에 있지 음악과 문학이 완전히 결별한 듯이 오해를 받는 현대의 특수성에 있는 것이 아니다. 요컨대 새로운 술어를 모색하는 작업은 음악과 문학에 공통하는 과제이다.

2. 章이라는 술어

단형가사의 사구(詞句)를 장(章)이라는 용어로써 지칭하는 관행은 마땅한지, 이것도 문제이다. 장은 일정한 자립성을 가지고 완결체로 존재하는 각각의 악곡이나 그 가사를 지칭하는 용어로서 시작품으로 말하면 수(首)에 상당하는 의미를 지닌다. 그런 까닭에 장은 흔히 가사의 수량을 나타내는 단위로도 사용되었다. 예컨대 윤선도(尹善道, 1587~1671)는 「어부사시사」(漁父四時詞)의 전체를 모두 아울러 "사시(四時)가 저마다 1편이고, 편은 10장이다."[14]이라고 말했다. 그러므로 단형가사의 사구를 장이라는 용어로써 지칭하는 것은 악곡과 가사의

14 『孤山遺稿』 6下-別14b8. "四時各一篇, 篇十章." 필자가 참고한 책은 『孤山遺稿』(南楊州文化院 · 尹孤山文化事業會, 1996)이다. 여기에서 이른바 "四時"는 '사시(四時)에 따른 사(詞)', 곧 「어부사시사」의 춘사(春詞) · 하사(夏詞) · 추사(秋詞) · 동사(冬詞)를 말한다.

측면에서 모두 부당한 점이 있다.

악곡의 분절을 장이라는 용어로써 지칭한 악보집은 이득윤(李得胤, 1553~1630)의 『현금동문유기』(玄琴東文類記)가 그 처음이다. 『현금동문유기』는 악곡에 따라 지(旨) · 곡(曲) · 절(節)을 장과 함께 혼용하고 있다. 그러나 실로 악곡의 분절을 지칭하는 데에 있어서 장이라는 용어를 전용한 악보집은 공교롭게도 시조라는 악곡을 기록하고 있는 『유예지』와 『구라철사금자보』가 또한 그 처음이다. 이것들은 모두 각각의 악구를 지라는 용어로써 지칭했던 기존의 관례를 완전히 무시하고 그것을 한결같이 장으로 바꾸어 적었다. 그런가 하면 『교방가요』(教坊歌謠)나 『가곡원류』(歌曲源流)와 같은 후대의 가집도 그러한 용례를 보이고 있다. 그러나 이것들은 모두 장이라는 용어를 그릇되게 적용한 사례일 뿐이다.

단형가사의 사구를 장이라는 용어로써 지칭하게 되면 「도산십이곡」이나 「고산구곡가」와 같이 이른바 연장체로 되어 있는 단형가사의 형식을 기술할 때에 문제가 따르게 된다. 편 · 장 · 구(句)의 체계가 어그러지는 데서 반드시 술어의 파탄을 겪게 마련인 것이다. 그리하여 실로 문제의 심각한 것은 이태극의 논의를 통하여 더욱 확고하게 뿌리를 내린 이른바 3장설에 있다.[15] 모든 악보가 증거하는 바로서, 일찍이 단형가사를 올려 부른 그 어떤 종류의 악곡도 이른바 3장으로 구성된 것은 없었다. 오직 단장(單章)의 구성을 보일 뿐이다. 장이라는 용어의 사전적인 의미조차 제대로 확인하려 들지 않은 것도 잘못이지만, 문헌상으로 확인할 수 있는 그 허다한 용례를 묵과한 것도 잘못이다. 이와 관련해서는 홍재휴의 비판이 있었다.

15 李泰極, 「時調의 章句攷」, 『時調文學硏究』(正音文化社, 1979), 62~65면.

> 分章說에서는 文學面의 時調에 音樂面의 時調에서 쓰여진 '章'이란 用語를 轉用하는 結果를 가져왔으므로 兩者間에는 混亂을 빚게 되었다. 그러므로 時調의 分章說에서 云謂되어 온 '章'은 句라는 用語로 바로잡아 주어야 할 것이고 章은 首와 같은 用語로 쓰여져야 할 것이다.[16]

장이라는 용어의 개념에 대한 검토가 충분하게 이루어진 논의라고는 할 수 없겠으나, 위와 같은 홍재휴의 비판이 문제의 핵심을 지적하고 있는 것임에는 분명하다. 그리하여 하나의 단형가사가 구성되는 조직의 원리와 거기에 작용하는 심미상의 배려를 이제까지와는 다른 각도에서 탐색하는 작업이 요구된다. 그리고 이것은 무엇보다 먼저 악곡과의 관련을 고려하는 가운데에 이루어져야 할 것이다. 가사의 형식은 악곡의 구조로 더불어 불가분의 것이기 때문이다.

이상과 같은 문제를 두고, 본고는 먼저 단가의 정체를 밝히는 데에 주력하여, 단가의 범주에 속하는 몇 가지 악곡을 선율(旋律)과 분절(分節)의 측면에서 간명하게 분석해 보고, 그 결과를 가사의 형식에 비추어 보기로 하겠다. 그런 뒤에 해결의 장을 별도로 마련할 것이다. 이하의 작업은 대엽 만(慢) · 중(中) · 삭(數)의 전반적인 성격과 그 상호관계를 구명한 장사훈 · 황준연(1985) · 나현숙 · 한만영의 연구, 삭대엽(數大葉)의 여러 이종(異種)을 비교한 홍은주의 연구, 북전과 시조의 관계를 논증한 황준연(1986)의 연구를 중요한 토대로 삼는다.[17] 본고는 이러한 성과를 문학연구에 접맥하려는 시도의 일환이다.

---

16 洪在烋, 「時調句文論攷」, 『時調論叢』(一潮閣, 1978), 113면.

17 張師勛, 「歌曲의 研究」, 『韓國音樂研究』 제5집(韓國國樂學會, 1975), 7~57면; 黃俊淵, 「大葉에 關한 研究」, 『藝術論文集』 제24집(藝術院, 1985), 101~138면; 羅賢淑, 「中大葉과 數大葉의 關係 - 增補古琴譜에 基해서」, 『韓國音樂研究』 제8 · 9집(韓國國樂學會, 1979), 45~89면; 韓萬榮, 「朝鮮朝初期의 歌曲에 대한 研究 - 慢大葉과 中大葉의 關係」, 『民族音樂學』 제5집(東洋音樂研究所, 1982), 1~23면; 洪恩珠, 「白雲庵 琴譜의 平短 - 平調 數大葉과의 선율 비교를 中心으로」, 『民族音樂學』 제6집(東洋音樂研究所, 1984), 103~133면; 黃俊淵, 「북전(北殿)과 시조(時調)」, 『세종학연구』 제1집(세종대왕기념사업회, 1986), 115~147면.

Ⅲ. 단가와 대엽의 관계

1. 단가와 삭대엽 平 · 羽 · 界

김성기의 『어은보』에 이르기를 단가는 곧 삭대엽이라고 했다. 『어은보』의 「평조삭대엽」(平調數大葉)에 "단가이다."[18]라는 주석이 있다. 이것은 단가의 정체를 파악하는 데에 있어서 대단히 중요한 단서가 된다. 그렇다면 평조삭대엽(平調數大葉)과 평조단가(平調短歌)를 서로 비교해 보아야 하겠다. 악곡명이 단가로 되어 있으면서 또한 평조(平調)인 악보로는 『백운암금보』(白雲庵琴譜)의 「평단」(平短)을 들 수 있다. 「평단」은 곧 평조단가이다.[19] 이것을 다른 악보집의 평조삭대엽으로 더불어 비교해 보면 『어은보』의 주석을 사실로 입증할 수 있을 것이다. 그런데 비교에 앞서 한 가지 고려해야 할 바가 있다. 그것은 명목이 동일한 악곡일지라도 시대와 기보자에 따라 그 악보는 서로 차이를 빚을 수밖에 없다는 점이다. 요컨대 악곡명이 평조삭대엽으로 동일한 경우에도 전승의 맥락과 기보자의 성격에 따라 각각의 악보는 다양한 차이를 보일 수 있다. 그러므로 적절한 비교가 이루어지려면 우선은 악보상의 상사성(相似性)이 전제되어야 한다.

홍은주의 연구에 따르면, 『백운암금보』의 「평단」은 8종의 서로 다른 악보집에 전하는 삭대엽으로 더불어 대여음(大餘音)을 제외한 '평균 74%의 상사율(相似率)'[20]을 보인다고 한다. 그러나 이것은 어디까

18 『漁隱譜』: 『韓國音樂學資料叢書』 제17권, 181면. "平調數大葉 - 短歌也."
19 李惠求, 「白雲庵琴譜解題」, 『韓國音樂學資料叢書』 제16권(國立國樂院, 1984), 28면.
20 洪恩珠, 「白雲庵 琴譜의 平短 - 平調 數大葉과의 선율 비교를 中心으로」, 『民族音樂學』 제6집, 116면. 홍은주의 계산은 한만영이 제안한 방법에 따른 것이다. 韓萬榮, 「朝鮮朝初期의 歌曲에 대한 研究 - 慢大葉과 中大葉의 關係」, 『民族音樂學』 제5집, 3~4면.

지나 악보상의 출현음수로써 악보간의 동일음수를 나누어서 얻은 결과일 뿐이다. 따라서 악구가 길어질수록, 또는 악곡의 전체에 대한 계산일수록 결과의 가치는 감소한다. 이러한 한계를 넘으려면 선율의 최소단위에 대한 상사성의 표준을 별도로 수립해야 한다. 선율의 상사성은 음역(音域)의 동일성(同一性)과 전개(展開)의 동시성(同時性)을 전제로 하는 음정(音程)의 상사성이라고 할 수 있다. 여기에 대한 평가의 척도를 마련하는 작업이 요구된다. 그러나 이것은 본고에서 추구할 바가 아니므로, 본고는 다만 대강(大綱)과 소절(小節)을 단위로 하는 비교에 그치기로 하겠다.

〈표 1〉은 『백운암금보』의 「평단」을 『증보고금보』(增補古琴譜)의 「삭대엽평조」(數大葉平調)와 『신작금보』(新作琴譜)의 「평조초삭대엽」(平調初數大葉)으로 더불어 대비한 것이다. 『어은보』의 「평조삭대엽」을 비교의 대상으로 삼지 않은 이유는 그것이 비록 단가와 관련하여 매우 중요한 정보를 제공하고 있음에도 불구하고 『백운암금보』의 「평단」으로 더불어 선율의 상사성이 크게 떨어진다는 데에 있다. 반면에 『백운암금보』와 『증보고금보』·『신작금보』의 경우는 〈표 1〉을 통해서 나타나는 바와 같이 대체로 일치하는 면모를 보여 준다.

〈표 1〉 平調短歌 · 平調數大葉 對比

腔	三	三	二	三	三	二	三	三	二
	[一旨]								
辭	짚	方席			내	지		마	라
白譜	大 三	大 六			大 三	大 六	大大 五三	大大 六五	大 三
增譜	大 三	大 六		大 六	大 三	大 六	大 五	大 六	大 三
新譜	大 三	大 六	文	下 淸	大 三		大大 五三	大大 六五	大 三

[二旨]

辭				落葉	엔들			못앉	
白譜	大 五	大 三	淸	大大 六六	大大 五三	大 三	大 三	大 六	大大 五三
增譜	大 五	大 三		大 六	大大 五三	大 三	文	大 六	大大 三五
新譜	大大大 五六五	大 三	文	大 六	大大 五三		文	大 三	大 五

[三旨]

辭	으	랴			솔불		혀	지	마
白譜	大大 五六	大大 五三		淸	大大 三三	大大 五三	大大大 三五三	大 五	大 三
增譜	大 六	大大 五三	大 三	文	大 三	大 六	大 五	大 六	大 三
新譜	大大大 六三六	大大 五三		文	大 三	大 六	大大 五三	大大 六五	大 三

辭	라	어제		진달	돋아		온	다	
白譜	大大 五三	大大 六六	大 五	大大 五三	大大 三五	大 三	大大大 六五三	大 三	淸
增譜	大 五	大大 六六	大 六	大 五	大大 六六	大 三	大大 二三	大 二	
新譜	大大 五三	大大 五三	大 六	大大 五三	大大 五六		大大 五三	文	

[中餘音] [四旨]

辭							아	희	
白譜		大大 三三	大大 五三	大大 五三	ㄴ		方 五	方方 六五	方 三
增譜		大大 三二		大大 三五	ㄴ		方 五	方 四	方 四
新譜		大大 五三		大大 五三	ㄴ		方 五	方 四	方 六

[五旨]

辭		야						薄酒	
白譜	方方 六四	方方 六五	方 六	方方 五六	方方 五四		ㄴ	大 三	
增譜	方 二	方 四	方 二	方 四	方 四		方 四	方 三	方方 三二

新譜	方方 五四	方方 六四	方 五	方方 七六	方方 五四		兩 清	大 三	大 六

辭	山菜	일	망	정	없다		말	고	
白譜	大 大 五 三	大大 六五	大大 三五	大大 三三	大大 六五	大 三	大 大 五 六	大大 五三	大 三
增譜	方 大 五 三	大 三	大 五	大 六	大大 六五	大 三	大 大 六 五	大大 五三	大 三
新譜	大 大 五 三	大大 六五	大大 三五	大 三	大 五	大 三	大大大 六三六	大 五	大 三
							[大餘音]		

辭		내어			라				
白譜	文				清			方方 五四	方 二
增譜	文	方 四		方 方 四 二	ㄴ			方 四	方 五
新譜	文	方 五		方 方 四 二	ㄴ	兩 清		大大 三六	大 五

〈표 1〉은 『증보고금보』의 「삭대엽평조」에 적용된 기보법을 기준으로 『백운암금보』의 「평단」과 『신작금보』의 「평조삭대엽」에 기보된 선율을 고루 배분하여 얻은 악보이다. 『증보고금보』의 「삭대엽평조」는 무정간(無井間) 4강보(腔譜)이다. 이러한 악보에서는 연속하는 두 개의 대강이 16정간 6대강 1항의 악보에서 볼 수 있는 세 개의 대강에 상당하여,[21] 첫째와 셋째의 대강은 5(3+2)정간에 해당하고, 둘째와 넷째의 그것은 3정간에 해당한다. 『백운암금보』와 『신작금보』는 정간이 없이 합자(合字)만을 표시한 악보이다. 따라서 〈표 1〉의 대비는 주관적 판단에 의거한 것이다. 그러나 상호간의 음정과 선율의 차이가 극히 적은 만큼 오차도 적다. 그리고 〈표 1〉의 가사는 임의로 선택한 것이다. 이 또한 『증

21 홍정수의 이견도 있으나, 이혜구의 해석을 따른다. 洪正守, 「大綱譜의 節奏方式」, 『韓國音樂史學報』 제11집(韓國音樂史學會, 1993), 19~80면. 李惠求, 「井間譜 大綱의 解釋」, 『韓國音樂史學報』 제12집(韓國音樂史學會, 1994), 7~21면.

보고금보』에 적용된 착사(着辭)의 방식을 따라 배분했다.

〈표 1〉의 용어에서, 지는 곧 악구를 지칭하는 것으로서 악곡의 분절을 표시하는 단위이다. 대(大) · 방(方) · 문(文) · 청(淸)은 현(絃)의 명칭이다. 여기에서 방은 유현(遊絃)이다. 또한 이(二) · 삼(三) · 사(四)와 같이 현의 아래에 받쳐 놓은 숫자는 괘(棵)의 차제(次第)를 가리킨다. 대오(大五)는 대현(大絃)의 제5괘로서 오음약보(五音略譜)의 기본음에 해당하는 궁(宮)이고, 이것은 유현을 대괘(大棵)에서 개방한 음으로 더불어 상응한다. 유현은 대현보다 완전5도가 더 높다. 따라서 대육(大六)은 방이(方二)에, 대팔(大八)은 방사(方四)에, 대구(大九)는 방오(方五)에 해당하는 음이 된다. 그리고 니은(ㄴ)처럼 생긴 기호는 합자의 하나로서 문현(文絃)으로부터 모든 현을 술대로 갈라 긋되 무현(武絃)에 이르러 조금 머물렀다가 다시 힘있게 그어 빼는 이른바 "ᄉᆞᄅᆞ랭"[22]이다. 청현(淸絃)은 괘상청(棵上淸)과 괘하청(棵外淸)이 있는데, 모두 유현을 대괘에서 개방한 음에 상응하도록 조현한다. 문현은 대이(大二)에 의거한다. 대현을 대괘에서 개방한 음은 오음약보의 하오(下五)에 해당하는 궁이다. 이상은 당연히 평조의 조현법[23]에 따랐을 경우이다.

〈표 1〉이 증거하는 바이지만, 「평단」과 「삭대엽평조」 · 「평조초삭대엽」은 대부분에 걸쳐서 거의 완벽하게 일치하는 악곡이다. 그러나 제4지와 제5지에 있어서는 약간의 차이점을 드러낸다. 「평단」과 「평조초삭대엽」의 제4지는 차이가 적지만, 여기에 비해서 「삭대엽평조」는 중간이 매우 낮은 음으로 구성되어 있다. 그리고 「평단」의 제5지는 유현을 쓰지 않았는데, 「삭대엽평조」 · 「평조초삭대엽」은 맨끝의 한 소

22 『琴合字譜』: 『韓國音樂學資料叢書』 제22권(國立國樂院, 1987), 30면. "ㄴ者, ᄉᆞᄅᆞ랭, 自文絃畵, 至武絃小停, 而力畵之也."

23 『琴合字譜』의 「琴平調大絃卦次」 · 「調絃」을 참고한다. 『琴合字譜』: 『韓國音樂學資料叢書』 제22권, 30 · 32면. 조현의 순서는 다르지만, 『梁琴新譜』에 소개되어 있는 조현법도 결과는 『琴合字譜』의 그것과 일치한다. 『梁琴新譜』(通文館, 1959), 7면.

절에 유현을 쓰고 있다. 「삭대엽평조」는 또한 처음 한 소절이 「평단」 · 「평조초삭대엽」의 경우보다 완전5도가 더 높은 음으로 구성되어 있다. 그러나 이것은 차이라고 할 만한 것이 아니다. 악보간의 실로 중요한 차이는 대여음에 있다.

〈표 2〉 平調短歌 · 平調數大葉 大餘音 對比

腔	三	三	二	三	三	二	三	三	二
白譜		方 五	方方 四二	方 方 二 四	ㄴ		方 方 七 六	方 四	方 四
增譜		方 四	方 五	方 方 七 六	方方 五四	方 六	方 四	方方 六四	大 六
新譜		大大 三六	大 五	大 大 三 六	大大 五三	大 五	大 大 三 六	大大 五三	大 六
白譜	方 六								
增譜	大 大 五 三	大大 二三		大 二	ㄴ	大 六	大 五	大 六	大大 五三
新譜	大 大 五 三	大大 二三		大大 五三	大 文五	大 六	大大 五三	大 六	大 五
白譜									
增譜	大 三	大大 六五			ㄴ			ㄴ	
新譜									

「평단」의 대여음은 「삭대엽평조」의 전반과 유사하고, 「삭대엽평조」의 대여음은 「평조초삭대엽」의 후반과 일치한다. 그런데 「평단」과 「삭대엽평조」 · 「평조초삭대엽」은 음정 · 선율과 악구의 길이에서 상당한 차이를 보이고 있다. 「평단」은 그 대여음에 모두 유현을 쓰는데, 「삭대엽평조」는 유현과 대현을 고루 쓰고, 「평조초삭대엽」은 모두 대현을 쓴다. 「평단」은 실제의 선율이 6대강에 그치는 길이인데, 「삭대엽평조」은

18대강을 잡아 쓰고, 「평조초삭대엽」은 12대강을 쓴다. 세 배와 두 배의 길이인 셈이다. 그렇다면 이러한 차이를 보이는 이유가 문제이다.

〈표 3〉은 『신작금보』의 「평조초삭대엽」과 『연대소장금보』(延大所藏琴譜)의 「평조삭대엽」에 들어 있는 대여음을 비교한 것이다. 양자는 선율이 거의 동일하다. 그리고 이것은 『백운암금보』의 「평단」과 『증보고금보』의 「삭대엽평조」를 멀찍이 소외하는 점이다. 여기에서 한 가지 중요한 사실을 깨달을 수 있다. 이를테면 『백운암금보』의 「평단」과 『증보고금보』의 「삭대엽평조」에 비하여 『신작금보』의 「평조초삭대엽」이 보여 주는 대여음은 대엽이라는 악곡류의 발전과정으로 볼 때에 거의 안정된 면모를 갖추고 있다는 사실이 그것이다.

대엽이라는 악곡류는 애초에 여음(餘音)을 하나만 두었고, 그것은 악곡의 맨끝에 놓이는 것이 통례였다. 그리고 이러한 형식은 적어도 『양금신보』가 편찬되던 시점까지는 유지되었던 것으로 보인다. 그러나 후대로 내려 오면서 제3지와 제4지의 사이에 중여음(中餘音)을 따로 두게 되면서 애초의 여음은 대여음으로 발전하게 된다. 『백운암금보』의 「평단」은 그러한 발전의 도중에 채록된 것임이 분명하다. 『백운암금보』와 『증보고금보』·『신작금보』의 대여음이 서로 차이를 보이는 이유는 여기에 있다.

〈표 3〉 平調數大葉 大餘音 對比

新譜	大　大大大　大　大大　　大大大大大　大大大　大大大大 三　六五三　六　五三　　五三六五三　六五三　二三五三文
延譜	大大大大大大大大大大大大大大大大大大大大大大　　　大 三三六五三三六六五三三六五三六五三三六五三三　　　三文
新譜	大大大大　大大 　五六五三　六五
延譜	大大大大大大大大 三五六五三三六五ㄴ

그런데 악보의 연대로 말하면, 『증보고금보』의 「삭대엽평조」를 가장 이른 시대의 것으로 규정할 만하다.[24] 「삭대엽평조」는 제3지와 중여음을 확고하게 단절시키지 않았을 뿐만 아니라 제4지와 제5지를 또한 연속시킨 점에서 「평단」·「평조초삭대엽」과 구별된다. 다시 말해서 「삭대엽평조」는 악구가 비록 다섯 개로 나뉘어 있기는 하지만, 선율의 속성으로 보아서는 세 개의 악구를 지닌다. 이것은 여음을 하나만 가지는 형식으로서 중대엽(中大葉)보다는 만대엽(慢大葉)이나 북전에 가까운 면모이다.

『백운암금보』의 「평단」, 『증보고금보』의 「삭대엽평조」, 『신작금보』의 「평조초삭대엽」이 드러내고 있는 대여음의 차이는 실로 악곡의 전승과정에서 반드시 나타날 수밖에 없는 성질의 것이다. 요컨대 『어은보』의 주석은 사실과 완전히 부합하며, 평조단가와 평조삭대엽은 서로 동일하다. 그렇다면 평조삭대엽의 초(初)·이(二)·삼(三)을 모두 아울러 평조단가라는 용어로써 지칭할 수 있다. 『신작금보』에 따르면, 이삭대엽(二數大葉)은 제2지로부터 제5지까지가 초삭대엽(初數大葉)과 같고,[25] 삼삭대엽(三數大葉)은 제3지로부터 대여음까지가 이삭대엽과 같다.[26] 『연대소장금보』에 따르면, 이삭대엽은 제2지로부터 그 이하가 모두 초삭대엽과 같고,[27] 삼삭대엽은 제4지로부터 그 이하가 모두 초삭대엽과 같다.[28] 평조삭대엽의 초·이·삼은 그처럼 일치

24 나현숙은 『增補古琴譜』의 연대를 『白雲庵琴譜』보다 이전이거나 그와 동시대일 것으로 보았다. 羅賢淑, 「中大葉과 數大葉의 關係-增補古琴譜에 基해서」, 『韓國音樂硏究』 제8·9집, 47면. 그러나 악보집의 연대와 악보의 연대는 구별해서 생각할 수 있다.

25 『新作琴譜』: 『韓國音樂學資料叢書』 제16권(國立國樂院, 1984), 168면. "二旨, 三旨, 半餘, 四旨, 五旨, 並與初大葉同."

26 『新作琴譜』: 『韓國音樂學資料叢書』 제16권, 169면. "三四五旨, 大餘, 並與二數大葉同."

27 『延大所藏琴譜』: 『韓國音樂學資料叢書』 제16권(國立國樂院, 1984), 130면. "二旨以下, 上同."

28 『延大所藏琴譜』: 『韓國音樂學資料叢書』 제16권, 131면. "四旨以下, 與初葉同."

하는 부분이 차이보다 훨씬 많은 동종(同種)의 관계에 있다.

그런데 단가라는 용어는 실로 삭대엽의 평조만이 아니라 그 우조(羽調)와 계면조(界面調)를 또한 모두 아울러 지칭하는 것이기도 했다. 우조는 평조보다 완전4도가 높은 유현의 제4괘를 기본음으로 하는 악조(樂調)이다. 악조의 차이는 음계(音階)와 선법(旋法)의 차이일 따름이지 악곡의 골격이나 구조를 좌우하는 요소는 아니다. 그리고 이른바 계면조는 음계의 명칭으로만 사용되는 것이다.[29] 그러므로 단가라는 용어로써 삭대엽의 평조와 우조 · 계면조를 모두 아울러 지칭했을 것은 당연하다. 『어은보』에 보이는 「계면조단가」(界面調短歌)라는 명목의 악곡을 통해서 그것을 증거할 수 있다. 약간의 차이가 있기는 하지만, 『어은보』의 「계면조단가」는 『신작금보』의 「계면조삭대엽」(界面調數大葉)과 『연대소장금보』의 「삭대엽우조계면조」(數大葉羽調界面調)로 더불어 대체로 일치하는 악곡이다.

2. 단가와 대엽 慢 · 中 · 數

단가는 곧 삭대엽을 지칭하는 바였음이 이상의 고찰을 통해서 드러났다. 그러나 이것은 극히 제한된 문헌에 의거한 바로서 어디까지나 단가의 장구한 역사를 어떤 하나의 특정한 시기에 대하여 공시적으로 제한할 때에만 타당한 결론이다. 따라서 단가라는 용어가 지칭하는 바의 대상을 그처럼 삭대엽으로 한정하는 것이 통시상으로도 타당한지, 이것은 신중히 검토될 필요가 있다. 그리고 여기에서 문제가 되는 것이 바로 삭대엽의 출현시기이다.

---

29 朴興秀, 「韓國音樂의 樂調에 關한 考察 - 特히 平調와 羽調에 對하여」, 『度量衡과 國樂論叢』(朴興秀博士華甲記念論文集刊行會, 1980), 412면.

단가라는 용어는 15세기의 용례가 있다. 그러나 이것만으로는 삭대엽의 출현시기를 증거할 수 없다. 정극인의 그 용례는 다만 가곡의 계통을 크게 두 가지로 구별하는 수준에서 사용된 것일 뿐이다. 따라서 정극인의 이른바 단가를 곧장 삭대엽으로 해석하는 데에는 상당한 무리가 따른다. 더욱이 금보(琴譜)로서는 가장 오랜 것이라고 할 『금합자보』(琴合字譜)는 중대엽마저 없이 오직 만대엽만을 기보하고 있다. 이것은 『금합자보』가 편찬되었던 1572년을 기준으로 그 이전에는 삭대엽이라는 악곡종이 가곡의 주류에 들어 있지 않았음을 뜻한다.

현전하는 악보만으로 볼 때에, 삭대엽을 최초로 언급하고 있는 것은 1610년에 편찬된 양덕수의 『양금신보』이다. 그런데 『양금신보』는 중대엽에 큰 비중을 두어 평 · 우 · 계면조에 걸친 중대엽의 악보를 다섯 가지나 기보하는 가운데에도 삭대엽의 악보는 아예 기보하지도 않았다. 그 이유는 다음과 같다.

> 양덕수(梁德壽/1610년) : 數大葉, 與民樂, 步虛子, 靈山會上과 같은 따위의 악곡이 舞蹈의 節에 쓰이는데, 琴을 배우는 데서 먼저 해야 할 바는 아니라서 제쳐 놓는다.[30]

당시에 삭대엽이라는 악곡종이 있기는 했지만, 그것은 주로 무도(舞蹈)의 장단(長短)에 쓰였다고 했다. 다시 말해서 『양금신보』가 편찬된 1610년에 이르기까지 삭대엽은 가창(歌唱)보다는 무도를 위한 악곡종이었다는 것이다. 따라서 그 당시에 있어서 가곡의 주류는 중대엽이었다고 할 수 있다. 실로 삭대엽이라는 악곡종이 악보집에 등장한 것은 이득윤의 『현금동문유기』가 그 처음이다. 이렇게 볼 때에 정

---

30 『梁琴新譜』, 42면. "數大葉, 與民樂, 步虛子, 靈山會上等曲, 用於舞蹈之節, 非學琴之先務, 姑闕之."

극인이 말한 단가를 곧 삭대엽으로 단정할 만한 이유는 극히 희박하다. 비록 "노래하고 춤추며"라고 하여 무도에 관해 언급한 바가 있기는 하지만, 정극인이 말한 단가는 만대엽이거나 중대엽이었을 것이다. 그리고 이러한 사정은 1610년을 기준으로 그 이전에 창작되었던 모든 단형가사에 있어서도 마찬가지이다. 여기에는 하나의 방증이 있다. 『대악후보』(大樂後譜)의 「진작」(眞勺) 제4장이 그것이다.

『대악후보』의 「진작」 제1·2장은 제2대강에서, 제3장은 제3대강에서, 제4장은 제1대강에서 악곡이 시작한다. 그리고 제1·2장과 제3장은 24대강 1장단이고, 제4장은 12대강 1장단이다. 따라서 「진작」의 서로 다른 네 가지 악장(樂章)은 선율의 성질이 크게 셋으로, 박자(拍子)의 속도가 크게 둘로 구별된다.[31] 여기에서 가장 빠른 속도의 악장은 말할 것도 없이 제4장이다. 그런데 「진작」 제1·2장과 제3장은 가사가 붙어 있지만, 제4장은 가사가 붙어 있지 않다. 제4장은 가창에 쓰이지 않았던 것이다. 이러한 사실에 비추어 보건대, 삭대엽은 1610년에 이르기까지 가창에 쓰이지 않았을 것이라는 유추가 성립한다. 그렇다면 가창에 쓰이지 않은 그것을 굳이 단가의 주류로써 일컫지는 않았을 것이라는 추론도 가능하다.

단가와 관련하여 이현보는 말하기를 "단가 5결(闋)을 만들고 엽(葉)을 삼아 그것을 부르니"라고 했다. 여기에서 엽(葉)이라는 용어를 대엽이라는 악곡류의 약칭으로 해석하고 또한 그것을 가창했다는 말에 주목하건대, 「어부단가」에 이른 단가는 정극인의 용례에서와 마찬가지로 우선은 만대엽이거나 중대엽을 뜻하는 것일 수밖에 없다. 그리하여 「어부단가」는 적어도 이현보의 생존시에는 삭대엽의 가사로 쓰

31 이혜구의 이론에 따른 해석이다. 李惠求, 「井間譜 大綱의 解釋」, 『韓國音樂史學報』 제12집, 10~19면.

이지 않았을 터인데도 이미 단가로 지칭되고 있었음을 알 수 있다. 요컨대 단가는 삭대엽을 지칭하는 용어로 쓰이기에 앞서 그보다 먼저는 만 · 중대엽을 지칭하는 용어로 쓰였다.

그러므로 『어은보』나 『백운암금보』가 단가라는 용어로써 특히 삭대엽을 지칭했던 사실은 두 악보집이 편찬될 당시와 바로 그 직전에 있어서의, 이른바 대엽이라는 악곡류로부터 파생되었던 악곡종의 여러 계통과 그 체계를 전제로 해서 이해되어야 마땅하다. 삭대엽은 대체로 만 · 중대엽에 비해서 악구의 길이가 짧을 뿐더러 음의 배열도 성기다. 더욱이 조선후기에는 삭대엽이 가곡의 주류를 담당했다. 삭대엽을 곧장 단가라고 지칭했던 이유는 바로 여기에 있었을 것이다. 이를테면 숙종대를 중심으로 하는 김성기의 시대에는 오직 삭대엽이 단가로 통했다. 그러나 삭대엽이 가곡의 주류에 들지 않았을 때에는, 이를테면 중종대를 중심으로 하는 이현보의 시대에는 만 · 중대엽이 곧 단가였다.

대엽이라는 악곡류는 애초에 평조만대엽(平調慢大葉)을 기본으로 하여 중 · 삭으로 부류가 나뉘었고, 중 · 삭은 다시 이 · 삼을 낳았다. 그리고 이것들은 모두 우조와 계면조로 변용될 수 있었다. 삭대엽은 또한 중거(中擧) · 평거(平擧) · 두거(頭擧)와 같은 종류를 낳기도 하였고, 만횡(蔓橫)과 같이 가사의 형식을 크게 바꾸어야만 할 정도로 혁변된 종류를 낳기도 했다. 그러나 여기에 쓰인 단형가사는 대엽이라는 악곡류의 악곡종이 어떠하든 간에 확고한 정형성(定型性)을 가지고 그 대부분의 종류에 두루 통용되었다. 이것은 악곡의 파생이 매우 번다했던 것과는 사뭇 대조되는 점이다.

그런데 단형가사는 적어도 『청구영언』(靑丘永言)이나 『해동가요』(海東歌謠) · 『악학습령』(樂學拾零)과 같은 따위의 가집이 편찬될 당시에는 그 대부분이 대엽의 악곡종에서도 특히 삭대엽의 가사로 활용되었고, 삭대엽의 종류에서도 특히 이삭대엽의 가사로 널리 인정받고 있었다. 이것은 가집에 실려 있는 가사의 태반이 이삭대엽으로 분류되어 있는 점만으로도 분명히 알 수 있는 사실이다.[32] 그리하여 초삭대엽와 이삭대엽이 그 제1지와 제2지를 제외하고는 거의 동일한 악곡이라고 하더라도 여러 가집이 편찬되었던 18세기의 전반기에 이르러서는 이삭대엽이 크게 유행했음을 알 수 있다.

그러나 단형가사는 대엽이라는 악곡류의 거의 전체에 대하여 두루 통용되었을 뿐만 아니라 강한 보수성을 지니고 있었다. 그리고 그 보수성은 실로 북전이라는 악곡류가 발생한 시점으로부터 계속된 것이었다. 악곡이 다르면 가사의 형식도 달라져야 마땅한데, 단형가사는 북전과 대엽에 두루 통용될 수 있었다. 이것은 두 악곡류가 어떤 측면에서든 대단히 밀접한 관계에 있었음을 증거하는 바일 것이다. 그렇다면 여기에 관해서 고찰해 보기로 하겠다.

Ⅳ. 대엽과 북전의 관계

1. 북전과 대엽의 사적 위치

북전은 장형(長型)과 단형(短型)이 있다. 장형의 악보는 『대악후보』에만 전하는데, 가사를 싣고 있지 않는 까닭에 현재로서는 장형의 북전에 쓰인 가사와 대엽의 가사가 어떤 관계를 맺고 있는지의 여부를

32 가집에 수록된 작품총수에 대비하여 이삭대엽에 분속된 작품총수를 제시하면, 『청구영언』은 총391/580수, 『해동가요』는 총305/311수, 『악학습령』은 총763/ 1110수에 이른다. 鄭鉒東 · 兪昌均 校註, 『珍本靑丘永言』(明文堂, 1987), 2~742면; 『海東歌謠』(奎章文化社, 1979), 25~107면; 『樂學拾零』: 『甁窩全書』 제9권, 795~844면.

알 수 없다. 그러므로 여기에서 고찰의 대상으로 삼는 바는 어디까지나 단형의 것이다. 북전은 세 개의 악구로 구성되고, 대엽은 다섯 개의 악구로 구성된다. 따라서 북전과 대엽은 그 구조가 서로 판이한 악곡류라고 할 수 있다. 그런데 북전과 대엽은 거의 동일한 형식의 단형가사를 사용했다. 그렇다면 그 이유가 문제이다.

> 정두원(鄭斗源/1620년) : 長葉은 느리지만 悲傷하지 아니하는 까닭에 나라는 비록 어지러울지라도 버리지 않았으며, 北殿은 悲傷하면서 느린 까닭에 政理는 흩어지고 인민은 원망했으니, 또한 마땅하지 아니한가? 북전은 前朝의 亡國之音이고, 장엽은 癸未以後에 文武의 벼슬아치들이 恬憘에 젖은 데서 나온 操이다.[33]

정두원(鄭斗源, 1581~?)은 말하기를 북전은 고려시대로부터 전해왔던 악조인 반면에 장엽(長葉)은 조선시대에 들어와서야 비로소 유행한 악조라고 했다. 여기에서 장엽이란 곧 만대엽을 뜻한다.[34] 그러므로 북전은 특히 단형을 지칭한 것이라고 할 수 있다. 그리고 계미이후(癸未以後)란 문맥으로 보아 조선왕조의 개국으로부터 그 이후를 뜻하는 것이 분명하다. 특히 조선초기에 정치가 크게 안정되어 벼슬아치들이 태평을 구가하게 되는 시점으로부터 그 이후이다. 이것은 이득윤이 정두원에게 보낸 서간을 통해서도 짐작할 수 있는 바이다.

> 이득윤(李得胤/1620년) : 계미이후에 慢調가 크게 유행하여 이에 세상이 어지럽기에 이르렀다는 것도 또한 그렇지 않은 듯하다. 근년에 숭상

33 『玄琴東文類記』: 『韓國音樂學資料叢書』 제15권(國立國樂院, 1984), 91면. “長葉慢而不悲, 故國雖亂而不已, 北殿悲而慢, 故政散而民怨, 不亦宜乎. 夫北殿前朝亡國之音, 長葉癸未以後文恬武憘之操也.”

34 『琴譜新證假令』: 『韓國音樂學資料叢書』 제2권(國立國樂院, 1980), 19면. “慢大葉 - 俗稱長大葉.”

> 하는 바는 慢大葉이 아니라 다른 양상의 악조이다. 느린 듯하면서 느리지 않고, 느린 데서는 淫亂이 있으며, 고른 듯하면서 고르지 않고, 고른 데서는 傷感이 있으며, 오르락 내리락 갈마들고, 變風의 態가 많으니, 오늘날의 北殿斜調가 이것이다.[35]

이득윤은 말하기를 계미이후에 크게 유행했던 만대엽과 근년에 유행하고 있는 북전사조(北殿斜調)는 비록 만조(慢調)라는 점에서는 유사할지라도 분명히 서로 다른 악조라고 했다. 여기에서 계미(癸未)[36]라는 연도와 근년이라고 하는 시점은 만대엽이 사람들의 뇌리에서 이미 잊혀짐으로써 마침내 북전사조를 만대엽으로 착각할 만큼의 기간을 그 사이에 포함한다. 따라서 계미라는 연도는 반드시 조선초기에 놓여야 사리에 마땅한데, 특히 세조9년에 해당하는 1463년을 제기할 만하다. 세조대는 만대엽이 시용향악(時用鄕樂)의 하나로서 악보에 채록된 시기이기 때문이다. 그렇다면 변풍의 성격을 지닌 북전사조의 연원은 세조대로부터 훨씬 그 이전에 놓여야 또한 사리에 마땅하다. 여기에는 아래와 같은 방증이 있다.

> 남효온(南孝溫/1485년) : 술이 거나해지자, 會寧이 恭愍王 북전의 곡조를 연주하매, 고려의 망국을 슬퍼했다. 흥이 무르익자, 毅宗代 翰林의 곡조를 연주하매, 고려의 全盛을 생각했다.[37]

---

35 『玄琴東文類記』: 『韓國音樂學資料叢書』 제15권, 90면. "癸未以後, 慢調大行, 仍致世亂者, 亦恐未然也. 近年所尙, 非慢大葉, 乃是別様調也. 似慢而不慢, 慢中有淫, 似和而不和, 和中有傷, 低昻回互, 多有變風之態, 今之北殿斜調是也."
36 조규익은 이것을 "1583년"으로 해석했다. 그러나 이렇게 해석하면 '慢大葉이 1583년으로부터 그 이후에 유행했다.'라는 오해를 초래한다. 조규익, 「초창기 歌曲唱詞의 장르적 위상 - '북전'과 '심방곡'을 중심으로」, 『고시조 연구』(태학사, 1997), 40면.
37 『臥遊錄』: 『韓國學資料叢書』 제11권(精神文化研究院, 1997), 103면. "酒半, 會寧奏恭愍王北殿之曲, 傷亡國也. 興酣, 奏毅宗時翰林之曲, 憶全盛也."

남효온(南孝溫, 1454~1492)이 송도(松都)를 유람하고서 적은 기행문의 한 대목인데, 북전을 공민왕대의 악곡으로 인식하고 있었음이 주목된다. 여기에서 회녕(會寧)이라는 이름의 인물은 영인(伶人)으로 소개되어 있으므로, 남효온의 인식은 실로 전문가의 견해를 동반하고 있는 것이라고 할 만하다. 그리하여 남효온과 정두원의 증언은 하나의 중대한 쟁점을 내포하고 있다. 북전과 대엽의 출발점이 그처럼 다를 뿐더러 북전이 특히 고려시대로부터 전해 왔던 악곡류라면, 대엽의 가사는 북전의 가사로부터 그 형식을 물려 받은 것이 된다. 다시 말해서 조선시대의 단형가사는 이미 고려시대로부터 그 형식이 개발되어 있었다. 그렇다면 그 진위를 검토해 보아야 하겠다. 우선은 북전의 가사가 보여 주는 형식에 주목해 보기로 한다. 가사의 형식과 악곡은 서로 밀접한 관계에 있으므로, 악보집에 실려 있는 가사를 보면 북전의 가사가 본디 지니고 있었던 형식을 확실하게 엿볼 수 있을 것이다.

〈平調北殿〉
一旨 : 흐리누거 괴어시든 어누거 좃니져러.
二旨 : 전ᄎᆞ 젼ᄎᆞ로, 벋니믜 전ᄎᆞ로,
三旨 : 셜면ᄌᆞᆺ 가ᄉᆡ론ᄃᆞᆺ 범그러 노니져.

〈羽調北殿〉
一旨 : 空房을 겻고릴동, 聖德을 너표릴동,
二旨 : 乃終 始終을 모ᄅᆞ읍건마ᄅᆞᄂᆞ,
三旨 : 當시론 괴실ᄉᆡ 좃즙노이다.

『금합자보』에 전하는 「평조북전」(平調北殿)과 「우조북전」(羽調北殿)의 가사이다. 「평조북전」의 가사는 『양금신보』의 「북전」, 『백운암금보』의 「북전」에도 전한다. 그런데 위의 가사들은 이른바 대엽에 쓰였던 단형가사로 더불어 그 형식이 거의 다르지 않다. 「우조북전」의 가사는 제3지의 길이가 단형가사의 범례보다 적잖이 짧은 면모를 보여 주고는 있지만, 북전과 대엽이 가사의 형식을 공유할 수 있었던 악곡류라는 점은 위의 예만으로도 충분히 증거할 수 있다.

북전이 고려시대로부터 전해 왔던 악곡이라는 남효온과 정두원의 증언을 당대의 악보로써 확인할 수 없는 현실로 볼 때에, 만약에 위와 같은 가사의 작자를 밝힐 수만 있다면 그들의 증언을 참으로 받아들일 수 있을 것이다. 여기에서 하나의 증거로 제시할 수 있는 것이 바로 『양금신보』에 전하고 있는 「북전」의 가사이다. 『양금신보』는 『금합자보』의 「평북전」에 해당하는 악곡을 기보한 뒤에 다시 또 하나의 북전을 덧붙여 기보하고 있다. 그런데 그것은 5정간 2대강에 걸친 한 소절만 적히고 그 나머지는 적히지 않았다. 나머지는 앞의 것과 같았기 때문이다. 그러나 바로 거기에 들어 있는 가사가 주목된다. 비록 "白雪이"[38]라고 하는 오직 하나의 어절이 제시되어 있지만, 이것은 이색(李穡, 1328~1396)의 작품일 것이 분명하다. 문제의 작품을 『청구영언』에서 뽑아 북전의 분절법을 적용하여 제시하면 다음과 같다.

一旨 : 白雪이 ᄌᆞ자진 골에 구루미 머흐레라.
二旨 : 반가온 梅花ᄂᆞᆫ 어ᄂᆡ 곳에 픠엿ᄂᆞᆫ고?
三旨 : 夕陽에 홀로 셔 이셔 갈 곳 몰라 ᄒᆞ노라.

『양금신보』의 「북전」에 제시되어 있는 이색의 작품은 오직 한 조각에 불과한 것이기는 해도 북전이라는 악곡류가 워낙 고려시대로부터 유래한 것이라는 사실을 명백히 증거해 준다. 이색의 작품은 또한 대엽이라는 악곡류가 애초에는 북전의 가사를 물려 받기도 했다는 사실

38 『梁琴新譜』, 20면.

을 증거해 준다. 이색의 작품은 거의 모든 가집에서 이삭대엽의 가사로 분류되어 있다. 전승의 과정에서 그것이 대엽의 형식에 맞도록 개작되었을 가능성은 매우 크지만, 개작되었더라도 그 범위는 그다지 넓지 않았을 것이다.

북전이 고려시대로부터 전해 왔던 것임은 그 속칭으로도 증거할 수 있다. 여러 문헌에 나타나는 바로서, 북전은 후정화(後庭花)[39]라는 이름으로써 지칭되기도 했다. 『현금동문유기』에 이르기를 "진(陳)의 옥수후정화(玉樹後庭花)와 제(齊)의 반려곡(伴侶曲)은 모두 망국조(亡國調)이다."[40]라고 했으며, 또한 이르기를 "후정화 - 오르락 내리락 갈마들고, 변풍의 태가 있다."[41]라고 했다. 북전에 이러한 속칭이 붙은 이유는 그것이 고려라고 하는, 이미 망한 나라의 음악이었기 때문이다. 그리하여 북전은 조선시대에 들어오면서 점차로 기피되었던 듯한데, 만약에 북전이 조선의 고유한 가곡이었다면, 당대인은 그것을 감히 후정화라고 부르지는 못했을 것이 당연하다.

북전은 실로 거기에서 파생된 악곡이 매우 적었다. 『금합자보』에 그 평조와 우조가 기보된 이후로 북전은 조선후기에 이르기까지 별다른 파생을 보지 못했다. 『어은보』와 『연대소장금보』의 경우에는 평조에 대한 평계면조(平界面調)와 우조에 대한 우계면조(羽界面調)의 악보를 전하고 있기는 하지만, 이것은 대엽이 매우 많은 종류의 악곡을 파생시킨 사실에 비하면 상대가 되지 못한다. 그러나 『교방가요』나 『가곡원류』와 같은 조선말기의 문헌을 통해서 북전이 확인되는 것으

39 『漁隱譜』: 『韓國音樂學資料叢書』 제17권, 179면. "平調北殿 - 俗稱後庭花." 아예 "後庭花"라는 속칭으로써 북전을 대체한 악보집을 들면 다음과 같다. 『玄琴東文類記』: 『韓國音樂學資料叢書』 15, 115면; 『游藝志』: 『韓國音樂學資料叢書』 제15권(國立國樂院, 1984), 133면; 『三竹琴譜』: 『韓國音樂學資料叢書』 2, 國立國樂院, 1980. 101면.

40 『玄琴東文類記』: 『韓國音樂學資料叢書』 제15권, 76면. "玉樹後庭花, 伴侶曲, 皆亡國調."

41 『玄琴東文類記』: 『韓國音樂學資料叢書』 제15권, 115면. "後庭花 - 低昂回互, 有變風之態."

로 보아서는, 북전이 비록 조선시대를 통하여 기피되었던 악곡류라고는 해도 그에 대한 수요는 일정하게 계속되었던 듯하다.

북전은 고려시대의 가곡이었다. 이것은 남효온과 정두원이 증언하고 있는 바이다. 『양금신보』의 「북전」에 전하고 있는 이색의 단형가사와 이른바 후정화라고 했던 북전의 속칭에 비추어 보건대, 그들의 증언은 사실로 받아들일 만하다. 따라서 대엽은 애초에 북전으로부터 그 가사의 형식을 물려 받았다는 것도 사실로 받아들일 수 있다. 그런데 북전과 대엽은 악곡의 구조가 크게 다른 면모를 지니고 있었다. 그럼에도 불구하고 북전과 대엽이 그처럼 가사를 통용할 수 있었다면, 두 악곡류는 그 계통이나 속성의 측면에서 매우 밀접한 관련을 맺고 있었음이 분명하다.

양덕수는 말하기를 대엽은 "瓜亭三機曲"[42]에 유래를 두고 있는 악곡류라고 했다. 이것은 이른바 「삼진작」(三眞勺)으로도 널리 알려져 있는 바로서 곧 「진작」을 말한다. 그런데 대엽이 바로 거기에 유래를 두고 있다는 말은 『현금동문유기』에서도 발견된다. 『현금동문유기』는 "古今唐俗樂譜名錄"의 하나로서 "정서(鄭叙, ?)가 사용한 바의 악곡, 대엽 만 · 중 · 삭."[43]을 들고 있으며, "四調體"를 소개하는 자리에서는 "삼기곡 - 만대엽 · 중대엽 · 삭대엽."[44]을 별도로 덧붙여 두고 있다. 이것은 진작과 대엽을 아예 동일한 것으로 취급한 사례이다.

양덕수의 증언은 악곡류에 대한 분석과 비교를 통하여 검증되어야 할 것이다. 그러나 대엽이라는 용어가 일찍이 진작에서 유래했을 뿐만 아니라 대엽이 또한 진작과 마찬가지로 만 · 중 · 삭의 삼기(三機)

42 『梁琴新譜』, 4면. "時用大葉慢中數, 皆出於瓜亭三機曲中." 여기에서 이른바 "三機"란 악곡의 빠르기를 만 · 중 · 삭으로 구분할 때에 그 모두를 아울러 가리키는 말이다.
43 『玄琴東文類記』: 『韓國音樂學資料叢書』 제15권, 76면. "鄭叙所用曲, 大葉慢中數."
44 『玄琴東文類記』: 『韓國音樂學資料叢書』 제15권, 77면. "三機曲 - 慢大葉, 中大葉, 數大葉."

를 가지는 점으로 볼 때에 그의 증언은 신빙성이 있다. 그리하여 대엽이 고려시대의 진작에서 유래한 악곡류라면, 북전이 또한 진작에서 유래했을 것이라는 개연성을 제기할 만하다. 북전과 대엽은 모두 단형의 가곡으로서 시기상으로도 연접해 있었고, 더욱이 거의 동일한 성격의 담당층에 의해 향수되었다. 이것은 그러한 개연성을 부정할 수 없게 하는 근거가 된다.

대엽은 대체로 동일한 위상에 자리하고 있었던 담당층의 내부에서 고려시대의 북전이 이른바 망국지음(亡國之音)으로 기피되는 자리에 새롭게 비집고 들어온 악곡류라고 할 수 있다. 다시 말해서 대엽은 조선초기에 북전을 대신해서 특히 단형의 가곡에 대한 사대부의 새로운 취미를 반영하고 또 충족시켜 주었던 악곡류로 출발했다. 그 시점은 조선초기이다. 그런데 여기에서 한 가지 간과해서는 안 될 사실이 있다. 비록 출발점이 달랐다고는 해도, 북전과 대엽은 그 담당층의 음악적 소양과 관습을 연속선상에서 공유하고 있었던 악곡류라는 사실이 그것이다. 북전과 대엽이 그 가사의 형식을 공유하게 되었던 이유가 여기에 있다.

그러나 조선시대를 통하여 창출된 단형가사는 대체로 대엽의 형식에 적합하도록 조형된 특징을 드러내고 있다. 북전과 대엽이 비록 그 가사를 통용할 수 있었다고는 해도, 두 악곡류는 특히 악곡을 분절하는 방법이 서로 달랐다. 따라서 그 분절법이 가사의 형식에 일정한 영향을 미쳤을 것은 당연한 일이다. 이것은 미의식의 소관이다. 그렇다면 대엽의 분절법과 그 특성을 북전의 경우에 비추어 고찰해 보기로 한다.

2. 대엽의 分節法과 그 특성

북전과 대엽은 모두 단장을 기본단위로 삼지만, 또한 연장(聯章)도 가능하다. 대엽의 연장체로 말하면, 평 · 우 · 계면조에 따른 초 · 이 · 삼의 아홉 악장이 가장 기초가 될 것이다. 다만 악장이 어떤 것이든 간에 그 가사는 오직 하나의 형식으로 고정되며, 북전의 경우도 그렇다. 그런데 북전과 대엽은 분절법이 서로 다르다. 따라서 악구를 벌이는 방식과 그 개수도 다르다. 북전은 악구의 길이가 대체로 균제(均齊)되어 있는 3지의 구조이고, 대엽은 비균제(非均齊)의 5지이다. 그리하여 가사의 쓰임으로 말하면, 대엽의 제1지와 제2지는 북전의 제1지에, 제3지는 제2지에, 제4지와 제5지는 제3지에 대응된다.

북전에 대하여 대엽의 분절법이 가지는 특점은 크게 두 가지로 요약된다. 첫째, 대엽은 북전에서라면 제1지에 올려질 가사를 둘로 쪼개어 가진다. 둘째, 대엽은 북전에서라면 제3지에 올려질 가사에서 오직 그 첫 음보만을 캐내어 비상하게 가치를 부여한다. 여기에서 후자는 전자의 경우보다 더욱 적극적인 특점이다. 그렇다면 우선은 후자에 주목해 보아야 하겠다. 〈표 4〉는 『신작금보』의 「평조초삭대엽」에서 그 제3지로부터 제5지에 이르는 악구를 구조상의 특점이 돋보이도록 정리한 것이다.

〈표 4〉 平調數大葉 反轉構造

三旨	大大大大大大大大大大大大 三六五三六五三五三五三六	大大大大大大　中　大大大大 五三五六五三文　餘　五三五三ㄴ
四旨	方方方方方方方方方方方方兩 五四六五四六四五七六五四淸	
五旨	大大大大大大大大大大大大 三六五三六五三五三五三六	大　大大大　方方方　兩 三　六五三文五四二ㄴ淸

〈표 4〉에 나타난 바와 같이, 「평조초삭대엽」의 두드러진 특점은 비균제의 제3 · 4 · 5지에 걸친 비약(飛躍)과 반전(反轉)에 있다. 제3지와 제5지는 그 전반부가 모두 12회에 걸치는 타수로써 완전히 동일한 대칭(對稱)의 균형(均衡)을 이루는데, 이것은 그 중간에 선율의 전환을 포함하고 있는 반전이다. 이러한 반전에 앞서, 중여음은 기본음인 대오와 바로 그 아랫자리의 음에 해당하는 대삼의 사이를 오르내리고, 제4지는 갑자기 대단한 높이의 음계로 비약한다. 유현은 청현과 마찬가지로 대현의 제5괘에 상응하므로, 제4지는 제3 · 5지에 비해서 거의 갑절의 높이에 해당한다.

그런데 중요한 것은 위와 같은 특점이 오직 삭대엽에서만 나타나는 것이 아니라는 점이다. 그러한 특점은 『금합자보』에 전하는 「평조만대엽」(平調慢大葉)으로부터 두드러지며, 그것은 또한 중대엽과 삭대엽의 악보를 전하는 그 어떤 악보집일지라도 공통되게 나타나고 있다. 요컨대 비균제의 제3 · 4 · 5지에 걸친 비약과 반전은 대엽이라는 악곡류의 공통점이며, 이것이야말로 대엽이라는 악곡류가 북전에 대하여 가지는 가장 본질적인 특성이다.

〈표 5〉 平調慢大葉 反轉構造

三旨	大大大上大大大大大大大大大 八七六淸五三三五六五三六五	大大大大大　大大大大大宮 三五六五五文二二三三二ㄴ
四旨	方方方大方方方方大大大大大大大宮 六五四六四六五四六五七六六五五ㄴ	
五旨	大大大上大大大大大大大大大 八七六淸五三三五六五三六五	大大大大大　大方　方 二五六五三文二四淸二ㄴ

〈표 5〉는 『금합자보』에 전하는 「평조만대엽」을 〈표4〉에서와 같은 방법으로 정리한 것이다. 여기에서 거듭 확인되는 바이지만, 대엽은 제4지의 강렬하면서도 자연스러운 파격(破格)이 제5지에서 제3지로 돌아

드는 반전에 들려 있다. 대엽의 매력은 바로 여기에 있다. 북전의 분절법으로는 이처럼 강한 인상을 주는 비약과 반전을 결코 기대할 수 없다. 북전은 균제된 1장 3지의 구조를 추구하기 때문이다. 그런가 하면 북전은 그 선율에 있어서도 대엽에 비해서 안정성이 떨어지는 구성을 보인다. 북전은 모든 악구에서 유현을 두루 쓰고 있으며, 또한 그 유현은 모두 악구의 전반부에 쏠려 있다. 이것은 앞이 가볍고 뒤가 무거운 형세이다. 〈표 6〉에서 이러한 특징을 확인할 수 있다. 〈표 6〉은 『금합자보』에 전하는 「평조북전」이다. 제1지의 중간과 여음은 생략한다.

〈표 6〉 平調北殿 反復構造

一旨	大大　　方方方方方方方 二三ㄴ…四四六五六五四	大 六	大大大大大大 五三二五六五	大 五ㄴ	
二旨	方方方方方方方方 五六五四六四五四	大 六	大大大大大大 五三二五六五	大大大 六五三	大 二ㄴ
三旨	方方方方方方 二五四四四二		大大大大大大 五三二五六五	大大大 六五三	大方方 文二四二ㄴ

〈표 6〉을 통해서 드러나는 북전의 특점은 세 가지로 요약된다. 첫째, 북전은 그 선율이 높은 흐름에서 낮은 흐름으로 떨어지는 경사(傾斜)를 이루면서 그것이 거듭 선회(旋回)하는 작곡을 보인다. 둘째, 약간의 차이가 있기는 하지만, 제1 · 2 · 3지의 후반부는 거의 동일한 선율을 반복(反復)하는 것으로 기조(基調)를 삼고 있다. 셋째, 그러한 선회와 반복은 유현의 제4 · 5 · 6괘에 걸친 최초의 악상(樂想)을 집요하게 부연하는 데에 목적이 있다. 앞에서 이미 고찰한 바로서, 일찍이 이득윤은 북전사조의 곡태(曲態)를 말하여 "오르락 내리락 갈마든다."라고 했다. 선율의 경사와 선회 · 반복은 북전의 가장 두드러진 특점이다. 그런데 이것은 단장형의 악곡으로서는 무척 단순한 면모이다. 그리하여 북전이 조선시대에 들어와서 망국조(亡國調)로 기피되었다면, 그

와 같은 단순성도 한몫을 담당했을 것이다. 그런 점에서 〈표 5〉와 〈표 6〉을 자세히 비교해 볼 만하다.

〈표 5〉의 「평조만대엽」과 〈표 6〉의 「평조북전」은 한 가지 공통점을 드러낸다. 선율의 경사는 「평조북전」의 모든 악구가 보여 주는 특점인데, 「평조만대엽」의 제3 · 4 · 5지는 그러한 북전의 특점을 일정하게 반영하고 있다. 그러나 이보다 더욱 주목되는 것은 둘 사이의 차이점이다. 「평조만대엽」은 악구의 전반부에 놓이는 고음을 「평조북전」에 비해 현격히 덜어냄으로써 선율의 경사를 배제하고 있다. 유현을 대현으로 바꾸는 뿐만 아니라 고음의 타수도 크게 줄임으로써 대체로 평탄한 선율을 전개하고 있는 점이 그것이다. 그런데 그런 가운데에도 「평조만대엽」은 그 제4지만큼은 「평조북전」의 악구가 보여 주는 특점을 거의 그대로 유지하고 있다. 이것은 말할 것도 없이 파격의 비약에 의한 긴장(緊張)의 추구이다.

대엽은 선회와 반복을 위주로 하는 북전의 단순성을 대체로 평탄하고 자연스러운 선율에 기초한 비약과 반전의 구조로써 부정한 형식이라고 할 수 있다. 만대엽은 그러한 부정을 선도하였고, 중대엽은 그것을 적극적으로 계승했다. 『어은보』의 「평조중대엽」(平調中大葉)과 『연대소장금보』의 「중대엽평조」(中大葉平調)는 만대엽에 가까운 형식을 보이지만, 『양금신보』의 「중대엽」(中大葉)과 『신작금보』의 「평조초중대엽」(平調初中大葉)은 삭대엽에 가까운 형식을 보여 준다. 여기에서 후자는 전자보다 더욱 진보된 악보라고 할 수 있다. 이것은 악보집이 편찬된 연대와는 거의 무관한 일이다. 왜냐면 삭대엽은 그러한 부정을 완결지었기 때문이다. 〈표 4〉의 「평조초삭대엽」은 그 한 전형을 보여 준다.

북전은 1장 3지의 구조라는 점에서 시조와 유사하다. 황준연의 연구에 따르면, 시조는 장단 · 착사의 방식을 비롯해서 선율까지 대체로 북전을 계승한 악곡이라고 한다. 황준연은 특히 우조계면조(羽調界面調)의 북전을 시조의 원류로 보았다.[45] 그런데 그가 북전과 시조를 대비해서 제시한 악보를 보건대는, 시조는 북전의 선율과 유사한 면모를 보이는 가운데에도 악구의 후반에 이르러서는 선율의 경사가 거의 보이지 않는다. 이것은 대엽의 영향으로 이해할 수 있다. 그러나 시조의 속성은 대엽보다는 북전에 가깝다. 시조는 북전과 마찬가지로 파격을 추구하지 않기 때문이다.

대엽이 구현하고 있는 예술미의 추요(樞要)는 비균제의 제3 · 4 · 5지에 걸친 선율의 비약과 반전이다. 대엽의 특히 제4지는 파격의 비약을 위주로 하는 악구의 중핵(中核)이다. 그것은 제5지가 제3지로 돌아드는 반전에 의해 더욱 두드러진다. 바로 여기에서 대엽이라는 악곡류가 내포하고 있는 독특한 미의식이 엿보인다. 그것은 자연성에 무르녹은 파격의 멋에 취미를 두고 있다. 그리고 이러한 취미는 가사에까지 배어 나왔다. 다음은 대엽의 분절법에 적합하도록 조형된 단형가사의 예이다.

朔風은 나모 긋ᄐᆡ 불고,
明月은 눈속에 ᄎᆞᆫᄃᆡ,
萬里 邊城에 一長劍 집고 셔셔,
긴 ᄑᆞ람,
큰 ᄒᆞᆫ 소ᄅᆡ예 거칠 거시 업세라.[46]

光化門 드리ᄃᆞ라,
內兵曺 샹딕방의
ᄒᆞᄅᆞ밤 다ᄉᆞᆺ 경의 스믈석 뎜 티ᄂᆞᆫ 소ᄅᆡ.

45 黃俊淵, 「북전(北殿)과 시조(時調)」, 『세종학연구』 제1집, 25면.
46 金宗瑞, 「短歌」 全文: 『珍本青丘永言』(明文堂, 1987) 第13號.

그 더듸
陳跡이 되도다. 쉼이론 듯ᄒᆞ여라.[47]

東窓이 볼갓ᄂᆞ냐?
노고지리 우지진다.
쇼 칠 아ᄒᆡᄂᆞᆫ 여태 아니 니러ᄂᆞ냐?
재 너머
ᄉᆞ래 긴 밧츨 언제 갈려 ᄒᆞ나니.[48]

『해동가요』(박영돈본)와 『가곡원류』(규장각본)는 여타의 가집들과는 다르게 하나의 단형가사를 다섯 개의 단위로 나누어 적는 띄어쓰기를 보여 준다. 그 다섯 개의 단위를 행으로 바꾸어 나타내면 위에 제시한 예와 같이 된다. 이것은 단형가사의 사구에 대한 당대인의 인식을 반영하고 있는 바로서 당연히 대엽의 분절법에 따른 결과이다. 『해동가요』(박영돈본)는 그러한 분절법이 대체로 엄격하게 지켜져 있고, 『가곡원류』(규장각본)는 그처럼 엄격하지는 않아도 의도만큼은 일관되어 있다.

대엽은 북전의 경우라면 제1지에 올려질 가사를 둘로 쪼개어 가진다. 위의 단형가사들은 제1지와 제2지에 올려질 가사의 의미가 확고히 분단되어 독자성을 가지고 있다. 비록 연결어미를 쓰고는 있지만, 김종서(金宗瑞, 1390~1453)의 작품은 그것이 대등한 관계로 엮여 있고, 정철의 작품은 대등할 뿐만 아니라 그 사이에 시간과 공간의 전환이 크다. 더욱이 정철의 작품에서 그 제2지의 가사는 오히려 제3지의 가사로 더불어 엮인다. 그리고 남구만(南九萬, 1629~1711)의 작품은 그것들이 아예 문장의 수준에서 분단되어 있다.

---

47 鄭澈, 『松江歌辭』(星州本) 下-4b. 「短歌」 第18號 全文.
48 南九萬, 「短歌」 全文: 『珍本青丘永言』(明文堂, 1987) 第203號.

그런가 하면 위의 단형가사에서 그 제4지는 다만 세 개의 음절로 고정된 하나의 음보에 불과하면서도 그 함축의 농도와 중량이 여타의 사구에서 오는 압력을 충분히 견제할 수 있도록 선택된 개념으로 채워져 있다. 김종서의 "긴 ᄇᆞ람"은 "큰 ᄒᆞᆫ 소ᄅᆡ"를 이끌어 "朔風" · "明月" · "萬里 邊城"의 냉연한 적막을 제압하는, 그것은 의경의 핵심이다. 정철의 "그 더ᄃᆡ"는 "ᄒᆞᄅᆞ밤 다ᄉᆞᆺ 경"의 스물 다섯 점에서 마침내 "스믈석 덤"을 때린 바로 그 시점의 생생한 현재를 한꺼번에 "陳跡"의 추억과 "ᄭᅮᆷ"의 과거로 되돌리는 기폭제이다. 남구만의 "재 너머"는 "東窓"과 "노고지리"의 근경을 "ᄉᆞ래 긴 밧"의 원경으로 넘겨 주는 굴대의 역할을 한다. 이렇게 볼 때에 어느 것이라도 제4지의 사어(詞語)가 결코 하찮은 의도에서 비롯된 바가 없음을 알 수 있다.

대엽은 북전에서라면 그 제3지에 올려질 가사에서 오직 그 첫 음보만을 캐내어 비상하게 가치를 부여한다. 위의 단형가사에서 그 제4지는 그와 같은 대엽의 특성을 적극적으로 반영하고 있다. 그리하여 일찍이 조윤제는 그와 같은 제4지의 가사를 뜀틀의 "발판"[49]에 비유했다. 또한 최진원은 그것이 특히 정철의 단형가사에서 더욱 탁월하게 기능하는 점을 중시하여 "新機軸"[50]이라고 했다. 이것들은 모두 예리한 시각에서 포착된, 대단히 적실한 명사들이다.

대엽에 올려졌던 단형가사와 북전에 올려졌던 단형가사는 애초에는 별다른 차이가 없었다. 이것은 여러 악보집에 전하는 북전의 가사를 『금합자보』에 전하는 「평조만대엽」의 가사[51]로 더불어 비교해 보

49 趙潤濟, 「時調의 本領」, 『韓國詩歌의 研究』(乙酉文化社, 1948), 179면.

50 崔珍源, 「松江短歌의 風格」, 『韓國古典詩歌의 形象性(增補版)』(成均館大學校出版部, 1996), 210면.

51 『琴合字譜』: 『韓國音樂學資料叢書』 제22권, 36면. "一旨: 오ᄂᆞ리 오ᄂᆞ리나. 二旨: ᄆᆡ일에 오ᄂᆞ리나. 三旨: 졈므디도 새디도 오ᄂᆞ리. 四旨: 새리나, 五旨: ᄆᆡ일 댱샹의 오ᄂᆞ리 오쇼셔."

더라도 이내 알 수 있는 사실이다. 그러나 북전과 대엽은 악곡의 분절법이 서로 달랐고, 그로부터 그 가사의 형식도 일정한 차이를 빚게 되었다. 이러한 차이는 비록 작은 것일지라도 실로 조선시대 단형가사의 미의식으로 통하는 하나의 관건이 될 것이다.

Ⅴ. 해결

1. 時調라는 술어

시조라는 용어는 두 가지의 맥락을 통하여 음악사의 표면에 등장했다. 첫째, 김성기가 활동했던 숙종대를 중심으로 해서 그 전후에 유행하던 가곡의 악조를 시조라는 용어로써 지칭했던 맥락을 들 수 있고, 둘째, 서유구가 활동했던 정조대와 순조대로부터 그 이후의 시기를 통하여 어떤 하나의 특수한 악곡을 지칭했던 맥락을 들 수 있다. 전자에 따르면, 김성기의 『어은보』로부터 그 이후의 악조와 여기에 딸린 악곡·가사를 시조에 포괄할 수 있다. 후자에 따르면, 서유구의 『유예지』나 이규경의 『구라철사금자보』에 전하는 「시조」(時調)와 여기에 올려 부른 가사를 시조에 포괄할 수 있다. 그러나 어느 쪽이든 17세기의 후반기로부터 그 이전의 사정과는 아무 관련이 없다.

조선시대의 단형가사를 시조라는 용어로써 지칭하는 것은 위와 같은 사적 맥락을 완전히 무시해야만 가능하다. 그러나 그것은 오직 연구사의 파탄으로 귀결될 것이 자명하다. 그리하여 조선시대의 단형가사를 두루 지칭할 수 있는 술어를 새롭게 모색해야 한다면, 가장 먼저 고려해야 할 바는 그 술어의 통시적 타당성이다. 이것은 공시적 구체

성보다 훨씬 중요한 요건이다. 술어는 적어도 연구대상의 모든 범위를 포괄하는 것이어야 마땅하기 때문이다.

조선시대의 단형가사는 북전과 대엽이라고 하는 악곡류의 거의 모든 악곡종에 걸쳐 두루 활용되었다. 따라서 조선시대의 단형가사를 특수한 하나의 악조명이나 악곡명으로써 지칭하는 것은 거의 불가능하다. 특히 시조라는 용어는, 악조명이라는 맥락에서는 가사와의 관련성이 적으며, 악곡명이라는 맥락에서는 그 외연이 너무 작다. 또한 시조라는 용어는 당대의 어떤 관례를 가지고 있는 것도 아니다. 일찍이 이병기와 조윤제는 다음과 같이 단언했다.

> 今年 漢城圖書 간행인 『朝鮮歌謠集成』 古歌篇 第1輯 序에 "高麗歌詞에도 高麗時調에도 傍及하고 싶었으나"라 함에 모두 시조라는 말을 썼는데, 『歌曲選』·『時調類聚』의 시조는 古今의 歌曲을 죄다 시조라 하였으나, 종래의 歌曲集치고 그런 명칭을 붙인 것은 하나도 없었다.[52]

> 이 「時調」라는 名稱은 언제부터 쓰게 되었는가. 古文獻에서는 흔히 이것을 「短歌」라 불러 왔지 「時調」라고 부른 데는 없다.[53]

단가라는 용어가 조선시대를 통하여 특히 대엽이라고 하는 단형의 악곡류와 그 가사를 두루 지칭하는 것이었음은 이미 논의한 바와 같다. 단가는 가창의 실제와 그 현장에 밀착된 용례를 많이 가지고 있는 명칭일 뿐만 아니라 그런 용례가 분포하고 있는 통시상의 범위도 크다. 그런 점에서 조선시대의 단형가사는 단가라는 용어를 써서 지칭하는 것이 가장 바람직하다. 판소리의 허두가(虛頭歌)를 지시하는 개념으로 더불어 혼동될 우려가 없지 않지만, 판소리와 관련된 용례는

52 李秉岐, 「時調의 發生과 歌曲과의 區分」, 『時調文學研究』, 31면.
53 趙潤濟, 「時調의 發生」, 『韓國文學史』(探求堂, 1979), 101면.

어디까지나 현대에 이르러서야 생겨난 것임을 유의할 필요가 있다. 아래와 같은 지적을 참고할 만하다.

> 판소리를 부르기 전에 으레껏 부르는 짧은 노래를 18세기에는 영산(靈山)이라고 했고, 19세기에는 허두가(虛頭歌)라고도 했으며, 20세기 이후에는 단가(短歌)로 통용되고 있다는 사실은 잘 알려져 있다.[54]

단가는 단순히 그 가사의 길이가 짧은 까닭에 곧 단가인 것만이 아니라, 그보다 먼저는 단가라는 용어로써 지칭되는 악곡류의 가사인 까닭에 곧 단가이다. 단가는 그 가사의 길이가 짧을 것이 당연하지만, 이 점은 단가라는 명칭을 가지는 데에 있어서는 그저 소극적인 징표일 뿐이다. 만약에 가사의 길이로만 따지면, 예컨대 「어부가」(漁父歌)는 「어부단가」로 더불어 큰 차이가 없으므로 단가로 분류될 만하다. 그러나 이현보는 그것을 장가와 단가로 확고하게 구별했다. 더욱이 「청산별곡」(靑山別曲)이나 「한림별곡」과 같은 장가로 말하면, 이것들은 단장의 악곡에 여러 개의 가사를 거듭 올려 부르도록 되어 있는데, 전자의 가사는 단가보다 훨씬 짧고, 후자는 조금 길다. 장가의 부류는 다음과 같은 이수광의 증언을 통해서 그 대개를 짐작할 수 있다.

> 이수광(李睟光/1614년) : 長歌로는 感君恩 · 翰林別曲 · 漁父詞가 가장 오랜 것인데, 근세에는 退溪歌 · 南冥歌, 宋純(1493-1583)의 俛仰亭歌, 白光弘(1522-1556)의 關西別曲, 鄭澈(1536-1593)의 關東別曲 · 思美人曲 · 續思美人曲 · 將進酒辭가 세간에 성행하고 있다.[55]

---

54 백대웅, 「판소리 巫歌 起源說의 再檢討(1) - 판소리 生成의 時代性과 當爲性」, 『韓國音樂史學報』 제11집(韓國音樂史學會, 1993), 111면.

55 『芝峯類說』: 『韓國歷代詩話類編』(亞細亞文化社, 1988), 388면. "長歌則感君恩, 翰林別曲, 漁父詞最久, 而近世退溪歌, 南冥歌, 宋純俛仰亭歌, 白光弘關西別曲, 鄭澈關東別曲, 思美人曲, 續思美人曲, 將進酒辭, 盛行於世."

조선시대에 대엽의 만 · 중 · 삭을 특히 단가라고 지칭했던 데에는 반드시 그 사적 배경에 따른 이유가 있었을 것이다. 이것은 고려말과 조선초를 거점으로 하는 속악의 체계를 통해서 해명되어야 한다. 우선은 진작과 같은 전대의 가곡에 비해 대엽은 북전으로 더불어 그 악곡의 길이가 매우 짧다는 점을 하나의 이유로 들 수 있다. 그러나 여기에는 아직도 설명해야 할 점이 많이 남아 있다. 단가는 이른바 향가(鄕歌)와 그 이전의 가곡으로부터 진작에까지 이르는 속악의 전통을 통해서 창출된 것이다. 단가의 연원에 대한 탐색은 단순히 진작만을 고려하는 데서 그칠 수 없다.

2. 章이라는 술어

장은 일정한 자립성을 가지고 완결체로 존재하는 각각의 악곡이나 그 가사를 지칭하는 용어이다. 그러므로 단형가사의 사구를 장이라는 용어로써 지칭하는 것은 악곡과 가사의 측면에서 모두 부당하다. 단형가사는 곧 단가의 가사로서 북전과 대엽에 두루 올려졌다. 북전은 1장 3지의 구조이고, 대엽은 1장 5지의 구조이다. 여기에서 장은 악곡의 전체를 지칭하는 바로서 곧 악장이고, 지는 전체의 분절을 지칭하는 바로서 곧 악구이다. 예컨대 이현보의 「어부단가」나 윤선도의 「어부사시사」와 같이 하나의 악곡종에 속하는 여러 악곡을 모두 아울러 편으로 치면, 장은 완결의 단위로서 편에 따르고, 지는 구성의 단위로서 장에 따른다.

편 · 장 · 구의 가장 확고한 의미 · 용법과 용례는 『시경전』(詩經傳)에서 발견할 수 있다. 예컨대 "「갈담」(葛覃)은 3장이고, 장은 6구이다."[56]

---

56 『詩經集傳』(上海: 上海古籍出版社, 1987), 2頁. "葛覃三章, 章六句."

와 같은 용례로 말하면, 「갈담」은 3장으로 구성된 1편의 시가인데, 여기에서 장은 일정한 자립성을 가지고 있는 완결의 단위로서 곧 악장이다. 요컨대 장은 악(樂)·가(歌)의 완료를 개념의 핵심으로 삼는다. 『설문해자』(說文解字)에 이르기를 "악(樂)이 그치면 하나의 장이 된다. - 가(歌)가 그친 바를 장이라 이른다."[57]라고 했으며, 또한 이르기를 "악곡이 다하면 경(竟)이 된다. - 곡(曲)이 그친 바이다."[58]라고 했다. 장은 경(竟)에 상당하는 말이고, 양자는 모두 악곡의 완료를 의미한다.

앞서 문제를 제기하는 자리에서 이미 언급한 바로서, 이현보와 윤선도의 용례는 장의 의미를 정확하게 적용한 경우라고 할 수 있다. 그리고 이러한 용법은 적어도 『유예지』와 『구라철사금자보』가 편찬된 시점으로부터 그 이전에는 대체로 지켜졌던 듯하다. 예컨대 『백운암금보』는 악보의 모든 악장을 명확히 제1장·제2장·제3장의 방식으로 구별하고 있다. 『백운암금보』에 전하는 「신증우조삭대엽제일장」(新增羽調數大葉第一章)의 가사를 참고로 제시하면 다음과 같다.

〈新增羽調數大葉第一章〉
一旨 : 千里外 病든 몸이
二旨 : 北녁 도라 우니노라.
三旨 : 님 향ᄒᆞᆫ ᄆᆞᄋᆞᆷ믈 뉘 아니 두리마ᄂᆞᆫ,
四旨 : ᄃᆞᆯ 붉고
五旨 : 밤 긴 날이어든 나ᄲᅮᆫ인가 ᄒᆞ노라.

단형가사에 있어서, 장을 구성하는 단위는 지이고, 이것은 악구이자 또한 사구이다. 북전은 3구, 대엽은 5구가 1장을 구성한다. 그런데

57 『說文解字注』 三篇上(台北: 天工書局, 1992), 102頁. "樂竟爲一章. - 歌所止曰章."
58 『說文解字注』 三篇上, 102면. "樂曲盡爲竟. - 曲之所止也."

이와 같은 장 · 구의 개념은 워낙 악곡을 위주로 하는 것이라서 가사를 시작품으로 보아 문학적인 분석의 대상으로 삼을 때에는 적절한 쓰임을 얻지 못할 수도 있다. 이를테면 장을 수로 보는 데에는 문제가 없을지라도 사구로서의 지를 곧장 시구(詩句)로 처리하는 데에는 무리가 따를 수도 있다. 사구가 악곡을 전제로 결정되는 것이라면, 시구는 언어의 가치에 따라 결정되는 것이기 때문이다. 그리하여 문학적인 분석의 단위를 또한 마련하는 것이 요구된다. 특히 사구에 대한 시구의 경계를 파악하는 것이 문제이다. 그러나 이것은 본고에서 다룰 만한 문제가 아니므로, 여기서는 다만 『교방가요』의 「가절」(歌節)에 보이는 견해를 하나의 의안으로 제시하고자 한다.

> 정현석(鄭顯奭/1872년) : 初章은 第1旬이다. 2장은 제2순이다. 3장은 제3 · 4순이다. 中餘音은 조금 쉬는 곳이다. 4장은 제5순의 3字이다. 5장은 제5 · 6순이다. 大餘音은 노래가 끝나는 곳이다.[59]

정현석의 이른바 "章"은 모두 지로 고쳐 읽어야 마땅하므로, 그는 실로 5지 · 6순(旬)을 주장한 셈이 된다. 5지가 사구를 규정한 것이라면, 6순은 곧 시구를 규정한 것이라고 할 수 있다. 그런데 정현석의 이러한 견해는 사구에 대한 시구의 경계를 설정하는 데에 있어서 매우 유익한 관점을 제공해 준다. 여기에 따르면, 단가는 1장 · 1수가 5지 · 6순을 가지는 구조로 파악된다. 지와 순은 모두 구라고 하는 상위의 개념에 포괄되는 것이지만, 지는 사구의 개념이고, 순은 시구의 개념이다.

---

59 『教坊歌謠』 單-24b10. "初章, 第一旬. 二章, 第二旬. 三章, 第三四旬. 中餘音, 少休. 四章, 第五旬三字. 五章, 第五 · 六旬. 大餘音, 歌終." 필자가 참고한 책은 정신문화연구원 고서실에 소장되어 있는 필사본(등록번호:002977)이다.

Ⅵ. 결론

단가는 장가의 상대어로서 시가의 한 범주를 지칭하는 용어였다. 악곡의 측면에서 볼 때에, 단가는 대엽이라고 하는 악곡류의 유행이 만대엽으로부터 중대엽을 거쳐 삭대엽으로 변천해 가는 동안에 각각의 단계에서 유행의 주류를 담당했던 악곡종을 순차로 지칭해 왔던 용어라고 할 수 있다. 그리하여 이현보의 시대에는 만대엽과 중대엽이 곧 단가였고, 김성기의 시대에는 삭대엽이 곧 단가였다. 그러나 어떤 시기를 묻더라도 단가와 대엽이라고 하는 악곡류가 서로 일치할 뿐만 아니라 결코 분리할 수 없는 개념이라는 사실은 명확하다.

단가는 또한 북전과 시조를 포함하는 개념이다. 시조의 원류라고 할 수 있는 북전은 일찍이 고려시대로부터 전해 왔던 것인데, 조선시대에 들어와서는 변풍 · 망국조로 기피되었다. 대엽은 그러한 북전을 대신하여 단형의 가곡에 대한 사대부의 요구를 새롭게 충족시켜 주는 하나의 악곡종으로 출발했다. 이것은 남효온과 정두원의 증언을 『양금신보』에 북전의 가사로 전하고 있는 이색의 작품과 후정화라는 북전의 속칭에 비춘 하나의 추론이다. 여기에 따르면, 단가의 가사는 이미 고려시대에 그 정형이 마련되어 있었던 것이 된다.

대엽은 고려시대의 진작으로 더불어 계통상의 관련을 맺고 있었던 것으로 보인다. 두 악곡류에 대한 분석과 비교를 통해서 그것을 해명하는 일이 아직은 과제로 남아 있지만, 대엽이 애초에 진작에서 파생되었다고 하는 양덕수의 증언은 신빙성이 있다. 대엽은 진작과 마찬가지로 만 · 중 · 삭의 삼기를 가졌으며, 우선은 대엽이라는 용어부터가 진작에서 유래했다. 『현금동문유기』는 진작과 대엽을 아예 동일한 것으로 취급하기도 했다. 그러나 이것은 어디까지나 추측과 소문에 지나지 않는 것이므로, 그러한 신빙성을 사실로 증명하는 작업이 국악학의 영역에서 먼저 충분하게 진행되어야 할 것이다.

대엽은 북전으로 더불어 일정한 악곡상의 영향관계를 맺고 있다. 북전과 대엽의 상관은 대엽과 진작의 상관보다 더욱 구체적이다. 평조로만 보건대, 북전의 악구는 높은 흐름에서 낮은 흐름으로 떨어지는 선율의 경사를 가지거니와, 만대엽과 중대엽의 악구에는 그러한 북전의 특성이 일정하게 반영되어 있다. 그러나 악곡의 창출에 작용한 미의식은 판이하다. 만대엽과 중대엽은 악구의 전반부에 놓이는 고음을 북전에 비해 현격히 덜어냈다. 유현을 대현으로 바꾼 까닭이 거기에 있다. 그러나 그 제4지만큼은 북전의 악구가 보여 주는 특점을 거의 그대로 유지함으로써 선율의 파격적인 긴장을 추구했다. 제3지와 제5지의 대칭과 그 균형은 그러한 긴장의 기반이다. 그리하여 대엽은 대체로 평탄하고 자연스러운 선율에 기초한 비약과 반전의 구조로써 북전의 단순성을 부정했다. 삭대엽은 그 전형을 보여 준다.

대엽의 만 · 중 · 삭이라고 하는 악곡종의 발생은, 진작이 이미 그러한 삼기를 가졌던 점에 비추어 보건대는, 그 선후간에 그다지 많은 시차를 두지는 않았을 것으로 판단된다. 그러나 가창의 실제로 말하면, 유행의 주류는 만대엽과 중대엽을 거쳐서 삭대엽으로 교대했음이 분명하다. 이것은 『양금신보』에 보이는 양덕수의 증언을 통해서 확인되는 사실이다. 만대엽만을 싣고 있는 『금합자보』(1572), 중대엽을 위주로 하는 『양금신보』(1610), 삭대엽을 위주로 하는 『청구영언』(1728)의 편찬연도는 만 · 중 · 삭이 유행했던 시기를 증거해 주는 기준점이 된다.

대엽은 북전으로 더불어 그 가사를 공유할 수 있었다. 그러나 작곡의 원리나 그 취미가 판이하여, 악곡의 골격과 구조도 커다란 차이를 드러낸다. 악구에 있어서, 북전은 그 길이가 대체로 정연한 균제의 3

지이고, 대엽은 비균제의 5지이다. 선율에 있어서, 북전은 높고 낮은 흐름의 경사와 선회를 거듭하는 가운데에 악구의 후반부를 대체로 반복하고, 대엽은 평탄하게 낮은 흐름을 타다가 문득 높은 흐름으로 비약한 끝에 반전하여 돌아온다. 전체로 보면, 북전은 그 구성이 단순하면서도 최초의 악상을 매우 집요하게 부연하고, 대엽은 평탄한 선율을 통하여 자연스러운 전개를 보이는 가운데에 강렬한 파격을 고집한다. 평조에 국한된 것이라고는 해도, 이와 같은 특성은 두 악곡류의 차이를 단적으로 보여 주는 바라고 할 수 있다.

대엽이 구현하고 있는 예술미의 추요는 비균제의 제3·4·5지에 걸친 선율의 비약과 반전이다. 대엽의 특히 제4지는 파격의 비약을 위주로 하는 악구의 중핵이자 사구의 기축이다. 여기에 올려지는 사어는 오직 세 개의 음절로 고정되지만, 그것은 여타의 사구에서 오는 압력을 충분히 견제할 수 있는 개념으로 선택되는 동시에 여타의 악구에 비해서 거의 갑절의 높이에 해당하는 고음을 타도록 되어 있다. 그러므로 조선시대 단가의 가장 뚜렷한 미적 기질로서는 비균제와 파격을 지적할 만하다. 여기에 작용하고 있는 바의 미적 이념을 파악하는 작업이 요구된다.

한국음악사학보 제23집(한국음악사학회, 1999): 47-83면

11

도남 시가사의 자연미 발견론 비판

본문개요

사람에 따라 그 인식이 다르게 되므로 자연과 그 자연미가 문제인 것이 아니라 우리의 인식이 문제라고 주장한 도남(陶南)의 관점은 자연과 사회의 구별을 아예 무시하는 뿐만 아니라 이로써 또한 자연 자체의 독립성을 부정하여 마침내 자연미의 존립 기반을 말살하는 쪽으로 귀결될 만한 가능성을 지닌다. 자연과 그 자연미는 인류 사회에 의뢰하는 바가 없이 완전한 독립성을 지니고 있는 객관적 존재인 것이니, 그렇지 않은 경우의 이른바 자연미는 사회미나 예술미의 일부를 그저 그 소재에 따라 구분한 것에 지나지 않는다.

자연미라는 것은 반드시 자연 사물의 미를 일컫는 말이다. 자연미는 무릇 자연 사물이 그 자체의 미적 규율에 따라 개별성과 보편성의 통일을 특정한 물질 현상의 차원에서 구현할 때에 성립하며, 여기에 있어서 자연 사물의 제1속성과 제2속성은 그러한 물질 현상을 충족시키는 불가결한 요소로 작용한다. 따라서 그 본질에 대한 인식은 인류의 소관이 될지라도 그 본질의 형성은 전적으로 자연 자체의 소관인 것이다.

인류가 자연미를 인식하기 위해서는 반드시 그에 상응하는 능력과 조건이 개인 의식과 사회 의식의 차원에서 구비되어 있어야 하지만, 도구와 그 대상이 서로 다른 사물인 것과 마찬가지로 인류의 인식 능력과 자연미의 관계도 그렇다. 그러니 만약에 어떤 자연미가 있는 그대로 파악되지 않은 것을 가지고 이로써 "우리의 生活의 實體"를 파악하려 든다면, 이것은 그 도구에 대한 학문은 되기 쉬워도 그 대상에 대한 학문은 되기 어렵다.

핵심용어

도남(陶南), 강호가도(江湖歌道), 자연애, 자연미, 사회미, 예술미

Ⅰ. 서 — 기술의 범위

도남(陶南)은 일찍이 『조선시가사강』을 편찬하는 가운데 조선 중종 연간에서 임진왜란 이전의 선조 연간에 이르는 한 세기를 "歌辭誦詠時代"로 배당하고, 특히 농암(聾巖) 이현보(李賢輔)와 면앙정(俛仰亭) 송순(宋純)에 의한 이른바 강호가도(江湖歌道)의 창도를 이 시대의 중요 사건의 하나로 기술했다. 도남은 또한 여기에서 제기한 견해를 이보다 훨씬 나중에 출간한 자신의 『국문학사』와 『국문학개설』에 있어서도 거듭 천명하는 뿐만 아니라 더 나아가서는 강호가도의 의의를 더욱 분명하게 적시하여 자연미의 발견과 자연애의 발달로 규정했다.

도남이 제기한 강호가도의 창도라고 하는 시가사의 일대 사건은 임하(林下)의 후속 연구를 통하여 그것의 사회적 계기에 따른 물질적 · 관념적 토대가 자세히 지적되고, 아울러 그것의 미적 추구에 따른 심미범주의 여러 유형과 양상이 충분히 소개되어, 이로써 하나의 학설로 수립되는 결실을 보았다. 도남과 임하의 연구는 이후로 오늘에 이르기까지 다수 학자의 호응을 얻으며 풍성한 확대 연구를 낳았다. 그러나 이러한 성과에도 불구하고 정작에 강호가도의 창도를 시가사의 일대 사건으로 제기한 당사자 도남의 기본 입장과 그 견해가 안고 있는 근본 문제에 대한 반성은 결여되어 있었던 듯하다.

李朝 初期의 文臣이 晩年에 官을 辭하고 自己 故鄕에 도라가 뜻을 山水에 부치고 悠悠自適하며 江湖歌를 희롱 하였다 함은 앞에서도 말 하였거니와, 이時代가 되면 그러한 思想이 더욱 濃厚하야저 정말 江湖의 自然美를 發見하야 그 가운대에 沒入할랴 하는 傾向이 多分 나타났다. … 官界를 脫出한 歌客들이 紅塵에 막혔든 胸襟을 江湖의 맑은 空氣로 淨히 씻어바리고 自然에 直面하야 吟風弄月 自然의 景致를 실컷 玩賞할랴는것이 江湖

詠歌이나, 마치 이의 唱導者라고도 할이가 곳 聾巖 俛仰亭 兩翁이다.[1]

도남이 위의 글에서 곧 "江湖歌" · "江湖詠歌"라고 하였듯, 그는 이른바 강호가도를 분명히 조선시대의 여러 가곡에 쓰인 가사(歌詞)의 부류와 관련하여 특히 가(歌)에 국한해서만 말했지, 요컨대 모든 종류의 시(詩)를 다 아울러 규정하는 수준에서는 말하지 않았다. 이것은 도남의 『조선시가사강』이 전편에 걸쳐서 한문학 유산으로서의 한시를 그 전부에 대하여 논외에 두었던 점으로도 충분히 증명되는 바이다. 그러니 여기에서 하나의 문제가 생긴다. 강호가도의 창도와 자연미의 발견 · 자연애의 발달은 진실로 농암과 면앙정의 시대에 와서야 출현했던 것인가?

도남은 한문학 유산을 국문학의 순수 영역에서 제외시켜 두고 있었던 셈인데, 이러한 관점의 타당성 여부를 여기에서 새삼스레 다시 따질 필요는 없을 것이다. 왜냐면 근본 문제는 한문학 유산을 배제한 채로 자연미의 발견과 자연애의 발달을 논의할 수 있는가에 있는 것이 아니라 가사 자료의 범위로만 살필 경우에도 자연미의 발견과 자연애의 발달은 진실로 농암과 면앙정의 시대에 와서야 출현했던 것인가에 있는 까닭이다.

도남이 일찍이 논거로 삼았던 가사 자료는 오늘날 우리가 볼 수 있는 거의 대부분의 것에 이르지만, 그러나 오직 그뿐이지 그것을 넘어섰던 것은 아니다. 따라서 자료의 부족이 그대로 관찰의 부족을 낳았던 것이니, 도남은 가사 자료의 분량과 성격에 있어서 도무지 비교할 수 없는 상대를 가지고 고려시대와 조선시대의 차이를 논의했고, 이로써 강호가도의 창도와 자연미의 발견 · 자연애의 발달이라고 하는

1 趙潤濟, 「聾巖과 俛仰亭의 江湖歌道」, 『朝鮮詩歌史綱』(東光堂書店, 1937), 247~248면.

사적 의미를 부여했다.

우리는 마땅히 조선시대 이전의 가사 자료로서 오늘날 전해진 것들이 고려시대나 신라시대의 시가사를 충분히 반영할 만한 분량에 이르지 못함을 유념해야 할 것이다. 예컨대 고려시대의 가곡에 올려졌던 여러 가사로서 『악학궤범』이나 『악장가사』에 실려 전하는 것들은 대개가 궁중 의례나 관료 사회의 각종 연회에 쓰이던 바이니, 이것의 분량은 막론하고라도 이것의 성격을 민간과 강호의 사이에서 두루 창작되고 유행하던 가곡과 직접 비교할 수 없음은 너무나 당연한 일이다. 하물며 시대가 서로 다른 경우에는 더욱 그렇다.

> 兩翁은 모두 致仕客으로 老來에 複雜한 官界를 벗어나 지나간 風波를 잊은듯이 고요히 江湖에 물러 앉어 華麗한 自然을 즐기고 또 그 가운데 沒入하여 들어가 참다운 自然美의 價値를 發見하여 갔다. 從來에도 江湖의 美를 詠嘆한 이는 있었다고 하지마는, 참다운 江湖의 美를 謳歌하여 스스로의 한 歌道를 樹立한 이는 아마도 없었을 것이다. 그러므로 兩翁은 實로 近代文學에 있어서 새로운 한 局面을 打開하였다고도 할수 있다.[2]

도남이 위의 글에서 "참다운 自然美"라고 했을 때의 "참다운"이 마침내 무엇을 의미하건 간에, 농암과 면앙정이 진실로 강호가도의 창도자이자 자연미의 발견자 · 애호가라고 한다면, 적어도 그들과 같거나 비슷한 경우에 놓였던 전대의 시인 · 가객을 그 시가 작품과 더불어 반드시 서로 견주어 보아야 할 것이다. 발견하고 구가한 그것이 참답고 말고를 따지는 것은 그보다 나중의 일이다.

---

2 趙潤濟, 「自然美의 發見」, 『國文學史』(東國文化社, 1949), 135면.

Ⅱ. 자연미 발견의 기점

농암의 「어부가」(漁父歌) 9장과 「어부단가」(漁父短歌) 5장은 그 발문에 밝혀져 있는 바와 같이 이전부터 전해 오던 작품을 산개(刪改)하고 또 첨보(添補)해서 만든 것이다. 「어부가」의 경우로 보건대, 산개했다는 것은 애초에 12장으로 되어 있던 「어부가」를 9장으로 줄이면서 의미를 좇아 전편의 순서를 바로잡은 것을 말하며, 첨보했다는 것은 중첩된 것을 빼어버린 자리에 새롭게 가사를 집어넣은 것을 말한다. 그러나 첨보한 그것도 전대 시인의 시구를 따다가 붙이는 데 그쳤지,[3] 농암이 손수 지어서 한 것은 아니다.

따라서 「어부가」의 경우만 말하면, 12장을 9장으로 산정한 농암의 작업은 비록 개편의 의미는 있지만, 제작의 의미는 없는 셈이다. 원래의 가사가 전하지 않는 「어부단가」의 경우는 속단할 수 없지만, 10장을 5장으로 개편한 것이니, 「어부가」를 산정한 방법이 여기에도 거의 동일하게 적용되었을 것으로 보인다. 농암이 퇴계(退溪) 이황(李滉)에게 보낸 서간의 "단가의 '濟世賢'이라는 말은 출처가 없는 듯하여 더욱 온당치 못하나, 본래의 문장을 아직 버리지 아니하고 남겨 두었으니, 아울러 살펴보고 좋고 나쁨을 가려서 알려 달라."[4]라는 말에서 그것을 충분히 짐작할 수 있다.

---

3 제1장 제6구: "倚船漁父一肩高" ← 李仁老, 「瀟湘八景」 제4구; 제3장 제6구: "鼓栧乘流無定期(*居)" ← 岑參, 「漁父」 제10구; 제4장 제4구: "山雨溪風卷釣絲" ← 杜荀鶴, 「溪興」 제1구; 제6장 제6구: "瓦甌蓬底獨斟時" ← 杜荀鶴, 「溪興」 제2구; 제7장 제1구: "醉來睡著無人喚" ← 杜荀鶴, 「溪興」 제3구; 제7장 제2구: "流下前灘也不知" ← 杜荀鶴, 「溪興」 제4구. ※여타 장구의 출전은 다음과 같은 기존 연구를 참고하기 바란다. 李在秀, 「聾巖漁父歌解」, 『尹孤山研究』(學友社, 1955), 177~180면; 呂基鉉, 「原漁父歌의 集句性」, 『高麗歌謠 研究의 現況과 展望』(集文堂, 1996), 373~386면.

4 李賢輔, 『聾巖先生續集』 1-7a. 「與退溪」: "短歌濟世賢之語, 似無出處, 尤未穩, 而未棄本文, 存文, 并照銓稟."

농암의 「어부가」나 「어부단가」가 대체로 이전의 작품을 개편하는 데 그쳤던 바라면, 이것은 단순히 자연미를 애호한 이로서의 지위를 계승한 데 지나지 않는 것이니, 이러한 정도의 작업에 대하여 자연미의 발견이라는 의미를 부여하는 것은 너무 지나친 평가일 듯싶다. 여기에 또한 강호가도의 창도라는 의미를 부여하는 것도 큰 무리가 따른다. 농암과 마찬가지로 모든 세속의 영욕을 떨쳐버리고 강호에 들어가 유유히 자적하는 가운데 어부의 생애를 빙자한 행적과 또 이것을 시가로 표현한 작품은 그 이전에 얼마든지 있었을 터이다.

예컨대 연산군 연간에 사화로 희생되었던 무풍정(茂豊正) 이총(李摠)은 "양화도(楊花渡)에 별서(別墅)를 만들어 두고 소정(小艇)과 어망(漁網)을 갖추어 놓아, 시인(詩人) · 소객(騷客)을 맞이하여 날로 좋은 시를 무수하게 불러 모았다."[5]고 하는데, 태종의 증손으로서 왕실의 일원에 속했던 점이 비록 농암과 다르나, 그러한 그의 신분과 처지가 오히려 강호의 즐거움을 구가하는 데 장애가 되지는 않았던 듯하다. 아래와 같은 작품이 전한다.

늙은이가 낚대를 하나 손에다 쥐고서,
물가에 호젓이, 잠이 든 채로 짬을 즐긴다.
고기가 바늘을 물고 나와도 도무지 깨지 않거늘,
어찌 제 몸이 그림 속에 있는 줄 알리?

老翁手把一竿竹, 靜坐苔磯睡味閒.
魚上鉤時渾不覺, 豈知身在畵圖間.[6]

---

5 南孝溫, 『秋江先生文集』 7-12b. 「冷話」: "茂豊副正摠, 字百源, 構別墅楊花渡上, 具小艇漁網, 邀詩人騷客, 日致好詩, 無慮千百篇."
6 李摠, 「漁父詞」 全文: 『小華詩評』 上-4a.

이 몸이 쓸 듸 업서
世上이 ᄇᆞ리오매,
西湖 녯 집을 다시 쓸고 누어시니,
一身이
閑暇ᄒᆞᆯ찌나, 님 못 뵈와 ᄒᆞ노라.[7]

그런데 이보다 앞서 고려말과 조선초에 걸쳐 살아간 어촌(漁村) 공백공(孔伯共)의 경우는 어부의 생애를 빙자하고 또한 몸소「어부사」(漁父詞)를 즐겨 불렀던 뿐만 아니라 이로써 당대인의 큰 선망을 샀던 점이 농암의 행적과 더불어 매우 비슷했다. 그러나 어촌은 몸소「어부사」를 불렀던 데서 농암과 더불어 즐김의 격조가 달랐다. 양촌(陽村) 권근(權近)과 삼봉(三峯) 정도전(鄭道傳)은 어촌의「어부사」를 들었던 감흥과 그의 생활상에 대한 선망을 아래와 같이 적었다.

大科에 일찍부터 登第하여 든든한 벼슬자리에 올랐거니, 갓끈을 나부끼고 인끈을 두르고서 언제든 문장을 지을 태세로 玉璽를 떠받들매, 사람들이 참으로 모두 다 하나같이 드높게 여겼건만, 쓸쓸히 江湖의 취미를 지녀서, 醉興이 일면 곧잘 漁父詞를 부르되, 소리의 淸亮한 것이 天地를 가득 채울 만하고, 曾參이 商頌을 노래하는 듯하여, 사람의 胸襟으로 하여금 마치 강호에 놓인 듯이 흐뭇하게 하였다. 이것은 그의 마음이 身家의 連累가 없이 物表로 벗어나온 까닭에 그 소리로 나타난 것이 이와 같을지라.[8]

어촌의 생활을 즐긴 이는 伯共이요, 백공의 즐김을 즐긴 이는 可遠이다. 道傳은 백공의 漁父詞를 듣고 가원의 漁村記를 읽으매, 흐뭇하여 마음에 깨닫는 것이 있으니, 나를 일러 두 사람의 즐김을 즐긴 이라고도 할

---

7 李摠,「短歌」全文:『珍本青丘永言』(明文堂, 1987) 第293號.
8 權近,『陽村集』11-3b~4a.「漁村記」: "捷大科, 躋膴仕, 飄纓紆組, 珥筆尙璽, 人固以遠大期, 而蕭然有江湖之趣, 往往興酣歌漁父詞, 其聲淸亮, 能滿天地, 髣髴聞曾參之謌商頌, 使人胸次悠然如在江湖. 是其心無私累, 超出物表, 故其發於聲者如此夫."

> 만하다. 아아, 질푸른 바다에 던져진 한 알의 좁쌀과도 같은 이 몸을 위아래로 살펴 보건대, 이러한 세상을 뜬 구름만 같이 여기고 江湖를 빈 배로 다니는 두 사람과 더불어 만나되, 마침내 그것을 즐길 줄을 모르는 이는 누군가? 아아, 가엾다.[9]

양촌의 감흥과 삼봉의 선망은 농암이 만년에 「어부가」를 즐기던 모습을 곁에서 가까이 지켜보던 퇴계의 그것과 다르지 않았다.[10] 그러나 어촌은 창자(唱者)의 수준에서 즐기되 농암은 다만 하인을 시켜서 부르게 하고 자신은 청자(聽者)의 입장에서 즐기던 차이가 있으니, 즐김의 성격으로 말하면, 농암보다 어촌의 경우가 더욱 질박하다고 할 것이다. 그런데 이러한 어촌의 행적에 앞서 일찍이 국왕이 주관한 연회에서 어부의 뱃놀이를 관람 대상으로 삼아 즐긴 흔적이 있어 매우 주목된다.

> 戊申日, 임금이 板積窯池에 배를 띄우고, 宦官 白善淵 · 王光就 및 內侍 朴懷俊 · 劉莊 따위와 더불어 酒筵을 마련하고 風樂을 베풀었다. 이윽고 水樓에 올라, 崔褒偁 · 徐恭 따위를 불러 함께 마셨다. 또한 禮成江 뱃사공과 어부를 불러 水戱를 벌이게 하고 관람했다.[11]

이것은 고려 의종 19년(1165) 4월의 일로 기록되어 있는데, 여기에서 벌어진 뱃놀이에는 그 중간에 어부들의 뱃노래가 또한 반드시 포

---

9 鄭道傳, 『三峰集』 4-24a. 「題漁村記後」: "夫樂漁村者, 伯共也, 樂伯共之樂者, 可遠也. 道傳聽伯共漁父詞, 讀可遠漁村記, 有悠然而會於心者, 謂予能樂二子之樂, 亦可也. 嗟乎, 俯仰此身, 滄海一粟, 當與二子, 浮雲乎斯世, 虛舟乎江湖, 竟不知樂之者, 誰也. 嗚呼, 微哉."

10 李滉, 『退溪先生文集』 43-4a. 「書漁父歌後」: "每遇佳賓好景, 憑水檻而弄煙艇, 必使數兒竝喉而唱詠, 聯袂而蹁躚, 傍人望之, 縹緲若神仙人焉. 噫, 先生之於此, 旣得其眞樂, 宜乎其眞聲, 豈若世俗之人, 悅鄭衛而增淫, 聞玉樹而蕩志者, 比耶."

11 『高麗史』 18-27a. 毅宗 乙酉19年 夏四月條: "戊申, 王泛舟板積窯池, 與宦者白善淵王光就, 內侍朴懷俊劉莊等, 置酒張樂. 遂登水樓, 召崔褒偁徐恭等, 同飮. 又召禮成江篙工漁者, 陳水戱以觀."

함되어 있었을 것이다. 그리고 국왕의 느닷없는 초청에 아무 사전 연습도 없이 이내 곧 와서 뱃놀이를 펼쳐 보인 예성강의 뱃사공과 어부는 생업과 공연을 겸업하는 기예 집단일 가능성이 높다. 어부들의 뱃노래야 그저 소박한 노동요의 일종으로 보기가 쉽지만, 급암(及菴) 민사평(閔思平)의 「소악부」(小樂府)를 보자면, 실상은 그렇지만도 않았던 듯하다. 그것은 우리의 묵은 상식을 당황케 할 만큼 높은 수준의 예술성과 사상성을 구현하고 있었음이 아래의 작품을 통해서 드러난다.

> 덧없는 물거품을 물 한가운데 거두어,
> 거칠게 쏟아 붓고 이내 곧 베자루에 담는다.
> 어깨에 들쳐 메여 가는 그 꼴이라니,
> 미덥지 못하기 마치 사람살이만 같구나.
>
> 浮漚收拾水中央, 瀉入麤疎經布囊.
> 擔荷肩來其樣範, 恰如人世事荒唐.[12]

이것은 어부의 뱃노래로 한데 엮인 여러 악장(樂章) 가운데 어느 하나를 차지하고 있던 가사일 것이다. 『고려사』에 「삼장」(三藏)이라는 이름으로 전하는 고려시대의 악부 가곡 「쌍화점」(雙花店) 제2장을 거의 직역에 가깝게 번역해 놓은 급암의 「소악부」 제4장[13]에 비추어 보건대, 급암의 「소악부」 제2장에 해당하는 위의 작품도 원작의 내용을 임의로 첨삭하지는 않았을 것으로 보인다. 이것을 곧 민간에 전하던 어부들의 뱃노래와 동일시할 수는 없을 것이나, 이로써 악부에 수용된 직후의 모습을 참작할 수는 있을 것이다.

---

12 閔思平, 『及菴先生詩集』 3-3a. 「小樂府」 第2章.

13 閔思平, 『及菴先生詩集』 3-3a. 「小樂府」: "三藏精廬去點燈, 執吾纖手作頭僧. 此言若出三門外, 上座閑談是必應."

벽사(碧史)는 위의 작품을 "떠도는 물위의 거품들을 굵고 성근 베주머니에 주워 담아, 어깨에 메고 온다."[14]라고 간략히 풀이하는 가운데 그 원전을 다만 추정조차 불가능한 것으로 남겨 두었다. 그러나 본문의 "浮漚"라는 단어는 오랫동안 물밑에 펼쳐 놓았던 그물을 처음 거두어 올릴 때에 언제든 물고기보다 먼저 솟구쳐 오르게 마련인 물거품을 가리키는 것이자, 이로써 널따란 그물에 갇혀 마침내 물 밖으로 몸을 드러내는 물고기를 넌지시 비유한 것이니, 위의 작품은 당연히 뱃노래의 가사일 수밖에 없다.

급암의 번역 작품에 따르면, 고려시대의 악부 가곡에 들어 있던 뱃노래는 인생의 무상성에 대한 지극히 냉철한 성찰을 그 내용의 일부로써 지니고 있었다. 따라서 어촌의 「어부사」도 그러한 성찰을 중요한 기반으로 수용하고 있었을 듯하다. 그런가 하면, 어촌의 생년이 양촌과 같아서 난세의 풍파를 모두 함께 겪어야 했던 점으로 미루어 보건대, 어촌의 「어부사」는 또한 그 표방하는 바가 아래와 같은 「어부단가」의 한 면목에 비추어 크게 다르지 않았을 것으로 보인다.

구버는 千尋 綠水,
도라보니 萬疊 靑山.
十丈 紅塵이 언매나 ᄀ렛ᄂᆞᆫ고?
江湖애
月白ᄒᆞ거든 더옥 無心ᄒᆞ애라.[15]

따라서 강호가도의 창도와 자연미의 발견 · 자연애의 발달이 농암과 면앙정의 시대에 와서야 출현했던 것으로 주장한 도남의 견해에는

14 李佑成, 「高麗末期의 小樂府」, 『韓國漢文學研究』 제1집(韓國漢文學會, 1976), 16면.
15 李賢輔, 『聾巖先生文集』 3-16b. 「漁父短歌」 第2章.

적잖은 무리가 따른다. 여기에서 다만 가장 무난해 보이는 주장이 있다면 그것은 자연애의 발달이라는 문제이다. 도남의 견해에 있어서 자연애의 발달은 자연미에 대한 도취와 몰입을 그 징표로 삼는다. 도남은 이러한 징표를 대표하는 바로써 특히 위의 작품을 들고 이것을 아래와 같이 평석했다.

> 이와 같은데 이르면 自然의 美는 客觀的으로 아름답고 거기에 情趣가 있을뿐이 아니라 이제는 사람이 그 美에 陶醉하여 그가운데 沒入하고 말았다. 確實히 이時代에 오면 自然의 美는 餘地없이 發揮되어 사람은 多分히 主觀的으로 그 美를 받아 드리게 되었다.[16]

만약에 위의 단가 작품이 「어부가」와 마찬가지로 단순히 개편을 거친 데 지나지 않았던 바라면, 도남이 여기에서 말하는 "陶醉"와 "沒入"의 기점은 농암과 면앙정의 시대에 비하여 훨씬 앞서야 할 것이다. 그러나 이러한 시비는 차치할 바이니, 더욱 중요한 쟁점은 "陶醉"와 "沒入"의 본질에 대한 도남의 규정에 있다. 도남이 여기에서 말하는 "主觀的으로 그 美를 받아 드리게 되었다."는 것은 자연미와 더불어 그 발견 · 애호의 주체가 혼연일체(渾然一體)가 되었다는 뜻이다. 도남은 앞서 "客觀的"과 "主觀的"을 다음과 같이 구분해 두었다.

> 그러면 사람은 自然의 美를 어떠케 이해하였는가, 여기에는 大概 두가지 方法이 있을듯 하다. 卽 하나는 客觀的인 理解니, 自然을 사람의 相對方에 두고 사람은 自然을 건너다 보고 그 美를 理解 乃至 玩賞하자는 것이고, 그 다른 하나는 主觀的인 理解니, 사람이 自然 가운데 들어 가 사람이 곧 自然의 一部가 되어 그 美를 내 몸으로서 理解하자는 것이다.[17]

16 趙潤濟, 「國文學에 있어서의 自然愛의 發達」, 『國文學槪說』(探求堂, 1991), 425면.
17 趙潤濟, 「自然과 美」, 『國文學槪說』(探求堂, 1991), 393면.

그런데 사람이 곧 자연의 일부가 되는 경지로서의 자연미에 대한 도취와 몰입은 "江湖애 月白ᄒᆞ거든 더옥 無心ᄒᆞ애라"의 이른바 무심(無心)을 전제로 하는 행위이다. 그리고 이것은 사람이 자신의 일신과 그 주변에 따른 모든 공리 관계의 필요를 그의 자아와 더불어 죄다 떨쳐 버리고 바야흐로 "千尋 綠水"·"萬疊 靑山"의 한가운데 이르러 "十丈 紅塵이 언매나 ᄀᆞ렛ᄂᆞᆫ고"라고 뇌일 수 있어야 가능한 것이다. 그러나 자연을 향하여 완전히 벌거벗은 몸으로 맞서야만 가능한 이것은 말처럼 그렇게 쉬운 일이 아니다. 무심의 실천이 한낱 구호에 그치기 쉬운 것임을 면앙정은 아래와 같이 읊었다.

江湖의 만 이랑 물결,
오가매 무얼 꾀하뇨?
모래톱 희거든 몸조차 희고,
물 맑거든 마음도 맑아라.
밤사이 汀洲에 자더니,
아침 푸른 물결을 듣노라.
마침내 無心할 것을,
오직 누구와 말할꼬?
古今의 江海에 있기를,
갈매기, 다만 하나뿐!

江湖萬頃波, 往來有何營.
沙白身亦白, 水淸心亦淸.
夜傍汀洲宿, 朝入滄浪鳴.
終始無心物, 誰人獨與盟.
古今江海上, 只有一鷗名.[18]

18 宋純, 『俛仰集』 1-24a~24b. 「詠鷗」 全文.

무심은 그 극단에 혹독한 시련이 잠재하여, 어느덧 이것을 회피할 도리도 없이 온전히 무릅써야만 하는 위기를 초래한다. 무심하자니 생업에 경영하는 바가 없어서 빈곤(貧困)의 추격에 허덕이고, 무심하자니 사회에 왕래하는 바가 없어서 난륜(亂倫)의 오명에 시달리는 따위가 그것이다. 절륜(絕倫)과 절명(絕命)의 위기를 감내할 만한 결심과 함양이 없이는 도대체 차지할 수 없는 마음이 곧 무심이다.

夜靜水寒魚不食거늘
滿船空載月明歸라.
닫 디여라. 닫 디여라.
罷釣歸來繫短蓬호리라.
至匊悤, 至匊悤, 於思臥.
風流未必載西施라.[19]

농암의 산정 이전에도 제8장에 배속되어 있었던 위의 작품에 있어서 그 제1구와 제2구는 당대(唐代)의 한 선사(禪師)로 알려져 있는 선자화상(船子和尚)의 게송(偈頌)을 따온 것이다.[20] 덕성(德誠)이라는 이름을 가졌던 그는 일찍이 선가(禪家)에 몸을 담아 두고 강소(江蘇) 태창현(太倉縣) 일대의 주경(朱涇)에 작은 배를 띄워 낚시질로 나날을 보내다가, 하루는 늘 타고 다니던 그 배를 문득 제자의 눈앞에서 뒤엎어 버리고 스스로 목숨을 끊어 보임으로써 모든 생멸과 그 개별성에 대한 집착의 허망을 증명한 사람이다.[21] 그의 작품은 송대(宋代)에 이르러

---

19 李賢輔, 『聾巖先生文集』 3-16a. 「漁父歌」 第8章.

20 阮閱, 『詩話總龜』(四庫全書) 40-7a. 「樂府門」 華亭船子和尙偈: "千尺絲綸直下垂, 一波纔動萬波隨. 夜靜水寒魚不食, 滿船空載月明歸."

21 徐碩, 『至元嘉禾志』(四庫全書) 14-2b~3a. 「仙梵 · 松江府」: "船子和尙: 按傳燈錄, 名德誠. 入藥山洪道禪師室, 大明宗旨. 與道吾雲巖爲道侶. 自離藥山, 小舟往來松江朱涇, 以綸釣度日, 人號船子和尙. 時夾山善會禪師住京口鶴林寺, 道吾知其所得尙淺, 令往參船子. 會造朱涇見誠, 大

소식(蘇軾) · 황정견(黃庭堅) 따위의 시인에 의하여 장단구(長短句)로 개편되어 가창되기도 했는데, 우리의 단가에도 아래와 같은 작품이 있어 그 치열한 명성의 여운을 어렴풋하게나마 짐작할 수 있게 한다.

秋江에 밤이 드니,
물결이 ᄎᆞ노ᄆᆡ라.
낙시 드리치니, 고기 아니 무노ᄆᆡ라.
無心ᄒᆞᆫ
달빗만 싯고, 뷘 ᄇᆡ 저어 오노라.[22]

흔히 월산대군(月山大君) 이정(李婷)의 작품으로 알려져 있는 위의 작품을 『청구영언』과 『악학습령』은 무명씨의 소작으로 남겨 두었다.[23] 그런데 위의 작품을 그와 같이 차라리 무명씨의 소작으로 남겨 두는 것이 더욱 낫겠는 것은 앞서 소개한 선자화상의 행적이 매우 저명한 것이었을 뿐만 아니라 위의 작품이 그려내고 있는 내면의 세계와 그에 딸린 인생은 아무나 마음만 먹으면 문득 효빈할 수 있는 노릇의 것이 아니라는 데 그 까닭이 있다. 달빛만 싣고 빈 배 저어 오다니, 도대체 이 무슨 짓인가?

달빛은 온 천지를 있는 힘껏 다 밝히고, 그렇게 무심히 밝힘으로써 자체의 밝음을 이룬다. 이것은 달빛의 천성(天性)이자 또한 나아가서는 만물의 소명(召命)에 해당하는 것이다. 만약에 달빛이 그 빛을 조금이라도 아끼려 든다면, 그것은 이내 곧 달빛이 아니다. 사람이 밤들이 낚싯대를 드리워야만 했던 사연을 찾자면 그 한도가 없을 것이나, 그

契宗旨, 辭行再四回顧. 誠喚會回, 立其橈曰, 汝將謂別有耶. 迺覆舟而逝."

22 無名氏, 「短歌」 全文: 『珍本青丘永言』(明文堂, 1987) 第308號.

23 鄭鉒東 · 俞昌均 校註, 『珍本青丘永言』(明文堂, 1987), 443면. 李衡祥, 『樂學拾零』: 『瓶窩全書』 제9권(韓國精神文化研究院, 1982), 818면.

처럼 어부의 소임을 자초하고 빙자하는 생애의 본질은 그처럼 무심한 달빛의 천성이 또한 나에게도 있음을 보고 그대로 좇아 따르는 것이다. 그래야 마침내 제 몸의 목숨을 티끌처럼이나 가벼이 여기게 되는 순간을 그 어떤 이유로써도 결코 모면하지 않는다.

무심은 흔히 위의 단가 작품에서와 같은 낭만성을 띠고 등장하기는 하지만, 그것의 진지한 내면은 우주의 모든 생명에 대하여 단적으로 준엄한 결단을 함축한다. 준엄한 그 결단은 때로 황소와도 같은 헌신(獻身)으로 귀결되거나 또는 선자화상과도 같은 살신(殺身)으로 귀결되기도 하는데, 그러나 이것은 상정(常情)의 차원에서 말할 수 있는 바가 아니다. 인류 역사를 통틀어 무심의 종적은 참으로 보기 드문 것이 아닐 수 없었다.

따라서 무심의 실천은 그 대개가 그저 나지막한 지경에 가서 거기에 그만 그치거나 아니면 꺾여 되돌아오는 바가 되고 마는 것이니, 농암과 면앙정이 보여 준 정도의 무심은 다만 자연미를 애호하는 입장에서 가지게 되는 취미의 담박(淡泊) · 영정(寧靜)에 머무는 것이지 무심의 본래 면목은 아니다. 그리고 이러한 수준에서 개척한 자연미의 세계는 전대의 문학 유산에 이미 허다한 축적을 보이고 있었다.

후추를 八百 휘나 모으매,
千載를 두고 그 어리석음을 비웃더라.
綠玉斗로 明珠를,
하룻날 내내 헤아림이 어떨꼬?

貯椒八百斛, 千載笑其愚.
何如綠玉斗, 竟日量明珠.[24]

24 崔瀣, 「雨荷」 全文: 『東文選』 19-7a.

졸옹(拙翁) 최해(崔瀣)의 작품이다. 전반은 곧 용사(用事)로서 당대 대종(代宗) 연간의 저명한 탐관오리 원재(元載)의 수뢰 사실과 축재 행위에 대한 『당서』 열전의 비난을 끌어왔다.[25] 후반은 "綠玉斗"와 "明珠"의 비유를 써서 무한수로 떨어져 모이는 빗방울을 자취도 미련도 없이 못물에 쏟아 붓는 연잎을 의론의 형식을 빌어서 묘사했다. 연잎이라는 자연물의 하염없는 동작을 보는 데서 비롯된 무심과 개결(介潔)에 대한 찬사이다.

明珠 四萬 斛을
년닙픠다 바다셔,
담는 둧, 되는 둧, 어드러 보내는다?
헌ᄉᆞᄒᆞᆫ
믈방올른 어위 계워ᄒᆞᄂᆞᆫ다?[26]

송강(松江) 정철(鄭澈)의 작품이다. 초입의 "四萬斛"으로 인하여, 무한수에 이르는 구슬의 용량을 받고, 담고, 되고, 보내야 하는 동작에 절로 속도가 붙는다. 그래서 동작의 "담는 둧 되는 둧"이 매우 활기차다. 그렇게 보내고 다시 거듭되어야 하는 동작의 절주와 속도가 상상만으로도 유쾌하다. 빗방울의 본질을 고결(高潔) · 고귀(高貴)의 화신이자 마치 신명처럼 흥(興)을 지니는 생명 현상의 하나로 직감하는 찰나의 감탄이다.

중심이 되는 의상(意象)이 서로 다르기는 하지만, 위의 작품에 보이는 송강의 의상은 졸옹의 작품에서 영향을 받은 듯하다. 졸옹은 "綠玉斗"를 중심으로 연잎의 무심과 개결을 읊었고, 송강은 "明珠"를 중심

25 『新唐書』(上海古籍出版社 縮刷版) 145-493a. 「列傳 · 元載」: "乃下詔賜載自盡. … 籍其家, 鍾乳五百兩, 詔分賜中書門下臺省官, 胡椒至八百石, 他物稱是."
26 鄭澈, 『松江歌辭』(星州本) 下-14a. 「短歌」 第62號 全文.

으로 빗방울의 고결 · 고귀와 신명으로서의 흥을 읊었다. 예술 작품으로서의 우열을 가리자면, 적실한 묘사를 통하여 생동하는 형상을 포착한 송강의 작품을 우세한 쪽에 두어야 할 것이다. 그러나 자연미의 발견을 말하자면, 당연히 졸옹의 작품이 우선이다.

> 젼나귀 건노라 ᄒᆞ니,
> 西山의 日暮ㅣ로다.
> 山路ㅣ 險ᄒᆞ거든 澗水나 殘ᄒᆞ렴은.
> 遠村에
> 聞鷄鳴ᄒᆞ니, 다 왓ᄂᆞᆫ가 ᄒᆞ노라.[27]

이것은 도남의 이른바 자연미에 대한 도취와 몰입을 최상의 구도로 표현한 하나의 전형이라고 할 만하다. 제1구와 제2구는 도취와 몰입의 시간 전체를 간단히 화폭에 담았다. 제3구는 심산유곡(深山幽谷)을 화폭의 근경(近景)에 개략하는 가운데 그것을 통틀어 흐뭇하게 누리는 나의 심경(心境)을 그리되, 그다지 새삼스러울 것도 없다는 듯이 오히려 "險ᄒᆞ거든" · "殘ᄒᆞ렴은"이라고 하여 볼멘소리로 뱉어 놓았다. 여기에 익살이 비치고, 그래서 듣기에 더 즐겁다.

다리를 저는 듯이 터벅터벅 느리게 걷는 까닭에 전나귀라고 이른다. 그러니 이 놈을 타고서 저물녘이 다 되어서야 겨우 "鷄鳴"을 듣는 이것은 내 집에 가는 길이 아니라 산을 넘고 물을 건너 벗의 집에 가는 길이다. 산수만 그린 듯하나, 사실은 그 안에 전원의 생활 풍정을 은근히 머금어 두었다. 그런데 이러한 종류의 도취와 몰입은 조선시대에 와서야 비로소 점화된 것이 아니다. 예컨대 아래의 작품은 고려시대의 것이나 자연미에 대한 도취와 몰입에 있어서는 위의 작품과 더불

---

27 無名氏, 「短歌」 全文: 『樂學拾零』 第727號.

어 그 차이를 말하기 어렵다.

아스라이 산기슭에 굽이친 오솔길,
고삐는 말에게 맡기고 가을날을 읊는다.
물가의 게들은 까라기를 물어 있고,
나뭇잎 새 매미는 온 숲에 사라져 없다.
시냇물 소리 맑기 마냥 빗소리,
들바람 엷은 기운 안개인 양 부옇다.
밤 깊어 외딴집 가게에 들자니,
시골 아재비 자지 않고 아직 맞는다.

悠悠山下路, 信轡詠凉天.
水有含芒蟹, 林無翳葉蟬.
溪聲淸似雨, 野氣淡如煙.
入夜投孤店, 村夫尙未眠.[28]

노봉(老峯) 김극기(金克己)의 작품이다. 제목의 잉불역(仍弗驛)은 곧 경상도 울주군에 있던 잉보역(仍甫驛)을 말하는 듯하다. 산기슭을 타고 굽이친 오솔길을 바삐 갈 것도 없이 말이 가는 대로 맡겨서 가는 행보와, 도중의 풍경을 들어 자신의 즐거운 마음을 드러낸 묘사와, 하룻날이 오히려 모자랄 만큼 몰입된 태도로 자연을 완상하는 도취가 위의 단가 작품으로 더불어 완전히 동일한 구조를 보인다. 세부의 표현이 다를 뿐이다.

노봉의 작품은 위의 단가에 비하여 표현이 매우 자세하다. 그런데 이것은 의도의 차이에 앞서 시가의 형식에 따른 결과로 보아야 할 것이다. 표현 양식에 있어서 우리의 단가와 한시는 크게 다르니, 한시의

28 金克己, 「仍弗驛」 全文: 『東文選』 9-8a.

형식은 세밀한 묘사와 공교로운 대우(對偶)을 포용할 만한 공간을 지니고 있지만, 우리의 단가는 그럴 만한 여유가 거의 없을 정도로 그 형식이 고도로 단순한 것이다. 요컨대 우리가 주목할 바는 표현상의 차이가 아니라 표현된 내용과 그 가치이다.

단가는 조선시대의 시가 양식을 대표하는 바이나, 여기에서 엿볼 수 있는 자연미에 대한 몰입과 도취는 신라시대나 고려시대의 한시를 통하여 또한 얼마든지 엿볼 수 있을 터이니, 위에서 예거한 무명씨의 단가 작품과 노봉의 작품이 보여 주는 동질성은 그 단적인 사례가 될 것이다. 표현 양식은 비록 서로 달라도, 표현 주체의 심미 태도와 그 대상에 있어서 위의 두 작품은 전적으로 일맥에 놓인다. 따라서 자연미에 대한 발견과 애호의 기점을 적어도 조선시대에 두어서는 아니 될 것이다.

문헌 자료만 가지고 말하면, 이른바 강호가도의 창도는 우리의 역사에 있어서 기원 3세기 전반에 걸쳐 있는 물계자(勿稽子)의 행적에서 그 가장 유사한 것을 찾을 수 있다. 그는 신라 내해왕 17년(212)과 20년(215)에 벌어진 주변국의 침공에 일개 전사로 참여하여 힘써 막아낸 것을 끝으로 은둔(隱遁)을 시작하여 다시 세상에 나오지 않았다. 그런데 그의 은둔은 그 이유의 필연성과 그 실천의 적극성에 있어서 모든 도의(道義)를 가슴에 품은 사류(士類)의 은둔을 가장 앞서 대표할 만했다.

> 일찍이 듣기를, 臣下된 道理는 '危機를 보거든 목숨을 다하고, 難局에 있거든 제 몸을 잊는다.'라고 하였다. 접때에 浦上과 竭火의 役事는 위기이자 난국에서 치른 것이라 이를 만하다. 그러나 '목숨을 다하고, 제 몸을 잊었다.'라는 바로써 남에게 들리지 못했으니, 무슨 낯으로 사람들 앞에 나서랴![29]

29 『三國史記』 48-3b. 「列傳 · 勿稽子」: "嘗聞, 爲臣之道, 見危則致命, 臨難則忘身. 前日, 浦上竭火之役, 可謂危且難矣. 而不能以致命忘身聞於人, 將何面目以出市朝乎."

이래서 머리를 풀어 헤치고 거문고를 메고는 師彘山으로 들어갔다. 대나무와 같은 性病을 슬퍼하매, 비기어 노래를 지었으며, 시냇물의 목메는 듯한 소리를 본떠서, 거문고를 두드려 가락을 만들었다. 숨어서 지내며 다시 세상에 나타나지 않았다.[30]

물계자는 논공(論功)의 시비에 평소의 의지와 신조가 휘둘리는 것조차를 크게 꺼리어 오히려 자신을 가혹히 책망하는 가운데 세상을 등졌다. 성정이 지극히 강직하고 개결하여 끝내 타협을 몰랐다. 세상을 등지고 노랫가락에 자신의 정회(情懷)를 부치니, 그것은 자신의 소신(所信)과 시세(時勢)의 어긋남을 슬퍼하는 바였다. 그리고 이러한 처지에서 대나무의 곧음을 보았고 또 시냇물의 목메는 듯한 소리를 들었다. 이것은 그야말로 강호가도의 선구라고 할 만하다.

그러나 물계자의 행적과 그가 지은 가곡을 들어서 강호가도의 창도를 말할 수는 있어도 이로써 곧 자연미의 발견을 말할 수는 없을 것이다. 왜냐면, 자연과 그 자연미가 물계자의 경우와 같이 피세한 은자(隱者)에게 오직 심신의 보장과 위안을 주는 대상으로만 존재하고 있다면, 그것은 아직 공리 관계의 필요를 다 벗어나지 못한 것이고, 여기에서 어떤 자연미를 발견했다고 한다면, 그것은 자아를 가탁하는 대상으로만 의미를 지닐 뿐이지 아직 참다운 자연미가 아니다.

물계자 이후의 은자로는 신라 진흥왕 연간의 우륵(于勒)이 있었고, 우륵 이후로는 또한 경덕왕 연간의 옥보고(玉寶高)도 있었다. 그런데 우륵의 은거는 그 결과로 말하면 물계자의 그것과 크게 다른 성질의 것이 아니다. 그러나 옥보고의 행적은 그야말로 강호가도의 창도와 자연미의 발견·자연애의 발달을 동시에 실현했던 것으로 평가할 만

30『三國遺事』5-25a.「避隱·勿稽子」: "乃被髮荷琴, 入師彘山. 悲竹樹之性病, 寄托作歌, 擬溪澗之咽響, 扣琴制曲. 隱居不復現世."

한 중요성을 가진다. 우선은 다음과 같은 기록에 주목할 필요가 있겠다.

> 新羅古記에 이르기를, … 신라 사람 沙湌 恭永의 아들 玉寶高가 智異山 雲上院에 들어가 거문고를 50년 동안 익히더니, 新調 30곡을 自作하여 이것을 續命得에게 전하고, 속명득은 이것을 貴金先生에게 전하되, 귀금선생이 또한 지리산에 들어가 밖으로 나오지 않았다.[31]

옥보고가 무슨 이유로 세상을 벗어나 오직 거문고를 익히는 것만으로 50년을 보냈는지는 자세히 알 수 없으나, 그것이 은둔의 하나였음을 우선은 그의 신분에서 짐작할 수 있다. 신라시대의 이른바 사찬(沙湌)은 육두품(六頭品)의 신분이라야 얻을 수 있었던 제8급 관등이니, 옥보고는 비록 귀족은 아닐지라도 사류에 있어서는 최고 지위에 소속된 중앙 관료의 자제였다. 육두품이 얻을 수 있는 최고 관등이 제6급 아찬(阿湌)에 지나지 않았을 뿐만 아니라 육두품의 신분을 얻기조차 매우 어려웠던 당시의 사회 현실로 보건대, 옥보고의 은둔은 후대의 고운(孤雲) 최치원(崔致遠)과 더불어 그 맥락을 견주어 볼 만한 것이다.

옥보고의 은둔은 또한 귀금(貴金)의 은둔을 낳았고, 이것은 중앙 정권의 큰 우려를 불러오기도 했으니, 문생을 거쳐 그 문하에 이르는 방외(方外)의 행보는 거의 100년에 뻗쳐서 마침내 금도(琴道)의 단절을 가져올 지경까지 갔었다.[32] 그런데 당시에 옥보고가 새롭게 제작한 악곡은 순전히 자연 사물과 그 자연미를 표현 대상으로 삼은 것도 상당

---

31 『三國史記』 32-6b. 「雜志 · 樂」: "新羅古記云, … 羅人沙湌恭永子玉寶高, 入地理山雲上院, 學琴五十年, 自製新調三十曲, 傳之續命得, 得傳之貴金先生, 先生亦入地理山, 不出."

32 『三國史記』 32-6b~7a. 「雜志 · 樂」: "羅王恐琴道斷絕, 謂伊湌允興, 方便傳得其音, 遂委南原公事. 允興到官, 簡聰明少年二人, 曰安長清長, 使詣山中傳學. 先生教之, 而其隱微不以傳. 允興與婦偕進日, 吾王遣我南原者, 無他, 欲傳先生之技. 于今三年矣, 先生有所秘而不傳, 吾無以復命. 允興捧酒, 其婦執盞, 膝行, 致禮盡誠."

수에 이르렀던 듯하다. 옥보고가 새롭게 제작한 신조 30곡의 제목과 수량은 아래와 같았다.

上院曲(1), 中院曲(1), 下院曲(1), 南海曲(2), 倚嵒曲(1), 老人曲(7), 竹庵曲(2), 玄合曲(1), 春朝曲(1), 秋夕曲(1), 伍沙息曲(1), 鴛鴦曲(1), 遠岵曲(6), 比目曲(1), 入實相曲(1), 幽谷淸聲曲(1), 降天聲曲(1)

여기에 있어서, 「상원곡」과 「중원곡」·「하원곡」은 모두 자신이 거처하던 운상원(雲上院) 지역의 자연 경관을 소재로 삼았을 듯하며,[33] 「남해곡」은 또한 란포현(蘭浦縣)과 평산현(平山縣)을 그 영역으로 관할하던 남해군(南海郡)[34]의 자연 경관을 소재로 삼았을 듯하다. 그리고 「의암곡」·「원호곡」과 「유곡청성곡」은 모두 자연 사물을 제목으로 삼았다. 13곡에 이르는 이러한 작품은 우리가 흔히 향가라고 부르는 신라 가곡의 중요한 일부를 차지하고 있던 바였다. 이로써 보건대, 옥보고의 행적은 강호가도의 창도와 자연미의 발견에 있어서, 사건의 중대성으로 말하면 가장 유력한 거점이 되는 바이자, 시기의 역사성으로 말하면 또한 최후의 기점이 되는 바라고 할 만하다.

Ⅲ. 자연미 추구의 본질

자연미에 대한 애호가 만약에 반드시 벼슬을 깨끗이 물리치고 산수

33 김우진, 「옥보고의 행적과 업적 검토」, 『韓國音樂硏究』 제31집(韓國音樂學會, 2002), 393~394면.
34 『三國史記』 34-9b. 「雜志 · 地理 · 新羅」: "南海郡, 神文王初置轉也山郡, 海中島也. 景德王改名, 今因之. 領縣二, 蘭浦縣, 本內浦縣, 景德王改名, 今因之. 平山縣, 本平西山縣, 景德王改名, 今因之."

와 전원의 사이에서 편안하게 한거하던 이들만의 소관으로서, 이른바 일구일학(一丘一壑)을 소망하되 또한 그나마 이경(二頃)의 전답을 끝내 일구어 낼 재력이 없어서 아직 관료 사회에 몸을 담고 있는 이들로는 결코 범접하지 못할 소치였다면, 그것은 호사(豪奢)의 한 가지일 수는 있어도 현실 생활로 보나 예술 활동의 맥락으로 보나 모두 참다운 일이 아니다.

자연미에 대한 애호가 애초부터 세속의 가치에 의해서 좌우될 바라면, 어쩌다 이미 가졌던 권리를 빼앗기게 되는 바로 그 때에 애호의 감정도 함께 빼앗기고 말 것이다. 요컨대 자연미가 참다운 발견 · 애호의 대상이 되려면, 그것은 사람의 빈부 · 귀천과 무관할 뿐만 아니라 출처(出處) · 은현(隱現)과 또한 무관한 자리에 있어야 마땅하다. 자연미는 본디 예정된 주인이 없을 뿐만 아니라 또한 어디 무슨 전답에 딸려 보낼 수도 없는 것이다. 그러니 임하의 아래와 같은 견해는 그 전제가 되었던 도남의 견해와 더불어 지나치게 일변으로 치우친 예단을 부른다.

> 조선의 詩歌文學에 나타난 「江湖歌道」(趙潤濟 博士 國文學史)는 주로 黨爭에서 벗어나 江湖에 歸去來한 兩班들의 假漁翁에 의하여 이룩된 문학세계다. … 그 여건은 黨爭에서의 明哲保身과 土地의 私有制度다. 이 풍조는 崇獎되었으므로 歸去來의 江湖生活은 憧憬 欽慕의 대상이 되었고, 또한 依倣되기도 하였다.[35]

자연미의 발견과 자연애의 발달은 사회 현실에 따른 일정 계기와 여건을 동반하게 마련이다. 그러나 바로 그 일정 계기와 여건이라는 것이 특히 "黨爭에서의 明哲保身과 土地의 私有制度"로 국한되어, 자연

35 崔珍源, 「漁父四時詞와 假漁翁」, 『韓國古典詩歌의 形象性(增補版)』(成均館大學校 大東文化硏究院, 1996), 134면.

미의 발견과 자연애의 발달이 오직 사화(士禍)와 같은 정계의 파란과 그에 따른 피세(避世) · 염세(厭世)의 파급에서만 기인하게 될 양이면, 그것은 다만 꿩을 대신해서 닭을 차지하는 다행과 조금도 다름이 없으니, 자연과 그 자연미가 그 자체로써 목적이 되지 못하는 이러한 상황에서는 진정한 발견 · 애호가 있을 수 없을 것이다.

玉溪山 내리는 물,
달 담아 못이로다.
맑거든 내 갓끈 씻고 흐리거든 발 씻나니.
사람아,
淸濁이 있음을 모르거든 어떠리.

玉溪山下水, 成潭是貯月.
淸斯濯我纓, 濁斯濯我足.
如何世上子, 不知有淸濁.[36]

장육당(藏六堂) 이별(李鼈)의 작품이다. 본래는 단가로 지어졌던 것이 이제는 한문으로 번역된 것만 전한다. 한문으로 번역된 위의 가사에 있어서 그 제5구와 제6구를 "어떠한 세상 사람도, 청탁을 모르래라."[37]로 해석한 사례와 "어지타 세상사람들 청탁 있음 모르는가."[38]로 해석한 사례가 있는데, 이렇게 하면 문의를 놓친다. 이것은 『장자』의 "요(堯)를 기리고 걸(桀)을 헐뜯는 것은 차라리 둘 다 잊고 도(道)에 녹아드는 것만 같지 못하다."[39]와 "천하(天下)를 천하에 감추어 잃으

36 李鼈, 「六歌」 第4章: 李光胤, 『瀼西先生文集』 2-17a~17b. 「飜藏六堂六歌拙製」.
37 崔載南, 「이별의 평산은거와 장육당육가」, 『士林의 鄕村生活과 詩歌文學』(國學資料院, 1997), 46면.
38 金鍾烈, 「退溪의 陶山十二曲 창작에 관한 새 고찰 - 李鼈六歌와 관련해서 -」, 『退溪學報』 제73집(退溪學研究院, 1992), 38면.

래야 잃을 수 없으니, 이것이야말로 만물(萬物)이 언제나 지니는 대정(大情)이다."[40]를 저의(底意)로 삼은 바로서, 이로써 자신의 은둔이 결코 시대의 치란(治亂)과 세태의 청탁(淸濁)에 의거한 것이 아님을 표명한 것이다. 취금헌(醉琴軒) 박팽년(朴彭年)의 외손으로 자라나 또한 사화로 형제를 잃었던 장육당의 처지에 비추어 보건대, 이만한 의사를 지니기도 어려운 일이다.

그러나 장육당의 작품은 그것이 비록 은둔의 대종(大宗)을 표명하고 있기는 하지만 마침내 공리 관계의 필요를 완전히 벗어나 자연과 그 자연미를 만끽하는 자아가 발견되지 않는다. 예컨대 "맑거든 내 갓끈 씻고 흐리거든 발 씻나니."의 자연 사물은 이로써 비유된 것이 전혀 없다고 가정할 경우에도 여전히 공리의 차원에 놓여 있는 것이지 심미의 차원에 있는 바가 아니다. 따라서 이러한 은둔은 그 표명하는 바의 대종과는 전혀 상반된 실질을 지니기 쉬우니, 퇴계는 일찍이 이것을 "세사(世事)를 가벼이 여기고 스스로를 삼가지 아니하는 (문면의) 의미(意味)는 있으되, 따스하고 부드러우며 도타운 (마음의) 실질(實質)은 적어서 아쉽다."[41]라고 평가했다.

자연미의 발견과 자연애의 발달은 사류의 귀거래에 의하여 크게 진작되었던 것이 사실이지만, 그렇다고 해서 하나의 풍조를 이루었다는 그 모든 귀거래가 곧 자연미의 발견과 자연애의 발달로 연결되었던 것은 아니다. 예컨대 고산(孤山) 윤선도(尹善道)가 개척한 자연미의 세계는 이것을 귀거래의 결과로 볼지라도 오히려 적잖이 예외성을 띠는

39 『莊子集釋』(中華書局, 1961), 242頁. 「大宗師」: "與其譽堯而非桀也, 不如兩忘而化其道."
40 『莊子集釋』(中華書局, 1961), 243頁. 「大宗師」: "若夫藏天下於天下而不得所遯, 是恆物之大情也."
41 李滉, 『退溪先生文集』 43-23b. 「陶山十二曲跋」: "亦惜乎其有玩世不恭之意, 而少溫柔敦厚之實也."

현상일 뿐이지 일반 현상은 아니다. 자연미의 발견과 자연애의 발달로 말하면, 귀거래는 다만 원인의 하나일 수는 있어도 그것이 곧 방법일 수는 없었다.

달 밝은 寒松亭의 밤,
물결 잔 鏡浦의 가을.
슬피 울어 모래톱을 오고 또 가는,
미더울 손 갈매기 하나.

月白寒松夜, 波安鏡浦秋.
哀鳴來又去, 有信一沙鷗.[42]

고려시대의 악부 가곡 「한송정」(寒松亭)은 본디 거문고 밑바닥에 향찰로 적혀 있던 것인데, 광종 연간에 진산군(晉山君) 장연우(張延祐)가 위와 같이 번역해 놓았다. 이것을 번역하게 된 사연도 무척 흥미로운 것이나,[43] 작품의 뛰어난 예술성은 더욱 더 우리의 가슴을 울린다. 작품은 처음부터 끝까지 오직 산수간의 경물(景物)을 전적으로 읊었을 뿐이다. 그러니 강호가(江湖歌)의 하나라고 하겠다. 그러나 또한 어느덧 눈시울을 적시게 하는 애절한 연가(戀歌)의 하나이다.

모래톱을 떠돌아 오고 또 가는 한 마리의 갈매기는 누가 언제 가더라도 거기에 그렇게 있는 순전한 자연 사물이자 또한 나와 더불어 조금의 간격도 없이 일치하는 감정상의 등가물이다. 도취와 몰입의 과정을 거칠 것도 없이 이루어진 이것은 경물과 자아의 완전한 통일이다. 이러한 통일을 가능케 한 것은 한번 헤어져서 끝내 다시 오지 않는

42 張延祐, 「寒松亭」 飜詞 全文: 『東文選』 19-1b.
43 『高麗史 · 志』 71-38b. "世傳, 此歌書於琴底, 流至江南, 江南人未解其詞, 光宗朝國人張晉公奉使江南, 江南人問之, 晉公作詩解之."

님을 향한 나의 뜨거운 연모의 감정이다. 이것이 있기에 "달 밝은 寒松亭의 밤"·"물결 잔 鏡浦의 가을"의 자연과 그 자연미가 또한 여기에 와서 달라붙었다. 그러니 저 경물과 서럽게 불타는 나의 감정을 아무리 하여도 떼려야 뗄 수가 없다. 이러한 자연미의 세계가 마침내 저 허다한 귀거래로 더불어 무슨 관계가 있는가?

池塘에 비 ᄲᅳ리고,
楊柳에 ᄂᆡ ᄢᅵ인 제,
沙工은 어ᄃᆡ 가고 뷘 ᄇᆡ만 ᄆᆡ엿ᄂᆞᆫ고?
夕陽에
ᄶᅡᆨ 일흔 ᄀᆞᆯ며기ᄂᆞᆫ 오락가락ᄒᆞ노매.[44]

중봉(重峯) 조헌(趙憲)의 작품이다. 위에서 살핀 작품과 마찬가지로 처음부터 끝까지 오직 산수간의 경물을 전적으로 읊었다. 정서(情緖)도 그 맥락이 대개는 비슷한 자리에 겹친다. 그러나 중봉의 작품은 끝내 냉정할 뿐이지 뜨거운 감정은 전혀 보이지 않는다. 그래서 석양에 울어 예는 "ᄶᅡᆨ 일흔 ᄀᆞᆯ며기"가 오히려 다 민망할 지경이다. 정회의 깊은 것이 없이 이루어지는 조경(造景)의 당연한 결과이니, 정회가 얕은 데서는 대상에 대한 이해와 배려도 얕은 것이다. 시인이 다만 즉흥에 따라 경물을 등한히 다룰 때는 경물이 또한 이처럼 시인을 창백한 사물로 만들어 버린다.

중봉의 작품은 이것을 반드시 귀거래와 직결시켜 이해할 필요는 없을 것이다. 그러나 여기에 표현된 자연 사물과 그 구성은 귀거래를 통해서 표출된 조선시대의 여러 산수시 · 전원시의 양식을 통해서 나온 것이다. 임하는 위의 작품을 "山水畵"의 "餘白樣式"이 구현된 것으로

44 趙憲, 「短歌」 全文: 『珍本靑丘永言』(明文堂, 1987) 第305號.

평석하고 여기에 표현된 자연의 특성을 또한 "擬構된 自然"이라고 정의했다.[45] 그런데 자연 사물이 이와 같은 지경에까지 이르면 이것은 관념의 유희일 뿐이지 진정한 자연미를 말하기 어렵다.

자연과 그 자연미의 깊은 속에는 반드시 부귀 · 공명으로도 바꿀 수 없는 그 무엇이 또 하나의 우주처럼 있어야 할 것이니, 이것을 위함이 없는 발견과 애호는 다만 맹목의 것이 될 뿐이다. 허다한 귀거래가 곧 자연미의 발견과 자연애의 발달로 연결되지는 못했던 것은 까닭이 바로 여기에 있었다. 자연을 생존과 도피의 근거로만 파악하는 촉각을 가지고는 마침내 자연이 모든 생명의 애락(哀樂)과 모든 생멸의 법칙을 자체의 미적(美的) 덕성(德性)으로 지니는 가운데 또한 그것을 무심의 차원에서 나날이 새롭게 구현하는 자태를 체득하여 누릴 수 없는 것이다. 따라서 이러한 데서는 자연미를 추구하고 애호하는 심성이 피어나지 않는다.

> 松間 石室의 가
> 曉月을 보쟈 ᄒᆞ니,
> ᄇᆡ 브텨라. ᄇᆡ 브텨라.
> 空山 落葉의 길흘 엇디 아라볼고?
> 至匊悤, 至匊悤, 於思臥.
> 白雲이 좃차오니, 女蘿衣 므겁고야.[46]

고산의 명편이다. "曉月"을 보자는 밖에 도무지 다른 뜻이 아예 없는 이러한 차원의 도취와 몰입은 거의 생활 자체에 해당하는 바로서 이미 완상(玩賞)의 수준을 넘어 선 것이다. "白雲"은 내가 가려는 곳으

---

45 崔珍源, 「江湖歌道」, 『國文學과 自然』(成均館大學校出版部, 1986), 90~91면.
46 尹善道, 『孤山遺稿』 6下-別12a~12b. 「漁父四時詞 · 秋」 第10章 全文.

로 점점 다가와 나의 뜻을 거스르고, "女蘿衣"는 또한 바삐 가는 나를 잡아 당겨 말리는데, 그래서 뛰는 듯한 걸음에 자꾸만 조바심이 받친다. 조바심의 저쪽에는 산수간을 소요(逍遙)하는 나의 멋스러운 흥취(興趣)가 있다. 이것을 말고 자연과 그 자연미에서 다른 또 무엇을 얻으려는 바가 있다면, 그것은 인류와 만물이 저마다 타고난 덕성의 자연과 그 표현을 가까이 몸으로 느껴서 깨닫고 즐기는 바의 관조(觀照)가 있을 뿐이다.

> 春風에 花滿山ᄒᆞ고,
> 秋夜애 月滿臺라.
> 四時 佳興ㅣ 사롬과 ᄒᆞᆫ가지라.
> ᄒᆞ믈며
> 魚躍 鳶飛 雲影 天光이ᅀᅡ 어늬 그지 이슬고?[47]

퇴계의 명편이다. "花滿山"과 "月滿臺"는 고산의 작품과 다를 것이 없는 흥취의 표현이다. 그런데 말구의 이른바 "魚躍" · "鳶飛"와 "雲影" · "天光"은 자칫 이로써 유가의 묘리(妙理)를 설파한 양으로 의심할 만하다. 그러나 여기에 관한 정해(精解)가 이미 여러 서책에 빼곡히 들어차 있는 것을 가지고 짐짓 어설픈 교단을 따로 베풀어 놓을 퇴계가 결코 아니다. 퇴계는 다만 "魚躍" · "鳶飛"의 자락하는 모양을 동락(同樂)하는 즐거움과 "雲影" · "天光"의 천만리를 고즈넉이 관조하는 즐거움을 말했다. 그러면 이 하염없는 일상의 경물이 어째서 못내 즐거움을 주는가?

자연 사물에 나를 비추어 보는 즐거움이 있으니, 이것은 인류의 덕성과 그 이념을 자연 사물에서 또한 발견하게 되는 데 따른 즐거움이

---

47 李滉, 『陶山六曲』(木板印出本) 單-2a. 「陶山六曲」 言志 6章 全文.

다. 그런가 하면, 자연 사물이 나를 일깨워 내 안에 저를 열어 보이는 즐거움이 있으니, 이것은 자연 사물의 본연(本然)과 자유(自由)와 그 무진장한 변화를 관조하는 데 따르는 즐거움이다. 전자는 곧 요산수(樂山水)의 비덕(比德)이 여기에 속하고, 후자는 곧 법자연(法自然)의 체도(體道)가 여기에 속한다. 양자는 모두 우리에게 즐거움을 주지만, 자연미 자체를 들어서 말하면, 진정한 발견과 추구는 후자라야 가능하다.

> 樂山 · 樂水라고 하는, 성인의 말씀은 '산이 仁하고 물이 智하다.'를 말한 것이 아니며, 또한 '사람이 산과 물로 더불어 하나의 性을 지닌다.'를 말한 것도 아니다. 다만 '인한 사람은 산과 비슷한 까닭에 [스스로] 산을 좋아하고, 지한 사람은 물과 비슷한 까닭에 [스스로] 물을 좋아한다.'고 말한 것이니, 이른바 '비슷하다.'는 것은 인하고 지하는 사람의 氣象 · 意思를 特稱해서 말한 것일 뿐이다. … '인한 사람은 산과 비슷하다.'고 하면 옳지만, '인은 산의 성이다.'고 하면 그르니, 인은 [산과 비슷하다고 말하기에 앞서] 인을 이룬 全體인 까닭이다. '지한 사람은 물과 비슷하다.'고 하면 옳지만, '지는 물의 성이다.'고 하면 그르니, 지는 [물과 비슷하다고 말하기에 앞서] 이름을 얻은 本意인 까닭이다.[48]

일찍이 퇴계는 요산수의 이유가 산수 자체에 있지 않음을 위와 같이 말했다. 그런데 이것은 미학상으로도 대단히 중요한 의미를 띠는 선언이다. 퇴계는 여기에서 '산과 비슷하다.' · '물과 비슷하다.'라고 특칭된 인(仁) · 지(智)를 주어로 삼아 '산의 성이다.' · '물의 성이다.'라고 전칭할 경우에 생기는 오류를 지적하고, 인 · 지와 산수의 본질

48 李滉, 『退溪先生文集』 37-11b~12a. 「答權章仲」: "樂山樂水, 聖人之言, 非謂山爲仁而水爲智也, 亦非謂人與山水本一性也. 但曰, 仁者類乎山, 故樂山, 智者類乎水, 故樂水, 所謂類者, 特指仁智之人氣象意思而云爾. … 仁者似山則可, 謂仁爲山之性則非, 仁所以爲仁之全體也. 謂智者似水則可, 謂智爲水之性則非, 智所以得名之本意也."

은 전혀 별개라고 밝혔다. 산수는 그것의 어떤 일면이 인성(人性)의 어떤 일면에 유비(類比)될 수는 있지만, 유비의 성립이 곧 동일을 뜻하는 것은 아니다. 요컨대 인 · 지는 산수의 속성이 아니라 곧 인성에 속하는 것이다.

따라서 요산수는 비록 자연에 대한 친애를 그 바탕으로 삼기는 하지만, 그것의 궁극은 자연 사물을 빌어서 인류의 덕성을 찬양하고 또한 성정(性情)의 도야를 고무하는 데 그친다. 여기에는 또한 자연 사물에 대한 세밀한 관찰과 발견이 따르기는 하지만, 이러한 경우의 자연미는 문인화의 사군자(四君子)나 또는 고산의 「오우가」(五友歌)에 보이는 몇몇 자연 사물과 같이 그것이 인류의 인격미에 유비되는 조건에서만 의의를 띠는 불구의 것이다. 요산수는 흔히 귀거래의 한 구실이 되기도 했지만, 실상은 이와 같이 자연미를 자연 자체에 입각해서 발견하는 일과는 본디 거리가 멀었다.

오락가락 꾀꼬리는
암수 서로 부닐어 나놋다.
외로운 나여,
뉘와 함께 녀리오.

翩翩黃鳥, 雌雄相依.
念我之獨, 誰其與歸.[49]

「황조」(黃鳥)는 부닐어 나는 꾀꼬리와 외로운 내가 상반 대비를 이루는 가운데 각자의 애락(哀樂)을 한층 더 배가한다. 완전히 객관적인 사태로 존재하는 자연 사물과 완전히 주관적인 사태로 존재하는 자아

49 『三國史記』「高句麗本紀」琉璃王三年.「黃鳥」全文.

가 각자의 처지와 정황을 지극하게 누리고 견디되, 누리고 견디는 그 것을 서로 침탈하는 바가 조금도 없을 뿐만 아니라 또한 서로 장애가 되지도 않는다. 전반의 흥구(興句)는 이러한 고도의 미적 차원을 구현하는 데 있어서 거의 불가결한 추요(樞要)가 되었다.

시가의 흥구는 무릇 누구나 숙지하고 있는 일상의 경물을 들어서 이제 곧 내가 말하고자 하는 바의 감정을 북돋아 일으키는 작용을 맡는다. 흥구는 비유에 의거하지 않으며, 감정 이입도 허용하지 않는다. 흥구는 다만 자연 사물에 우리의 심성이 부딪쳐 저절로 생기는 분위기(氛圍氣)를 가져 올 뿐이다. 따라서 자연미에 대한 진정한 발견은 여기에서 비롯될 수 있었다. 그런데 흥구는 그야말로 흥기(興起)의 작용을 지닐 뿐으로, 여기에 담긴 자연미는 작품 전체의 목적이 되지 못하고 다만 부차적인 지위에 놓인다. 그러나 요산수의 비덕에 비하면 자연미의 진정한 것은 오히려 흥구에 있었다.

「황조」의 흥구는 소박한 채로나마 자연과 그 자연미의 본질을 가장 앞서 구현한 하나의 사례가 될 것이다. 자연과 그 자연미는 「황조」의 꾀꼬리처럼 완전한 객관 존재이다. 인류는 그러한 자연미를 발견하고 애호하는 주체일 수 있지만, 그러나 그것의 털끝만한 하나도 보태거나 빼거나 하지 못한다. 자연미는 모름지기 우리의 모든 의식을 감정의 단계로부터 철저히 자연 사물에 말미암아 일으킬 때에야 비로소 그 진정한 자태를 우리의 심중에 드러내는 것이다. 법자연의 체도란 곧 이것을 말하며, 이것을 가능케 하는 방법이 곧 이물관물(以物觀物)의 관조이다.

四曲은 어드메고?
松崖예 히 넘거다.
潭心 巖影은 온갖 비치 즘겨셰라.
林泉이

깁드록 죠흐니, 興을 계워ᄒᆞ노라.[50]

해가 서녘으로 반쯤이나 기울면서 물가의 암벽이 물낯으로 선명하게 비쳐 드는 광경을 포착했다. 작품 전편을 통하여 오직 존재가 있을 뿐으로 형용이 없다. “松崖”의 면모를 조탁하지도 않았고, “巖影”의 색채를 회식하지도 않았다. “ᄒᆡ 넘거다”는 그저 일상이고, “온갖 비치 즘겨셰라”는 그저 평범이다. “林泉”에 대하여 “興을 계워ᄒᆞ노라”고 했으나, 이러한 경우의 “興”은 오직 눈앞의 경물로 말미암아 촉발된 즉시 감동의 표출일 뿐이지, 예컨대 저 「오우가」의 “조코도 그출 뉘 업기는 믈뿐인가 ᄒᆞ노라”[51]와 같은 계교(計較)의 부회가 아니다. 그래서 이 화폭에 담겨 있는 자연 사물은 독자의 심중에 들어서야 비로소 자신의 형용을 드러낸다.

말구의 “깁드록 죠흐니”는 특히 묘처이다. “林泉”이 깊은 데까지 맑음을 체감(體感)하는 것과 동시에, 이로써 마냥 이연자득(怡然自得)하는 바로 그 자아는 우리가 매우 드물게 만나게 되는 법자연의 주체이자 진정한 자연미의 발견자라고 할 수 있으니, 자연과 그 자연미를 호젓이 홀로 묘오(妙悟)하는 그의 즐거움은 “女蘿衣 므겁고야”의 흥취와 “魚躍” · “鳶飛”의 자락을 겸비하는 바의 것이다. 그리고 그 묘오는 대상을 감득(感得)해서 얻는 것이지 궁리(窮理)해서 얻는 것이 아니다.

자연미의 발견과 자연애의 발달은 우리가 흔히 미감(美感)이라고 일컫는 심미 인식의 소관이자 그 여하를 관건으로 하는 문제이다. 작품에 홍구가 등장한 기원 전후의 「황조」로부터 자연과 자연미의 표현

---

50 李珥, 「高山九曲歌」 四曲 全文: 『海東歌謠』(奎章文化社, 1979) 第82號.
51 尹善道, 『孤山遺稿』 6下-別3a~3b. 「五友歌」 第2章.

을 전편의 목적으로 삼은 조선 중기의 「고산구곡가」(高山九曲歌)에 이르는 천오백여 년을 개척기로 보건대, 이처럼 오랜 기간에 걸쳐서 이룩된 자연미의 발견과 자연애의 발달의 문제를 일률로 다스릴 수는 없을 것이다. 우선은 예술사 및 사상사의 전체 맥락에 따른 심미 인식의 발전과 그 추이에 대한 연구를 서둘러야 하겠다.

Ⅳ. 결 — 연구의 대상

도남은 자연미의 소재에 관해서는 그 귀속성을 자연 자체에 두어 자연과 그 자연미를 객관 존재로 규정하되, 자연미의 형성에 관해서는 그 가능성을 거꾸로 인식 영역에 두어 그것을 주관 존재로 규정했다. 자연이 비록 자체에 다종다양한 미적 현상을 지닐지라도 그것을 그 법칙과 더불어 모두 자각하지 못하고 반드시 인류의 인식 활동에 의뢰할 경우에만 그것의 본질이 판명되게 됨을 고려해 보건대, 도남의 관점과 그 견해는 거의 반론의 여지가 없어 보인다.

> 自然은 實로 아름답다. 그러나 그 美를 누구가 感得하는가. 自然이 비록 아름답다 하드라도 그것을 알아 주는 이가 없으면 그것은 아무 것도 아닐 것이다. 그러니까 自然이 아름다운 것이 問題가 아니라, 그 아름다운 것을 알아주는 이가 問題인데, 이것은 勿論 사람이다. 따라서 自然은 사람이 있어서 비로소 아름답고, 사람에 의하여 그 美가 認識되며, 사람으로 因해 그 美가 形成되는 것이다.[52]

그러나 우리의 몸 밖에 존재하는 객체와 우리가 인식하는 대상의

52 趙潤濟, 「自然과 美」, 『國文學概說』(探求堂, 1991), 392~393면.

상생(相生)이 곧 그 기원의 동시성과 원인의 동일성을 아울러 지니는 것은 아니라는 데서 문제가 생긴다. 도남의 관점과 그 견해는 예컨대 '날이 차니까 몸이 춥다.'라는 논리가 아니라 '몸이 추우니까 날이 차다.'라는 논리를 따른 것이다. 아래의 주장도 이러한 논리에 바탕을 두었다.

> 自然은 고루 고루 그 自體가 美를 가지고 있다고 생각하여야 될 것이다. 卽 꽃은 꽃대로 美를 가지고 있고 잎은 잎대로 美를 가지고 있다. … 그러나 이것도 그 美를 認識하는 것은 사람이고 보니 사람에 따라 그 認識되는 美는 決코 있는 그대로는 되지 않을 것이다. … 그럼으로 自然이 아름답다고만 할 것이 아니고, 또 自然을 理解하는 方法만을 말할 것이 아니라, 要는 사람이 自然의 어데에 그 美를 發見하였는가 하는 것이 가장 重要한 問題가 될 것이다. … 韓國사람은 그 自然의 어느것 어느모에 美를 發見하여 어떠케 理解하였는가. 實로 우리는 이것을 糾明하며, 여기에서 우리와 自然, 나아가서는 自然 가운데서 살고 있는 우리의 生活의 實體를 把握하지 않으면 안될 것이다.[53]

도남의 "사람에 따라 그 認識되는 美는 決코 있는 그대로는 되지 않을 것이다."라는 주장에 따르면, 자연미의 '본질을 밝힌다.'는 사업과 자연미의 '본질이 생긴다.'는 사태의 구별은 아무 의미도 지니지 못한다. 도남의 주장은 인식 주체의 심리 활동을 통하여 이미 의식의 일부로 편입된 자연과 이것을 본디 가능케 했던 자연 자체의 구별을 중시하지 않는 관점에서 나온 것이다. 그러나 만약에 도남의 주장과 같이 사람에 따라 그 인식이 다르게 되므로 자연과 그 자연미가 문제인 것이 아니라 우리의 인식이 문제라고 한다면, 그러면 우리가 굳이 인류 사회와 그 문화를 자연 자체와 구별하는 까닭은 다 무슨 의미를 띠는가?

여타의 동물과 다르게 노란 국화를 반드시 노란 빛깔로 보는 인류

---

53 趙潤濟, 「自然과 美」, 『國文學槪說』(探求堂, 1991), 394~395면.

의 지각 능력은 생래(生來)의 것이다. 국화의 노란 빛깔과 또 그 생김새·냄새 따위는 지각 자체에 해당하는 바로서 비록 인류에 말미암은 부분이 있기는 하지만, 인류가 일찍이 여기에 인위로써 관여한 바가 없으니, 이것은 아직 자연 사물의 물질 현상에 부속되어 있는 바로서의 지각 속성이다. 그러나 이것은 아무튼 반드시 인류의 오관(五官)과 접촉하는 경우에만 비롯되는 성질인 까닭에 제1속성은 아니고 제2속성에 해당한다. 그리고 이것은 지각 자체의 내용일 뿐이지 그 이상의 성질은 아닌 까닭에 또한 제3속성과 구별된다.

자연 사물의 제1속성은 예컨대 물은 수소의 함량이 얼마고 산소의 함량이 얼마고 양자의 결합비는 얼마고 하는 따위로 그 성분을 계량할 수 있는 바의 실체 속성을 말한다. 자연 사물의 제3속성은 예컨대 두견이 울음을 듣는 동양인의 비애감이나 꽃뱀을 바라보는 서양인의 적대감과 같이 어떤 자연 사물이 거의 도식(圖式)에 가까운 필연성을 띠고 언제나 같거나 또는 비슷한 반응을 촉발하는 경우의 감정 속성을 말한다. 제1속성은 제2속성과 함께 특히 자연 과학의 대상이고, 제3속성은 특히 사회 과학의 대상이다. 반면에 미학은 자연 사물의 이러한 모든 속성을 통틀어 그 대상으로 삼는다.

그런데 자연 사물의 제3속성이 특히 사회 과학의 대상이 되는 이유는 그것이 인류의 사회·문화와 역사에 따른 학습과 경험의 소산이라는 데 있다. 요컨대 자연 사물의 제3속성은 사회 의식의 중요한 일부를 이루는 것이다. 그리고 자연 사물에 대한 이른바 집단무의식(集團無意識)으로 말하면, 이것은 또한 그 제3속성의 사적 침전(沈澱)에 지나지 않는다. 따라서 자연 사물의 제3속성에 따른 모든 심미 인식은 자연 사물에 대한 집단무의식을 포함해서 모두 자연 자체에 대한 인식의 범위에 속하는 것이 아니라 인류의 사회 의식에 대한 인식의 범위에 속한다.

이렇게 보건대, 사람에 따라 그 인식이 다르게 되므로 자연과 그 자연미가 문제인 것이 아니라 우리의 인식이 문제라고 주장한 도남의 기본 관점은 이로써 사회 과학의 대상을 한정할 때나 타당한 것이지 자연미의 본질과 이에 대한 우리의 인식을 위주로 하여 미학의 대상을 한정할 때도 타당한 그것은 아니다. 자연과 그 자연미를 두고 사람에 따라 그 인식이 다르게 되는 부분이 있다면, 그것은 오직 자연 사물의 제3속성에 결부될 바이다. 도남의 견해에 있어서 문제의 본말이 이렇게 전도된 것은 자연 사물의 제1속성과 제2속성의 의의에 대한 고려가 충분하지 못했던 데 있었다.

자연과 그 자연미는 인류 사회에 의뢰하는 바가 없이 완전한 독립성을 지니고 있는 객관 존재인 것이니, 그렇지 않은 경우의 이른바 자연미는 사회미나 예술미의 일부를 그저 그 소재에 따라 구분한 것에 지나지 않는다. 자연 사물의 제1속성과 제2속성이 없다면 별문제일 것이나, 그것이 엄존하는 한에는, 도남의 관점은 자연과 사회의 구별을 아예 무시하는 뿐만 아니라 이로써 또한 자연 자체의 독립성을 부정하여 마침내 자연미의 존립 기반을 말살하는 쪽으로 귀결될 만한 가능성을 지닌다.

자연미라는 것은 반드시 자연 사물의 미를 일컫는 말이다. 이것은 곧 인류가 자신의 감정을 자연 사물에 주입한 결과로써 얻은 것은 결코 자연미가 아님을 뜻하며, 요산수의 비덕과 같이 인류의 품성을 자연 사물에 유비한 결과로써 얻은 것도 결코 자연미가 아님을 뜻한다. 자연미는 무릇 자연 사물이 그 자체의 미적 규율에 따라 개별성과 보편성의 통일을 특정한 물질 현상의 차원에서 구현할 때에 성립하며, 여기에 있어서 자연 사물의 제1속성과 제2속성은 그러한 물질 현상을 충족시키는 불가결한 요소로 작용한다. 따라서 그 본질에 대한 인식은 인류의 소관이 될지라도 그 본질의 형성은 전적으로 자연 자체의 소관인 것이다.

인류가 자연미를 인식하기 위해서는 반드시 그에 상응하는 능력과 조건이 개인 의식과 사회 의식의 차원에서 구비되어 있어야 하지만, 도구와 그 대상이 서로 다른 사물인 것과 마찬가지로 인류의 인식 능력과 자연미의 관계도 그렇다. 그러니 만약에 어떤 자연미가 있는 그대로 파악되지 않은 것을 가지고 이로써 "우리의 生活의 實體"를 파악하려 든다면, 이것은 그 도구에 대한 학문은 되기 쉬워도 그 대상에 대한 학문은 되기 어렵다.

자연미는 사회미와 함께 현실미의 양대 범주를 이루는 바로서 모든 예술미의 중요한 원천이 되는 것이다. 자연미에 대한 연구는 바로 이 미적 존재에 대한 우리의 심미 활동이 미적 인식에 기여하는 바를 폭넓게 기술하고 아울러 자연 현상의 여러 미적 규율을 정확히 파악하여 이것을 미적 창조에 두루 응용하는 뿐만 아니라 이로써 또한 우리의 미적 생활의 원리를 수립하는 토대를 구축하는 것으로써 그 목적을 삼는다. 도남이 이것을 결코 도외시했던 것은 아니나, 대상의 본질에 대한 기본 관점에 있어서는 위와 같은 아쉬움이 없지 않았다.

한국 사람이 지니는 심미 심리의 보편성과 그 향방, 이것은 도남의 이른바 "우리의 生活의 實體"에 있어서 가장 정예로운 부분을 차지한다. 그리고 이것은 자연미에 대한 인식에서 가장 영예롭게 발휘된다. 따라서 자연미의 발견과 자연애의 발달에 관한 연구를 통하여 "우리의 生活의 實體"를 파악해야 한다는 도남의 주장은 그 관점의 한계를 넘어서 언제나 타당한 것이다. 도남은 이것을 우리의 자연관(自然觀)에 의거해서 파악하는 대장정과 기치를 우리에게 남겼다.

▮ 도남학보 제20집(도남학회, 2004): 127-161면